Martin Gancarczyk

Salem Boys

Drachenmond Verlag

Copyright © 2022 by

Drachenmond Verlag GmbH
Auf der Weide 6
50354 Hürth
https://www.drachenmond.de
E-Mail: info@drachenmond.de

Lektorat: Sarah Nierwitzki
Korrektorat: Michaela Retetzki
Satz & Layout: Astrid Behrendt

Umschlagdesign: Martin Gancarczyk
Charakterillustrationen: Martin Gancarczyk
Bildmaterial: Shutterstock

Druck: Booksfactory

ISBN 978-3-95991-138-2
Alle Rechte vorbehalten

Für meine Familie

Meine leibliche.

Meine gefundene.

Und meine queere.

Dieses Buch ist für uns, denn auch wir

können Helden in Geschichten sein.

Kapitel 1

Harlow

Sechzig Tage bis zum Blutmond

Heute war der angeblich beste Tag meines Lebens, der, auf den alle meine Klassenkameraden und ihre Familien hingefiebert hatten – nur ich hasste ihn, seit dem Moment, als ich aufgestanden war.

Als ich die Wohnung von Angelina und mir am Martin Place verließ, wehte mir *Jingle Bells* entgegen, getragen von der heißen Sommerluft. Mit aufgerissenen Augen bestaunte eine Menschentraube den riesigen Weihnachtsbaum, der auf dem Platz vor unserem Hochhaus jährlich aufgestellt wurde und vor dem in sieben Wochen die Fernsehübertragung des Weihnachtskonzerts aufgezeichnet werden würde.

»Abgefahren! Wir haben 39 Grad Anfang November! Crazy!«, scherzten Backpacker und Touristinnen und Touristen aus aller Welt und schüttelten dabei ungläubig ihre Köpfe.

Normalerweise schmunzelte ich darüber, nicht so heute.

Heute nervte es. Sehr sogar.

Was hatten sie erwartet? Australien lag auf der südlichen Halbkugel, und Sommer herrschte hier von Dezember bis März. Hätten sie sich halt vor ihrer Reise informieren sollen.

War ich gerade unsachlich und unfair? Ja.

War das meine übliche Art? Nein, da ich sonst immer den freundlichen Sohn mimte.

Nur war in diesem Moment offensichtlich, dass sich meine Laune heute, im Gegensatz zu den hochsommerlichen Temperaturen, frostig zeigte.

Menschen und ihre Erwartungen nervten mich. Und da lag die Wurzel meiner schlechten Laune. Nicht die Touristen trugen die Schuld, sondern meine Familie, mein Coven und die *St. Andrew Academy*. Alle erwarteten von mir, gerade heute, das perfekte Abbild eines wohlerzogenen Jungen zu mimen, der, Zitat: »Großes leisten wird«.

In vier Stunden würde ich die Schulhymne auf der Abschlussfeier singen. Eine Ehre, die nur den besten Studierenden zuteilwurde. Mit Namen Harlow McQueen, Sohn des ehrwürdigen McQueen-Coven, direkter Nachfahre der berühmten Angelina – bla, bla, bla. Der ganze Mist, der seit einundzwanzig Jahren mein Leben bestimmte.

»Sir, Ihr Fahrer wartet. Haben Sie Gepäck, das ich tragen soll?«

Ich wandte mich vom Weihnachtsbaum ab, bevor ich ihn *aus Versehen* in Brand steckte, und sah zu Carlton.

»Nein danke, Carlton.« Müde lächelte ich unserem Butler zu. »Es ist bereits alles in der Schule, nur ich fehle.«

»Ein großer Tag, Sir. Wir sind außerordentlich stolz auf Sie.« Carlton lächelte ehrlich. An manchen Tagen fühlten sich er und seine Frau, die bei uns als Köchin angestellt war, mehr nach Familie an, als meine tatsächliche es tat.

»Wie stehen die Chancen, dass Fred mich zum Flughafen statt *St. Andrew* fährt?«, fragte ich mit einem Seufzen.

»Ich befürchte, das würde Ihre Frau Mutter nicht erfreuen.«

Untertreibung des Jahrhunderts. Angelina Grace Loveage McQueen würde ganz Sydney unter Wasser setzen und mich wie eine Ratte aus dem Flughafen fluten, wenn ich die Eier besäße, mich ihr zu widersetzen. Gut, dass sie mich nahtlos in das High-Society-Korsett gepresst hatte und ich deswegen ausführte, was sie anordnete. Immerhin war ich ein braver Sohn, der spurte wie ein Paradepferd.

Selbstachtung? Brauchte ich nicht, weil mich die Hexengemeinde vergötterte. Redete ich mir zumindest ein.

»Na, dann werde ich zur Abschlussfeier fahren«, sagte ich zu Carlton. »Angelina bekommt schließlich immer, was sie verlangt.«

Carlton nickte. Nur in seinen Augen blitzte etwas auf, was mich an Mitleid erinnerte. Das schlimmste aller Gefühle.

Zehn Minuten später überquerte meine Limousine die Harbour Bridge vom Sydney Business District nach Nordsydney. Rechts von mir erblickte ich das *Sydney Opera House* mit seinen weißen Segeln. Die Vormittagssonne tanzte über die hellen Dächer und tauchte die zahllosen Touristinnen und Touristen in einen weichen Schein. Viele von ihnen nahmen die Fähren vom Circular Quey, um so zum Zoo oder zum bekannten *Manly Beach* zu gelangen. Das öffentliche Verkehrssystem in Sydney bestand nicht nur aus Bussen und U-Bahn, sondern ebenso aus Fähren, die primär die Nordseite der Stadt ansteuerten. Der Naturhafen, über den die Harbour Bridge gebaut worden war, war durchzogen von Booten, Kreuzfahrtschiffen und den gelb-grünen Fähren. Wie elegante Schwäne zogen sie ihre Bahnen durch das klare Wasser und standen für Freiheit, während ich in mein Gefängnis namens *St. Andrew Academy* fuhr.

»Sir, wir sind jeden Augenblick da«, erklang Freds Stimme durch die Sprechanlage. »Sie sollten sich entsprechend kleiden.«

Brummend riss ich den Blick von dem Wasser los und betrachtete meine Shorts und das Tanktop. Betrat ich so die Bühne, würde das einen Skandal auslösen. Einen Moment dachte ich ernsthaft darüber nach.

Was sollte *St. Andrew* machen? Mich rausschmeißen?

Heute fand sowieso nur der formale Abschluss statt – unsere Zeugnisse waren schon geschrieben und jede Hexe freute sich auf das anstehende Uni-Leben. Nur ich nicht. Ich würde ins Familiengeschäft einsteigen und lediglich dem Schein nach studieren. Meine tatsächliche Ausbildung würde ich im Coven erhalten und das Glatteis der Politik und gehobenen Gesellschaft betreten.

»Danke, Fred«, murmelte ich. Mit den Fingern fuhr ich wehmütig über meine sommerliche Kleidung. Es half nichts. Es gab Regeln – und an diese musste ich mich halten.

Geschmeidig stimmte ich einen Ton mit meinen Stimmbändern an, ließ ihn zwischen Zwerchfell und Kehlkopf tanzen. Er vibrierte warm und tief. Ich konzentrierte mich darauf, den Bass zu verstärken und weiter die Tonleiter hinabzusteigen. Einen Augenblick später resonierte die richtige Tiefe durch meinen Brustkorb und die Melodie entwich über meine Lippen. Formte Töne und verwob die Magie mit der kurzen Klangfolge. Ein goldenes Licht legte sich um mich,

Funken tanzten meinen Körper entlang, wandelten meine Kleidung um, und nur einen Wimpernschlag später trug ich die Schuluniform.

Jede Hexe der *St. Andrew* beherrschte diesen Canto – oder auch Belcanto genannt. Da unsere Hexenmagie auf Gesang, Melodien und Musik aufbaute, stellte der richtige Ausdruck für Zauber *Belcanto* dar – kurz Canto, wenn man nicht jenseits der hundert Jahre alt war. Was erstaunlich viele Hexen in Sydney in der Tat waren.

Der Belcanto mit Namen *St. Andrews Stolz* galt als Basiszauber des College, und wir hatten ihn am ersten Tag gelernt. Für viele von uns war es jedoch nicht der erste Canto, den wir in unserem Leben beigebracht bekommen hatten. Die meisten von uns hatten durch ihre Coven schon einige simple magische Anwendungen gelernt und unser Wissen in Cantos wurde dann in der *St. Andrew* vertieft.

Trotz der Klimaanlage lief Schweiß meinen Nacken hinab und wurde durch den engen Hemdkragen aufgefangen. Als Mitglied der Hexenwelt-Elite trug ich selbst bei fast 40 Grad einen Anzug. Meine Hose und das Jackett in einem Dunkelblau legten sich über das hellblaue Hemd und wurden komplettiert durch eine tiefrote Krawatte, auf der sich eine verzauberte Bestickung in Form einer goldenen Schlange bewegte. Für gewöhnliche Menschenaugen offenbarte sich dort ein Karomuster – für uns Hexen hingegen schlängelte sich das Wappentier langsam über das Stück Stoff, das mir das Atmen erschwerte, so eng war sie gebunden. Manchmal fragte ich mich, ob *St. Andrew* die Krawatte absichtlich eng in Erscheinung treten ließ, um uns zu quälen. Mit feuchten Fingern löste ich den Krawattenknoten ein wenig. Immerhin würde ich gleich die Hymne singen – und dafür brauchte ich Luft.

Die Limousine kam zum Stehen. Ich atmete tief ein und aus, beruhigte damit meinen Puls, verstaute meine schlechte Laune hinter einer lächelnden Maske und stieg aus.

Mein Fuß hatte kaum den makellos weißen Kies des Hauptplatzes des College berührt, da riefen die ersten Leute, die dort offenbar auf andere Studierende oder manche sogar auf mich warteten, meinen Namen. Freundlich nickte ich ihnen zu, verteilte ein paar High Fives und Umarmungen, bevor ich mich auf das Haupthaus aus weißem Marmor mit Goldverzierungen zubewegte.

Auf dem Weg erreichten Floskeln und belanglose Gespräche meine Ohren, ohne dass sie mich interessierten. Ich lächelte weiterhin freundlich, zeigte die strahlenden Zähne, wie um einen Zahnpastawerbespot zu drehen, und nickte geistesabwesend. Ein perfekt dressiertes Äffchen, das auf Kommando mit Bravour das Parkett der High Society betrat, seine Pirouetten drehte und sich dann brav verbeugte.

Eine Fassade aus Lügen, die ich über die Jahre meisterlich errichtet hatte und mit voller Inbrunst hasste.

Wie durch Watte registrierte ich die Sätze, die mir entgegengeworfen wurden, während ich weiter auf das Haupthaus zusteuerte, ohne zu antworten. Mein Lächeln musste genügen, denn mit den Augen hatte ich ein anderes Ziel fixiert.

»Glückwunsch, Harlow«, sagte jemand und klopfte mir auf die Schulter.

Ich antwortete mit einem Nicken.

»Krass, dass die drei Jahre schon rum sind«, kam von einer mir unbekannten Person.

Eine gespielt erstaunte Geste, indem ich die Arme fassungslos ausbreitete, als würde es mir nicht am Hintern vorbeigehen.

»Bald studieren wir«, sagte ein Kumpel, von dem ich vermutete, er war nur wegen meines Reichtums und des Ansehens mit mir befreundet.

Ein weiteres Nicken von mir.

»Mate, heute Abend feiern wir!«, brüllte Oliver, einer meiner wenigen echten Freunde, in mein Ohr. »Champagner für alle!«

Als würde ich mich die Aussicht darauf erfreuen, streckte ich meine zur Faust geballte Hand gen Himmel – doch mein Blick verweilte unaufhörlich auf einer Person, die in der Tür des Haupthauses stand.

Der Geruch von Ozon und verschiedenen Blumen – ihrer Magiesignatur – wehte mir entgegen. Dort, in ein wallendes Kleid aus teurem schwarzem Stoff gehüllt, thronte meine Mutter Angelina Grace Loveage McQueen, die bedeutendste und einflussreichste Hexe Australiens – wenn nicht sogar der ganzen Welt. Ihr Brustkorb hob sich unmerklich zu einem Canto, während ihr weißblondes Haar, wie von einer unsichtbaren Hand getragen, sanft um ihren Kopf wehte. Die stechend grünen Augen auf mich gerichtet, öffnete sie den Mund.

Ich musste den Canto nicht einmal hören, um zu wissen, was mir bevorstand.

»*Harlow Jammison Cassidy McQueen! Wo bleiben deine Manieren?*«, dröhnte ihre Stimme in meinen Gedanken. Wie ich es hasste, wenn sie, ohne zu fragen, mental in meinen Kopf eindrang.

»*Ma'am? Ich bin hier, lächele und werde gleich singen. Was habe ich nun wieder verbrochen?*« Gerade so widerstand ich dem Drang, meine Hände wütend zu Fäusten zu ballen.

»*Es heißt Madam President! Erinnere dich dran, dass du den gesamten Coven und zudem den Namen McQueen repräsentierst! Was denken die Leute, wenn der Sohn der Präsidentin sich benimmt wie eine covenlose Hexe?*«

Hatte ich erwähnt, dass Angelina nicht nur meine Mutter und die Oberste Hexe unseres Covens war, sondern ebenso die Präsidentin der Hexengemeinschaft Australiens? Ups.

Die Hexe vor mir stellte das volle Paket an Macht, Einfluss und politischem Kalkül dar und gehörte damit zu den mächtigsten Frauen weltweit. Etwa gleichauf mit der US-Präsidentin und der deutschen Hexenkanzlerin. Kein Mensch in einer Machtposition reichte diesen drei Frauen das Wasser. Was der Grund war, weswegen nur ranghohe und einflussreiche Personen der menschlichen Politik über die Hexengemeinschaft im Bilde waren. Die meisten Sterblichen nahmen uns als ihresgleichen wahr. Wussten nicht, dass es einen Friedensvertrag zwischen ihnen und Hexen gab, in dem wir zugesichert hatten, kriegerische Konflikte von ihnen zu lösen, aber dafür die Macht über jegliche Regierungsentscheidungen erhielten.

Weltweit gab es keinen Menschen mehr, der das oberste politische Amt innehielt – jegliches Amt war bekleidet von einem Mitglied der Hexengemeinschaft. Zu groß war die Angst der Menschen, es sich mit den Hexen des eigenen Landes zu verscherzen und so unserer übernatürlichen Macht unterlegen zu sein. Wir kontrollierten die Welt, aber regelte das alle Unstimmigkeiten und Kriege? Mitnichten, denn auch Hexen gierten nach Macht. Was dazu geführt hatte, dass die Konflikte sich verschoben hatten.

»*Harlow Jammison Cassidy McQueen, hör auf zu träumen. Der Sohn des Verteidigungsministers spricht zu dir!*«

Verwundert sah ich zu Oliver, der mich breit angrinste.

»Mate, hörst du mir überhaupt zu?« Mittlerweile standen wir vor meiner Mutter, die ihre Nase rümpfte bei Olis Wortwahl.

»Oliver King, immer wieder eine Freude, dich zu sehen«, begrüßte sie ihn zuckersüß.

Als ob. Meine Mutter hasste ihn und seinen Vater. Und doch hatte sie meine Hochzeit mit Olis Schwester, Ruby King, bereits vor Jahren arrangiert. Trotz dieser völlig überholten und dämlichen Tradition, Hexenhochzeiten zu arrangieren, hielt ich ihr wenigstens zugute, dass sie es für Einfluss und ein gemeinsames Kind getan hatte. Wir Hexen heirateten meist nicht aus Liebe, sondern aus Vernunft und zur Machtstärkung. Für Menschen mutete so etwas sicherlich merkwürdig an, doch für uns war es so normal wie das Singen von Zaubern – oder eben auch Cantos genannt.

Um es mit den Worten von Angelina auszudrücken: »*Sohn, mich stört nicht, dass du schwul bist. Zur Urmutter, ich selbst bin bisexuell. Bei der Ehe geht es nicht um Liebe. Ihr müsst nur ein Kind zeugen, um die Blutlinien zu vereinen. Das funktioniert auf magischem Weg. Glaubst du, ich hätte mit deinem Vater geschlafen? Ganz sicher nicht! Was denkst du, wie viele Hexen neben ihrem Ehepartner einen anderen Partner lieben? Niemand verbietet dir, einen Freund zu haben.*«

Richtig, ich wurde wie ein Handelsgut verscherbelt, sollte *nur* ein Kind zeugen und könnte nebenher einen Mann lieben. Kein Ding. Überhaupt nicht überholt, diese Vorstellung, oder invasiv in mein Leben.

Willkommen in der Familie McQueen.

Kapitel 2

Jax

Sechzig Tage bis zum Blutmond

Tosender Applaus hallte über die Menge an Absolventen und deren Eltern, als der Eisprinz, wie ich ihn abfällig hinter seinem Rücken nannte, die Bühne betrat.

»Und jetzt singt unser Spitzenabsolvent Harlow Jammison Cassidy McQueen die Schulhymne für uns. Welch eine Ehre!«, schleimte die Schulleiterin mit Herzchen in den Augen. Ihr Kopf steckte so weit in seinem Arsch, dass sie freie Sicht auf seine Mandeln hatte.

Klar, der Wunderknabe brauchte drei Vornamen, weil ein einzelner nur in Kreisen wie meinem verbreitet war. Dem Pack, das keinem Coven angehörte. Mein Frühstück stieg mir die Speiseröhre empor und ich wandelte es in ein Rülpsen. Was mir wiederum ein paar pikierte Blicke von den größtenteils reichen Schnöseln einbrachte, die um mich herum saßen. Wenigstens hatte ich keinen Ruf zu verlieren, da ich nur dank eines Stipendiums und der Quote wegen hier meinen Abschluss absolviert hatte. Neben mir gab es nur zwei andere Hexen, die keinem Coven angehörten – was in den Augen der Hexengemeinschaft den Bodensatz der Gesellschaft bildete.

Im Grunde störte es mich nicht, ein *Covlo* zu sein, wie man uns Covenlose abfällig nannte. So blieben mir wenigstens die Regeln, Rituale und der andere aufgesetzte Mist erspart. Was mich jedoch störte, war das hässliche Gesicht meines Vaters, dem Verteidigungsminister, der in diesem Moment die Präsidentin angrinste. Bruce King hatte meine Mutter geschwängert und uns dann fallen lassen, um mit seiner perfekten Bilderbuchfamilie ein elitäres Leben zu führen.

Arschloch – wie sein Sohn Oliver, mit dem ich an der *St. Andrew Academy* drei Jahre Krieg geführt hatte. Einzig Ruby stellte eine Ausnahme der King-Familie dar. Man könnte meinen, sie sei eine Heilige. Pflegte verletzte Tiere, kümmerte sich um die Gärten des College, war freundlich zu jedem Wesen und passte gar nicht in die kingsche Blutlinie. Was ebenso nicht passte? Ihre Freundschaft zum Eisprinzen, denn unterschiedlicher konnten zwei Personen nicht sein.

Jeder liebte ihn. Harlow hier, Harlow da. Harlow war so nett. So schön. So freundlich. Immer ein Lächeln auf den Lippen. Bla, bla, bla. Doch die Leute sahen nicht genau hin. Sein Lächeln und die Worte wirkten stets warm, in seinen Augen lag allerdings pures Eis. Wie vermutlich in seiner Seele und seinem Herzen. Nur wenn er mit Ruby Zeit verbrachte, schmolz das Eis in seinen Augen.

Ob ich neidisch war? Schon. Auf wen? Beide.

Ich hätte gern mehr Zeit mit Ruby verbracht, was dank ihres Bruders kaum möglich gewesen war, da er mich mit Beleidigungen stets vertrieb und seine Schwester regelrecht von mir abschirmte.

Na ja, und ehrlich gesagt, hätte ich auch nichts dagegen gehabt, wenn Harlow und ich jede Matratze von *St. Andrew* entweiht hätten. Mehrfach.

Trotz der Kälte in seinen Augen war der Typ absolut heiß. Es war nicht so, dass ich Poster von ihm an den Wänden in meinem Collegezimmer geklebt hatte – im Gegensatz zu einigen anderen Studierenden. Denn so eine Person war Harlow: eine, von der es verdammte Poster und Fanartikel zu kaufen gab. Hieß aber nicht, dass ich morgens in Gedanken an ihn nicht einige nette Momente unter der Dusche durchlebt hatte.

Das ist ganz normal für einen Mann von einundzwanzig Jahren – hab es gegoogelt. War selbst nicht sicher.

»Herzlichen Glückwunsch, Abschlussklasse!«, rief Harlow mit seinem berühmten Tausend-Watt-Grinsen von der Bühne aus. Die Menge jubelte. Ich schnaubte. Alles wie immer.

Sanft stimmte der Eisprinz die ersten Töne an. Selbst ohne dass er Magie mit ihnen verwob, gestand ich mir ein, dass er ein begnadeter

Sänger war. Kein Wunder, weshalb seine Cantos unglaublich stark in Erscheinung traten. Während er die Hymne trällerte, verknüpfte er mit einer für mich erstaunlichen Leichtigkeit einzelne Töne mit seiner Magie. Ein Feuerwerk erschien am Himmel. In tausend bunten Farben tanzte es über unseren Köpfen hinweg. Formte sich neu und zeigte Bilder der Zeit an der *St. Andrew*. Schöne Momente, die *wir* erlebt hatten – alle, außer mir.

Genervt nahm ich den Blick vom Himmel und fixierte Harlow. Sein breites Grinsen und jede verdammt perfekt getroffene Note beschleunigten meinen Puls. Ich stimmte drei Töne mit meinem Zwerchfell an, ließ sie über meine Stimmbänder spielen und sang sie kaum hörbar vor mich hin. Nur einen Augenblick später wackelte die Bühne unter Harlow.

Doch anstatt sich zu verhaspeln – wie ich gehofft hatte –, lächelte Mister Perfekt nur breiter, sang fehlerlos weiter und suchte mit seinen grünen Teufelsaugen das Publikum ab. Sein Blick fand meinen, woraufhin ich zwinkerte. Die Kälte in seinen Augen verkündete eine neue Eiszeit, während sich das Lächeln auf seinen Lippen kein bisschen verzog. Das allein stellte schon eine Kunst dar. Doch dann sah ich eine Vibration an seinem Hals, die nicht zur Hymne gehörte. Unmöglich!

Ein Schwall Wasser des nahen Brunnens traf mich ins Gesicht, und dieses Mal zwinkerte mir Harlow voller Ironie zu. Er hatte es geschafft, die Hymne fehlerlos weiterzusingen und dennoch einen anderen Canto beizumischen. Wäre ich in dem Moment nicht so angepisst gewesen, hätte ich ihm applaudiert. So aber zog ich die Absolventenkappe tiefer ins Gesicht und verschränkte die Arme vor der Brust.

Hoffentlich hatte dieser Abschlusszirkus schnell ein Ende.

Eine Stunde später winkte mir die Freiheit verlockend zu. Alle Absolventen trugen ein Zeugnis in den Händen und warfen die dämlichen Kappen in die Luft, während Angehörige Fotos knipsten und freudig lachten.

Meine Mutter sah mich stolz an. Im Gegensatz zu den anderen Angehörigen mit ihren überteuerten Handys der neuesten Generation hielt sie eine alte Polaroidkamera in der Hand. Mühsam quälte ich mir ein Lächeln auf die Lippen, um ihr nicht den Tag zu verderben. Es war nicht so, dass wir arm waren, sondern bloß untere Mittelklasse – nur fühlte man sich neben der Hexenelite Sydneys schnell klein und unbedeutend. Ich kannte es nicht anders. Meine Mutter hingegen tat mir leid, da sie zuvor Teil dieser affektierten Gesellschaft gewesen war.

Vor Bruce King. Bevor sie nach meiner Geburt von der Familie King verleumdet und aus ihrem Coven sowie der High Society geschmissen wurde.

Wenigstens hatte sie nicht das gleiche Schicksal ereilt wie ihren Bruder, von dem ich nur Geschichten kannte. Dieser war zur Strafe, weil er dem Arschking ins Gesicht geschlagen hatte, auf die Schattenseite verbannt worden. Die magische Art des Gefängnisses. Auf jeden Fall munkelten die Leute das – niemand schien zu wissen, was dieser ominöse Ort in Wahrheit war.

Schwere Straftaten von Hexen wurden mit dem Verätzen der Stimmbänder geahndet oder wir wurden, so es das Gericht entschied, gänzlich verbannt. Letzteres hielt sich jedenfalls hartnäckig als Gerücht.

Ein Angriff auf einen der Minister plus ein paar geschickt gefälschte Beweise hatten ausgereicht, um meiner Familie den Stempel *Verbrecher* aufzudrücken. Nach der Verbannung meines Onkels und dem Ausschluss unserer Familie aus dem Coven legten sich die Gerüchte zwar, sorgten aber bis heute dafür, dass kein Coven es wagte, uns aufzunehmen.

Was den Bogen zu diesem Tag zurückschlug und ich dämlich grinsend ein Foto über mich ergehen ließ, nachdem ich mit einem Stipendium meinen Abschluss an der renommierten *St. Andrew* hinter mich gebracht hatte.

In den Augen meiner Mutter blitzten Tränen auf, als sie den Knopf des Fotoapparats drückte. Mit einem leisen Surren fuhr das Foto heraus und sie schüttelte es sachte. Eine hochnäsige Frau rümpfte die Nase und betrachtete meine Mutter pikiert. Ungewollt stimmte ich einen Ton in meinem Brustkorb an, während ich die olle Kuh mit finsterem Blick fixierte. Aus den Augenwinkeln sah ich meine Mutter vehement den Kopf schütteln. Sie hatte ja recht. Ohne meine Magie mit dem Ton zu verknüpfen, atmete ich aus und ein leiser Pfiff erklang.

Unser Ruf war schon schlecht genug, kein Grund, meiner Mutter weitere Sorgen zu bereiten, indem ich den pompösen Hut der hochnäsigen Trulla in Brand steckte.

Genervt schüttelte ich den Kopf und atmete tief durch, flutete so meine Lunge mit der frischen Luft. Die Mittagssonne hing schwer über dem offenen grünen Park. Sonnenstrahlen brachen durch die hohen Eukalyptusbäume hinter meiner Mutter – so golden und satt, wie sie nur im Sommer auftraten. Im Hintergrund, auf der anderen Seite des Naturhafens, tanzte das Sonnenlicht über die Dächer des Opernhauses. Allein die Aussicht und Lage, die *St. Andrew* ihr Eigen nannte, rechtfertigten die horrenden Schulgebühren.

Ein Grinsen legte sich auf meine Lippen und gefror nur einen Augenblick später zu einer Grimasse, als mein Blick auf eine Gruppe von fünf Leuten fiel. Sahen das *Sydney Opera House* und meine Mutter in dem goldenen Licht wunderschön aus, so hielten sie dennoch nicht gegen die beinah göttliche Aura des Eisprinzen stand. Die Sonne liebte ihn, umspielte seine Gesichtszüge, legte ihre Strahlen auf sein rötliches Haar und ließ es wie Feuer wirken. Es glühte förmlich, als würden ihn Flammen umspielen. Selbst die Sommersprossen auf seiner Nase schienen zu tanzen, während er Ruby anlächelte. Er besaß zudem diese ätzenden Grübchen, die ich überhaupt nicht attraktiv fand. Kein bisschen. Nein.

Zu allem Überfluss fing sein Blick mein Starren ein. Das zuvor ehrliche Lächeln verformte sich zu einer berechnenden Dämonenfratze. Zugegeben, das mochte ein wenig melodramatisch sein, dennoch verflog die Wärme aus seinen Augen. Der Winter war zurück dank Harlow – trotz 40 Grad im Schatten.

»Jax!«, rief er und winkte mich herüber.

Ich gab ein Schnauben von mir und blinzelte meiner Mutter entgegen, die jedoch mit einem Lächeln nickte. Dachte sie, ich sei mit dem Kerl befreundet? Der einzige Grund, weswegen Harlow mich zu sich rief, war vermutlich Ruby. Oder die unzähligen Reporter, die ihn den ganzen Tag umschwärmten. Ein Foto mit einem Sozialprojekt wie mir? Immer gut für sein Image. Selbst wenn in diesem Augenblick kein Reporter in der Nähe war, hieß das nichts. Diese Leute waren schlimmer als die Ibisse an der Oper, die plötzlich aus dem Nichts über ahnungslose Menschen hereinbrachen.

Mit gestrafften Schultern und Muskeln, die gespannt waren wie Klaviersaiten, schlenderte ich zu der Gruppe, in der sich auch Oliver King befand.

»Was gibt es, Eure Hoheit?«, fragte ich und vollführte einen übertriebenen Knicks vor Harlow.

»Männer verbeugen sich, Frauen machen einen Knicks«, sagte er. »Außerdem bin ich nicht königlich.«

Meinte er das ernst?

»Sehr fortschrittlich, dass du weiterhin an veralteten Geschlechterrollen festhältst«, gab ich zuckersüß zurück.

Die Ader an seiner Stirn pulsierte und färbte sich ähnlich rot wie sein Haar, von dem einzelne Strähnen in sein Gesicht hingen.

»Schnauze, Covlo«, platzte es aus Oliver hervor.

»Oliver!« Ruby boxte ihm gegen die Brust. »Das Wort ist gemein. Ich dachte, du hättest mehr Anstand. Nicht jeder hat das Glück, einem Coven anzugehören.«

Glück? Ich hielt ein abfälliges Lachen zurück.

»Was ist so witzig?« Der Prinz des ewigen Winters musterte mich mit schief gelegtem Kopf. Sollte das etwa unschuldig wirken?

»Nichts, nichts«, antwortete ich und versuchte meinen steigenden Puls zu zügeln. Doch selbst meine flachen Atemzüge konnten mich kaum beruhigen.

»Erhelle uns mit deiner Weisheit, Covl–« Bevor Oliver den Satz zu Ende sprach, räusperte sich Ruby. »Jax«, setzte er dann mit einem gequälten Lächeln nach, jedoch klang mein Name bei ihm wie eine Beleidigung.

»Na ja«, sagte ich lang gezogen. »Bedenkt man, dass *unser* Vater schuld daran ist, dass ich covenlos bin, *Bruder*, dann ist Glück vermutlich der falsche Begriff – es sei denn, Ruby meint damit heuchlerische Willkür.«

Meine Worte hingen einige Sekunden in der Luft. Stille umgab uns, so laut, dass sie nahezu schmerzte – und das, obwohl die Angehörigen einige Meter weiter fröhlich ihre Gespräche führten. Dann vernahm ich eine Vibration an Olivers Kehlkopf, die sich kurz darauf in einen Feuerball manifestierte. Gerade rechtzeitig drehte ich mich zur Seite, sodass er nur meine Schulter streifte. Alle meine Synapsen feuerten wütende Impulse zeitgleich. Wut übernahm meinen Körper. Ich kombinierte acht Töne, ließ den Bass in ungeahnte Tiefen tauchen und summte sie in einem Staccato.

Während mein Körper sich in dicken schwarzen Rauch verwandelte, weiteten sich die Augenpaare der drei Personen vor mir.

Ja, ihr Schnösel, das ist Straßenhexerei!

Doch die Verwandlung war nicht die beste Entscheidung des Tages – oder allgemein der letzten Jahre. Nun war sie jedoch schon geschehen, also bewegte ich mich auf Oliver zu, umhüllte ihn mit dem Rauch, der ihn husten ließ. Augenblicke später liefen seine Lippen blau an und die Augen quollen hervor, während meine Vernunft den Schleier der Wut durchstieß.

Ich löste den Canto auf und nahm wieder meine Form an.

»Das reicht!«, knurrte Harlow.

Die Schulleiterin eilte zu uns herüber. Ihre Nickelbrille hüpfte auf der Nase auf und ab und die Augen dahinter waren zu Schlitzen verengt. Panik stieg meinen Rücken empor, legte sich auf meinen Nacken und drohte mich zu verbrennen. Das war gar nicht gut. Hatte ich es übertrieben? Steckte ich in der Scheiße?

»Was geht hier vor?«, donnerte sie.

»Ich … das …«, stammelte ich. O verdammt. Konnten sie mir meinen Abschluss aberkennen? Hatte ich es echt am letzten Tag noch vermasselt?

»Wir haben nur etwas probiert, es ist meine Schuld«, sagte Harlow mit unschuldiger Miene. »Tut mir leid, Direktorin Carnigal.«

Ihr Blick flog zwischen ihm und mir hin und her, doch dann nickte sie. Wenn der Sohn der Präsidentin die Schuld auf sich nahm, würde sie ihm nicht widersprechen. Zum ersten Mal wurde ich Empfänger dieses Freifahrtscheins.

»Na gut, aber ihr solltet euch nur an den Belcantos probieren, die ihr hier oder in eurem Coven gelernt habt. Keine … Straßenhexerei.«

Mit einem bestimmten Nicken drehte sie sich um und breitete die

Arme aus, während sie gaffende Angehörige der anderen Studierenden beruhigte.

Keine Straßenhexerei ... Das war natürlich leicht gesagt für sie. Immerhin gehörte sie einem Coven an, im Gegensatz zu mir.

Alle von uns Hexen konnten theoretisch jeden Belcanto lernen, doch die Realität sah anders aus. Wir beherrschten nur, was uns auch wirklich beigebracht wurde. Woher sollten wir auch sonst die anderen Lieder kennen?

In Harlows Fall waren das die Sonnen- und Licht-Cantos des McQueen-Covens plus jegliche Cantos, die wir in den drei Jahren an der *St. Andrew* gelernt hatten.

In meinem Fall hingegen? Tja, da wurde es schwierig.

Ich beherrschte natürlich alles, was wir hier am College gelernt hatten – sehr gut sogar. Da ich aber keinem Coven angehörte, hatte mir nie jemand weitere spezielle Cantos beigebracht.

Jeder Coven behütete seine speziellen Cantos wie ein Staatsgeheimnis und brachte sie lediglich ihren eigenen Mitgliedern bei. Nur äußerst selten gab es mal ein Tauschgeschäft, und selbst diese kamen mit Verschwiegenheitsklauseln und Strafen bei Vertragsbruch.

Ich hingegen probierte herum. Testete Töne, wie sie mit meiner Magie reagierten, und früh hatte ich gelernt, dass ich eine Affinität für Schatten- und Mond-Cantos besaß – so wie man es dem Ingram-Coven nachsagte. Jenem Coven, aus dem wir geflogen waren.

Da ich aber ohne Anleitung einfach nur herumprobierte, was meine Magie mit ausgedachten Cantos bewirkte, galt meine Art des Zauberns als Straßenhexerei. Unbeständig, gefährlich und experimentell – gesetzlich eine Grauzone und an der Grenze zum Illegalen. Von der Hexengesellschaft deswegen absolut verpönt und gehasst.

Und genau das hatte ich gerade unbedacht auf meiner Abschlussfeier zum Besten gegeben und somit jeder Person, die an mir zweifelte, recht gegeben, dass Hexen wie ich instabil und gefährlich waren.

Oliver durchbohrte mich mit seinem Blick, doch er schwieg. Was auch daran lag, dass ihn Harlow fest am Oberarm hielt. So sehr, dass dessen Handknöchel weiß hervortraten.

»Wir wollten dich nur fragen, ob du heute zum Abschlussfeuer kommst«, durchbrach Ruby mit ihrer sanften Stimme die Stille.

»Das wäre nicht schlau«, antwortete ich zähneknirschend.
»Ich finde es sogar äußerst schlau.« Harlow lächelte mich milde an. Schmolz da etwas ein Gletscher? Unmöglich. Ein freundlicher Harlow passte nicht in mein Weltbild.
»Was weiß ich schon von schlau?«, gab ich zurück, denn ich kam nicht damit klar, dass der große Harlow Sympathie für mich und meine Lage bereithielt. Es machte mich ungewöhnlich schüchtern. Und ich hasste es.
Dass Harlow mich weiterhin fixierte, brachte mich zudem ins Schwitzen. War er ein heißer Kerl? Ja, und zwar von der Sorte, die einem unangebrachte Träume bescherte.
Aber wollte ich, dass er nett zu mir war, obwohl ich in Lebzeiten keine Chance bei ihm haben würde? Bitte nicht. Das war der Stoff, aus dem Albträume und Liebeskummer gewebt wurden.
»Du bist der zweitbeste Absolvent – und das ohne Coven«, antwortete Harlow. »Ich glaube sehr wohl, dass du weißt, was es bedeutet, schlau zu handeln.«
Wieso wurden meine verräterischen Wangen denn auf einmal heiß? O Shit, ich musste hier weg. Jetzt.
»Mal sehen. Muss los.« Hektisch drehte ich mich herum und war mit wenigen Schritten bei meiner Mutter. »Mom, komm. Wir gehen. Ich helfe dir im Laden.«
»Ach Süßer, das musst du nicht.«
»Doch. Jetzt. Bitte«, murmelte ich und schob sie förmlich zum Ausgang des Parks. Weit weg von Harlow, dieser verdammten Schule und den verwirrenden Gefühlen, die ich schon seit Jahren für ihn hegte.

Kapitel 3

Harlow

Sechzig Tage bis zum Blutmond

Jax Ingram – niemand schaffte es, mich derart wütend und so schmachtend zugleich werden zu lassen wie dieser Kerl. Mein Kryptonit. Während mir seine Art ungeheuerlich auf die Nerven ging, wurden meine Knie dennoch weich, sobald ich seine volle, tiefe Stimme vernahm. Und bei der Urmutter, wann immer er sang. Totaler Fan-Boy-Modus bei mir – und das war völlig unangebracht. Wenn meine Mutter Angelina davon wüsste, wäre ich erledigt.

Also tat ich, was jeder unreife, verwöhnte Einundzwanzigjährige tat, der nicht auf sein Erbe verzichten wollte: Ich behandelte die Straßenhexe von oben herab, strafte ihn mit eisigen Blicken. Was dazu geführt hatte, dass er mich heimlich Eisprinz nannte, was ich wiederum nur durch Zufall im zweiten Jahr an der *St. Andrew* mitbekommen hatte, als Jax es im Vorbeigehen vor sich hin genuschelt hatte. Und später durch Ruby bestätigt worden war, die es mir grinsend verraten hatte.

Genervt pflückte ich ein Blütenblatt vom Blauen Hibiskus neben mir und warf es von unserem Balkon des Penthouse. Langsam segelte es in Richtung des Opernhauses, während ich weiterhin versuchte, Jax' Augen aus meinen Gedanken zu verdrängen. Das Braun seiner Iriden strahlte wie die Glut von Feuer, sobald die Sonnenstrahlen sie trafen. Eingerahmt von wilden dunkelbraunen Strähnen seines Haars und unterstrichen durch die vollen Lippen, umringt von einem Dreitagebart.

Wunderbar. Jetzt dachte ich wieder an seine Lippen.

Fokus, Harlow!

»Zur Urmutter ...«, murmelte ich vor mich hin. Es war Zeit, meine ungezügelte Lust in den Griff zu bekommen. Mehr würde es sowieso nie werden.

Ein Lachen hinter mir ließ mich herumfahren. Im Türrahmen zu unserem Wintergarten stand Teagan, meine Sicherheitschefin und Oberste Leibwächterin. Selbst der schlichte schwarze Anzug, die zurückgegelten Haare und die riesige Sonnenbrille, die ihr halbes Gesicht bedeckte, waren nicht in der Lage, ihre atemberaubende Schönheit zu schmälern. Egal wie sehr Teagan sich bemühte, ihr Aussehen hinter nüchterner Kleidung und der großen dunklen Brille zu verstecken, nichts vermochte ihre strahlende Aura zu dämpfen. Wieso sie in den Sicherheitsdienst der Präsidentin gegangen war, statt ein millionenschweres Supermodel zu werden, blieb mir schleierhaft.

Der Geruch von Äpfeln, nassem Tierfell und verrottendem Holz, durchzogen mit einem Hauch verbrannter Asche, wehte zu mir herüber. Als ich ihn das erste Mal gerochen hatte, war mir übel geworden, doch ich hatte mich mittlerweile dran gewöhnt. Interessant hingegen war, dass Menschen diesen Geruch wie eine Droge wahrnahmen. Sich danach verzehrten. Öfter hatte ich schon Leute begierig in die Luft schnüffeln sehen, wenn Teagan an ihnen vorbeistolziert war.

»Wieso lachst du?«, fragte ich mit einem halben Lächeln auf den Lippen.

»Weil es niedlich ist, wie du dich gegen die Liebe sträubst.« Lässig lehnte sich Teagan an den Türrahmen.

»Liebe? Warst du zu viel in der Sonne?«

»Ach Kleiner, ich rieche Liebe zehn Kilometer gegen den Wind, glaub mir. Erinnere dich an meine Worte.«

»Ja klar. Nicht nötig, denn von *Liebe* steht nichts im Fünfjahresplan, den Angelina für mich aufgestellt hat.«

»Wie du meinst.« Mit einem süffisanten Grinsen auf den Lippen schlenderte Teagan an meine Seite und schnupperte an mir. Dann lachte sie erneut. »Oh, là, là, die Straßenhexe. Gute Wahl. Unerwartet, ja. Aber nicht sonderlich überraschend.«

Reflexartig sprang ich ein Stück in die Luft, was Teagans Lachen nur verschärfte. »Ich habe keine Ahnung, wovon du redest!«

»Einundzwanzig müsste man noch mal sein«, antwortete sie mit einem theatralischen Seufzen.

Schreie aus dem Stockwerk unter uns durchbrachen das Geplänkel zwischen Teagan und mir. Waren das meine Mutter und Mr King?

»Harlow.« Jegliche Leichtigkeit hatte Teagans Stimme verlassen. Ihre Stirn lag in Falten, die Augen waren zu Schlitzen verengt.

»Wie können die Namen meiner Kinder in dem Buch auftauchen?«, brüllte Bruce, seine Stimme überschlug sich. Das Blut, das in meinen Ohren rauschte, war einen Moment lang das Einzige, was ich vernahm. Und es war lauter als die Wasserfälle in den Regenwäldern im Norden Australiens.

»Nicht so laut!«, keifte meine Mutter, und plötzlich verstummte das Geschrei. Sie hatte mit Sicherheit einen Canto gesungen, der ihr Gespräch verschleierte.

»Nein«, flüsterte ich, während mein Körper unkontrolliert zitterte. Instinktiv wusste ich, um welches Buch es ging. Immerhin lebte ich schon lange in diesem Haus und war mit den politischen Gepflogenheiten mehr als nur vertraut. »Bitte nicht.«

»Harlow, du kannst nichts –«, setzte Teagan an, aber ich sprintete in unsere Wohnung. Genervtes Grummeln erklang hinter mir, doch ich rannte den Flur entlang zu Angelinas Arbeitszimmer. In diesem Moment scherte ich mich nicht darum, dass mir der Zutritt verboten war.

Schwer atmend kam ich vor dem robusten Mahagonitisch zum Stehen. Neben einem Haufen Papieren und Akten lag dort ein in schwarzes Leder gebundenes Buch. Goldene Verzierungen rankten sich unablässig über die Oberfläche. Der Einband strahlte eine Kälte aus, die mich frösteln ließ. Spielte um mich, legte sich auf meine Haut und durchdrang meine Knochen. Von dem Buch der Finsternis ging eine Macht aus, die nicht von dieser Welt zu sein schien.

Mit zitternden Fingern schlug ich es auf und blätterte frenetisch durch die Seiten. Zahllose Namen flogen vor meinem Auge dahin. Jeder einzelne war mir völlig egal. Mich interessierten ausschließlich die letzten Einträge.

»Harlow, nicht«, sagte Teagan in der Tür des Arbeitszimmers. Ihre Stimme klang weich, leiser als sonst – besorgt.

Zu spät. Mein Blick verschwamm, während ich zwei Namen las.

Oliver King.
Ruby King.
Heiße Tränen rollten meine Wangen hinab. Das durfte nicht wahr sein. Ein Irrtum. Unmöglich konnten diese beiden Namen dort stehen.
Ich hob langsam den Kopf. Tränen rannen weiterhin meine Wangen hinab, während mein Atem stockend ging, denn meine Kehle war wie zugeschnürt.
»Teagan, sag mir, dass es ein Fehler ist.«
Sie schloss die Augen. Atmete tief ein und aus. Dann öffnete sie die Lider und Trauer huschte über ihr Gesicht.
»Es tut mir leid.«
»Nein!« Ich schlug das verdammte Buch zu und stürzte zur Tür. Bevor ich hindurchrennen konnte, hielt mich Teagan am Arm fest. So sehr, dass Schmerz durch meine Muskeln fuhr. Dennoch kochte die Wut in mir über und ich funkelte sie finster an.
»Lass mich sofort los. Das ist ein Befehl!«
Ohne ihren Griff zu lösen, lächelte sie traurig und entließ ein leises Schnauben.
»Mein Befehl ist es, den Sohn der Präsidentin zu beschützen. Sobald ich eine Gefahr sehe, haben weder du noch deine Mutter das Kommando – sondern ich.«
Erneut schossen mir Tränen in die Augen. Der Raum verschwamm und drehte sich rasend schnell. Kraftlos boxte ich gegen Teagans Schulter, versuchte mich zu befreien. Nur war es vergebens, ihre Kraft überstieg meine bei Weitem.
Sie zog mich in eine feste Umarmung. Ihr Eigengeruch war so prägnant wie nie zuvor. Er durchspülte den gesamten Raum und das Schwindelgefühl nahm mehr und mehr zu.
»Hör mir jetzt genau zu.« Langsam drückte sich mich von sich. Das Weiß ihrer Augen verfinsterte sich zu purer Schwärze. Für einen Augenblick erblickte ich ledrige Flügel an ihrem Rücken, doch als ich blinzelte, waren sie verschwunden.
»Du ... Was ... Was bist du?«, stotterte ich.
»Ein Sukkubus, aber das spielt jetzt keine Rolle. Willst du mein wahres Wesen diskutieren oder deine Freunde retten?«

»Ich …« Keine Ahnung, was die Antwort darauf war. Beides? Mit offenem Mund starrte ich meine Leibwächterin an.

»Wo sind Oli und Ruby?«, fragte sie mit fester Stimme.

»Beim Feuer. Sie eröffnen es. Ich wollte gleich dorthin.«

»Okay. Hör mir nun wirklich ganz genau zu, Harlow.«

Ich nickte benommen. Spürte, wie ein Tropfen Schweiß meine Stirn hinablief.

»Kein Wort zu deiner Mutter. Du hast die Namen nie im Buch gesehen, verstanden? Wisch dir die Tränen aus dem Gesicht und streif die fröhliche Maske über.«

»Was? Ich –«

»Zuhören, habe ich gesagt!«, fuhr Teagan mich an. »Wenn Madam President erfährt, dass du es weißt, lässt sie dich nicht zum Feuer. Und das bedeutet, dass wir keine Chance haben, deine Freunde zu erreichen, bevor … sie verschwinden. Wenn sie es nicht ohnehin schon sind.«

Ich wusste nur vage etwas über das Buch – das einzig Sichere war, dass jede Person, deren Name darin erschien, spurlos verschwand. Aus Reflex griff ich nach meinem Handy und Teagan nickte mir zu. Per Kurzwahl rief ich Oli an. Mailbox. Seine Stimme sagte den üblichen lustigen Spruch, doch bevor er zu Ende gesprochen hatte, legte ich auf.

Zittrig wählte ich Rubys Nummer. Ebenso Mailbox. Scheiße. Beide waren sonst immer erreichbar für mich.

»Wir müssen los«, durchbrach Teagan meinen Schreck. »Jetzt!«

Vermutlich hätte es mich mehr verstören müssen, wie einfach es mir gefallen war, die lächelnde Maske überzustreifen und zu tun, als wäre alles cool. Angelina hatte mir sogar viel Spaß beim Feuer gewünscht und sich ein unechtes Lächeln auf die Lippen gequält.

Was für ein Monster war ich geworden? Selbst die australische Präsidentin schaffte es nicht, eine glaubwürdige Maske anzulegen in der drohenden Gefahr.

Meine beiden einzigen, echten Freunde standen kurz davor zu verschwinden, oder waren es längst, und ich spielte den unbekümmer-

ten Freund? Wann hatte ich es geschafft, meine Gefühle von meinem Körper zu trennen?
Eisprinz.
Jax' Worte hallten mir durch den Kopf. War ich wirklich eiskalt und verdiente den Spitznamen: der Eisprinz?
»Harlow, Fokus«, sagte Teagan, während sie den Wagen am Strand von *Manly Beach* einparkte. »Wenn du dich nicht konzentrierst, dann brechen wir es sofort ab. Zur Urmutter, ich hätte dich gar nicht erst mitnehmen dürfen. Es ist zu gefährlich!«
»Danke, dass du es getan hast«, antwortete ich leise und legte meine Hand auf ihren Unterarm. Sie lächelte mir milde zu und nickte.
»Du machst, was ich sage. Verstanden?«
Ich atmete tief durch. »Das kann ich dir nicht versprechen.«
»War von auszugehen«, murmelte sie. »Glaub mir, du hast keine Ahnung, wie gefährlich es ist, und wie unsinnig meine Entscheidung ist, zusammen mit dir hierherzukommen. Wenn dir etwas passiert, erwürge ich dich zusätzlich. Sei bereit, dein ganzes Arsenal an Belcantos zu nutzen.«
Wir lächelten uns einige Augenblicke lang an, entschlossen und nicht fröhlich. Dann nickte Teagan und wir stiegen aus dem Auto.
Schweigend eilten wir die Promenade entlang, die den Hauptstrand von der geschützten Bucht *Shelly Beach*, in der das Feuer brannte, trennte. Fünf Minuten später stand ich mit flachem Atem, beinah paralysiert auf dem feinen gelben Sand. Funken stoben aus dem Feuer durch die anbrechende Nacht und verflogen in dem klaren Himmel. Gut dreihundert junge Hexen von *St. Andrew* tummelten sich hier. Mehrere Stände mit Essen und Getränken standen um das Feuer. Doch mein wilder Blick fand Ruby und Oli nicht unter ihnen. Laute Musik dröhnte über das Meer, während ein paar Leute tanzten. Auch hier sah ich meine Freunde nicht. Verdammt, wo waren sie?
Überall vernahm ich Gespräche, lachende Absolventen und sah feiernde Jugendliche. Einige spielten Beerpong, weitere badeten im seichten, klaren Wasser der Bucht. Unter anderen Umständen hätte ich die Party genossen. Immerhin war sie das Event des Jahres für Studierende an der *St. Andrew*. Doch mein Blick suchte weiterhin panisch nach Oliver und Ruby.

Eine Gruppe, unter der sich auch Freunde der Geschwister befanden, stach mir ins Auge. Ich rannte zu ihnen.

»Habt ihr Oli gesehen?«, fragte ich mit zittriger Stimme.

»Hey, McQueen, du bist da!«, brüllte ein betrunkener Freund von Oli aus dem Rugbyteam und versuchte mir ein High Five zu geben.

»Wo ist Oli?«, hakte ich nach, ignorierte die Geste.

»Keine Ahnung, Mate. Vermutlich irgendein Mädel abschleppen.«

Eine junge Hexe, die mit Ruby befreundet war, boxte dem Typen gegen den Oberarm.

»Was? Jeder weiß, dass Oli nur Spaß sucht und seine Freundinnen täglich wechselt!« Er lachte laut.

»Kein Grund, das so zu feiern, du Prolet«, murmelte sie und funkelte ihn genervt an.

»Weißt du, wo Ruby ist?«, fragte ich die junge Hexe. Aus dem betrunkenen Kerl würde ich keine Antworten herausbekommen.

Ihr Gesicht verfinsterte sich. »Ich ... Nein ... Harlow, ich ...«

»Hey, sag es mir einfach!«, forderte ich ungewollt schroff. »Sie bekommt keine Probleme, versprochen«, setzte ich freundlicher nach.

»Ich dachte, sie hätte wie immer die Finger vom Alkohol gelassen. Aber sie benahm sich plötzlich so komisch. Ihre Augen waren glasig und ihre Stimme verwaschen.«

»Ruby trinkt keinen Alkohol«, stimmte ich ihr zu.

»Genau. Aber sie redete wirr. Von Bäumen und einem Wald. Ich habe Oli mit ihr in Richtung Buschland torkeln sehen. Vermutlich will er sich abseits um sie kümmern.« Das schlechte Gewissen schwang deutlich in der Stimme der jungen Hexe mit.

Jede von uns Hexen bekam von Kindesbeinen an eingebläut, dass wir große Ansammlungen von Bäumen und Büschen zu meiden hatten. Nur den Hyde-Park inmitten von Sydney durfte ich besuchen, wenn ich die Lust nach Natur verspürte, da der Baumbestand dort verteilter war als im Buschland.

Zur Urmutter, ich erinnerte mich noch genau, wie Angelina ausgerastet war, als ich fragte, ob wir die *Blue Mountains* besichtigen könnten. Kilometer von Eukalyptusbäumen bildeten dort eine riesige Waldlandschaft, die durch den Dunst der Bäume blau schimmerte. Nie zuvor hatte ich Angelina so wütend und verängstigt zugleich erlebt. Es erübrigte sich zu erwähnen, dass ich nach einundzwanzig Jahren nicht einmal in die Nähe der *Blue Mountains* gekommen war, oder?

Teagan musterte die junge Hexe, dann mich. Sie schüttelte kaum merklich den Kopf. Ihre Augen waren durchtränkt von Sorge, die vollen Lippen zu einer dünnen Linie zusammengepresst.

Ich hingegen hatte genug. Diese unnormale Angst vor Bäumen, die uns Hexen anerzogen wurde wegen eines unsinnigen Märchens, würde mich nicht davon abhalten, nach meinen Freunden zu sehen.

Was bitte sollten Bäume so Schreckliches ausrichten? Immerhin beherrschte ich mehrere Feuer-Cantos. Selbst wenn die Dinger zum Leben erwachten, was völlig abwegig war, würde ich sie locker niederbrennen.

Entschlossen stapfte ich Richtung Buschland, das die Bucht zur Nordseite vom Ozean trennte.

»Hey!«, sagte Teagan energisch und hielt mich an der Schulter fest.

»Lass los!« Wir starrten uns finster an. Einige Momente vergingen, dann seufzte sie und entließ mich.

»Ich bin die schlechteste Leibwächterin überhaupt«, murmelte sie, während sie mit schweren Schritten an mir vorbei zum Buschland ging.

Erstaunt starrte ich ihr hinterher, denn ich hatte mit deutlich mehr Diskussion gerechnet.

»Willst du ewig da stehen bleiben?«, rief sie mir mit einem Blick über die Schulter zu. »Halt deine Stimmbänder bereit. Das wird gefährlich. Verstanden?«

Ich nickte und eilte ihr hinterher.

Kapitel 4

Jax

Sechzig Tage bis zum Blutmond

Ich saß auf unserem Balkon in Manly und flocht eingeweichte Ästchen von Eukalyptusbäumen mit Hibiskuszweigen zusammen. Der markante Duft umspielte meine Nase, während ich Wermutkraut in kleinen Büscheln dazwischenwebte. Ein paar Minuten später bildete ich aus dem Zopf einen Kreis und stimmte eine kurze Melodie an.

Funken tanzten über die beiden Enden und verschmolzen den Strang zu einem Talisman. Pfeifend – ohne den Tönen Magie beizumischen – griff ich nach dem Himalajasalz und den kleinen Jaspis. Hellrot durchzogen mit dunkleren Flecken leuchteten sie in der Abendsonne. Ich zerrieb das Salz und streute es auf den Talisman. Danach legte ich drei Jaspis ins Zentrum und pfiff eine Melodie, deren letzten Ton ich hielt. Feuer flammte aus meinem Mund, und ich blies es so lange auf die Steine und das Salz, bis sie fest mit dem Schmuckstück verschmolzen.

»Du bist so talentiert, mein Kleiner.«

Ich schreckte hoch, wobei mir der Talisman auf den Tisch fiel. Meine Ma lächelte mich fürsorglich an.

»Und du vergisst die Welt um dich, sobald du Sachen erschaffst.«

Damit hatte sie recht. Es war meine Art der Meditation. Immer wenn ich nicht mehr nachdenken wollte, bastelte ich magische Artefakte, Talismane und andere kleine Konstrukte.

»Dein Onkel wäre stolz auf dich«, flüsterte sie und seufzte. »Er war ebenso ein begnadeter Bastler. Wie unsere gesamte Familie. Wobei ich nicht gut im Konstruieren bin.«

Leise lachte ich auf und grinste. »*Nicht gut* ist eine Untertreibung.«
»Och, du kleiner Fiesling.« Meine Mutter schlug verspielt mit einem Küchentuch nach mir.
»Deine Tränke, Salben und Tees sind dafür in ganz Sydney beliebt.« Während das Konstruieren mir in die Wiege gelegt worden war, hatte meine Mutter das Talent für Alchemie erhalten. In Kombination erschufen wir lauter Waren, die Menschen und Hexen zu gleichen Teilen begehrten. Unser Laden lief ordentlich. Zwar waren wir keine reichen Schnösel, aber wir vollbrachten etwas Gutes und davon ließ sich leben.

Meine Mutter betrachtete den Talisman, dann lachte sie laut. Ich zog fragend eine Augenbraue in die Höhe.

»Ein Liebestalisman zur Steigerung der Lust und Potenz?«

Verwundert sah ich zu dem roten Jaspis. Mist. Der Plan war es gewesen, Bernstein zu verarbeiten, da dieser Entscheidungen erleichterte und Ängste nahm. Wieso hatte ich die Sexsteine genommen, wie wir Jaspis scherzhaft zu Hause nannten?

»Denkt da jemand an einen attraktiven Sohn unserer Präsi–«

»Nein, denkt er nicht!«

Doch, total. Andauernd. Das war ja mein Problem!

»Wolltest du nicht Bernsteintalismane herstellen?«

Mehr oder weniger unauffällig schob ich den Sack voller Bernsteine unter den Tisch.

Meine Mutter lachte so laut, dass sie sich vornüberbeugte. Ich stimmte ein, und für ein paar Minuten genoss ich diesen Moment mit ihr.

»Er macht mich wahnsinnig«, gab ich zähneknirschend zu. »Ich hasse ihn, wirklich, und dennoch ... geht er mir nicht aus dem Kopf.«

»Er ist halt ein McQueen – so war das schon immer. Die Ingrams hatte seit jeher eine Schwäche für sie.« Meine Mutter lächelte mir zu und tätschelte meine Schulter. »Es gab eine Zeit, da herrschte eine Fehde zwischen den beiden Gründerfamilien. In einer anderen Epoche, beinah einer anderen Welt, mein Junge.« Sie setzte sich ins Innere in Bewegung. »Da wärt ihr als Romeo und Julius bekannt geworden.«

»Romeo und Julius, Ma? Wirklich?«

»Eine dramatische Liebe.« Sie blieb stehen, sah noch einmal zu mir. »Ein Tipp: Schluck kein Gift, bevor du nicht seinen Puls gecheckt hast.«

Mit offenem Mund stand ich da und sah ihr hinterher.

»Ach, es gibt übrigens Essen. Wenn du gleich auf eurer Party trinkst, brauchst du eine Grundlage.«

Langsam trottete ich ihr hinterher in unser Wohnzimmer und weiter in die Küche. Dort lehnte ich mich in den Türrahmen und verschränkte die Arme vor der Brust.

»Ich gehe da eh nicht hin.«

»Jax Ingram, natürlich gehst du *da* hin!«

»Mit drei Vornamen wie beim großen Harlow hätte das definitiv bedrohlicher geklungen. Blöd, dass wir nur entfernte Verwandte der Gründerfamilie Ingram sind und keine direkten Nachfahren«, scherzte ich und lachte. Erwartete ich, dass sie mit einstieg, irrte ich mich jedoch. »Ma?«

»Es gibt Lasagne, die liebst du doch.«

»Äußerst subtil.«

Seufzend drehte sie sich zu mir. In ihren Augen lag die Last von all dem Mist, der uns widerfahren war.

»Ach Jax.« Sie kam zu mir herüber und fuhr mit der Hand durch mein Haar. »Ich wollte es dir ohnehin nach dem Abschlussfeuer sagen. Irgendwann erfährst du es eh.«

»Was meinst du?«

»Dein Geburtsname ist Jax Gunnar Baldwin Ingram. Wir sind keine von den Ingrams, die nur entfernt in diese Familie eingeheiratet haben.«

»Aber ich dachte, dein verstorbener Mann ...«

»War kein Ingram, ich bin eine. Und nicht nur irgendeine. Gunnar und ich sind Kinder der ersten Ingrams. Du bist ein direkter Nachfahre. Es ... tut mir leid. Ich hatte geplant, es dir ... Na ja, einfühlsamer zu beichten? Aber es gibt Gründe ...« Ma kräuselte die Nase und Sorge blitzte in ihren Augen auf.

»Das ist unmöglich.« Ich schüttelte den Kopf. »Das hätte sich herumgesprochen nach ... nach der Sache mit Bruce King.«

Meine Mutter setzte sich auf einen Stuhl und bedeute mir, mich ebenso hinzusetzen.

»Sie haben mir alles genommen, aber wenigstens die Familienehre haben sie uns Ingrams gelassen. Nur die Obersten Hexen der Gründerfamilien wissen darüber Bescheid. Und Bruce. Aber er wurde mit einem Schweige-Belcanto belegt. Alle anderen Hexen mit einem Vergessens-Belcanto. Durch den Belcanto wurden meine ganze Identität, Alter und Herkunft in allen offiziellen Dokumenten geändert, und jeder glaubt, ich sei eine eingeheiratete Ingram. So blieb der Familienname makellos.«

Wütend ballte ich meine Hände zu Fäusten. »Hatte er deswegen eine Affäre mit dir?! Um ein Ingram zu werden?«

Ma nickte traurig. »Als ich ihm sagte, dass wir bei einer Heirat seinen Namen annehmen würden, ließ er uns sitzen.«

»Aber wieso wolltest du seinen Namen?«

»Weil er schon zwei Kinder hatte.«

»Ich verstehe nicht.«

»Das wirst du. Wir vier Gründerfamilien von Sydney und ebenso die anderen acht großen Blutlinien der Welt haben viele Geheimnisse. Eines sind die Blutgaben. Die Ingrams besitzen die Gabe des Konstruierens.« Sie lächelte mir milde zu und deutete zu einem Talisman, der auf dem Küchentisch lag. »Es ist kein Zufall, dass wir Gegenstände so gut herstellen können. Die McQueens beherrschen das Erwecken. Dubois die Hellsicht. Und Rinaldi das Umformen.«

Ich sah sie weiterhin fragend an, denn ich verstand nichts.

»Nur die unmittelbaren Nachfahren der alten Blutlinien besitzen Gaben, alle anderen Hexen mit vermischten oder schwächeren Blutlinien beherrschen ausschließlich Belcantos als Magie, mein Kleiner.« Müde lächelte sie mir erneut zu. »Deswegen konnten Ruby und Oliver nicht den Namen Ingram annehmen – die Kinder der alten Blutlinien müssen von einer Hexe des alten Bluts geboren werden. Es ist kompliziert. Viele Regeln, uralte Belcantos und Sitten sorgen für die Einhaltung. Eine Hexenhochzeit verändert dein Blut. Heiratest du einen direkten Nachfahren einer alten Blutlinie, wirst du einer von ihnen. Dein Blut verwandelt sich in das der jeweiligen alten Linie. Dieser Transformationszauber wirkt aber nur, wenn du bisher keine Kinder gezeugt und dein Blut nicht vererbt hast – was Bruce durch Oliver und Ruby schon getan hatte. Wie du weißt, heiraten wir Hexen hauptsächlich aus Vernunft und nur selten aus Liebe. Es dient zur Stärkung der Macht und des Einflusses. Und eine Hexenehe ist nur erlaubt, wenn du kinderlos bist. Nur war ihm das nicht klar, bis ich es ihm sagte. Du hingegen wurdest von mir geboren und hast deswegen das reine Ingram-Blut in dir.«

»Der Hundesohn hat dich ausgenutzt und dann fallen lassen, als er nicht bekam, was er sich zu erschleichen versuchte!«

»Er ist immer noch dein Vater«, flüsterte sie.

»Nein, ist er nicht.« Ruckartig erhob ich mich. »Ein Vater wäre für seinen Sohn da gewesen und hätte unsere Familie nicht ruiniert!«

»Jax, Süßer. Bitte.«

»Nein, Ma. Es reicht. Du musst ihn nicht in Schutz nehmen.«

Ohne eine Antwort abzuwarten, drehte ich mich um und stürzte aus der Wohnung.

Eine halbe Stunde rannte ich ziellos durch die Gegend, steckte ein paar Büsche in Brand und jagte Mülltonnen in die Luft. Nun stand ich wieder vor unserer Haustür. Ich hatte zwar weiterhin keine Lust auf die Feier, aber ich wollte meine Gedanken betäuben – und dafür benötigte ich Alkohol. Und den gab es in Massen bei der Feier. Keine sonderlich intelligente Lösung, meine Gefühle damit zu betäuben, aber definitiv eine effektive. Was ich außerdem brauchte: Ablenkung. Nur deswegen machte ich mich schließlich auf den Weg zum Abschlussfeuer.

Zum Glück lag Shelly Beach, an dem es stattfand, nur ein paar Gehminuten von unserer Wohnung entfernt. Genervt begab ich mich in den Durchgang, der neben dem Laden meiner Mutter zu dem mittleren Teil von Manly Beach führte. Einzelne Sonnenstrahlen fanden ihren Weg in die enge Gasse. Sie klammerten sich an die Oberflächen von Müllcontainern und Sperrmüll, als würden sie der Nacht keinen Platz machen wollen.

»Hey, Stinker, herzlichen Glückwunsch!«, erklang es von der Promenade am nördlichen Ausgang der Gasse. Das Licht umspielte die gut trainierte Statur einer ansonsten zierlichen Frau.

Grinsend näherte sich mir Eliss, die ich nun besser erkannte, wo mich die Sonne nicht mehr blendete. Ihr blaues kurzes Haar leuchtete so grell wie eine Neonreklametafel und stand zu einem Iro gestylt gen Himmel. Sie hatte die dreifach gepiercte Augenbraue in die Höhe gezogen. In ihrer Nase wackelte ein Septum und hing beinah hinab bis zu den Piercings in ihrer Oberlippe. An ihrem Oberarm klebte Folie.

Eliss folgte meinem Blick und grinste breit.

»Frisch gestochen. Gleiches Motiv wie auf dem Shirt.« Stolz straffte sie ihr grellgelbes Top mit der Aufschrift *Fuck The System*.

»Ein Wunder, dass du überhaupt noch einen Platz findest, der tätowiert werden kann«, antwortete ich eine Spur zu scharf und bereute es unmittelbar darauf. Sie konnte nichts für den Sturm, der in mir tobte. Zwar hatten die Mülleimer, die ich hochgejagt hatte, meine Laune etwas gebessert, aber dennoch kochte die Wut weiterhin in mir. Und das wiederum nervte mich ungemein. Der Arschking war es nicht wert, dass ich nur einen Gedanken an ihn verschwendete.

»Hey, ich habe nur …« Eliss zog die Nase kraus. »Zehn, na ja, elf Tattoos. Was hat dir die Laune verhagelt?«

»Bruce King!«

»Yikes!«

»Ja, genau!«

»Willst du drüber reden?«, fragte sie mit schief gelegtem Kopf.

»Eher nicht. Alternativplan: Wir trinken den reichen Säcken ihren Alk weg.«

»Deal! Vielleicht finde ich da eine Bettpartnerin oder einen Partner für heute Nacht.« Abwechselnd hob und senkte sie die Augenbrauen, und ich kommentierte es mit einem Grunzen. »Was denn? Ich bin nicht so wählerisch wie du und schmachte direkt den Sohn –«

»Nicht.«

»Schon gut. Du bist heute echt empfindlich.« Sie hob entschuldigend die Arme.

»Ma hat eine Bombe über mein Leben platzen lassen. Können wir nicht drüber reden?«

»Oh!« Ihre Augen weiteten sich und ihre Wangen erblassten.

»Eliss?« Ich musterte meine Kindheitsfreundin. »Du … wusstest es.«

»Zur Urmutter«, antwortete sie brummend und trat nach einem Pappkarton am Boden. »Ja, Stinker. Ich wusste es. Schon immer.«

»Wie konntest du es mir verschweigen?«, donnerte ich.

»Fuck!«, brüllte sie in den anbrechenden Abend. »Weil es meine Aufgabe ist, dich zu beschützen. Verdammt, hätte deine Mutter mich nicht vorwarnen können?«

In meinem Kopf verknoteten sich die Gedanken. Kein einziger ergab Sinn.

»Deine Aufgabe?«

»Bevor wir hier einen auf großen Hollywoodfilm-Streit machen und du dramatisch davonstürzt: Unsere Freundschaft ist echt. War sie immer. Ich habe dir nie etwas von den Gefühlen vorgespielt.«

»Wovon redest du?« Verwirrt schüttelte ich den Kopf.

Eliss seufzte. Für einen Moment sah sie mir fest in die Augen, dann drängte sie mich tiefer in die Gasse.

»Ich bin in deiner Welt, um dich zu beschützen. So eine richtige Bad-Ass-Aufpasserin. Nur in supercool.« Sie lächelte gekünstelt. Bevor ich etwas antwortete, führte sie eine Handbewegung aus und …

»Shit!« Mit geweiteten Augen sprang ich einen Satz zurück.

An einigen Stellen durchbrachen verwelkte Apfelblüten und morsche Zweige Eliss' aschgraue Haut. Grünliche Adern schimmerten wie kleine Wurzeln hindurch. Ihr Gesicht wirkte abgemagert, als hätte sie monatelang kaum gegessen. Der Geruch von Äpfeln, verbrannter Asche und verrottetem Holz stieg mir in die Nase, während sie mich aus pechschwarzen Augen musterte.

»Überraschung, ich bin eine Banshee.« Trotz der Situation grinste ich, als sie einen Tanz mit Jazzhänden zur Unterstreichung der Aussage vollführte.

»Was geht hier ab? Träume ich?«

»Wacher, als du es je warst, Stinker.«

»Mutig, *mich* Stinker zu nennen, wenn *du* selbst wie ein vergammelter Komposthaufen riechst.«

Eliss blinzelte einmal. Ein zweites Mal. Dann lachte sie schallend los.

»Touché, mein Lieber.« Sie vollführte eine übertriebene Verbeugung. »Aber mal im Ernst, es gibt vieles, was du nicht weißt. Was aus guten Gründen vor dir geheim gehalten wurde.« Gerade als ich etwas erwidern wollte, legte Eliss eine Hand auf meine Schulter und schüttelte den Kopf. »Nicht hier. Ich verstehe, dass du Fragen hast, aber hier draußen ist es zu gefährlich, darüber zu reden. Wir sollten rein—«

Ihr Blick wurde plötzlich glasig. Schwarze Schatten wirbelten in ihren Augen umher. Dann flatterten ihre Lider.
»Eliss?« Ich rüttelte sie besorgt. Mein Puls hämmerte laut und pumpte das Blut schnell durch meine Adern. »Eliss, komm schon! Das ist nicht witzig.«
Keine Reaktion. Shit!
Auf einmal flog ihr Kopf in den Nacken und sie murmelte Worte in einer Sprache, die ich nicht verstand. Ihr Körper zitterte und verkrampfte. Hilflos sah ich meine Freundin an. So plötzlich, wie ihr Anfall gekommen war, verebbte er wieder. Die Schatten in Eliss' Augen wichen. Mein Atem ging stoßweise.
»Was zur Urmutter war das?« Ich legte eine Hand an ihren Oberarm.
»Wir müssen zum Feuer!«
»Was? Du hattest einen Anfall und willst feiern?«
»Jetzt, Jax. Die Hexenkönigin und der Wald von Salem haben den Befehl erteilt, zwei Hexen aus der Lichtwelt zu holen.« Elias drehte sich um und zerrte mich mit sich zur Strandpromenade.
»Ich verstehe kein Wort!« Es kostete mich große Mühe, nicht zu stolpern, so fest hielt sie ihren Griff und zog an mir.
»Lange Geschichte.« Ihre Stimme klang flatterig und weiterhin atemlos. »Kurzform: Ich habe eine Verbindung zum Wald, und wenn er seine Kinder ruft, höre ich den Befehl.«
»Aha. Welcher Wald? Und was hat das mit mir zu tun?«
»Er will deine Geschwister, Ruby und Oliver.«
Mit diesen Worten drehte sich die Welt deutlich schneller um mich, geriet aus ihren Fugen, während Panik seine kalten Klauen in meinen Geist stieß.

Kapitel 5

Harlow

Sechzig Tage bis zum Blutmond

Mit großen Schritten eilten Teagan und ich die gut hundert Meter zum Buschland. Wir erreichten eine schmale Treppe aus eierschalenfarbenem Stein, die auf die Anhöhe, gefüllt mit Bäumen und Büschen, führte. Allesamt wirkten bräunlich statt grün. Die Sommerhitze Sydneys setzte ihnen zu, und wenn sich niemand täglich um sie kümmerte, wie es im Hyde-Park der Fall war, verloren sie schnell ihr grünes Farbkleid.

Im Licht der untergehenden Sonne und des nahen Lagerfeuers wirkte das trockene Buschland wie aus einem Horrormärchen. Die braunen, kargen Äste streckten sich, in diesem Licht unheimlich glühend, nach uns aus und mir lief ein Schaudern den Rücken hinab. Die antrainierte Angst vor Wäldern funktionierte offensichtlich blendend.

Ich schüttelte den Gedanken ab. Es waren nur Pflanzen, was sollten sie mir antun? Teagan hielt mich am Arm, bevor ich die Stufen hinaufrennen konnte.

»Ich gehe vor! Harlow, du hast keine Ahnung, mit wem wir uns anlegen.«

Trotz des Impulses zu diskutieren nickte ich ihr zu. Selten hatte ich ihre Stimme so angespannt und von Angst durchzogen erlebt. Teagan gehörte zu den furchtlosesten Personen, die ich kannte, und doch zitterten ihre Hände, wie ich bemerkte. Auch aus dem Grund ließ ich ihr den Vortritt und folgte schweigend. Leise summend bereitete ich meine Stimmbänder darauf vor, sie im Notfall einzusetzen. Einmal eingestimmt, gestaltete es sich deutlich einfacher, Cantos zu singen.

Am Treppenabsatz angekommen, betraten wir den ausgetretenen Sandpfad, der zwischen den Bäumen hindurchführte. Gesäumt von Büschen und vereinzeltem Abfall, vermutlich mal wieder von Touristen, lag er still im Zwielicht. Die Musik vom Lagerfeuer in der kleinen Bucht wurde durch den dichten Bewuchs der Natur geschluckt. Nur der Bass wummerte über den Boden, mischte sich mit dem Knirschen der Blätter unter meinen Schuhen und dem Zirpen der Heuschrecken.

Im Gebüsch um uns herum raschelte es immer mal wieder. Innerlich hoffte ich, dass es keine Schlangen waren, die wir bei der Nistzeit störten. Brownsnakes liebten Sydneys Buschland und reagierten äußerst aggressiv, wenn man sie aufscheuchte. Links von mir raschelte es laut. Ich erkannte Bewegung in einem Busch und ein Schatten löste sich. Ungewöhnlich spitz entfuhr mir ein Schrei, weshalb ich mir die Hand vor den Mund schlug.

Ein Truthahn trottete gackernd aus dem Laub und musterte mich eindringlich. Er legte sogar den Kopf schief, als wollte er mir signalisieren, ihn zu füttern. Nachdem ich hilflos mit den Schultern zuckte, drehte er mir den Hintern zu und watschelte davon. Diese Viecher wurden zu sehr von den Touristen verwöhnt.

»Wusste nicht, dass du so hoch in der Tonleiter kommst«, hörte ich eine tiefe, mir äußerst vertraute Stimme. Ich wirbelte herum. Gänsehaut breitete sich auf meinen Armen aus, wie jedes Mal, wenn Jax mit seinem eindringlichen Bass zu mir sprach. Nur erschauderte ich diesmal nicht, sondern errötete zudem, da ich mich vor einem lächerlichen Vogel erschrocken hatte.

»Was machst du hier?«, fragte ich bemüht gelassen.

»Wusste nicht, dass dieses Buschland euch McQueens gehört.« Wie üblich wechselte Jax sofort in die Verteidigungshaltung. »Was treibst du dich denn hier rum? Ist deine Kleidung nicht zu teuer für einen Wanderausflug?«

»Könnt ihr euren albernen Streit lassen?«, zischte Teagan. »Das ist kein guter Zeitpunkt.«

»Ehrlich, schlaft endlich miteinander«, sagte die junge Frau mit den blauen Haaren neben Jax.

»Klappe, Eliss!«, fauchte er.

»Die sexuelle Spannung ist ja kaum auszuhalten«, ergänzte seine Freundin unbeirrt.

»Das ist nicht, was ich damit meinte.« Teagan stöhnte auf und verengte die Augen.

»Schon gut, schon gut!« Eliss hob die Arme. »Wir sind aus demselben Grund hier wie ihr.«

»Ihr kennt euch?«, fragten Jax und ich gleichzeitig.

»Lange Geschichte.« Teagan sah Eliss an. »Du hast den Wald auch gehört?«

»Er verlangt nach den King-Geschwistern, aber etwas war komisch«, sagte Eliss.

»Wir sollten sie schnell finden«, sagte Teagan und setzte sich wieder in Bewegung.

Nach weniger als einer halben Minute gabelte sich der Weg in zwei Pfade. Einer, der bis zu einer Aussichtsplattform auf der steinernen Klippe führte, der andere tiefer in das Buschland und die zunehmende Dunkelheit.

Während Teagan in Richtung des Meeres starrte, sah ich den anderen Weg entlang. An dessen Ende erkannte ich zwei Schemen zwischen den Bäumen. Ruby und Oli. Ich tippe meiner Wächterin auf die Schulter und nickte zu den beiden Schatten. Auch Jax und Eliss sahen in die Richtung. Teagan hielt ihren rechten Arm vor uns, bevor Jax und ich losstürmen konnten, während Eliss ihren Zeigefinger an die Lippen legte.

»Sie ruft nach mir«, erklang Rubys Stimme leise durch den Wald.

»Ich höre die Stimme auch«, antwortete Oli, der am Boden hockte und etwas in den Dreck malte.

Was taten die beiden da?

Teagan und Eliss schlichen näher, so grazil wie Raubkatzen. Jax und ich folgten deutlich unbeholfener. Der Boden war uneben und überall streckten sich uns Äste entgegen. Ich versuchte sie mit den Händen von meinem Gesicht fernzuhalten, und doch zerkratzten sie meine Haut an den Armen und den Wangen. Ich spürte die feuchte Wärme von Blut hinunterlaufen und wischte es mit dem Ärmel meines Sakkos weg. Neben mir grummelte Jax, dem es offensichtlich nicht anders erging.

»Scheiß Äste«, flüsterte er. Genervt brach er ein paar Zweige ab und pfefferte sie in die Dunkelheit des Buschlands.

»Stopp! Und seid leise.« Teagan streckte ihre Hand mahnend aus und hockte sich mit Eliss zusammen hinter einen Busch. Offensichtlich war ich in meiner Genervtheit zu laut, aber zum Glück hatten Ruby und Olli nichts bemerkt.

»Woher kennt Oliver King die Runen des Waldes?«, flüsterte Jax' Freundin mit zitternder Stimme.

»Gute Frage. Entweder er hatte Kontakt zu einem Útlagi oder jemand spielt ihm verbotenes Wissen zu.«

»Aber wie? Das hätte sein Vater bemerkt«, fügte Eliss hinzu.

»Wovon redet ihr da?«, fragte Jax und hockte sich zu den beiden Frauen. »Hast du Útlagi gesagt?«

»Nicht jetzt, Jax.« Eliss schüttelte den Kopf.

Was zur Urmutter war ein Útlagi?

»Wieso hocken wir hier, anstatt ihnen zu helfen?«, zischte ich in dem Versuch, zu flüstern. Doch meine Nerven waren zu angespannt, um meine Stimme leise zu halten.

Träge hob Oli den Kopf von den Zeichen, die er mit seinen Händen in den Waldboden malte, und drehte sich zu uns. Ich zog scharf die Luft ein. Seine Augen leuchteten wie grüne Scheinwerfer. Ruby wandte sich ebenfalls zu uns um. In ihrem Blick lag das gleiche Lichtspiel. Vor Schreck wich ich etwas tiefer in den Schatten des Waldes und hielt mir eine Hand vor den Mund. Adrenalin beschleunigte meinen Puls.

Nach einem ewigen Moment drehten sich Oli und Ruby wieder zu den Zeichen am Boden. Dennoch sah ich weiterhin ihre leeren Augen und das grünliche Licht vor mir.

»Sie sind verflucht, oder?«, flüsterte ich.

»Nicht direkt«, antwortete Teagan. »Sie stehen eher unter einem äußerst machtvollen Bann, stärker als die dir bekannten Flüche.«

Diese Aussage beschleunigte meinen Puls zusätzlich. Fluch-Belcantos waren in Australien und den demokratischen Ländern der Hexenwelt illegal und wurden streng geahndet. Ebenso alle Artefakte und Talismane, die einen enthielten.

»Wieso helfen wir ihnen nicht?« Jax' Stirn lag in Falten und er hatte die Hände zu Fäusten geballt.

»Weil sie mit großer Wahrscheinlichkeit sterben, wenn wir sie davon abhalten, das zu erledigen, was der Bann von ihnen verlangt.« Mit gesenktem Blick und hängenden Schultern sah Teagan zu uns. »Wir haben keine Wahl, und warten, bis sie den Durchgang geöffnet haben.«

»Und dann müssen wir uns beeilen«, fügte Eliss hinzu.

»Durchgang? Wohin? Und wieso beeilen?«, fragte ich und kam mir langsam dämlich vor.

»In den Wald von –«, setzte Teagan an, wurde aber durch ein lautes Knistern unterbrochen. Alarmiert schnellte ihr Kopf zu Ruby und Oliver.

Ein Lichtfunken stob in die Dunkelheit, und unmittelbar danach füllte er das gesamte Muster aus, das Oli auf den Boden gemalt hatte. Die Luft vibrierte, Wind zog auf und die Bäume flüsterten leise vor sich hin. Nur einen Moment später zerschnitt die Realität vor meinen beiden Freunden und ein Riss, so groß wie ein Kirchentor, erschien. Durch ihn erkannte ich einen anderen Wald, der in Grün- und Blautönen erstrahlte. Sein Licht tanzte durch das Tor und badete den kleinen Bereich um Ruby und Oli in einen unheimlichen Glanz. Ein intensiver Geruch nach verfaulten Äpfeln, morschem Holz und nassem Tier wehte zu uns herüber, raubte mir kurz den Atem. Direkt darauf erkannte ich ihn wieder. Meine dämonische Leibwächterin roch genauso, wenn auch weniger konzentriert.

»Jetzt«, gab Teagan knurrend von sich.

Bevor ich mich's versah, schossen Eliss und sie aus dem Versteck. Beide hatten ihre menschliche Form abgelegt und die dämonische angenommen. Ledrige Flügel prangten an Teagans Rücken, ihr pechschwarzes Haar wehte offen um ihren Kopf. Halb vergammelte kleine Blätter und vereinzelte Blüten durchbrachen ihre schneeweiße Haut, während schwarze Wurzeln sich wie lebendige Adern unablässig unter dieser hindurchzogen.

Eliss hingegen umspielten Schatten, die aus ihren tiefschwarzen Augen entwichen. Ihre aschgraue Haut war durchzogen mit toten Blumen sowie Moos, und es sah aus, als legten sie sich unmittelbar danach über ihre Knochen, so ausgemergelt erschien sie in ihrer Dämonengestalt. Wirkte sie in Menschenform sportlich, so erschien sie als Dämonin hager und eingefallen, beinah wie eine mumifizierte Leiche.

Beide erreichten zeitgleich meine Freunde. Jax und ich hockten weiterhin hinter dem Busch. Alles passierte so schnell, dass es mir unmöglich war, nur einen klaren Gedanken zu fassen. Teagan schnappte Oliver und zog ihn von dem Riss in der Luft dichter zu uns herüber. Als Ruby von Eliss gepackt wurde, schossen grün strahlende Ranken aus dem Durchgang und legten sich um den Körper meiner Freundin. Sie zerrten sie näher zum Riss, während Eliss sich mit aller Kraft dagegenstemmte.

Teagan setzte Oli bei uns ab und warf mir einen eindringlichen Blick zu. »Bringt ihn hier weg!«

»Nein, wir lassen euch nicht zurück!«

»Harlow, lauft! Ihr seid dem nicht gewachsen!« Mit diesen Worten drehte sie sich um und eilte Eliss zu Hilfe. Eine der grünen unterarmdicken Ranken peitschte ihr ins Gesicht und warf sie zurück.

»Drecksteil!«, fluchte Eliss und rappelte sich auf. Mit der linken Hand fuhr sie sich über die Wange und leckte sich das schwarze Blut vom Finger. »Du willst spielen? Na dann!«

Sie stemmte ihre Füße einen Meter ausgebreitet in Kampfstellung, beugte sich vor und holte tief Luft. Ihr Nacken spannte sich an, während sie die Arme ausbreitete. Dann hallte ein klagender Schrei voller Leid durch den Wald. Er nahm eine leuchtende Form an, einem Energieball gleich, schoss auf eine der vier monströsen Ranken zu und explodierte auf ihr. Die Ranke schreckte wie ein scheues Tier zurück und verschwand mit einem Kreischen durch den Riss in den anderen Wald.

»Was zur Urmutter ist sie?«, flüsterte ich zu mir selbst.

»Laut ihrer Aussage eine Banshee«, antwortete Jax atemlos, er kauerte neben mir und ich hatte ihn völlig vergessen.

»Du wusstest über Dämonen Bescheid? Wieso wissen es alle außer mir?«

»Beruhig dich, Goldjunge. Ich habe es vorhin erst erfahren.«

»Ich ebenfalls. Und nenn mich nicht so!«

»Wie auch immer, *Harlow Jammison Cassidy McQueen*. Dein Arschlochkumpel sieht gar nicht gesund aus.«

Ich zeigte Jax den Mittelfinger. Danach wandte ich meinen Blick Oli zu und erstarrte.

Seine ansonsten gebräunte Haut wirkte ungesund gräulich. Feine schwarze Linien durchzogen sie und pochten unheimlich vor sich hin. Ähnlich wie ich sie unter Teagans Haut sah, nur waren sie bei Oli blasser und wanderten seinen linken Arm hinauf. Seine Hand war von einem daumengroßen Holzstück durchbohrt worden. Es pulsierte in einem hellen Grün und ich glaubte, es flüstern zu hören.

»Hörst du das?« Ich sah zu Jax.

»Ja, klingt wie eine Sprache, die Eliss vorhin gesprochen hat, als sie besessenes Zombiemädchen gespielt hat.«

»Was machen wir?« Mein Blick eilte zu den drei Frauen. Teagan und Eliss bekämpften die Ranken, von denen immer wieder neue erschienen und Ruby umschlangen. Ich erkannte meine Freundin kaum, so viele von den Biestern hatten sie umwickelt. Nur ihr Kopf schaute heraus, sie hatte die Augen aufgerissen und ein stiller Schrei lag auf ihren Lippen.

»Die Linien, sie wandern«, sagte Jax. »Ich wette, wenn sie sein Herz erreichen, ist das alles andere als gut.«

»Die kommen aus dem Holz.«

»Ist nicht wahr, Sherlock.« Jax verdrehte die Augen.

Vorsichtig legte ich meine Finger um den Pflock, der Olis Hand durchbohrte. Aus dem Nichts schoss eisige Kälte durch meinen Körper. Sie breitete sich um meine Knochen und mein Herz aus, wo sie erbarmungslos zudrückte und jegliche Wärme verscheuchte. Ich hörte unendliche Wut, Wehklagen und Schmerzensschreie in meinem Kopf. Sah Frauen unterschiedlichen Alters, wie sie verbrannt oder ertränkt wurden. Spürte ihre Angst, den Schmerz und den Durst nach Rache. Ein roter Nebel des Zorns verschleierte meine Gedanken.

Urplötzlich endeten diese schrecklichen Gefühle. Ich keuchte und rang nach Luft. Sog gierig ein, was meine Lunge bereit war aufzunehmen. Die Emotionsgewalt hatte mir Tränen in die Augen getrieben, sie liefen meine Wangen hinab. Ich sah zu meiner Hand. Jax hatte seine Finger um sie gelegt und mich von dem Splitter losgerissen.

»Danke«, presste ich hervor, ließ seine Hand aber nicht los.

»Gern. War nur Selbstschutz. Du hast plötzlich in dieser seltsamen Sprache gemurmelt.«

Jax machte ebenso keine Anstalten, seine Finger von meinen zu lösen. Das Kribbeln in meinem Magen hatte sich das weltschlechteste

Timing ausgesucht, um volle Fahrt aufzunehmen. Ruckartig zog ich meine Hand zurück. Jax starrte erstaunt auf seine Finger, als hätte er gar nicht bemerkt, dass wir vor wenigen Sekunden Händchen gehalten hatten. Er schüttelte flüchtig den Kopf und widmete sich erneut Oli.

Richtig! Oli, der in diesem Moment von einem Holzstück durchlöchert vor uns lag und den schwarze Wurzeln töten wollten.

Memo an mich: Sterbender Freund: unsere aktuelle Sorge. Händchen halten mit Jax: Problem für einen anderen Tag.

Nach dieser Sache hieß es, schleunigst meine Prioritäten klar zu bekommen.

»Das Stück Holz muss aus seiner Hand«, sagte Jax, der deutlich konzentrierter schien.

»Sobald du es berührst, flüstert es dir abscheuliche Sachen ein. Bilder, die sich kaum in Worte fassen lassen. Es will nicht entfernt werden.«

»Tja, dann lernt heute jemand, dass er nicht immer alles bekommt, was er begehrt.«

»Er?« Meinte er mich?

»*Der* Wald«, sagte Jax deutlich. »Falls ich genauso apathisch werde, lös nicht meine Hand, sondern schubs mich oder zieh an mir. Vielleicht entferne ich es dann beim Sturz.«

Ich setzte an zu fragen, ob das eine gute Idee sei, da griff er schon nach dem Holzstück. Unmittelbar danach färbten sich seine Augen grünlich und er murmelte Worte in der fremden Sprache. Hatte ich gedacht, er bräuchte meine Hilfe, so irrte ich mich.

Mit einem schmerzverzerrten Stöhnen schnellte seine Hand mit dem Holzstück nach oben und Oli schrie aus voller Kehle auf. Die Augen geweitet, warf Jax das Stück Holz in den Wald und schüttelte den Kopf, während ich meine Hände beruhigend auf Olis Brust legte. Seine Atmung ging flach, sein Herz raste. Weiterhin schrie er mit geschlossenen Augen. Alle Muskeln seines Körpers verkrampften und entspannten sich im Sekundentakt – ehe er plötzlich ohnmächtig wurde. Die schwarzen Linien auf seiner Haut wanderten nicht weiter, verblassten jedoch nicht. Oli stöhnte und keuchte, als hätte er einen Albtraum, doch egal wie ich ihn schüttelte, er wachte nicht auf.

»Scheiß drauf, ich lasse mich doch nicht von einem Wald verarschen«, murmelte Jax und sprang auf. Mit wenigen Schritten rannte er geduckt durch die Gegend und sammelte Gegenstände vom Boden und den Bäumen ein.

Unweit von uns versuchten die beiden Dämoninnen weiterhin die monströsen Ranken von Ruby zu lösen und weitere Angreifer zurückzuschlagen. Ich hingegen saß nutzlos hier herum und hielt Olis Kopf in meinem Schoß. Überfordert und erstarrt.

»*Wir erwarten Großes von Ihnen, Sir*«, hörte ich unsere Angestellten in meinen Gedanken sagen. Fast entglitt mir ein Lachen, denn ich bewies äußerst eindrucksvoll, dass ich diese Erwartungen nicht erfüllte.

»Hey, Fokus!«, brummte Jax, der wieder neben mir hockte. Mit flinken Fingern kombinierte er kleine Steine, Zweige und Pflanzen zu einem runden Amulett am Boden. Dann zog er einen Edelstein aus seiner Tasche und legte ihn in die Mitte des Gemischs. Nur einen Augenblick später summte er eine Melodie, und Feuer verließ seinen Mund, um die Zutaten zu einem echten Talisman zu verschmelzen.

Ehrfürchtig weitete ich die Augen. Natürlich hatte Angelina mich in die Geheimnisse der Blutgaben eingeweiht. Somit wusste ich, dass es Erschaffer gab, hatte aber bisher keinen in Aktion gesehen. Viel mehr verwunderte mich, dass Jax sie beherrsche, denn diese Gabe besaß die Blutlinie der echten und gebürtigen Ingrams.

Hatte er uns allen etwas vorgespielt und gehörte in Wirklichkeit den vier Gründerfamilien an? Unmöglich, er war eine Straßenhexe – und eine stolze dazu. Darüber hinaus hasste er das System der adligen Blutlinie und wurde nicht müde, es lautstark zu betonen. Wieso beherrschte er die Gabe des Erschaffens, und dazu so mühelos?

»Ich habe es heute erst erfahren«, murmelte er, ohne mich anzusehen. Langsam wurde es unheimlich, wie gut er erriet, was ich dachte. »Glaub mir, ich bin nicht heiß drauf, ein gebürtiger Ingram zu sein. Können wir das ein anderes Mal klären? Falls es dir entgangen ist, dein bester Freund stirbt hier gerade, Ruby wird von Monsterranken erdrückt und offensichtlich waren alle bescheuerten Legenden über die Gefahren der Wälder wahr.«

»Stimmt.« Ich räusperte mich. Es war gar nicht meine Art, den Fokus derart oft zu verlieren. Drei Jahre hatte ich an der *St. Andrew* ein Ziel vor Augen gehabt: der Beste zu sein, für alles in der Hexenwelt gewappnet zu sein, und nun verlor ich bei der ersten echten Gefahr meine Nerven.

Mein Blick wanderte von Jax zu dem Talisman. Er summte leise, und ich hatte das Gefühl, dass er nach mir rief.

»Was ist das?«, fragte ich, während sich meine Hand behutsam dem Amulett näherte, ohne dass ich sie zu stoppen vermochte.

»Es wird seine Schmerzen lindern und ihn schlafen lassen, bis wir ihn zu meiner Ma in den Laden geschafft haben. Sie wird einen Trank brauen, der ihm hilft. Jedenfalls hoffe ich das.«

Grelles Licht flammte hinter meinen Augen auf, als meine Hand den Talisman berührte. Die Melodie, die er summte, schallte so laut durch meinen Kopf, dass ich Jax nur dumpf hörte.

»Was zur Urmutter machst du da?«

Ich sah unzählige Bilder von Angelina vor meinem geistigen Auge. Wie in einer Diashow, die im Sekundentakt wechselte. Angelina erweckte Konstrukte mit unserer Gabe zum Leben. Steinerne Wesen, Artefakte und Maschinen.

Unbewusst summte ich die Melodie, die meine Mutter zum Erwecken nutzte, und meine Hände erstrahlten in gelbem Sonnenlicht.

Etwas weiter entfernt hörte ich die Ranken kreischen. Mein Blick flog zu ihnen. Sie schlangen sich weiterhin um Ruby, aber zwei neue Viecher schreckten vor dem Licht aus meinen Händen zurück. Teagan schlug eines der Biester in mehrere Teile, während Eliss von einem anderen gegen einen Baum geschleudert wurde.

Das Licht aus meinen Händen schwebte einen weiteren Moment über dem Talisman, dann senkte es sich und verschmolz mit ihm. Zu meinem Erstaunen erwachte das Konstrukt zum Leben. Acht dünne Beinchen, geformt aus den Ästen, die Jax benutzt hatte, erschienen an den Seiten des Amuletts. Wie eine Spinne krabbelte es auf Olis Brust und nahm darauf Platz. Zischend verschmolz es mit ihm, und eine helle Schutzhülle legte sich um meinen Freund.

»Zur Urmutter, was war das?« Jax' Stimme klang atemlos und rau.

»Die Gabe des Erweckens, glaube ich. Habe sie nie zuvor benutzt. Wusste ja nicht einmal, wie es geht – bis ich die Bilder von Angelina vor meinem geistigen Auge tanzen sah.«

»Das Ganze ist völlig surreal. Dieser Tag ist ein Albtraum«, grummelte Jax. Seine Nasenflügel bebten, während er seine Zähne so fest zusammenbiss, dass seine Kiefer sich anspannten.

Er hatte recht, das alles war völlig abgefahren. Ein einziger Tag stellte unsere alte Realität auf den Kopf. Unmögliche Dinge geschahen im Minutentakt – und das bedeutete einiges, wenn man bedachte, dass wir Hexen waren.

»Unser altes Leben ist vorbei, oder?«, flüsterte ich.

Kapitel 6

Jax

Sechzig Tage bis zum Blutmond

»Unser altes Leben ist vorbei, oder?«
In diesem Moment sah Harlow dermaßen verletzlich aus, wie ich ihn nie zuvor gesehen hatte. In *St. Andrew* galt er als Leuchtfeuer der Zukunft, immer selbstbewusst, stets handelnd, und niemals lag auch nur ein eine Spur von Zweifel auf seinen Gesichtszügen. Der Vorzeigeschüler Australiens, wenn nicht sogar der ganzen Hexenwelt. Der Popstar unter uns Hexen – und dennoch wirkte er in diesem Moment verloren und einsam.

»Scheint so«, erwiderte ich, verwirrt von dem Gefühl des Mitgefühls. Ich sah zum Talisman. Das Schmuckstück, das Harlow zum Leben erweckt hatte und das wie eine Wächterspinne auf Olivers Brust saß und ihn mit einem Schutzschild umhüllte.

»Jetzt verstehe ich, wieso Angelina immer darauf besteht, dass wir uns von Bäumen fernhalten.« Harlow gab ein freudloses Schnauben von sich, während seine Blicke voller Schreck auf dem Kampf der beiden Dämoninnen mit diesen Horrorranken lagen.

In Filmen und Büchern sprinteten die jungen, unerfahrenen Charaktere immer in den Kampf und vollbrachten Großes. Die Wirklichkeit sah anders aus. Harlow und ich hatten nicht die Fähigkeiten, in einem solchen Gefecht hilfreich zu sein, und hockten wie verschreckte Hasen hinter einem Busch.

»Wieso nennst du deine Mutter immer beim Vornamen?« Warum ich genau das anstatt etwas Relevantes fragte, verwirrte mich selbst.

»Tue ich erst, seit sie Präsidentin ist«, antwortete Harlow und seufzte. »Als sie *nur* Senatorin war, nannte ich sie Mom.« Er versuchte zu lächeln, doch es gelang ihm nicht. »Ich liebe sie, falls du dich das fragst. Aber wir haben uns durch ihren Job immer weiter voneinander entfernt.«

Ein spitzer Schrei lenkte unsere Aufmerksamkeit zurück auf dem Kampf. Eliss taumelte und hielt sich kaum auf den Beinen, während Teagan mit den Dornenauswüchsen ihrer Flügel auf das Holz einhämmerte. Für jede Ranke, die sie zurückschlugen, erschien eine neue. In diesem Moment donnerte eine weitere gegen Teagans Brust, und sie flog im hohen Bogen ein paar Meter zurück. Direkt darauf breitete sie ihre Flügel aus und stoppte in der Luft. Wut tanzte über ihre dämonischen Gesichtszüge, die im Kontrast zu ihrer ansonsten blendenden Schönheit standen.

»Verdammte Scheiße, ich sagte: lauft!«, brüllte sie uns zu und ihre Augen pulsierten vor Schwärze. »Wir können im Moment nichts mehr ausrichten. Wenn wir weiterkämpfen, werden die Ranken Ruby erwürgen.«

Bevor Teagans Worte in meinem Hirn ankamen, zogen sich die beiden Dämoninnen zurück. Für einen Moment, der sich ewig anfühlte, geschah nichts. Dann flüchteten die Ranken in den Durchgang und nahmen Ruby mit sich. Mit einem lauten Zischen schloss sich das Portal und die Runen am Boden erloschen.

»Nein!«, hörte ich jemanden verzweifelt schreien, realisierte dann, dass es Harlow und ich es gemeinsam gebrüllt hatten. Alles um mich herum drehte sich, und die Dunkelheit kroch auf mich zu. Streckte ihre eisigen Finger nach mir, nur um mein Herz zu umschließen und erzittern zu lassen. Wir hatten Ruby verloren.

»Wir müssen los«, beharrte Teagan. »Jetzt! In wenigen Minuten wimmelt es hier nur so vor Ordenshexen, die alles absperren und es zum Tatort erklären werden.«

»Und wenn ihr Ruby retten wollt, dürfen wir nicht hier aufgefunden werden«, fügte Eliss hinzu. Sie legte ihre Hände an meine Wangen. »Vertrau mir, Stinker, und komm mit. Es ist ihre einzige Chance!«

Welche Wahl hatte ich schon? Ich verstand rein gar nichts, also folgte ich ihnen schweigend und mit Tränen in den Augen.

Zwanzig Minuten später, die ebenfalls hätten eine Stunde sein können, standen wir vor unserem Laden. Ich erinnerte mich nicht einmal mehr an den Rückweg. Meine Hände zitterten. Was zur Urmutter hatte ich da im Buschland von Shelly Beach bezeugt? Waren das lebendige Bäume gewesen? Kreaturen, die sich im Schatten der Blätter versteckten? Und wohin hatte das Portal geführt?

Mein Kopf brummte und verweigerte mir Antworten. Eliss, Teagan und Harlow waren mir keine große Hilfe gewesen beim Sortieren meiner Gedanken. Die beiden Dämoninnen hatten darauf beharrt, dass wir es an einem anderen Ort klären würden.

»Hey, es tut mir leid, Stinker.« Eliss stupste mich behutsam mit ihrer Schulter an. Ich löste meinen Blick von dem kleinen Laden meiner Mutter. Im oberen Geschoss brannte Licht. Vermutlich war Ma mal wieder vor dem Fernseher eingeschlafen, weil sie auf mich wartete.

»Wir müssen hinter den Viechern her und Ruby befreien!« Flehend sah ich Eliss an.

»Das werden wir ... Jedenfalls Teagan und ich.«

»Auf keinen Fall, nicht ohne mich«, widersprach ich ihr.

»Ich komme auch mit.« Harlow stand plötzlich an meiner Seite und verschränkte die Arme vor der Brust.

»Das diskutieren wir im Laden«, befahl Teagan. »Nicht hier draußen.« Sie sah vielsagend zum bewusstlosen Oliver, der weiterhin in den Schutzschild aus Licht eingehüllt war. Er schwebte knapp einen Meter über dem Boden und wurde, dank eines Cantos von Harlow, vor den Augen der Menschen verborgen.

Knapp nickte ich meine Zustimmung, kramte nach dem Schlüsselbund in meiner Tasche und schritt zur Ladentür. Zwar brauchten wir einen Ort, um in Ruhe zu reden, dennoch gab es keinen Grund, meine Mutter zu wecken. Deswegen beschloss ich, dass wir uns an einen der Tische im Laden setzen konnten, an dem wir allerhand Tees servierten und sogar Tastings veranstalteten.

Ich legte meine Hand auf den goldenen Knauf der verzierten Eingangstür aus Holz mit ihren Buntglasfenstern und steckte den Schlüssel in das Schloss, da öffnete sich die Tür nach innen.

Meine Mutter stand mit Sorgenfalten auf der Stirn in ihren Morgenmantel gehüllt im Holzrahmen und musterte uns nacheinander. Ihr Blick blieb an Eliss und Teagan hängen, sie seufzte und sah flüchtig gen Himmel. Nur ganz vage vernahm ich eine leise Melodie, doch verebbte sie sofort. Die Bedeutung der stillen Kommunikation, die offensichtlich zwischen ihnen herrschte, erschloss sich mir nicht. Vermutlich ein Canto, der sie telepathisch miteinander reden ließ. Oder kannten Ma Harlows Leibwache ebenfalls besser, als ich gedacht hatte – wie schon bei Eliss? War das ein weiteres Geheimnis vor mir?

Nach einem langen Augenblick nickte meine Mutter, und die beiden Dämoninnen traten wortlos ein, gefolgt von Harlow und Oliver. Zögerlich setzte auch ich mich in Bewegung, weiterhin verwirrt, was ich von all den neuen Erkenntnissen halten sollte. Offensichtlich hatte meine Mutter mehr Geheimnisse vor mir verborgen, als ich vermutet hatte.

Als ich an ihr vorbeiging, legte sie ihre Hand an meine Wange und stoppte mitten im Schritt.

»Es tut mir leid, mein Junge.«

»Was von alldem?« Sofort ärgerte ich mich, wie anklagend mein Ton klang, dennoch vermochte ich es nicht, den Schmerz aus meiner Stimme zu verscheuchen. Bisher hatte ich geglaubt, dass meine Mutter und ich uns alles sagten. Dass wir ein Team seien. Wir zwei gegen den Rest der Hexenwelt – doch das schien nur Wunschdenken gewesen zu sein. Eine Lüge, die ich naiv geschluckt hatte.

»Alles, was bisher passiert ist. Und ebenso, was jetzt erst auf dich zukommt.« Sie zog meinen Kopf dichter an sich und küsste meine Stirn. »Setz dich zu den anderen, ich habe Tee gekocht.«

Ohne zu antworten, ging ich zu dem Tisch im hinteren Teil des vollgestellten Ladens. Überall hingen Kräuterbündel und Pflanzen von der Decke. Alte Holzregale, voll mit Tränken, Tees und Salben. Die Luft roch frisch, würzig und blumig wie immer. Ein Geruch, der ansonsten die Gemütlichkeit des Ladens unterstrich, in diesem Moment aber das eisige Gefühl des Verlusts von Ruby nicht vertrieb.

Die anderen drei saßen schweigend da, während Oliver auf einer Holzbank lag, die kleine Amulettspinne weiterhin auf seiner Brust. Ich setzte mich neben Harlow. Träge hob er seinen Kopf, den er in den Händen vergraben hatte, und mühte sich ein unehrliches Lächeln auf die Lippen, das seine geröteten Augen nicht erstrahlen ließ – nicht einmal vor Kälte, wie so oft. Dieses gequälte Lächeln wirkte leer und hoffnungslos. Ein Gefühl, das ich seit dem Angriff ebenso empfand.

Nach fünf Minuten des Schweigens, nur von dem Pendel der altmodischen Uhr unterbrochen, trat meine Mutter zu uns an den Tisch. Routiniert stellte sie Untersetzer, Tassen und eine Kanne Tee vor uns ab.

»Das Gemisch beruhigt eure Nerven und klärt den Verstand.«

»Ist Magie beigemischt?«, fragte Teagan mit erhobener Braue.

»Nein.« Meine Mutter schüttelte den Kopf. »Nur Kräuter, Blüten und Gewürze, aber ich habe etwas Oblivio-Pulver mitgebracht.«

Ich sah mit geweiteten Augen zu ihr. Vergessenspulver?

»Ihr wollt uns den Vorfall vergessen lassen? Auf gar keinen Fall!« Ich stand abrupt auf, mein Stuhl kippte laut polternd zu Boden. Es klang wie ein Donnerschlag in der angespannten Stille des Ladens.

Harlow hob alarmiert den Kopf. Seine Augen verengten sich und sein Blick eilte zwischen Teagan, meiner Mutter und mir hin und her. Dann stand er ebenso energisch auf, bevor er einen Schritt von dem Tisch zurücktrat.

»Wir sind uns heute erstaunlich oft einig«, sagte er. Die Muskulatur in seinem Nacken spannte sich an, und er drehte sich zu seiner Leibwächterin, die ihn aufmerksam im Auge behielt. »Vergiss es, Teagan. Ihr nehmt uns nicht die Erinnerungen!«

»Hat keiner vor.« Ihr Ton war ein Mix aus Anspannung und Genervtsein, mit einem Hauch Verständnis.

»Beruhig dich, Süßer.« Meine Mutter fasste mich am Arm und ich widerstand dem Drang, sie abzuschütteln. »Erinnere dich, was du über meine Produkte weißt. Damit ihr alles vergesst, bräuchtet ihr eine deutlich größere Menge an Oblivio-Pulver. Außerdem müsstet ihr es mehrere Tage einnehmen.«

»Aber was willst du dann damit?« Ich blieb weiterhin in meiner Abwehrhaltung.

Ein Schatten der Enttäuschung huschte über das Gesicht meiner Mutter. Für einen Moment zog sich mein Magen zusammen bei der Vorstellung, ihr Kummer zu bereiten, doch ich erinnerte mich daran, dass sie es war, die alles vor mir geheim gehalten hatte. Und ich war nicht bereit, wieder blauäugig Lügen zu glauben.

»Eure Erinnerungen und Emotionen dämpfen.« Meine Mutter gab mir mit einem Blick zu verstehen, dass ich nicht widersprechen sollte. »Jetzt seid ihr überfordert, verwirrt und verängstigt, aber spätestens in einer Stunde werdet ihr trotzig und diskutiert wild mit uns, dass wir sofort Ruby retten müssen. Vermutlich werdet ihr sogar leichtsinnige Entscheidungen fällen, die nicht nur euch, sondern die ganze Hexengemeinschaft gefährden.«

»Weil wir sie retten müssen! Was gibt es da zu diskutieren?«, entfuhr es Harlow wütend, und er schlug die Hände auf den Tisch. Das Geräusch des Aufpralls und des klirrenden Geschirrs dröhnte durch den Laden.

Ich zeigte auf ihn und hoffte, durch meinen Blick »Ganz seiner Meinung!« zu vermitteln. Meine Mutter hingegen hob eine Augenbraue so hoch, dass sie aus ihrem Gesicht zu springen drohte, und gab mir damit glasklar zu verstehen: »Genau das meinte ich mit trotzig.«

Resigniert und unheimlich genervt stöhnte ich auf, strich mir zur Ablenkung mit der Hand eine Strähne aus dem Gesicht. Dann nickte ich ihr zu und pustete die widerwillige Strähne, die erneut vor meine Augen fiel, nach oben. Aber Mutter hatte recht, denn tief im Inneren wusste ich, dass sie nur mein Bestes im Sinn hatte und ein klarer Kopf wichtig war.

Wäre ich der Typ, der To-do-Listen schrieb, hätte meine heutige folgende Punkte enthalten:

1. Nimm dein Abschlusszeugnis entgegen und lass St. Andrew hinter dir.
2. Verschieb die Gedanken an die Zukunft auf morgen.
3. Betrink dich beim Lagerfeuer und schlepp jemanden ab, der nicht Harlow Eisprinz McQueen ist.

Was aber definitiv nicht draufgestanden hätte:
Lass dir das Gedächtnis löschen, nachdem deine Halbschwester von einem Wald entführt wurde.
PS: Ach, nebenbei erwähnt, du bist eine Hexe der Gründerfamilien. Yay.

Und dennoch stand ich hier, meine Kiefer schmerzhaft aufeinandergepresst, und wartete darauf, dass meine Mutter das Oblivio-Pulver bereit machte. Irgendwann am heutigen Tag hatte das Schicksal beschlossen, die völlig falsche Ausfahrt in Richtung Shit-Town zu nehmen, und ich saß gefesselt auf dem Beifahrersitz.

»Harlow, bitte hör mir zu«, riss Teagan mich zurück aus meinem Selbstmitleid. Ihr Ton war sanft, beinah fürsorglich. Im ersten Moment war ich erstaunt, da sie bisher bloß resolut und befehlerisch daherkam. Zugegeben, wir hatten in einer lebensbedrohlichen Situation gesteckt, in der ihr kühler Kopf uns den Hintern gerettet hatte. Doch es ergab ebenso Sinn, dass sie einfühlsam mit ihrem Schützling sprach – vermutlich waren die beiden sogar auf eine gewisse Art befreundet und sie sorgte sich um ihn.

»Komm mir nicht mit: Du bist der Sohn der Präsidentin. Ich muss dich beschützen. Deswegen darfst du deine beste Freundin nicht retten. Du bleibst zu Hause und schaukelst dir die Eier.« Die Sätze unterstrich Harlow mit einer Stimme, die vermutlich seine Leibwächterin imitieren sollte, jedoch keinerlei Ähnlichkeit mit ihr hatte und eher an eine Maus aus einem Comic erinnerte.

Eliss schien es ebenfalls zu bemerken, denn sie biss sich auf die Unterlippe. Eine Marotte, wenn sie sich dazu zwang, weder zu lachen noch einen sarkastischen Spruch von sich zu geben.

»Erstens hatte ich das nicht vor!« Teagan hielt eine Hand hoch, um Harlow zu stoppen. »Zweitens klinge ich nicht wie Micky Maus mit einem Dildo im Hintern. Und drittens rede ich mit dir nicht über meine, wie sagtest du so schön, Eier, herzlichen Dank.«

Das war zu viel für Eliss und sie lachte, trotz der angespannten Situation, laut los. Harlow warf ihr einen finsteren Blick zu, der dafür sorgte, dass ich mein aufkeimendes Lachen in einem vorgetäuschten Husten versteckte. Sein Blick aus verengten Augen wanderte zu mir und ich hob entschuldigend die Hände vor die Brust.

»Ich komme mit, da hilft kein doofes Pulver. Das meine ich ernst«, sagte er an Teagan gewandt.

»Ist mir bewusst.« Sie seufzte. »Ich kenn dich fast zwanzig Jahre und weiß, wie stur du bist. Trotzdem wirst du das Pulver benutzen, ansonsten kommst du nicht mit. Wenn du es nicht nimmst, dann fessele ich dich eigenhändig und übergebe dich Madam President.«

»Erpresst du mich?« Harlow stemmte die Hände in die Hüften und seine Wangen färbten sich rot. Was seine leichten Sommersprossen intensiver wirken ließ.

»Gut erkannt, Spürnase. Du bist halt doch ein schlaues Kerlchen. Deswegen bist du Jahrgangsbester.«

Der Eisprinz schnappte nach Luft, und zwar deutlich hörbar und theatralisch. Nie zuvor hatte ich jemanden so zu ihm sprechen gehört und verkniff mir ein erneutes Lachen. Am liebsten hätte ich seiner Leibwächterin ein High Five gegeben, hielt mich aus Angst vor ihr jedoch zurück.

Nach einem weiteren Moment der Schnappatmung glättete Harlow sein Hemd, straffte die Schultern und nickte ihr zu. »Fein, dann nehme ich das komische Zeug halt, wenn du mir versprichst, dass ich mitkomme.«

»Möchte der Harlow-Parlow einen Pinkieschwur machen wie damals als Kind?«, flötete Teagan zuckersüß und hielt ihm den kleinen Finger hin.

»Ich hasse dich. Und du bist gefeuert.« Harlow bemühte sich, ernst zu bleiben, aber seine Mundwinkel wanderten verräterisch in die Höhe.

»Kannst du nicht«, antwortete seine Leibwächterin schulterzuckend. »Das kann nur die Präsidentin. Und ehrlich? Das wird sie machen, nachdem sie erfährt, was heute passiert ist.«

»Na ja, das ist so nicht ganz korrekt«, warf Eliss leise ein und kassierte dafür einen ernsten Blick von meiner Mutter.

»Erst das Pulver, dann der Rest«, stellte Ma resolut fest.

»Ja, entschuldige.« Eliss senkte den Kopf.

Meine Mutter trat zu Harlow und mir, ihren Blick liebevoll auf mich gerichtet. Kaum merklich nickte ich ihr zu, bevor sie dem Eisprinzen ein warmes Lächeln schenkte. Auch er stimmte ihr zu – sogar mit etwas in den Augen, was ich ehrliche Freundlichkeit genannt hätte.

Obwohl ich nicht wollte, spürte ich Dankbarkeit in mir aufkeimen, dass Harlow meine Mutter nett behandelte – mit Respekt sogar. Etwas, was ich ihm in seiner elitären Position nicht zugetraut hatte. Was wiederum meinen Vorurteilen geschuldet war. Denn fairerweise musste ich mir eingestehen, dass Harlow stets den höflichen Gentleman mimte, obwohl ich das nur für eine Fassade hielt.

Ohne länger zu zögern, nahm meine Mutter etwas Pulver in die Hand und pustete es uns in die Gesichter. Erst passierte gar nichts. Dann spürte ich die feinen Körnchen in der Nase, in meinem Hals, meiner Lunge und zu guter Letzt im ganzen Körper. Wärme spülte durch meine Adern, verteilte sich durch mein Blut und setzte sich in meinem Hirn fest. Ich spürte, wie sich der Zauber des Pulvers mit den Sorgen um Ruby vermischte, langsam, aber sicher den Schreck der Entführung löste und dann mit einem kurzen Stich alles besser werden ließ.

Jegliche Angst, Sorge und die dunkle Panik verzogen sich zunehmend. Waren kurz darauf nur noch ein Hintergrundrauschen. Fast so wie die Sonne, die von einer Wolkendecke verdeckt wurde.

»Besser?«, fragte Teagan an Harlow gewandt.

Er biss auf seiner Unterlippe herum, die Arme trotzig vor der Brust verschränkt. In diesem Moment erkannte ich mich selbst in ihm wieder. Er wusste, dass seine Leibwache sowie meine Mutter mit dem Pulver recht hatten, und es wurmte ihn, es zuzugeben. Verstohlen grinste ich vor mich hin und genoss sein trotziges Gesicht. Auf seinen Wangen breiteten sich diese hinterhältigen Grübchen aus, von denen ich seit drei Jahren unanständige Träume hegte.

»Okay, ja. Du hast gewonnen. Zufrieden?« Er seufzte. »Ich erinnere mich zwar an alles, aber es wurmt mich nicht mehr – obwohl ich weiß, dass es das müsste. Das ist leicht verstörend«, murmelte er.

Mir erging es wie ihm. Meine Ma hatte das Oblivio-Pulver perfekt dosiert. Schwach genug, dass wir nicht alles vergessen hatten, aber doch stark genug, dass sich die Sorge nicht in den Vordergrund schob.

»Kannst du das noch mal lauter sagen? Ich. Habe. Gewonnen?« Teagan grinste ihren Schützling an, während er es mit einem eisigen Blick konterte.

»So gern ich sehen würde, wie *der große Harlow* zu Kreuze kriecht, können wir jetzt über den Berg von Geheimnissen reden?«, warf ich ein, denn diese ganze Situation wurde mir langsam zu vertraut und häuslich. Harlow wurde mir sogar sympathisch, und das ... war absolut keine Option!

»Ich verstehe sein Problem mit mir nicht«, murmelte Harlow, wedelte mit den Armen in meine Richtung und weitete genervt die Augen. »Ist ja fast so, als hätte ich ihm den Lolli im Kindergarten geklaut.«

Dazu hätte ich am liebsten eine ganze Liste an Gründen aufgeführt, wieso ich ihn nicht leiden konnte, und doch schluckte ich die Worte hinunter. Gab ein Grunzen von mir und ignorierte seinen Kommentar. Während er seine Kindertage vermutlich in Prunk und Überfluss verbracht und Fotoshootings für Magazine absolviert hatte, hatte ich Ma im Laden geholfen und jede Nacht ihr leises Weinen gehört.

Erst Jahre später hatte ich verstanden, dass uns alles genommen worden war – durch Hexen wie Harlow und seine elitäre Familie. Dass Leute wie er schuld daran waren, dass Ma und ich Geächtete in einer Welt voller Magie waren. Weder von den Menschen verstanden noch von unseresgleichen.

Allein.

Ich räusperte mich. Wieso konnte das Oblivio-Pulver nicht diesen Mist dämpfen – oder am besten vollständig aus meinem Gedächtnis löschen?

Mit einem liebevollen Lächeln legte meine Ma ihre Hand auf meinen Arm und gab mir zu verstehen, dass ich nicht Gedanken nachhängen sollte, die ohnehin nicht zu ändern waren. Ich brummte leise und setzte mich an den Tisch. Alle anderen nahmen ebenso Platz.

»Also? Wie war das mit Geheimnissen?«, fragte ich.

Ein Moment der Stille legte sich über den Laden.

»Kurzform?«, fragte Teagan.

Harlow und ich nickten. Erstaunlicherweise waren wir uns mal wieder einig – heute sogar mehr als je zuvor.

»Okay.« Teagan knackte mit ihren Fingerknöcheln. Wie morsche Äste, die zerbrachen, hallte das Geräusch durch den Verkaufsraum. »Es gibt die Lichtwelt. Das Hier und Jetzt. Und es gibt die Schattenseite.«

»Das Gefängnis für Straftäter?«, fragte Harlow, worauf ich abfällig grunzte.

War ja klar, dass der Schnösel genau das dachte – wobei ich auch nur das Gerücht kannte.

»Nein«, antwortete Teagan. »Das ist ein Mythos. Die Schattenseite ist kein klassisches Gefängnis, selbst wenn es das ebenso ist. Aber nicht, wie du denkst.« Sie seufzte und fuhr sich mit einer Hand durch ihr seidiges Haar. »Wie soll ich mich bloß kurz und knapp halten?«, murmelte sie vor sich hin. »Die Schattenseite ist eine parallel verlaufende Realität. Vor Jahren haben die alten Familien dieses Fragment erschaffen – in zwei Zeitlinien, zwei gleichzeitig verlaufenden Realitäten, zerrissen. Auf der Schattenseite existieren ein paar Städte mit Bewohnern, Gebäuden und einem normalen Alltag – wie hier im Sydney der Lichtwelt.«

Ich drückte meinen Rücken durch. Diese Information war für mich neu. Mein Blick wanderte zu Ma, die schuldbewusst den Kopf senkte.

»Und Dämonen«, fügte Eliss hinzu. »Wir«, sie deutete auf Teagan und sich, »kommen von der Schattenseite. Sind dort geboren ... Na ja, oder erschaffen worden.« Sie sah Hilfe suchend zu meiner Leibwächterin.

»Von dem Wald von Salem«, flüsterte Teagan.

»Ihr ... Was?« Harlow musterte die beiden Frauen. Ich hingegen starrte mit offenem Mund in die Runde.

»Der Wald«, setzte Ma an und seufzte. »Es gibt ihn wirklich. Alle Märchen sind wahr. Er ist das pure Böse, die reine Rachsucht. Der Schmerz von Tausenden unschuldigen Hexen, die verbrannt und getötet wurden. Über Jahrhunderte hat er sich an ihrer Wut genährt und ihre Seelen aufgesaugt. Der Wald hat nur ein Ziel: Rache.«

»An uns? Was haben wir ihm getan?«, fragte ich.

»Nicht direkt an uns Hexen«, antwortete Ma. »Primär an den Menschen. An allen von ihnen. Er unterscheidet nicht zwischen schuldig und unschuldig.«

»Und er will sich an den alten Blutlinien rächen«, fügte Eliss hinzu.

»Wieso?« Harlow sah sie fragend an.

»Das ist kompliziert. Er fühlt sich von euch verraten. Hatte erwartet, dass ihr gemeinsam die Menschheit auslöscht, und stattdessen habt ihr Friedensabkommen mit ihnen geschlossen. Für ihn seid ihr ebenso der Feind, wie es die Menschen sind.«

»Der Wald von Salem ist kein klassisches Wesen«, fügte Teagan hinzu. »Er ist mehr ein kollektives Bewusstsein, eine dunkle Entität. Wie ein bösartiger Geist, der sich als Wald zeigt. Und er sinnt nach Rache.«

»Weswegen wir vor vielen Jahren unsere Realität zerrissen haben«, sagte Ma energisch. »Um ihn aufzuhalten. Also haben wir ihn in die Schattenseite verbannt, und mit ihm einen freiwilligen Teil der

Hexengemeinschaft, um ihn davon abzuhalten, in die Lichtwelt zu den Menschen zurückzukehren.«

»Und da kommen wir zu dem großen Problem.« Teagan schloss die Augen und atmete tief durch. Als sie die Lider öffnete, huschte ein trauriger Schatten über ihr Gesicht. »Wenn ihr die Schattenseite betretet, seid ihr für immer dort gefangen. Für Hexen gibt es seit etwa zwanzig Jahren kein Zurück mehr in die Lichtwelt. Nur wir Dämonen haben eine Art Schlupfloch, das weder der Wald noch ihr Hexen nutzen könnt. Und selbst für uns ist es nicht problemlos machbar.«

»Das heißt, Ruby ist dort gefangen?«, fragte Harlow.

»So ist es. Der Wald hat sie entführt«, antwortete Teagan.

»Oder besser gesagt: die Hexenkönigin«, flüsterte Eliss.

Ich sah sie fragend an, aber sie schüttelte nur leicht den Kopf.

»Nicht jetzt. Euch alles zu erklären, würde Tage dauern – die wir nicht haben.« Teagan erhob sich langsam. »Um es wirklich kurz machen: Wenn ihr Ruby retten wollt, müsst ihr mit uns auf die Schattenseite kommen, und das bedeutet, sie wird euer neues Zuhause. Kein Zurück mehr in diese Realität.«

Meine Ma griff nach meiner Hand und drückte sie sanft. »Geh, ich komme hinterher, nachdem hier alles geklärt ist. Das wird einige Wochen dauern, dennoch ist es an der Zeit, dass du die Wahrheit erfährst und dein Erbrecht antrittst.«

»Erbrecht? Ich verstehe nicht«, antwortete ich heiser.

»Das wirst du bald.« Vorsichtig nahm sie meinen Kopf zwischen ihre Hände, zog mich dichter zu sich und küsste meine Stirn. »Geh auf die Schattenseite – es ist die richtige Entscheidung. Ich hätte dir die Wahl schon früher geben sollen. Dir alles zu verschweigen war egoistisch, aber ich habe es aus Liebe und Sorge getan. Doch es ist an der Zeit, dass du deine Macht hineinlässt und die Wahrheit erfährst.« Eine Träne lief ihre Wange hinab.

»Dann ist es abgemacht! Wir gehen!«, sagte Harlow voller Überzeugung.

»Harlow, das ist …«, setzte Teagan an, doch er schüttelte trotzig den Kopf.

»Die einzig richtige Lösung. Ich gehe – und du kannst mich nicht abhalten, Teagan! Einmal im Leben will ich selbst entscheiden, was ich mache!«

Kapitel 7

Harlow

Neunundfünfzig Tage bis zum Blutmond

Nach vier Stunden Schlaf verließen Teagan, Jax, Eliss und ich das Haus der Ingrams in den frühen Morgenstunden. Meine ganzen Fragen waren vorerst vergessen, da wir eine erneute Runde Oblivio-Pulver genommen hatten, um zu schlafen. Spätestens auf der Schattenseite würden sie mich aber wieder beschäftigen, bis dahin lag mein Fokus darauf, überhaupt erst einmal dorthin zu gelangen.

Auch wenn die Sonne sich noch nicht am Horizont zeigte, war es bereits warm mit einer Temperatur von 29 Grad. Im Sommer sank die Temperatur in Sydney selbst nachts kaum. So schlenderten wir die Fußgängerzone von Manly entlang, während sich Schweiß an meinem Nacken bildete, langsam den Rücken hinablief und sich an meinem Steißbein sammelte. Sofort vermisste ich meine Sportshorts und das Tanktop, die ich für gewöhnlich beim Morgenlauf anzog. Leider lagen diese im Penthouse, in dem Angelina mich, nachdem ich abgehauen war, für immer einsperren würde, sollte ich dort aufkreuzen.

Ein leichter Wind wehte vom offenen Meer zwischen den Geschäften zu Jax, Teagan, Eliss und mir herüber, und ich begrüßte ihn dankbar. Er trug den leichten Geruch von Kiefern, salziger Meeresluft sowie frisch gebackener Pasteten mit sich. Die ersten Papageien erwachten und stimmten ihr lautes Schnatterkonzert an, mit dem sie die Grillen der Nacht vertrieben, als wir den Fähranleger Manly Beach erreichten.

Ein Schwall Menschen wartete auf die Fähre, vielleicht auf dem Weg zu ihrer Frühschicht. In einer Stunde standen sie schon mit so vielen Leuten hier, dass sie Glück bräuchten, um auf die gelb-grüne Fähre zu passen und nicht auf die nächste warten zu müssen. Die Stoßzeiten im öffentlichen Verkehr Sydneys waren furchtbar. Oft wartete man über eine Stunde in einer langen Schlange auf einen Bus, eine U-Bahn oder eine Fähre.

Ein Glück blieb uns dies heute erspart, da Teagan darauf bestanden hatte, dass vier Uhr morgens eine »vollkommen normale Zeit zum Aufbrechen ist, Harlow«. Wieso ich nicht früher realisiert hatte, dass diese Frau eine Dämonin war, erschien mir nun schleierhaft.

Kurze Zeit später fuhr unsere Fähre ein, wir stiegen schweigend auf und setzten uns oben an die frische Luft anstatt in den stickigen Innenraum. Eine paar Minuten vergingen, und schon legten wir in Richtung unseres Ziels ab: den Hauptanleger Circular Quay im Central Business District von Sydney. Von Manly aus schipperte die sogenannte Fast Ferry zwischen den beiden Stationen, benötigte aber dennoch dreißig Minuten.

Zum ersten Mal an diesem Morgen freute ich mich über meine etwas wärmere Kleidung. Der frische Meereswind kühlte meinen Körper ab, und eine Gänsehaut breitete sich darauf aus. Mein Blick wanderte über die Lichter der Hochhäuser, die sich wie kleine Glühwürmchen von dem Nachthimmel absetzten, und landete auf Jax.

Er trug eine verboten kurze Shorts aus dünnem blauem Leinenstoff, die seine trainierten Beine mit den braunen Härchen betonte. Dazu ein Tanktop, das er ebenso hätte weglassen können, da es mehr zeigte als verbarg. Fasziniert musterte ich das Schlangentattoo an seinem rechten Arm, danach das Rosentattoo am linken. Beide waren mir während seiner Zeit an der *St. Andrew* unter der Schuluniform verborgen geblieben.

»Ist dir nicht kalt?«, fragte ich. Vor meinem ersten Kaffee empfand ich lautes Reden als unangebracht und unmoralisch. Bevor ich das flüssige schwarze Gold intus hatte, glich eigentlich jegliche Kommunikation mit mir einem Minenfeld, weswegen Teagan aus Erfahrung eisern schwieg. Eliss schien es zu ergehen wie mir, wenn ich ihr mürrisches Gesicht und ihre Augenringe so betrachtete. Dafür erntete sie Sympathiepunkte bei mir.

»Quatsch, ich friere nicht so schnell«, antwortete Jax und schenkte mir sogar ein Lächeln.

Er ist ein Morgenmensch, dachte ich. *Definitiv suspekt.*
Als ich nicht zurücklächelte, verzog er das Gesicht, bevor er den Kopf von mir Richtung Meer abwandte.
»Muss an den ganzen Muskeln liegen. Deine Nippel sind ja nicht einmal hart«, antwortete ich unüberlegt und verschluckte mich direkt, als die Worte mein müdes Hirn erreichten. Verdammt! Genau wegen solch einer geistigen Inkontinenz sprach ich ansonsten nicht vor der ersten Infusion Koffein.
»Meine was?« Er drehte sich zu mir, wobei er erfolglos versuchte, das Lächeln zu bekämpfen, das seine Mundwinkel umspielte.
»Lippen«, murmelte ich.
»Wirklich? Das klingt nicht mal wie Nip-pel, und wieso sollten meine Lip-pen hart sein?«
Oh, er genießt das Ganze viel zu sehr.
»Brauche Kaffee! Kommunikation«, ich schüttelte theatralisch den Kopf, »nein!«
Als Antwort bekam ich ein amüsiertes Lachen, ehe Jax wieder aufs Meer sah. Vor mir stöhnte Teagan laut auf und raunte etwas, was verdächtig nach »Die Urmutter steh uns bei« klang, während mir Eliss zu meiner großen Verwunderung ein High Five gab und ein knappes »Kaffee, gut« murmelte.

Am Fähranleger Circular Quay angekommen und mit einem Kaffee in der Hand, den Teagan mir direkt besorgt hatte, um mein Gebrummel nicht weiter ertragen zu müssen, schlürfte ich das göttliche Getränk. Unmittelbar darauf spürte ich, wie sich meine Laune hob. Eliss stand neben mir und grunzte zufrieden. Auch sie hielt ihren Kaffee fest umklammert, als hätte sie soeben den Heiligen Gral gefunden. Selbst Teagan nippte am schwarzen Gold. Nur Jax *Mein Körper ist ein Tempel* Ingram trank natürlich Wasser und musterte uns mit einem Augenrollen. Für einen Moment dachte ich darüber nach, dass ich mich gern vor diesem Tempel hinknien und Stoßgebete von mir geben würde. Schob den Gedanken dann auf den weiterhin zu niedrigen Koffeinpegel in meinem Blut und meine damit einhergehende Unzurechnungsfähigkeit.

Obwohl, ich hatte schon dümmere Sachen auf Kaffeeentzug getan. Wie das eine Mal im Kurs *Alte Belcantos und ihre Nutzung*, als ich tagelang zum Gespräch von ganz *St. Andrew* mutiert war.

»Können wir endlich los?«, fragte der Ketzer mit seinem Quellwasser in der Hand und störte die selige Zweisamkeit zwischen meinem Kaffee und mir.

»Ist nicht weit. Mir nach!«, antwortete Teagan und verbündete sich mit dem Feind.

Wir trotteten den Circular Quay in Richtung des ersten Stadtteils Sydneys, The Rocks, entlang. Dieser schloss unmittelbar nach dem kleinen First Fleet Park vor dem *Museum of Contemporary Art* an den Hauptanleger des Naturhafens an. Während die Mehrzahl der Gebäude links von uns im Central Business District aus Wolkenkratzern bestand, sah ich vor uns die alten Häuser von The Rocks.

In anderen Städten nannte sich so was vermutlich historische Altstadt, denn hier befand sich auch das erste Gebäude, das in Sydney erbaut worden war. Im Laufe der Jahrhunderte hatten Bars, Manufakturen, Museen, Restaurants und der Tourismus den kleinen Stadtteil in Beschlag genommen. Dennoch versprühte er weiterhin den Flair der Gründerzeit. Verschiedene Architekturstile und Bauepochen prallten aufeinander und bildeten ein gemütliches Viertel. Von frühen Sandsteingebäuden der Kolonialzeit über die riesigen Lagerhäuser aus Backstein und den frühviktorianischen Reihenhäusern bis hin zu den großen Villen, die man am Millers Point fand.

Nachdem wir den First Fleet Park hinter uns gelassen hatten, überquerten wir die breite Hauptstraße, die zu der berühmten Harbour Bridge führte, die Südsydney mit dem Nordteil verband. Der Verkehr nahm langsam zu, und die Stille, die ich in Manly genossen hatte, wurde durch den Lärm der erwachenden Großstadt verdrängt. Auf der gegenüberliegenden Seite der Hauptstraße passierten wir eines der ältesten Gebäude Sydneys – von der Hexenwelt nur *Spiegelhaus* genannte.

Erbaut von den vier Gründerfamilien, um so Kontakt zu den anderen Hexenblutlinien in aller Welt zu halten. Im Inneren stand eine Vielzahl großer antiker Spiegel, allesamt in Gold gerahmt und von Magie durchtränkt. Sie dienten zur Reise in andere Hexenhauptstädte. Was definitiv Zeit sparte, wenn man bedachte, dass ein Flug von Down Under nach Europa locker vierundzwanzig Stunden dauerte. Ganz zu schweigen von Wochen oder sogar Monaten der Schiffsreise zur Zeit der Gründung Sydneys. Kein Wunder, dass die Familien damals eine alternative Methode zum Reisen erschaffen hatten.

»Wir sind gleich da«, sagte Teagan und bog in eine kleine, verwinkelte Gasse ein. Wir anderen trotteten ihr schweigend hinterher.

Mein Kaffee beflügelte langsam meinen Körper, was proportional meine Laune hob. Nach einer kurzen Kurve steuerten wir auf eine Sackgasse zu. Container, Mülltonnen und ein paar große Kübelpflanzen kämpften hier um den spärlichen Platz. Ein Neonschild hing völlig deplatziert an der Hauswand, und der Schein mischte sich mit den Lichtern der Hochhäuser und ihren Werbereklamen.

Wir hielten vor einer Eisentür, an der Rost langsam hinaufwanderte. Teagan setzte zum Klopfen an, doch die Tür öffnete sich unmittelbar sanach. Ein Paar graue Augen blinzelte gefährlich hervor. Der Blick des Kerls huschte über uns, blieb einen langen Moment auf mir hängen und schnellte dann zu Teagan.

»Du wagst es, einen McQueen hierherzubringen?«, knurrte er. Seine Augen funkelten gefährlich in dem schummrigen Licht der Neonreklame, während er mich hasserfüllt anstarrte.

»Beruhig dich, Declan« antwortete Teagan und baute sich vor mir auf, während ich nicht einmal im Ansatz verstand, was hier passierte. Wieso hasste dieser Kerl die McQueens? Woher kannte Teagan ihn? War er auch ein Dämon?

Ich beugte mich ein wenig an meiner Leibwächterin vorbei und zog vorsichtig Luft durch meine Nase ein, um etwas Dämonisches zu erschnuppern.

Sehr großer Fehler.

»Hast du ... Hat er?« Declan blinzelte mehrfach. Sein Blick eilte zwischen Teagan und mir hin und her, blieb dann aber an meiner Leibwächterin hängen. »Hat dein Schützling gerade ernsthaft an mir geschnüffelt?«

Seine scharfen Gesichtszüge entspannten sich etwas. Um die grauen Augen herum bildeten sich kleine Lachfältchen, und die vollen Lippen wanderten kaum merklich in die Höhe, während er seine Stirn kräuselte.

»Nein!«, presste ich hervor.

»Hat er«, sagte Teagan und fiel mir damit in den Rücken.

»Wieso riechst du an Leuten? Ist das irgendein Ding von euch Hexen?« Er fuhr sich mit einer Hand über die kurzen weißblonden Haare, unter denen ich einige geometrische Tätowierungen erkannte, die sich an seinen Armen wiederholten.

»Was? Nein?!« Meine Wangen glühten, während ich bloß im Boden versinken wollte. Neben mir grunzte Jax abfällig. »Ich wollte nur wissen, ob du ein Dämon bist«, fügte ich kleinlaut hinzu.

Declan wandte sich an Teagan und zog eine Braue in die Höhe. »Möchtest du mir erklären, wieso ein McQueen so dümmlich daherkommt?«

»Hey!«, presste ich hervor, verstummte dann aber direkt. Er hatte ja recht.

»Er hat gestern erst erfahren, dass es nicht nur Hexen gibt«, sagte Teagan.

»Ist das so?« Interessiert musterte mich Declan. »Du bist nicht mit all den Belehrungen aufgewachsen, dass Hexen mehr wert sind als Dämonen, oder in meinem Fall Gargoyles?«

»Nur in dem Glauben, dass er mehr wert ist als Straßenhexen ...«, sagte Jax.

»Gargoyle?«, fragte ich und ignorierte Jax' Seitenhieb.

»Wesen aus Stein?« Declan blickte mir ungläubig entgegen. »Oft mit Flügeln? Stehen in vielen alten Städten in Form von Statuen herum? Sag mal, bist du als Kind zu oft von der Schaukel gefallen?«

Das entlockte Jax ein tiefes Lachen und mir ein genervtes Stöhnen.

»Können wir zum eigentlichen Thema zurückkommen?«, mischte sich Teagan ein. »Harlow ist der Sohn der Präsidentin, wie du vielleicht weißt. Sie ist nicht wie die McQueen in deiner Welt.«

»Du hast recht. War ein Reflex, als ich sein Blut roch.« Declan sah flüchtig zu mir und murmelte: »Sorry.«

Teagan winkte ab, dann drehte sie sich zu Jax und mir. »Ich weiß, ihr habt Fragen, und das ist verständlich, aber jetzt ist nicht die Zeit dafür und schon gar nicht der Ort.«

»Damit hat unser liebreizender Sukkubus recht. In der Lichtwelt sollte darüber definitiv nicht geredet werden.«

Genervt stöhnte ich, nickte aber. Welche Wahl blieb mir auch? Wir hatten andere Sorgen als mein verkapptes Leben voller Lügen.

»Kommt rein!« Declan öffnete die Ladentür und verschwand ins Innere des Gebäudes. Schweigend folgten wir. Ich hatte eine schummrige Bar oder einen Club voller Rocker erwartet, wurde aber eines Besseren belehrt. Vor mir bauten sich Regale mit Kaffee auf. Bohnen und Sorten aus aller Welt, sortiert nach Herkunft, Röstung und Sonderangeboten. Weiter hinten im Laden befand sich eine Theke, große Kaffeevollautomaten sowie drei Tische mit Stühlen. Wieso hatte ich das Geschenk, diesen göttlichen Ort des Glücks nicht früher gefunden? Ein Schlaraffenland des Kaffees, direkt vor meinen Augen.

»Nicht das, was ich erwartet hatte«, murmelte Jax neben mir.

»Was denn?«, gab Declan schnippisch zurück. »Kaffee ist ein gutes Fake Business. Gerade in einer so schnelllebigen Stadt wie Sydney. Und wir bieten die besten Kaffeesorten im Großraum an.«

Ich fand keine Worte, sondern staunte bloß. Unauffällig fuhr ihr mir über das Kinn, in der Befürchtung, ich würde sabbern.

»Wollt ihr einen Kaffee?« Der Gargoyle hatte das letzte Wort kaum ausgesprochen, da brüllten Eliss und ich im Duett unsere lautstarke Zustimmung. »Sehe schon, zwei Koffeinjunkies, was?«

Bevor ich antworten konnte, öffnete sich die Tür auf der gegenüberliegenden Seite des Ladens und ein Glockenspiel verkündete Kundschaft.

Zu meiner Verwunderung veränderte sich Declans graue, steinartige Haut zu der eines weißen Menschen, ebenso wurden seine scharfkantigen Gesichtszüge deutlich weicher. Ein geschäftsmäßiges Lächeln lag auf seinen Lippen, ehe er sich schließlich zu den drei Jungs herumdrehte, die den Laden betreten hatten.

»Wir haben geschlossen. Die Tür hätte abgesperrt sein sollen«, rief er freundlich, aber bestimmt, bevor er sich zur Kundschaft bewegte. Auf halber Strecke stoppte er abrupt. Ich erkannte, wie sich seine Muskeln anspannten und er seine rechte Hand zur Faust ballte.

Einer der Kunden lachte tief und donnernd. Es klang nicht menschlich, nicht einmal körperlich. Mehr als würde eine alte Blechdose an eine Wand in einem leeren Raum getreten und das Aufprallgeräusch hallte umher.

Moment. Einen der Kunden kannte ich.

»Calvin?«, fragte ich erstaunt.

Der blonde Junge, mit dem ich im ersten Jahr ein paar Kurse an der *St. Andrew* belegt hatte, zeigte mir ein Grinsen. Keines der freundlichen Art. Calvin wirkte eher wie ein Raubtier, das bereit war, sich auf seine Beute zu stürzen. Seine Augen flackerten bläulich auf und verfinsterten sich danach. Reflexartig stolperte ich einen Schritt zurück.

»Der feine Sohn der Präsidentin«, antwortete Calvin abfällig. An jedem Wort klebte Hohn und Abscheu. »Leuchtfeuer einer verdorbenen Gesellschaft.«

»Seid ihr lebensmüde oder nur dämlich?«, knurrte Declan. Seine Hand fuhr an seinen Gürtel. Dort griff er etwas Metallenes, löste es und schnitt damit einmal durch die Luft. Magie zischte und brutzelte um ihn herum, während sich das Metallstück zu einer etwa zwei Meter langen Sense formte.

Die Haut der drei Jungs dehnte sich so sehr, dass sie zu zerreißen drohte, Knochen brachen und Licht pulsierte über ihre Körper. Innerhalb eines Wimpernschlags wuchsen sie auf zwei Meter heran, und verkohlte, mit Asche bedeckte Haut ersetzte ihre menschliche.

»Zurück!«, brüllte Teagan. »Lauf in den Flur da vorn und sing den Schutzzauber! Los!« In ihren Augen war der Ernst der Lage abzulesen, und das zweite Mal in unter vierundzwanzig Stunden wurde ich auf die Ersatzbank geschoben, während sie kämpfte. Dass ich allen Ernstes am Morgen der Zeugnisvergabe gedacht hatte, dass ich bereit für das Leben sei, mutete jetzt wie ein schlechter Scherz an.

Ohne weiter zu überlegen, drehte ich mich um und steuerte den Flur an. Doch auf dem Weg bemerkte ich, dass Jax mir nicht folgte. Schnell fuhr ich herum, packte ihn am Arm und zerrte ihn mit mir. Seine schwache Gegenwehr änderte nichts daran, dass ich Teagans Befehl umsetzen würde. Weder Jax noch ich waren bereit, irgendeinen Kampf zu bestreiten. Vor allem nicht in einer Welt, die sich völlig anders offenbarte, als uns seit der Kindheit vorgelogen worden war.

Nach ein paar Schritten erreichten wir den Durchgang, und ich löste meine Hand von Jax. Eilig drehte ich mich um und sah, wie Declan, Teagan und Eliss ihre wahre Form angenommen hatten. Ebenso hatten die Monster um Calvin ihren menschlichen Körper abgelegt und große Flügel prangten an ihren verkohlten Rücken. Der Raum roch nach verbranntem Fleisch und Asche. Dazu mischte sich der mir bekannte dämonische Geruch von verfaulten Äpfeln, morschem Holz und Tierkadavern.

Flammende Schwerter durchschnitten die Luft, Schreie hallten durch den Raum und Magie flammte auf. Declan schlug mit seiner Sense nach einem der Angreifer, doch der wich aus, während er dem Gargoyle einen Schlag mit seinen schwarzen Flügeln verpasste und ihn gegen ein Regal schleuderte. Die Dämoninnen kämpften mit einer der anderen Kreaturen. Beide umrundeten das Wesen blitzschnell, verteilten Schläge und Eliss formte Energiewellen mit ihren Klageschreien. Das Monster wehrte einen Großteil ab, lächelte dabei sogar gefährlich. Kleinere Wunden verschlossen sich, unmittelbar nachdem Teagan oder Eliss sie ihm zugefügt hatten.

Die dritte Kreatur stand reglos da. Sein Blick fand meinen. Ein bösartiges Funkeln in den Augen, die mal Calvin gehört hatten, und ein selbstgefälliges Grinsen erschien auf seinen Lippen. Beides sagte mir ein grausames Ende meines Daseins voraus. Langsam bewegte er sich auf mich zu, und ich löste meinen Körper aus der Starre. Falls er uns erreichte, wären Jax und ich Hackfleisch.

Fast schon automatisch stimmte ich eine Melodie an, die mir seit dem Kindesalter eingebläut worden war: *Custos unitatis*, der Schutz des Bundes. Er stellte einen Canto dar, auf dessen Erlernen Angelina für mich penibel bedacht gewesen war. Zuerst als Kinderspiel, dann eine lästige Pflicht und zuletzt als elementaren Teil meines öffentlichen Lebens. Etwas, was mir in Fleisch und Blut übergangen war und dessen Wichtigkeit mit dem Präsidentinnenamt meiner Mutter zugenommen hatte. Ein Schutzschild, der mich von Gefahren wie Zaubern oder Kugeln abschirmte.

Die Melodie verließ meine Lippen und ich hielt den letzten Ton. Solange ich ihn sang, würde sich der Schild, der sich in diesem Moment strahlend im Flur aufbaute, zwischen uns und diese Monster stellen. Neben mir hörte ich Jax einatmen und dann ... sang er ebenso das *Custos unitatis*.

Wie war das möglich?

Angelina hatte gesagt, dass der Zauber ein Erbe unserer Gründerblutlinie darstellte, dennoch sang Jax jeden einzelnen Ton absolut präzise, und einen Moment später spürte ich, wie sich seine Magie mit meiner verwob. Während sich meine warm und sanft wie ein Sommertag anfühlte, erschien seine kühlend und rau wie die Abenddämmerung nach einem heißen Tag.

Ich starrte auf den Schutzschild vor mir. Meine goldenen Partikel umspielten die schwarzblauen von Jax' Magie, tanzten einen gemeinsamen Reigen. Es fühlte sich uralt und dennoch vertraut an. Seine Magie erkannte und begrüßte mich, so als wären wir alte Freunde, dann erstrahlte der Zauber plötzlich blendend hell. Verfestigte den Schild und vibrierte in unserer fusionierten Tonlage.

Zwei Gegensätze, vereint in einer zweistimmigen Symphonie.

Eine solche Stärke hatte keiner meiner Zauber je erreicht, und ich wagte, zu bezweifeln, dass eine einzelne Hexe solch eine Macht allein innehalten würde.

Was ging hier vor?

Ich schielte zu Jax, hielt aber weiterhin den Ton. Goldene Partikel strömten aus meinem Mund und vereinten sich mit dem Schild. Zwischen Jax' Lippen hingegen flogen dunkelblaue, beinah schwarze Partikel zu dem Schutz. Auch Jax musterte mich verwirrt.

Spürte er diese Verbindung ebenso?

»*Tue ich!*«, antwortete seine Stimme in meinem Kopf. Ich erschrak, sprang einen Meter zurück und versang mich. Unser Schutzschild zerbarst in einem hellen Licht, während ich Jax aus geweiteten Augen anstarrte. Sein Ausdruck spiegelte meinen wider – er verstand nicht, was hier gerade vor sich ging.

Etwas polterte vor uns. Erschrocken sah ich zu der Ursache und erblickte Calvin – oder das, was ich einst für ihn gehalten hatte. Seine verbrannte Haut strahlte in einem bläulichen Ton und schwarze Flügel prangten an seinem Rücken. Mit breitem Grinsen näherte er sich uns.

»Endlich muss ich euch beiden nicht mehr vorspielen, dass ich euch leiden kann!« In seiner Hand erschien ein brennendes Schwert und seine Augen färbten sich schwarz. »Eure Seelen werden mich stärken!«

Ich setzte an, einen Canto zu singen, obwohl mir klar war, dass er niemals rechtzeitig beendet sein würde.

»Ja, sing nur, kleine Hexe, ich werde –« Weiter kam Calvin nicht, denn sein Körper wurde von einer Sense durchschnitten. Für einen

Moment stand Calvin mit aufgerissenen Augen vor mir, doch ich nahm nur die Waffe in Declans Hand wahr. In verschiedenen Rottönen pulsierte und vibrierte die Sense, während Calvin in Feuer und hellen Funken verging.

»Was zur Urmutter war das?«, flüsterte ich atemlos, wusste nicht einmal selbst, ob ich das Geschöpf oder den Canto von Jax und mir meinte. Vermutlich beides.

»Ein Útlagi«, antwortete Declan.

»Ein was?«, fragte Jax.

»Teil Walküre, Teil Dämon, Teil Hexe – mit einem ziemlichen Hunger nach Menschenseelen.«

»Muss ich das verstehen? Walküren und Dämonen?«, fragte Jax verwirrt.

»Das ist kompliziert.«

»Lass mich raten: Nicht jetzt? Erfahren wir ein andermal?«, brummte ich.

»So ist es. Einigen wir uns darauf, dass Útlagi mal Hexen waren, die eine unschuldige Person getötet haben und dann zu diesen Wesen wurden, okay?« Declan grinste mich mitleidig an, als wäre ich ein unwissendes Kind. Na danke. »Also merken: Nie jemand Unschuldiges töten, sonst werdet ihr zu solchen Drecksäcken.«

»Aha, Walküren. Nicht nur Dämonen, Gargoyles, Banshees und Sukkubi. Wunderbar. Noch was? Werwölfe? Vampire? Elfen?« Ich schüttelte träge den Kopf, denn mein Hirn verarbeitete all die Neuigkeiten nur schwer.

»Ist Sukkubi die richtige Mehrzahl von Sukkubus?«, fragte Jax.

»Was weiß ich denn?« Ich sah ihn genervt an, für mich war das immerhin ebenso alles neu.

»Keine Vampire. Keine Elfen. Nein«, lenkte Declan das Gespräch zurück auf das Wichtige.

»Aber Werwölfe?« Ich verengte die Augen.

»Nicht direkt.« Er schüttelte den Kopf.

»Verstehe. Ist vermutlich *kompliziert*, nicht wahr?«, fragte ich sarkastisch.

»Schlaues Kerlchen!«, flötete Declan, und ich wollte ihm ein weiteres Arschloch in seinen Hintern meißeln – oder eins an die Stirn, damit es für jedermann sichtbar war.

»Hast du ... ähm ...« Jax räusperte sich, sah zu Declan. »Hast du gesehen, was Harlow und ich gemacht haben?«, fragte er schließlich, der gefasster wirkte als ich. Offenbar begnügte er sich mit der Erklärung zu den *nicht ganz direkt so echten, aber vielleicht ja doch echten Werwölfen.* Ehrlich gesagt, kannte ich ihn nicht genug, um einzuschätzen, wie er unter Gefahr reagierte – abgesehen von gerade eben, als er dezent überfahren gewesen war. Ansonsten hatte ich ihn höchstens wie ein Teenager aus der Entfernung angehimmelt und gewusst, dass wir nie zusammenkommen würden – es eine Duschfantasie blieb, denn unsere Welten waren zu unterschiedlich.

Und doch standen wir jetzt hier, und der gemeinsame Zauber hatte sich überaus intim angefühlt.

Declan nickte uns zu, schwieg aber. Sein Blick wanderte zu Teagan, die sich mit Eliss zu uns gesellte.

»Das, was ihr da gespürt habt, war *Foedus Fidei, das Band der Loyalität*«, antwortete sie Jax. Ich verstand einmal mehr rein gar nichts.

Declan weitete die Augen. »Wirklich? Ich hatte es vermutet, aber das ... ist unmöglich, oder? Ich bin zu jung, um es je gesehen zu haben. Doch das letzte Mal gab es ein Band vor ...«

»Genau einhunderteinundfünfzig Jahren. Angelina und Gunnar. Die beiden waren verbunden, bis sich die Ingrams und McQueens zerstritten und die Fehde ausbrach. Zwar herrscht wieder Frieden, aber die beiden leben mittlerweile auf verschiedenen Seiten.«

»Mein Onkel hatte etwas mit seiner Mutter?« Fassungslos zeigte Jax auf mich und wedelte mit der Hand.

»Nein.« Teagan schnaubte belustigt. »Zur Urmutter, niemals. Die beiden waren beste Freunde. Unzertrennlich. Aber ein Paar waren sie nie.«

»Aber was ist es? Sag mir nicht, dass es so ein bescheuertes Unsere-Seelen-sind-verwandt-Ding ist. Teagan, ernsthaft, dann schreie ich.« Trotzig verschränkte ich die Arme vor der Brust.

»Ja, darauf kann ich ebenfalls gut verzichten«, stimmte mir Jax zu.

»Seelenpartner?« Teagan und Declan beugten sich vornüber vor Lachen. »Ihr schaut zu viel übersinnliche Romance-Serien. So was gibt es nicht.« Meine Leibwächterin richtete sich auf und lächelte mich an. »Jede Magiesignatur ist einmalig, und manchmal finden Hexen ihr Gegenstück. In diesem Fall bildet die Magie unaufgefordert *Das Band der Loyalität* zwischen diesen beiden. Eure Signaturen sind komplett gegensätzlich, was die oberste Grundlage darstellt, und ergänzen sich perfekt zu einem Ganzen. Zusammengewirkt sind all eure Zauber stärker.«

»Klingt für mich verdächtig nach unnötigen Seelenpartnern«, murmelte ich.

»Es gibt aber einen Unterschied. Ihr verliebt euch nicht automatisch. Ihr spürt nicht, wo der andere ist. Ihr mögt euch vielleicht nicht einmal. Wobei ihr schon miteinander kommunizieren könnt, ohne zu reden.«

Das erklärte jedenfalls, wieso ich Jax in meinem Kopf gehört hatte.

»Eure Magie hat das Band erschaffen, aber wie ihr über die andere Person denkt und fühlt, ist davon unangetastet. Selbst wenn die meisten verbundenen Hexen beste Freunde oder Paare wurden. Oft waren es Ingrams und McQueens.«

»Wieso?« Jax lehnte sich an die Wand neben mich.

»Weil die Magie der beiden Blutlinien so unterschiedlich ist – fast wie Gegensätze«, erklärte Eliss. »Die McQueens beherrschen das Licht und die Sonne. Ihr Ingrams die Dunkelheit und den Mond. Kaum eine Kombination der Blutlinien ist so gegensätzlich wie eure, weswegen die meisten Bänder zwischen euren Familien auftraten.«

»Na klasse, hätte es nicht jemand anderes als der Eisprinz sein können?«, fragte Jax genervt.

»Vielen Dank, ich kann mir auch einen besseren Seelengedöns-Partner vorstellen«, antwortete ich patzig.

»*Band der Loyalität*«, merkte Declan an.

»Was auch immer«, brummte ich.

»Besseren? War ja klar, dass du direkt wieder denkst, dass ich schlechter oder weniger wert bin.« Jax' Augen glühten vor Zorn.

»Nein! Das meinte ich nicht.« Grummelnd fuhr ich mir durchs Haar. »Ob du es glaubst oder nicht, ich meinte damit einfach eine andere Person. *Besser* war eine unüberlegte Wortwahl, entschuldige.«

»Auch Worte können verletzen«, flötete Declan belustigt.

»Schnauze!«, antworteten Jax und ich gleichzeitig.

»Wie süß! Das Band lässt sie das Gleiche sagen.«

»Declan, es reicht«, mischte sich Teagan ein. »Wieso haben die Útlagi angegriffen?«

»Das ist nun einmal, was sie tun«, antwortete er schulterzuckend.
»Auf der Schattenseite, ja, aber nicht in der Lichtwelt. Hier sind sie darauf bedacht, nicht aufzufallen.«

»Da hast du recht. Manchmal vergesse ich, in welchem der beiden Sydneys ich bin.« Declan ging zu einem Regal und hob ein paar Kaffeedosen vom Boden auf. Nachdem er sie ins Regal zurückgestellt hatte, fuhr er fort: »Eine gute Frage allerdings. Ich habe jedoch keine Ahnung. Vielleicht wollten sie verhindern, dass ich euch auf die Schattenseite bringe?« Declan zuckte erneut mit den Schultern. »Der blonde Útlagi kannte euch, korrekt?«

»Er hat gestern mit uns den Abschluss gemacht«, antwortete ich. »Ich hatte aber nicht viel mit ihm zu tun, da er einem kleinen Coven angehörte, der nicht mit uns McQueens in Verbindung steht.«

»Ich hatte einige Kurse mit ihm, mehr als Bekannte waren wir dennoch nicht«, ergänzte Jax. »Hatte ohnehin nicht viele Freunde an der *St. Andrew*, war ihnen allen nicht gut genug. Aber wenigstens gehörte Calvin nicht zu denen, die mich wie einen wertlosen Covlo behandelt haben. War immer freundlich zu mir.« Jax' Blick suchte meinen. Dann verzog er sein Gesicht und sah wieder weg.

Botschaft angekommen. Zwar hatte ich ihn nie Covlo genannt, aber Oli dafür andauernd – egal wie oft Ruby oder ich ihn dafür gerügt hatten. Offensichtlich dachte Jax, ich würde so über ihn denken. Zugegeben, ich hatte ihm keinen Grund gegeben, etwas anderes zu vermuten. Verdammt.

»Wir sollten uns setzen und besprechen, was als Nächstes passiert«, sagte Teagan, wie so oft die Stimme der Vernunft.

Zustimmendes Gebrumme erklang, und wir suchten uns einen Tisch im Laden.

KAPITEL 8

JAX

Neunundfünfzig Tage bis zum Blutmond

In mir rangen Furcht, Wut und Erstaunen um die Oberhand. In den letzten vierundzwanzig Stunden war so viel passiert, dass mein Hirn nicht hinterherkam, alles zu verarbeiten. Und dennoch schob sich Harlows enttäuschter Gesichtsausdruck immer wieder vor mein geistiges Auge. Auch jetzt, eine Stunde nach dem Angriff, konnte ich nicht abschütteln, wie traurig er mich angesehen hatte, als ich ihm passiv-aggressiv vorgeworfen hatte, dass er sich für etwas Besseres hielt.

Das stellte ein großes Problem auf so vielen Ebenen dar. Als Filmfreak schrie ich immer alle Charaktere an, wenn sie sich in großer Gefahr verliebten, ihr Ziel aus den Augen verloren und stattdessen über die Augen des Love Interests schwärmten. Tja, nun war genau dieses Schicksal mein Leben. Verdammt!

Dabei war es so irrational. Ich hatte erst erfahren, dass es Dämonen, Útlagi, durchgeknallte Wälder und so vieles mehr gab, das vor mir geheim gehalten worden war. Außerdem war meine Halbschwester entführt worden, und Oliver schwieg eisern, seit er vor einigen Minuten aufgewacht war. Er saß nur apathisch da und ignorierte uns gänzlich.

Und trotz all dieser Dinge, die eindeutig Priorität haben sollten, beschäftigte mich das *Band der Loyalität* am meisten. Wenn ich ehrlich war, überraschte es mich aber nicht. Seit drei Jahren fühlte ich mich viel zu intensiv zu Harlow hingezogen, besonders in Momenten, in denen er seine Magie wirkte. Schon damals hatte ich gespürt, dass es vielleicht mehr als eine simple Schwärmerei sei.

Dennoch waren unsere Welten zu unterschiedlich. Wir standen nicht nur magisch auf komplett verschiedenen Seiten, auch sozial trennte uns eine tiefe Kluft des Geldes und des Ansehens. Aber vermutlich nährte genau das unser Band, da Teagan erklärt hatte, dass Unterschiede den *Foedus Fidei* erst recht stärkten.

Was mich hingegen ärgerte, war die Tatsache, dass ich beim Anblick der Útlagi vor Angst wie gelähmt gewesen war. Sosehr ich versucht hatte, meinen Blick von den bizarren Wesen abzuwenden, es war mir nicht gelungen. Erst als Harlow mich energisch mit sich gezerrt hatte, hatten meine Sinne erneut die Kontrolle übernommen. Diese verborgene Welt hinter unserer Realität stellte sich als viel gefährlicher heraus, als ich zuerst vermutet hatte. Und sowohl Harlow als auch ich waren für Kämpfe gegen solche Wesen nicht einmal im Ansatz gewappnet. Alles, was wir an der *St. Andrew* gelernt hatten, brachte uns in solchen Kampfsituationen gar nichts.

Mein Blick wanderte zu den anderen. Harlow und die beiden Dämoninnen saßen an einem alten Holztisch im hinteren Bereich des Ladens, während Declan Kaffee servierte. Oli lehnte schweigend an einer Wand, sein Blick glasig einen Punkt fixierend. Ich fragte mich langsam, ob dieser Zustand die Nachwirkungen der Ranken oder aber unserer Magie waren. Hatte er vielleicht den Verstand verloren?

»Willst du dich nicht zu uns setzen?«, hörte ich Declan plötzlich neben mir fragen. Ich schreckte zusammen, was der Gargoyle mit einem Lachen quittierte.

Langsam bewegte ich mich zu den anderen und setzte mich auf einen der freien Stühle. Unmittelbar nach mir nahm auch Declan Platz und räusperte sich. Mein Kopf schwirrte. Hundert Gedanken kreisten umher und rangen mit meiner Abneigung, in größeren Gruppen zu reden. Jemand Unbeteiligtes würde es vermutlich introvertiert nennen, doch fasste es meine Situation nicht gänzlich zusammen.

Ja, ich war ein Einzelgänger, ohne Frage. Zuerst in meiner Kindheit, unfreiwillig, weil mich einfach alle gemieden hatten, und in meiner Jugend ganz bewusst, da ich sie alle mied. Mir abgewöhnt hatte, auf Freunde zu hoffen oder auch nur mit Personen zu reden, die ich kaum kannte. So sehr, dass mich nun Unwohlsein befiel, sobald zu viele Leute um mich herum waren und ich in ein Gespräch gezwängt wurde.

Ich nahm nur gedämpft wahr, worüber die anderen redeten. Konnte meine Gedanken einfach nicht fokussieren. Immer wieder sah ich die Ranken vor meinem geistigen Auge. Die Útlagi. Spürte den *Foedus Fidei* und Harlows kühle Magie über meine Haut streicheln. Roch das Ozon, die Meeresluft und den Hibiskus, die sie von sich gab. Sie betörte mich und benebelte selbst in Gedanken meine Sinne – rief nach mir wie der Gesang einer Sirene.

»Hörst du uns zu?«, durchbrach Declan meine Gedanken.

Ich weitete die Augen. Wollte nicken und lügen, doch blieb starr sitzen. Dann schüttelte ich langsam den Kopf. »Sorry.«

»Du hast nun fünfzehn Minuten vor dich hin geträumt«, mahnte mich der Gargoyle augenrollend.

»Lass ihn, Declan«, kam mir Eliss zu Hilfe. »Die letzten Stunden waren reichlich viel für ihn.« Sie sah zu Harlow. »Für beide.«

»Das mag sein. Dennoch müssen sie sich konzentrieren. Ihr wollt, dass ich euch auf die Schattenseite bringe – und der einzige Weg führt durch den Wald von Salem.« Declan legte die Hände auf den Tisch. »Wenn ihr nicht alle konzentriert bei der Sache seid, werdet ihr nicht einmal bis zum Rand des Waldes kommen, bevor er euch tötet. Die beiden sind nicht bereit dafür!«

»Doch«, sagte Harlow energisch. »Wir gehen auf jeden Fall. Keine Diskussion!«

Declan grinste amüsiert, aber ein wenig Anerkennung schlich sich in seine Gesichtszüge.

»Halt an diesem Feuer fest. Das werdet ihr auf der anderen Seite brauchen. Jedenfalls, wenn ihr überleben wollt.« Der Gargoyle verengte die Augen. »Besonders du, junger McQueen. Besonders du ...«

»Was soll das jetzt wieder heißen?«, entfuhr es mir. Beschützerinstinkt wallte in mir auf. Für eine Person, die ich zu hassen versuchte. Jemanden, der für alles stand, was ich an der Hexengemeinschaft verabscheute. Privilegien, Arroganz und elitäres Verhalten.

Ja, rede dir nur ein, dass du Harlow hasst. Du weißt es besser, oder?

Genervt fuhr ich mir mit meiner Hand übers Gesicht und strich mir eine Strähne aus der Stirn. Nicht einmal vierundzwanzig Stunden hatte ich nun mit dem Eisprinzen verbracht, und er drohte, alle meine Überzeugungen zum Einsturz zu bringen. Wie schlau war es, mit ihm in eine Art Parallelwelt zu wechseln und mehr Zeit mit ihm zu verbringen? Beging ich einen unwiderruflichen Fehler?

»Das werdet ihr drüben merken«, beantwortete Declan meine vorhin gestellte Frage und, ohne es zu wissen, ebenso die ungestellte. »Die Familie McQueen ist nicht mehr sonderlich beliebt auf der Schattenseite.« Er hielt inne. Ein Schatten huschte über sein Gesicht. »Oder besser gesagt, war nicht sonderlich beliebt.«

»Vergangenheitsform?« Harlow richtete sich auf und straffte die Schultern. Ein trotziger Ausdruck legte sich auf seine Gesichtszüge. Der Eisprinz übernahm erneut die Kontrolle.

»Dies ist der falsche Ort, um darüber zu reden, aber es gibt kaum noch McQueens auf der Schattenseite – sind fast alle vor der Abschirmung in die Lichtwelt geflüchtet. Drüben wirst du verstehen warum.«

»Können wir dann endlich los? Ich habe die Schnauze voll von Geheimnissen«, antwortete Harlow energisch und stand von seinem Stuhl auf.

Nervte mich sonst sein Gehabe, wenn er den Eisprinzen mimte, gestand ich mir grinsend ein, dass wir in diesem Fall einer Meinung waren und ich es durchaus ein klitzekleines bisschen sexy fand, wie er Declan die Stirn bot. Also erhob ich mich und nickte.

Declan hatte uns zu einem Durchgang zur Schattenseite gebracht und uns versichert, dass er uns später treffen würde. Oli war seiner Meinung nach noch nicht bereit für die Reise, da er weiterhin apathisch wirkte und schwieg. Weswegen Declan und er uns später folgen würden. Kurz darauf waren wir durch den Riss geschritten und mitten in einem Wald angekommen.

Und hier standen wir nun. Die Luft hing schwer zwischen den dicken Stämmen der Bäume. Überreife süße Äpfel, manche davon verfault, verrottendes Holz, herbe Asche und totes Tier vermischten sich zu dem Duft, den ich auch an Eliss und Teagan roch. Nur um ein Vielfaches präsenter. Der Geruch von viel zu viel Tod und Verderben kroch in meine Nase, explodierte hinter meiner Stirn und forderte meine gesamte Aufmerksamkeit. Ich würgte, meine Augen tränten, und einen Moment später übergab ich mich geräuschvoll auf den Waldboden, der mit Moos und Ranken bewachsen war.

Schwer atmend stand ich vornübergebeugt da und versuchte einen klaren Kopf zu bekommen. Neben mir hörte ich den Eisprinzen ebenso sein Frühstück über den Boden verteilen.

»Sieh mal an, reiche Leute kotzen«, presste ich hervor. Weiterhin bemüht, ruhig durch den Mund statt durch die Nase zu atmen. »Wenn du mir jetzt noch sagst, dass ihr auch kackt und keine Blüten furzt, dann muss ich mein Weltbild überdenken.«

»Bist du immer so nervig, wenn du redest?«, antwortete er heiser. »Die Zeit, in der du mürrisch geschwiegen und mich finster angesehen hast, war mir, rückblickend betrachtet, lieber.«

»So süß euer Geflirte ist, wir haben keine Zeit dafür.« Eliss' Schuhe erschienen in mein Blickfeld und ich richtete mich auf. Kein Grinsen lag auf ihren Lippen, stattdessen Sorge in ihrem Gesicht.

»Die Banshee hat recht. Wir müssen aus dem Wald«, fügte Teagan hinzu und half Harlow, sich aufzurichten.

»Die Banshee hat einen Namen«, antwortete Eliss augenrollend.

»Den nur keiner aussprechen kann, weil dein echter Name jeden tötet, der ihn in den Mund nimmt, *Eliss*.«

»Eliss ist nicht dein Name?«, fragte ich verwirrt.

»Na ja, schon. In deiner Welt zumindest.«

»Sie ist wie Rumpelstilzchen, keiner darf ihren wahren Namen kennen. Kommt!«, sagte Teagan mit Blick über die Schulter und wanderte los.

»Hat sie mich gerade mit Rumpelstilzchen verglichen?« Eliss nach Luft schnappen und mundtot zu sehen hätte mich mehr erfreut, wenn wir nicht in einem stinkenden Todeswald liefen.

»Du gewöhnst dich an ihre Art – sie meint es nett. Meistens jedenfalls«, erklärte der Eisprinz und wankte seiner Leibwache hinterher.

»Tolle Reisegruppe haben wir hier«, murmelte Eliss, aber folgte den beiden.

»Darf ich dich daran erinnern, dass der Wald für dich genau so bedrohlich ist wie für die Jungs?«, fragte Teagan gefährlich leise.

»Was? Wieso?«, wollte Harlow verwundert wissen. »Ich dachte, der Wald will nur Rache an den Menschen und Hexen?«

»Stimmt schon, aber alle Dämonen entspringen dem Wald. Wir Sukkuben und Banshees waren einmal seine Kinder. Einige von uns haben sich von ihm abgewandt – und diese Dämonen sind hier nicht sonderlich willkommen.« Teagan beschleunigte ihre Schritte.

»Und im Gegensatz zu deiner Leibwächterin bin ich mit meinen dreiunddreißig Jahren noch sehr jung und dadurch noch deutlich anfälliger für die magische Gehirnwäsche«, führte Eliss fort.

»Du bist dreiunddreißig? Ich dachte, du wärst zwanzig!« Ich holte auf und eilte neben meine Freundin.

»In Dämonenjahren bin ich dreiunddreißig, ja. Wir altern äußerlich und geistig anders als ihr.«

»Was meinst du mit: im Gegensatz zu meiner Leibwächterin?« Während Harlow versuchte, mit ihr Schritt zu halten, sah er zu dem Sukkubus. »Wie alt bist du, Teagan?«

»Zweihundertneunundachtzig Jahre.«

»Was?«, rief Harlow aus.

»Das ist jetzt völlig irrelevant! Wir müssen aus dem Wald, und zwar schnell! Wenn er euch nicht bemerkt – was unrealistisch ist –, wird er wenigstens Eliss' Anwesenheit spüren. Sie sind weiterhin miteinander verbunden. Konzentrier dich, Harlow! Wir können später reden.«

Langsam klärte sich mein Kopf, während mein Geruchssinn sich an den Gestank gewöhnte. Riesige Bäume mit dichten Kronen versperrten den Blick gen Himmel. Dennoch war es nicht komplett dunkel. Das Moos und die Flechten leuchteten in einem grün-blauen Licht und badeten den Wald in einen unheimlichen Glanz.

Pilze und Blüten sprossen an den dicken Stämmen. Letztere waren in einem Stadium zwischen lebendig und tot gefangen. Noch nicht verwelkt, aber auch nicht mehr in voller Blüte. Als stemmten sie sich mit aller Macht gegen den Verfall. Mein Blick schweifte weiter. Bäume über Bäume. Ein unendliches Labyrinth sterbender Natur, die dennoch so lebendig war, dass ihre Qualen mir zuflüsterten.

Abrupt hielt ich inne. Dort zwischen einem Busch und einem Baum stand ein Mann. Nackt. Sein Körper merkwürdig verzerrt. Efeu und Moos wuchs aus Teilen seiner Haut. An seinen Händen befanden sich Klauen wie die eines Wolfes. Das völlig ausgemergelte Gesicht erinnerte an einen Totenschädel. Bevor ich die anderen alarmieren konnte, erschien ein weiterer Mann. Größer als der vorherige – und vollständig verzerrt. Nur noch der aufrechte Gang mutete einem Menschen an. Sein Fleisch war beinah gänzlich durch Äste, Moos und Flechten ersetzt. Er besaß riesige Klauen, die selbst auf hundert Meter Entfernung messerscharf aussahen, keine Hände. Ich schluckte schwer. Statt eines menschlichen Kopfes sah ich den fleischlosen Totenkopf eines Raben, aus dessen Augen dicker Rauch zum Boden glitt.

Eliss blieb stehen, musterte mich, folgte meinen Blick und schrie: »Fuck, lauft! Sie haben uns schneller gefunden als befürchtet!«

Teagan und Harlow fuhren herum. Während der Eisprinz verwirrt dreinblickte, huschte Panik über die Gesichtszüge seiner Leibwächterin.

»Scheiße!«, presste sie hervor, packte Harlow an der Schulter und brüllte ihn an: »Lauf!«

»Was sind das?« Er blieb wie angewurzelt stehen, mit den Augen fixierte er die Wesen, die in den letzten Sekunden auf eine Gruppe von zehn angewachsen waren. Alle besaßen sie Totenschädel von Tieren als Köpfe, während ihre Körper eine groteske Symbiose aus Pflanzen, Verfall und menschlichen Formen darstellten.

»Nicht fragen, laufen!« Grob schubste Teagan ihren Schützling und warf Eliss ein Nicken über die Schulter hinweg zu. »Ich hoffe, der Zauber um ihrer beider Herzen hält bis zum Rand.«

Bevor ich reagierte, um zu fragen, welcher Zauber, packte mich Eliss am Arm und zerrte an mir. Meine Füße trugen mich zwar, geführt durch meine Freundin, doch mein Blick flog wie aus einem Reflex über meine Schulter zu den Monstern. Sie standen einfach nur da. Ihre Blicke aus leblosen Augen auf uns geheftet, aus denen fortwährend Rauch zu Boden glitt und dort ihre Beine umspielte.

»Was für Kreaturen sind das?«

»Die Kinder des Waldes«, antwortete Eliss knapp. Sie verstärkte ihren Griff an meinem Arm.

»Dämonen?«, fragte ich gebannt.

»Nein. Dämonen entstanden aus der Qual der verbrannten Hexen, tief im dunklen Herzen des Waldes – die Kinder des Waldes hingegen waren einmal Hexen. Männliche Hexen. Fuck, können wir das ein andermal klären?« Eliss schüttelte mich. »Wir rennen hier gerade um eure Leben!«

Ich wandte den Blick von den Kindern des Waldes ab, die weiterhin starr im Dickicht der Blätter standen und uns fixierten. Schnaufend versuchte ich, mit den beiden Dämoninnen und Harlow Schritt zu halten. Trotz der bedrohlichen Situation wunderte ich mich, dass der Eisprinz kaum keuchte und nicht schwitzte. Allem Anschein nach war er es gewohnt zu laufen. Im Gegensatz zu mir, der Kraft- und Kampfsport bevorzugte statt Ausdauer- und Lauftraining. Eine Tatsache, die ich gerade das erste Mal bereute, da mein Rücken einen Wasserfall beherbergte.

»Du sagtest *eure* Leben«, gab ich keuchend von mir. »Was ist mit Teagan und dir?«

»Wir sind dem Wald im Vergleich zu euch relativ egal. Er würde uns zwar töten, aber euch würde Schlimmeres ereilen. Und jetzt gib Gas!« Eliss, die mittlerweile ihre Dämonenform angenommen hatte, sprang mit Leichtigkeit über einen tief hängenden Ast, wohingegen ich mich mühevoll unter ihm hindurchzwängte. »Uns hat er vor Jahrzehnten aufgegeben und verstoßen. Wenn seine Kinder uns töten, dann ist das lediglich Kollateralschaden.« Sie grunzte genervt und zog mich erneut mit sich, da ich ihr offensichtlich zu langsam war.

Ein weiterer kurzer Blick über die Schulter zeigte mir, dass die Kinder des Waldes immer noch im Schatten des Dickichts verharrten. Nur waren aus den etwa zehn grünen Augenpaaren ein Vielfaches mehr geworden. Und nicht nur hinter uns, sondern auch links und rechts von uns.

»Wie konnten sie uns so schnell finden? Wir sind gerade mal ein paar Minuten hier.«

»Sie hören eure Herzen und spüren meine Anwesenheit.«

Ich blieb abrupt stehen. »Sie hören unsere … Aua!« Eliss riss so resolut an mir, dass ich meinen Satz nicht beenden konnte.

»Mehr laufen, weniger fragen«, murmelte sie. »Kurzform: Wald böse. Dämonen nicht mehr böse. Kinder des Waldes böse, da von ihm unterworfen. Hören Herzen von männlichen Hexen, weil sie euch diese rausreißen und eure Körper dann zu weiteren Kindern des Waldes werden.« Mittlerweile hatte sich Eliss bei mir eingehakt und zerrte mich grob mit sich. »Wenn du also weiterhin deinen sexy

Hintern in Hexenform behalten willst, statt Moos aus deinem Arsch wachsen zu sehen, dann lauf jetzt gefälligst schneller!«

Obwohl ich nicht genau verstand, was hier gerade vorging, reichte mir die Information, dass der Wald männliche Hexen zu Baumkreaturen umformte, um tatsächlich mehr Gas zu geben. Denn ich hing definitiv an meiner menschlichen Gestalt und vor allem an meinem Leben.

»Wieso greifen sie nicht an?« Meine Worte kamen schnaufend aus mir hervor. Es klang lauter, als ich es gewohnt war. Jegliche Geräusche im Wald waren verstummt. Nicht ein Vogel zwitscherte, kein Tier regte sich, fast so, als hielten sie den Atem an. Die muffige Luft, die nach Verfall und überreifen sowie verfaulten Äpfeln roch, stand stickig und still, ohne sich zu bewegen. Lediglich unser schneller Atem war zu hören, wie auch unsere donnernden Schritte auf dem Waldboden. Die mit Moos bewachsenen Kreaturen hingegen verharrten still, unbeweglich. So als wären sie uns finster musternde Jagdhunde – und wir waren ihre Beute.

»Sie warten auf *seinen* Befehl. Und *er* wartet auf *ihre* Erlaubnis«, antwortete Eliss mir.

»Er? Sie? Was?«

»Zur Urmutter, Jax, du nervst.« Eliss schlug einen Haken nach links und riss mich mit sich. »Das ist ein schlechter Zeitpunkt für eine Lehrstunde über den Wald, die Schattenseite und die Hexenkönigin.« Ein weiterer Haken, dieses Mal nach rechts.

Hexenkönigin? Meinte sie die Präsidentin? Aber diese lebte in der Lichtwelt und war zudem Harlows Mutter. Wieso sollte sie uns jagen?

In etwa dreihundert Meter Entfernung erkannte ich das Ende des Waldes. Dennoch schrie alles in mir, zu stoppen, denn gut zwanzig Kinder des Waldes starrten uns von dort aus an. Ihr Rauch bedeckte den gesamten Boden, und ihre grünen Augen erleuchteten den Teil des Waldes unheimlich.

Als wir uns näherten, bewegten sie sich zur Seite, bildeten ein Spalier, dem einer Hochzeitsfeier ähnlich.

Was zur Urmutter ging hier vor?

Ohne abzubremsen, stürmten wir an den Kindern des Waldes vorbei, und genau in dem Moment erklang eine Stimme mit so viel

Kälte darin, dass Harlow dagegen wie der Sonnenprinz wirkte: »Der Ingram-Erbe. Na, sieh mal einer an.«

Unmöglich zu erahnen, von welcher Seite die Stimme kam, sah ich mich nach allen um. Sie tanzte durch den Wald und umspielte die Blätter und sterbenden Blüten.

»Und die beiden Verräterinnen«, fügte sie abfällig hinzu.

»Schneller!«, befahl Teagan. »Bevor sie versteht, wer bei uns ist. Der Zauber bricht jeden Moment.«

Nur wenige Schritte von dem Ausgang entfernt, die Freiheit zum Greifen nahe, erklang ein spitzer Schrei. Gefüllt mit Zorn und voller Wut, aber auch Panik.

Vor mir beschleunigte Teagan ihren Schritt und zerrte so rabiat an Harlow, dass dieser taumelte. Nicht die Tatsache, wie geschickt er seinen Tritt erneut fand und ebenso schnell flüchtete, ließ mich fast erstarren. Sondern ein helles Licht. Grell und gelblich wie die Sonne pulsierte es an seinem Rücken – genau an der Stelle, an der sein Herz saß. Und dann zerbarst es in tausend Funken.

Teagan und Eliss fluchten zeitgleich, und ich verstand mal wieder gar nichts.

»Schneller«, fauchte mich Eliss an. »Der Verschleierungszauber ist gebrochen!«

Und da schrie die mächtige Stimme erneut. Von allen Seiten brach sie über uns herein wie die Wellen der stürmischen See.

»*Er* lebt?!« Nur zwei Worte, doch sie dröhnten so laut durch den Wald, dass ich mir instinktiv die Ohren zuhielt. »Unmöglich! Fasst sie! Lasst meinen Sohn nicht entkommen – er muss sterben!«

Nur einen Wimpernschlag später regten sich alle Kinder des Waldes und stürzten uns hinterher. Äste brachen, feuchte Erde flog umher und Schreie hallten durch das knackende Gehölz. Doch sie waren zu spät, wir hatten den Rand des Waldes erreicht. Ich spürte eine scharfe Klaue, die mir das Tanktop zerschnitt. Gefolgt von wütendem Knurren, Gemurmel und Kriegsschreien in einer Sprache, die mir unbekannt war. Sie ähnelte den Worten, die Eliss und die King-Geschwister in der Lichtwelt gesprochen hatten.

War das die Sprache des Waldes?

Abrupt blieb Eliss stehen. »Nimm mich zurück und lass die drei gehen.«

Alle Kreaturen hielten inne, starrten meine Freundin an, während ich plötzlich von Teagan gepackt und weitergezerrt wurde, obwohl ich ebenso stehen bleiben wollte.

»Eliss, nein! Was machst du?«, schrie ich ihr zu.

»Das Richtige! Wir sehen uns wieder«, erklangen ihre Worte gedämpft, als die Waldkreaturen sie umschlangen und mit sich tiefer ins Dickicht zogen.

Wir stolperten aus dem Wald, und hätte mich Teagan nicht im letzten Moment an meinem Shirt festgehalten, wäre ich in die einen halben Kilometer große Schneise vor mir gefallen. Etwa zehn Meter tief führte sie hinab. Silbernes Licht pulsierte wellenartig vom Boden der Schlucht gen Himmel.

»Eliss ...« Benommen sah ich zum Wald.

»Alles wird gut, Jax«, sagte Teagan und legte eine Hand auf meine Schulter. »Wir haben telepathisch kommuniziert, und Eliss hatte die Idee, den Wald zu infiltrieren.«

»Bitte was?«

»Es ist ein guter Plan.« Teagan nickte mir zu. »Sie wird unter den Wesen dort leben, während der Wald versucht, ihr eine Gehirnwäsche zu verpassen. Doch Eliss ist stark und wird den Spieß umdrehen.«

»Wirklich? Oder sagst du das, um mich zu beruhigen?«

»Etwas von beidem. Ich glaube an Eliss, und das solltest du auch.« Mit einem schmalen Lächeln hielt Teagan mir eine Portion Oblivio-Pulver hin.

Für einen Moment starrte ich es an. Wollte ich mal wieder meine Erinnerungen dämpfen? Langsam wurde es zur Gewohnheit. Auf der anderen Seite befanden wir uns weiterhin so dicht am Wald, dass jetzt keine Zeit für Kummer war, also schnappte ich es mir und ließ es wirken.

Harlow stand keuchend an der Schneise und deutete auf sie. »Was ist das?«

»Ein magischer Schutz«, antwortete seine Leibwächterin. »Er verhindert zwar nicht, dass die Kinder des Waldes hindurchkommen, doch er unterbricht ihre Verbindung zu ihrem Meister. So sind sie schwächer und unterliegen nicht mehr den Einflüsterungen der

Bäume. Manche Kinder erwachen sogar aus der Trance und verweigern daraufhin ihre Treue zu ihm. Was auch der Grund ist, weshalb der Wald es ihnen nur selten erlaubt, durch den Schutz zu treten. Und selbst dann nur seinen treuesten Geschöpfen.«

Ich drehte mich panisch um. Wieso zur Urmutter hielten wir hier einen Plausch, während uns eine Horde Baumwesen jagte? Vermutlich sah ich gerade aus wie eine Comicfigur, so sehr weitete ich die Augen, weil uns niemand aus dem Wald folgte. Verwirrt blickte ich zu Teagan, die zwar ebenso schwer atmete, sich aber ansonsten nicht sonderlich besorgt gab.

»Außerdem sind so alle Einwohner von Sydney vor dem Ruf des Waldes geschützt«, fügte sie hinzu. »Er flüstert zu allen wütenden, verzweifelten und hasserfüllten Wesen. Lockt sie zu sich und nährt sich an ihnen. Der Schutz dämpft seinen Ruf erheblich.«

»Ich will ja kein Spielverderber sein, aber sollten wir in dem Fall nicht schleunigst rüber?«, fragte ich und sah mich zweifelnd um. Aus dem Wald starrten mich eine Vielzahl grün leuchtender Augenpaare an, doch keines der Wesen verließ die Waldgrenze. Mehr und mehr grüne Punkte erschienen, das Knurren und Scharren war mittlerweile ohrenbetäubend laut. War Eliss eines der Augenpaare?

»Sie kommen nicht aus den Schatten der Bäume. Das Licht des Schutzes würde sie ansonsten erfassen«, antwortete Teagan. »Dennoch sollten wir gehen. Ich traue dem Wald nicht! Und *ihr* noch viel weniger!« Ohne auf eine Antwort zu warten, streckte Teagan die Hand in das silberne Licht vor uns aus, murmelte etwas Unverständliches und eine Brücke aus goldenem Licht erschien. »Wenn es nach *ihr* ginge, würde sie alle Kinder des Waldes opfern, um Harlow zu töten. Ich würde spontan darauf tippen, dass der Wald sich weigert. Ansonsten würden die Viecher uns gerade zerfetzen.« Energisch setzte Teagan sich in Bewegung und rief uns über die Schulter zu: »Kommt, wir sollten direkt zum Anwesen der Ingrams.«

KAPITEL 9

HARLOW

Neunundfünfzig Tage bis zum Blutmond

Auf der anderen Seite der Brücke angekommen, wusste ich nicht, was mir mehr den Atem raubte – die vergangene Hetzjagd durch den Wald oder die Aussicht, die sich mir in diesem Augenblick bot. Vor uns lag Sydney, und doch erkannte ich es kaum. Ein Schleier aus purpurrotem Nebel hing über den Hochhäusern, der Harbour Bridge sowie dem *Sydney Opera House* und färbte die Szenerie in ein Gemälde aus Rottönen. Das Wasser des Naturhafens bewegte sich träge wie ein Schaumbad aus Blut, während die Fähren gemächlich dahinschwammen. Sonnenstrahlen brachen zäh durch die Wolkendecke aus purpurroten Wolken und vermochten es nicht, die Stadt gänzlich zu erhellen. Während mich die Sonne im Sydney in der Lichtwelt blendete und ich das Haus kaum ohne Sonnenbrille verlassen konnte, wirkte hier auf der Schattenseite alles gedämpfter. Mysteriöser. Bedrohlicher.

»Wow«, stieß Jax neben mir atemlos aus.

Ich wandte meinen Blick von der Stadt zu ihm. Seine Augen waren geweitet und sein Blick lag auf der Skyline vor uns. Der Mund geöffnet zu einem stillen O. Sein Brustkorb hob und senkte sich schnell und spannte dabei das eng anliegende Shirt gefährlich straff. Alle Muskeln sprangen mich förmlich an, so als würde Jax es nur darauf anlegen, sie zu präsentieren. Was er vermutlich tat.

Fantastisch, jetzt gab es eine dritte Sache, die mir den Atem raubte.

»Okay, genug gestarrt«, sagte Teagan und stupste mich an. Sie zwinkerte mir zu und wandte sich dann an Jax. »Ihr könnt den Himmel und die Stadt noch lang genug bewundern, immerhin ...« Sie setzte ab und sah uns voller Verständnis an. »Ist es euer neues Zuhause«, fügte sie sanft hinzu.

Richtig. Unser neues Zuhause. Erst jetzt sickerte die Erkenntnis vollends zu mir durch. Ich würde nie wieder die Lichtwelt, mein Sydney sehen. Und somit auch nicht meine Mutter.

Ein Kloß bildete sich in meinem Hals und meine Augen brannten verräterisch. Denn erst jetzt begriff ich, dass ich impulsiv gehandelt hatte. Nicht einmal verabschiedet hatte ich mich von Angelina. Kein letzter Blick, keine Umarmung, kein Bild zur Erinnerung – einfach nichts. Nur Entschlossenheit, Ruby zu retten. Jedenfalls dachte ich das bisher. Jetzt fühlte es sich eher wie Starrsinn und Unüberlegtheit an. Bei Weitem nicht mehr so heldenhaft wie zuvor.

Wie würde es Angelina ergehen, wenn sie erfuhr, dass ich mich auf der Schattenseite befand? Immerhin war sie meine Mutter. Allein das Wort Mutter ließ einen Gedanken aufwallen, den ich bei der Flucht vor den Kindern des Waldes beiseitegeschoben hatte.

Meine Mutter. Die Stimme im Wald.

Hatte sie nicht verdächtig nach meiner Mutter geklungen? Aber hatte sie nicht geschrien, dass ich getötet werden sollte? Wie war das alles möglich?

»Teagan?«

Meine Leibwächterin drehte sich zu mir herum. Ihre Mundwinkel wanderten in die Tiefe, als sie mich ansah. Vermutlich standen mir die Reue und das Bedauern ins Gesicht geschrieben. Zugegebenermaßen kämpfte ich gerade damit, die Tränen zurückzuhalten. Mit nur wenigen Schritten eilte sie zu mir und nahm mich in den Arm.

»Ich weiß«, sagte sie leise in mein Haar. »Aber trotz allem glaube ich, dass deine Entscheidung richtig war.«

»Wirklich?«, fragte ich an ihre Brust gepresst. »Aber wieso will meine Mutter mich dann töten? Es war doch ihre Stimme im Wald, oder?«

Behutsam drückte mich Teagan etwas von sich. Ihr Blick ruhte auf mir, während sie tief ein- und ausatmete.

»Das ist kompliziert, und ich bin mir nicht sicher, ob wir das hier besprechen sollten. Aber deine Mutter will dich töten, ja.«

Ich schreckte zusammen und wich einen Schritt von Teagan weg.

»Harlow, hör mir zu. Das ist nur ein kleiner Teil einer großen Lüge.« Meine Leibwächterin seufzte. »Die Stimme im Wald ... Das war nicht Angelina, sondern ihre Schwester Casiopaia. Deine Mutter.«

»Meine ... Wer?« Ich blinzelte, verstand nicht, was diese Worte bedeuteten. »Angelina ist meine Mutter. Was redest du da?«

»Es tut mir so leid, Harlow. Aber Angelina ist deine Tante. Sie hat dich nach der Geburt ... entführt und in Sicherheit gebracht. Unmittelbar bevor das Reisen von der Schattenseite in die Lichtwelt für immer versiegelt wurde. Um genauer zu sein, zu deinem Schutz versiegelt wurde – nach der Entführung.«

»Das ist doch Unsinn!« Ich sah Hilfe suchend zu Jax. Während er mich nur mit geweiteten Augen anstarrte, schüttelte Teagan betreten den Kopf.

»Ich sage die Wahrheit«, flüsterte sie. »Casiopaia, die Hexenkönigin, ist deine Mutter. Angelina hat dich mit sich in die Lichtwelt genommen, um deren Mordplan an dir zu verhindern.«

»Wieso?« Mehr brachte ich nicht hervor. Meine Kehle schnürte sich zu, und ich spürte heiße Tränen meine Wangen hinablaufen. Schwindel ereilte mich, und mir war, als würde meine Seele aus dem Körper entschwinden, und mit ihr all meine Kraft. Ich konnte mich kaum auf meinen Beinen halten. Das alles ergab keinen Sinn.

Wie durch einen Schleier, kurz vor einer Ohnmacht, spürte ich Jax' Hände. Er griff mir um die Hüfte, zog mich an sich und stützte mich. Direkt roch ich seine Magie, fühlte ihre kühle Erhabenheit und sah, wie sich einzelne Partikel von ihm lösten und sich auf meine Haut legten. Dort verbanden sie sich mit meiner goldenen Magie, und der *Foedus Fidei* schenkte mir Geborgenheit und etwas Ruhe. Langsam kehrte meine Kraft zurück, trieb das Schwindelgefühl davon.

»Danke«, murmelte ich.

Jax räusperte sich und nickte mir zu, sagte aber nichts. Vermutlich verstand er ebenso wenig wie ich, was hier passierte, und noch weniger, wieso unsere Körper förmlich nach einander verlangt hatten. Oder er zudem darauf eingegangen war, statt sich zu wehren. Die letzten Jahre hatte er mich gemieden wie die Pest, und doch spendete er mir jetzt Trost, ohne mit der Wimper zu zucken.

»Können wir den Rest im Anwesen der Ingrams klären? Es ist zu gefährlich, hier darüber zu reden.« Teagan kam zu uns herüber und strich mir über die Wange. »Bisher weiß Casiopaia nur, dass du zurück bist. Nicht aber, wie du aussiehst und wohin du gehst. Bald wird sie allerdings ihre Hexenbiester und vermutlich auch die Útlagi entsenden, um genau das herauszufinden. Zu dem Zeitpunkt sollten wir in Sicherheit sein. In die Stadt trauen sie sich nur getarnt – dort sind zu viele Hexen.«

»Okay.« Ich nickte. Fand immer noch keine Worte. Mein Gehirn versuchte alles zu verarbeiten, schaffte es aber nicht. Ich war in einem absurden Traum gefangen. »Hat Angelina ...« Erneut fehlten mir die Worte, um die schmerzhafte Frage zu beenden.

»Dich geliebt?«, fragte Teagan.

Ich nickte.

»Aus ganzem Herzen! Mehr als jede andere Person. Sie hat alles aufgegeben, um dich zu retten und mit dir zu flüchten.«

Erneut bahnten sich Tränen einen Weg meine Wange hinab. »Okay.« Ich wollte mehr dazu sagen, doch nichts kam über meine Lippen. Kein Gedanke formte sich in meinem Kopf. Alles wirbelte durcheinander.

Teagan nickte Jax zu, bevor sie sich in Bewegung setzte. Wir folgten ihr, Jax mich weiterhin stützend. Mein Stolz meldete sich. Sagte mir, ich solle seine Hilfe ablehnen und gefälligst allein laufen, doch mein Magen und meine Beine erreichte der Befehl nicht. Mir fehlte die Kraft, mich zu wehren, also ließ ich seine Hilfe einfach zu.

Nach einem Marsch von etwa fünfzehn Minuten, einer Fahrt mit dem Bus, gefolgt von einer mit der Fähre und erneut gut fünfzehn Minuten Fußweg, erreichten wir unser Ziel: Manly Beach. Ganz offensichtlich befand sich das Anwesen der Ingrams auch auf der Schattenseite in Manly. Zwar nicht in der Einkaufsstraße wie der kleine Laden von Jax' Mutter, aber nicht allzu weit davon entfernt.

Ich erinnerte mich an kaum etwas, was ich auf dem Weg hierher gesehen hatte. Der Himmel hing weiterhin rötlich über uns, doch die erste Faszination konnte nun nicht mehr Wurzeln in mir schlagen. Mein Kopf schwirrte auch jetzt noch, kein klarer Gedanke war greifbar.

Weiterhin an Jax' Seite gepresst, unsere Magie dank des *Foedus Fidei* vereint, hob ich behäbig meinen Blick. Das Anwesen vor mir erstrahlte in dem roten Glanz der Sonne, die langsam im Meer unterging. Ich sah ein paar Segelboote in Richtung des Naturhafens schwimmen und Einwohner schlenderten vom Shelly Beach zum Stadtkern von Manly. Bis auf die rötlichen Farben um uns herum unterschied sich die Schattenseite auf den ersten Blick kaum von seinem Gegenstück in der Lichtwelt. Jedenfalls wenn man davon absah, dass ein großer Teil dieses Sydneys von dem dichten, ewig sterbenden Wald von Salem bedeckt war. Das blau-grünliche Licht, das im Inneren dominierte, sah man von außerhalb nicht. Von hier wirkte der Wald wie ein schwarzer Moloch des Todes, der dunkle Dämpfe der Verderbnis in die Luft um sich abgab. Die Schatten verließen ihn wie geisterhafte Arme und verflüchtigten sich im Nichts. Gut fünfhundert Meter entfernt um den Wald erstreckte sich die Schneise, die silbern pulsierte.

Dennoch sahen die Einwohner hier in Manly nicht besorgt aus und gingen ihrem täglichen Leben nach. An uns spazierten in diesem Moment zwei Mütter mit ihren Kindern vorbei. Ich spürte ihre neugierigen Blicke auf uns, gefolgt von leisem Getuschel. Es wirkte alles so normal.

Mein Kopf brachte es nicht fertig, diese Alltäglichkeit um mich herum mit dem Schrecken des Waldes und der Information über Angelina und Casiopaia in Einklang zu bringen. Um mich herum wirkte alles friedlich, vertraut und ruhig. Ganz wie im Sydney der Lichtwelt – und doch war gar nichts mehr normal. Mein altes Leben zersplittert wie ein Spiegel, der scheppernd zu Boden gefallen war. Jede Scherbe zeigte ein verzerrtes Bild all der Lügen, die einst mein Alltag gewesen waren.

»Komm, wir sollten reingehen«, sagte Teagan und drückte mich behutsam in Richtung des riesigen Anwesens. Eine lange Zufahrt aus hellem Kies lag vor uns, gesäumt mit hohen Bäumen und gestutzten Hecken. Ein imposanter Springbrunnen plätscherte auf dem runden

Platz vor dem Haupteingang, links und rechts daneben gingen zwei Seitenflügel vom Gebäude ab.

Ein älterer Mann mit ernster Miene eilte uns entgegen. Er stoppte unmittelbar vor Jax. Nur einen flüchtigen Blick verschwendete er an Teagan und mich, bevor er sich Jax zuwandte.

»Sir, es ist mir eine Ehre, Sie als jungen Mann erneut kennenzulernen«, sagte er ehrfürchtig.

Jax sah sich verwirrt um. Dann kniff er die Augen zusammen. »Du meinst mich?«

»Natürlich, Sir Ingram. Ich bin hocherfreut über Ihre Rückkehr. Das letzte Mal habe ich Sie gesehen, als ich Ihre Windeln gewechselt habe. Ich bin seit Dekaden der Butler dieses Hauses.«

»Meine Windeln?« Jax sah den grauhaarigen Mann verdutzt an und kratzte sich am Hinterkopf. »Verwechselst du mich? Ich war noch nie hier.«

»O nein, nein. Keine Verwechslung. Sie erinnern sich nur nicht. Immerhin waren Sie noch ein Säugling, als Sie in die Lichtwelt gewechselt sind.« Der Mann lächelte Jax an, bevor er mir einen flüchtigen, eisigen Blick zuwarf. Nach nur einem Moment lag erneut eine lächelnde Maske der Professionalität über seinen Zügen. »Unmittelbar bevor die Schattenseite vollständig abgeschirmt wurde, *um Mister McQueen zu schützen.*« Zwar lächelte der Bedienstete weiterhin, doch die letzten Worte trugen eine gehörige Portion Gift in sich.

Erneut drehte sich alles um mich. Meine Sicht verschwamm, und der Kloß in meinem Hals wuchs gefühlt auf die Größe eines Golfballs. Wir folgten dem Butler in das Anwesen, doch ich nahm kaum etwas wahr. Einrichtung, Bewohner, das ganze Treiben erschien mir so bedeutungslos. Meine Gedanken kreisten immer wieder um meine Mütter. Eine davon war meine leibliche, die mich töten wollte. Die andere hingegen war jene Frau, die den Titel verdiente, weil sie mich großgezogen hatte.

Nur vage sah ich, dass Jax von einem großen Mann mit breiten Schultern in eine feste Umarmung gezogen wurde und er danach angeregt mit Teagan diskutierte. Ich stand verloren an eine Wand gelehnt, mein Blick schweifte in die Leere, während meine Gedanken mich zu ertränken versuchten.

Nach einer Ewigkeit der Apathie erschien eine Hand in meinem Sichtfeld. Ich folgte ihr den Arm hinauf zu Jax' Gesicht. Mit einem gequälten Lächeln musterte er mich.

»Darf ich?« Zaghaft deutete er mit dem Kinn auf das feine Oblivio-Pulver in seiner Hand.

»Wie viel?«, fragte ich kraftlos.

»Genug, dass du dir anhören kannst, was ich gerade erfahren habe. Nicht genug, um dich alles vergessen zu lassen.«

»Okay.« Wenigstens etwas Vergessen reichte mir vorerst. Vielleicht könnte ich mich dann konzentrieren.

»Was?« Ich sah den Mann mit den breiten Schultern, der sich als Gunnar Ingram herausgestellt hatte, erschrocken an.

»Ich sagte, dass ich schwer hoffe, dass du weißt, was du angerichtet hast, indem du auf die Schattenseite gekommen bist.« Sein Ton war sachlich und emotionslos.

»Gunnar, lass gut sein«, mischte sich Teagan an.

»Nein, schon in Ordnung.« Ich legte ihr meine Hand auf die Schulter. »Was genau meinst du, Gunnar? Warst du es nicht, der mit Angelina über das Band verbunden war? So wie ich jetzt mit Jax. Wart ihr es nicht, die Jax und mich im Unklaren ließen? Die uns belogen haben? Woher sollten *wir* wissen, was uns hier erwartet, wenn *ihr* falsch gehandelt habt?« Meine Worte hingen wie ein Fehdehandschuh in der Luft – forderten Gunnar drohend heraus, mir zu widersprechen.

»Ihr seid über das Band verbunden?« Mit geweiteten Augen sah sein Onkel zu Jax.

»Sind wir«, antwortete dieser mit vor der Brust verschränkten Armen. »Aber Harlow hat recht. Es ist nicht unsere Schuld, sondern eure. *Eure* Lügen beißen euch jetzt in den Arsch, und wir sind nur der Kollateralschaden!«

»Das ist unfair.« Das erste Mal klang Gunnar eingeschüchtert.

»*Du* sprichst von unfair?«, spuckte Jax aus.

»Ihr hättet die Hexenkönigin doch aufhalten können, bevor ihr einfach alles abgeschirmt habt?«, gab ich zornig von mir. »Die

Licht- und die Schattenseite hätten zusammen den Wald bekämpfen können! Wieso überhaupt eine Spaltung der Realitäten, statt gemeinsam gegen den Wald anzutreten? Mir fallen spontan zig Szenarien ein, die keine Abschirmung, keine unzähligen Lügen, nichts davon benötigt hätten.«

»Deine Mutter war damals noch nicht unsere größte Sorge. Ihr Aufstieg zur Hexenkönigin folgte deutlich später. Wir wollten den Wald eindämmen und ahnten nicht, dass sich Casiopaia McQueen mit ihm verbünden würde. Eine Spaltung schien damals der beste Weg. Und ohne den Verrat deiner Mutter wäre das auch so geblieben!«

Das Wort *Mutter* stach wie ein scharfer Dolch durch meine Brust. Mein Leben lang hatte ich geglaubt, dass Angelina meine Mutter sei, und doch war sie meine Tante, die mich entführt und gerettet hatte – vor dem Tod durch die Hand der Hexenkönigin. Wieder einmal pochten diese Worte laut durch meinen Kopf.

»Okay, schön und gut«, sagte Jax. »Aber wozu die Abschirmung? Das war doch nicht immer so?«

»Um Harlow zu schützen!« Gunnar sah zu mir. »Du solltest uns dankbar sein!«

»Dankbar? Für all die Lügen?« Zorn wallte in mir auf. »Und wovor überhaupt schützen?«

»Davor, dass sie dich tötet.«

»Bullshit!«, entfuhr es mir. »Ihr schirmt keine ganze Realität ab, um ein Kind zu retten! Ich glaube dir kein Wort. Was ist der wahre Grund?«

Für eine gefühlte Ewigkeit starrte mich Gunnar wütend an, dann schüttelte er den Kopf und seufzte.

»Sie will dein Herz.«

»Das soll uns als Erklärung reichen?«, fragte Jax sichtlich genervt.

»Casiopaia sammelt Herzen von männlichen Hexen, um den Fluch der Krone zu nähren. Es ist kompliziert. Die Baumwesen, die ihr gesehen habt. Das waren einmal männliche Hexen, bevor Casiopaia ihnen die Herzen herausriss und die Körper dem Wald überließ, deswegen nennen wir sie auch *Kinder des Waldes*.«

Mir stockte der Atem, Kälte kroch mir den Rücken hinab.

»Das ... ist schrecklich ... Aber wieso wollt ihr gerade mein Herz retten?«

»Weil deine Mutter deins für einen Fluch benötigt, der alle Menschen der Lichtwelt für hundert Jahre schlafen lassen würde. So könnte sie problemlos die Kontrolle über die Welt übernehmen. Solange sie die Krone trägt, kann sie mit deinem Herz die gesamte Menschheit aus dem Weg schaffen. Und genau das Herz servierst du ihr auf einem Silbertablett!«

Teagan knurrte böse. »Das wird sie nicht bekommen! Nur über meine Leiche!«

Dankbar lächelte ich meiner Leibwächterin zu, doch mich beschäftigte eine weitere Frage.

»Hättet ihr Casiopaia diese ominöse Krone nicht einfach abnehmen und vergraben, wahlweise zerstören können? Oder ihr einfach nicht verleihen? Anstatt alles abzuschirmen?«

Gunnar Ingram lachte finster, keinerlei Freude in seinem tiefen Bass. Für einen Augenblick verdunkelten sich seine Augen und schwarze Schatten wirbelten in ihnen umher. Dann seufzte er, als würde er sich daran erinnern, dass ich nicht der Feind war.

Es waren immer die Augen, die uns Hexen verrieten, wenn unsere Emotionen überhandnahmen. In solchen Momenten erstrahlten sie in der Farbe unserer Magie.

Ich spürte meine Reaktion auf seine Augen unmittelbar danach, sah das helle Licht, das aus meinen eigenen auf Gunnars Gesicht fiel. Während die Ingrams die Nacht kontrollierten, standen wir McQueens für den Tag, und in meinem Gesicht erstrahlten soeben zwei Sonnen statt Augen. Eine körperliche Reaktion, gegen die ich machtlos war. Ähnlich dem Kampf um ein Territorium bei Tieren. Gunnars Magie hatte meine herausgefordert, und diese antwortete ihm strahlend hell.

»Wenn es so leicht gewesen wäre, glaubst du ernsthaft, dass wir das hier alles auf uns nehmen würden?« Für einen Moment schloss Gunnar die Lider und atmete tief durch. Danach öffnete er sie erneut und fixierte mich, hielt die Illusion menschlicher Augen wieder aufrecht. »Die Krone ist das Geburtsrecht von euch McQueens. Niemand kann sie euch *entreißen*.« Er lächelte müde.

»Wieso?« Verwirrt starrte ich ihn an und drängte das Licht in meinen Augen zurück, bis meine menschlichen Pupillen erneut übernahmen.

»Weil sie euch wählt. Immer.«

»Das heißt aber nicht, dass –«

»Doch, Harlow!«, unterbrach Gunnar mich barsch, seufzte dann erneut und mühte sich ein entschuldigendes Lächeln auf die Lippen. »Du verstehst nicht. Die Krone ist *kein* Gegenstand. Sie ist ein Fluch, eine magische Tätowierung, die sich in eure Stirn einbrennt, sobald ihr zur neuen Königin werdet. Niemand kann sie euch nehmen. Und ob du willst oder nicht, irgendwann wirst du, *Harlow Jammison Cassidy McQueen*, die nächste Hexenkönigin.«

Ich schreckte zurück. »Was meinst du?«

»Es ist vielmehr ein Mal, eine magische Zeichnung auf der Stirn, die an eine Tätowierung erinnert. Eben kein Gegenstand, den man abnehmen kann. Sobald die aktuelle Hexenkönigin stirbt, wird sich die Krone auf deiner Stirn einbrennen und du zur neuen Hexenkönigin.«

»Ich … nein … das ist unmöglich.« Hilflos sah ich zu Jax, der selbst fassungslos vor sich hin starrte. Mein Blick wanderte zu Teagan, diese nickte mir mit traurig wirkenden Augen zu. »Nein!«

»Du hast keine Wahl, Harlow. Die Krone wählt seit Jahrhunderten immer eine Hexe der McQueens. Es ist euer Geschenk und eure Bürde zugleich. Ein Fluch, der seit dem Anbeginn der Hexen auf euch lastet.«

»Und wenn ich die Krone nicht will?«, fragte ich trotzig und bestätigte damit vermutlich alles, was die Ingrams über mich dachten. Was mir in diesem Moment aber völlig egal war.

Um nichts davon hatte ich gebeten – weder der privilegierte Sohn der Präsidentin in der Lichtwelt zu sein noch hier auf der Schattenseite als Sohn einer massenmordenden Königin wahrgenommen zu werden. Ich hatte die Schnauze voll davon, fremdbestimmt zu sein, und wollte endlich selbst bestimmen, wer ich war.

Endlich frei sein.

»Dann wird die Krone dich zwingen«, antwortete Gunnar. »Sie gibt der Königin nicht nur die Macht, andere Hexen zu kontrollieren, sondern kann selbst die Königin unterwerfen, falls sie sich weigert, ihre Berufung einzugehen.«

So viel zur Freiheit.

»Ist meine … Ist die Königin freiwillig so oder ist es die Krone?«

»Ich wünschte, ich könnte dir sagen, dass Casiopaia unschuldig ist. Doch das wäre gelogen. Deine Mutter weiß, was sie tut, und hegt dabei keinerlei Skrupel.«

»Bitte nenn sie nicht meine Mutter«, flüsterte ich. »Angelina ist meine Mutter, egal ob sie meine Tante ist oder nicht. Es ist mehr als ein Wort. Taten machen sie zu einem Elternteil, und Angelina, so streng sie ist, liebt mich wie ihren Sohn.«

»So ist es.« Jax legte seine Hand auf meine Schulter. Vorsichtig festigte er den Griff für einen Moment und nahm sie wieder weg. Unmittelbar darauf fehlte mir diese flüchtige Berührung. »Bruce hat mich gezeugt, dennoch ist er kein Vater, und so ist die Hexenkönigin auch nicht seine Mutter«, fügte Jax bestimmend hinzu.

Gunnars Mundwinkel zuckten kaum merklich, dann nickte er seinem Neffen anerkennend zu.

»Wieso habt ihr Casiopaia noch nicht getötet?«, fragte ich unsicher. »Ihr seid doch in der Überzahl!«

»Der Fluch der Krone macht die Hexenkönigin unsterblich ... Mit einer Ausnahme.«

Ich sah die Antwort in Gunnars ernstem Blick, in den sich Bedauern mischte.

»Nur ich kann sie töten, richtig?«

»So ist es. Nur ein Kind der Hexenkönigin ist dazu in der Lage. Das ist das Perfide an dem Fluch. Sollte es eine gutmütige Hexenkönigin nach Jahrhunderten müde sein zu regieren, kann sie die Krone nur weitergeben, wenn ihr Kind sie umbringt.«

»Das ist grausam«, gab ich müde von mir. Wenn ich daran dachte, dass Angelina mich bitten würde, sie zu töten, könnte ich es? Wäre ich dazu in der Lage, ihr den Wunsch zu erfüllen und dann Jahrhunderte mit dem Mord zu leben?

»Ich weiß, ihr habt Fragen, und ihr müsst noch viel lernen, aber jetzt solltet ihre erst einmal etwas schlafen.«

»Aber –«, setzte Jax an.

»Wir haben Zeit, über alles zu reden«, unterbrach Gunnar ihn sanft.

»Haben wir nicht«, mischte ich mich ein.

»Doch. Vielleicht sollten wir aber zuvor noch den riesigen Elefanten im Raum klären.« Gunnar wirkte plötzlich unangenehm berührt.

»Ruby?«, hauchte ich.

»Ganz recht.« Gunnar nickte. »Ihr könnt nichts mehr für sie tun.«

»Das ist doch Unsinn«, knurrte Jax.

»Ist es nicht. Sie hat mittlerweile einen der Äpfel des Waldes gegessen und schläft für die nächsten neunundfünfzig Tage bis zum Blutmond. Auf ihr liegt ein gemeinsamer Fluch der Hexenkönigin und des Waldes. Die Königin wandelt weibliche Hexen mit reinen Herzen zu ihren Hexenbiestern um. Bei Tag Frauen, bei Nacht Wölfinnen. Ruby hat diesen Apfel gegessen und wird beim nächsten Blutmond zu einem Hexenbiest.«

»Wie ... Werwölfe?«, stotterte Jax.

»Ja, aber in jeder Nacht, oder auch tagsüber, wenn sie sich verwandeln wollen. Nicht nur bei Vollmond. Sie dienen Casiopaia als Leibgarde und sind ihr hörig.«

»Dann müssen wir Ruby sofort wecken! Jetzt!« Meine Stimme überschlug sich.

»Dann stirbt sie! Sie muss bis zum Blutmond schlafen, und wenn ihr Herz rein genug war, wird sie ein Hexenbiest. Wird sie vorher geweckt oder ist das Herz nicht rein ...«

»Stirbt sie«, flüsterte Teagan.

»Nein«, entwich es mir wimmernd. »Wie können wir sie retten?«

»Gar nicht. Wir können sie höchstens gefangen nehmen, nachdem sie sich verwandelt hat, und hoffen, dass die Reyes Hexen eine Lösung finden«, sagte Gunnar mit ernstem Gesicht und ich kniff die Augen zusammen.

»Reyes?«, fragte Jax, während mir die Worte fehlten. Ruby war verloren. »Wie im Sydney in der Lichtwelt?«

»Ja, sie sind, neben uns vier Gründerfamilien in Sydney, eine weitere alte Blutlinie mit der Gabe der Heilung und leiten ebenso auf der Schattenseite die Krankenhäuser und psychologischen Dienste.« Gunnar lächelte seinem Neffen müde zu. »Nur sind unsere Reyes Hexen deutlich mächtiger als in der Lichtwelt. Hier leben die direkten Nachfahren. Wenn sie keinen Weg finden, Ruby nach der Verwandlung zu retten, findet ihn niemand.«

»Und sonst gibt es keine Möglichkeit?«, brachte ich mit heiserer Stimme hervor.

»Doch, eine einzige. Du musst Casiopaia töten und somit den Fluch auf den Hexenbiestern brechen.«

»Das ist ohnehin der Plan«, hörte ich plötzlich Declan. Er betrat das Zimmer und musterte uns alle. »Das reicht für heute. Legt euch schlafen. Und die nächsten neunundfünfzig Tage nehmt ihr es ebenso.«

Ich setzte zum Protest an, doch Declan hob die Hand. »Willst du sie retten?« Er sah mir tief in die Augen.

Ich nickte, da plötzlich keine Worte den Weg über meine Lippen fanden.

»Um sie zu retten, musst du vergessen, dass du sie retten willst, oder wenigstens den Drang danach verstummen lassen. Denn ansonsten tust du etwas Voreiliges und stirbst bei dem Versuch. Ruby wird nur überleben, wenn die Hexenkönigin stirbt. Und dafür wirst du die neunundfünfzig Tage Training bitterlich brauchen. Genau deswegen werdet ihr eure Freundin vorerst vergessen, verstanden?«

Erneut nickte ich. Jax tat es mir gleich, allerdings mit geballten Fäusten und einem finsteren Blick zu seinem Onkel Gunnar.

»Aber wie soll ich es *einfach* vergessen?«, fragte ich.

»Vermutlich mehr Oblivio-Pulver«, antwortete Jax.

»Das wird nicht reichen.« Gunnar sah uns nur flüchtig an und musterte dann Teagan.

»Nein!«, antwortete meine Leibwächterin. »Auf keinen Fall!«

»Es gibt keinen anderen Weg«, stimmte Declan Gunnar zu.

»Schwächere Emotionen sind kein Problem für mich«, erwiderte Teagan zornig. »Selbst starke Emotionen für einen kurzen Zeitraum nicht. Aber wir reden hier von fast zwei Monaten und von schwerem Trauma und Tod. Wenn ich ihre Emotionen fresse, kann das nachhaltige Komplikationen mit sich bringen.«

»Unsere Emotionen fressen?«, entfuhr es mir.

»Du willst was?«, fragte Jax gleichzeitig.

Teagan seufzte genervt und sah mich danach liebevoll an. »Als Sukkubus kann ich die Empfindungen von anderen Wesen ... nennen wir es ... beeinflussen.« Sie warf Gunnar einen finsteren Blick zu, der klar sagte, dass sie dieses Gespräch nicht guthieß. »Erinnerst du dich, wie deine Gefühle nach dem ersten Anschlag auf Angelina und dich ungewöhnlich schnell abebbten? Das war ich.«

»Oh.« Mehr fiel mir dazu nicht ein. Ich war zu müde, um diese Information gänzlich zu verarbeiten.

Sie drehte sich zu Gunnar und Declan. »Aber das war nur ein kurzer Zeitraum. Hier reden wir von mächtigen Gefühlen wie Trauer, und das über eine zu lange Spanne. Das Risiko gehe ich nicht ein.«

»Mach es einfach, Sukkubus. Ich befehle es dir!«, platzte es aus Gunnar hervor.

Teagans menschliche Form wich der Dämonenform und sie baute sich gefährlich vor ihm auf. »Ich diene den McQueens, nicht aber dir, Gunnar Ingram.« Ihr Ton war so eisig, dass er förmlich den Raum abzukühlen schien. »Und wage es nie wieder, zu mir oder einer anderen Dämonin so zu sprechen, als wären wir eure Untergebenen. Diese Zeiten sind vorbei, mein Dienst an den McQueens ist freiwillig!«

»Teagan, bitte. Ich verstehe deine Wut, glaub mir, immerhin bin ich ein Gargoyle und bekomme selbst genug von der Diskriminierung ab.« Declan schenkte ihr ein verständnisvolles Lächeln. »Aber es ist der beste Weg, Harlows und Jax' Emotionen so weit zu dämpfen, dass sie Ruby fast vollständig vergessen.«

»Nein!« Tegan verschränkte die Arme vor der Brust. »Sucht euch einen anderen Sukkubus!«

»Bitte«, flüsterte ich, und jeder im Raum sah mich plötzlich an. »Teagan, ich bitte dich. Nimm mir den Schmerz, die Wut und die Verwirrung. Das alles ist ... zu viel.« Beschämt sah ich zu Boden und kämpfte gegen die Tränen, die sich zu bilden drohten.

»Harlow ...«

»Bitte.«

»Du weißt nicht, was du von mir verlangst. Es könnte eure Psyche nachhaltig verändern, wenn ich so lange eure Gedanken manipuliere.«

»Das ist okay«, stimmte Jax ein. »Ich will es ebenso.«

Ich nickte nur traurig und sah meine Leibwächterin flehend an. Für einen langen Moment starrte sie mich an, dann kam sie auf Jax und mich zu.

»Das ist ein Fehler«, flüsterte sie. Unmittelbar danach roch ich den mittlerweile vertrauten Dämonengeruch, und eine Leichtigkeit durchspülte meinen Körper. Verwirrt fragte ich mich, wieso ich davor so aufgewühlt gewesen war, doch ich konnte es nicht mehr greifen. Ein Schleier aus Stille lag über diesen alten Gedanken, ganz so, wie eine dicke Schneedecke jegliche Geräusche im Winter dämpfte.

Declan räusperte sich. »Die nächsten Tage erkläre ich euch alles Weitere über das Training, den Orden, und deutlich später erläutere ich den Plan«, sagte er. »Ihr könnt so oder so nicht alles auf einmal verarbeiten. Richtig, Gunnar?«

Die beiden Männer sahen sich kurz eisern an, dann nickte der Anführer der Ingrams. Zwar widerwillig, dennoch stimmte er Declan zu. Der Machtkampf zwischen den beiden war deutlich, obwohl ich ihn nicht in Gänze verstand. Wer welche Position bekleidete und wem untergeordnet war, würde ich wohl noch erfahren.

Gunnar legte seine Hand auf Jax' Schulter und sagte: »Ruht euch aus. Declan hat recht. Ihr müsst trainieren und euch auf die Mission vorbereiten. Aber schlaft erst einmal.«

INTERLUDE 1

Casiopaia Eudora Marjorie McQueen trug viele Namen: die dunkle Fee, die böse Königin, Malefiz, das Gesicht im Spiegel, die finstere Herrscherin. Kein Name war selbst gewählt – und dennoch waren sie in aller Munde. Sowohl in der Hexengemeinschaft als auch in der Welt dieser unsäglichen Pest namens Menschen.

Doch für Casiopaia waren Namen nur Schall und Rauch. Auch wenn sie zugeben musste, dass sie es genoss, wie selbst die Erwähnung einer ihrer Namen Angst und Schrecken verbreitete. Wie er Menschen und Hexen zu gleichen Teilen erzittern ließ. Nichts roch und schmeckte besser als pure, reine Angst.

Die Brüder Grimm hatten ihr einen Gefallen getan. Jedenfalls sah Casiopaia es mittlerweile so. Vor Jahrzehnten war sie hingegen erzürnt gewesen, dass diese Nichtsnutze alles falsch erzählt hatten in ihren sogenannten *Märchen*. Wenigstens einige Dinge hatten diese Stümper in ihren Werken richtig beschrieben.

Die Äpfel.
Die Spiegel.
Die reinen Herzen.

Den Kuss der wahren Liebe.

Den finsteren Wald.

Die Fehde mit Casiopaias Schwester – die gute Fee, die helle Königin oder die Präsidentin, wie sich das Miststück in der Lichtwelt nannte.

Bereits in Kinderjahren hatte Casiopaia gewusst, was ihr Schicksal für sie bereithalten würde. Ihre Gedanken waren schon immer düsterer gewesen als die ihrer Schwester. Während Angelina Vögelchen mit gebrochenen Flügeln pflegte und Lieder mit ihnen sang, brach Casiopaia ihnen das Genick.

Ein Wesen, das sich nicht allein retten konnte, war zu schwach für diese Welt. Jedenfalls entsprach das Casiopaias Auffassung. Machte dieser Gedanke sie wahrhaftig böse? Sie empfand das anders, sah sich lieber als Realistin.

Spätestens an dem Tag, an dem sie sich an einer Spindel aus dem Holz des Waldes von Salem stach, bestätigte sich ihr Schicksal. Von diesem Tag an hörte sie den Wald, verstand seine Sprache und ging Jahre später einen Pakt mit ihm ein.

Und nun war der gesamte Plan in Gefahr. Harlows Rückkehr gefährdete alles, wofür sie so lange gearbeitet hatte. Der Junge musste sterben. Sein Herz musste in einem erneuten finsteren Fluch geopfert werden, damit Casiopaia bald über alle herrschen würde.

Genervt warf sie einen Blick auf den deckenhohen Spiegel, dessen Rahmen kunstvoll aus dem Holz des Waldes von Salem gezimmert worden war. Die Oberfläche aus magischem Glas bewegte sich sanft dahin. Sie erinnerte sie an konzentrische Kreise, die ein Stein hinterließ, wenn man ihn in einen See warf.

Das Bild auf der kühlen Oberfläche stellte sich frustrierend eintönig dar: eine mit Stuck verzierte Zimmerdecke aus hellem Marmor hielt einen opulenten Kronleuchter. Es waren nicht die visuellen Reize, die sie in diesem Moment interessierten, sondern die Stimmen – und worüber diese sprachen.

Sie fühlten sich sicher. Dachten ernsthaft, dass sie alle spiegelnden Flächen im Anwesen der Ingrams mattiert oder abgedeckt hatten. Wie töricht sie doch waren. Es hatte nur einen kleinen Fluch gebraucht, einen Apfel aus dem Wald, und schon hatte sie einen Einwohner zu

ihrem Diener gemacht. Der wiederum hatte eine winzige Scherbe im Anwesen platziert, und durch genau diese vernahm sie die Gespräche.
Zu gern hätte sie das Gesicht des Jungen gesehen, der sterben würde. Doch das würde sie früh genug. Sie würde herausfinden, wie er aussah, und dann ihrer Chance harren. Vorerst genügte das Abhören.
Ihr Kind war völlig ahnungslos. Überfordert mit all den neuen Informationen. Angelina bewies einmal mehr, wie einfältig sie war. Sie hätte den Jungen vorbereiten sollen, denn in seinem derzeitigen Zustand stellte er keine Herausforderung für Casiopaias Jägerinnen dar, und schon gar nicht für sie selbst. Doch sie war nicht naiv genug zu glauben, dass sich das nicht zu ändern vermochte. Zu viele Wesen, die nach Macht strebten, scheiterten, weil sie arrogant und rücksichtslos wurden. Ein Schicksal, das Casiopaia nicht zu teilen gedachte.
Je früher der Junge starb, desto besser. Während seiner Zeit auf der Schattenseite würde er dazulernen, vermutlich sogar bei der alten Schachtel der Oper in die Lehre gehen und dann, ja, dann würde er zur Gefahr werden.
»Die Sache mit den Herzen ist kompliziert«, hörte sie Gunnar sagen. Fast hätte sie gelacht. In der Tat, der Junge musste viel lernen, und wenn die Hexengemeinschaft ihre Hoffnungen auf ihn legte, würde es ein bitteres Erwachen für sie geben.
Grinsend wandte sie sich vom Spiegel ab und verließ ihr Gemach. Sie schritt den langen Korridor ihres Schlosses entlang, bis sie die Treppen des Turms erreichte. Bedächtig stieg sie diese empor. Vor der Tür aus schwarzem Holz mit goldenen Ornamenten hielt sie inne, atmete einmal tief durch und trat dann ein.
Das altbekannte Pochen hieß sie willkommen. Vor ihr ragte ein gläserner Baum empor. Er streckte seine Äste zu allen Seiten, und doch berührte er sie nicht. Wie Ketten aus Kristallen funkelten sie im Licht der anbrechenden Nacht. Der runde Raum des Turmzimmers war durch Magie so gebeugt, dass die Baumkrone nicht die Decke erreichte. An seinen unzähligen Ästen hingen weder Blätter noch Früchte, sondern Herzen. Hunderte davon. Ein jedes schlug weiterhin, und sie ergaben ein Konzert der Verlorenen. Eine Melodie der Verdammten. Ein Lied, das Casiopaia überaus vertraut war und das Zentrum ihrer Macht bildete.

Sie sah durch das Fenster hinaus in den Wald, der ihr Schloss umgab. Über den Baumwipfeln stieg der Mond langsam empor. Heute war es wieder so weit. Vollmond. Casiopaia würde erneut ein Herz aus ihrer Sammlung dem Fluch der Krone opfern müssen. Wie schon unzählige Male zuvor.

Im Gegensatz zu ihrer törichten Mutter und Angelina wusste Casiopaia, dass ein freiwillig gegebenes Herz nichts wert war. Es besänftigte den Fluch kaum und löschte seinen Durst nur minimal. Einem Tropfen Wasser in einer Wüste gleich. Doch ein unfreiwilliges Opfer, ein Herz, das mit Gewalt entrissen wurde, stellte eine Oase in der Dürre dar. Befriedigte die Gier des Fluches bis zum nächsten Vollmond.

Das war schon immer gewesen, was Casiopaia vom Rest der McQueens unterschied: Sie war bereit, alles zu tun, um dem Fluch eine Freundin zu sein. Sie sah ihn nicht als Feind, sondern als Verbündeten. Speiste ihn nicht mit mickrigen, freiwilligen Opfergaben, stattdessen nährte sie ihn mit dem, was er begehrte.

Deswegen war sie die Hexenkönigin, die dunkle Fee, Malefiz – die finstere Herrscherin der Schattenseite. Und niemand, schon gar nicht der Junge, der einst ihr Sohn gewesen war, würde etwas daran ändern.

Kapitel 10

Jax

Achtundfünfzig Tage bis zum Blutmond

Am späten Nachmittag saß ich auf dem Hang des Anwesens, der zum Meer hinabführte. Es war mein zweiter Tag auf der Schattenseite. Während der Tag unserer Ankunft in weiteren Gesprächen und viel Schlaf geendet hatte, hatte sich der heutige Vormittag als unspektakulär herausgestellt. Weder Teagan noch meinen Onkel hatte ich zu Gesicht bekommen, da sie »Einiges zu klären« hatten. Auch Harlow ging mir aus dem Weg. Oder war ich es gewesen, der ihn gemieden hatte? Vermutlich traf beides zu. Da wir eine großzügige Portion Oblivio-Pulver genommen hatten, hatte der Tag ohnehin primär aus Schlaf und vor sich hin träumen bestanden.

Heute war mein Kopf deutlich klarer. Den Konsum des Pulvers hatte ich auf ein Minimum heruntergefahren. Nicht so sehr, dass ich vergessen würde, aber genug, damit ich nicht impulsiv etwas Unüberlegtes anstellte. Ich wollte Ruby nicht vergessen, auf keinen Fall. Doch selbst ich verstand, dass uns nichts anderes übrig blieb, als abzuwarten und zu trainieren.

Mein Blick hing auf dem Wasser, das seicht gegen den weißen Sand des Strandes schwappte. Welle auf Welle fand ihren Weg ans Land und glitt langsam wieder zurück. Der salzige Geruch des Meeres mischte sich mit dem der Eukalyptusbäume auf dem Hang und wehte, vom kühlenden Wind getragen, zu mir herüber.

Ein Räuspern riss mich zurück in die Wirklichkeit. Ich drehte den Kopf und rechnete mit dem Butler der Ingrams – *meinem* Butler –, doch ich hatte mich getäuscht.

»Geht es dir gut?«, fragte Harlow. Er trug ein simples Shirt aus schwarzem Stoff und eine extrem knappe Jogginghose in einem Marineblau. An seiner Stirn klebten ein paar verschwitzte Haarsträhnen, die mich vermuten ließen, dass er gerade vom Joggen kam. Seine Hände steckten in den Hosentaschen. Ich sah genauer hin. Er wirkte nervös, unbeholfen. Als wüsste er nicht wohin mit den Armen.

»Was glaubst du? Geht es dir denn gut?«, entfuhr es mir eine Spur zu genervt.

»Verstehe.« Er nickte und drehte sich zum Gehen um.

»Warte«, presste ich hervor und stöhnte aufgrund meiner ruppigen Art. »Bitte.«

Harlow hielt inne und drehte sich erneut zu mir. Sein Blick lag fragend auf meinem Gesicht.

»Willst du drüber reden?« Ich verzog meinen Mund in dem Versuch eines Lächelns.

»Hm?« Er legte die Stirn in Falten.

»Na ja, über deine ...« Kurz hielt ich inne und entschied mich gegen das Wort Mutter. »Casiopaia. Oder darüber, dass der Name McQueen hier verhasst ist? Oder über all die Lügen, die uns aufgetischt wurden?«

»Eher nicht.« Mit leerem Blick schüttelte Harlow den Kopf. »Und du?«

»Hm?« Dieses Mal sah ich ihn fragend an.

»Dir Luft machen? Über die Ingrams reden? Darüber, dass du auf der Schattenseite quasi meine Rolle einnimmst und der Erbe der beliebtesten Familie bist? Du nun auch dem Hexenadel angehörst? Such dir etwas aus.«

»Eher nicht«, wiederholte ich seine Worte. Dafür schenkte er mir ein Grinsen. »Wie wäre es, wenn du mit mir aufs Meer starrst und wir schweigen?«

Harlow beäugte die Wellen und setzte sich neben mich. »Schweigend aufs Meer starren klingt gut.«

Für gut zwei Stunden sagten wir kein Wort, blickten nur auf das Meer hinaus und lauschten den Wellen, während uns die Eukalyptusbäume Schatten spendeten. Es herrschte keine Stille der bedrückenden Art, im Gegenteil. Es war ein Schweigen, das eine subtile Art von Frieden spendete, eine Gewissheit, dass ich nicht allein in diesem Schlamassel steckte.

»Ey, ihr Pfeifen, das Faulenzen ist vorbei«, hörte ich Declan plötzlich hinter uns. »Es wird Zeit, dass wir mit der Arbeit beginnen. Folgt mir!«

Am Anleger Circular Quay, dem Fähranleger des Central Business District, verließen wir die Fähre. Declan schlenderte zielsicher voraus, während Harlow und ich wie Entlein hinterhertrotteten. Teagan hatte hingegen, Zitat: *»andere Dinge«* zu erledigen – Dämonendinge vermutlich.

Ich sah eine junge Hexe auf einer Bank sitzen. Eine Sonnenbrille thronte auf ihrer Nase, und sie reckte das Kinn in Richtung Sonne. In ihrer Hand hielt sie einen Kaffeebecher aus Pappe. Nachdenklich senkte sie die Brille ein Stück, sah vom Becher zum Mülleimer und zuckte flüchtig mit den Schultern. Ihr Kehlkopf vibrierte, darauf folgte eine leise Melodie. Unmittelbar danach erzitterte der Abfall in ihrer Hand und flog zielsicher in den grauen Mülleimer aus Metall, an dem ein paar Ibisse ihr Mittagessen suchten, bevor sie vermutlich Passanten belästigten. Niemand würdigte diese öffentliche Magienutzung auch nur eines Blickes – und dass, obwohl Circular Quey zu jeder Tages- und Nachtzeit gut besucht war.

Harlow sah ebenso zu der Hexe und hob eine Braue. »Offenbar gibt es hier kein Gesetz zur Nutzung von Magie vor normalen Menschen. Na ja ...« Er gab ein freudloses Lachen von sich. »In Ermangelung von normalen Menschen. Gibt ja nur Hexen hier.«

»Scheint so«, murmelte ich. In der Lichtwelt hätte die Hexe dafür eine hohe Geldstrafe kassiert, da Magienutzung in Anwesenheit von Menschen nicht gestattet war und der Orden danach die Erinnerung der Zeugen löschen musste.

Wenige Minuten später standen wir vor dem *MCA*, dem Museum für moderne Kunst, jedenfalls war es das in meiner Version von Sydney. Hier zierte ein anderer Schriftzug das Gebäude. Erbaut in Form von weißen und schwarzen Quadraten, kombiniert mit Glas, stellte das Gebäude an sich schon moderne Kunst dar. Während in meiner Welt weiße Buchstaben über ein schwarzes Quadrat liefen und *Museum of Contemporary Art* abbildeten, sah ich hier den Schriftzug *Reapers Den*.

Scharf zog ich die Luft ein. Reaper? Wie Gevatter Tod? Was zur Urmutter ging hier vor?

Neben mir lachte Declan und stupste mich mit der Schulter an. Vorsichtig sah ich zu ihm und streifte dabei mit meinem Blick Harlow, dem alle Farbe aus dem Gesicht gewichen war. Vermutlich ein exaktes Spiegelbild von mir, denn auch mein Magen schien mit der Situation nicht konform zu gehen.

»Macht euch mal nicht in eure adeligen Höschen«, sagte Declan und schüttelte lachend den Kopf. »Es ist anders, als ihr denkt.« Dann legte der Sack den Kopf schief und fuhr sich nachdenklich über das steinerne Kinn. »Na ja, vielleicht ist es auch genau, wie ihr denkt.«

»Sehr hilfreich«, raunte ich.

»Du solltest Motivationstrainer werden. Toller Pep Talk«, fügte Harlow kleinlaut an Declan gewandt hinzu.

»Kommt einfach mit, dann erkläre ich es euch.« Ohne zu warten, trat der Gargoyle auf die Glastüren zu, die mit einem leisen Summen auffuhren.

»Verdammte Scheiße«, brummte ich kaum deutlich. Meine Füße verweigerten den Dienst, egal wie sehr ich versuchte, sie zu bewegen.

»Wieso nennt man ein Gebäude *Höhle des Ernters*? Und meinen sie mit Reaper etwa den Gevatter Tod oder ernten sie Getreide? Wobei, vermutlich eher Mangos. Aber in Sydney? Mangos werden eher im Norden und an der Ostküste geerntet. Was erntet man in Sydney?« Harlows Stimme klang ungewöhnlich zittrig. Wer hätte gedacht, dass der Goldjunge Unsinn vor sich hin stammeln würde, sobald er nervös war. Eigentlich hätte das eine Genugtuung für mich sein müssen. Dumm nur, dass mein Magen andere Pläne hatte und einen Schwarm Schmetterlinge losließ. Denn aus einem unerfindlichen Grund empfand ich diese Version von Harlow als überaus süß.

»Gibt nur einen Weg, es herauszufinden«, flüsterte ich und lief Declan hinterher. Vielleicht wartete darin tatsächlich der Tod höchstpersönlich auf mich, nur war das definitiv besser als mein Impuls, Harlow zu küssen, bis er aus einem anderen Grund stammelte. Scheiß Hormone!

Die Eingangshalle erstreckte sich drei Stockwerke in die Höhe und war umrundet von Innenbalkonen. Von der Decke hing eine riesige moderne Lichtkonstruktion, die an einen futuristischen Kronleuchter erinnerte und den weiten Raum in ein warmes oranges Licht tauchte. Etwa fünf Meter hinter den gläsernen Eingangstüren stand ein Schalter mit einer jungen Frau dahinter. Vermutlich eine Hexe, jedenfalls sah sie menschlich aus und weder nach Dämon noch Gargoyle. Andererseits verbargen sowohl Dämonen als auch Gargoyles ihr wahres Äußeres hinter einer menschlichen Illusion.

Drei Grünpflanzen zierten ihren Arbeitsplatz und rankten sich gen Boden. Die Frau sah wachsam auf und ihr Kehlkopf vibrierte sofort, während wir uns ihr näherten. Sie musterte uns drei, dann legte sich ein Lächeln auf ihre Lippen, als sie Declan entdeckte, und ihr Kehlkopf entspannte sich. Wie vermutet, sie war eine Hexe.

»Declan, was machst du hier?«, wollte sie wissen. »Bist du nicht diese Woche in der Lichtwelt?«

»Planänderung, habe die Lichtwelt mitgebracht.« Er deutete mit dem Kinn auf uns.

»Du hast was?« Erstaunt sah sie zu mir, verengte die Augen und legte die Stirn in Falten. »Er erinnert mich an jemanden.«

»Gunnar Ingrams Neffe«, antwortete ich.

»Oh. Ohhhh. Was machst du …?« Sie wandte sich an Declan. »Was macht er denn hier?«, flüsterte sie auffällig laut. Mal abgesehen davon, dass ich genau vor ihr stand und ihre Worte ohnehin gehört hätte.

»Nennen wir es Familiengeschäfte.« Der Gargoyle zwinkerte der Empfangsdame zu. »Du hast meinen anderen Gast noch nicht erkannt?«

Zögerlich drehte sie sich zu Harlow und erstarrte. Jegliche Farbe verließ ihr Gesicht, und ein stilles Oh legte sich auf ihre Lippen, während sie einen Meter mit ihrem Stuhl nach hinten rollte.

»Bist du des Wahnsinns? Ist das …?« Sie keuchte. »Ja, das ist er! Er sieht exakt aus wie seine Mutter!« Erschrocken führte sie die Hand vor ihren Mund. »Er ist auf der Schattenseite?«

»Ist er. Der einzig wahre Harlow Jammison Cassidy McQueen«, bestätigte Declan. »Goldjunge der Lichtwelt, Spitzenabsolvent der *St. Andrew*, angepriesener Retter der Schattenseite – ach, und entführter Sohn unserer allseits beliebten und gleichwohl durchgeknallten Hexenkönigin. Das nenne ich mal eine Vita.«

Harlow grunzte genervt, sagte aber nichts. Was gab es dazu auch anzumerken? Ich hätte nicht mit ihm tauschen wollen. Der Sohn einer Massenmörderin zu sein, die alle Wesen hier hassten? Danke, aber nein danke. Erst in diesem Augenblick realisierte ich, wie heftig ihn nicht nur die Enthüllung getroffen haben musste, sondern auch der Wandel seines Status. In Licht-Sydney thronte er am oberen Ende der Machtpyramide, nur um hier von allen misstrauisch bis hasserfüllt angesehen zu werden.

Ich drehte mich zu ihm und atmete tief ein und aus, musterte ihn mitleidig.

»Nicht, Jax, lass es«, presste er hervor, ohne mich anzusehen. Verständnis durchflutete mich. Ich hatte Mitleid auch immer gehasst und war in der *St. Andrew* vor solchen Blicken wortwörtlich geflüchtet oder hatte verbal um mich geschlagen.

Erneute atmete ich tief ein und aus und wandte mich dann an Declan. »Nachdem wir nun diese illustre Vorstellungsrunde beendet haben, sagst du uns, was wir hier wollen?«

Harlows Körper entspannte sich ein wenig, seine Schultern senkten sich und er öffnete die geballten Fäuste. Aus dem Augenwinkel nahm ich wahr, wie er mir mit einem vagen Lächeln zunickte.

»Du lernst deine neue Partnerin und deine Ausbildungsstätte kennen.« Declan breitete die Arme aus, als wäre er ein Zirkusdirektor. »Herzlichen Glückwunsch, du wirst ein Reaper im Namen der Krone.«

»Ich ... Was?«

»Er ... Was?«, wiederholten Harlow und die Hexe hinter dem Empfang.

»Okay, das ist durchaus verwirrend. Wir sollten vielleicht endlich den Zusatz ›im Namen der Krone‹ ändern, denn wir kämpfen ja mittlerweile gegen die Krone.« Declan strich sich nachdenklich über das Kinn, so als wäre meine Verwirrung dem dämlichen Zusatz *im Namen der Krone* geschuldet und nicht der Tatsache, dass ich eine

Ausbildung machen würde. Zu einem Reaper – einem Job, von dem ich weiterhin keinen Schimmer hatte, was er überhaupt war.

»Kannst du einfach erklären, was das hier ist und was du mit Ausbildung meinst?«, fragte ich und lehnte mich gegen das Pult des Empfangs. Die Hexe lächelte mir flüchtig zu, sah dann aber Declan mit geweiteten Augen an.

»Ihr wollt Ruby retten. Dafür müsst ihr die Hexenkönigin töten«, legte Declan die Fakten dar. Die Empfangsdame unterdrückte einen leisen Schrei, der eher wie ein Wimmern zutage trat.

»Unmöglich«, flüsterte sie. »Das ist ein Himmelsfahrtkommando. Nur ein ... Oh.« Ihr Blick wanderte zu Harlow.

»Genau, nur ein Sohn der eigenen Blutlinie kann sie töten. Auftritt Harlow, der überaus unfreiwillige Retter«, antwortete dieser voller Ironie. »Langsam bin ich es leid, dass immer alle *Großes* von mir erwarten.«

»Und damit ihr sie töten könnt oder, besser gesagt, überhaupt erst einmal lebend durch den Wald von Salem zum Schloss kommt, braucht ihr Training«, führte Declan seine Erklärung unbeirrt fort.

»Wir haben drei Jahre jeden Tag Cantos an der *St. Andrew* gelernt, darunter auch Kampfmagie. Und Eliss hat mir genügend Straßenhexerei beigebracht.« Ich verschränkte die Arme vor der Brust und ignorierte den Fakt, dass ich in zwei Kampfsituationen der letzten Tage völlig versagt hatte.

Ein lautes, helles Lachen durchschnitt den Raum, nur war niemand Spezielles dafür auszumachen. Ein Windzug streifte mich, und unmittelbar darauf hielt jemand von hinten eine Klinge an meine Kehle.

»Wo waren jetzt deine tollen Kampfzauber?«, flüsterte eine weibliche Stimme in mein Ohr. Ihr Atem kitzelte warm über meine Haut.

»Phoebe, lass ihn in Ruhe«, sagte Declan, scheiterte aber, sein Lachen zu unterdrücken.

Die Klinge löste sich von meinem Hals. Eine junge Frau bewegte sich geschmeidig, fast katzengleich an Declans Seite. Dort lehnte sie einen Arm an seine Schulter und musterte mich amüsiert. Ihr weißes Haar fiel ihr in lockigen Wellen über ihre Schultern, die Gesichtszüge perfekt gemeißelt. Silberne Augen, hervorgehoben durch Smokey Eyes, und die vollen Lippen in einem Tiefrot geschminkt. Kontrastiert wurde es durch ihre hellgraue Haut, die erstaunlich menschlich aussah, obwohl sie aus Stein bestand.

»Darf ich vorstellen: Phoebe Price. Angehende Reaperin, deine neue Partnerin und zeitgleich meine kleine Schwester.«

Erstaunt ließ ich meinen Blick über sie wandern. Ihr Outfit passte nicht zu meiner Vorstellung einer Kampfausbildung. Sie trug knappe Jeans-Hotpants, ein enges weißes Top mit dünnen Trägern, Lederstiefel mit gut acht Zentimeter hohem Absatz und ohne Ende Schmuck. Dazu waren Gesicht und Körper so perfekt gemeißelt wie die von göttlichen Statuen. Sie sah eher aus, als würde sie zur nächsten Fashion Week gehen anstatt auf Monsterjagd.

»Fertig damit, mich mit deinen Blicken auszuziehen?« Sie hob herausfordernd eine Augenbraue.

»Was? Habe ich nicht. Nein. Entschuldige.«

»Keine Sorge, Schwesterchen. Er steht auf den jungen McQueen, keine Gefahr für dich.«

Ich hustete laut und wild. Was hatte Declan gerade gesagt?

»Tue ich nicht«, verteidigte ich mich lahm, nachdem ich wieder Luft bekam. Fast zeitgleich erhoben sich die Augenbrauen der Price-Geschwister, gefolgt von einem Lachen. Meine Wangen glühten. Harlow neben mir schwieg und starrte angestrengt auf ein großes Gemälde an einer der Wände.

»Das kann ja lustig werden.« Phoebe grinste mich an. »Und bevor du irgendeinen Mist sagst, dass meine Schuhe zu hoch sind, ich zu *hübsch* zum Kämpfen bin, meine Kleidung nicht passt oder irgendeinen anderen Kram, den ihr Männer euch gern und unüberlegt sagen hört: Solange ich dir mit den Absätzen in den Arsch treten kann, trage ich sie. Verstanden?«

Ich nickte automatisch.

»Du solltest Gargoyles allgemein nicht unterschätzen. Wir wurden zwar makellos gemeißelt, aber das ist nur Fassade«, fügte Declan hinzu.

»Ist durchaus nützlich, da die meisten Kerle mit Sabbern beschäftigt sind und nicht checken, dass ich drauf und dran bin, ihnen ein zweites Arschloch zu verpassen«, sagte Phoebe.

»Filter hat meine Schwester übrigens auch keine.« Declan seufzte und schüttelte den Kopf.

»Liegt in der Familie.« Phoebe zwinkerte ihm zu, wandte sich dann an mich. »Du bist also der verlorene Ingram-Erbe? Glaub ja nicht, dass du eine Sonderbehandlung bekommst, nur weil du dem alten Adel angehörst, sexy Muskeln hast und so einen Möchtegern-Bad-Boy-Blick probierst. Dir werden vermutlich alle den Arsch pudern, als wärst du ein Rockstar, aber ich nicht.«

Beruhigend hob ich die Arme, während Harlow leise lachte. »Danke, würde es gar nicht anders wollen. Ich war einundzwanzig Jahre ein Niemand und halte von dem Zirkus eh nichts.«

Phoebe nickte anerkennend und beäugte Harlow. »Und du bekommst einen Vertrauensvorschuss. Wirst Freunde brauchen können, wenn man bedenkt, dass dich vermutlich neun von zehn Leute hier auf der Schattenseite hassen und glauben, dass du zu einem mordenden Biest wie deine Mutter wirst. Verkack es einfach nicht, okay?«

»Okay«, antwortete der Eisprinz leise und lächelte ihr müde zu.

»Gut, dann wäre das geklärt. Können wir jetzt den Rundgang machen?« Phoebe sah Declan erwartungsvoll an, drehte sich dann aber noch mal zu uns. »Und dieses Romeo-und-Julia-Ding da bei euch endet entweder in einer Hochzeit, wie sie die Hexenwelt noch nicht gesehen hat, oder in unserem sicheren Tod. Sortiert das am besten schnell aus, wir haben Wichtigeres zu tun als eure schüchternen Blicke und die roten Wangen. Außerdem stinkt ihr nach einem Arsch voll unbefriedigter Sexualhormone.«

»Wieso vergleicht es jeder mit Romeo und Julia?«, gab ich brummend von mir.

»Weil die Ingrams und McQueens eine lange Vergangenheit haben? Erst wart ihr unzertrennlich – zu der Zeit sind die Reaper und wir Gargoyles entstanden. Dann wart ihr verfeindet. Und jetzt? Wer weiß das schon?«

Harlow räusperte sich, nachdem er schweigend gelauscht hatte.

»Du kannst Lust riechen? Also, nicht dass ich sie verspüren würde. Ganz und gar nicht. Was? Ich? Nie! Aber du riechst so was? Wie geht das, wenn du aus Stein ... Zur Urmutter, ich brabble wieder. Auf zum Rundgang.«

Genervt fuhr sich Harlow durch das rote Haar, schnaubte laut und stapfte ohne genaues Ziel los in Richtung der Aufzüge. Und ich?

Ich versuchte mich zu beherrschen, nicht laut »Awwww« zu sagen, weil ich diese verpeilte Art zunehmend süßer fand. Was auf der anderen Seite ein riesiges Problem darstellte, denn Harlow McQueen war alles, aber niemals süß. Nein!

»Ist der kaputt?«, flüsterte Phoebe. »High? Besoffen? Oder ist er immer so?«

»Ich tippe übrigens auf Hochzeit«, murmelte Declan mit einem Augenrollen.

»Fünfzig Dollar, dass sie uns alle killen«, antwortete Phoebe lachend und eilte Harlow nach.

»Ich brauche weder Rundgang noch eine Ausbildung. Danke, aber ich verzichte.«

»Dann zeigt uns mal, was ihr an der *St. Andrew* so gelernt habt, und falls es reicht, können wir reden«, antwortete mir Declan.

»Pah, kein Ding! Deal!« Ich nickte energisch und fragte mich unmittelbar danach, was ich mit meinem Starrsinn schon wieder angerichtet hatte.

Zehn Minuten später standen Harlow und ich uns, dank meiner großen Klappe, in einer kleinen runden Arena gegenüber.

»Seid ihr bereit?«, rief Declan uns zu, und ich nickte zögerlich. »Fangt an, wann immer ihr wollt.«

»Gab es das Shirt und die Hose nicht in deiner Größe?«, fragte Harlow, während sein Blick auf meinen Brustmuskeln weilte.

»Dafür gibt es Stretchgewebe«, antworte ich zuckersüß.

Harlows Nasenflügel bebten, doch er nahm seinen Blick nicht von meinem Körper. Immer wieder sah er mir ins Gesicht, glitt dann aber zu meiner Kleidung oder, besser gesagt, zu den Muskeln, die deutlich zu sehen waren.

Interessant.

»Gibt es irgendwelche Regeln?«, rief ich Declan zu, löste jedoch nicht meinen Blick von Harlow. Ein Lächeln legte sich auf meine Lippen – das könnte spaßig werden.

»Keine Regeln. Alles erlaubt, Magie, Nahkampf, Täuschung, alles, was nötig ist, um zu siegen.«

Declans Worte waren kaum verklungen, da streifte ich mir schon das Shirt über den Kopf. Täuschung und Ablenkung klangen gut für mich. Ich warf das Shirt zu Declan hinüber und zwinkerte Harlow zu. Als Antwort bekam ich ein lautes, kehliges Lachen von dem Gargoyle, ein theatralisches Stöhnen von Phoebe und dazu ein Husten von dem Eisprinzen, dessen Wangen sich röteten.

»Du musstest dir echt dein Shirt ausziehen zum Kämpfen? Ist das dein Ernst?«, fragte er mich mit belegter Stimme, konnte aber nicht verhindern, dass seine Blicke meinen Körper hinabwanderten.

»Klar, wenn du dich anstrengst, komme ich vielleicht ins Schwitzen, und das Shirt ist frisch gewaschen.«

»Veritas Serpense McQueen«, hörte ich Harlow singen und sofort formte sich eine Schlange aus purem Licht an seinem Arm. Nur einen Wimpernschlag später schickte er sie, einer Peitsche gleich, nach mir aus und sie streifte meine Brust. Stechend brannte die kleine Wunde, während die fiese Ratte Harlow mich unschuldig anblinzelte.

»Hast recht, wäre schade, wenn das Shirt kaputt ginge, während ich dir den Arsch versohle.«

Mittlerweile hatten sich ein paar Zuschauer versammelt, die allesamt johlten bei seinen Worten.

»Das werden wir ja sehen«, antworte ich grinsend, stimmte drei Töne an und der Bereich unserer Arena verfinsterte sich. Erneut summte ich eine Melodie, um in der Dunkelheit sehen zu können. Zu meinem Erstaunen rollte Harlow bloß mit den Augen und grinste, als würde er nicht von Finsternis umringt dastehen. Selbstgefällig wie immer. Die Schlange aus Licht beleuchtete sein Gesicht und verlieh seinem Äußeren einen göttlichen Glanz.

»So berechenbar.« Seine Worte glitten geschmeidig in eine Melodie über. Unfassbar, wie gut er seine Stimmbänder kontrollierte. »Accende lumen!«

Der Raum erhellte sich, und dank meiner Nachtsicht schmerzte es in den Augen. Kurz kam ich aus dem Tritt, bevor mein Canto sich auflöste. Erneut spürte ich den beißenden Schmerz der Schlange, dieses Mal an meiner Wange.

»Du weißt, dass du die Worte nicht singen musst und die Töne reichen, oder?« Genervt fuhr ich mir über die feuchte Stelle in meinem Gesicht.

»Klar, aber so hast du wenigstens eine Chance, wenn du verstehst, welchen Canto ich singe.«

Wieder johlten die Reaper am Rand der Arena vor Lachen. Arschlöcher!

Okay, die Zeit für Spielchen war vorbei. Er wollte Blut, konnte er haben. Ich stimmte sechs Töne an, ließ sie im Staccato über meine Zunge rollen, und zwei Ketten aus Schatten schossen aus dem Boden, nur um sich direkt um Harlows Hände zu legen. Die Schlange fiel von seinem Arm zu Boden und zerstob in hellem Licht, während sich mein Körper in Rauch verwandelte.

Bevor ich mich bewegte, teilte der Eisprinz sich in vier Abbilder auf, ein jedes haargenau wie das Original. Was er nicht bedacht hatte, waren die Schattenfesseln, die sich nicht auf seine Abbilder gelegt hatten. Also stürmte ich zufrieden auf den echten Harlow zu.

Mal sehen, was er ohne Luft zum Singen machen wollte. Zwei Meter vor ihm hörte ich drei so hohe Töne, dass sie kaum wahrzunehmen waren. Die Reaper rund um die Arena zogen erstaunt die Luft ein, denn eine solche Tonlage galt als unmöglich. Bevor ich verstand, was Harlow geleistet hatte, explodierte greller Schmerz hinter meiner Stirn. Der Raum war gleißend hell erleuchtet, als würde ich direkt in die Sonne schauen.

Ich kam ins Straucheln, mein Körper nahm erneut feste Form an und knallte unmittelbar danach gegen etwas Hartes. Unsanft landete ich auf dem Boden, kugelte einmal um meine Achse und blieb liegen. Als ich wieder sehen konnte, lag Harlow mit geöffnetem Mund auf mir. Offensichtlich war ich gegen ihn gekracht und hatte ihn mit mir zu Boden gerissen.

Ich spürte seinen Atem am Hals, seine warmen Hände auf meiner Brust, und konnte meinen Blick nicht von den stechend grünen Augen lösen, mit denen er mir ins Gesicht starrte. Mein Puls beschleunigte sich, und Wärme stieg mir in die Wangen, während sich die Härchen an meinen Armen aufstellten.

»Ihr solltet aufstehen, oder möchtet ihr lieber allein gelassen werden?«, riss mich Phoebe aus der Trance.

Harlows geweitete Pupillen verengten sich wieder, er räusperte sich und sprang auf die Beine. Ich folgte seinem Beispiel.

»Sehr beeindruckend.« Declan bewegte sich geschmeidig zu uns. »Nicht euer amateurhafter Kampf, sondern deine Tonhöhe, Harlow. Die Herrin der Oper wird äußerst erfreut sein.«

»Wer?«, fragten wir zeitgleich.

»Deine Ausbilderin zum Hexenjäger. Nicht nur unser kleiner Ingram hier hat einen Job zu erledigen.«

»Hexenjäger? Wir sind Hexen. Wieso sollte ich uns jagen?«, fragte Harlow.

»Niemand nennt sie seit hundert Jahren noch so«, sagte Phoebe kopfschüttelnd.

»Verdammt. Mit Namen haben wir es echt nicht«, murmelte Declan. »Du jagst keine Hexen, sondern wirst ein Jäger, der eine Hexe ist. Während Reaper Nahkampfspezialisten sind, sind Jäger auf Fernkampf und Magie spezialisiert.«

»Ich sage es noch mal«, führte Phoebe an. »Niemand nennt die Studierenden der Oper Jäger. Wirklich *niemand* – außer Dec.«

»Eure Berufsbezeichnungen sind scheiße«, gab ich grummelnd von mir.

»Danke, merke ich gerade auch wieder.« Declan rollte mit den Augen. »Haben nur nicht so oft Lichtweltler zu Besuch, und hier kennt jeder die Begriffe.«

»Nur dass sie niemand Jäger nennt, sondern Weber, Bruderherz.« Kopfschüttelnd lachte Phoebe. »Du bist nicht mal ansatzweise hundert und benutzt die ganzen alten Begriffe, unfassbar.«

»Was auch immer.« Er winkte ab. »Jax, komm bitte mit, ich möchte mit dir reden.«

Zeit, Declan mitzuteilen, dass ich nicht vorhatte, ein Reaper zu werden.

Kapitel 11

Harlow

Achtundfünfzig Tage bis zum Blutmond

Eine Vielzahl an Einwohnern von Schatten-Sydney gingen ihrem Alltag nach, als Teagan und ich vom *Reapers Den* hinüber zu Circular Quay schlenderten. Hexen, Dämonen und Gargoyles – ich war mir nicht sicher, ob weitere Spezies unter ihnen weilten. Diese ganze Sache mit der Schattenseite überforderte mich enorm. Ich musste zu viele Informationen in zu kurzer Zeit verarbeiten, als dass mein Hirn ansatzweise mithalten konnte.

Und dann war da noch Jax Ingram, der mich zunehmend aus dem Gleichgewicht brachte. Immer wieder spürte ich seine Magie über meinen Körper streicheln, und jedes Mal beschleunigte sich mein Puls. Von wegen, dieses komische Band hätte keinen Einfluss auf meine Gefühle. Okay, vielleicht nicht unmittelbar danach, aber durch diese Verbindung nahm ich ihn intensiver als je zuvor wahr, und das stellte ein Problem dar.

War ich schon davor in ihn verknallt, stärkte sich das Gefühl mit jeder Minute, die ich in seiner Nähe verbrachte, oder seine Magie spürte und mir wünschte, dass es stattdessen seine Hände wären, die über meinen Körper strichen. Wahlweise sein Mund. Zur Urmutter, irgendetwas von seinem Körper hätte mir schon gereicht. Vielleicht kein Zeh. Nein, definitiv kein Fuß. Füße waren ekelhaft. Und nun brabbelte ich sogar in Gedanken. Wunderbar – und an allem war mal wieder Jax Ingram schuld.

Genervt stöhnte ich auf und sah zum *Sydney Opera House*, dessen Flügel wie in Feuer getaucht in der Abendsonne glühten. Die Bar direkt am Wasser unterhalb der Stufen, die zum Eingang führten, gab es auch hier auf der Schattenseite. Die Anzahl der Gäste ließ mich vermuten, dass sie ähnlich beliebt war wie ihr Gegenstück in der Lichtwelt.

»Mister Loverboy hat ein großes Problem. Sich mit Dec, dem Hauptausbilder der Reaper, anzulegen? Dein Kleiner hat echt Eier in der Hose. Du machst dir zu Recht Sorgen«, deutete Teagan mein Stöhnen falsch.

»*Mein Kleiner?* Bekommt dir die Sonne nicht? Und Sorge? Pfff, das hat er verdient! Ich verstehe sowieso nicht, wieso er sich so anstellt. Wenn er Teil des Rettungsteams sein will, ist die Ausbildung unerlässlich.« Dennoch erhitzten sich meine Wangen bei dem Gedanken, dass Jax *mein Irgendwas* sein könnte. Gesetzt den Fall, er überlebte Declans Wutausbruch.

Eine Viertelstunde nach Jax' und meinem peinlichen Kampf, und dem noch peinlicheren Ende am Boden, war meine Leibwächterin erschienen und Declan hatte mich an sie übergeben. Ursprünglich war der Plan gewesen, dass er zusammen mit Jax und mir zum *Sydney Opera House* gehen würde, doch Jax' vehemente Weigerung, eine Ausbildung zum Reaper zu absolvieren, hatte zu einem lautstarken Streit geführt. Sogar die meisten Reaper im *Den* hatten mit eingezogenen Köpfen die Flucht angetreten, als Declan Jax wütend zur Matte geschickt hatte. Daraus war ein handfester Streit erwachsen, der mich an zwei wilde Raubkatzen erinnerte, die um ein Territorium kämpften. Dankbar hatte ich mit Teagan das Theater hinter mir gelassen, um zu meiner ominösen Ausbildung im *Sydney Opera House* zu schlendern.

»Ich werde dich an deine Worte erinnern«, durchbrach Teagan meine Gedanken.

»Bitte was?« Beinahe rannte ich gegen eine Mutter mit ihrem Kind, als wir vom Fähranleger Circular Quay den breiten Gehweg direkt am Hafen betraten, an dessen Ende das *Opera House* erhaben thronte.

»Dass Jax sich anstellt und er einfach die Ausbildung machen soll? Daran werde ich dich gleich erinnern.« Ein amüsiertes Grinsen umspielte Teagans Lippen, und sie schenkte mir einen flüchtigen Seitenblick.

»Wieso? Was genau wartet in der Oper auf mich?«

Ich blieb abrupt stehen, doch Teagan kümmerte es nicht, sie schlenderte gelassen weiter, ohne zu antworten. Fing sogar ernsthaft an, ein Liedchen vor sich hin zu pfeifen. Teagan, die für gewöhnlich nicht einmal summte, wenn die besten Songs im Radio liefen.

»Du lässt mich ohne Antwort stehen?«, rief ich ihr hinterher. »Meinst du das ernst?«

Einige Passanten drehten sich verwundert zu mir herum, sodass ich meine Sonnenbrille dichter vor mein Gesicht schob. Ebenso hob ich leicht die Schultern und senkte den Kopf. Immerhin galt es, unauffällig zu bleiben, damit vorerst niemand erfuhr, dass der Sohn der Hexenkönigin zurück auf der Schattenseite war. Was sich schwierig gestaltete, wenn ich weiterhin wie ein schmollendes Kind meiner Leibwache hinterherbrüllte. Genervt zog ich mir die sinnbildlichen Erwachsenenhosen an, richtete mein imaginäres Krönchen – das allerdings nicht mehr so imaginär sein würde, falls ich wirklich meine Mutter tötete – und eilte zu meiner Leibwächterin.

»Fertig mit Zicken?« Teagan schlenderte seelenruhig die Treppen zum Eingang des Opernhauses hinauf und wirkte dabei grazil wie immer, während ich zwei Stufen auf einmal emporstapfte, und zwar wie ein mauliger Koala mit Verstopfung.

»Nein, nur mit dem Geschrei«, murmelte ich, grinste aber, denn ich wusste, wie kindisch mein Verhalten war. Hatte ich das nicht vor wenigen Augenblicken erst Jax vorgeworfen?

Doppelmoral, du trägst den Namen Harlow.

»Die Urmutter steh uns bei, sobald du die neue Hexenkönigin wirst«, flüsterte sie mir zu und stupste mich an.

»Können wir das Thema so lange wie möglich ignorieren? Bitte?«

»Sicher, aber früher oder später wirst du dich damit auseinandersetzen müssen, und wie ich die Herrin der Oper kenne, wird es eher früher sein.«

»Wer genau ist das überhaupt? Und wieso ist sie so interessiert an mir?«

»Siehst du gleich.« Teagan lächelte mir flüchtig zu und wir überquerten den Vorplatz des Opernhauses. Die weißen Segel schimmerten rot im Licht der Sonne und warfen ihre mächtigen Schatten über uns.

Ich blieb stehen und sah gen Himmel. Auch Teagan stoppte, bevor sie mich fragend musterte.

»Wieso ist der Himmel rot?«, fragte ich, bedacht darauf, meine Stimme zu senken, da ich nicht weiter auffallen wollte durch mein Unwissen.

»Die Abschirmung«, antwortete mir meine Leibwächterin und legte den Kopf in den Nacken. Sonnenstrahlen tanzten geschmeidig über ihr Gesicht, als würden sie magisch von ihr angezogen werden. »Davor besaß er die gleiche Farbe wie in der Lichtwelt. Stellte sich aber als durchaus nützlich dar.«

»Wieso?« Ein paar Wolken schoben sich vor die Sonne, die dadurch deutlich matter erschien. In meiner Welt hätte ich sie niemals direkt ansehen können, ohne geblendet zu werden.

»Durch die gedimmte Helligkeit gestaltete es sich leichter, alle spiegelnden Flächen zu entfernen oder zu mattieren.«

»Ich verstehe nicht.« Mein Blick wanderte vom Himmel zu Teagan.

»Ist dir nicht aufgefallen, dass es hier keine Scheiben, keine Spiegel, keine Oberflächen gibt, die gänzlich reflektieren? Sondern es immer einen Hauch verschwommen oder vollständig matt ist?«

Ich legte die Stirn kraus. Jetzt erschien es mir in der Tat merkwürdig.

»Und der Grund dafür ist?«

»Deine ... Die Hexenkönigin.« Kurz verzog Teagan den Mund zu einer entschuldigenden Grimasse, sah mich dann aber neugierig an. Direkt darauf spürte ich, dass sie sich fragte, ob ich von allein verstand. Ich kannte sie lang genug, um die meisten Emotionen in ihrem Gesicht ohne Worte zu deuten.

Ein irrwitziger Gedanke drängte sich mir in den Kopf, doch das war unmöglich. Oder?

»Sag mir nicht, sie hat einen Zauberspiegel wie in den Märchen?!«

Ein herzliches Lachen erklang als Antwort. »O doch, hat sie. Nur sind das hier keine Geschichten. Die Märchen der Menschen bauen oft auf unserer Realität der Hexenwelt auf. Zugegeben, die Grimms haben einiges verändert, aber vieles ist ähnlich. So auch der Spiegel. Sein Rahmen ist gefertigt aus dem Holz des Waldes von Salem und das Glas aus den Tränen unschuldig getöteter Hexen gegossen.«

»Okay, aber was würde es ihr bringen, in spiegelnden Flächen zu erscheinen?«

»Der Fluch der Krone gibt ihr die Macht, jede Hexe zu unterwerfen, die ihr in die Augen sieht. Ob du willst oder nicht, du musst ihr gehorchen.«

»Oh.«

»Ganz genau. Deswegen ist alles mattiert.«

»Darf ich dich noch was fragen?«

»Seit wann bittest du um Erlaubnis?« Sie stupste mich mit einem Finger an.

»Du wusstest das alles vorher, oder?«

»Natürlich, ich stamme von hier.«

»Ich meine eher ... Du wusstest, dass sie mein Herz will, und dennoch hast du mich hierherkommen lassen.«

»Mhm«, stimmte sie zu und musterte mein Gesicht aufmerksam.

»Aber es bringt ihr doch nichts. Hier gibt es keine Menschen, und die Lichtwelt ist abgeschirmt.«

»Und weil du so ein schlaues Kerlchen bist, hast du einen so guten Abschluss an der *St. Andrew* gemacht, Kleiner.«

»Es gibt einen anderen Grund, weshalb du mich mitgenommen hast, richtig?«

»Mit Ruby hat sie ihr dreizehntes Hexenbiest. Sie liebt die Wölfinnen mehr als ihr eigenes Kind.« Erschrocken verzog Teagan das Gesicht, denn ich war besagtes Kind. »Sorry«, flüsterte sie, sprach jedoch sofort weiter. »Es gibt Gerüchte über einen Belcanto, die besagen, dass die Königin dreizehn geliebte Wesen opfern kann, um die Abschirmung zu zerstören.«

»Dann könnte sie rüber in die Lichtwelt ...«

»Und sie hätte dort nach dir gesucht, um dich zu töten.«

»Weiß Angelina davon?«

»Du weißt, ich bete deine Mutter an und diene ihr gern. Aber es gab einen Punkt, in dem wir uns uneinig waren.«

»Mein Besuch auf der Schattenseite?«

Teagan nickte. »Sie wollte dich vor allem bewahren, und hat dabei nicht bemerkt, dass du schutzlos sein würdest, sobald Casiopaia in die Lichtwelt käme. Dort gibt es Millionen von Spiegeln. Sie kann nicht nur in diesen erscheinen, der Fluch erlaubt es euch ebenso, durch sie hindurchzuwandern.«

»Alle Hexen hätten mich unter Casiopaias Kontrolle gejagt«, flüsterte ich. »Sogar Angelina selbst im schlimmsten Fall.«

»Deswegen war es an der Zeit für dich, an deinen Geburtsort zurückzukehren. Die Abschirmung darf nicht fallen und Casiopaia muss sterben. Es tut mir leid, dass ich dich ... im Unklaren gelassen habe.« Teagan senkte betreten den Blick.

»Hey«, erwiderte ich sanft und legte eine Hand auf ihre Schulter. »Es war richtig so. Du hättest mich schon früher gegen meinen Willen entführen und in den Tod schicken sollen.«

»Ich ... habe dich nicht ...«, stotterte Teagan panisch, dann verengte sie ihre Augen, und vermutlich sah sie meine Mundwinkel zucken. »Harlow Jammison Cassidy McQueen, ich hasse dich!« Grinsend schüttelte sie den Kopf.

Ich lachte, laut und ehrlich. »Hab dich auch lieb.«

Verspielt streckte ich ihr die Zunge raus. Es tat gut, für ein paar wenige Augenblicke albern zu sein und mich mit ihr zu kabbeln, doch wir waren nicht ohne Grund hier.

»Haben wir nicht einen Termin?«, fragte ich.

»Nur die Treppe hoch, dann sind wir da.«

Vor den großen Glastüren, die den Eingang zur Oper bildeten, standen eine Frau und ein Mann. Sie war eine Hexe, er ein Gargoyle. Beide waren in opulente Uniformen gekleidet. Weiße Stoffe, durchzogen mit goldenen Ornamenten und Stickereien umspielten ihren Körper. Die Hosen waren einen Hauch dunkler als die Jacken, was an der Dichte der Stickereien lag. Ein verschnörkelter Gürtel an beiden Hosenbünden funkelte in der Nachmittagssonne. Beide Wachen trugen Sonnenbrillen und kleine Ohrstöpsel, die vermutlich zur Kommunikation dienten.

Teagan nickte ihnen zu und bekam eine ebensolche knappe Geste als Antwort, gefolgt von »Sie erwartet euch!«, gemurmelt von der Hexe.

Unbeholfen lächelte ich die beiden an, doch ihre Mienen blieben ausdruckslos, fast so, als wären sie Wachen vor dem *Buckingham Palace* in London.

»Nicht gerade gesprächig, was?«, flüsterte ich Teagan zu, die mich wortlos durch die Eingangstür schob. Aus dem Augenwinkel sah ich den Gargoyle eine Braue heben, bevor sein Gesicht wieder in latent gelangweilte Professionalität verfiel.

Ich wandte den Blick auf das Innere der Oper und atmete tief ein. Mit einem leisen Pfiff entließ ich die Luft. Drei riesige Kronleuchter hingen von der Decke der Eingangshalle, und ihr gelbliches Licht waberte geschmeidig durch den langen halbrunden Raum. In kleinen Sternen funkelte es auf dem polierten weißen Marmorboden und ließ ihn wie eine Fläche aus Eis wirken. Eine Handvoll Angestellter wuselte umher, weitere weiß-gold gekleidete Wachen standen positioniert an Türen und junge Hexen in grau-silbernen Uniformen eilten von einem Raum zum nächsten.

»Sieht völlig anders aus als bei uns«, sagte ich zu Teagan, denn die Kassenschalter, Einlasskontrolle und Garderoben waren nicht zu sehen.

Hierbei handelte es sich nicht um ein Zentrum der Unterhaltung und Kunst, sondern offenbar um eine Institution, wie sie der *Reapers Den* darstellte. Es gab glatt polierten Stein, goldene Verzierungen und moderne Möbel. Einige Zierpflanzen säumten die Wände und ebenso den Empfang der Oper. Die Luft roch frisch, doch überlagerte ein leichter Duft von Ozon und Blumen alles: der markante Geruch meines Covens, der der Familie McQueen. Nur vage, aber für mich deutlich zu riechen. Jemand aus meiner Familie arbeitete hier, daran bestand keinerlei Zweifel. Jedoch ließ die blumige Note keine Erinnerungen in mir läuten, denn sie entsprach weder der von Angelina noch meiner oder der meiner Verwandten in der Lichtwelt.

Verwundert legte ich meine Stirn in Falten, hielt inne und atmete einmal tief ein. Was genau war das? Hyazinthe? Ich konnte es nicht genau benennen, da der Geruch von zu vielen anderen Noten durchmischt wurde.

Teagan lachte. »Keine Sorge, du bekommst gleich die volle Ladung ab.«

»Bitte?«, fragte ich verwirrt.

»Komm mit.«

Ohne zu warten, bewegte sie sich auf eine majestätische Doppelflügeltür aus purem Gold zu. Zwei Schlangen aus einer Rotgoldlegierung schlängelten sich gemächlich über ein vernetztes Muster aus Ornamenten. Als wir vor ihnen ankamen, hielten sie inne und richteten sich auf. Wie zwei Kobras musterten sie uns. Die eine zischte gefährlich, während die andere sich nur leicht hin und her wiegte, in Angriffsstellung lauerte. Dann schossen beide auf mich zu, nur um kurz vor meinem Gesicht zu stoppen. Mit ihren Zungen strichen sie über meine Wangen, und unmittelbar nach der Berührung veränderte sich ihr Verhalten.

Jegliche Feindseligkeit wich ... überschwänglicher Freude. Wie zwei Hunde, die sich über die Rückkehr ihres Herrchens freuten, umspielten mich die beiden Schlangen aus Metall. Jene Angst, die ich hätte verspüren müssen, verpuffte, nachdem meine Magie sie als Freunde markierte und sie willkommen hieß.

»Sie erkennen dich«, sagte Teagan und lachte auf.

»Wie geht das? Ich war noch nie hier!«

»Stimmt, aber alle magischen Schlangen waren schon immer eure Wappen- und Wachtiere.«

»Wenn du mir jetzt sagst, ich kann mit ihnen sprechen, dann schreie ich.«

»Tss, sei nicht albern, Harlow. Nur die Hexenblutlinie Yoon aus Seoul kann mit Tieren reden, nicht aber ihr McQueens. Wobei ...« Sie grinste vor sich hin. »Ihr seid schon telepathisch mit allen Schlangen verbunden und könnt sie eurem Willen unterwerfen.«

Ein Schaudern lief mir den Rücken hinab, verscheuchte sogar die Fragen zu einer Hexenblutlinie, von der ich bisher kaum etwas gehört hatte. Aber verwundern konnte mich mittlerweile nichts mehr.

»Du weißt schon, dass ich eine leichte Schlangenphobie habe, oder? Also vor den echten, nichtmagischen Tieren.«

»Ist das Schicksal nicht eine ironische Herrin?«, sagte Teagan nachdenklich, lachte erneut auf, woraufhin ich übertrieben dramatisch mit den Augen rollte.

»Ja, echt lustig. Toller Input, Teagan. Und so hilfreich.«

Sie zeigte mir eine Reihe strahlend weißer Zähne und deutete zur Tür, die sich langsam und lautlos öffnete. »Na komm. Dir nach.«

Wir betraten den großen Opernsaal, und wie in der Lichtwelt überkam mich eine Welle der Ehrfurcht. Sitzränge und opulente Treppen erstreckten sich vor mir, bekleidet mit rotem Stoff, führten hinab zu der erhobenen Bühne am Boden. Die Decke des großen Raums thronte majestätisch über dem Resonanzraum des Saals. Erbaut aus Bauholz, stellte die Decke wie der Rest des Saals ein Gebäude innerhalb des Gebäudes der Oper dar, mit Luft zwischen der Decke aus

Holz und dem Beton der Segel des eigentlichen Hauses. Einzelne Resonanzverstärker, ebenfalls aus Holz, konnten aus der Decke und den Seitenwänden ausgefahren werden, um dem Gesang im *Sydney Opera House* einen weltweit einmaligen Klang zu verleihen.

So auch in diesem Moment. Die rechteckigen Verstärker aus Holz schwebten förmlich im Raum und vervielfachten die umwerfende Stimme, die von der Bühne durch den Saal hallte. Eine rothaarige Frau, gekleidet in ein wallendes schwarzes Kleid, stand in einem Spotlight und sang mühelos ein Lied, das ich in jeder Faser meines Körpers kannte – die Familienhymne der McQueens. Die grünen Augen der Frau funkelten bis zu mir, und ich roch frische Meeresluft, Ozon und Hyazinthen. Sie war definitiv eine Verwandte. Sowohl die Kombination der Gerüche als auch ihr Aussehen ließen keinen Zweifel daran. Sie sah aus wie die perfekte Mischung aus Angelina und mir. Die scharfen Gesichtszüge, der Mund und die Nase meiner Mutter, ihre Erhabenheit und Eleganz waren unverkennbar. Die roten Haare, grünen Augen und meine Größe hingegen verliehen ihr etwas Dominanteres als Angelina – und sie besaß davon schon mehr als genug.

Obwohl die Frau auf der Bühne nicht älter als vierzig sein konnte, spürte ich ihre Macht. Der Geruch ihrer Magie, das Kribbeln auf meiner Haut und die Aura, die sie umgab, bestätigten es nur. Vor mir stand die älteste Hexe, die ich je getroffen hatte. Vielleicht zweihundert oder sogar dreihundert Jahre alt.

Abrupt endete sie ihren Vortrag und sah die Gruppe junger Hexen an, die gespannt an der Bühne stand. Alle trugen sie die grau-silberne Uniform, die sie vermutlich zu Auszubildenden der Oper machte.

»So singt man eine Hymne und webt Cantos ein«, donnerte ihre Stimme, getragen von den Resonanzverstärkern, durch den Saal. »Eure Vorbereitungen sind schludrig und lachhaft. Wie wollt ihr zu Fluchwebern werden, wenn ihr nicht einmal den Gesangspart bewältigt? Glaubt ihr, ihr könnt es besser, sobald ihr Bewegungen dazu ausführen müsst? Ihr werdet höchstens euch und die anderen dabei umbringen.« Die Hexe schüttelte energisch den Kopf und schnaubte genervt. »Und ich darf dann erklären, wieso in der Zeitung steht: *Erneut verstarben Hexen der Oper in der Ausbildung bei einem tragischen Unfall.* Das war es für heute. Ich erwarte, dass ihr übermorgen besser vorbereitet seid. Ihr könnt gehen! Jetzt!« Sie schlug ihre Hände auf ein Pult vor sich, und das donnernde Geräusch hallte von allen Wänden wider.

Eilig verließen die Auszubildenden die Bühne und wuselten die Treppen hinauf. Drei Hexen, zwei weiblich, eine männlich, kamen auf Teagan und mich zu.

»So eine arrogante Ziege«, murmelte die blonde Hexe und schüttelte ihren Kopf, als sie kurz vor uns ankamen. Der Typ des Trios musterte mich knapp und zwinkerte mir dann vielsagend zu. Die dritte Hexe im Bunde weitete die Augen und boxte daraufhin ihre beiden Mitauszubildenden.

»Seid ihr wahnsinnig, so respektlos über sie zu reden?« Weiterhin panisch starrte sie mich an und sah zwischen der Frau auf der Bühne und mir hin und her. Der Typ folgte ihrem Blick. Zwei Mal schwenkte er seinen Kopf mit zusammengekniffenen Augen, dann weitete er sie.

»Shit!«, entfuhr es ihm so laut, dass es durch den Saal hallte. Erschrocken schlug er sich eine Hand vor den Mund.

Die Auszubildenden auf den anderen Treppen hielten inne und sahen zu uns. Gemurmel breitete sich aus, doch meine Aufmerksamkeit lag auf der Bühne. Die mächtige Hexe dort drehte sich zu uns. Ihr Blick wirkte finster und genervt – bis sie mich entdeckte. Für einen flüchtigen Moment huschte Wärme über ihre Gesichtszüge, doch sie verdunkelten sich unmittelbar darauf.

»Moment!«, dröhnte ihre Stimme durch den Opernsaal. »Setzt euch! Harlow wird uns zeigen, wie man eine Hymne singt!«

Ich? Was zur Urmutter?

»Ich …« Meine Stimme kratzte im Hals. »Ich denke, dass das … keine gute Idee ist. Bin nicht … zum Singen hier.«

Vereinzelte erstickte Schreckensschreie erklangen, Augenpaare starrten mich geweitet an und eine bedrohliche Stille legte sich über den Saal. Alle Auszubildenden hielten den Atem an und stierten verängstigt zu mir oder der Hexe auf der Bühne. Fast schon lustig, hätte die Luft sich nicht so aufgeladen angefühlt wie vor einem Monsun, der jeden Augenblick über uns hereinbrechen würde.

»Na wunderbar«, flüsterte Teagan resigniert. »Nicht einmal eine Minute hier, und schon hat er es verkackt.«

»Harlow Jammison Cassidy McQueen, Bühne! Jetzt!« Die Stimme der Hexe durchschnitt die Luft so wie ein Diamant Glas. Im Gegensatz zu gerade klang sie leise und bedrohlich – lauernd. Der Befehl in ihren Worten wurde dadurch nicht gemindert, sondern um ein Vielfaches verstärkt.

Teagan gab mir einen leichten Schubs und verzog das Gesicht, das ich als »Mach schon, du Trottel« deutete. Begleitet von dem Gemurmel der Anwesenden nahm ich die Stufen zu der Bühne hinab und dann die kleine Treppe auf sie hinauf. Die schwarzen Holzbretter des Bodens lagen im Halbdunkel. Einzig die Hexe, deren Befehl ich gehorchte, stand in einem Spotlight und deutete schweigend auf das Pult, vor dem ich offensichtlich singen sollte. Mit gesenktem Kopf, ohne ihr in die Augen zu sehen, trottete ich an den mir angewiesenen Platz.

Ein humorloses Schnauben entfuhr mir, fast hätte ich gelacht, als ich die losen Blätter auf dem Pult sah. Unsere Familienhymne – in Worten, Noten und mit möglichen Canto-Beimischungen. Etwas, was ich so verinnerlicht hatte wie das Atmen. Dafür brauchte ich keine Aufzeichnungen. Davon abgesehen, dass allein auf dem ersten Notenblatt eine Vielzahl an Canto-Alternativen fehlte, die ich im Laufe der Jahre entdeckt hatte. Was vor mir lag, entsprach den exakten Niederschriften, die Angelina mir eingebläut hatte.

Genervt grunzte ich und hob den Blick. Trotz breitete sich in mir aus. Ein alter Freund, den ich willkommen hieß.

»Die Aufzeichnungen sind löchrig und amateurhaft. Alle Beimischungen sind für Neulinge«, sagte ich so selbstbewusst wie möglich. In diesem Augenblick wollte ich dickköpfig sein – wie ich es schon bei Angelina gewesen war. Ich hatte die Schnauze voll von unseren Familientraditionen und dass ich diese ständig wie ein dressiertes Paradepferd zum Besten geben sollte.

Die Leute im Publikum atmeten geräuschvoll ein. Einer jungen Hexe entwich sogar ein spitzer Schrei, während ein paar andere verängstigt murmelten und die Augen aufrissen. Offensichtlich sprach man so nicht mit der alten Frau, deren Blick ich siedend heiß in meinem Rücken spürte. War mir in dem Augenblick aber herzlich egal. Nicht umsonst hatte mich Jax den Eisprinzen getauft.

»Ich werde das beim Singen mal korrigieren und auf ein entsprechendes Level bringen«, fügte ich laut hinzu. Erneutes Gemurmel, und ich glaubte, eine der Anwesenden weinen zu hören.

»Ich hoffe, dieser Arroganz folgen Taten«, erklang es gefährlich leise hinter mir.

»Ach, wirklich? Dafür brauche ich aber Stille.«

In diesem Moment wartete ich förmlich darauf, dass mich ein Canto in den Rücken traf, so respektlos, wie ich mich verhielt. Diese Hexe hinter mir war offensichtlich eine meiner Vorfahrinnen, und laut Angelina war der Respekt den Alten gegenüber eines der obersten Gebote im Kodex unseres Covens.

»Ich hatte vermutet, dass Angelina dir mehr Anstand beigebracht hat. Aber ich hätte es mir denken können.« Ihre Worte klangen so eisig und schneidend wie meine aktuelle Stimmung. Der Winter war hier, in doppelter Ausführung.

Energisch fuhr ich herum und starrte der Hexe in die Augen. Ein winziges Lächeln umspielte ihre Mundwinkel, oder bildete ich mir das nur ein?

»Lass meine Mutter aus dem Spiel! Ich kenne keine Hexe, die mehr Anstand hat als sie!« Die Worte feuerte ich ab wie Giftpfeile. Angelina und ich waren nicht immer einer Meinung, dennoch wusste ich, wie sehr sie mich liebte und nur mein Bestes gewollt hatte.

»Angelina ist nicht deine –«

»Wage es nicht, das auszusprechen!«, unterbrach ich die Hexe harsch. »Für mich ist sie meine Mutter! Was denkst du alte Schachtel, wer du bist?«

Ein lautes »Ooooohhhhh, in ihr Gesicht«, erklang hinter mir, gefolgt von einem »Au! Was denn? Wurde Zeit, dass ihr das mal jemand sagt!«.

»Die Herrin der Oper«, antwortete sie glasklar und trat zwei Schritte auf mich zu. Da wir gleich groß waren, starrten wir uns direkt in die Augen. Ihr Grün strahlte ebenso wie meins. Für einen Moment sagte niemand etwas, und wir verloren uns in einem Blickduell. Ihre Iriden erstrahlten blendend hell, und meine antworteten ihr unmittelbar danach. Dann umspielte erneut ein Lächeln ihre Lippen.

»Und außerdem bin ich deine Großmutter. Würdest du nun endlich singen, oder ist es dir lieber, große Reden zu schwingen und deine Luft zu verschwenden?«

KAPITEL 12

JAX

Achtundfünfzig Tage bis zum Blutmond

»Und außerdem bin ich deine Großmutter.«
Dieser Satz schallte hundertfach in meinem Hirn umher, während ich im Schatten der oberen Ränge auf einem Sitz im Publikum saß. Etwa zehn Reihen vor mir saß eine Schar Auszubildender in grau-silberner Montur, allesamt vor Ehrfurcht wie erstarrt.

Declan hatte mir nach unserem Streit auf dem Weg hierher erklärt, dass die Herrin der Oper mit eiserner Hand unterrichtete. Was er mir jedoch verschwiegen hatte, war die familiäre Verbindung zu Harlow. Während ich verwirrt war, so war das nichts gegen die Emotionen, die sich auf dem Gesicht des Eisprinzen widerspiegelten: Erstaunen, Wut, Freude, Verzweiflung und eine Vielzahl anderer Gefühle tanzten ihren Reigen, während sein Körper zitterte.

»Müsstest du nicht tot sein, weil meine …« Harlow stöhnte genervt. »Wenn deine Tochter einen auf Horrorkönigin macht? Und wieso siehst du so jung aus?«

Die Herrin der Oper hob ihre linke Braue und den Mundwinkel. Für einen Moment musterte sie ihren Enkel amüsiert, während im Zuschauerraum die Studierenden tuschelten. Der Respekt und die Angst, die sie vor ihrer Direktorin hatten, hingen schwer in der Luft.

»Möchtest du diese Fragen vor«, sie wedelte flüchtig mit ihrer Hand zu den Sitzreihen, »all den anderen Anwesenden klären?«

Harlow drehte sich nicht um, hatte die Schultern gestrafft. »Klar, wieso nicht? Soweit ich das verstehe, hasst mich eh jede Hexe hier, weil ich von Casiopaia abstamme. Also?«

»Du irrst dich«, antwortete seine Großmutter sanft, was im Kontrast zu ihrer zuvor resoluten Art stand. Dann schwieg sie und sah Harlow liebevoll an. Ihr Blick verklärte sich für einen Moment.

»Ähm, kommt da noch eine Erklärung?«, fragte er nach einer Minute des Starrens.

Die Herrin der Oper räusperte sich und stimmte ein knappes, ehrliches Lachen an. Es klang voll und melodiös, und ich wusste, ohne sie je singen gehört zu haben, dass ihre Cantos atemberaubend sein mussten.

Drei Reihen vor mir hörte ich einen Studenten flüstern: »Die Schreckschraube kann lachen?«

Miss McQueen drehte in Zeitlupe ihren Kopf zu dem Kerl und fixierte ihn eindringlich. Selbst ich, der nicht Empfänger dieses Todesstarrens war, drückte mich tiefer in meinen Sitz. »Ich kann ebenso erstaunlich gut hören, Mister Peters-Dubois. Und lachen – zum Beispiel bei Ihren äußerst kläglichen Prüfungsergebnissen. Besonders wenn man bedenkt, dass Sie zur Hälfte Dubois sind.«

»Autsch! In. Dein. Gesicht!«, feixte seine Sitznachbarin.

»Miss Rinaldi, darf ich Sie daran erinnern, dass Sie eine direkte Nachfahrin einer der Gründerfamilien Sydneys sind und diesen Kurs – für Anfänger, wie ich betonen möchte – zum zweiten Mal belegen, nachdem Sie letztes Semester mit Glanz und Gloria durchgefallen sind? Trotz der lachhaften Drohungen Ihrer werten Mutter mir gegenüber.«

Nun weiß ich, was Declan mit eiserner Hand meinte!, dachte ich.

Zudem wusste ich direkt zu schätzen, dass meine Ausbildung nicht in der Oper stattfand. Vielleicht sollte ich dem Gargoyle danken, dass er mich lautstark dazu gezwungen hatte, ein Reaper zu werden.

»Hast du deine Studierenden genug daran erinnert, dass sie mehr lernen sollen?« Harlows Stimme schnitt eisig durch den Raum. Erneut zogen einige Studierende scharf die Luft ein. Offensichtlich war niemand daran gewöhnt, jemanden so zu der Herrin der Oper sprechen zu hören. Aber da würden sie mit dem Eisprinzen noch weitere Überraschungen erleben – selbst wenn ich ihn ein wenig für seinen Mut bewunderte.

Heimlich bewunderte.

Superheimlich.

Denn zugeben würde ich das nie.

»Los, sing. Ich bin gespannt.« Die Herrin der Oper bedeutete ihm mit einem Winken der Hand, zu beginnen.

Mit der üblichen Leichtigkeit stimmte er alle Töne an, ließ sie wie kleine Kunstwerke über seine Lippen tanzen und formte damit Gemälde aus Musik unter der Decke. Seine Stimme wechselte zwischen hohen und tiefen Noten, sang sie in dem einen Moment geschmeidig, nur um dann in eine komplizierte Abfolge von kurzen Noten mit Oktavsprüngen zu wechseln. Es war, als könnte ich einem Genie bei der Arbeit zusehen. Als wären diese Gesangskünste nicht schon beeindruckend genug, verwob er seine Magie mühelos mit den einzelnen Tönen. Goldene Partikel verließen seinen Mund, wirbelten umher und tauchten den Raum in ein Feuerwerk aus Licht.

»Verdammt, der Knirps kann ja wirklich singen«, hörte ich Declan neben mir knurren. Nicht abfällig wie in der Lichtwelt beim ersten Treffen, sondern voller Ehrfurcht und Respekt.

»Warte kurz«, antwortete ich, da mir bewusst war, was gleich kommen würde. Immerhin hatte ich den Eisprinzen die Familienhymne mehrfach an der *St. Andrew* singen gehört.

»Was meinst ...« Weiter kam Declan nicht, bevor sich sein Mund weit öffnete. Genau in dem Moment, als Harlow eine zusätzliche Melodie anstimmte und zweistimmig sang.

Allein. Zweistimmig.

Gleichzeitig.

Sogar heute bestaunte ich dieses Talent. Nie zuvor hatte ich jemanden erlebt, der diese Gesangstechnik beherrschte, wie Harlow es tat. Ich verstand auch jetzt nicht, wie so etwas überhaupt möglich war – und doch gelang es ihm derart mühelos, dass ich mich fragte, ob der Gesang nicht doch vom Tonband kam.

Ohne Frage stand einer der begnadetsten Sänger vor uns, den die Hexenwelt besaß. Obwohl ich meine Probleme mit seiner Art hatte, erkannte ich das neidlos an.

Harlow McQueen war ein absoluter Virtuose, wenn es zum Singen von Belcantos kam, und jeglichen Respekt, der in diesem Moment über die Gesichter der Anwesenden, selbst der Herrin der Oper, spielte, hatte er verdient.

Als er endete, lag der Raum in absoluter Stille. Gefroren in der Zeit – nicht einmal zu atmen schien jemand zu wagen. Die Anwesenden sahen mit offenen Mündern und geweiteten Augen zwischen Harlow und seiner Großmutter hin und her.

»Hmm, ganz nett«, durchbrach Letztere die Stille, aber an ihren leicht erhobenen Mundwinkeln und dem Stolz in ihren Augen erkannte ich, dass sie ihn absichtlich reizte. Ihre Studierenden japsten erschrocken und sahen sich gegenseitig an.

Mit hochrotem Kopf und erhobenen Armen plusterte der Eisprinz seine Brust auf wie ein Gockel im Hahnenkampf.

»Ganz nett?«, fragte er gefährlich leise, während er sich wie in Zeitlupe zu ihr umdrehte. Mit Vorfreude im Bauch bereitete ich mich auf einen spektakulären Kampf um Leben und Tod zwischen den beiden McQueens vor. »Weißt du, was *ganz nett* ist?«

Ihre Blicke trafen sich wie Laserstrahlen, und ich rieb mir die Hände.

»Dein spießiges Oberteil ist *ganz nett*, wenn man bedenkt, dass du vermutlich seit der Erfindung des Feuers hier dein Unwesen treibst und mit Dinosauriern gespielt hast. Ein Stück warmer Apfelkuchen wäre jetzt *ganz nett*. Die Leistung deiner Lemminge dort unten ist mit viel Fantasie *ganz nett*. Aber das gerade? Unsere Familienhymne? Von mir gesungen? Das war *nicht ganz nett*. Das war *brillant*, du alte Schleiereule!«

Ich seufzte zufrieden, Declan verschluckte sich an seiner Spucke, und ja, ein paar der Studierenden wimmerten vor Schreck. Das gestaltete sich viel lustiger als erwartet. Bester Tag meines Lebens!

»Niemand hat je so mit ihr geredet«, wisperte Declan. »Ist der Goldjunge lebensmüde?«

»Und du hast vorhin *mich* bockig genannt«, antwortete ich selbstgefällig.

»Ganz ehrlich? Gerade bin ich äußerst dankbar, dass ich dich ausbilden muss und nicht ihn.« Der Gargoyle lächelte mir zu und spähte wieder zur Bühne. »Glaubst du, sie tötet ihn jetzt?«

»Keine falschen Hoffnungen, so viel Glück haben wir nicht. Harlow ist wie eine Kakerlake, der überlebt das.«

»Fünfzig Dollar auf die Herrin der Oper.« Declan entblößte seine perfekt gemeißelten Zähne und streckte mir die rechte Hand hin. Der plötzliche Schalk in seinen Augen sagte mir, dass ich diesen Kerl vielleicht doch mochte.

Siegessicher schlug ich ein und biss mir auf die Unterlippe. »Hundert auf Harlow, und einen freien Tag, wenn ich ihn möchte.«

»Deal!«, antwortete er lachend. »Du verlierst eh. Sie wird ihn jeden Augenblick mit einem Belcanto zerfetzen und seinen aufgerissenen Arsch zurück in die Lichtwelt feuern.«

Doch das tat sie nicht. Im Gegenteil. Sie lachte lauthals los, so sehr, dass Tränen ihre Wangen hinabliefen, und zog ihren Enkel in eine enge Umarmung. Mehrere Momente vergingen, in denen sie ihn auf die Stirn küsste und freudig anstrahlte, während Harlow so runde Augen bekam wie ein Goldfisch.

Verwirrt sah ich mich um – wo war die versteckte Kamera? Was geschah in diesem Moment?

»Ihr seid entlassen«, sagte Harlows Großmutter, nachdem sie von ihrem Enkel abließ. »Bereitet euch auf die nächste Stunde vor und versucht, wenigstens ansatzweise so *brillant* zu singen wie mein Enkel, ihr ... *Lemminge.*«

»Habe ich gewonnen?«, flüsterte ich irritiert, ohne zu Declan zu sehen.

»Keine Ahnung, glaube ja.« Er räusperte sich. »Was passiert da gerade?«

»Ich habe nicht den blassesten Schimmer.«

Declan und ich saßen weitere zwanzig Minuten in den Zuschauerrängen des Opernsaals, nachdem alle Studierenden die Flucht angetreten hatten. Eine jede Person schneller als die nächste – hatte echt nur gefehlt, dass sie einander aus dem Weg schubsten.

Mein Blick schweifte zur Bühne, und ich versuchte, an etwas Normales zu denken. Weder an die Schattenseite, mein neues Leben oder was auf mich zukam noch an meine Ausbildung zum Reaper – einer verdammten Nahkampfhexe mit Sense – oder wie wir nicht nur Ruby befreien, sondern Harlow dafür zur Hexenkönigin werden müsste. Ach, und schon gar nicht wollte ich an Harlow denken, seinen Gesang oder die merkwürdigen Gefühle, die immer lauter um Gehör bettelten. Drei Jahre hatte ich sie erfolgreich ignoriert, da sollten ein paar weitere kein Problem sein.

Und doch schaffte ich es nicht, mich abzulenken, die neuen Eindrücke waren einfach zu präsent, zu real – zu sehr mein jetziges Leben, ob ich wollte oder nicht.

»Oh, sie kommen«, sagte Declan alarmiert.

Ich blinzelte und drehte den Kopf. Harlow trottete mit in Falten gelegter Stirn der Herrin der Oper und Teagan hinterher. Sie hielten neben uns an.

»Declan, schön, dich zu sehen!«, sagte Harlows Großmutter.

»Es ist mir ebenso eine Freude, Miss McQueen«, sagte er ehrfürchtig. Er sprang auf, verbeugte sich und lächelte sie höflich an.

Wo war der harte Kerl denn hin, der mich im *Reapers Den* wüst angeschrien hatte? Wann hatte dieser Gentleman ihn ersetzt?

»Wie oft habe ich dir gesagt, dass du mich beim Vornamen nennen sollst, junger Mann?«

Ein roter Glanz legte sich auf Declans Wangen und Nacken. »Ich habe aufgehört zu zählen. Dennoch werde ich es weiterhin dankbar ablehnen. Immerhin hatte ich die Ehre, von Ihnen und Ihrer Blutgabe zum Leben erweckt zu werden.«

Harlows Großmutter verzog das Gesicht. Nur einen winzigen Augenblick, dann legte sich die perfekte Maske aus Höflichkeit erneut über ihre Züge.

Ganz wie bei ihrem Enkel.

»Erweckt?«, fragte Harlow. »Warte, die Gargoyles leben dank der McQueens?«

»Und sie wurden von den Ingrams aus Stein, Knochen und Blut *erschaffen*«, bestätigte Declan mit einem flüchtigen Seitenblick zu mir.

Auch ich erhob mich, allerdings so schnell, dass mir schwindelig wurde. »Was?«

»Deine Mutter selbst hat meinen Körper erschaffen, und Miss McQueen hat mir danach das Leben eingehaucht.«

In Harlows Gesicht spiegelten sich meine Emotionen. Verwirrung, gefolgt von Erkenntnis bis zu Erstaunen.

»Ich wusste nicht, dass unsere Blutgaben so mächtig sind«, sagte Harlow.

»Wusste bis vorgestern nicht mal, dass ich sie besitze, das heißt, ich gewinne«, fügte ich trocken hinzu.

Harlow rollte mit den Augen. »Okay, du hast diesen nicht existenten Wettkampf offiziell gewonnen. Yay! Herzlichen Glückwunsch!«

»Es gibt vieles, was ihr nicht wisst, meine Lieben«, sagte die Herrin der Oper. Ihr Blick lag auf mir, ohne dass ich die Emotionen darin deuten konnte. »Schön, dich kennenzulernen, Jax Ingram. Harlow hat gerade viel von dir geredet.«

»Er hat was?«

»Ich habe was?« Er sah sie schockiert an. »Wir haben uns nicht mal fünfzehn Minuten unterhalten, und ich habe dich nur auf den neuesten Stand gebracht!«

»Na ja«, säuselte sie und legte den Kopf schräg. »Bei allen Geschehnissen, die du mir erzählt hast, war der junge Ingram doch anwesend, oder?«

»Ja, aber –«

»Keine weiteren Fragen«, unterbrach sie ihn fröhlich.

»Wer ist sie? Judge Judy?«, brummte Harlow kaum vernehmbar.

»Folgt mir bitte, ich möchte euch etwas zeigen. Es beantwortet ebenso die Fragen nach deiner Ausbildung, mein Liebling.« Ohne auf uns zu warten, lief sie erhabenen Schrittes los.

»Ich bin dann wieder im *Den*«, sagte Declan. »Benimm dich, Mini-Ingram, und mach den Reapern keine Schande.« Nach einem Zwinkern eilte er davon.

Harlow, Teagan und ich folgten der Herrin der Oper schweigend zu einem Fahrstuhl im hinteren Teil der Eingangshalle. Statt eines Knopfes zum Rufen des Lifts prangte ein Scanner an der Wand. Harlows Großmutter legte eine Hand darauf und ich roch ihre blumige Magie, durchzogen von Ozon und Sommer. Nur einen Wimpernschlag später ertönte eine weibliche, leicht blecherne Stimme: »Miss McQueen. Herrin der Oper. Sicherheitsfreigabe: Level 5. Zugang gewährt.«

Die Worte waren kaum verklungen, da glitten die goldenen Türen zum Fahrstuhl mit einem leisen Zischen auf. Das Innere der Kabine war, entgegen meiner Erwartung einer sterilen Metallkammer, in ein gemütliches, warmes Licht getaucht. Die Wände waren aus dunklem Holz getäfelt, ein feiner Marmorboden und goldene Verzierungen gaben dem Aufzug einen Hauch von einem elitären Clubzimmer und weniger die Optik eines Beförderungsmittels.

Weiterhin in Schweigen gehüllt traten wir ein. Der Fahrstuhl war groß genug für uns alle. Teagan lehnte an der mir gegenüberliegenden Wand und warf mir einen eindringlichen Blick zu.

Schnell drehte ich den Kopf.

War es Sorge in ihren Augen? Eine Warnung? Oder eine stille Bitte? Ich wusste es nicht, wurde aus Harlows Leibwächterin nicht schlau. In einem Moment offenbarte sie ihre resolute, dominante Seite und dann wieder ihre liebevolle, besorgte Art. Fest stand: Für sie war der Schutz des Eisprinzen mehr als nur ein Job. Sie liebte ihn wie ein Familienmitglied und würde ihr Leben für ihn geben.

Im Aufzug gab es keine klassische Schalttafel, sondern lediglich zwei Knöpfe aus Gold und mit Smaragden bestückt.

Bibliothek der Ahnen, stand rechts von einem der beiden Knöpfe. Neben dem anderen las ich etwas in einer mir unbekannten Sprache.

»*Firbot Chamara*«, flüsterte Harlow in der geheimnisvollen Sprache.

»*Verbotene Kammer*«, wiederholte er in Englisch.

Seine Großmutter zog eine Braue in die Höhe und musterte ihn gefällig. »Angelina hat dir Althochdeutsch beigebracht?« Anerkennung und Erstaunen schwangen zu gleichen Teilen in ihrer Stimme mit.

»Seit ich fünf war, ja. Sowie Französisch, Deutsch, Latein und Spanisch.« Er nickte knapp und mied Augenkontakt mit ihr. Mich hingegen betrachtete er flüchtig.

Die aufkeimende Stille war für mich kaum zu ertragen, ebenso wenig wie die Gefühle, die in meinem Magen für einen Kerl tobten, den ich drei Jahre versucht hatte zu verabscheuen. Also tat ich, was ich immer tat, und stichelte.

»Sieh an, nicht auch noch Arabisch? Oder Japanisch? Wie ist es mit Portugiesisch? Reich müsste man sein und seinen Tag mit dem Lernen von Sprachen statt mit Arbeit zu verbringen.«

»Nur Grundzüge von Aramäisch, Russisch und Koreanisch, wenn du so fragst. Wollte aber nicht unnötig angeben«, antwortete Harlow, zog den linken Mundwinkel in die Höhe und sah mich herausfordernd an. »Die zuvor von mir erwähnten Sprachen spreche ich fließend, diese drei nur gebrochen.« Dann sah er mir direkt in die Augen, die Brauen gehoben und den Kopf schief gelegt. »Falls du es vergessen hast: Auf dieser Seite der Realität bist du der Reiche von uns beiden. Mich hingegen hassen alle.«

Ein Moment der Stille legte sich über uns. Granny McQueen biss sich auf die Unterlippe, als würde sie ein Lachen unterdrücken.

»Und Jax?«, fragte Harlow herausfordernd wie ein Staatsanwalt bei seinem Plädoyer. Was mich nicht wunderte. Er hatte das letzte Jahrzehnt in einem Haus mit der Präsidentin Australiens gelebt und war dadurch absolut firm in politischer Rhetorik. »Die Sprachen, die ich lernte, waren *harte* Arbeit. Zum einen war das Erlernen anstrengend und zum anderen wurde ich wie ein dressiertes Äffchen von einem Staatsempfang zum nächsten geschleppt, während ihr eine echte Jugend, Freunde und Freiheit hattet.«

Autsch! Verdammter Mist, wieso treffen mich seine Worte immer noch so?

»Soll ich euch allein lassen? Wollt ihr kurz rummachen und euch abreagieren?«

Während Harlow seine Großmutter nach Luft ringend anblinzelte, verschluckte ich mich an meiner Spucke bei ihren Worten.

»Rummachen? Wo kommt das denn jetzt auf einmal her? Mit deinen Studierenden hast du nicht so geredet.«

»Ach Harlow-Schatz, die meisten meiner Studierenden sind elitäre Arschkrampen.«

Harlow sah seine Großmutter fassungslos an.

»Was denn? Sagt ihr jungen Leute das nicht so? Eher Lauch? Wichser?« Sie legte die Stirn in Falten. »Motherfucker? Bei diesen modernen Schimpfwörtern komme ich manchmal nicht mehr mit.«

Ich unterdrückte ein Lachen und formte mit meinen Lippen still, an Harlow gewandt, die Frage: *»Motherfucker, wirklich?«*

Er schüttelte nur den Kopf.

»Könntest du bitte nicht weiterreden?«, presste er hervor.

»Mein Enkel ist prüde, verstehe.«

Ich konnte mir das Lachen nicht mehr verkneifen, was ein Todesstarren des Eisprinzen sowie ein Zwinkern von Granny McQueen zur Folge hatte und mich nur lauter johlen ließ.

Die Türen des Lifts öffnete sich mit einem Ping, und eine Frauenstimme verkündete: »Drittes Kellergeschoss. Ahnentafel und Artefaktkammer. Zutritt nur mit Erlaubnis der Familie McQueen.«

Schweigend, aber weiterhin grinsend verließ ich hinter den anderen den Aufzug. Nach ein paar Metern hielt die Herrin der Oper inne und drehte sich um. Ihr Blick verweilte auf mir. Nur kurz, aber für mich war es eine Ewigkeit. So als würde sie mich durchleuchten und all meine Geheimnisse mit nur diesem einen Blick offenbaren. Ihre Macht strömte aus jeder Pore. Vor mir stand die mit Abstand mächtigste Hexe, die ich bisher in meinem jungen Leben zu sehen bekommen hatte.

»Hinter diese Linie können nur McQueens treten«, sagte sie mit glasklarer Stimme und deutete auf ein goldenes Muster, das sich vom Boden über die Wände bis hin zur Decke rankte. Wie Äste verzweigte es sich und bewegte sich langsam in einem unsichtbaren Wind. »Und jene, die von uns gezeichnet werden.«

Ihr Blick wanderte zu Harlow. Unsicher sah er seine Großmutter an, verstand offenbar genauso wenig wie ich. Die Herrin der Oper seufzte und schloss die Augen. Sie atmete einmal scharf ein und aus, öffnete die Lider und legte ihre Hand an die Wangen ihres Enkels.

»Ihr seid ohnehin verbunden durch den *Foedus Fidei*. Das heißt, tief im Inneren vertraut ihr euch, selbst wenn ihr es nicht zugeben mögt. Und das, obwohl eure Gefühle füreinander so offensichtlich sind, dass es schon schmerzt zu sehen, wie ignorant ihr seid.« Ein vages Lächeln umspielte ihre Mundwinkel und erreichte sogar ihre Augen.

»Welche Gefühle?« Harlow wich einen Schritt zurück.

»Selbst eine dreihundert Jahre alte Hexe checkt es schneller als die beiden Pfosten. Unglaublich«, flüsterte Teagan neben mir.

»Nicht erschrecken«, sagte Miss McQueen. Sie legte ihre Hand an meine Stirn, und ihre Magie schwappte über mich wie ein warmer Sommertag. »Nun kannst du eintreten.«

Sie lief zu einer großen Tür aus dunklem Metall, besetzt mit goldenen Ornamenten, wir anderen folgten. Langsam öffnete sie die Tür. Ein schummriges Orange erhellte den Raum in einem Zwielicht und kroch behäbig zu uns. Der Geruch unterschiedlicher Blumen hing wie eine Wolkendecke in der Luft, gemischt mit dem von Bäumen und Ozon – schwer und satt. Pure Magie, die wie unsichtbare Wellen durch den Raum brandeten und meinen Körper umspülten. Als Harlow und ich nicht direkt folgten, drehte sie sich mit einem fragenden Blick zu uns. »Kommt ihr?«

»Na los, ich warte hier auf euch«, stimmte Teagan zu.

»Was ist das?«, fragte Harlow, den Blick auf eine riesige Steintafel gerichtet. Gut drei Meter hoch und fünf Meter breit, stand sie mitten im Raum. Ein Lichtspot fiel auf sie und beleuchtete die Oberfläche.

»Das ist die Ahnentafel der Hexen.« Miss McQueen trat näher an sie heran, summte eine kurze Melodie und unzählige Worte erstrahlten in goldenen Lettern. »Hier seht ihr die Stammbäume der dreizehn alten Blutlinien.«

An oberster Stelle erspähte ich nur ein verschwommenes Rauschen, die Buchstaben wechselten sich unablässig ab, sodass es unmöglich war, sie zu entziffern. Die Worte darunter konnte ich jedoch klar lesen.

Neben *McQueen* stand der Name *Ingram*, unterhalb dessen *Gunnar*, *Angelina*, und wie ein dunkles Omen *Casiopaia*. Etwas weiter unten erblickte ich Harlows und meinen Namen in der jeweiligen Ahnenreihe.

»Zwölf ehemalige Menschen, zwölf Unschuldige, zwölf Verurteilungen im Namen der Kirche. Wir waren die ersten Hexen, die diese Welt gesehen hat, meine Lieben«, sagte Granny McQueen und zeigte auf die obersten Namen jeder Blutlinie. »Deswegen nennt man unsere Blutlinien die *Erben von Salem*, da wir dort vor dreihundert Jahren *erschaffen* wurden.«

Tatsächlich stand ein Spruch in den Stein gemeißelt, der das bestätigte:

Geboren als Mensch, durch Menschenleib.
Gestorben als Mensch, durch Menschenhand.
Auferstanden als Hexe, durch Tränen des Lichts.
Die Erben von Salem.

»Das Hexenblut der dreizehn alten Blutlinien ist am stärksten, weil es pur ist«, sagte Granny McQueen. »Mittlerweile gibt es zwar unzählige Coven und Familien, doch deren Blut ist durch die Vereinigung mit Menschen sowie anderen Wesen schwächer geworden. Auch sie sind Hexen, jedoch keine Erben Salems mehr.« Sie sagte es nicht abfällig – nicht so, als würde nur reines Blut zählen. Nein, es schwang keinerlei Wertung in ihren Worten mit, nur Fakten. »Wir alten Linien sind das Fundament und die Säulen der Hexengemeinschaft. Mit uns steht oder fällt das Wohl aller.«

Harlow verengte die Augen und sah angestrengt auf die leuchtende Tafel. »Du sagtest dreizehn?«

Die Mundwinkel der Herrin der Oper wanderten in die Höhe. »So ist es.«

»Aber dort stehen nur zwölf Namen und darüber ein Gewirr aus Buchstaben.«

»In der Tat.« Sie legte ihrem Enkel eine Hand auf die Schulter. »Der letzte Name wird sich noch enthüllen.«

»O-kay«, entfuhr es mir. Ein weiteres Geheimnis, über das ich mir keine Gedanken machen wollte. Zum Glück entdeckte Harlow in diesem Moment eine andere Ungereimtheit.

»Neben deinem Namen …« Sein Atem stockte. Mein Blick wanderte zu besagter Stelle. Ein kleines Kreuz und ein Todesdatum war neben dem Namen Constance McQueen abgebildet. Neben dem Datum vibrierte die Luft in einem leichten Rotton, einem Hitzeflimmern ähnlich. Verwirrt legte ich die Stirn in Falten, während Harlow neben mir zitterte.

»Du bist tot«, hauchte er.

»Und doch stehe ich hier, kann dich berühren und mit dir reden«, antwortete sie ihm sanft. Beide sahen sich schweigend an. Trauer, Reue und Liebe tanzten über ihre Gesichter.

Obwohl ich mich wie ein Eindringling in diesem intimen Moment fühlte, siegte meine Neugier und ich fragte: »Wie ist das möglich?«

»Wir sind Hexen, junger Ingram.« Granny McQueen drehte sich zu mir, blasse Lachfalten legten sich um ihre Lippen, während sie mich mit smaragdgrünen Augen eindringlich betrachtete. »In unserer Welt ist sehr vieles möglich.«

»Das erklärt, wieso du nicht die Hexenkönigin bist«, fügte Harlow heiser hinzu. Er sah zu der flimmernden Stelle und dem Todesdatum.

»So ist es. Ich war es fast zweihundert Jahre, doch dann wurde Casiopaia zunehmend zur Gefahr.«

»Hat sie dich getötet?« Mit traurig blickenden Augen musterte Harlow seine Großmutter.

»Meinen einstigen Körper? Ja.« Granny McQueen legte eine Hand an seine Wange und seufzte leise. Harlows Blick lag weiterhin auf der Ahnenwand. Ich fragte mich, ob er das Flimmern ebenso wahrnahm, da hörte ich eine Stimme hinter uns.

»Die beiden sehen es, meine Liebste«, erklang es melodiös und tief vom Eingang der Kammer.

Wir drehten uns um. Eine elegante ältere Hexe kam auf uns zu. Ihre Macht erfasste den Raum und stand der von Granny McQueen in nichts nach. Der Geruch von aufgewühlter Erde mischte sich mit dem von Blauregenblüten und frischem Moos. Ein Geruch, den ich bis dato an keiner Familie vernommen hatte.

»Oh, und sie riechen es.« Anerkennend nickte sie mir zu. Ihr Blick aus braunen Augen lag kurz auf mir, dann schritt sie elegant zu Granny McQueen und nahm vorsichtig ihre Hand in die eigene. Während Harlows Großmutter blasse, weiße Haut besaß, strahlte die der mir unbekannten Hexe in einem tiefen Dunkelbraun. Ihre Finger, mit teuren Ringen bestückt, verwob sie mit denen von Miss McQueen.

Oh.

Oh!

»Was ist so besonders daran, dass ich die Magie rieche?«, entfuhr es mir leise.

»Diese Fähigkeit ist im Laufe der Generationen verloren gegangen. Es gibt nur noch wenige unter uns, die es beherrschen.«

Ich weitete die Augen. Auch Harlow sah verwirrt drein. Für ihn schien es ebenfalls normal zu sein, Magie zu riechen. Und dennoch stellte es erneut etwas dar, was uns verheimlicht worden war.

»Mit jeder Geburt wird das einstige Hexenblut selbst bei uns Erben von Salem dünner.« Die elegante Hexe legte den Kopf schief. »Je dichter eine von uns an der Erstgeborenen im Stammbaum steht, umso stärker ist die Magie in unserem Blut. Und so ist zum Beispiel das Riechen der Magie bei vielen verloren gegangen.« Sie hielt inne, ehe sie erneut sprach: »Ich bin übrigens Madame Fleur Albertine Suzette LeBlanc. Und wie ich euren Gesichtern ansehe, hat man euch einiges vorenthalten.«

Ich schnaubte abfällig. »Das kannst du laut sagen!« Als ich bemerkte, wie unhöflich ich die ältere Hexe angesprochen hatte, verzog ich das Gesicht.

»Schon gut«, entgegnete sie lachend. »Ich lege keinen Wert auf Floskeln. Das Du ist völlig ausreichend, gewünscht sogar.« Ihr warmer

Blick lag freundlich auf mir. Das Braun der Augen erinnerte mich an einen Tanz aus Herbstblättern, die sanft im Wind dahinglitten.

»Beachtlich, dass ihr das Flimmern seht«, sagte Harlows Großmutter, und wir nickten beide brav. »Es sollte mich nicht erstaunen, dennoch ist es faszinierend.«

Madame LeBlanc summte eine kehlige Melodie und Granny McQueen stimmte ein. Einen Wimpernschlag später erschienen rote Runen um das Todesdatum.

»Ein Fluch!« Harlow schreckte zurück. Ich hingegen starrte nur entsetzt auf die Schriftzeichen, die langsam vor sich hin pulsierten.

»In der Tat«, antwortete Madame LeBlanc.

»Ein Fluch, den Albertine und ich zusammen gesungen haben, um mich für immer an die Oper zu binden, als ich starb.«

Voller Entsetzen flog Harlows Blick zwischen den beiden Frauen hin und her. »Diese Art der Magie ist verboten!«

»Nicht auf dieser Seite der Realität, mein Lieber«, sagte Granny McQueen. »Über Flüche wurdet ihr ebenso belogen.«

»Ohne diesen Fluch wäre Constance nicht mehr bei mir«, raunte Albertine. »Und ich war nicht bereit, sie sterben zu lassen. Ich hatte Jahrzehnte gewartet, dass wir zusammen sein konnten – und dann kam Casiopaia und versuchte mir alles zu nehmen.« Albertines zuvor warme Stimme klang nun finster und eisig.

»Was bist du?«, fragte Harlow an seine Großmutter gewandt. »Ein Geist?«

»Nein, kein Geist im klassischen Sinn. Ein Echo trifft es vermutlich am besten. Ich lebe weiterhin in der Oper, habe einen Körper und alle Vorteile dessen. Doch bin ich an diesen Ort und die unmittelbare Umgebung bis hin zum *Reapers Den* gebunden. Gehe ich über den Bereich hinaus ... dann ereilt mich der endgültige Tod.«

»Dazu solltet ihr wissen, dass wir LeBlancs zu den Erben Salems gehören. Unsere Gabe ist die der Nekromantie und der Kommunikation mit Geistern. Nur das ermöglichte uns, diesen Fluch zu singen.«

Harlow schüttelte langsam den Kopf. »Angelina sagte, sie habe einen Vater. Hat sie gelogen?«

»Nein, das stimmt.« Seine Großmutter nahm sein Gesicht zwischen ihre Hände. »Ich habe deinen Großvater geliebt, doch er war krank. Wir lebten viele Jahre glücklich miteinander, bevor er starb. In der Zeit hatten Albertine und ich uns aus den Augen verloren – nachdem wir zu Hexen wurden.«

»Ihr *wurdet* zu Hexen?«, fragte Harlow.

»Das wirst du alles noch lernen. Hab Geduld.«

Er nickte zögerlich. »Das heißt, ihr kanntet euch beide schon früher?«

»Oh, wir sind quasi zusammen aufgewachsen«, antwortete Albertine.

»So würde ich das nicht nennen«, fügte Granny McQueen bitter hinzu, während ein Schatten über ihr Gesicht huschte. »Ich war die Tochter des Pfarrers von Salem. 1692. Und die Familie LeBlanc war unsere ...« Harlows Großmutter sah aus, als müsste sie sich übergeben.

Und da begriff ich.

Oh! Oh, verdammt!

»Sklaven«, führte Albertine den Satz zu Ende, tätschelte dabei Granny McQueens Hand. »Es war nicht deine Entscheidung.«

»Dennoch«, gab Harlows Großmutter leise von sich. »Ein weiteres Kapitel der menschlichen Geschichte, das offenbart, wozu die normalen Menschen fähig sind. An manchen Tagen verstehe ich den Wald und seinen Hass auf sie nahezu.« Ihre Worte waren kaum verklungen, da weitete sie die Augen und schüttelte den Kopf. »So fing es ebenfalls bei Casiopaia an. So was sollte ich nicht einmal denken, schon gar nicht aussprechen. Entschuldigt.«

»Hass, Zorn und das Verlangen nach Rache vergifteten den Geist. Wir können die Geschichte nicht ändern, nur die Zukunft verbessern.« Albertine hob Miss McQueens Hand und küsste sie liebevoll.

»So ist es – und das versuchen wir hier seit Jahren.« Seine Großmutter wandte sich erneut an Harlow. »Deswegen wirst du in der Oper in die Lehre gehen. Während der junge Ingram ein Reaper wird, ist es deine Aufgabe, zum Fluchweber zu werden.«

»Zum was?« Er schreckte zurück, seine Augen weiteten sich beinahe komisch. »Ich soll Flüche lernen und sie benutzen? Gegen den Wald? Gegen Casiopaia?«

»So ist es«, antwortete sie ihm. »Und deine Freunde wirst du ebenfalls verfluchen.«

Ich blinzelte, wartete darauf, dass seine Großmutter lachte. Doch die Herrin der Oper stand zu ihren Worten – und sie hingen wie ein Unwetter in der Luft.

»Ist dir dein Tod zu Kopf gestiegen?«, fragte Harlow, während er einen Hilfe suchenden Blick zu Albertine warf. Diese lächelte ihm nur zu und blinzelte.

KAPITEL 13

HARLOW

Achtundfünfzig Tage bis zum Blutmond

Stopp!« Ich schloss die Augen und stöhnte auf. Langsam öffnete ich die Lider und sah zu meiner Großmutter. »Du willst mir sagen, dass hier Dutzende Studierende Flüche erlernen?«

Sie nickte.

»Etwas, was in meiner alten Welt streng verboten ist, sogar mit dem Verätzen von Stimmbändern bestraft wird, ist hier quasi fröhlicher Alltag?«

Großmutter gab ein leises Lachen von sich. »Fröhlicher Alltag würde ich nicht sagen. Flüche sind hier auf der Schattenseite jedoch nicht verboten – im Gegenteil.«

»Aber wieso nicht? Sie sind böse. Schwarze Magie ist voller Unheil.«

Granny kam zu mir herüber. Mit ihrer faltigen Hand näherte sie sich meinem Gesicht, doch sie zögerte. Sah mich mit einem Gemisch aus Fragen, Zuneigung und Trauer an. Kaum merklich nickte ich, und sie legte die warmen Handinnenflächen an meine kalten Wangen.

»Nichts in unseren Welten ist bloß schwarz-weiß, mein Lieber.« Ihre Mundwinkel wanderten in die Höhe. »Verabschiede dich von dem Konzept Gut und Böse und Richtig und Falsch. Dein Freund, der Ingram-Erbe, seine Magie ist dunkelblau, fast schwarz. Er kontrolliert Nacht und Schatten, doch ist er selbst nicht düster oder gar böse. Im Gegenteil, der junge Ingram sprüht nur so vor Gerechtigkeitssinn und Ehrgefühl.«

»Ich …« Meine Worte blieben in der Luft hängen.

»Das Konzept, dass Licht gut und Dunkelheit böse sei, ist ein erlerntes und überholtes der Menschen, mein Schatz. Denn Licht kann blenden, die Sonne zu Dürren und Bränden führen – Leben zerstören. Die Dunkelheit hingegen kann Schutz bieten, Leben hervorbringen und der Mond die Gezeiten im Einklang halten. Nicht die Art der Magie selbst entscheidet über die Gesinnung, nur wie wir sie nutzen und unsere Taten geben Aufschluss darüber, ob wir Leben oder Zerstörung bringen.«

»Aber … Flüche töten und …«

»Mein Schatz, sie sind die stärkste Form der Magie, die es in unsere Hexengemeinschaft gibt. Nicht umsonst werden sie immer von zwei Hexen gemeinsam gewirkt. Sie sind weder gänzlich böse noch sind sie vollends gut. Die Intention des Fluchs entscheidet.«

»Und der Fluch der Krone?«, fragte ich mit zittriger Stimme.

»Ist vermutlich der perfideste und wahrlich bösartigste unter ihnen«, flüsterte sie.

»Und genau der lastet seit meiner Geburt auf mir.«

Obwohl meine Worte keine Frage waren, nickte Granny.

»Dieser ist in der Tat auf den ersten Blick ausschließlich böse, doch er hat seine *guten* Seiten.« Sie seufzte. »Er kann die Hexen einen, sie schützen und für sie wirken. Wie die jeweilige Königin die Krone nutzt, entscheidet über die Gesinnung.«

Mir fehlten die Worte, weiterhin überfordert mit der Information, dass hier Flüche gelehrt wurden, von denen ich zwanzig Jahre nur finstere Geschichten gehört hatte.

»Was meintest du mit: *Ich werde meine Freunde verfluchen*?«, fragte ich schließlich.

»Das wirst du noch lernen.« Bevor ich protestieren konnte, hob Granny eine Hand. Sie lächelte so breit, dass sie strahlend weiße Zähne entblößte. »In der Kurzform: Jeder Fluch kann gebrochen werden. Entweder sobald die auferlegte Aufgabe erfüllt ist oder wenn eine Fluchbrecherin, wie ich es bin, ihn entwirrt und auflöst.«

»Okay, ich verstehe nur nicht, wieso ich einen meiner Freunde, die auf meiner Seite stehen, verfluchen sollte.«

»Da gibt es eine Vielzahl an Gründen«, antwortete Albertine. »Wenn Jax dich zum Beispiel nervt, könntest du seine Haut mit

Warzen verfluchen. Oder ihm Durchfall bescheren.« Die mehrere Hundert Jahre alte Hexe kicherte, als wäre sie dreizehn. Ich hingegen blinzelte und starrte sie fassungslos an.

»Bring ihn nicht auf Ideen, Liebste.« Verspielt schlug Granny an Albertines Schulter, was diese auflachen ließ. »Keine Warzen oder Durchfall.« Granny fixierte mich. »Ein paar nützliche Flüche wären zum Beispiel: Unsichtbarkeit, Schutz, Schmerzunempfindlichkeit, Vergesslichkeit und viele mehr. Da kannst du äußerst kreativ werden.«

Ich runzelte die Stirn. »Aber Flüche kommen mit Bedingungen daher, oder nicht?«

»Stimmt, weswegen es wichtig ist, sie genauestens und bedacht zu weben, wenn sie Gutes bringen sollen.« Sie nickte. »Sagen wir einmal, Jax will sich in die Oper schleichen, um mich zu belauschen.«

Besagte Person räusperte sich. »Was ich natürlich nie tun würde.«

Albertine lachte herzlich und schenkte ihm einen Blick, der »Du wärst nicht der erste Trottel, der es versucht« sagte.

»Um Jax unbemerkt in die Oper zu bringen«, setzte Granny unbeirrt fort, »wäre Unsichtbarkeit durchaus nützlich, nicht wahr?«

Jax und ich nickten.

»Also verfluchst du ihn, von niemandem gesehen zu werden. Dabei achtest du darauf, dass die Bedingung folgende ist: ›Niemand sieht dich, bis du im Büro der Herrin der Oper bist‹.«

Ich blinzelte, merkte, wie es in meinem Hirn ratterte, und dann verstand ich. »Der Fluch und seine Konsequenzen enden, sobald Jax dein Büro betritt.«

»Genau. Hättest du in Wut gesagt, dass niemals jemand Jax wieder sehen wird, dann wäre der einzige Weg, ihn vorher erneut sichtbar zu machen, das Brechen des Fluchs gewesen. Oder bis die fluchwirkende Hexe – in dem Fall du – selbst stirbt.«

»Aber haben die Flüche keinen Preis?«, fragte ich verwirrt.

»O doch, das haben sie. Allerdings zahlt den nicht die verfluchte, sondern die fluchwebende Person. In unserem Beispiel du und nicht Jax.«

»Und das wäre was in dem Fall?« Langsam interessierte mich das Wissen über Flüche doch – entgegen dem unguten Gefühl in meinem Magen.

»Für Unsichtbarkeit ist der Preis Energie oder Klarheit des Verstandes.«

»Was?«

»Solange diese Verfluchung wirkt, wirst du immer erschöpfter, einer zunehmenden Müdigkeit gleich. Ein verhältnismäßig geringer Preis, da es ein simpler Fluch ist.«

»Gering? Was wäre denn ein hoher?« Meine Neugierde war entfacht, während meine selbstgefälligen Prinzipien winkend das Zimmer verließen. Neben mir grinste Jax, den das offenbar amüsierte.

Arsch.

»Der höchste Preis ist Hexenblut. Blutflüche gelten als die gefährlichsten, sind aber die stärksten.«

»Wie zahlt man denn mit Blut?« Ich legte die Stirn in Falten.

»Du verletzt dich selbst oder eine Hexe, die freiwillig ihres hergibt. Der Zauber speist sich dann an diesem geopferten Blutkreislauf. Solange er wirkt, blutest du weiter. Erst wenn er endet, stoppt die Blutung. Oder ... na ja ... der Fluch endet, sobald du gestorben bist. Einmal gewirkt, kann nichts mehr deine Blutung stoppen, außer die Erfüllung des Fluches.« Grannys Gesichtszüge verfinsterten sich. Sorge stand ihr glasklar auf die Stirn geschrieben, und das erste Mal sah ich tiefe Falten dort thronen.

»Weswegen sie mehrfach überdacht werden sollten«, fügte Albertine eindringlich hinzu. »Ein unüberlegter Blutfluch hat schon viele Hexen getötet.«

»Blutflüche meiden und nicht sterben, verstanden«, sagte Jax.

Ich sah zu ihm und er senkte den Kopf, da er offenbar laut gedacht hatte.

»Sie sind oft nur der letzte Ausweg«, stimmte Granny zu. »Außerdem wird jeder Fluch von zwei Hexen im Duett gesungen.«

»Bitte was? Soll das eine Art Notfallsicherung sein?«, fragte ich.

»Nein, obwohl es durch das gemeinsame Wirken einer Art Absicherung gleichkommt.« Meine Großmutter lachte. »Aber das ist nicht der eigentliche Grund. Jeder Fluch besteht aus zwei Melodien, weswegen es zwei Hexen braucht, um ihn zu weben.« Mit ihren hellgrünen Augen fixierte sie mich. »Es sei denn ...«

Ihre letzten Worte hingen greifbar zwischen uns. Mir stockte der Atem, während Jax neben mir scharf die Luft einzog. Jetzt wusste ich, weswegen sie so erpicht darauf war, mich zum Fluchweber auszubilden.

»Es sei denn, eine Hexe ist in der Lage, eine zweite Melodie zu singen, während sie die erste ebenso singt«, flüsterte Jax. Sein Blick ruhte auf mir. Waren seine Augen ansonsten braun, tanzten im Licht des Raums nun goldene Funken in ihnen umher. Meine Großmutter nickte. Lediglich Albertine wirkte verdutzt.

»Er ... Constance!« Madame Leblanc sah erstaunt zu meiner Großmutter. »Er kann subharmonisch singen? Wann gedachtest du es mir zu sagen?«

»Sub... was?«, fragte Jax polternd in die angespannte Stimmung und hielt sich direkt eine Hand vor den Mund. Seine Augen waren so groß wie Äpfel. Mühevoll unterdrückte ich ein Lachen, obwohl mir das bei der Röte auf seinen Wangen schwerfiel. Jax Ingram, Mister Ich-scheiß-auf-Autoritäten, hatte einen riesigen Respekt vor den beiden alten Hexen.

»Wie du weißt, bin ich in der Lage, eine zweite Melodie parallel zur ersten zu singen«, gab ich seufzend zu. »Angelina hat mich damit fast zwanzig Jahre lang gequält.«

»Und du beherrschst das?« Albertine musterte mich neugierig.

»Tut er. Fragt mal mein nasses Gesicht auf dem Abschlusskonzert«, murmelte Jax, die Wangen weiterhin feuerrot.

»Nur äußerst wenige Hexen weltweit vermögen es, subharmonisch zu singen. Bist du dir sicher, dass du zwei Melodien gleichzeitig aufrechterhalten kannst?« Albertines Brauen wanderten zusammen und bildeten eine Falte oberhalb ihrer Nase.

Ich atmete tief ein, stimmte einen Ton an und sang eine mir wohlbekannte Melodie. Direkt erschien ein von mir beschworener Schmetterling aus purem Sonnenlicht und flatterte durch den Raum. Angestrengt konzentrierte ich mich darauf, diese Tonfolge zur Seite zu schieben und sie unterbewusst weiterzusingen. Mein Bewusstsein hingegen fokussierte ich auf die zweite Melodie. Ein Ton nach dem anderen spielte über meine Stimmbänder und meine Waffe, die Lichtschlange, erschien an meinem Arm.

Dieses Mal zog Albertine scharf die Luft ein, während meine Großmutter mich voller Stolz betrachtete.

»Et là je pense, non, c'est pas possible«, entfuhr es Madame LeBlanc in einem franko-kanadischen Akzent.

Ich beendete den Gesang und seufzte. »O doch, es ist möglich. Hat mich nur zwanzig Jahre meines Lebens gekostet – und Freunde, Freizeit, Spaß, eine Jugend allgemein. Halt all das *nutzlose* Zeug, von dem alle immer so schwärmen«, antwortete ich bitter und verdrehte die Augen. Während all die anderen Hexen unvergessliche Kindheits- und Jugenderinnerungen hegten, erinnerte ich mich nur an Gesangs- und Sicherheitstrainings. Bis zu meiner Zeit an der *St. Andrew* hatte ich nicht einmal wirkliche Freunde besessen. Unser Personal und Teagan hatten diese Rolle übernommen. Erst an der *St. Andrew Academy* konnte ich den zuvor spärlichen Kontakt zu Ruby und Oli King ausbauen und endlich erfahren, was Freundschaft bedeutete. Doch blieben diese beiden meine einzigen wahren Freunde, trotz meiner großen Beliebtheit. Natürlich wollten alle mit dem Sohn der Präsidentin Zeit verbringen, nur ehrlich meinte es kaum jemand.

Meine Aufmerksamkeit wanderte zu Jax. Er war der Einzige, der meine Nähe gemieden hatte, als wäre ich giftig, mich nur mit bösen Seitenblicken bedacht und genervte Sprüche vor sich hin gemurmelt hatte, wenn er dachte, ich bekäme es nicht mit. Mir sogar den Spitznamen Eisprinz verpasst hatte – und vermutlich hatte damals genau das mein erstes Interesse an ihm geweckt. Er war die eine Hexe, die nicht danach gierte, sich in meinem Licht zu rekeln. Der eine Kerl, den ich nicht haben konnte, wurde der, nach dem mein Herz verlangte.

Typisch für mein Leben.

Wenig später betraten wir die Eingangshalle der Oper, nachdem der Aufzug leise zum Stehen gekommen war. Noch bevor ich die Magie in der Luft roch, hörte ich meine Großmutter und Albertine eine Melodie anstimmen. In meinem Augenwinkel sah ich Teagan in Dämonenform auf eine Gruppe von vier Hexen zufliegen, während ich nicht verstand, was passierte.

Die Studierenden, zwei junge Frauen und zwei Männer, sangen eine Fluch-Melodie. Rote Funken stoben aus ihren Münden, wirbelten durch das Foyer und rasten auf mich zu. Ich sackte auf die Knie. Mir schnürte sich meine Kehle zu, als würde eine unsichtbare

Macht fest zudrücken. Jegliche Luft verließ meine Lunge, Panik durchflutete mich. Mit den Händen kam ich auf dem Marmorboden auf. Keuchend griff ich nach meinem Hals, doch schon traf mich ein zweiter Fluch. Um mich herum ertrank die Welt in Schwärze, während warmes Blut aus meinen Augen lief. Ich roch den metallischen Geruch, spürte die Wärme auf meinen Wangen. Die Studierenden hatten mich nicht nur verstummen, sondern ebenso erblinden lassen.

Panisch tastete ich über den Boden, suchte irgendetwas, was mir half, doch fand ich nichts. Cantos zu singen war keine Option, da die unsichtbare Hand meine Stimmbänder zu zerquetschen drohte. Nicht einmal um Hilfe rufen konnte ich. Stumm, blind und voller Angst kauerte ich auf dem kalten Boden und verstand nicht, was mit mir passierte. Meine Atemnot verebbte jäh, als ich einen Hauch von Großmutters Magie verspürte und sie den Fluch ein wenig löste – blind und stumm blieb ich jedoch weiterhin.

»Der Fluch des Ertrinkens ist eingedämmt«, erklang ihre Stimme. »Ich helfe dir gleich und breche ihn gänzlich, aber erst ...«

Wieso griffen mich die Hexen an? Wieso verfluchten sie mich?

Mein Atem beschleunigte sich. Sauerstoff erreichte wieder meine Lunge. Rang ich zuvor nach Luft, hyperventilierte ich jetzt. Die unsichtbare Hand quetschte weiterhin meine Stimmbänder und ließ sie nutzlos zurück.

»*Beruhig dich*«, hörte ich Jax in meinem Kopf.

»*Was passiert hier?*«

»*Ich weiß es nicht. Teagan und deine Großmutter kümmern sich ...*« Selbst in Gedanken klang seine Stimme zornig, voller Wut, aber auch Sorge schwang im tiefen Bass mit.

Ich konzentrierte mich auf meine Umgebung. Wenigstens blieben mir mein Hör- und Geruchssinn. Die Luft war durchzogen von einem fauligen Gestank nach verrotteten Eiern, Schwefel, verbranntem Holz und Asche.

Das bedeutete: Flüche und Dämonen.

Während der holzige Geruch und der nach Asche vermutlich von Teagan kamen, die wild brüllte, rührte der faulig-stechende Gestank von den Flüchen her. Ich hatte in meinem Leben bisher nur wenige riechen können, aber diese hatten sich in mein olfaktorisches Nervensystem eingebrannt.

Meine Großmutter und Albertine beendeten ihren eigenen Fluch, gefolgt von wütenden Schreien der Hexen, die mich angriffen.

»*Jax?*«

»*Deine Gran und Albertine haben ... Ähm ... Die Beine der anderen Hexen sind zu Stein geworden und mit dem Boden verschmolzen.*«

In diesem Moment hörte ich Albertine eine tiefe Melodie singen. Schwer, melancholisch und mit Zorn vermischt. Die Schreie meiner Angreifer wurden durch eine kurze Stille ersetzt, gefolgt von gurgelnden Geräuschen und den energischen Schritten und der erhobenen Stimme meiner Großmutter.

»*Skeletthände sind aus dem Boden geschossen. Albertine hat Untote beschworen, die gerade die Stimmbänder der Hexen zerquetschen*«, sagte Jax erstaunt. Trotz meiner misslichen Lage und der vorherigen verebbten Panik umspielte mich plötzlich ein Gefühl der Verbundenheit, aufgrund der Tatsache, dass Jax mich per *Foedus Fidei* über alles informierte.

»Auf Verrat der Oper steht der Tod!«, donnerte meine Großmutter. Von der Wärme, die sie mir entgegengebracht hatte, war nichts mehr zu hören. Pures Eis lag in ihrer Stimme, eine Wut, die mich in ihrer Gewalt erzittern ließ. Etwas Dunkles schwang mit, etwas, was nicht meine Großmutter war.

Der Geruch von Ozon mischte sich mit dem von Hyazinthen und wurde abgerundet von verbranntem Holz, während die Stimme meiner Großmutter glasklar und schneidend wie Schneesturm durch den Vorraum hallte.

»Nicht«, erklang Albertines Stimme. Sanft, aber bestimmend. »Wenn du sie tötest, erfahren wir nicht, was hier vor sich geht.«

»Was hier vor sich geht?«, fragte Granny leise. »Was hier vor sich geht?« Dieses Mal brüllte sie die Worte. »Ich sage dir, was hier vor sich geht! Diese Ausgeburten der Ignoranz und Selbstgefälligkeit glauben die Scheiße, die ihre Eltern ihnen eingetrichtert haben. Dass mein Enkel eine Gefahr darstellt, obwohl er der einzige Weg zur Erlösung ist. Das, meine Liebste, *geht hier vor*.«

»Und dafür verdienen sie den Tod?« Albertines Stimme klang sanft und voller Verständnis. »Sie sind im Grunde Kinder.«

»Ich ...« Meine Großmutter entließ ein lautes, genervtes Stöhnen. »Nein, natürlich verdienen sie nicht den Tod«, fügte sie flüsternd hinzu.

»Das war das Echo der Krone, nicht wahr?«, fragte Albertine sanft.

»Ja, manchmal übernimmt sie selbst heute weiterhin mein Denken.« Erneut seufzte meine Großmutter. »Wachen! Bringt diese Verräter in den Verhörraum und legt ihnen Halsfesseln an, damit sie nicht singen können.«

Schritte näherten sich mir, und dann spürte ich eine warme Hand an meiner Stirn. Die Stimme meiner Großmutter drang in meinen Kopf ein, gefolgt von einem Stechen, und nur einen Wimpernschlag später verebbten die Flüche. Das plötzliche Licht blendete mich, und mein Hals juckte. Stoisch richtete ich mich auf und glättete meine Kleidung.

In Jax' Augen sah ich die Verwirrung, als er mich flüchtig musterte. Zu gut kannte ich diesen Ausdruck, hatte ihn in der Lichtwelt mehrfach gesehen. Andere Hexen verstanden nicht, wie ich oft so gelassen damit umging, wenn jemand versuchte, mich zu töten, zu entführen oder zu erpressen. Der erste Mordversuch an mir war nachhaltig verstörend gewesen, doch mit den Jahren hatte ich mich an diese Bedrohung als einen ständigen Begleiter gewöhnt. Wenn die eigene Mutter Präsidentin von Australien war, dann folgte die Gefahr ihr und ihrer Familie überallhin. Nicht zuletzt hatte ich deswegen Teagan als Leibwächterin zugeteilt bekommen.

In diesem Moment war ich weder erstaunt noch nachhaltig verängstigt – ich war genervt. Sehr sogar. Selbst hier auf der Schattenseite stellte ich erneut das Ziel von politischen Gegnern dar, als wäre das meine leidige Bestimmung. Wieder einmal wurde mein Leben fremdbestimmt und die Leute sahen nicht mich, sondern nur mein Erbe der Familie McQueen. Anders als in der Lichtwelt bedeutete der Name hier jedoch nicht Recht und Ordnung, sondern er stand für Tod und Verderben.

Ich seufzte und schüttelte den Kopf. Es brachte mir nichts, mich in einer Spirale aus Selbstmitleid und Fragen zu verlieren. Der einzige Weg, etwas zu verändern, war, Taten sprechen zu lassen und sich dem Schicksal zu stellen.

Eine Stunde später öffnete sich die Tür zu dem Raum, in den meine Leibwächterin Jax und mich zuvor gebracht und ihn von außen verschlossen hatte.

Eine Stunde Schweigen der bedrückenden Art.

Das Öffnen der Tür erklang deswegen überdurchschnittlich laut, wirkte allerdings wie eine Befreiung aus der peinlichen Situation, in der Jax immer wieder flüchtig zu mir sah, ansetzte, etwas zu sagen, aber doch kein Wort herausbrachte. Sechzig Minuten lang. Keine Silbe, nur verwirrte Blicke und Kopfschütteln – die pure Definition von unangenehm.

Albertine trat ein, nickte Teagan zu und schloss leise die Tür hinter sich. Langsam kam sie zu uns herüber und setzte sich an den Tisch. Sie griff nach der Wasserflasche, schenkte sich ein Glas ein, um kurz daran zu nippen. Ihr Blick lag auf mir, Sorge stand ihr ins Gesicht geschrieben, die Falten wirkten tiefer als zuvor. Verlegen räusperte sie sich, bewegte zaghaft die Lippen, doch sie sagte nichts.

Okay, das reicht. Nicht sie auch noch!

»Sag es einfach«, knurrte ich. »Das Debriefing nach einem Angriff, einer versuchten Entführung und all der anderen Kacke kenne ich in- und auswendig.«

Jax drehte sich zu mir, und ich musste ihn nicht mal angucken, um zu wissen, dass er mich verwundert ansah.

»Schau nicht so«, sagte ich. »Wurde schon zweimal entführt, einmal mit einem Messer gestochen und auch angeschossen – wobei die Schüsse Angelina galten und sie nur knapp verfehlten, weil Teagan meine Mutter zu Boden geworfen hatte. Ist nicht mein erstes Mal, dass ich danach *das Gespräch* bekomme.«

»Ich ... Oh ... Das wusste ich nicht.« Jax Stimme klang zittrig. Keine Abneigung schwang in ihr mit, sondern Mitleid – was deutlich schlimmer und vor allem nerviger war als Abneigung.

»Wie auch?« Ich drehte mich zu ihm. »Zum einen wird so was oft verschleiert, wenn es nicht öffentlich passiert ist, und zum anderen war ich dir in der Lichtwelt völlig egal. Ein reicher Schnösel, dessen Leben ach so perfekt war und du ihn dafür verachtet hast, richtig? Richtig!«

Aufgrund meiner harschen Worte fiel Jax' Körperhaltung in sich zusammen. Sein Gesichtsausdruck glich einer Mischung aus Reue, Traurigkeit und Scham. Natürlich bereute ich meine grobe Art, doch ich war wütend.

Wütend, dass mich andauernd alle bemitleideten, über mein Leben bestimmten oder mich hassten. Aber nicht wegen meiner selbst, sondern weil ich ein McQueen war. Niemand von ihnen kannte mich, machte sich die Mühe zu fragen, was ich dachte, oder wollte nur im Ansatz verstehen, wie meine Position zu welchen beschissenen Themen auch immer war. Und ich war es verdammt noch mal leid.

Ich drehte mich wieder zu Albertine, verschränkte die Arme vor der Brust. »Also, machen wir es einfach für dich. Kenne ohnehin all die Fragen auswendig«, gab ich seufzend von mir. »Nein, ich kannte die Angreifer nicht. Nein, es gab keine Drohungen davor. Nein, mir ist nichts Sonderbares aufgefallen. Ja, ich bin ab und an wütend auf meine Familie – sogar ziemlich oft, denn ich hasse es, berühmt und ein McQueen zu sein –, und nein, deswegen stecke ich nicht mit den Angreifern unter einer Decke. Ja, natürlich nimmt es mich total und überwältigend mit, weil man das so sagt und jeder es hören will, obwohl es mir, ehrlich gesagt, scheißegal ist, dass man mich mal wieder umbringen wollte. Und ja, deswegen müsste ich dringend einen Psychologen sehen, aber nein, dazu habe ich keine Zeit, weil ich zeitnah meine Mutter töten darf, um selbst Königin zu werden.« Ich atmete schwerfällig ein und aus. »Habe ich etwas vergessen?«

Stille.

Albertine lächelte leicht und faltete die Hände ineinander. »Bist du fertig? Oder möchtest du mir noch eine Frage beantworten, die ich nicht zu stellen gedacht hatte?«

»Bin fertig«, murmelte ich und sah runter auf den Tisch. Na gut, womöglich ging ein Anschlag doch nicht so spurlos an mir vorbei, wie ich es gern gehabt hätte.

»Ich bin hier, um euch etwas zu sagen«, ergriff Albertine das Wort. »Deine Großmutter streitet in diesem Moment mit Gunnar –«

»Wieso?«, unterbrach Jax.

»Es gibt eine Sache, die er *vergessen* hat zu sagen.« Sie schnaubte. »Ruby könnte das dreizehnte Hexenbiest werden, und das bedeutet: Casiopaia wird, sobald Ruby als Wölfin erwacht, ein Ritual ausführen, das die Abschirmung und die Trennung einreißt. Die Schatten- und die Lichtwelt würden verschmelzen, der Wald befreit werden und die Menschen in der dann gemeinsamen Welt von unserer Existenz erfahren.

Ich muss vermutlich nicht erwähnen, von welchem Ausmaß an Chaos wir hier reden, oder?«

»Was? Wieso hat er es uns nichts gesagt?«, fragte Jax.

»Er hätte es, laut seiner Aussage, schlicht vergessen und wollte euch ohnehin nicht überfordern.«

»Du glaubst ihm nicht?«, fragte ich.

»Ich weiß es nicht. Eigentlich aber schon. Es ist verwirrend. Wie ich gehört er zur Synode.«

»Syn... was?« Wunderbar, noch etwas, was ich nicht verstand.

»Ihr jungen Menschen nennt es einfach den Hexenrat oder die Regierung der Schattenseite. Nach der Hexenkönigin unsere höchste Institution. Jede alte Blutlinie auf der Schattenseite hat ein Mitglied in diesem Rat – zwölf Mitglieder insgesamt. Wir entscheiden über das Recht, die Gesetze und die Politik. Außerdem unterstehen uns alle Geheimdienste und der Orden der Krone. Wir unterstanden ehemals nur der Hexenkönigin selbst. Doch seit Casiopaia uns den Krieg erklärt hat, stellt der Hexenrat die aktuelle Regierung. Und manche von uns würden es gern dabei belassen.«

»O-kay«, antwortete Jax gedehnt, blinzelte mehrfach. Offenbar verarbeitete er weiterhin die Worte. Mir hingegen wirbelte nur der letzte Satz im Kopf umher.

»Wenn ich zur Hexenkönigin werde, bevor Casiopaia die Abschirmung zerbricht«, sagte ich, »bleiben die Welten getrennt. Die Angreifer wollten mich töten, damit Casiopaia gewinnt. Damit die Trennung fällt und der Hexenrat weiterhin regieren kann und er dann die Hexenkönigin in der gemeinsamen Welt bekämpfen, oder?«

»So ist es«, sagte Albertine. »Es gibt viele Hexen, die der Meinung sind, dass wir uns den Menschen zeigen und die Herrschaft übernehmen sollten. Einige sind es leid, nur auf der Schattenseite zu leben, obwohl sie freiwillig hierhergekommen sind, um ihre Magie frei nutzen zu können. Doch nach ein paar Jahren wirkt es wie ein Gefängnis. Die Schattenseite besitzt nur ein Dutzend Städte, viele wollen zurück auf die Lichtseite und in die freie Welt. Außerdem hältst du, Harlow, laut Hexengesetz von Salem, als Erbe der Krone die zweithöchste Position inne – noch vor dem Hexenrat in der Rangordnung. Du gefährdest in vielerlei Hinsicht die Macht der aktuellen Regierung, aber ebenso den Plan der Hexen, die hier wegwollen.«

»Und mein Onkel gehört zu ihnen? Zu den Menschen, die die Abschirmung fallen sehen wollen?« Jax' Augen weiteten sich und sein Mund stand offen.

»Vielleicht. Ich weiß es, ehrlich gesagt, nicht. Er hat bisher ohne Ausnahme gegen diese radikalen Stimmen gesprochen, stand immer hinter dem Hexenrat, der offiziell die Meinung vertritt: Die Abschirmung darf nicht fallen.« Albertine zuckte mit den Schultern. »Es war nur merkwürdig, dass es so etwas Wichtiges *einfach so vergessen* hat zu erwähnen. Wir sind nur vorsichtig, so kurz vor dem Erwachen des dreizehnten Hexenbiestes, Harlows Rückkehr und dem kommenden Blutmond.«

»Was verheimlich ihr uns noch?« Ich erhob mich langsam und lehnte mich mit den Handflächen auf die Tischplatte.

»Viel, mein Lieber, sehr viel.«

Jax und ich lachten gleichzeitig los, in meinem Fall gefangen zwischen Fassungslosigkeit, wie ehrlich Albertine es zugab, und Bestätigung, dass ich niemals alles erfahren würde.

Albertine stand auf, nickte uns knapp zu und verließ den Raum. Einfach so. Keine weiteren Antworten, keine Erklärungen, bloß ein verdammtes Nicken und sie war verschwunden.

Zurück im Anwesen, hörte eine Tür auffliegen, gefolgt von lautem Gebrüll, erst von Jax, dann von Gunnar. Ich sah zu Teagan und verzog den Mund, obwohl Jax' versteinerter Gesichtsausdruck auf dem Rückweg mir diese Reaktion vorhergesagt hatte. Dann wandte ich mich auf den Korridor links von mir und begab mich ohne Umwege zu meinem Zimmer. Teagan folgte mir leise und blieb vor meiner Tür stehen, als ich sie ins Schloss fallen ließ.

Ich schaltete das Licht an und entließ einen spitzen Schrei. Er war nicht einmal verklungen, da flog die Tür hinter mir auf, ich wurde aus dem Raum gezogen und Teagan stand mit gespreizten Flügeln in Angriffshaltung vor mir.

»Shit. Sorry. Ich ... Ich bin's nur«, erklang Olis Stimme erschrocken.

»Bist du vor die Wand gerannt? Wie lange seid ihr beide schon befreundet?«, fuhr Teagan ihn brüsk an. »Keine Überraschungen, keine Pranks, nichts Unangemeldetes! Du kennst die Regeln!«

Ich drängte mich an meiner Leibwächterin vorbei und legte ihr eine Hand auf die Schulter. »Alles gut. Er hat nicht nachgedacht. Es war ein ereignisreicher Tag. Leg dich aufs Ohr.«

Teagan zog eine Grimasse. »Ich warte vor der Tür.« Damit drehte sie sich um und verließ das Zimmer.

»Tut mir leid.« Oli starrte mich aus roten, geschwollenen Augen an. Er zitterte und seine Haut war blass.

»Hey, alles okay.« Ich eilte zu ihm und setzte mich neben ihn auf mein Bett. »Ist es wegen Ruby?«

Er nickte, dann schüttelte er den Kopf und verzog das Gesicht. »Ich höre ihn«, flüsterte er.

»Wen?«

»Den Wald. Ich höre ihn nachts flüstern. Auch jetzt, er ruft mich.«

Ich legte einen Arm um seine Schulter und zog ihn zu mir. »Er will, dass du zu ihm kommst?«

»Ja. Sobald der Mond aufgeht, höre ich ihn. Tagsüber verblasst das Flüstern, aber es kommt zurück. Immer wieder. Und es wird lauter, Harlow.« Seine Stimme brach. »Ich war vorhin schon fast bei der Lichtbrücke, bevor ich verstand, wohin ich lief.«

»Oli, nein!«

»Ich weiß.« Er schniefte. »Bin schnell zurückgelaufen und wollte nicht allein sein. Aber du warst nicht da, und dann war da plötzlich Teagan und ... Harlow, was passiert mit mir?«

»Ich weiß es nicht. Der Wald wandelt männliche Hexen zu seinen Kindern, aber ... Keine Ahnung.«

Zittrig stand Oli auf und hob sein Shirt. An seinem Solarplexus, unterhalb der Brust, sah ich Moos und eine halb verwelkte weiße Blüte statt Haut. Davon ausgehend verzweigten sich winzig kleine schwarze Linien, wie ich sie an dem Tag der Entführung bei ihm gesehen hatte.

»Teagan!«, brüllte ich unüberlegt.

Erneut flog die Tür auf, und der Blick meiner Leibwächterin eilte durchs Zimmer, bevor er verwirrt und genervt auf mir landete. »Was? Ruf gefälligst nicht panisch nach mir, wenn keine Gefahr besteht – besonders nicht nach so einem Tag!«

»Entschuldige.« Ich schloss für einen Moment die Augen und sah sie dann wieder an. »Oli hat Moos auf der Brust.« So ausgesprochen klang es völlig absurd, doch Teagan kam drei große Schritte auf uns zu, betrachtete Olis Körper genauer und atmete scharf ein.

»Verdammt. Ich hatte gehofft, dass du dem Wald nicht lang genug ausgesetzt warst.«

»Teagan, in verständlichen Worten bitte. Was ist mit Oli?«

Dieser setzte sich aufs Bett, zog die Knie an seine Brust und umklammerte sie. Ein Bild, das rein gar nicht zu dem Jungen passte, mit dem ich befreundet war.

»Der Wald hat Wurzeln in Oli geschlagen und ihn markiert. Für ...« Teagan seufzte. »Für immer. Solange er den Wald nicht betritt, ist alles in Ordnung. Aber sollte Oli dem Ruf folgen und ihm das Herz entfernt werden, wird er zu einem Kind des Waldes.«

»Was können wir tun?« Ich sah von Teagan zu Oli, der sich apathisch vor und zurück wiegte.

»Ihn nicht in den Wald lassen.« Sie beäugte Oli. »Und hoffen, dass ihn das Flüstern nachts nicht in den sprichwörtlichen, sondern echten Wahnsinn treibt, woraufhin er freiwillig dem Ruf folgt, damit die Stimmen verstummen.«

KAPITEL 14

JAX

Siebenundfünfzig Tage bis zum Blutmond

Die rote Sonne schien heiß auf mich herab und die Strahlen tanzten auf meiner Haut. Zwar wirkte es selbst zur Mittagszeit, als würde es dämmern, doch ich wusste zum Glück, wie wichtig Sonnenschutz in Sydney war. Vor allem mittags. Ein Sonnenbrand war im Moment das Letzte, was ich brauchte. Ich war mir mehr als sicher, dass Phoebe und Declan mich gnadenlos damit aufziehen und beim Training der ein oder andere Schlag genau auf die geröteten Stellen treffen würde. Nein danke, die Genugtuung gönnte ich ihnen nicht direkt an meinem ersten offiziellen Tag der Ausbildung. Im Besonderen nicht, nachdem ich gestern einen Clown aus mir gemacht hatte. Zuerst die Niederlagen gegen Harlow und dann der lautstarke Streit mit Declan. Auf eine weitere peinliche Aktion verzichtete ich.

Das Wasser des Pools kräuselte sich leicht im Wind, der über die Terrasse des Anwesens dahinglitt. Ein feuriges Farbenspiel brach sich in der Oberfläche und färbte das kühle Nass in ein Becken roten Blutes. Jedenfalls wirkte es so, was auch der Grund war, weshalb ich mit Badehose bekleidet auf einer Liege lag, statt im Wasser zu entspannen. Natürlich wusste ich, dass es nur an den Lichtverhältnissen hier auf der Schattenseite lag, dennoch fiel es mir schwer, den Gedanken abzulegen, dass es wie ein Pool voller Blut aussah. Daran würde ich mich allerdings langsam gewöhnen müssen, denn Schatten-Sydney war meine neue Heimat.

Schritte erklangen auf dem hellen Marmorboden, und ich löste meinen Blick vom Wasser. Als ich sah, wer sich mir bedächtig näherte, zuckte ich zusammen. Meine Nackenhaare stellten sich auf und alle meine Reflexe wechselten in Abwehrhaltung. Oliver King, der hatte mir gerade noch gefehlt.

Mit gesenktem Kopf kam er vor mir zum Stehen. Langsam hob er den Blick und sah mich mit verzerrten Mundwinkeln an.

»Können wir kurz reden?« Die übliche Arroganz und die Härte fehlten in seiner Stimme, sie wirkte verletzlich. Ein Bild, das absolut nicht zu meinem Halbbruder passte.

»Wow. Es spricht«, antwortete ich desinteressiert.

»Jax, ich ... Bitte?«, fragte er leise. »Es dauert nicht lange, und danach kannst du mich ... zu Recht ... weiter hassen.«

Ich deutete mit einem Grunzen auf die Liege neben mir. Oliver setzte sich und atmete tief durch. Eine Minute verging schweigend.

»Wenn du mit mir sprechen willst, solltest du Worte nutzen. Ein simples Prinzip – selbst für einen King. Oder gerade für einen King. Ihr hört euch doch so gern reden.«

»Fuck.« Oliver fuhr sich mit einer Hand übers Gesicht. »Das fällt mir schwer, Mann. Kann ich sprechen und du hörst erst einmal nur zu?«

Ich kniff die Augen zusammen. Der junge Mann vor mir hatte in diesem Moment nichts mehr mit dem Kerl gemein, mit dem ich mich drei Jahre nur gestritten und angefeindet hatte. Widerwillig nickte ich und er atmete erleichtert aus.

»Es ... Tut mir leid. Mein Verhalten. Meine Sprüche. Alles davon«, setzte er mit geschlossenen Augen an. »Das Leben im Hause King war ... bestenfalls schwierig.«

Auf meiner Zunge lagen Worte des Spottes, dass er ja keine Ahnung hatte, was schwierig überhaupt bedeutete. Dennoch schwieg ich. Zum einen hatte ich ihm das zugesichert und zum anderen wirkten seine Worte ehrlich. Ich war gespannt, wohin dieses Gespräch führte. Außerdem war ich die Anfeindungen satt. Meine Wut auf die Kings hatte die letzten Jahre zu viel Energie gekostet, und mein Tank der Wut leerte sich stetig.

»Mein Vater – unser Vater – Bruce ist nicht so, wie er vorgibt. Er ist ein Tyrann. Immer wenn Ma, Ruby oder ich nur die kleinsten Dinge nicht zu seiner Zufriedenheit erledigten, drohte er, uns zu verlassen. Zu euch zurückzugehen.«

»Was hat er getan?«, brach es aus mir hervor.

Oliver seufzte. »Er drohte, uns mittellos zurückzulassen. Vermutlich wären wir sogar aus dem Coven ausgeschlossen worden, da er dessen Oberste Hexe ist. Deswegen ertrugen wir alle Demütigungen und selbst körperliche Gewalt.«

»Shit, Oli.« Mitgefühl durchfuhr mich.

»Ich weiß, das ist eine lahme Entschuldigung, aber ich habe in der Vergangenheit all meine Wut auf dich projiziert. Den Sohn, zu dem unser Vater gehen wollte, wenn meine Ma, Ruby oder ich nicht gehorchten. Jeden verdammten Tag schrie er oder verspottete mich, dass du als covenlose Hexe der Zweitbeste an der *St. Andrew* warst. Was für ein Versager ich doch sei und dass er mich nach meiner Geburt wie eine lästig gewordene Katze hätte ertränken sollen.« Olivers Augen glänzten, seine Wangen waren rot und seine Stimme zitterte.

Mir fehlten die Worte. Damit hatte ich nicht gerechnet. In der Öffentlichkeit hatte Bruce King seinen Sohn immer wie eine Trophäe gezeigt und völlig überzeugend den stolzen Vater gemimt.

»Und ganz ehrlich? Ich war ein wenig neidisch«, sagte Oliver. »Ich weiß, Neid hat hässliche Gesichter und ist keine Entschuldigung. Aber der Neid nagte jeden Tag, jede Minute an mir, und Bruce fütterte ihn mit seiner Tyrannei.« Er lachte freudlos. »Du bist so begabt, was Cantos angeht, und ich habe nie verstanden, wieso du solch eine Macht ohne Coven beherrscht hast. Jetzt aber«, er wedelte mit den Armen und zeigte auf das Anwesen, »ist mir klar, woher die Stärke kommt. Du bist ein echter Ingram, ein direkter Nachfahre – natürlich besitzt du solche Macht.«

»Ich begreife das alles selbst nicht so recht.«

»Verständlich. Du bist von einem Extrem ins andere geschubst worden.« Oliver lächelte vage. »Was ich sagen will: Es tut mir ehrlich leid, dass ich so ein Arsch war. Vielleicht gibst du mir die Chance, dich als meinen Bruder kennenzulernen?«

Langsam holte ich Luft und ließ sie ohne Worte entweichen, zu überfordert war ich von der Situation.

»Alles gut, Jax. Ich verstehe, wenn du das nicht kannst, und bin dir dennoch unfassbar dankbar, dass du Ruby retten willst. Ich möchte nur, dass du weißt: Ich würde mich über einen Neuanfang freuen.«

Langsam erhob sich Oliver. Seine ausgestreckte Hand ließ er unsicher in der Luft schweben. Dann klopfte er mir unbeholfen dreimal auf die Schulter und wandte sich zum Gehen.

Ich seufzte und fuhr mir durch das Haar. »Oli, warte. Ich würde meinen kleinen Bruder auch gern kennenlernen.« Die Worte meinte ich ehrlich, obwohl sie mir schwerfielen. Ich verstand, wieso er so gehandelt hatte, dennoch schmerzten seine Taten der Vergangenheit weiterhin. Es würde etwas Zeit brauchen, sich ihm zu nähern, aber die war ich mehr als bereit zu investieren.

»Klein? Ich bin größer als du«, sagte er und drehte sich schüchtern zu mir.

»Aber jünger, weshalb du der kleine Bruder bist«, antwortete ich grinsend.

»Zwei Monate und vier Tage.«

»Du weißt, wann ich Geburtstag habe?« Verwundert hob ich eine Augenbraue.

Oliver hustete und schüttelte den Kopf. »Hab vielleicht, man munkelt noch, Buch über dich geführt.«

Wir starrten uns einen Moment tief in die Augen. Das Zwitschern der Vögel im nahen Buschland hallte über das Anwesen, während wir beide nichts sagten. Dann lachten wir los. Laut und ehrlich. Es wirkte ungemein befreiend.

»Was zur Urmutter! Ihr lacht? Gemeinsam?« Harlow erschien im Durchgang zum Anwesen und musterte uns ernst. Er näherte sich rasch und summte eine Melodie. Goldene Funken verließen seinen Mund und tanzten um Oliver und mich. Ich spürte die Hitze von Harlows Magie auf meiner Haut, wärmer als die der Sonne. Vertraut, beruhigend und beinah wie eine Umarmung legte sie sich um mich. Meine Magie erwachte, forderte mich auf, sie zu nutzen, damit sie sich mit Harlows vereinte.

»Was machst du da?« Oli sah seinen besten Freund skeptisch an.

»Untersuchen, ob ein Fluch auf euch liegt. Ihr redet nicht miteinander, und gelacht habt ihr auch noch nie zusammen. Vielleicht hat die Hexenkönigin euch verzaubert.«

Kurz herrschte Stille, dann lachten Oliver und ich erneut los.

»Definitiv ein Fluch«, raunte Harlow, doch seine Magie zeigte nichts an und verpuffte.

»Wir haben geredet«, sagte Oliver.

»Geredet?«

»Ja geredet. Wie in: wir haben uns ausgesprochen.«

Harlow zeigte zwischen uns hin und her. »Ihr beide habt ein Gespräch geführt? Wie erwachsene Menschen, ohne Beleidigungen?«

»Sogar mit einer Entschuldigung von … von meinem kleinen Bruder«, presste ich hervor, und Oliver boxte mir gegen die Schulter.

Das Wort Bruder fühlte sich weiterhin falsch an. Ohne Frage waren wir nicht an dem Punkt angelangt, dass ich es unbeschwert sagen konnte, aber die Chance darauf wollte ich wenigstens nutzen.

»Deinem kleinen Bruder …«, wiederholte Harlow ungläubig. »Ich hole Gunnar. Ihr seid definitiv verflucht.« Er drehte sich um und eilte in das Anwesen.

»Das wird eine Weile dauern, bis wir es alle verstehen, oder?«, fragte ich Oliver.

»Ja, wird es«, antwortete er. »Aber danke dir für die Chance.«

Am Nachmittag stand ich erneut in dem Empfangsbereich des *Reaper Den*, nachdem mein gestriger erster Besuch relativ kurz und demütigend ausgefallen war.

»Pünktlich bist du ja«, begrüßte mich Phoebe, die am Empfangstresen lehnte. Sie spielte mit zwei kleinen, durch eine Metallkette verbundene Sicheln. Das dunkle Metall der Klingen stand im Kontrast zu Phoebes cremefarbenen Jumpsuit und ihren roten Stiefeln. Ihr silberner Schmuck an den Armen klimperte wie ein Windspiel. Aus dunkel geschminkten Augen musterte sie mich und zog dann die tiefroten Lippen zu einem Grinsen in die Höhe.

»Wollte meinen ersten Eindruck aufpolieren.« Ich zuckte mit den Schultern. Das wiederum entlockte meiner neuen Partnerin ein Lachen.

»Welchen? Den, dass dir der Goldjunge der Lichtwelt den Arsch verdroschen hat? Oder dass du gefühlt ewig mit Declan darüber gestritten hast, kein Reaper zu werden und nur klein beigegeben hast, als auch er dir den Arsch versohlt und mit deinem Onkel gedroht hat?«

»Ich klinge in beiden Versionen wie ein hilfloser Loser«, murmelte ich und kräuselte die Nase.

»Deswegen hast du ja mich und die Ausbildung. Im Nullkommanichts bist du so badass wie ich. Und wenn dich jemand Loser nennt, bekommen sie es mit mir zu tun.« Sie wackelte mit den Sicheln, wie um ihre Worte zu unterstreichen.

»Schließt das dein Ego mit ein? Bin mir nicht sicher, dass wir vier gemeinsam in einen Raum passen, wenn meins ebenfalls so einnehmend wird wie deins.«

Phoebe musterte mich mit zuckenden Mundwinkeln, dann nickte sie anerkennend. »Wir werden uns gut verstehen. Ich mag Sarkasmus und eine freche Art.«

»Davon habe ich in der Lichtwelt genug angehäuft.«

»Hörte ich.« Sie kam zu mir herüber und legte einen Arm um meine Schultern. Berührungsscheu war der weibliche Gargoyle jedenfalls nicht. Langsam zog sie mich mit sich zu den Aufzügen. Ein süßlicher Duft, durchzogen mit einer Note Minze stieg mir in die Nase. »Wie kommst du klar? Muss eine krasse Umstellung sein von einer Straßenhexe in der Lichtwelt zum Ingram-Erben auf der Schattenseite. Deine Familie gehört zu den einflussreichsten Hexenlinien weltweit. Und dann bist du auch noch Gunnars Neffe.«

»Na danke. Wird definitiv nicht besser, wenn mich alle ständig daran erinnern, wie wichtig meine Familie und ihre Ehre sind. Plus die Tatsache, dass jeder Fehler von mir unseren Ruf beschmutzen könnte. Easy peasy, kein Stress.«

Die Aufzugtür gab ein leises Ping von sich und fuhr auf. Zwei Reaper traten in ein Gespräch vertieft heraus. Phoebe grüßte beide und betrat daraufhin den leeren Aufzug. Ich folgte ihr, meinen Blick auf ihre Waffe gerichtet.

»Deine Sensen sind anders als die von Declan.«

Sie betätigte den Knopf für das zweite Kellergeschoss, neben dem *Waffenkammer* stand.

»Es gibt verschiedene Arten von Sensen. Es kommt auf den Kampfstil und dein Canto-Arsenal an. Da ich als Gargoyle keine Cantos beherrsche, wollte ich eine Möglichkeit für Nah- und Fernkampf haben. Deswegen meine beiden Schätze an der langen Kette. Funktionieren wie zwei Dolche oder wie eine Peitsche.«

»Ergibt Sinn. Dein Bruder kann ebenso keine Cantos nutzen, oder?«

»Stimmt, aber Declan ist einfach Declan. Unsere Gargoyleversion deines Goldjungen. Von Kindesbeinen an hat er schon mit der Großsense trainiert, um Reaper zu werden. Niemand sonst im *Den* ist so schnell, stark oder geschickt wie er. Glaub mir, das höre ich ständig, und zwar ungefragt und von allen.«

Der Aufzug stoppte auf der zweiten Kelleretage.

»Große Schuhe zu füllen, was?«

Langsam fuhr die Tür auf und vor mir erschien ein langer, von Neonröhren erhellter Gang.

»Du hast ja keine Ahnung.« Phoebe seufzte und setzte sich in Bewegung. Ich folgte ihr brav. »Wobei doch, dein Onkel ist der große Gunnar Ingram, Mitglied der Regierung der Schattenseite, der zudem mit der aktuellen Präsidentin der Lichtwelt verbunden war – oder vermutlich weiterhin ist. Auch nicht besser, was?«

Dieses Mal seufzte ich.

»Was genau ist diese Synode oder Hexenrat von Salem eigentlich?«, wollte ich wissen. »Hörte die Worte schon mehrfach im Anwesen und von Albertine.«

»Stell es dir wie eine weltweite Hexenregierung hier auf der Schattenseite vor. Ein bisschen wie die UNO der Lichtwelt.«

»Aber die UNO besteht aus Vertretern mehrerer Länder.«

»Der Hexenrat auch«, antwortete Phoebe mit schief gelegtem Kopf.

»Bis gestern dachte ich, es gebe auf dieser Seite nur Sydney.«

Meine neue Partnerin lachte, verstummte dann abrupt. »Oh, du meinst das ernst?«

Ich nickte unbeholfen.

»Es gibt neun Schattenseiten, wenn du so willst. Oder eine universelle in Teile gespalten. Die größten von ihnen sind Sydney, New Orleans, Seoul und Vera Cruz.«

»Du verarschst mich, oder?«

»Nein, tue ich nicht. Die Schattenseite funktioniert nach anderen Gesetzen. Der Wald grenzt an alle diese Städte und verbindet sie – physikalische Grundgesetze der Lichtwelt interessieren ihn nicht. Raum und Zeit sind in ihm gebeugt, so kann er die verschiedenen

Städte verbinden, ohne sich über die ganze Welt zu erstrecken. Quasi wie Portale, du betrittst ihn in Sydney und verlässt ihn am anderen Ende in New Orleans.«

»Es gibt als neun Teile sowie eine internationale Regierung namens Hexenrat, die der UNO ähnelt? Und mein Onkel sitzt darin als Mitglied?«

»Korrekt«, antwortete sie schmunzelnd.

»Na dann, um deine Frage von vorhin zu beantworten: Ja, wir sind beide am Arsch bei den Erwartungen, die auf uns lasten.«

Wir passierten fünf Türen, die von dem Gang abgingen, und hielten vor einer eisenbeschlagenen Sicherheitstür.

»Hilft nur eins. Trainieren und alle Hoffnungen sogar übertreffen«, sagte sie entschlossen, während sie einen Zahlencode in ein Panel tippte. Seit diesem Gespräch spürte ich das erste Mal selbst den Willen, mich zu verbessern.

Vielleicht war es genau das, was ich gebraucht hatte?

Eine Aufgabe in meinem Leben und eine Person, der es ging wie mir. Unter Umständen hatte das Gespräch mit Oliver einen Teil dazu beigetragen, meine Altlasten und die Wut hinter mir zu lassen. Fakt war, die Schattenseite stellte mein neues Zuhause dar und offenbarte mir somit eine Chance auf einen Neuanfang.

Außerdem brauchte ich das Training, um Teil des Angriffs auf die Hexenkönigin zu sein. Harlow hatte im Gegensatz zu mir mal wieder das goldene Los gezogen und aufgrund der Tatsache, dass nur er sie zu töten vermochte, seinen Platz sicher. Ich hingegen musste mir den Platz erarbeiten – und je länger ich schmollte, desto geringer standen meine Chancen darauf.

»Glaubst du, ich schaffe es auf ein passables Trainingslevel, bevor die Mission startet? Declan hat mich gestern innerhalb weniger Sekunden auf die Matte geschickt, und selbst er scheint vor Königin McQueen Angst zu haben.«

Die Sicherheitstür öffnete sich mit einem Quietschen. Wir blieben jedoch vor dem Raum stehen.

»Gestern hätte ich verneint.« Bevor ich zum Protest ansetzte, hielt Phoebe ihre Hand hoch und gebot mir Einhalt. »Heute sehe ich das anders. Man sieht dir förmlich die Motivation an – und das ist die wichtigste Voraussetzung. Na ja, das und dieses kleine Ding hier.« Sie fischte ein Amulett aus ihrer Tasche und hielt es behutsam in ihrer Hand.

»Darf ich?«

Nach einem kurzen Zögern legte sie es in meine Handinnenfläche.

»Aktiviere es nur nicht aus Versehen«, mahnte sie.

Das Gold pulsierte warm und beruhigend auf meiner Haut. Es erinnerte mich an Harlows Magie. Der schwarze Obsidian in der Mitte des Schmuckstücks strahlte hingegen Kälte aus. Unmittelbar danach spürte ich die Ingram-Magie; um genauer zu sein, die Signatur meines Onkels. Ich schloss die Augen und konzentrierte mich auf das Amulett, spürte die Fäden der Magie, hörte die leise Melodie, die sie summte, und wusste, als ich meine Augen öffnete, was für ein Canto eingewoben war. Und das, obwohl er mir zuvor unbekannt gewesen war.

»Du kannst es spüren?« Interessiert musterte mich Phoebe, während sie im Türrahmen zur Waffenkammer lehnte.

Ich nickte. »Es ist ein Zauber, der die Zeit beugt. Ingram- und McQueen-Magie vereint. Ein Teil kommt von Gunnar, der zweite ... Ich hätte fast Harlow gesagt, aber die Signatur ist einen Hauch anders. Weniger rein. Ungeschliffener, rauer.«

»Denk mal nach. Es gibt nur eine logische Antwort.«

»Angelina Grace Loveage McQueen?«

»Bingo! Die beiden haben das Artefakt damals unmittelbar vor dem ersten großen Krieg gegen den Wald erschaffen, als Constance Königin war. Nach dem Konflikt ging es verloren und wurde letztens wieder geborgen und danach sicher verwahrt.«

»Was macht es in deinem Besitz, wenn es *sicher verwahrt* ist?«

In Phoebes Augen blitzte es auf und ihre Mundwinkel wanderten in die Höhe.

»Wieso mein Besitz? Du hältst es in diesem Moment. Keine Ahnung, wie du da herangekommen bist«, flötete sie unschuldig.

Ich setzte zur Antwort an, doch sie drehte sich um und betrat die Waffenkammer. »Kommst du?«

»Sagst du mir, wozu das Artefakt fähig ist?«, fragte ich, während ich ihr folgte.

»Hast du doch schon selbst herausgefunden. Es beugt die Zeit.« Phoebe sah mich an, als wäre ich eine gedimmte Elektrokerze an einem Weihnachtsbaum.

Genervt schnaubte ich und sah mir den Raum genauer an. An den Wänden der Kammer zogen sich Regale und Schränke aus dunklem Holz bis zur Decke hoch. Allesamt waren sie beschlagen mit Metall und verziert mit schimmernden bläulichen Runen. Einige davon kannte ich von der Herstellung meiner Talismane, doch die meisten hatte ich nie zuvor gesehen. Bisher bestand mein Handwerk primär daraus, Edelsteine und Pflanzen mit magischen Attributen herzustellen, die ich instinktiv miteinander verschmolzen hatte. Mein Bauchgefühl hatte mich stets geleitet, kein fundiertes Wissen über die Herstellung von Artefakten. Weswegen ich keine Ahnung hatte, was das Ding in meiner Hand vollbrachte.

»Das kann alles sein«, sagte ich. »Es könnte Bewegung verlangsamen oder beschleunigen, eine Zone erschaffen, in der die Zeit stillsteht. Was weiß ich, vielleicht sogar Zeitreise?«

»Zeitreise? Was bist du? *RoboCop*?«, fragte sie lachend.

»Das war in *Terminator*, nicht *RoboCop*.« Ich rollte mit den Augen. »Wenn du Referenzen nutzt, dann richtig.«

»Ach, der Herr ist ein Filmliebhaber?«

»Schon, ja. Hatte nicht viele Freunde, habe stattdessen Sport getrieben und Filme geschaut. Die meisten Hexen an der *St. Andrew* haben mich gemieden.« Ich senkte den Blick. So ausgesprochen klang das ziemlich erbärmlich. Ich sah Phoebe erneut an und atmete tief durch. »Aber lenk nicht ab. Ich weiß zwar nichts über Freundschaften oder Partnerschaften, doch wenn dieses Kampfpartnerding zwischen uns funktionieren soll, dann ist Vertrauen wichtig.«

Nachdenklich nickte Phoebe und lehnte sich an einen von drei Tischen. Große, längliche Kisten aus dunklem Metall lagen auf ihnen und summten leise vor sich hin. Ich trat näher und legte meine Hand darauf. Kleine Lämpchen leuchteten neben einem Zahlenpad, und ich spürte die Vibration der Verschlussmechanik im Inneren.

»Stimmt.« Ihre Hand landete auf meiner Schulter. »Tut mir leid, dass die Zeit an der *St. Andrew* so mies war.«

»Nicht zu ändern. Ist ja nicht deine Schuld.«

»Dennoch. Hier wirst du Freunde finden. Die Reaper sind eine eingeschworene Gemeinschaft und wir halten zusammen. Außerdem ist da natürlich der Goldjunge. Eure Chemie ist -«

»Nicht relevant!«, beendete ich den Satz harsch. Ich wollte jetzt nicht über den Eisprinzen nachdenken, oder darüber, dass er nicht mal im Ansatz so schlimm war, wie ich mir ständig eingeredet hatte. Oder dass meine Hände in seiner Nähe schwitzig wurden.

»Verstehe, verstehe! Aber im *Den* findest du sicher Freunde. Eine Freundin hast du schon.«

Ich mühte mir ein Lächeln auf die Lippen. Gern wollte ich das glauben, aber blieb vorerst skeptisch. Dieses neue Leben bedurfte einiges an Umstellungen meiner eigenen Gedanken und Erwartungen. Vertrauen fiel mir schwer, dafür war ich Enttäuschungen zu sehr gewohnt.

Mit einem sanften Ruck schubste mich meine neue Partnerin zur Seite und tippte mit flinken Fingern einen Code auf dem Zahlenfeld einer Kiste ein. Zischend fuhr der Deckel auf und kaltes bläuliches Licht erstrahlte im Inneren.

»Das Artefakt beschleunigt die Zeit in einem Raum«, flüsterte Phoebe und wechselte damit so abrupt das Thema, dass ich einen Moment brauchte, um zu verstehen, was sie meinte. Dann deutete sie auf die Sense in der Kiste. »Durch den Zauber können wir dich schneller trainieren, während außerhalb des Raums die Zeit normal läuft. So schaffen wir drei Monate Training in gut vier Wochen. Ist zwar nicht erlaubt, aber hey, wir sparen Zeit.«

Mit geweiteten Augen sah ich zu ihr und versuchte ein Grinsen zu unterdrücken. Ihre Art gefiel mir immer mehr.

»Declan weiß nichts davon, oder?«

»Zur Urmutter, nein! Das Artefakt habe ich aus der Asservatenkammer geklaut, als der Aufseher meinen Arsch angestarrt hat. Männer sind ätzend, aber in dem Fall konnte ich was Gutes draus machen, bevor ich ihm eins auf die Nase gegeben habe.«

»Du hast was?«

»Declans Team hat letzten Monat ein Lager hochgenommen, das einem Útlagi und einer Hexe gehörte. Massen an verbotenem Shit war dort gelagert. Das Amulett ist das Harmloseste davon. Das brauchen sie eh nicht als Beweis gegen die Hexe.«

»Und der Útlagi?«

»Tot. Hexen bekommen Prozesse, ebenso alle Dämonen und Gargoyles, die ins Stadtregister eingetragen sind. Útlagi und die meisten nicht registrierten Einwohner der Schattenseite hingegen haben uns den Krieg erklärt, die werden umgelegt. Was uns zu deiner Sense bringt.«

»Geschmeidige Überleitung.«

»Bitte kein Neid, meine Wortgewandtheit ist eine Gabe, ähnlich wie mein Charme und mein Aussehen.« Phoebe zwinkerte mir zu.

»Verstehe.« Grinsend schüttelte ich den Kopf.

»Willst du mal anfassen?« Sie wackelte mit ihren Augenbrauen, als würden wir über etwas Versautes reden, und ich konnte mein Lachen nicht zurückhalten.

»Du bist echt ... speziell.«

»Einzigartig oder auch umwerfend ist das Adjektiv, das du gesucht hast. Danke.« Sie deutete mit dem Kinn auf die Sense. »Na los!«

Zögerlich streckte ich meine Hand aus, stoppte aber unmittelbar vor der Waffe. »Die ist nicht verflucht oder so?«

»Würdest du mir das ernsthaft zutrauen?« Sie klimperte unschuldig mit den schwarz getuschten Wimpern. »Meinem allerliebsten Partner eine verfluchte Waffe unterzujubeln?«

»Du hast nur einen Partner. Und ja, ich würde es dir definitiv zutrauen.«

»Autsch!« Sie stieß mich mit ihrem Ellenbogen verspielt in die Seite. »Auf die Idee bin ich nur leider nicht gekommen. Schade!«

Kopfschüttelnd holte ich tief Luft und berührte die Waffe. Ein Schaudern durchlief meinen Körper, die Sense pulsierte rot, und schwarze Spitzen, die an Stacheln erinnerten, schossen aus dem Ende der Klinge. Eiskalt und dunkel kroch Magie von ihr durch meine Haut in meine Knochen. Fremd und doch so vertraut. Instinktiv wusste ich, wem diese Waffe einmal gehört hatte. Die Sense erkannte die Verbindung ebenso, sie akzeptierte mich als ihren neuen Träger und hieß mich willkommen.

»Dachte ich mir, dass *Verderbnis* dich erkennt«, sagte Phoebe stolz.

»*Verderbnis?*«

»Das ist der Name, den dein Onkel seiner Waffe gegeben hat, als er Reaper im Dienst der Krone war. Das kannst du übrigens der Liste zu erfüllender Erwartungen hinzufügen. Gunnar ist eine Legende hier im *Den*.«

»Klasse, genau das, was ich gebraucht habe.«

Phoebe hüpfte mit dem Hintern auf den Tisch, legte ihr Kinn in ihre Hand und musterte mich von oben bis unten. »Muskeln hast du schon mal.«

Flirtete sie etwa mit mir? Peinlich berührt kratzte ich mich am Hinterkopf und gab den unüberlegtesten Satz seit Langem von mir: »Stehe mehr auf Männer.«

Sie lachte so laut und mit dem ganzen Körper, dass sie fast vom Tisch fiel. »Keine Ahnung, was das mit meiner Einschätzung deiner Physis und Fähigkeit im Umgang mit der Sense zu tun hat, aber gut für dich. Ich stehe ebenfalls *mehr auf Männer*. Haben wir was gemeinsam.« Weiterhin lachend zwinkerte sie mir zu. »Lass mich raten, du hattest bisher kein Ding in der Hand.«

Ich blinzelte sie verwirrt an und verschluckte mich.

Sie hingegen tippte grinsend mehrfach auf die Sense. »Oh, das wird gut. Du bist zu leicht in Verlegenheit zu bringen. Also? Kein Training bisher mit der Sense, oder?«

Ich schüttelte den Kopf. »Nein. Aber ich habe das Gefühl, meine Mutter hat schon immer geplant, dass ich hierherkomme.«

»Wieso das?«

»Wir haben seit meiner Kindheit dreimal wöchentlich mit Taiahas trainiert. Angeblich, um Kopf und Geist in Einklang zu bringen.«

»Kampftraining mit der traditionellen Mâori-Waffe?« Phoebe nickte anerkennend. »Schlau von deiner Ma. Die Länge entspricht der einer Sense und die Spitze des Taiaha ist schwerer als die eines gewöhnlichen Kampfstocks. Deine Mutter wusste genau, worauf sie dich vorbereitet.«

»Ja, scheint so.« Genervt verdrehte ich die Augen.

»Schau nicht so. Das ist gut. Deine Muskeln haben jahrelang die Abläufe gelernt und erinnern sich hoffentlich von selbst. Hättest du kein Training in der Art gehabt, bräuchten wir Jahre, um dich auf den nötigen Stand zu bringen.« Phoebe sprang vom Tisch. »Lass mich raten, sie hat dir andauernd den Arsch versohlt?«

Erneut verdrehte ich die Augen, denn es stimmte. Obwohl meine Mutter eher zierlich daherkam, war sie ein verdammtes Genie im Stockkampf.

»Dachte ich mir. Es heißt, sie sei mindestens so genial wie dein Onkel, und der – nur zur Erinnerung – ist eine Legende hier im Den.«
»Na, vielen Dank«, grummelte ich. Zwei Ikonen in der Familie, und jetzt durfte ich ihnen das Wasser reichen. Das konnte heiter werden.

Kapitel 15

Harlow

Dreiundfünfzig Tage bis zum Blutmond

Erneut brüllten zwei laute Männerstimmen. Einige Bedienstete der Ingrams flüchteten mit schierer Panik in den Augen aus Gunnars Arbeitszimmer an mir vorbei und ich schüttelte seufzend den Kopf. Das Ganze erinnerte mich ungemein an mein altes Zuhause, meine Streitigkeiten mit Angelina und all den Erwartungen, die in mich gelegt worden waren. Ebenso daran, wie schwer ich mit der mir ehemals zugedachten Rolle des braven Sohns der Präsidentin gerungen hatte. Nur waren die Rollen getauscht, Jax trug diese Last – und ich war der Ausgestoßene. Der Nachkomme einer Massenmörderin.

»Du hast mir gar nichts zu sagen!«, donnerte Jax' Stimme aus dem Arbeitszimmer, gefolgt von einem lauten Poltern – vermutlich seiner Faust auf dem alten Eichentisch.

»Ich bin dein Onkel, die Oberste Hexe des Ingram-Covens. Natürlich habe ich dir etwas zu sagen, du unterstehst mir!«

»Ich unterstehe niemandem! Während du hier fröhlich Oberste Covenhexe gespielt hast, lebte ich als Straßenhexe im anderen Sydney. Also nein, du hast mir rein gar nichts zu sagen, und doppeltes nein, ich trete dem Coven nicht bei!«

Wir befanden uns mittlerweile seit einer Woche auf der Schattenseite, und jeden Tag hatte ich meine Uhr danach stellen können: Pünktlich zum Abendessen gerieten Jax und sein Onkel aneinander. Das Thema? Jedes Mal dasselbe, nämlich Jax' Rolle im Ingram-Coven. Oder besser gesagt: Jax' Verweigerung, diese einzunehmen.

»Deine Magie ist instabil!«, brüllte Gunnar. Ich trat in den Türrahmen und sah ihn, wie er mit hochrotem Kopf wild gestikulierte. »Du brauchst Kontrolle und Belcantos, die lange erprobt sind. Der Coven bietet dir genau das. Es ist dein Geburtsrecht und deine Pflicht, die Belcantos der Ingrams zu singen!«

Ja, Jax und Gunnar streiten genau wie Angelina und ich.

»Ist das so?« Jax schlug beide Hände auf den Schreibtisch. Seine Bizepse sprengten fast das enge Shirt, während seine Knöchel weiß hervortraten. »Wieso hast du uns dann zurückgelassen und nicht mitgenommen, wenn dir so viel an meinem Erbe liegt?«

Schweigen legte sich über die beiden Streithähne.

Einen Moment später lachte Jax abfällig. »Dachte ich es mir doch!« Die Ader an seinem Hals trat hervor, als würde sie gleich platzen. »Wir waren dir egal, und du hast nur deinen eigenen Arsch gerettet. Du bist nicht besser als Bruce King. Beide habt ihr uns im Stich gelassen! Und jetzt plötzlich soll ich dem Coven beitreten? Das ist keine Familienliebe, sondern ein schlechtes Gewissen, weil du dich schuldig fühlst, dass du Moms und mein Leben ebenso wie Bruce zerstört hast!«

Autsch. Das war ein Tiefschlag, zu dem Jax bisher nicht ausgeholt hatte. Aber der Giftpfeil hatte sein Ziel unweigerlich getroffen. Gunnar weitete fassungslos die Augen.

Langsam atmete ich ein und aus, kanalisierte alles, was mir über Jahre hinweg eingetrichtert worden war, und betrat das Arbeitszimmer.

»Ihr habt beide recht und unrecht«, sagte ich mit freundlicher, aber fester Stimme. Die Tonlage der Diplomatie, wie Angelina es nannte. Voller Überzeugung, Selbstsicherheit und dennoch nicht von oben herab. So als besäßen die anderen weiterhin die Wahl, unseren Worten nicht zuzustimmen. Eine Illusion des politischen Glatteises, das ich über viele Jahre mein Zuhause genannt hatte.

»Dieses Gespräch ist privat«, antwortete Gunnar zornig.

»Eure Lautstärke ist alles andere als das«, entgegnete ich lächelnd. »Es sei denn, ihr Ingrams definiert privat so, dass jeder Bewohner des Anwesens und ein Großteil von Sydney es zu hören vermögen. Ja, dann ist euer Gespräch privat.«

Gunnar verengte die Augen, und Jax gab ein halb amüsiertes, halb genervtes Schnauben von sich.

»Was erlaubst du dir?«, fuhr mich die Oberste Hexe der Ingrams an.
»Das ärgert dich schon?« Jax lachte. »Harlow McQueen hat einen goldenen Freifahrtschein. Je früher du dich daran gewöhnst, desto besser.«

Ich ignorierte den Seitenhieb, denn im Grunde hatte Jax recht. In der Lichtwelt hätte es niemand gewagt, mir zu widersprechen. Doch ich war nicht selbstgefällig genug, zu glauben, dass es auf der Schattenseite ebenso war. Im Gegenteil: Hier hasste mich der Großteil der Bevölkerung aufgrund einer Sache, an der ich nicht schuld war. Doch warum ich mich einmischte, hatte andere Gründe. Mir ging der Streit der verbohrten Kerle, die zu stolz waren, einen Schritt aufeinander zuzugehen, auf die Nerven.

»Du, Jax«, ich zeigte auf ihn, »solltest die Cantos deiner Blutlinie erlernen.« Gunnar gab ein triumphierendes Geräusch von sich und grinste seinen Neffen siegessicher an. »Nicht um Gunnar einen Gefallen zu tun«, fügte ich hinzu. »Sondern dir selbst zuliebe, Jax. Du hast dich jahrelang nach deinen Wurzeln gesehnt, und jetzt hast du die Möglichkeit, sie kennenzulernen. Wirf die Chance nicht aus Eitelkeit, Trotz oder Stolz weg.« Ich seufzte und senkte den Blick. »Glaub mir, wenn du dich zu sehr auflehnst, ist der Weg äußerst einsam.«

»Du redest genau wie Angelina. Dieselbe Diplomatie liegt in deinen Worten.« In Gunnars Stimme klang etwas Wehmütiges mit. Eine Erinnerung an seine Zeit mit meiner Mutter, als die beiden noch verbunden waren und in derselben Realität gelebt hatten.

Weiterhin mit gesenktem Blick murmelte ich: »War ja auch zwanzig Jahre eine Geisel der Politik und weniger Sohn als vielmehr eine Schachfigur der Machtkämpfe, wie soll es da anders sein, als dass ich wie sie klinge?«

»Angelina liebt dich von ganzem Herzen!«, sagte Gunnar sofort. »Denk nicht, dass du nur eine Figur für sie warst. Sie hat alles aufgegeben, um dich zu retten.«

»Ich weiß. Das ist mir spätestens hier auf der Schattenseite bewusst geworden.« Ich räusperte mich, hob meine Brust und glättete mein Shirt, um mich daraufhin an Gunnar zu wenden. »Dann behandele Jax ebenso wenig wie eine Spielfigur.«

Er setzte an zu protestieren, aber ich hob nur eine Hand, um ihn zu stoppen. Neben mir atmete Jax scharf ein. Selbst ich war mir bewusst, wie mutig diese Geste gewesen war. Einer der mächtigsten Hexen der Schattenseite den Mund zu verbieten stellte sogar für mich etwas Überhebliches dar.

»Jax ist unglaublich talentiert in Straßenhexerei. Hättest du dir in den letzten sieben Tagen seit unserer Ankunft einmal die Mühe gemacht, ihn dabei zu beobachten, wüsstest du es. Es ist, als würde man einem Pianisten dabei zusehen, wie er durch Musik ein lebendiges Kunstwerk erschafft.« Ich schenkte Jax ein flüchtiges Lächeln, dann fixierte ich Gunnar erneut. »Ist seine Magie unberechenbar? Ohne Frage! Aber genau das macht ihn zu einem herausragenden Kämpfer, den wir brauchen werden. Wie sollten der Wald, die Hexenbiester oder selbst die Hexenkönigin etwas abwehren, was sie nicht vorhersehen, wie sie es bei den Ingram-Belcantos können?«

Gunnar brummte etwas Unverständliches vor sich hin. Jax hingegen starrte mich mit geweiteten Augen an.

»Ihr braucht einander«, stellte ich fest. »Lass Jax seine Straßenhexerei und lerne sie zu schätzen. Aber unterrichtet ihn in den Ingram-Belcantos. Am Ende entscheidet Jax, ob er zu einer Covenhexe wird oder nicht. Du musst Jax vertrauen, Gunnar. Ich weiß, er macht einem das Unterfangen überaus schwer.« Jax schnaubte, worauf ich mit den Augen rollte. »Aber er ist es wert, glaub mir. Du möchtest Jax an deiner Seite haben und nicht als deinen Feind.«

Der Raum lag still um uns, nachdem ich geendet hatte. Nur das Pendel der alten Uhr schlug sachte hin und her.

»Zur Urmutter«, sagte Gunnar plötzlich an Jax gewandt. »Du hast was mit Casiopaias Sohn!«

Lautstark hustete Jax, sein Gesicht war himbeerrot. Ich hingegen grinste vor mich hin, da ich mit einer solchen Reaktion gerechnet hatte.

»Nein ... ich ...«, stotterte Jax, fing sich dann aber direkt. »Er hat einen Namen, und außerdem ist Harlow nicht der Sohn der Hexenkönigin, so wie ich nicht der Sohn von Bruce bin!«

Mein Herz erblühte bei diesen Worten. Dass Jax mich verteidigte, war definitiv neu. Und obwohl ich es mir nur ungern eingestand, war es auch unerwartet willkommen.

»Außerdem schlafen wir nicht miteinander! Sag es ihm, Harlow!«

Ich grinste, drehte mich um und schritt zur Tür.

»Hey, wehe, du gehst! Ich warne dich. Hörst du? Sag ihm, dass wir nichts miteinander haben!«, forderte Jax. »Harlow!«

Ich lachte nur und verließ den Raum.

»Har-low! Du Arschgesicht, jetzt sag es ihm schon.«

»Klärt euren Mist«, flötete ich vom Flur aus und schlenderte leise pfeifend die Treppen hinauf zur Dachterrasse.

»Ich hasse dich!«, brüllte Jax mir hinterher.

»Ist das so, Liebling?«, rief ich zuckersüß zurück.

Gunnars leises Lachen und weitere zornige Flüche von Jax begleiteten mich zusammen mit meinem Dauergrinsen die vier Stockwerke hinauf.

Die letzten dreißig Minuten hatte ich meinen Blick von hier oben über Sydney wandern lassen. Es wirkte so vertraut, wie es fremd erschien. Tatsächlich offenbarte sich der Aufbau ungemein ähnlich. Es gab die Harbour Bridge, das *Sydney Opera House*, den Naturhafen, die Fähren, Nordsydney und den Central Business District auf der Südseite des Hafens.

Dennoch waren die Unterschiede ebenso deutlich zu erkennen. Tagsüber erreichte die Schattenseite nicht mehr Helligkeit als Licht-Sydney in der Dämmerung – was der roten Sonne und den mattierten Glasfronten geschuldet war, die kaum bis gar nicht spiegelten. Es wirkte beinah so, als wäre dieser Teil der Realität in einem ständigen Morgengrauen oder der Abenddämmerung gefangen. Auf dem Sprung zum Tag, doch nicht in der Lage, diesen einen kleinen Schritt zu vollenden. Selbst die Nachtzeit auf der Schattenseite änderte nichts daran, da der Mond in einem ebensolchen Rot erschien, dass es keinen deutlichen Tag-Nacht-Wechsel gab.

Unablässig tanzte das rötliche Licht durch die Häuserschluchten des Central Business Districts und über die Natur der Nordseite, auf der ich mich befand. Die Segel des Opernhauses, die ich von hier oben vage in der Ferne erkannte, badeten in einem dunkelroten Schein, als hätte jemand einen Eimer frischen Blutes darüber ausgegossen.

Während die Stadt in der Lichtwelt nachts durch gelbliches Licht erleuchtet wurde, hatte man sich auf der Schattenseite für kältere

Farben entschieden, die im Zusammenspiel mit dem Rot der Sonne und des Mondes dennoch gemütlich wirkten. Blaue, lila und pinke Lichter in allen möglichen Intensitäten und Variationen funkelten über der Skyline, dem Wasser und auf den Straßen. Die Stadt schien nachts eine unermüdliche Party zu feiern.

Mein Blick schwenkte nach links, tiefer in das Landesinnere der Nordseite Sydneys – hinüber zu dem düsteren Koloss eines Waldes, der wie ein hungriger Behemoth auf der Lauer lag. Schwarze Schlieren stiegen aus dem bläulich strahlenden Wald empor. Streckten sich gen Himmel wie schattige Klauen, die das rötliche Sternenzelt zu zerreißen verlangten. Einzig die gold-silbrig glänzende Mauer aus Licht schien den Wald davon abzuhalten, seine gierigen Wurzeln tiefer in die Stadt zu schlagen. Sich die bunten Lichter und Häuser samt ihren Einwohnern einzuverleiben und zu weiteren grotesken Kindern des Waldes umzuformen.

In die Schranken verwiesen lag der Wald dort und starrte mich an. Ich spürte die Blicke Tausender Wesen auf meiner Haut, vernahm die Wut, den Zorn und den Rachedurst der Bäume, als würden diese Emotionen durch meine eigenen Adern pulsieren.

Tief im Dickicht der Baumwipfel erkannte ich einen gläsernen Turm. Das Licht des Waldes brach sich auf dessen Scheiben, reflektierte über das Blätterdach und tanzte durch den düsteren Himmel oberhalb. Ein Schaudern lief mir den Rücken hinab, und meine Nackenhaare stellten sich auf.

Eine leise, eindringliche Melodie drang durch den Schutz und über die Hausdächer Manlys zu mir hindurch. Während der Gesang von Belcantos lieblich erklang, immer in Harmonie stand und jede Note sauber ausgeführt wurde, offenbarte sich mir dieses Musikstück, das förmlich nach mir gierte, als verzerrt. Die Töne leicht versetzt, disharmonisch, aber dennoch in sich konsistent. Wie ein Wehklagen. Die Signatur eines Fluchs.

Mit aufgerissenen Augen wurde mir klar, was ich da hörte – wer dort seine bösartigen Klauen nach mir ausstreckte und mir zu verstehen gab, dass ein Entkommen unmöglich war: der Fluch, der meine leibliche Mutter belegte und mit dem sie so viel Terror über die Hexen brachte. Die Krone der Hexenkönigin rief nach mir, obwohl Casiopaia sie trug und sie niemals freiwillig abtreten würde, ohne mich bis aufs Blut zu bekämpfen.

Mein Schicksal sang zu mir, versuchte meine Gedanken wie eine Sirene zu locken, und verhöhnte mich zeitgleich. Gab mir zu verstehen, dass ich bald die Krone tragen oder sterben würde.

Eine Melodie der Folter und des Todes – und ihr nächstes Opfer würde unabdingbar ich sein.

»Hast du einen Moment für mich?«, erklang eine tiefe, vertraute Stimme, und ich schreckte zusammen.

Ohne mich umzudrehen, nickte ich und betrachtete weiterhin den Wald von Salem. Nach einem Moment des Zögerns schob sich ein Schatten an meine Seite und nahm neben mir Platz. Direkt spürte ich Jax' Magie, wie seine dunklen Partikel über meine Haut tanzten und hofften, ich würde meine zum Spielen entlassen.

Merkte er, dass sie ihm entwich? Ließ er es absichtlich geschehen?

Ich beschloss, mich nicht darauf einzulassen, und hielt meine Magie im Zaum. Sie gehorchte nur widerwillig, begehrte danach, freigelassen zu werden und sich mit Jax' zu vereinen.

»Danke.« Mehr sagte er nicht und sah mit mir zusammen auf die Stadt.

»Gern.« Ich nickte lächelnd und betrachtete das Farbenspiel, das am Fähranleger von Manly Beach über das Wasser tanzte.

»Glaubst du, sie nutzen blaues und lila Licht draußen als Beleuchtung, um nicht an die Lichtwelt erinnert zu werden?«, fragte Jax leise.

»Gute Frage.« Langsam fuhr ich mir mit einer Hand über das Kinn. »Würde Sinn ergeben.«

»Mir hilft es ein wenig, nicht an unser altes Zuhause erinnert zu werden«, gab Jax ungewohnt offen zu.

»Du vermisst deine Mutter, oder?«

»Ja. Sehr sogar.«

»Geht mir ebenso.« Ich schluckte mehrfach, doch der Kloß in meinem Hals blieb. »Ich vermisse Angelina, selbst wenn unser Verhältnis distanziert wirkt. Dein Onkel hat dahingehend unrecht. Ich liebe sie und weiß, dass sie mich liebt. Daran habe ich nie gezweifelt. Nicht sie habe ich gehasst, sondern das Leben, zu dem ich gezwungen worden bin.«

Jax lachte ein freudloses Lachen. »Ja, das begreife ich langsam.« Er sah flüchtig zu mir und dann wieder hinaus auf die Stadt. »Wie hast du all die Erwartungen, den Druck und die Pflichten ertragen?«

Nun war ich es, der freudlos lachte. »Gar nicht.« Ich seufzte. »Mir blieb keine Wahl, also fand ich Mittel und Wege, damit umzugehen. Einer davon hat mir den Spitznamen Eisprinz eingebracht.«

Neben mir hustete Jax und sein Hals färbte sich rot.

»Ich ... Das war, als ich dich nicht ... Können wir das einfach vergessen?«

»Schon gut, es stimmt ja. Bis ich etwa zwölf, dreizehn Jahre alt war, besaß ich keinerlei Freunde – außer unsere Angestellten und Teagan. Viele wollten nicht mit *mir*, sondern mit dem Sohn der Präsidentin befreundet sein. Nur Ruby und Oli ließ ich an mich heran, alle anderen hielt ich auf Abstand. Immer freundlich, doch nie herzlich.«

»Verstehe. Das ergibt mittlerweile Sinn.« Jax atmete hörbar durch, schwer und gepresst. »Seit wir hier angekommen sind, behandelt mich jeder freundlich und voller Respekt. Doch der gilt nicht mir, sondern meinem Namen. Dem Erbe, das ich antrete. Der Neffe des *großen Gunnar Ingram*.« Seine Stimme triefte vor Ironie. »Bisher hat sich niemand die Mühe gemacht, mich kennenzulernen. Na ja, außer Phoebe, aber etwas sagt mir, dass sie vor keiner Person Respekt hat und sich gern gegen Autoritäten auflehnt.«

»Deswegen versteht ihr euch direkt so gut, was?«

Jax sah zu mir und grinste schief. »Klappe, Eisprinz.« Er stupste mich mit der Schulter an.

»Selber Klappe, Ingram-Erbe.« Ich erwiderte das leichte Stupsen mit einem Lächeln.

Für einen Augenblick sahen wir uns an, dann räusperte sich Jax und erhob sich langsam. »Danke noch mal, dass du dich für mich eingesetzt hast.«

»Kein Ding, war nur die Wahrheit.«

»Dennoch, danke. Das bedeutet mir etwas.« Er lächelte noch mal und drehte sich zum Gehen.

»Schlaf gut, Jax«, sagte ich leise.

»Du auch, Harlow.«

Kapitel 16

Harlow

Zweiundfünfzig Tage bis zum Blutmond

Nach einer unruhigen Nacht mit zu vielen Gedanken an Jax und daraus resultierender Schlaflosigkeit saß ich frühmorgens in der Bibliothek der Oper. Dass ich in diesem Moment alte Schinken der Hexengeschichte büffelte, vertrieb meine Müdigkeit leider nicht. Einzig der Kaffee in meiner Tasse glich einer Rettungsleine in der stürmischen See aus Schläfrigkeit.

Theoretisch sollte ich die Aufzeichnungen über den Fluch der Krone lesen, hatte es aber durch die Geschichte der Gründerfamilien ersetzt. Nicht weil es spannender war, im Gegenteil: Es war furchtbar langweilig und ermüdend.

Das Problem mit den Pergamentrollen über den Fluch war die Tatsache, dass mir das Wissen schreckliche Angst bereitete. Denn fest stand: Ich würde selbst der nächste Träger davon sein und somit das Monster, die Hexenkönigin, werden oder zuvor sterben – durch die Hand des regierenden Monsters, meiner Mutter. Keine weitere Option in Sicht, kein Ausweg und vor allem kein Happy End. Diese Geschichte endete mit dem Tod einer McQueen-Hexe.

Nur welche es sein würde, das stand in den Sternen.

Der Fluch der Krone fordert jeden Monat zum Vollmond ein unschuldiges Herz, oder er bereitet der verfluchten Person Höllenpein, tanzten die Worte aus dem Pergament, das ich vorhin zur Seite gelegt hatte, vor meinem geistigen Auge entlang. Ich schüttelte den Kopf. Erst langsam, dann eindringlicher, dennoch ließ sich das Wissen nicht abschütteln.

Es hatte sich bis auf meine Knochen eingebrannt, umschlang sie mit ihrem Gift, und ich erzitterte bei dem Gedanken daran.

Ein freiwillig gegebenes Herz befriedigt den Durst des Fluchs minimal, doch ein geraubtes Herz, unfreiwillig gegeben, lässt ihn erstarken und mit ihm die Macht der verfluchten Person.
Und genau das war es, was Casiopaia tat. Sie raubte Leben, tötete unschuldige Hexen, die sie aus der Lichtwelt durch den Wald von Salem entführen ließ, um diese dem Fluch zu opfern. Sie hatte nicht den Weg der freiwilligen Herzen gewählt, sondern den zu mehr Macht – den Pfad des Mordes und der Gräuel. Hatte einen Pakt mit dem ältesten Feind der Hexen geschlossen: dem Wald von Salem.

Die ersten Tage hatte ich mich vor dem Einschlafen gefragt, was sie dazu gebracht hatte, doch mittlerweile war es mir egal. Sie hatte gewählt und damit alles in Gang gesetzt, was vor mir lag. Was mir übrig blieb, war, zu lernen, mich vorzubereiten und dann zu handeln. Aber trotz dieser Erkenntnis ermüdete mich das alte Wissen unserer Vergangenheit, denn ich hatte inständig gehofft, dass die Zeit des Studiums mit meinem Abschluss an der *St. Andrew* geendet hatte.

Mit genervtem Gemüt überflog ich die Zeilen der Familiengeschichten, bis ich plötzlich innehielt, blinzelte und hellwach wurde. Hatte ich das richtig gelesen? Auf einem losen Zettel aus einem Ringbuch standen ein paar Zeilen geschrieben, notiert mit einem roten Stift in graziler Schrift und dann offenbar in dem Buch vergessen. Worte, die erst keinen Sinn ergaben, denn sie hatten nichts mit dem eigentlichen Inhalt zu tun. Worte, die meinen Mund offen stehen ließen.

Denn was ich dort las, erweckte mein Interesse. Bloß würde ich darüber nichts im Buch meiner Familiengeschichte erfahren. Nur gut, dass ich mich in einer Bibliothek aufhielt und es hier ein Buch geben musste, das mir mehr zu dem Gelesenen erklären könnte.

Weiterhin erstaunt sah ich von dem alten Schinken der Blutlinien auf. Vor mir schnarchte Oli leise und Speichel rann ihm aus dem Mundwinkel. Da er nachts wegen der Stimmen kaum schlief, holte er es hier nach, anstatt wie ich zu lernen. Das hingegen war wie zu unserer Zeit an der *St. Andrew*. Auch dort hatte er des Öfteren beim Lernen geschlafen – nur ohne Moos an der Brust.

Mit einem schwachen Lächeln schüttelte ich den Kopf und erhob mich leise. Auf Zehenspitzen schlich ich den Gang entlang, bog um die Ecke und krachte gegen Phoebe, die gelangweilt an der Wand lehnte und desinteressiert in einem Buch blätterte.

»Wenn das Granny McQueen erfährt ... Ts, ts, ts ... Der verschollene Enkel versucht sich vor dem Lernen zu drücken«, sagte sie amüsiert. »Immerhin schnarchst und sabberst du nicht wie dein Kumpel. Ein Wunder, dass er den Abschluss an der *St. Andrew* geschafft hat.«

»Ich drücke mich nicht.«

»Wieso schleichst du dann hier herum, obwohl du keine Erlaubnis hast?«

»Weil ich etwas lernen will. Aber nicht das öde Zeug über unsere staubige Geschichte. Wenn ich noch eine Seite darüber lese, was wir alles erdulden mussten, wie glorreich und überlegen wir McQueens sind oder was die damalige unfassbar hässliche Mode war, dann schreie ich.«

»Würde dir ja gern zustimmen, wenn ich nicht als Wachhund abgestellt worden wäre, um dich daran zu erinnern, *dass es wichtig ist, seine Wurzeln zu kennen.*« Bei den letzten acht Worten deutete sie Anführungszeichen mit den Fingern an, während sie Großmutters Stimme imitierte. Mutig, wenn man bedachte, wie streng die Herrin der Oper daherkam, sofern sie nicht mit mir sprach.

»Wo ist Teagan?«

Phoebe zuckte mit den Schultern. »Im Wald.«

»Bitte was?«

»Grün, wahlweise bläulich, Blätter, Bäume, Moos, Büsche ... Wald halt.«

»Ich weiß, was ein verdammter Wald ist.«

»Wieso fragst du dann so komisch?«

»Was macht Teagan im Wald?«

»Deine Großmutter hat sie gebeten, bei einem Sukkubus-Clan vorbeizuschauen, der zwar im Wald lebt, aber neutral eingestellt ist, und außerdem mit etwas Glück ein paar Infos von Eliss zu bekommen, die ja undercover im Wald ist. So was halt. Deswegen bin ich heute deine heldenhafte Leibwache.«

»Verstehe. Sag mal, du lebst doch schon immer hier auf der Schattenseite?«

»So ist es.« Phoebe legte den Kopf schräg. »Ich bin auf der Schattenseite geboren und habe den größten Teil meines Lebens hier verbracht.

Wieso?« Sie zog fragend eine Braue hoch. Sosehr sie sich bemühte, gelangweilt zu wirken, erkannte ich die Neugier in ihren Augen.

»Sag mir, was du über das Praedictio-Protokoll weißt«, platzte es aus mir hervor.

Phoebes Augen weiteten sich beinah komisch. Sie sah sich alarmiert um und packte mich am Arm.

»Woher weißt du denn davon? Du bist gerade mal ein paar Tage hier.«

»Stand auf einem Notizzettel im Kapitel über die Beziehungen zu den Dubois'.«

»Den Zettel solltest du auf jeden Fall melden. Das Wissen über die Preas, wie sie alle nennen, ist äußerst vage. Bewusst schwammig gehalten.«

»Wieso?« Nun war meine Neugier endgültig angefacht.

»Die Allgemeinheit weiß bloß, dass es sie gibt, aber wer und wo sie sind ist streng geheim. Jemand, der Informationen über sie sammelt, gehört definitiv gemeldet. Das ist überaus gefährliches Wissen.«

»Okay, ich sage es später Großmutter. Aber du weißt mehr, das sehe ich dir an.«

Phoebe seufzte. »Stand auf deinem Zettel, was sie machen?«

»Nur Stichworte.«

»Okay.« Phoebe musterte mich ausgiebig, dann stöhnte sie auf. »Die Preas sind eine Gruppe von etwa dreißig Hexen, zu neunzig Prozent aus der Dubois-Blutlinie, die für die Regierung Berechnungen und Weissagungen tätigen.«

»Aber können nicht alle Dubois' durch ihre Blutgabe in die Zukunft sehen?«

»Stimmt, aber zuverlässig nur in die *unmittelbare* Zukunft. Ein paar Minuten, maximal Stunden – wenn es eine genaue Weissagung sein soll. Je weiter sie in der Zeit vorausssehen, umso mehr Möglichkeiten gibt es, und dementsprechend ungenauer werden ihre Prophezeiungen.«

»Verstehe«, sagte ich.

»Wirklich?«

»Nein«, gab ich lachend zu. Phoebe stimmte ein.

»Stell es dir wie einen Weg mit Verzweigungen vor. Die nahe Zukunft ist ein klarer gerader Weg. Man sieht genau, was an dessen Ende ist. Danach gabelt er sich in mehrere Abzweigungen – mögliche Ereignisse.

Und je weiter du diese Wege entlanggehst, um zu erfahren, was passiert, desto mehr Wege eröffnen sich dir. Doch nur einer wird eintreten. Das heißt, je weiter sie in die Zukunft sehen, desto mehr müssen sie raten, welche davon die wahrscheinlichste ist.«

»Und das hat was mit den ... Preatas zu tun?«, fragte ich betont beiläufig.

»Preas«, korrigierte mich Phoebe und rollte mit den Augen. »Sehr subtil, kleiner McQueen.«

»Ach, komm schon.«

»Was soll's! Du wirst eh demnächst die neue Hexenkönigin und erfährst dann alles.« Ihre Worte, so unbedarft sie sie gesagt hatte, fühlten sich wie ein Schlag in die Magengrube an. Ich hasste es, wenn Leute darüber sprachen, denn die Alternative zu meiner Krönung zur Königin war mein Tod. »Die Preas sind durch ein magisches Ritual miteinander verbunden. Sie können ihre Gabe bündeln. Dabei sammeln sie unzählige Informationen und schreiben diese nieder. Danach errechnen sie Wahrscheinlichkeiten, Gemeinsamkeiten und Abweichungen. So informieren sie die Regierung im Voraus über eine Vielzahl an Dingen.«

»O wow! Das ist extrem cool!« Ich fuhr mir durch mein Haar.

»Und gefährlich«, sagte Phoebe ernst.

»Wieso das?«

»Weil sie theoretisch alles sehen *können*. Natürlich entgeht ihnen viel, denn sie bekommen nur mit, wonach sie gezielt suchen, aber in der Theorie könnten sie jeden überwachen.«

Es dauerte einen Moment, bis die Information in mein Gehirn sickerte.

»O Shit! Totale und willkürliche Überwachung.«

»Ganz genau.« Phoebe nickte zögerlich. »Wenn die Regierung sagt, dass die Preas ihre Gabe auf eine Person konzentrieren sollen, könnten sie alles über sie errechnen – was sie zu Hause hinter verschlossenen Türen treiben, *mögliche* Liebesbeziehungen, mit wem sie Kontakt haben werden und sogar *potenzielle* Verbrechen, die sie begehen werden.«

»Verurteilung, bevor es passiert? Obwohl die kleine Chance besteht, dass es gar nicht passiert?«

»Bingo, kein Wunder, dass du der Spitzenabsolvent an der *St. Andrew* warst.«

»Jetzt verstehe ich, wieso die Informationen über sie schwammig sind. Was weiß die Öffentlichkeit?«

»Nur dass sie große Gefahren vorhersagen, auf die der Orden reagiert.«

»Und machen sie nur das?«, fragte ich zittrig.

Phoebe lachte laut und legte den Kopf schief. »Was glaubst du, Wunderknabe? Seit wann begnügen sich mächtige Leute mit dem Minimum?«

»Aber sie können nicht alle überwachen, dafür fehlen ihnen doch sicher die Kapazitäten?«, fragte ich geschockt.

»Stimmt. Es entgeht ihnen sogar vieles, nur ... bekommen sie den Auftrag, eine Person komplett zu durchleuchten, dann entgeht ihnen nichts. Das Problem ist: Es sind alles Wahrscheinlichkeitsberechnungen. Diese können dennoch Fehler beinhalten, und somit könnte jemand zu Unrecht beschuldigt werden, etwas zu begehen, was er gar nicht wird.«

»Das ist beängstigend.«

»Was der Grund ist, wieso es kaum offizielle Informationen gibt. Weder über das Protokoll noch den Aufenthaltsort, damit sie niemand beeinflusst.«

»Wer leitet die Preas?«

»Die Preas unterstehen direkt dem Hexenrat und berichten nur ihm. Aber du stellst zu viele gefährliche Fragen.« Besorgt sah Phoebe zu mir. Sie fasste mich fest an der Schulter und drückte zu. »Sprich mit niemandem darüber. Verstanden?«

Ich nickte und spürte einen Kloß in meinem Hals. Dennoch war ich fasziniert davon, wozu die moderne Hexenwelt imstande war. Auch ein Anflug von Freude, Teil des Ordens zu werden, durchflutete mich. Vor wenigen Tagen dachte ich, mein Leben bestehe aus langweiliger Politik in der Lichtwelt, und jetzt war ich quasi auf dem Weg, ein magischer Geheimagent zu werden.

»O nein, das Grinsen kenne ich von Jax. Es bedeutet nichts Gutes.«

»Doch, es bedeutet eine Chance auf echte Zukunft«, antwortete ich lächelnd.

KAPITEL 17

JAX

Sechsundvierzig Tage bis zum Blutmond

Verderbnis summte freudig in meinen Händen. Die Waffe und ich fanden zunehmend einen Rhythmus und verschmolzen zu einer Einheit. Schon jetzt, nach zwei Wochen, merkte ich, wie ich mich durch dieses intensive Training verbesserte.

Phoebes zwei handliche Sicheln kamen wie kleine Wurfgeschosse auf mich zugeflogen. Ihr liebster Trick, wenn ich zu viel Abstand zu ihr eingenommen hatte. Normalerweise ein Garant dafür, dass ich den Kampf verlor. Nicht so heute. Mich an Widrigkeiten anzupassen lag in meiner Natur als Underdog.

Ich wehrte die beiden Sicheln ab, woraufhin sie zurück zu Phoebe durch die Luft surrten. Direkt darauf stimmte ich sechs Töne mit meinen Stimmbändern an, entließ sie über meine Lippen und hielt den letzten Ton. So leise, dass selbst ich ihn kaum hörte. Dennoch spürte ich die Magie. Sie umspielte mich, wanderte meinen Körper hinab und verknüpfte meinen Schatten mit denen der Sense. Mit einem großen Schwung holte ich aus und warf meine Waffe. Sie drehte sich wie ein schwerfälliger Bumerang um die eigene Achse.

Phoebe runzelte die Stirn, denn im Gegensatz zu ihren beiden Sicheln, die wie Falken durch die Luft schossen, erinnerte *Verderbnis* gerade eher an eine Ente auf dem Weg zu einer Bruchlandung. Mit Leichtigkeit vollführte meine Partnerin einen Ausfallschritt.

Gerade als sie ansetzte, um mich vermutlich zu verhöhnen, stoppte ich den angehaltenen Ton, spürte, wie mein Körper sich auflöste, durch den Raum gezogen wurde und sich im Schatten von *Verderbnis* wieder manifestierte. Ohne zu überlegen, griff ich mir die Sense und schwang sie in einem Bogen an Phoebes Hals. Der Schutzzauber bremste sie nur wenige Millimeter vor ihrer Kehle, dennoch hatte ich diese Runde nun gewonnen.

Mit geweiteten Augen sah meine Partnerin mich an, um daraufhin laut zu lachen und zu klatschen. »Krasser Move, Bad Boy. Du lernst schnell!«

Ich stöhnte bei dem Spitznamen, ließ *Verderbnis* zurück in den Knauf fahren und befestigte ihn an meinem Hosenbund. »Kannst du aufhören, mich so zu nennen?«

»Nö, wieso auch? Harlow und du, ihr zwei seid wie ein Paar aus einer kitschigen Teenie-TV-Serie. Du bist der Bad Boy und er der Goldjunge.«

»Wir sind kein Paar«, antwortete ich.

»Jeder, und ich meine wirklich *jede verdammte Person*, sieht, dass ihr aufeinander steht. Nur bekommt ihr es nicht geschissen. Unfassbar!«

»Können wir das Thema lassen?«

Phoebe rollte mit den Augen und brummte etwas, was verdächtig nach »Hexen, wer versteht die schon?« klang. Lauter fügte sie hinzu: »Du machst super Fortschritte, bald kannst du es sogar leicht mit zwei Útlagi gleichzeitig aufnehmen.«

»Echt?«

»Zwei Útlagi gegen einen Reaper ist oft Standard und normal am Ende der Ausbildung. Keine Sorge, da bekommen wir dich schon hin.«

Mit einem Grinsen betätigte ich das Artefakt, und der Zauber, der die Zeit um uns herum verlangsamte, schloss sich mit einem leisen Plopp. Wir befanden uns wieder im *Den*, nur waren wir nicht allein.

Declan stand mit verschränkten Armen im Türrahmen und bedachte mich und Phoebe mit finsterem Blick.

»Ich habe das gerade nicht gesehen, verstanden?«, fragte er gefährlich leise.

»Decland, lass mich –«

»Nicht reden. Nicht erklären. Nur nicken!«, unterbrach er mich. »Ich will es gar nicht wissen, so kann ich alles leugnen, wenn ich gefragt werde.«

Langsam drehte er sich um, blieb jedoch mit dem Rücken zu uns gewandt stehen.

»Nur eine Sache, Schwesterherz«, sagte er, sah dabei über seine Schulter. »Hat sich diese dubiose Ich-klaue-ein-Artefakt-und-halte-meinen-Bruder-für-zu-blöd-es-zu-checken-Aktion gelohnt?«

Phoebe unterdrückte ein Lachen, was in einem Grunzen endete. »Sehr sogar. Jax hat in einer Woche mehr gelernt als in ein oder zwei Monaten der gewöhnlichen Reaper-Ausbildung.«

Declan schüttelte den Kopf und seufzte. »Wenn ihr erwischt werdet, lasse ich euch in der Zelle verrotten.« Mit donnernden Schritten stampfte er davon.

Phoebe klopfte mir auf die Schulter und zwinkerte mir zu. »Bis morgen, Bad Boy.« Kichernd folgte sie ihrem Bruder und ich machte mich auf den Weg zum Anwesen.

Im Laufe der vergangenen vierzehn Tage hatte ich eine neue Art von Alltag entwickelt. Ich würde nicht so weit gehen, es meine neue Normalität zu nennen, denn nichts offenbarte sich mir auf der Schattenseite als normal, aber dennoch hatte ich eine Routine etabliert, die mir half, meine Tage zu strukturieren.

Exakt. Offensichtlich hatte sich die chaotische Straßenhexe Jax zu einer Person entwickelt, die ihr Leben *strukturierte* und eine *Routine* besaß.

Die meisten meiner Tage liefen ähnlich ab: aufstehen, zwanzig Minuten im Pool schwimmen, eine halbe Stunde Training im Kraftraum des Anwesens, danach Frühstück, ohne viel Small Talk, da Gunnar ständig unterwegs war und Harlow seit *seiner ach so geheimen Entdeckung über die Preas* die meiste Zeit in der Bibliothek verbrachte. Nach dem Frühstück langweilte ich mich oft eine Weile auf dem Anwesen, um mich dann am späten Vormittag in Richtung *Reapers Den* zu bewegen.

Dort angekommen, öffneten Phoebe und ich mit dem Artefakt heimlich den Zeitriss und trainierten acht bis zehn Stunden, die etwa vier Stunden außerhalb des Risses bedeuteten.

Nach dem ersten Training des Tages gab es Mittagessen, meist gespickt mit sarkastischen Kommentaren meiner neuen Partnerin, gefolgt von einer weiteren Trainingseinheit.

Und danach saß ich ab dem späten Nachmittag gelangweilt im Anwesen herum und wusste nichts mit mir anzufangen.

Ich stand in der Eingangshalle und sah mich um. Das Haus der Ingrams fühlte sich auch nach zehn Tagen noch fremd an. Nicht nur die Schattenseite offenbarte sich als neue Welt, sondern auch das Zuhause, in dem ich nun lebte. Alles strotzte nur so vor Reichtum.

Gegenüber der doppelflügeligen Tür, am Ende der Eingangshalle, hing ein wandhohes Ölgemälde. Es zeigte Sydney, den roten Mond über der Skyline, und in der Ferne thronte der Wald von Salem. Die Farben wirkten so echt und natürlich, dass ich das Gefühl bekam, die Baumwipfel würden sich in einem leichten Wind wiegen.

Neben dem Gemälde stand ein antiker Beistelltisch, dekoriert mit einem opulenten Bouquet aus sommerlichen Blumen, gespickt mit Eukalyptuszweigen, um dem Ganzen etwas Besonderes zu verleihen. Die bunten Blüten setzten sich perfekt von den dunklen Wänden ab, die mit einer Tapete verkleidet waren, die mich an den Rokokostil erinnerte. Dunkelblauer, beinah schwarzer Hintergrund wurde durchzogen von silbernen Ornamenten, in die das Ingram-Familienwappen eingebunden war.

Entgegen meiner Erwartung, dass solch dunkle Wände dem Raum etwas Düsteres geben würden, wirkte der Raum, wie das ganze Anwesen, gemütlich. Warmes Licht strahlte von einer Vielzahl alter Wandlampen und dem opulenten Kronleuchter und tauchte alles in einen Schein von Geschmeidigkeit.

Doch trotz all der gemütlichen Dinge, die es für mich zu einem wohligen Zuhause machen sollten, fühlte es sich fremd an. Ich fühlte mich nicht heimisch, nicht einmal wirklich willkommen. Was nicht bedeutete, dass ich allein war. Im Gegenteil. Auf dem Ingram-Anwesen schien es schier unmöglich, nur eine Weile allein zu sein. Und diese Tatsache stresste mich zunehmend. Ich war es gewohnt, gesellschaftlich unsichtbar zu sein – und bis zu diesem Moment hatte ich nicht einmal realisiert, wie viel Freiheit damit verbunden war.

Hier im Haus meiner Familie hingegen herrschte immer Betrieb. Besucher aus der politischen Hexenwelt, die sich mit meinem Onkel trafen, Personal wuselte umher, und Gunnar selbst musterte mich, wenn er kurz freie Zeit besaß, mit einem Gemisch aus Liebe und Skepsis.

Am liebsten wäre ich unsichtbar. Doch ich war die Hauptattraktion des Hauses; das, was Harlow in unserer alten Welt gewesen war, und das erste Mal im Leben verstand ich, wie schrecklich es sich anfühlte. Trotz all des geschäftigen Treibens fühlte ich mich einsam. Was vermutlich auch der Grund meiner Langeweile war, denn um dem Ganzen zu entgehen, saß ich meistens auf meinem Zimmer herum.

Schritten erklangen hinter mir, und bevor ich mich umdrehte, erreichte meine Sinne etwas von Harlows unverkennbarer Magiesignatur. »Hey, Jax.«

Ich sah zu ihm. »Ja?«

»Ich ... also ... Möchtest du ...« Er fuhr sich verlegen durch sein rotes Haar und einzelne Strähnen zeigten in alle Richtungen. »Möchtest du mit mir in den Zoo gehen?«, presste er dann in einem schnellen Rutsch hervor.

Ich blinzelte ihn verwundert an. In den Zoo gehen? Wie ein ... Date?

»Schon gut, ich gehe allein«, setzte er eilig nach, da er meine verwirrte Stille offenbar als Absage deutete.

»Gern. Jetzt gleich?«, fragte ich ein wenig zu hastig und wurde mit einem strahlenden Lächeln von ihm belohnt.

»Klar, auf geht's!«

Eine halbe Stunde später betraten wir den *Taronga Zoo* auf der Nordseite Sydneys. Das Innere selbst war großräumig aufgebaut, mit breiten Wegen, viel Natur und weitläufigen Gehegen. Eines der Highlights stellten die Giraffen dar, über deren Gehege jeder Einwohner Sydneys witzelte, dass es die Wohnung mit dem besten Blick in der Stadt sei. Direkt gegenüber von der Oper, auf einem Hügel, besaßen die Giraffen freien Blick auf den Naturhafen, die sanften Wellen und die weißen Segel des Opernhauses unmittelbar vor der mächtigen Skyline aus Wolkenkratzern. Eine vergleichbare Wohnung schlug mit knapp fünfstelligen Monatsmieten zu Buche – was sich vermutlich nur Leute wie Harlow leisten konnten.

Ich nun offenbar auch, wenn ich bedachte, dass ich hier auf der Schattenseite ebenso zur reichen Gesellschaft gehörte. Mit einem Stöhnen löste ich meinen Blick von den Giraffen und drehte mich zu Harlow.

»Langsam kehrt Routine in unser Leben ein, oder?«, fragte ich Harlow, um die Stille zu durchbrechen. Sie war weder angespannt noch angenehm. Ein merkwürdiges Zwischending, das gefüllt werden wollte.

»Mehr oder weniger.« Harlow schenkte mir einen skeptischen Seitenblick. »Bei dir mehr als bei mir.«

»Wie meinst du das?«

»Ich meine, wir beiden haben unsere Ausbildung, ja. Aber während ich mich jeden Morgen schlecht gelaunt mit einem Liter Kaffee dazu aufraffe und den halben Weg grummele, bist du schon einen Marathon gelaufen, einmal eine Strecke so weit wie nach Bali geschwommen und hast dein erstes Training hinter dir. Vermutlich auch noch eine aussterbende Spezies gerettet, nachgezüchtet und ausgewildert. Weißt du, wie man das nennt?«

»Vorbildlich?« Ich grinste ihn an, woraufhin er mit den Augen rollte.

»Nervig. Man nennt es nervig!« Harlow gab ein gespieltes Seufzen von sich. »Außerdem setzt es mich unter Druck. Wann haben wir noch mal die Rollen getauscht?«

»Hä? Wieso?« Verwirrt blieb ich stehen, doch Harlow machte nicht halt, also holte ich wieder auf.

»Weil ich, seitdem wir hier sind, keinen Sport gemacht habe und allgemein meine antrainierte Routine habe schleifen lassen.« Er lachte kurz auf und schüttelte amüsiert den Kopf. »Was rede ich da eigentlich? Ich mag Sport nicht mal.«

»Nicht? Du warst immer gut im Sport. Sowohl an der *St. Andrew* als auch im Kricket-Team. Du hast in der Jugendnationalmannschaft gespielt –«

»Kricket ist scheiße!«, unterbrach er mich genervt. »Manche Spiele gehen über Tage oder Wochen. Welcher dämliche Sport braucht tagelang für ein einziges Spiel?«

Das entlockte mir ein Lachen. Ich hatte dem Snob-Sport Kricket nie etwas abgewonnen, dennoch war es eine der prestigeträchtigsten Sportarten in ganz Down Under.

Was auch erklärt, wieso Harlow es spielen musste, *du Trottel!*
Die Erkenntnis traf mich so plötzlich, dass ich erneut stehen blieb. Harlow drehte sich um und schlenderte rückwärts weiter. Er legte den Kopf schief und wartete darauf, dass ich etwas sagte.

Langsam holte ich auf, ohne meinen Blick abzuwenden. »Du hasst Sport also? Allem voran Kricket?«

»So ist es.« Harlows Blick lag herausfordernd auf mir. Vermutlich wusste er, was ich realisiert hatte.

»Und doch warst du immer gut im Sport. Die besten Noten im Sportunterricht und zig Zeitungsartikel als Spieler des Jahrs beim Kricket. Wieso?«

»Wirklich?« Er lachte, auch wenn es nicht seine Augen erreichte. »Wann war ich in etwas nicht einer der Besten, Jax? Wann durfte ich mal mittelmäßig oder schlecht in etwas sein, ohne dass sich die Medien, Angelina oder die Schulleitung direkt auf mich stürzten und daran erinnerten, wer ich zu sein hatte?«

»Ich …« Mein restlicher Satz blieb in der Luft hängen.

»Ich wurde von Kindesbeinen an dazu erzogen, ein Gary Stu zu sein – jemand, der alles immer perfekt beherrscht.«

»Ist das denn so schlimm?«

Harlow drehte mir den Kopf zu. »Meinst du das ernst?« Seine grünen Augen funkelten in der Abendsonne und einzelne ihrer Strahlen umspielten die Sommersprossen an seiner Nase.

»Ja?«

»Ist das eine Antwort oder eine Frage?« Er grinste mich an.

»Eine Antwort?«, fragte ich.

Harlow schüttelte den Kopf. »Es ist durchaus nützlich, in allem der Beste zu sein, klar.« Er seufzte. »Der Preis dafür war leider, dass ich keine Zeit für mich besaß. Keine Freunde, keine Hobbys, keinen eigenen Willen. Ehrlich gesagt, weiß ich nicht einmal, was ich mag und was nicht. Ich habe einundzwanzig Jahre perfekt funktioniert und meine Rolle eingenommen, nur um nach einigen Tagen hier auf der Schattenseite zu verstehen, dass ich nicht einmal weiß, wer ich wirklich bin.«

Schweigen legte sich über uns. Krampfhaft versuchte ich meinen Blick nicht zu Harlow schweifen zu lassen. Ganz so, als könnte mich der traurige Ausdruck in seinen Augen versteinern wie der Blick der Medusa.

Wir setzten uns an einen Tisch mit zwei Bänken, und ich holte etwas zu trinken aus der Tasche. Zum einen weil es bei der Hitze wichtig war, nicht zu dehydrieren, und zum anderen, um mich von dem Gespräch abzulenken, auf das ich keinerlei Antworten zu geben hatte.

»Habt ihr gerade ein Date?«, fragte plötzlich ein kleines Mädchen von etwa zehn Jahren, kam zu uns an den Tisch und legte ihr Kinn verträumt auf ihre Handinnenflächen. Sie starrte uns interessiert an, während ich mich fragte, wo die Eltern dieses neugierigen Kindes waren.

»Was?«

»Nein!«

Harlows und meine Antwort kam im selben Moment, während ich mich an meiner Spucke verschluckte und hustete. Das Mädchen legte den Kopf schief und beobachtete uns mit Adleraugen. Mich, wie ich weiterhin hustete, und Harlow, wie er mit geröteten Wangen in seinen Kaffee starrte und unverständlich vor sich hin murmelte.

»Zwei Hexen sitzen auf 'nem Baum«, trällerte das Mädchen ein Kinderlied für Verliebte. »Knutschen rum, man glaubt es kaum.«

Ich stöhnte. Wie war das mein Leben geworden? In einer mir fremden Realität von einer Zehnjährigen mit einem Kinderlied verarscht zu werden – das stand definitiv nicht auf der Liste, was ich nach dem Abschluss an der *St. Andrew* erreichen wollte.

Ein leises Schnauben, gefolgt von einem Grunzen erklang. Als ich aufsah, hielt sich Harlow eine Hand vor den Mund.

»Sorry«, presste er erstickt hervor. Ein Moment der Stille folgte, bevor er laut losprustete. Solch ehrliche Emotionen, völlig frei und nicht durch seine politisch antrainierte Maske gefiltert, hatte ich zuvor nur selten bei ihm gesehen.

Mit aller Macht wollte ich, dass es mich kaltließ. Mir egal war. Nichts zwischen uns änderte. Nur beschloss mein Magen, dass diese Seite von Harlow schon genügte, um ein Kribbeln in mir auszulösen. Kombiniert mit der Sonne, die sich in seinen jadefarbenen Augen spiegelte und die ehrliche Freude darin entblößte, stellte sich meine Gegenwehr als belanglos heraus. Den Kampf hatte ich schon verloren. Verdammt!

Bemüht, nicht selbst in das Lachen einzusteigen – denn entgegen aller inneren Vorsicht war diese Version von Harlow äußerst ansteckend und faszinierend zugleich –, zog ich eine Braue in die Höhe. Und schenkte ihm einen gespielten Was-stimmt-denn-mit-dir-nicht-Blick.

»Entschuldige.« Er lachte weiterhin. Lauter. Ehrlicher. Süßer.

Shit. Fokus, Jax! Er ist und bleibt tabu! Ihr seid keine Freunde, und denk nicht mal dran, sein Lover zu werden. Der Kerl wird die nächste Hexenkönigin und du bleibst ... du selbst.

»Eine ... Acht- oder Neunjährige verarscht uns gerade«, riss mich Harlow aus meinem kläglichen Selbstmitleid. »Und das, obwohl wir die *großen Retter* der Hexenwelt sein sollen. Wenn das nicht auf eine dramatische Weise lustig ist, was dann?«

Das entlockte mir ein belustigtes Grunzen. Damit hatte er recht. Diese Situation war definitiv völlig absurd.

»Ich bin zehn!«, antwortete das Kind mit zusammengekniffenen Augen und vor der Brust verschränkten Armen, als ob wir es hätten wissen müssen.

»Es ... Es tut mir ... leid«, presste Harlow zwischen dem lauten Lachen hervor und wischte sich eine Träne von der Wange. »Natürlich bist du zehn. Mein Fehler.« Er räusperte sich. »Deine Eltern suchen dich sicher schon, meinst du nicht?«

»Oh, vermutlich. Tschüss!« Winkend rannte die Kleine davon.

»Wollen wir auch weiter?«, fragte Harlow, weiterhin grinsend, und ich erinnerte mich verzweifelt daran, dass wir nicht in derselben Liga spielten.

»Harlow McQueen und Jax Ingram«, erklang eine weibliche rauchige Stimme hinter uns, als wir fünfzehn Minuten später das Quokka-Gehege erreichten. Meine Nackenhaare stellten sich auf und neben mir verspannte sich Harlow. Ich roch die Magie einer Hexe, jedoch nur vage wie eine zarte Berührung.

Ich stimmte einen Schutzzauber an, den ich bei Gefahr über meine Lippen entlassen könnte. Kurz vor dem Ende wurde ich von dem heiseren Lachen der Frau unterbrochen. »Das ist nicht nötig, Jax.«

Ich warf einen zweifelnden Blick zu Harlow, der flüchtig die Schultern hob.

»*Wenn sie uns angreifen wollte, hätte sie es hinterrücks gemacht*«, erklang seine Stimme in meinem Kopf.

Recht hatte er. Wir drehten uns langsam zu der Frau um. Trotz hochsommerlicher Temperaturen trug sie einen fuchsiafarbenen Mantel – die Farbe der Dubois' – mit einer großen Kapuze, die sie tief ins Gesicht gezogen hatte. Den unheimlichen Auftritt beherrschte diese Frau definitiv.

Sie streifte die Kapuze zurück und entblößte ihr Haupt. Ihre grauen Haare waren zu einem wilden Dutt zusammengebunden, tiefe Falten und graue Augen begrüßten uns. Äußerst ungewöhnlich für eine Hexe, denn wir alterten anders als Menschen. Erst in den letzten Lebensjahren sah man uns die Vergänglichkeit des Seins an.

»Und doch bin ich nur so alt wie Gunnar Ingram«, beantwortete sie meine nicht ausgesprochene Frage. Las sie etwa meine Gedanken? »Und da ihr zu höflich seid, in dieser Zeitlinie zu fragen: Mein Äußeres ist so sehr gealtert, weil ich einst eine Prea war. Außerdem sollte ich aufhören, eure Gedanken aus anderen Linien zu beantworten – das erschreckt die meisten Hexen, die keine Preas kennen.«

Neben mir zog Harlow scharf die Luft ein, auch mir stockte der Atem. Zwar hatte er mir nur knapp berichtet, wer diese geheime Spezialeinheit war, dennoch wusste selbst ich dank ihm, wie selten man jemanden von ihnen zu Gesicht bekam, wenn überhaupt.

»Ich habe erst vor ein paar Tagen von euch erfahren«, sagte Harlow.

»Ich weiß.« Die Prea schenkte ihm ein wissendes Lächeln.

»Ähm ... Ja, natürlich. Logisch«, stotterte er. Es war durchaus beunruhigend zu wissen, dass einer Hexe aus dem Prea-Programm nichts verborgen blieb, wenn sie ihre Gabe auf die Gegenwart oder Zukunft einer Person konzentrierte.

»Ich bin Lune Dubois, geborene Ingram.«

»Du bist wer?« Mehr brachte ich nicht hervor.

»Gunnar Ingrams in Ungnade gefallene Schwester und somit deine Tante.«

Mit offenem Mund starrte ich sie an.

»Deswegen mein unangekündigtes Erscheinen«, setzte sie hinzu. »Wir dürften aus vielerlei Gründen nicht miteinander reden.«

»Wie kannst du als Ingram eine Prea sein?«, brach es aus Harlow hervor.

»Die Hexenhochzeit«, antwortete sie schlicht. »Ich habe vor vielen Jahren Luc Dubois geheiratet und somit meine Ingram-Gabe verloren, dafür jedoch die Hellsicht der Dubois' erhalten. Anders als die meisten Hexen habe ich Luc aus wahrer Liebe und nicht aus Vernunft geheiratet – weswegen mich die Ingrams auch als Verräterin betrachten. Wir Hexen heiraten sonst nicht aus Liebe – und schon gar nicht den größten Konkurrenten.« Sie seufzte. »Deswegen bin ich aber nicht hier. Wir haben nicht viel Zeit. In fünf Minuten kommt jemand vorbei, der mich erkennen würde – bis dahin muss ich wieder verschwunden sein.«

»O-kay«, sagte ich gedehnt, weil ich rein gar nichts verstand.

»Junger McQueen«, wandte sie sich an Harlow, »du bist nicht mehr allein. Immer wieder wirst du das glauben, aber sei dir gewiss, du bist es nicht. Bis zu dem Tag, an dem du deiner Mutter gegenüberstehst, wird viel passieren. Schreckliches, Schönes, Verwirrendes. Verlier nie den Weg aus den Augen – und vertraue der Person, die dir einen sicheren Plan anbieten wird. Ansonsten wirst du unweigerlich sterben.«

»Wer ist sie?«, flüsterte Harlow rau.

»Das wirst du noch verstehen. Sie strahlt hell, so hell wie dein Licht.« Lune drehte sich zu mir. »Du bist gut genug, Jax. Auch wenn du es selbst nicht glauben magst. Wir sind uns so ähnlich, mein Neffe.« Sie legte ihre faltige Hand an meine Wange und die Worte stachen in meinem Herz. »Wir folgen unserem Herzen und werden durch unser Hirn gebremst. Mach nicht den Fehler, den ich beging, und warte zu lange. Ich hätte viel mehr Jahre mit Luc haben können.«

»Ich verstehe nicht ...«

Sie lachte heiser. »O doch, das tust du. Ihr beide wisst es. Und nach diesem Gespräch wird es noch eine Weile dauern, bis ihr es euch eingesteht, aber glaubt mir, es lohnt sich. Sollte die Zeitlinie zutreffen, in der ihr siegt, werdet ihr ein paar Jahre später sehr stolz auf eure Tochter sein.«

Ich blinzelte. Einmal, zweimal, dreimal.

Tochter? Unsere? Harlows und meine?

Lune streckte ihre Hand aus und eine Glaskugel materialisierte sich aus dem Nichts. Bilder tanzten durch den Rauch im Inneren.

Harlow, wie er ein Baby im Arm hält. Ich, wie ich mit einem Kind spiele. Wir beide, wie wir beim Abschluss des Mädchens an der *St. Andrew* stolz im Publikum saßen.

»Ist das in Stein gemeißelt?«, fragte ich mit belegter Stimme.

»Nichts in dieser Welt ist in Stein gemeißelt«, antwortete Lune ruhig. »Dies ist eine von vielen möglichen Zukünften, eine sehr wahrscheinliche, falls Harlow seine Mutter besiegt.«

»Wieso zeigst du uns das?«, fragte Harlow, der den Blick verwirrt von der Glaskugel hob, um Lune anzusehen.

»Damit ihr wisst, dass es sich zu kämpfen lohnt, ihr etwas habt, an dem ihr festhalten könnt, wenn ihr glaubt, ihr hättet schon verloren.«

»Aber versteifen wir uns nicht zu sehr auf genau diesen Ausgang?«, fragte ich.

»Du hast recht, deswegen werdet ihr dieses Treffen auch gleich vergessen und das Gesagte ebenso. Euch bleibt nur die Gewissheit, dass es etwas gibt, für das es sich zu kämpfen lohnt. Ein Gefühl, eine Ahnung – ein Wegweiser.«

Bevor ich etwas erwidern konnte, weitete Lune die Augen.

»Ich muss los.« Sie stimmte eine Melodie an und fuchsiafarbene Partikel verließen ihren Mund, die Harlows und meinen Kopf umspielten, bevor sie in mein Denken sackten. Mir entglitten Lunes Informationen, obwohl ich versuchte sie festzuhalten. Wie Tau in der Morgensonne über einer Wiese verblassten sie stetig.

Schnell streifte sich Lune die Kapuze über, eilte bis zu einer Ecke des Freigeheges, wartete dort ein paar Sekunden, bis ein älteres Paar sie passiert hatte, und verschwand dann. Direkt darauf entglitt mir die Erinnerung, dass ich sie je getroffen hatte.

Harlow schüttelte den Kopf und rieb sich die Stirn. »Hast du was gesagt?«

»Ich dachte, du hättest was gesagt.«

Wir starrten ins Leere, und ich fragte mich, was in den letzten Minuten passiert war, denn egal wie sehr ich mich zu erinnern versuchte, da war nichts.

Ein schwarzer Fleck – nur das Gefühl, dass Harlow und ich kämpfen mussten, das blieb.

Zwei Stunden und viel Streicheln von Quokkas später hatten wir den Weg zum Anwesen zurückgefunden. Jetzt saßen wir auf einem Steinvorsprung an dem kleinen privaten Strand des Anwesens meiner Familie. Unsere Beine baumelten im Wasser, und nur das Rauschen der flachen Wellen war zu hören. Sowohl Harlow als auch ich waren zu aufgedreht, um zu schlafen, also hatten wir beschlossen, ein bisschen den Wellen zu lauschen. Dicke Wolken hatten sich vor den Mond geschoben und tauchten den Ozean in Finsternis. Nur vereinzelt drangen Lichtstrahlen vom Anwesen zu uns vor, konnten die Szenerie aber nicht erhellen. Harlow sah ich nur als Schemen neben mir, nicht einmal sein strahlendes Haar oder die eindringlichen grünen Augen konnte ich ausmachen.

»So viel zu: Lass uns noch etwas den Wellen zusehen«, grummelte ich vor mich hin. »Wäre schön, wenn wir sie wirklich sehen könnten.«

Ein Gemisch aus Lachen und Schnauben erklang von Harlow. Nicht abfällig, wie ich es in der Lichtwelt wahrgenommen hatte. Mittlerweile fiel es mir deutlich leichter, die Nuancen in Harlows Stimme zu deuten, seinen Schutzschild aus Eis zu durchschauen. So auch in diesem Moment. Er war amüsiert, doch nicht auf meine Kosten. Vielmehr wirkte er frei und entspannt, das Lachen ehrlich.

»Was denn? Ist doch so«, murmelte ich und versuchte Harlow in der Dunkelheit auszumachen.

Bevor ich sie hörte, spürte ich seine Magie. Sie kitzelte über meine Hand, zog mich wie der Gesang einer Sirene zu Harlow. Und wie bei einer Sirene würde ich meinem Untergang entgegeneilen, wenn ich diesem Verlangen nachgab. Zwar war ich nicht mehr ausgestoßen, ärmlich und mit abfälligen Blicken konfrontiert, doch standen wir weiterhin auf unterschiedlichen Seiten der gesellschaftlichen Hierarchie.

Er war ein McQueen, ich ein Ingram.

Harlow würde die nächste Hexenkönigin werden und ich sein Reaper, im Namen der Krone. Mein gesellschaftlicher Stand hatte sich geändert, aber das Machtgefälle würde über kurz oder lang wieder existieren. Harlow würde entweder sterben oder zur mächtigsten und einflussreichsten Hexe unserer Gesellschaft aufsteigen. Und neben dieser Person war kein Platz für eine ehemalige Straßenhexe.

»*Du denkst zu laut, Ingram*«, hörte ich ihn in meinen Gedanken sagen und zuckte zusammen. Panik ereilte mich, legte sich über mich, während mir heiß und kalt wurde. Seine Magie verebbte ein wenig, doch präsent war sie noch immer.

»*Entspann dich. Ich habe keine Gedanken empfangen, nur dass deine Emotionen aufgewühlt sind.*«

Das beruhigte mich in der Tat, konnte ich doch einfach eine Lüge vorschieben, was meine Gefühle betraf. Vielleicht das Training?

Erneute spürte ich Harlows Magie aufflammen. Dieses Mal legte sich die Melodie über meine Haut wie eine warme Decke und wiegte mich in Ruhe und Geborgenheit. Nur einen Augenblick später schwebten goldene Funken hin zu den Wellen und senkten sich ins Wasser.

Erst erstrahlte ein kleiner blauer Punkt. Dann ein weiterer. Mehr und mehr Formen schimmerten in einem satten Blau und erhellten kurze Zeit später das gesamte Wasser unmittelbar vor dem Strand.

»Was zur Urmutter?« Ich weitete die Augen.

»Biolumineszente Algen«, antwortete Harlow und lächelte in das Farbenspiel aus Blautönen.

»Aber müssten sie nicht rot sein wegen des Himmels? Licht und so?« Aber was wusste ich schon von Physik …

»Ich muss dir etwas gestehen«, flüsterte Harlow mit belegter Stimme.

Auf seinen Gesichtszügen tanzten die blauen Lichter der Algen und ließen seine grünen Augen türkis erstrahlen. »Was musst du mir gestehen?«

»Aber du musst mich ausreden lassen, selbst wenn es unglaublich klingt.«

»Na gut«, antwortete ich gedehnt.

»Ich«, hauchte er, »bin eine Hexe, und das ist Magie.« Sein Lachen hallte über die Wellen und ich grunzte, konnte mir das Grinsen aber nicht verkneifen.

»Wirklich jetzt?« Ich schüttelte den Kopf und unterdrückte das Lachen.

»Kaum zu glauben, ich weiß.« Er zwinkerte mir zu, und diese Geste löste ein Ziehen in meinem Unterleib aus. Mir wurde warm. Viel zu warm. Unangenehm warm.

»Also leuchten sie wegen deiner Magie?«, fragte ich, um mich von der Wärme abzulenken.

»Ja und nein. Die Algen leuchten auch ohne meine Hilfe. Ist ein chemischer Prozess, der sie Licht ausstoßen lässt. Durch Verdauung ihres Futters, Plankton, sozusagen. Ich habe gerade nur ihre Verdauung durch reines Sonnenlicht angeregt.«

»Das heißt: Vor uns schwimmt blaue Kacke?« Ich grinste.

»Quatsch.« Harlow stieß mich mit der Schulter an. »Das Licht kommt von den Einzellern und den Lichtimpulsen, die sie abgeben, nachdem sie Plankton gefressen haben. Aber das ist doch egal, genieß den Anblick einfach.«

Auch ich stieß Harlow mit der Schulter an, unterschätzte jedoch meine Kraft. Er geriet ins Taumeln, ruderte mit den Armen und landete in dem von Algenkacke durchzogenen Wasser. Prustend tauchte er aus den Wellen auf. Seine Arme und das Gesicht glitzerten blau, während er mich aus zusammengekniffenen Augen anstarrte.

Goldene Funken bildeten so schnell eine Lichtpeitsche, dass ich die Melodie kaum hörte, bevor der Canto mich erwischte. Die Peitsche umschlang meine Hüfte, zog an mir, und einen Augenblick später war ich ebenfalls ins Wasser gefallen und tauchte Sekunden später prustend wieder auf.

»Hast du mich gerade ernst-« Weiter kam ich nicht, da Harlow mir das blau glitzernde Algenkackwasser ins Gesicht spritzte.

»Blau steht dir«, flötete er unschuldig.

Für einen Moment stand ich nur fassungslos da. Wer war dieser entspannte, lustige Kerl vor mir? Wieso hatte ich diese Seite noch nie zuvor entdeckt?

Weil du sie nicht sehen wolltest, erinnerte mich mein verräterisches Gehirn.

Mit einem Brüllen stürzte ich mich auf Harlow, nahm ihn in den Schwitzkasten und warf mich in die Wellen. Als wir auftauchten, leuchteten wir beide in den schönsten Blautönen. Wir balgten, spritzten uns nass, völlig unbeschwert und frei. Plötzlich stolperte Harlow und fiel gegen mich.

An meine Brust gepresst hörte ich seinen Atem schwer und ungleichmäßig. Mein Puls beschleunigte sich, mein Mund war staubtrocken. Harlow hob den Kopf, sodass wir uns direkt in die Augen starrten. Blaue Tropfen hingen an Harlows Wimpern. Sein Gesicht näherte sich meinem. Oder war es mein Gesicht, das zu ihm wanderte?

Ich spürte schon die Wärme seiner Lippen, da räusperte sich jemand am Strand.

Verdammt!

»Yo, Schlumpfenparade!«, rief Teagan. »Ich störe nur ungern, aber hier draußen ist es zu gefährlich ohne Leibwachen. Abmarsch nach drinnen.«

Natürlich war es zu gefährlich. Weil der Typ, den ich gerade hatte küssen wollen, die nächste verdammte Hexenkönigin werden würde. Und somit für mich völlig unantastbar war.

Ich räusperte mich, nickte Harlow kurz zu, stieg aus dem Wasser und flüchtete ins Anwesen, ohne auf ihn oder Teagan zu warten.

Hinter mir hörte ich die Leibwächterin jedoch noch fröhlich das Lied der Schlümpfe summen.

Ich hatte meinen Kopf unter dem Kopfkissen vergraben und gab mich meinem Selbstmitleid in vollen Zügen hin, als es an der Tür klopfte.

»Niemand da«, gab ich gedämpft von mir.

Die Tür öffnete sich mit einem leisen Knarren und ich nahm das Kissen vom Gesicht. Im Gegenlicht des Flures, das in mein Zimmer strömte, stand eine unverwechselbare, elegante Silhouette. Teagan. Selbst im Schatten erkannte man die Grazie, die diese Frau umspielte.

»Umso besser, wenn niemand da ist. Dann bekomme ich von euch Kleinkindern wenigstens nicht andauernd Widerworte.«

Ich brummte.

»*Niemand* kann übrigens nicht brummen«, teilte sie mir mit, und ich verstand: Klappe halten und zuhören war angesagt. Passte mir gut, denn mir war ohnehin nicht nach Reden zumute. Und schon gar nicht mit Teagan, die Harlow und mich gerade wie eine Anstandsdame in den Wellen des Ozeans überrascht hatte.

»Die Version, die du von Harlow auf der Schattenseite kennengelernt hast, magst du. Sehr sogar. Mehr noch, als du es schon vorher tatest.« Sie stellte keine Fragen. Nein, Teagan legte Fakten dar. »Du fragst dich vermutlich, welche Version die echte ist. Ob du gut genug für ihn bist. Ob ihr nicht aus zu unterschiedlichen Welten kommt. All den Scheiß, den ihr jungen Leute euch in eurem Selbstmitleid und falschem Stolz halt fragt.«

Sie seufzte.

»Die Antwort ist: Ich weiß es nicht. Und Harlow vermutlich auch nicht. Fast zwanzig Jahre war er immer nur das, was andere von ihm erwarteten. Er hielt seine Emotionen im Zaum und zeigte immer die perfekte Reaktion, die von ihm in Interviews, bei Staatsbesuchen und Feiern erwartet wurde. Ich kann dir nur eines sagen: Er war noch nie so sehr er selbst und befreit, wie er es ist, wenn er Zeit mit dir verbringt. Tut mir und euch einen Gefallen und verkackt es nicht, weil ihr zu stolz seid.«

Teagan drehte sich um und war schon dabei, die Tür zu schließen, hielt jedoch noch mal inne. Dann seufzte sie erneut.

»Was auch immer es wert ist«, sagte sie, »ich finde, ihr habt es verdient, glücklich zu sein. Schlaf gut, Jax.«

Und damit schloss sie die Tür und öffnete ein Tor voller Fragen für mich.

Kapitel 18

Harlow

Zweiunddreißig Tage bis zum Blutmond

Ich stand in der Küche der Ingrams und meine Gedanken wanderten mal wieder zurück zu dem Tag im Zoo. Daran, wie normal Jax zu mir gewesen war, wie gut wir uns verstanden hatten. Und zu dem Moment, in dem wir uns um Haaresbreite im Wasser, überhäuft mit blauen Algen, geküsst hätten. Eine Erinnerung, die mich selbst jetzt, zwei Wochen später, grinsen ließ.

Ich hatte gehofft, wir würden da anknüpfen, wo wir im Meer aufgehört hatten, oder zumindest miteinander reden – aber die Realität zeigte sich anders. Völlig anders. Jax und ich waren uns fremder denn je.

Er mied mich ununterbrochen. Als wäre ich das Wasser und er die letzte Flamme der Welt. Jax trainierte länger, fand andauernd Ausreden, wieso wir nicht allein in einem Raum sein konnten, und jedes Mal, wenn ich mich ihm näherte, um ihn darauf anzusprechen, flüchtete er vor mir und ließ Speedy Gonzales und den Roadrunner dabei vor Neid erblassen.

Mir war bewusst, dass ich davon hätte genervt sein müssen. Ihn und seine vollen Lippen abschreiben sollte. Einfach zu unserer Hass-Freundschaft zurückkehren sollte und mich so zu verhalten, als wäre nichts passiert.

Das Problem: Es war etwas passiert. Und damit meinte ich nicht ausschließlich den Beinahe-Kuss, sondern meine neuen Gefühle. Zuvor war das, was ich Jax gegenüber gespürt hatte, definitiv eine Teenieschwärmerei gewesen, doch nun war das Ganze zu einem Eingeständnis angewachsen. Einem, das mich verwirrte. Ich war zweifelsohne verliebt, und zwar in den Kerl, der mich weiterhin zur Weißglut trieb, aber ebenso mein Herz hüpfen ließ.

»O Shit, den Blick kenne ich«, sagte Oli, und ich sah erschrocken zum Türrahmen, in dem er stand.

»Wovon redest du?« Lässig lehnte ich mich gegen den Tresen. Jedenfalls war das der Plan, doch ich verkalkulierte mich und fiel fast auf die Nase. Gerade so verhinderte ich meinen Sturz mit einem Ausfallschritt, stieß mir dabei aber das Knie an der Theke aus Stein. Mit voller Wucht.

»Geschmeidig, McQueen. Unfassbar geschmeidig«, grummelte ich und rieb mir das Bein.

Mit hochgezogenen Mundwinkeln und Brauen, die fröhlich in die Höhe tanzten, musterte Oli mein Gebaren. In seinem Gesicht zuckten ein Dutzend Muskeln, und ich fragte mich unmittelbar danach, ob er Verstopfung hatte oder ein Lachen zu unterdrücken versuchte. Die Antwort lag zwar auf der Hand, doch diese ignorierte ich großzügig. Immerhin war er loyal und erfreute sich nicht an meinem Leid – bis er es nicht mehr war, weil er schallend losprustete.

Arschgesicht.

Kurz dachte ich darüber nach, ihn mit Diarrhö zu verfluchen.

»So schlimm ist es schon?«, wollte Oli wissen. »Wie konnte ich das so lange übersehen?«

»Wovon redest du?« Ich legte das letzte bisschen Stolz, das mir blieb, in meine Stimme und griff wegen meines trockenen Mundes nach einem Glas Wasser, das ich an die Lippen setzte.

»Dass du in Ingram verliebt bist«, sagte Oliver.

In hohem Bogen prustete ich das Wasser Richtung Oli, das sich über seine Kleidung ergoss.

»Mate, hast du mich gerade angespuckt?«, fragte er und lachte dieses Mal lauter. So viel zu meiner *geschmeidigen* Art. Und an allem war Jax Ingram schuld. Na ja, oder meine Gefühle für ihn – die Oli leider exakt in Worte verpackt hatte.

Schwere Schritte halten durch den Flur, einen Moment später betrat Jax die Küche und blieb abrupt stehen. Sein Blick legte sich auf mich. Der Ausdruck seiner Augen erinnerte mich an ein Känguru im Scheinwerferlicht, kurz bevor es von einem Auto umgemäht wurde.

»Oh ... Ich muss ... wieder weg«, sagte er und deutete mit einer unbestimmten Handbewegung auf den Flur.

Wirklich, Jax?

»Ach, wohin denn?«, fragte ich zuckersüß. Ich hatte genug von dem Katz-und-Maus-Spiel.

»Weg. An einen Ort. Weit weg. Nicht hier halt.« Er seufzte.

»Oh, davon habe ich noch nie gehört. Gibt es diesen Ort nur auf der Schattenseite? Zeigst du ihn mir?«

Jax verengte die Augen, während ich ihm ein unschuldiges Lächeln schenkte.

»Geht nicht«, sagte er. »Da können nur Reaper hin. Ist so ein geheimes Ding der Krone.«

»Du meinst der Krone, die bald an meiner Stirn prangt und die mich zur Hexenkönigin macht, die jedes Geheimnis kennt?« Mein Ton klang weiterhin geschmeidig und überfreundlich, trotz der Tatsache, dass mir Jax' Ausflüchte zunehmend auf die Nerven gingen. Außerdem waren sie nicht einmal kreativ. Wenigstens etwas mehr bemühen könnte er sich, wenn er mir schon vorlog, keine Zeit zu haben.

Neben mir betrachtete uns Oli wie bei einem Tennismatch. »Was ist denn hier los? Ihr verhaltet euch, als hättet ihr rumgemacht und würdet einander jetzt peinlich berührt meiden.«

Er kicherte, da er es offensichtlich als Scherz zur Auflockerung gemeint hatte. Ärgerlich nur, dass seine Worte gefährlich nahe an der Wahrheit lagen, die ich ihm verheimlicht hatte. Seit wann bemerkte Oliver King solche Sachen? Wieso entdeckte er gerade jetzt Scharfsinn als eine neue Charaktereigenschaft?

Jax lief knallrot an, wedelte erneut mit der Hand zum Flur und murmelte: »Weit, weit weg.«

Verwirrt und nach Antworten suchend betrachtete Oli mein Gesicht, worauf ich zur Decke sah und mich räusperte.

»Shit, ihr habt miteinander rumgemacht. War es so fürchterlich? Oder wieso benehmt ihr euch so komisch?«

»Nein!«, knurrte Jax.

»Schnauze!«, presste ich hervor.

»Wie auch immer. Jax wollte mich zu meinem Termin beim Doc begleiten«, führte Oli unbekümmert fort und meinte damit vermutlich die Reyes-Hexe, die sowohl den schwarzen Wurzeln in ihm Einhalt zu gebieten versuchte als auch die Panikattacken und Ängste zu dämpfen. Abgesehen von diesem wöchentlichen Termin verließ Oli das Anwesen so gut wie gar nicht – aus Angst, er würde wieder unfreiwillig Richtung Wald laufen und der Stimme folgen. »Harlow, du kommst auch mit.«

»Wieso das?«, entfuhr es Jax.

»Weil es mir heute nicht gut geht und ich euch beide brauche, um dort hinzulaufen«, antwortete Oli mit einer gespielten Traurigkeit, die mich sprachlos machte.

»Du benutzt dein Trauma, um mich emotional zu erpressen?«, flüstere Jax bedrohlich.

»Erpressen ist so eine unschöne Beschreibung dafür.« Oli schob die Unterlippe vor.

»Eher eine zutreffende«, knurrte Jax.

Die Sache war ohnehin gelaufen – und Oli ging als Sieger hervor. Denn während Jax mich gemieden hatte, wusste ich von Oli, dass er jeden Abend in dessen Zimmer verbrachte und so lange dortblieb, bis mein bester Freund eingeschlafen war. Die beiden hatten hart an ihrer Beziehung gearbeitet, was dazu führte, dass Jax nickte, aber dennoch mit den Augen rollte.

»Na, dann los. Ich muss danach noch –«, brummte Jax.

»Weit weg?«, wiederholte ich seine Worte von gerade ironisch. »An einen Ort? Nicht hier halt?«

Die einzige Antwort, die ich bekam, war die Eingangstür, die geöffnet wurde, nachdem Jax sich umgedreht hatte und davongepoltert war.

Nicht nur hatte Jax den gesamten Weg nach Freshwater, dem Stadtteil neben Manly, eisern geschwiegen, nein, er zog sein Schweigen nun schon seit vierzig Minuten durch, in denen Oli bei der Reyes-Hexe in der Praxis verbrachte, während wir draußen warteten. Er starrte in das Schaufenster eines Hexenladens, etwas weiter runter die Straße. Auch Teagan, die uns als meine Leibwächterin natürlich begleitet hatte, lehnte dort an einem großen Müllcontainer und sah zunehmend gelangweilt auf ihr Handy. Mittlerweile hatte ich mir die anderen Läden alle angesehen und bewegte mich langsam auf die beiden zu. In dem Moment war mir egal, ob Jax wieder flüchten würde, sobald ich ankam. Immerhin verhielt er sich wie ein störrisches Kind und nicht *ich* – und alles wegen eines Beinahe-Kusses. Wir waren zwei erwachsene Männer, da könnten wir ja wohl darüber reden, oder? Trotzig beschleunigte ich meinen Schritt, denn ob er wollte oder nicht, wir würden uns hier und jetzt unterhalten.

Kurz bevor ich Jax und Teagan erreichte, kroch ein ungutes Gefühl in mir herauf. Ich hörte die Tür zur Praxis leise aufgehen. Zeitgleich veränderte sich die Luft und ein Geruch nach Tierfell und Äpfel wehte zu mir herüber. Teagan packte mich sekundenschnell an der Hüfte, zog mich mit sich, und nur einen Augenblick später kauerte ich zusammen mit Jax bei Teagan. Sie hatte uns beide hinter den Container gedrängt und einen Finger an ihre Lippen geführt.

Ein Jaulen durchschnitt die Luft, gefolgt von einem weiteren. Dann ein drittes und viertes. Vorsichtig spähte ich an Teagan vorbei und sah Oli, der verwirrt die vier Hunde vor sich betrachtete. Nein, keine Hunde, Wölfe. Neben mir spannte sich Jax an, und ich realisierte, was ich da sah. Teagan packte uns beide am Shirt und drängte uns an die Wand. Dort hielt sie unsere Körper und zischte eindringlich: »Wenn ihr euch den Wölfinnen zeigt, werdet ihr sterben.«

»Oli«, presste Jax hervor und versuchte sich erfolglos zu befreien.

»Ist verloren.« Entschlossen drückte uns Teagan fester gegen die Wand im Schutz des Containers. Sie schloss kurz flüchtig die Augen und sah uns dann mitleidig an. »Es tut mir leid, wir können nichts für ihn tun, ohne dass ihr sterbt. Glaubt mir.«

Jax startete einen erneuten Versuch, sich zu befreien, doch Teagan hielt ihn erbittert in ihrem Griff.

»Hör auf oder ich schlage dich k. o., Jax«, fuhr sie ihn an. »Wir sind hier nicht in einem Superheldenfilm, in dem zwei Jugendliche sich einer Übermacht stellen und gewinnen. In der realen Welt verreckt ihr erbärmlich.«

Selten zuvor hatte ich Teagan so erbost und besorgt erlebt. Und das bedeutete schon einiges, da ich erstaunlich gut darin war, ihren Geduldsfaden zu spannen. Ihre ansonsten glatte Stirn war durchzogen von Sorgenfalten, Kummer lag in ihren Augen. Teagans Eigengeruch wehte für einen Moment in meine Nase, ihre Augen funkelten. Direkt darauf begriff ich, dass sie ihre Sukkubus-Kraft nutzte, um unsere Emotionen zu dämpfen.

Während ich längst aufgegeben hatte, mich zu wehren, versuchte Jax es noch mal. Doch weil Teagan ihn mühelos festhielt und ihre Magie wirkte, gab auch er nach.

»Können wir gar nichts tun?«, fragte Jax tonlos.

»Den richtigen Moment abwarten und dann um unser Leben rennen«, presste Teagan hervor. »Die Hexenbiester werden bald Harlows Blut wittern, wenn sie nicht mehr abgelenkt sind.«

Plötzlich roch die Luft nach Rosen und Ozon, gemischt mit dem vertrauten Geruch nach Tod und Verderben des Waldes. Wir alle hielten inne. Teagans Körper spannte sich an, und sie führte erneut den Zeigefinger an die Lippen. Vorsichtig lugten wir hinter dem Container hervor.

Oli stand dort, sichtlich verwirrt, und die vier Wölfinnen knurrten ihn mit gefletschten Zähnen an. Unmittelbar hinter ihnen waren zwei Frauen erschienen. Zwei Hexenbiester, die einen großen Spiegel zwischen sich hielten, und eine weitere Hexe, die gerade aus diesem hinaustrat.

Casiopaia. Die Hexenkönigin. Meine Mutter.

Sie war gekleidet in ein blutrotes Kleid, dessen Stoff unaufhörlich und sanft hin und her schwang. Sie stand vor Oli und musterte ihn abschätzig. Das Haar hing ihr pechschwarz die Schultern hinab, so dunkel, dass es wie lebendig gewordene Finsternis anmutete. Auf ihrer Stirn, direkt über den stechend grünen Augen, leuchtete der Fluch der Krone. In Schwarz und Rot pulsierten die verschlungenen Linien, einem Herzschlag ähnlich. Es erinnerte mich an eine Dornenkrone. Einzelne Blutstropfen lösten sich unter den Linien, liefen Casiopaia bis zu den Augen und verpufften dort wie Wasser auf einer heißen Herdplatte.

Die Hexenkönigin sah sich flüchtig um. Ihr Blick verweilte sogar kurzzeitig auf uns, ohne etwas zu bemerken. Mir stockte der Atem.

Wie war das möglich? Als ich Jax singen hörte, löste sich meine Starre, in der ich beim Anblick meiner Mutter gefangen gewesen war. Seine Magie strich über meinen Körper, und ich realisierte, dass er Schatten um uns hüllte, die unsere Anwesenheit verbargen. Im Gegensatz zu mir bewahrte er einen klaren Kopf.

»Wo ist er?«, fauchte Casiopaia in Richtung ihrer Hexenbiester. »Wieso bringt ihr mich zu dem nutzlosen King-Jungen?«

Zu unserem Glück stand der Wind günstig. Sanft wehte er mir aus Casiopaias Richtung ins Gesicht, was vermutlich der einzige Grund war, weshalb mich ihre Wölfinnen nicht witterten. Die Frage war, wie lange uns das Glück hold blieb. Gefangen zwischen dem Bedürfnis, zu Oli zu sprinten, und dem Verlangen, so schnell wie möglich zu flüchten, zitterten meine Beine.

Teagan legte ihre Hand auf meine Schulter. »Wenn ich *jetzt* sage, laufen wir. Verstanden?«, flüsterte sie so leise, dass ich sie kaum vernahm.

Jax nickte, ohne den Gesang, der uns verhüllte, zu unterbrechen. Ich tat es ihm zögerlich gleich. Alles in mir tobte. Das schlechte Gewissen, Oli zu verraten, rang trotz Teagans Sukkubus-Magie mit meiner Vernunft, überleben zu wollen. Heute war noch lange nicht der Tag, an dem ich mich meiner leiblichen Mutter stellen könnte.

Casiopaia hingegen kannte die Bedeutung von Gewissen offenbar nicht einmal mehr. Ohne ein Wort schoss ihre Hand zu Oli, durchbohrte seine Brust und riss ihm das Herz heraus. Mir wurde schwindelig, alles drehte sich, und nur mit größter Mühe unterdrückte ich einen Schrei. Erneut verstärkte sich Teagans Geruch, und ihre Magie dämpfte den Schock, der mich gerade noch durchfahren hatte. Nur nebelhaft klopfte der Schmerz an mein Herz, doch ruhte er neben der Trauer um Ruby im tiefen Schlaf.

Der Körper meines besten Freundes sackte zu Boden, doch bevor er gänzlich starb, erschienen Ranken durch den großen Spiegel und zogen ihn hindurch. Der Wald holte sich sein nächstes Kind.

Ein lautes »Nein!« durchzog die Straße. Erstaunt sah ich zu Jax und weitete die Augen in Erkenntnis. Nicht nur er hatte es ausgestoßen, sondern ebenso ich.

Teagan reagierte unmittelbar danach, ihr Dämonengeruch raubte mir dieses Mal komplett die Sinne und löste in mir einen alles einnehmenden Fluchtgedanken aus. Mächtig, verzehrend, beinahe wie ein Befehl. Währenddessen schnappte sie sich einen Stein neben dem

Abfall und sprang hinter dem Container hervor. Die Wölfinnen und Casiopaia drehten sich zu uns. Der Fluch an der Stirn der Hexenkönigin pochte wild. Unzählige Blutstropfen liefen ihr die helle Haut hinab und verpufften an ihren Augen.

»Tötet den Jungen!«, kreischte Casiopaia schrill. Ihre Stimme vibrierte, doch bevor sie einen Canto sang, warf Teagan den Stein mit dämonischer Kraft.

Alles geschah wie in Zeitlupe.

Verwirrt sah ich dem Stein hinterher.

Jax murmelte einen Canto.

Teagans Arm schwang nach dem Wurf in einem Bogen nach hinten.

Die Hexenbiester fletschten die Zähne und heulten uns an.

Casiopaia hingegen weitete erschrocken die Augen. Ihr Blick lag auf dem Wurfgeschoss.

»Springt!«, rief sie ihren beiden Hexenbiestern zu, die den Spiegel abgestellt hatten und neben ihm standen.

Alle drei sprangen im letzten Moment in die wabernde Oberfläche. In Wellen breitete sich die flüssige Magie über das Glas aus, als die drei verschwanden. Unmittelbar danach traf der Stein sein Ziel. Winzige Risse erschienen, knackten übernatürlich laut, und dann implodierte der Spiegel in Tausende Scherben. Sie flogen zurück ins Innere und verschwanden im Nichts. Zurück blieben nur die vier Wölfinnen, Jax, Teagan und ich und ein schriller Schrei meiner Mutter, der noch nachhallte: »Tötet ihn und bringt mir sein Herz!«

Einen Moment hingen ihre Worte wie Gewitterwolken über uns. Die Luft, bis zum Bersten gespannt, drohte sich zu entladen und einen Sturm zu entlassen.

Geifer tropfte von den Lefzen der riesigen Wölfinnen. Eine jede von ihnen fast drei Meter groß war, ihr Fell so dunkel wie die Nacht selbst und ihre Augen leuchteten blutrot.

»Lauft!«, brüllte Teagan und wechselte gänzlich in ihre Dämonenform. Ihre großen Flügel versperrten mir die Sicht, ich drehte mich um und rannte.

Neben mir hörte ich Jax' gepressten Atem. Auch er hatte, ohne Widerworte, auf meine Leibwächterin gehört. Wir stürmten die

Straße entlang. Ich drehte mich nicht um, rannte und rannte, schneller und schneller, in eine enge Gasse, aus dieser hinaus, auf einen kleinen Platz, hinein in den Park, sprang über eine Holzbank, stürmte weiter den Kiesweg entlang, der unter der Last meiner Schritte knirschte.

Meine Lunge schmerzte, meine Muskeln brannten und verkrampften sich. Ich beschleunigte ein weiteres Mal, nahm alle Kraft zusammen, rauschte hinaus durch das Eisentor des Parks, hinein in eine Gasse und … Shit! Am Ende der Gasse versperrte mir eine Betonwand den Weg.

Hinter mir hörte ich das Geheul der Wölfinnen und Teagans Schreie. Auch sie waren uns dicht auf den Fersen. Vermutlich hätten sie Jax und mich schon längst erreicht, wenn meine Leibwächterin uns nicht den Rücken frei halten würde.

Panisch sah ich zu Jax. Mit aufgerissenen Augen fixierte er die Betonwand vor uns.

»Scheiße«, keuchte er.

Nur einen Wimpernschlag später griff er an seinen Gürtel und löste das Metallstück, das seine Waffe beherbergte. Leise summte er eine Melodie, und sofort erschien *Verderbnis*, seine Sense. Jax drehte sich zu unseren Verfolgerinnen um, alle Muskeln dermaßen angespannt, dass er zitterte. Die Waffe in seiner Hand vibrierte, summte in Vorfreude auf den Kampf. Ich folgte ihm mit meinem Blick und schreckte zusammen. Ein Gefühl von absoluter Machtlosigkeit ereilte mich unvermittelt, raubte mir die Luft und hielt mich in einer Starre gefangen. Sosehr mein Hirn mich anschrie, ich solle helfen und Cantos wirken, mein Körper reagierte nicht. Alle meine Melodien entglitten mir sofort, und ich starrte wie versteinert auf das Geschehen.

Am Eingang der Gasse kämpfte Teagan die vier Wölfinnen zurück. Sie schlug mit ihren Flügeln gegen die erbarmungslosen Angreiferinnen. Schwarzes Blut rann aus mehreren Wunden, lief über die weißen Blumen, die ihre Dämonenhaut durchstießen, und tropfte zu Boden.

Ohne zu zögern, stürmte Jax ihr zu Hilfe, erweckte seinen Schatten mit einem Canto zum Leben, der daraufhin wie eine eigenständige Person seine Bewegungen imitierte. Sie krachten gegen zwei Hexenbiester, und diese donnerten gegen eine Wand. Benommen schüttelten sie sich, sahen aus der Hocke finster zu Jax und seinem schattenhaften Doppelgänger. Jax stimmte einen Canto an. Tief und hallend erklang er und erfüllte die gesamte Gasse. Dunkelblaue, fast schwarze Partikel strömten aus seinem Mund. Einem Heuschreckenschwarm gleich durchströmte seine Magie die enge Gasse und ließ mich staunend zurück.

Wir befanden uns auf demselben Trainingslevel, doch Jax wirkte, als hätte er Monate Vorsprung. Sosehr ich helfen wollte, mein Hirn versagte, ließ mich nicht reagieren und verdammte mich zum Zuschauen.

Jax verschmolz mit den Schatten der Container, tauchte an anderer Stelle aus der Dunkelheit auf, schwang seine Sense, nur um wieder im Schatten eines Hexenbiestes zu verschwinden. Wie ein verdammter Ninja wirbelte er umher, begleitet durch das freudige Surren von *Verderbnis*. In diesem Augenblick verstand ich, weshalb die Agenten des *Den* Reaper hießen. Wie der Tod höchstpersönlich nutzte Jax die Schatten, um wie ein Geist aus ihnen aufzutauchen und die riesige Sense zu schwingen, als wollte er die Seelen von Verstorbenen einsammeln.

Seine Waffe hinterließ tiefe Wunden in den Wölfinnen, die sich jedoch unmittelbar danach von allein schlossen. Ein mächtiger Fluch der Heilung lag offenbar auf ihnen.

Wie sollten wir sie besiegen, wenn ihre Wunden direkt heilten?

Hilflos realisierte ich, dass wir nicht den Hauch einer Chance besaßen. Zwar wirbelte Jax mit der Sense umher und beherrschte die Kampfkunst erstaunlich gut, doch stellte er keinen ebenbürtigen Gegner für die Hexenbiester dar. Einzig Teagan schien ihnen gewachsen. Jedoch nicht vieren gleichzeitig.

Mein Blickfeld verkleinerte sich zunehmend, bis es nahezu gänzlich schwarz wurde. Nun setzte zu meiner Versteinerung auch die alles verschlingende Panik ein. Wie durch ein Nadelöhr nahm ich alles nur langsam wahr. Meine Brust krampfte und das Atmen fiel mir schwer. In kurzen, rasselnden Schüben stieß ich die Luft aus und atmete sie krampfhaft wieder ein, denn mit einer solchen Panikattacke war an Singen gar nicht erst zu denken. Und im Gegensatz zu Jax waren Cantos meine einzige Waffe.

Falsch! Urplötzlich klärten sich meine Gedanken und ich atmete tief durch. Beruhigte mehr und mehr meine Atmung, kämpfte mich durch die Taubheit zurück an die Oberfläche, aus einem See voll Zweifel und Panik. Ich besaß eine Waffe. Eine überaus mächtige dazu, die mir selbst Angst einjagte: Flüche und mein Talent, subharmonisch zu singen.

Ich sah Teagan und Jax umherwirbeln, die nur mühevoll die Hexenbiester in Schach hielten. Lange würden sie das nicht mehr durchstehen, und dann wären wir, ohne jeden Zweifel, Gulasch.

Vorsichtig atmete ich ein. Spürte, wie Luft meine Lungenflügel flutete und die Brust anhob. Meine Magie reagierte direkt, gab mir zu verstehen, dass sie bereit war. Die Frage, die sich mir stellte: War ich es? Konnte ich mit den Konsequenzen umgehen?

Ein schmerzverzerrter Schrei durchzog die Gasse, als die Klaue eines Hexenbiests über Teagans Gesicht fuhr und Teile ihrer Haut ablöste. Einzelne Blütenblätter segelten durch die Luft.

Ich musste handeln.

»Zurück! Kommt zu mir!«, rief ich Teagan und Jax zu.

Meine Leibwächterin sah zu mir, verstand sofort, was ich vorhatte. Ihr Blick lag auf dem scharfkantigen Schlüssel in meiner Hand, mit dem ich mir in diesem Augenblick eine Schnittwunde am Hals zufügte, gefolgt von einer weiteren am Oberarm. Den Schmerz nahm ich nur gedämpft wahr, meine Gedanken waren zu fokussiert auf das, was folgen würde.

»Harlow, nicht!« Doch Teagans gebrüllte Worte kamen zu spät. Blut floss langsam aus den Wunden und ich stimmte die Subharmonie an. Wie ein dunkles Omen vibrierte sie auf meinen Stimmbändern.

Feuchtigkeit bahnte sich einen Weg meine Brust hinab, färbte einen kleinen Teil meines weißen Shirts dunkelrot. Die beiden Wunden brannten und pochten, nicht aber vor Schmerz, sondern vor Euphorie. Mein Hexenblut wusste, wofür es gebraucht wurde.

Nun riss auch Jax die Augen auf und schüttelte vehement den Kopf, während er mit Teagan zu mir stürzte. Bevor sie mich erreichten, stimmte ich die Hauptmelodie des Fluches an, die sogar die Hexenbiester innehalten ließ. Ihre Gesichter waren vor Erstaunen und Panik grotesk verzerrt.

Anders als bei gewöhnlichen Cantos gehörten zu Flüchen Worte und knappe Bewegungen. Beides führte ich mit Leichtigkeit aus. Immerhin stellte dieser Fluch nur eine Abwandlung unserer McQueen-Familienhymne dar.

Die Noten verließen meine Lippen, formten statt meiner üblichen goldenen Partikel rötlich schimmernde Fäden und schossen auf die Hexenbiester zu. Während diese laut kreischten, brannte sich der Fluch auf ihre Stirn ein. Es dauerte nur einen Wimpernschlag, da wurden die Augen unserer Angreiferinnen glasig und verfärbten sich in ein dunkles Purpur.

»Was ist Euer Wunsch, Meister?«, fragten sie im Chor.

Aus meinen Wunden löste sich das Blut und flog in schnellen Kreisen um mich herum. Wie ein aufziehender Hurrikan wirbelte es umher – und ich bildete das Auge des Sturms und schwebte in dessen Mitte.

»Lauft zum Schloss der Hexenkönigin. Stoppt ihr vorher, stoppt auch euer Herz!«

Ohne auf weitere Befehle zu warten, drehten sich die vier auf der Stelle um und eilten davon.

»Was hast du getan?«, schrie Jax mich an. Seine Stimme wirkte gedämpft durch das Tosen des Blutsturms um mich. Eine zusätzliche Wunde schnitt sich von allein in meine Stirn, um mehr Blut aus meinem Körper zu entlassen. Der Schmerz war glasklar und brannte sich in mein Nervensystem. Ich stöhnte, versuchte die Blutung mit einer Hand zu stoppen, doch der Versuch blieb erfolglos.

Mehr und mehr Wunden ritzten sich von Geisterhand in mein Fleisch und bildeten Runen, die den Fluch weiterhin nährten. Aus allen floss mein Blut zäh hinaus, löste sich von meinem Körper und wirbelte in der Luft um mich.

»Verdammt, lös den Fluch! Harlow, du bringst dich um!« Jax' Worte erreichten meine Ohren nur verzerrt. Die Panik und Wut in ihnen ließen mich aufhorchen, aber ich war zu schwach, um zu reagieren.

Mehr Wunden würden erscheinen auf meinem Körper. Der Fluch würde mich töten. Diese Gewissheit durchschoss mich und hinterließ Eiseskälte in meinem Körper. Selbst wenn ich wollte, den Fluch zu brechen war unmöglich. Er würde erst verebben, sobald die Hexenbiester im Schloss der Königin ankamen – und bis dahin wäre ich längst verblutet.

»*Jeder Fluch hat seinen Preis!*«, hörte ich die eindringlichen Worte meiner Großmutter in Gedanken. »*Er endet erst, wenn alle Bedingungen erfüllt sind oder die fluchwebende Person stirbt.*«

»Der Trottel kann ihn nicht selbst lösen.« Teagan klang, entgegen meiner Erwartung, nicht böse. Eher panisch und verzweifelt. »Der Fluch endet nur, wenn die Hexenbiester das Ziel erreichen oder Harlow stirbt.«

»Er wird verbluten, bevor sie am Schloss ankommen«, presste Jax hervor.

Teagan nickte schweigend, während ich weiterhin wie eine Feder in der Luft zwischen Jax und ihr schwebte. Mein Blut zog leuchtende Bahnen um mich und hüllte meinen Körper in einen Kokon aus Rot. Es würde mein Grab werden. Mein Verstand fühlte sich zunehmend leichter an und mir wurde schwindelig.

»Seine Großmutter ist Fluchbrecherin, richtig?«, fragte Jax.

»Ja, aber wir schaffen es nicht bis zur Oper. Der Fluch fordert zu viel Hexenblut.«

»Wie schnell kannst du ihn dorthin bringen, wenn du fliegst? Reichen ein paar Minuten?«

Teagan sah verwirrt zu Jax, weitete die Augen und schüttelte den Kopf.

»Beeil dich«, flüsterte Jax und schnitt sich mit der Sense eine Wunde in den Arm, bevor Teagan etwas entgegnete. Der Fluch reagierte sofort, bäumte sich auf und streckte seine gierigen Klauen nach Jax' Blut aus. Erst langsam, dann zunehmend schneller bewegte es sich zu dem Sturm, der mich umgab, vermischte sich mit meinem und stärkte den Fluch. Aus meinen Wunden tropfte nur noch wenig Blut, der Fluch bediente sich eifrig an Jax.

»Was stimmt denn nicht mit euch beiden?« Teagan sah Jax fassungslos an. »Jetzt bringst du dich auch um?«

»Nimm Harlow und flieg zur Oper«, antwortete Jax.

»Dein Plan hinkt. Du musst in seiner Nähe bleiben, sonst zerreißt dich der Fluch!«

Obwohl es unpassend wirkte, grinste Jax flüchtig. Dann stimmte er eine Melodie an, deren Töne einen so tiefen Bass besaßen, dass seine Vibration durch mich hindurchfuhr. Schwarze Schemen umspielten Jax, wirbelten über seinen Körper und durch sein Haar, bevor sie mich umschlossen. Ich vernahm die Kühle seiner Magie, und anstatt mich erzittern zu lassen, linderte sie den brennenden Schmerz meiner Wunden. Aus meiner schwebenden Position heraus sah ich, wie sich Jax' Schatten am Boden bewegte. Er waberte zu allen Seiten, vergrößerte sich, nur um sich erneut zu verkleinern. Nachdem er es mehrfach wiederholt hatte, streckte sich sein Schatten aus und verschmolz mit meinem.

»Wo er hingeht, kann ich folgen«, sagte Jax an Teagan gewandt.

»Du beherrscht den Schattenwandern-Canto? Das ist der Signatur-Canto deines Onkels.« Sie nickte anerkennend. »Hättest du auch früher sagen können. Hätte die Flucht erleichtert.«

»Und die Biester hätten uns vom Himmel geschossen, wenn wir zu fliegen versucht hätten«, gab Jax mit einem Stöhnen von sich, als eine weitere Wunde sich in sein Fleisch schnitt.

»Auch wieder wahr.« Die Leibwächterin sah Jax weiterhin anerkennend an.

»Schmerz. Schwindel. Tod«, presste ich aus meinem Blutgefängnis hervor.

Teagan schüttelte den Kopf, als würde sie ihre Gedanken sortieren. »Dann los!«, fügte sie auffordernd hinzu. Sie breitete ihre ledrigen Flügel aus, flog zu mir herüber, stoppte aber vor dem Wirbel aus Blut, der mich umgab. Sie sah mich fragend an.

Ich versuchte mich zu konzentrieren, dem Fluch zu befehlen, eine Lücke für meine Leibwächterin zu erschaffen, doch er ignorierte meine Bitte. Ich schloss die Augen, atmete tief durch und visualisierte das Gewebe des Fluchs vor meinem geistigen Inneren. Wilde rote Linien stoben durcheinander. Verknotet wie ein altes Wollknäuel, verliefen die Fäden in wirren Mustern. Konzentriert suchte ich alles ab, bis mein Blick das Zentrum fand. Dort pochte das Herz des Fluchs. Ich streckte im Geiste meine Hand aus, legte sie auf den pochenden Ursprung und befahl dem Fluch erneut, eine Lücke im Kokon zu erschaffen.

Als ich meine Augen öffnete, sah ich erleichtert, dass Teagan zu mir eilte, mich in den Arm nahm und mit kräftigen Flügelschlägen in Richtung der Oper flog. Zu meinem Erstaunen lief Jax im Schatten –

durch die Luft, als wäre dort ein unsichtbarer Boden. Das musste sein Schattenwandern-Canto sein.

Meine Lider wurden schwer, und mir fielen träge die Augen zu. Mühevoll versuchte ich sie wieder zu öffnen, doch nicht einmal zur Hälfte gelang es mir. Die Umgebung um mich herum verschwamm zu düsteren Farben aus Rottönen. Den Ursprung des Fluchs zu suchen, mit ihm zu kommunizieren und der Blutverlust hatten meinen Körper an sein Limit gebracht.

Alles drehte sich, oben wurde zu unten, unten zu oben. Rot, überall rot. Es wurde dunkler, so als würde mich jemand in ein Grab einmauern. Stein für Stein wich die Helligkeit, und Finsternis war alles, was mir blieb.

»Untersteh dich zu sterben, und bleib gefälligst bei uns«, hörte ich Jax zittrig sagen, jedoch hieß ich in diesem Moment die Ohnmacht willkommen.

INTERLUDE 2

Casiopaia McQueen hasste es, sich zu irren.

Einen Fehler zu begehen, schürte den Hass nur. In den letzten zwanzig Jahren, seitdem ihre verdammte Schwester ihr den Jungen entwendet hatte, war alles nach Plan verlaufen. Nicht eine Fehlkalkulation hatte sich eingeschlichen, alles war perfekt erdacht und durchgeführt worden. Minutiös, skrupellos, zielsicher.

Und doch hatte sie jetzt das erste Mal seit so langer Zeit einen Fehler begangen: Sie hatte ihre Gegner unterschätzt. War sie zu selbstgefällig geworden? Sich ihres Sieges zu sicher?

Ihre Fassade der Unbesiegbarkeit und somit ihr Vorhaben bröckelte, das war ihr schmerzlich bewusst.

Mit einem Gemisch aus Wut und Mitleid sah sie zu ihren Hexenbiestern, den einzigen Wesen, für die sie so etwas wie Liebe verspürte. Ihre wahren Kinder – nicht wie der Junge, der alles erschütterte.

Zärtlich fuhr sie ihnen in ihrer Wolfsform durch das Fell. »Es ist nicht eure Schuld«, flüsterte sie ihren Mädchen zu. »Ich hätte es wissen müssen. Immerhin ist er von meinem Blut.«

Casiopaia hatte damit gerechnet, dass der Junge stärker sein würde als die anderen erbärmlichen Hexen auf der Schattenseite – schließlich hatte sie ihm das Leben geschenkt. Doch mit einer Sache hatte sie nicht gerechnet: Er konnte allein Flüche weben, zweistimmig singen. Und das mit einer Leichtigkeit, die sogar Casiopaia vor Neid erblassen ließ. Angelina hatte ganze Arbeit geleistet.

Das änderte alles. Wenn er schon nach so kurzer Zeit an der Oper eine solche Macht besaß, wie stark würde er werden, wenn ihre *Mutter*, die Geißel ihres Lebens, ihn erst weitere Flüche lehrte?

Es war an der Zeit, Vorkehrungen zu treffen. Sollte er Casiopaia wahrhaftig ebenbürtig sein, würde sie nicht ohne ein letztes Geschenk weichen. Der Zauber, der die Schattenseite von der Lichtwelt trennte, würde fallen! Egal ob der Junge oder sie am Ende siegte, sie würde die Hexenwelt ins Verderben stürzen und sich damit ein Mahnmal setzen.

KAPITEL 19

JAX

Zweiunddreißig Tage bis zum Blutmond

Drei Stunden. Hundertachtzig verdammte Minuten. Das war die Zeit, die ich den langen Gang im ersten Untergeschoss des *Reapers Den*, dem Trakt der Heilerinnen der alten Reyes-Blutlinie, auf und ab getigert war.

Während normale Verletzungen weiterhin im Krankenhaus versorgt wurden, fand die Behandlung schwerer magischer Verletzungen auf der Schattenseite in meiner Ausbildungsstätte statt.

Mittlerweile kannte ich alle Abteilungen und jedes Zimmer in- und auswendig. Erst kam die Station für schwere magische Wunden, gefolgt von der ambulanten magischen Traumatologie-Station, dann der Not-OP für magische Verletzungen und am Ende des Korridors die Intensivstation für Fluchopfer. Der Ort, an den wir Harlow gebracht hatten, seine Granny mit kreidebleichem Gesicht hineingestürmt war und zu dem ich seit drei Stunden – mittlerweile hunderteinundachtzig verdammte Minuten – keinen Zutritt bekam.

Ich stand kurz davor, in diese dämliche Station zu stürzen, egal welche Konsequenzen mich dafür erwarteten.

Was dauerte denn so lange? Hatte die Herrin der Oper uns bei der ersten Tour nicht gesagt, sie könne alle Flüche brechen?

Immerhin hatte sie auch die Flüche beim Angriff auf Harlow in der Oper innerhalb weniger Sekunden gebrochen. Und ganz offensichtlich wirkte er nicht mehr, denn meine Wunden hatten sich verschlossen. Aber was, wenn nicht? In solch einer Situation vermisste ich meine Mutter, die mich beruhigte. Selbst das Oblivio-Pulver konnte nichts daran ändern.

Mein eigener Gesundheitscheck hatte genau fünf Minuten gedauert, gefolgt von einem aufmunternden Nicken der Reyes-Hexe und den Worten: »Glück gehabt! Mach das nie wieder!«

Als würde ich in nächster Zeit das Bedürfnis verspüren, erneut fast auszubluten. Für wie leichtsinnig hielt sie mich?

Der Schluss lag nahe, dass Constance McQueen definitiv den Fluch gebrochen hatte, da meine Wunden verschlossen waren. Wieso also rannte ich hier seit hundertzweiundachtzig verdammten Minuten den Gang entlang und bekam keinerlei Infos darüber, wie es Harlow ging?

Ich blieb vor dem verschlossenen Durchgang zur Fluchopfer-Intensivstation stehen und wollte gerade meine Fäuste in den milchigen Scheiben versenken, da fuhren die Türen zur Seite. Weiterhin mit erhobenen Fäusten stand ich vor Teagan, die mich fragend ansah. Ihr Blick wanderte von meinen Händen zu meinem Gesicht, dann huschte ein Schatten über ihre blutunterlaufenen Augen.

»Shit«, hauchte sie. »Niemand hat dich informiert, oder?«

Wieso klang sie so ... bedrückt?

»Was ist mit ihm?«, fragte ich eine Spur zu laut, und meine Worte hallten durch den Gang. Eine junge Reyes-Hexe, die gerade an uns vorbeilief, zuckte zusammen, aber das kümmerte mich in diesem Moment erdenklich wenig.

»Komm mit.«

»Sag mir, was mit Harlow ist!«

Teagan packte mich am Arm und zog mich mit sich. »Mitkommen, habe ich gesagt.«

»Jaxy, schau! Die baden die Erdbeeren!«, begrüßte mich Harlow, nachdem Teagan und ich sein Zimmer betreten hatten.

Jaxy? Seit wann nennt er mich Jaxy?

Sein benebelter Blick klebte an der kompetitiven TV-Kochsendung *Masterchef Australia*, die offenbar auch auf der Schattenseite ausgestrahlt wurde. Ein breites Grinsen auf den Lippen, wiegte

Harlow den Kopf hin und her, während er etwas vor sich hin summte.
»Wäre duschen nicht schlauer? Haben die Erdbeeren etwa ein Date?«

Verwirrt sah ich zu Teagan, die unterdrückt kicherte und sich die Augen rieb. Da wurde mir klar: Ihre Augen waren nicht vom Weinen, sondern vom Lachen gerötet.

»Was ist mit ihm?« Ich wedelte dramatisch zu Harlow, der daraufhin versuchte, mit beiden Händen meine zu fangen, so als wäre er ein verspielter Welpe.

»Sie haben ihm regeneratives Blutzellen-Pulver gegeben und einen Stimmungsstabilisator-Trank. Vielleicht hat die Heilerin es *etwas* gut gemeint mit der Dosierung.« Grinsend betrachtete Teagan ihren Schützling. »Entschuldige, dass dir niemand Bescheid gesagt hat.«

Ich winkte ab. »Er ist also verdammt high?«, fragte ich, weiterhin verwirrt von dem ungewohnten Bild einer lächelnden Teagan und eines berauschten Harlows.

»Absolut! So high wie ein Flugzeug am Himmel«, stimmte die Leibwächterin mir zu und gluckste freudig. Wann bitte war der Zug von *Shit-Town* nach *Du-glaubst-es-nicht-City* abgebogen – und wieso zur Urmutter saß ich im ersten Waggon?

»Und ich renne drei Stunden den Gang auf und ab, bange dabei um sein Leben, während Harlow sich fragt, wieso die Teilnehmenden der Kochshow Erdbeeren *baden* und nicht *duschen*«, murmelte ich kopfschüttelnd.

»Du sorgst dich um mich?«, quiekte Harlow erfreut, setzte sich zu schnell auf und kippte mit der Nase voran auf die Seite seines Betts. »Autsch. Verdammte Matratze. Teagan, das olle Ding versucht mich zu ermorden! Hiiilf mir! Das ist dein Job. Kill die Matratze!«

»Keiner will dich töten«, antwortete ich genervt und richtete ihn wieder in eine sitzende Position auf. »Außer du dich selbst. Ich habe mich gesorgt, verdammt!«

»Weil du mich liebst, wie ich dich liebe?«, fragte er freudestrahlend.

»Zur Urmutter, das wird er bereuen«, flüsterte Teagan wenig hilfreich hinter mir und unterdrückte ein weiteres Lachen.

»Du ... tust ... was?«, stotterte ich.

»Jeder weiß, dass wir ineinander verliebt sind«, plapperte Harlow McHigh fröhlich weiter. »Je-der! Alle, alle, alle. Nur wir nicht. Aber ich bin schlau, ich weiß das gerade auch! Und bin so mutig, es zu sagen. Weil ich Harlow McQueen bin, der heldenhafte Retter der Hexenwelt und bald eine echte Königin. Nur ohne echte Krone. Bekomme nur eine komische Tätowierung, die mich zwingt, Herzen zu opfern.«

»Ja, er wird definitiv bereuen, das gesagt zu haben«, bestätigte Teagan noch mal.

Ich warf ihr einen finsteren Blick zu und sie verschloss mit Zeigefinger und Daumen einen unsichtbaren Reißverschluss an ihren Lippen.

»Okay, verstehe. Mächtige Königin, keine Krone, mutiger Harlow«, sagte ich und drehte mich zu ihm.

»Jaxys große Liebe hast du vergessen!« Harlow schob schmollend die Unterlippe vor.

Wie könnte ich das vergessen?

Ich seufzte. Hilfe suchend sah ich erneut zu Teagan. Sie zuckte lediglich mit den Schultern und gab mir klar zu verstehen, dass ich in dem Problem allein steckte.

»Ich werde reich«, hörte ich eine Stimme. Langsam drehte ich mich zur Tür. Dort, mit gezücktem Handy, stand Phoebe. »Das Video kann ich so was von zu Geld machen.«

»Untersteh dich«, knurrte ich.

»Aber *Jaxy*, sei doch nicht so gemein«, säuselte sie grinsend.

»Ja, Jaxy, sei nicht so gemein!«, wiederholte Harlow, obwohl sein verwirrter Blick bestätigte, dass er gar nicht wusste, wieso er mich ermahnte.

»Kann er das Krankenhaus verlassen?«, wandte sich Phoebe an Teagan.

»Nein!«, fuhr ich dazwischen. »Seht ihn euch doch an!«

»Klar, nur nicht allein«, ignorierte Teagan meinen Einwand. »Die Reyes-Hexe sagte, ich könne ihn jederzeit mitnehmen. Die Wirkung lässt irgendwann nach.«

»Sehr gut.« Phoebe hüpfte freudig zu Harlow und packte ihn an den Schultern. »Wollen wir spazieren gehen und Eis essen?«

»Nein!«, versuchte ich es erneut.

»O ja, Eis!« Natürlich hielt Harlow das für einen guten Plan. Im Gegensatz zu mir, aber meine Meinung schien eh völlig egal zu sein.

»Was hast du vor?«, zischte ich meine Partnerin an. »Wehe, du filmst ihn in weiteren verfänglichen Situationen!«

»Würde mir nicht einfallen, *Jaxy*.«

»Ja, Jaxy, würde ihr nie einfallen!« Harlow war offensichtlich zu Phoebes Papagei mutiert.

»Ich muss euch was zeigen. Es betrifft Olis Schicksal«, flüsterte meine Partnerin mir zu, plötzlich mit ernster Miene.

»Warte, richtig. Da war was.« Ich kramte in meinen Gedanken. Sah, wie ihm das Herz rausgerissen wurde, doch es schien mich nicht zu bedrücken. Ich drehte mich zu Teagan. »Nach der ganzen Sache brauchen wir ernsthaft 'nen Oblivio-Entzug!« Ich seufzte.

»Na ja, es ist nicht nur das Pulver.« Teagan verzog schuldbewusst den Mund.

»Was noch?«

»Ich bin ein Sukkubus, du erinnerst dich?«

»Ist mit bekannt, aber was hat das damit zu tun?«

»Oh«, entfuhr es Phoebe, als hätte sie eine Erleuchtung. »O verdammt!«

»Ganz genau«, nuschelte Teagan.

»Du bist ja eiskalt. Ich lieb's!« Phoebe wirkte eindeutig zu beeindruckt, was nichts Gutes bedeuten konnte.

»Und jetzt in verständlich für mich«, brummte ich.

»Sagen wir es so ... Du erinnerst dich nicht mehr *gänzlich – oder überhaupt* – daran, aber bei der Ankunft habe ich eure Trauer beeinflusst. Nur meine Gabe ist noch deutlich stärker als das.« Teagan seufzte. »Je nachdem, welche Botenstoffe und Pheromone wir Sukkuben aussenden, können wir *alle* Emotionen beeinflussen – nennt sich Sukkubus-Charme.«

»Du bist aber doch gar nicht charmant«, mischte sich Harlow kichernd ein, kassierte dafür einen finsteren Blick von Teagan und kicherte nur lauter.

»Ich verstehe nicht ...«, ignorierte ich ihn.

»Zur Urmutter, Jax«, entfuhr es Phoebe. »Teagan lässt euch seit Wochen die Trauer um Ruby vergessen, und nun offensichtlich auch um Oli.«

»Im Gegensatz zu Harlow hab ich dich auch vergessen lassen, dass ich euch manipuliere. Sorry.« Nur wirkte Teagan nicht komplett überzeugend schuldbewusst. »Wieso, glaubst du, seid ihr so bereitwillig geflüchtet und habt beim Weglaufen nicht an Oli gedacht?«

»Lass mich raten, Mom und Gunnar haben dich dazu gedrängt?« Meine Frage glich einem Brummen.

»Ich musste deiner Mutter versprechen, dass ich dafür sorge, dass ihr beide nicht unüberlegt Casiopaias Palast stürmt oder du zu großes Heimweh nach ihr hast, und euch deswegen mit meinem Sukkubus-Charme belege. Außerdem, um genau zu sein, haben Harlow und du mich bei der Ankunft selbst darum gebeten, während ich mich vehement geweigert hatte. Du ... weißt es nur nicht mehr.«

»Ich will gerade wütend auf dich sein, aber ... Oh, wirklich, Teagan? Unterdrückst du meine Wut in diesem verdammten Moment?«

»Habe keinen Bock auf eine Szene. Zudem hat Phoebe recht, ihr solltet euch ansehen, was sie euch zeigen will.« Teagan zuckte gelassen mit einer Schulter. So viel zu echter Reue.

»Okay, aber mach es schnell, danach bringen wir Harlow ins Anwesen – und ich versuche bis dahin, sauer zu sein!«

»Warte, wieso gehen wir in den *Royal Botanical Garden*?« Verwirrt sah ich zu meiner Partnerin. »Haben wir nicht andere Sorgen als einen Spaziergang oder ein Sonnenbad im Park?«

Abrupt blieb Phoebe stehen und sah mich an, als wäre ich ein Alien. »Bist du auf den Kopf gefallen? Ich dachte, es hätte Harlow und nicht dich erwischt.«

Neben mir versteckte Harlow ein Lachen in einem gekünstelten Husten. Nachdem ich ihm einen finsteren Seitenblick geschenkt hatte, wandte ich mich an Phoebe. »Was willst du mir damit sagen?«

»Warst du schon mal im botanischen Garten der Schattenseite?« Sie hob herausfordernd eine Braue, als erahnte sie meine Antwort.

»Nein«, gab ich kleinlaut zu. »Ist er denn so anders als auf der Lichtseite?«

»Oh, mein naives Lichtweltkind.« Sie lachte herzhaft und tätschelte meine Schulter. »Komm einfach mit. Wirst schon sehen.«

Wir betraten den botanischen Garten durch das gusseiserne Tor in der Nähe der Oper. Auf den ersten Blick erkannte ich keinen Unterschied zu dem der Lichtwelt. Über tausend Meter Natur erstreckten sich von hier bis mitten in den Business District. Hohe Bäume verschiedenster Art, Beete voller bunter Blumen und Kräuter sowie Büsche fanden sich verteilt an Gehwegen aus weißem Kies. Ein großer See glänzte in der Ferne, tief im botanischen Garten, und die Wolkenkratzer spiegelten sich verzerrt auf der Wasseroberfläche. Einige Hexen spazierten umher, Kinder spielten auf den Rasenflächen und Jugendliche lagen nur mit Badekleidung oder Unterwäsche zum Sonnenbad im Schatten der Bäume.

»Erkenne keinen Unterschied«, sagte ich zu Phoebe. Sie grinste lediglich, Teagan hingegen gab ein Schnauben von sich. »Was denn?«

Der einzige Unterschied waren die fehlenden Menschen, was dazu führte, dass die Hexen ihre Magie frei nutzten. Ansonsten gab es nicht eine Sache, die anders wirkte.

Bevor mir jemand auf meine Frage antwortete, entließ Harlow einen lauten Schrei – ein Gemisch aus purer Freude und Erstaunen.

Ich zuckte zusammen, Teagan breitete ihre Flügel aus und Phoebe sah ihn verwirrt an. Er jedoch streckte euphorisch den Arm aus und wedelte mit einem breiten Grinsen in Richtung ... Oh, zur Urmutter, nein!

Harlow griff nach meiner Hand, verschränkte unsere Finger und rief: »Ein Ibis!«

Unmittelbar danach breitete sich ein Kribbeln von meinen Fingerspitzen aus – über den Arm, wo sich die Härchen aufstellten, weiter über meine Brust, direkt in meinen Magen, der freudig tanzte. Denn meinem Körper war völlig egal, dass Harlow sich über eines der nervigsten Tiere Australiens freute. Meine verdammten Gefühle interessierten sich nur für eine einzige Tatsache: Harlow und ich hielten Händchen.

Bevor ich reagierte, zog er mich schon mit sich in Richtung des Ibis. Anders als viele Vögel flog er nicht davon, während wir uns näherten, denn diese nervigen Viecher wurden in Sydney nicht umsonst *bin chicken* genannt – Mülleimer-Hühner. Sie waren äußerst dreist, hatten keine Berührungsängste und waren immer auf Futter aus. Kurz: eine absolute Pest!

»Es hat Hunger!« Harlow wedelte mit unseren weiterhin verschränkten Händen. »Gib ihm etwas zu essen, Jaxy!«

»Ich … Ich habe kein Essen bei mir.«

Harlow verzog seinen Mund und die Augen, weshalb ich mich sorgte, dass er jeden Moment zu weinen beginnen könnte.

»Aber dann verhungert dieses prächtige Wesen, Jaxy! Willst du wirklich, dass es verhungert? Kannst du mit der Schuld leben?«

Wie viel Magie hatte die Reyes-Hexe bitte bei ihm benutzt?

»Die Urmutter steh uns bei«, sagte Teagan hinter mir. »Am Anfang war es noch lustig, aber jetzt wird es langsam nervig.« Sie tauchte neben uns auf und schnipste mit zwei Fingern gegen Harlows Stirn. Ein dumpfes Geräusch erklang, Harlow öffnete entrüstet den Mund und schnappte japsend nach Luft.

»Aua!«, gab er schmollend von sich und rieb sich dramatisch die Stirn mit der freien Hand – denn mit der anderen hielt er weiterhin meine fest umschlossen. »Ich habe dir vertraut! Wie kannst du ein Attentat auf mich verüben?«, rief Harlow laut – sehr laut. Die ersten Passanten sahen verwundert zu uns, und Teagan gab ein genervtes Stöhnen von sich.

»Ich zeige dir gleich Attentat, du Geißel meines Lebens!«

»Jetzt willst du mich als Geisel nehmen? Nach all den Jahren, die wir McQueens dir vertraut haben?«, quietschte Harlow schrill.

Weitere Leute blieben stehen, zückten zum Teil sogar ihre Handys. Jugendliche in den Schatten der Bäume tuschelten und tippten auf ihren Telefonen herum. Mist, das eskalierte schneller als erwartet.

Mein Blick fiel auf Phoebe, die mit zuckenden Mundwinkeln ihr Handy auf uns gerichtet hatte. Sie nahm mein Starren wahr und sah mich unbekümmert an.

»Was denn? Damit kann ich euch ewig aufziehen«, sagte sie grinsend. »Und falls er wirklich zur Hexenkönigin wird, kann ich mit dem Video einen Haufen Kohle machen. Der Shit geht hundertprozentig viral.«

»Wow, Phoebe. Du bist echt eine große Hilfe.«

»Immer gern, Partner.«

Ich kniff die Augen zusammen und schenkte meiner *Partnerin* ein Todesstarren, was leider nur dazu führte, dass sie schallend lachte.

Währenddessen diskutierten Harlow und Teagan lautstark darüber, wie sie es wagen konnte, nach all den Jahren seine *angehende* Mörderin zu werden.

»Oh, ich soll jetzt erst zur Mörderin werden?«, zischte sie ihn bedrohlich an und streckte die Flügel zur vollen Spannbreite aus. »Bevor ich Kindermädchen für dich wurde, arbeitete ich als Agentin des Geheimdienstes. Ich habe mehr Morde auf meinem Konto als du Haare am Sack, und jetzt hör auf herumzuschreien!«

Das ließ Harlow tatsächlich verstummen. Er runzelte die Stirn, dann zog er sich in einer fließenden Bewegung die kurze Hose bis zu den Knöcheln. So als wäre nichts dabei, sich in einem öffentlichen Park zu entkleiden.

»Was zur Urmutter?«, fragten Phoebe, Teagan und ich unisono.

Harlow schielte flüchtig zu uns. »Will nachzählen, wie viel Haare ich da habe, damit ich weiß, wie oft du gemordet hast.« Seine Hand legte er an den Bund seiner Boxershorts.

Ich stand mit offenem Mund wie angewurzelt da, während Phoebe erneut viel zu freudig das Handy mit einem Gackern zückte, um diesen Zirkus zu filmen. Nur Teagan reagierte wie eine echte Erwachsene, indem sie Harlows Hand wegschlug, ihm die Hose hochzog und ihn an der Schulter packte, um ihn zu schütteln.

»Wie lange wirkt der Scheiß?«, zischte sie uns zu. Als Antwort zuckten wir nur mit den Schultern. Hoffentlich nicht mehr allzu lange.

»Die Heilerin sagte, dass die Nebenwirkungen schlagartig enden. Kann Minuten oder Tage dauern.« Phoebe senkte das Handy, wirkte gänzlich unbekümmert bei der Aussicht.

»Tage?«, flüsterte ich fassungslos.

»Ja, aber das ist eher selten. Ist sicher gleich vorbei«, versuchte mich meine Partnerin zu beruhigen. Erfolglos allerdings.

Es war Zeit für Schadensbegrenzung. Wir sollten so schnell wie möglich zu unserem Ziel, uns ansehen, was Phoebe für wichtig erachtete, und dann Harlow am besten im Keller des Anwesens einsperren.

»Wollen wir noch mehr Ibisse anschauen?«, unternahm ich einen Anlauf, Harlows Aufmerksamkeit auf mich zu ziehen.

Er kniff die Augen zu Schlitzen zusammen, wie um herauszufinden, ob ich nicht mit seiner Leibwächterin gemeinsam einen Anschlag auf ihn plante. »Wie viele?«, fragte er skeptisch.

»Vier.«

Er rümpfte die Nase.

»Sechs«, versuchte ich es erneut.

Harlow legte die Stirn in Falten und schüttelte langsam den Kopf. *Mist!*

»Fünfundfünfzig!«

»Wie bitte kommst du von vier über sechs zu fünfundfünfzig?«, fragte Phoebe fassungslos.

»Panik«, flüsterte ich.

Harlow kümmerte die unlogische Zahlenfolge nicht. Er warf die Arme in die Luft und gluckste. »Ein Rudel Ibisse!«

»Ich glaube nicht, dass Ibisse im Rudel leben, eher in –«

»Bist du Vogelexperte?«, unterbrach er mich herausfordernd und verschränkte die Arme vor der Brust.

»Nein, du etwa?«

Er nickte eifrig. »Natürlich!«

Teagan schüttelte ebenso eifrig den Kopf. Phoebe zückte erneut das Handy.

Und ich? Ich nahm seufzend Harlows Hand und sagte freudig: »Na dann, auf zum Ibis-Rudel!«

»Hier sind ja gar keine Ibisse!« Mit vorgeschobener Unterlippe sah Harlow vorwurfsvoll zu mir. Seine Hand lag weiterhin in meiner, und ich wehrte mich nicht mehr dagegen, mir einzureden, dass es sich falsch anfühlte. Denn das tat es nicht. Viel mehr noch: Es fühlte sich absolut richtig an.

»Die sind im Garten des *Sanctuary*«, beruhigte Phoebe ihn und lächelte aufmunternd. Erstaunlich, mit welcher Leichtigkeit sie log.

Ich betrachtete das eingezäunte Gelände vor uns. Drei große Häuser aus Sandstein, mit Säulen davor und stuckverziert, thronten in einem vom botanischen Garten abgetrennten kleinen Park. Umringt von einem Zaun aus Gusseisen, dessen Tor direkt vor mir darauf wartete, dass ich eintrat. Über dem runden Bogen stand in dicken Buchstaben *Sydney Recovery Sanctuary*. Ein Stück unterhalb baumelte ein Holzschild im leichten Wind, auf dem ich neben dem Wappen der McQueens las, wer diese Institution gestiftet hatte: Constance McQueen, die Herrin der Oper.

»Was ist das?«, fragte ich an Phoebe gewandt, während Harlow seinen Blick tranceähnlich auf die großzügige Rasenfläche hinter dem Zaun gerichtet hatte und offenbar das Rudel von fünfundfünfzig Ibissen suchte.

»Ein sicherer Ort zur Wiedereinführung in die Hexengesellschaft. Lass uns reingehen, dann verstehst du ... versteht ihr besser.« Ohne zu warten, schritt sie los.

Teagan schnipste Harlow gegen die Stirn und folgte meiner Partnerin mit einem Lächeln.

»Ey!« Harlow zeigte entrüstet auf seine Leibwache. »Hast du das gesehen?«

»Komm, wir schauen, was da drin los ist«, ignorierte ich seine Frage.

Für einen langen Moment musterte er mich. Seine Augen wirkten ein wenig klarer – nicht mehr völlig benebelt. Er senkte den Kopf, und ich sah, wie er unsere verschränkten Finger betrachtete. Nach einer gefühlten Ewigkeit hob er den Blick und lächelte mich an. »Okay.«

Im Inneren befand sich eine Vielzahl von Reyes-Hexen, die mit freundlichen Gesichtern umherwuselten.

»Ah, Phoebe. Da seid ihr ja«, begrüßte uns eine der Angestellten. »Soll ich euch direkt zu einem Treffen bringen?«

»Sehr gern. Wir stören nicht lange, ich möchte nur, dass Jax Ingram und der junge McQueen-Erbe es selbst sehen.«

Der Blick der Reyes-Hexe wanderte zu Harlow, und ihre Augen weiteten sich ehrfürchtig. Nur gut, dass er in diesem Moment schwieg, sonst wäre es vorbei mit der Ehrfurcht.

»Folgt mir«, sagte sie und eilte voraus. »Ihr dürft nur leider nicht am Treffen teilnehmen, aber ihr könnt es durch das Fenster beobachten.«

»Das reicht uns«, antwortete Phoebe. »Ich schulde dir was, Sophia.«

»Ach Quatsch, ich verstehe, wieso du das machst, nach dem, was du mir erklärt hast. Ich hoffe, es hilft.« Sophia blieb vor einem bodentiefen Fenster stehen und lächelte uns zu. »Ihr findet danach den Weg allein hinaus, oder? Ich habe zu tun.«

»Klar. Danke noch mal und grüß deine Brüder lieb.« Phoebe umarmte die Hexe.

»Besuch uns einfach mal wieder zum Essen und mach es selbst.« Mit einem Lachen verschwand Sophia den Gang entlang.

»Kommt schon her«, sagte Phoebe, die vor dem Fenster stand.

Zögerlich gehorchte ich, Harlow, der immer noch meine Hand hielt, folgte mir. Durch die Glasscheibe sah ich zehn Personen. Eine davon war ganz klar eine männliche Reyes-Hexe, die umrundet von ... Kindern des Waldes dastand.

»Was machen Kinder des Waldes hier?«, entfuhr es mir. Harlow hingegen schwieg. Sein Blick lag ernst und konzentriert auf den Wesen.

»Sieh genau hin«, mahnte Phoebe.

»Sie sind wie Oli«, flüsterte Harlow tonlos.

»Was?« Verwirrt sah ich zu ihm.

»Sie sind noch keine Kinder. Der Wald hat Wurzeln in ihnen geschlagen, aber er hat sie noch nicht gänzlich umgeformt.« Seine Stimme klang belegt. Zögerlich sah er mich an, dann auf unsere Hände. Langsam löste er seine. Offensichtlich hatte die Wirkung des Pulvers gerade nachgelassen. Die Freude in seinen Augen war Zorn gewichen. Unmittelbar danach vermisste ich die unbeschwerte Version von ihm. Den Harlow, der sagte, er sei in mich verliebt, und der meine Hand hielt.

Doch vor mir stand ein junger Mann, der vor Wut bebte und in dessen Gesicht Entschlossenheit geschrieben stand.

»Ja und nein«, sagte Phoebe liebevoll. »Sie waren schon umgewandelt. Wir haben ihre Herzen zurückbekommen und sie aus dem Wald befreit. Hier in dem Sanatorium werden sie Schritt für Schritt wieder zu Hexen. Außerdem wird ihnen geholfen, dem Ruf des Waldes zu widerstehen.«

»Das heißt, es gibt Hoffnung für Oli?«, fragte Harlow, und sein Zittern verstärkte sich.

»Die gibt es. Nach deinem Kampf mit Casiopaia, und falls du siegst, können wir Oli zurückholen«, antwortete Teagan und legte eine Hand an Harlows Rücken.

»Verstehe. Nur ein weiterer Grund, weshalb Casiopaia sterben muss. Meine verfluchte Mutter hat mir genug genommen. Sie soll brennen!«

Ich trat einen Schritt zurück. Nie zuvor hatte ich so viel Hass in Harlows Stimme vernommen. Seine Augen strahlten nicht golden wie sonst, sondern rot wie die Signatur eines Fluches. Wutverzerrt und fremd.

»Wir sollten los«, sagte er finster. »Es gilt zu trainieren.« Er drehte sich um und lief Richtung Ausgang.

»Hey, Harlow. Warte. Du musst dich ausruhen.« Ich versuchte ihn am Arm zu halten, woraufhin er blitzschnell herumfuhr und mich anfunkelte. An seiner Stirn erschien für einen flüchtigen Moment eine Tätowierung. Jedoch so kurz, dass ich nicht wusste, ob sie wirklich da gewesen war.

»Lass mich los! Sofort! Oder du wirst es bereuen!« Das Rot seiner Augen verfinsterte sich und dicke Schwaden von Magie entwichen ihm. Sein Kehlkopf vibrierte, und ich ließ erschrocken seinen Arm los, bevor er einen Fluch auf mich abfeuern konnte. Ich erkannte die Krone, die erneut an seiner Stirn aufflammte – hatte sie erst vor Kurzem bei Casiopaia gesehen –, und mir war bewusst, dass er aus irgendeinem Grund von ihr beeinflusst wurde.

Ohne ein weiteres Wort drehte er sich um und sang eine kurze Melodie. Eine der Scheiben verflüssigte sich zu einem Spiegel, er trat hindurch und verschwand. Das Ganze dauerte nur den Bruchteil einer Sekunde, und zurück blieb nur ein Fenster, kein Spiegel. Fassungslos sah ich das Glas an.

»Seit wann kann er denn das?«, raunte ich.

»Keine Ahnung«, knurrte Teagan. »Aber sobald ich herausfinde, wo er ist, verpasse ich ihm ein zweites Arschloch dafür, dass er ohne meinen Schutz gegangen ist. Magische Krone hin oder her.«

Kapitel 20

Harlow

Achtundzwanzig Tage bis zum Blutmond

Schweiß rann mir in kleinen Strömen die Stirn hinab, brannte in meinen Augen und verklärte meinen Blick. Wie die gesamten letzten vier Tage, befand ich mich mal wieder zum zusätzlichen Training im *Reapers Den*. Der Gargoyle Ethan vor mir nutzte seine Sense eher als Krückstock. Schwer atmend stützte er sich auf sie und beäugte mich skeptisch.

»Greif mich an!«, brüllte ich.

Zweifel huschten über seine graue Steinhaut. Er zog seine Unterlippe in den Mund und kaute auf ihr herum.

»Bitte, Ethan!«, rief ich kraftlos.

Sein zweifelnder Blick wich einem mitfühlenden. Wut brodelte in mir. Die Flammen des Zorns leckten an meinem Herzen, steckten meine Adern in Brand und der schwere Geschmack von Eisen legte sich auf meine Zunge. Der Phantomgeruch von Äpfeln stieg mir in die Nase und sang ein betörendes Lied des Hasses.

»Harlow, an deiner Stirn …« Mehr Worte vernahm ich von Ethan nicht mehr. Die ersten Töne drangen über meine Stimmbänder, bis sie eine Melodie bildeten. Ich schob sie beiseite und stimmte die Subharmonie an. Goldene Partikel mischten sich mit roten und ergaben einen Schauer an Fluchfunken, die wie ein Schwarm Krähen auf den Gargoyle zuschossen.

In dem Moment, in dem sie ihn trafen, klärten sich meine Gedanken und ich bemerkte meinen Fehler. Die Erschöpfung und der Hass hatten mich den Fluch nachlässig weben lassen. Ich hatte vergessen, die Bedingung einzuweben, dass er nach unserem Trainingskampf enden würde. Zu geblendet von dem Flüstern der Krone, die, wie in den letzten Tagen nach meinem Krankenhausaufenthalt, mal wieder ihre gierigen Klauen in mich schlug.

Ethan sackte zu Boden und rieb sich die Augen. Blut lief aus ihnen hervor und sorgte dafür, dass er blind war. Wenigstens hatte etwas in mir daran gedacht, den Fluch schmerzfrei zu weben.

»Wieso ... sehe ich ... nichts mehr?«, stotterte der Reaper. »Ich gebe auf! Der Kampf ist vorbei.«

Ein Moment verging, ohne dass er etwas sagte. Ich stöhnte leicht. Normalerweise ließen meine Trainingsflüche genau jetzt nach, am Ende des Kampfes – nicht so heute.

»Ich ... sehe immer noch nichts ... Harlow?«

»Wir sollten meine Großmutter aufsuchen«, antwortete ich seufzend. »Tut mir wirklich leid, Ethan.«

»Ich bin schon hier«, erklang es eisig vom Rande des Rings.

»Gut, dann kannst du ihn ja vom Fluch befreien.« Direkt wechselte meine Stimmung wieder in den Frostmodus. Die letzten Tage nach dem Vorfall im Sanatorium hatten mir sowohl Jax als auch Granny andauernd versucht vorzuschreiben, was das Beste für mich sei. Aber damit war es vorbei. Ich hatte keine Lust mehr, das zu machen, was andere von mir erwarteten.

Außerdem kochte da diese ungezügelte Wut in mir. Im Sanatorium hatte ich sie das erste Mal vernommen. Hass, Rachedurst und Zorn – pur und rein. Der Fluch der Krone hatte es ebenso gespürt und schon dort die Chance genutzt, mich zu besuchen. Seitdem wallte er immer in mir auf, wenn ich meine Gefühle nicht unter Kontrolle hielt.

Meine Großmutter brach Ethans Fluch und baute sich vor mir auf. Der Gargoyle war schlau genug, direkt die Flucht anzutreten, doch Declan gesellte sich zu uns.

»Du hast dich nicht unter Kontrolle«, sagte Granny.

»Ist das so? Meinst du vielleicht, ich stehe nicht mehr unter eurer Kontrolle?« Meine Worte wurden durch den Zorn der Krone vergiftet.

»Mein Schatz.« Sie legte eine Hand an meine Wange, doch ich wich zurück. »So kann es nicht weitergehen. Das Echo der Krone ereilt dich zu oft.«

»Wie ist das überhaupt möglich? Ich denke, Casiopaia ist die Trägerin des Fluchs?«

»Ist sie.« Granny kam auf mich zu und legte erneut eine Hand an meine Wange. Dieses Mal ließ ich sie gewähren. Versuchte die Wärme und Liebe aufzunehmen und die düsteren Gedanken damit zu betäuben. »Aber der Fluch spürt, dass ihr bald um ihn kämpfen werdet. Deswegen kann ein Echo davon zu dir durchdringen. Das ist eine abgeschwächte Form dessen, was dich erwartet.«

»Schwach?« Mein Hals verengte sich. »Die Wut ist so intensiv, dass ich mich nicht gegen sie wehren kann. Wenn das nur das Echo ist ...« Ich atmete mehrfach durch. »Dann sollte ich nicht die neue Hexenkönigin werden.«

»Und Casiopaia gewähren lassen? Deine Freunde und alle Hexen opfern?«

Ich lachte bitter. »Wer sagt, dass meine Regierungszeit nicht grausamer wird als ihre? Ich bin ja nicht mal in der Verfassung, das Echo zu bekämpfen, wie soll ich da dem echten Fluch nicht erliegen?«

»Dabei werde ich dir helfen«, sagte Granny sanft. »Aber das hier«, sie vollführte eine weite Armbewegung, »hört auf! Du kannst nicht nach dem offiziellen Training in der Oper die ganzen Abende hier verbringen und deinen Körper und Geist an ihre Grenzen treiben – sonst hat das Echo der Krone wahrlich ein zu leichtes Spiel, dich zu beeinflussen. Du brauchst einen wachen Verstand – und dafür benötigst du auch mal Schlaf!«

»Und meine Reaper könnten eine Pause gebrauchen«, sagte Declan. »Du hast die Hälfte meiner Kadetten auseinandergenommen.«

»Aber ich muss trainieren. Besser werden.«

»Deine Flüche sind stärker als die der meisten mir bekannten Weber, glaub mir.« Declan rieb sich den Arm, an dem ich ihn gestern mit einem Querschläger getroffen und ihm den Oberarmknochen gebrochen hatte. Zum Glück war eine Reyes-Hexe zur Stelle gewesen, um den Bruch direkt zu heilen.

»Morgen starten wir mit dem mentalen Training.« Großmutter streichelte meine Wange und lächelte mir liebevoll zu. »Das hätten wir schon früher, aber ich habe das Echo unterschätzt.«

»Okay.« Ich senkte den Blick.

»Kein Zusatztraining mehr bitte.«

»Nur heute, ja?«, fragte ich mit schwacher Stimme. »Ab morgen lasse ich es.«

»Natürlich. Du entscheidest, Schätzchen. Obwohl du es glaubst, will ich dich nicht kontrollieren. Wir sorgen uns einfach.«

Ich nickte, sah aber nicht auf.

»Unglaublich, wie stur er ist«, murmelte Declan.

»Ach, sieh an, wer da spricht.« Großmutters Stimme triefte vor Ironie. »Ich erinnere mich daran, wie du mit Soo-Ri bis zur Erschöpfung trainiert hast, weil ihr euch ständig übertreffen wolltet. Oder?«

»Muss ein anderer überaus attraktiver, intelligenter und fähiger Gargoyle gewesen sein«, antwortete Declan grinsend. »Ich würde so was nie auch nur in Erwägung ziehen.«

»Richtig, richtig. Du doch nicht.« Granny ging zu ihm hinüber und fuhr ihm durchs Haar. »Du und Harlow seid euch ähnlich. Und wie auf ihn bin ich ebenso auf dich ungemein stolz, Declan.«

Er räusperte sich verlegen. »Danke, Miss McQueen.«

»Hör mit dem Miss McUnsinn auf! Es wird Zeit, dass ihr beide versteht: Ihr seid nicht allein und müsst nicht alles ohne Hilfe schaffen.« Sie nahm Declans Gesicht zwischen ihre Hände. »Ich weiß, dass dich der Verlust immer noch zerfrisst, aber es war nicht deine Schuld. Verzeih dir selbst und lebe wieder. Ab morgen besuchst auch du mich in der Oper zur mentalen Reinigung.« Behutsam küsste sie seine Stirn, drehte sich um und schritt davon.

Eine Viertelstunde später hatte sich ein unwissender Kadett der Reaper bereit erklärt, mit mir mein letztes Training zu bestreiten. Wir betraten den ebenerdigen Ring, der aus einem roten, auf den Boden gezeichneten Kreis bestand, da flog die Tür zum Trainingsraum auf.

»Ich packe es nicht! Das reicht!« Mit wütenden Schritten donnerte Jax zu uns herüber. »Du kannst gehen, Dexter. Harlow braucht dich nicht mehr.«

Das ließ sich der Gargoyle nicht zweimal sagen, so erzürnt, wie Jax jedes Wort ausspuckte. Dexter verzog den Mund, salutierte mir und trat die Flucht an.

»Ich gehe davon aus, dass du dann mit mir trainierst?«, fragte ich.
»Meinst du das ernst?«
»Natürlich, ab morgen lasse ich es bleiben. Dexter sollte mein letzter Kampf hier im *Den* sein.«
»Willst du mich verarschen?« Die Ader an Jax' Hals trat hervor. »Die vergangenen vier Tage hast du kein einziges Wort mit mir geredet – nur genickt, wenn ich mit dir gesprochen habe, oder du bist direkt vor mir geflüchtet. Und jetzt tust du so, als wäre ich irgendein Trainingspartner?«
»Sehe keinen Unterschied zu deinem Verhalten nach dem Zoobesuch«, antwortete ich und zuckte lässig mit den Schultern, obwohl ich nicht im Ansatz gelassen war. Im Gegenteil: Ich kämpfte die sich in mir aufbäumende Wut zurück. Wie ein verletztes Tier schlug sie ihre Klauen in meinen Verstand und versuchte mich mit in den Abgrund zu ziehen.
Jax starrte mich mit offenem Mund an. Mehrfach setzte er an, etwas zu sagen, fand aber keine Worte.
»Du machst mich wahnsinnig! Wie kann jemand nur so stur sein?«, brüllte er. Seine Wangen waren hochrot, die Augen zu Schlitzen verengt.
Ich trat einige Schritte auf ihn zu, so nah, dass sich unsere Nasen fast berührten. Mein Atem beschleunigte sich. Ob vor Wut oder wegen der plötzlichen Nähe, vermochte ich nicht zu sagen. Es war auch unwichtig, denn das Einzige, was ich roch, war Jax. Herb, kühl und unverkennbar er. Seine Magie stieg mir in die Nase, durchflutete jede meiner Zellen und vereinte sich mit den goldenen Funken in meinem Inneren.
Seine Augen weiteten sich, er zog scharf die Luft ein und ließ sie langsam entweichen. Sein Atem kitzelte über meine Lippen und mein Kinn. Direkt breitete sich eine Gänsehaut auf meinem Körper aus, und ich unterdrückte nur mühevoll ein Zittern. Meine Magie reagierte, sie kribbelte unter meiner Haut, feuerte mich an, sie zu entlassen, damit sie sich ebenso mit Jax vereinen konnte, wie zuvor seine Magie mit mir.
Diese Situation eskalierte schneller als geplant. Ehrlich gesagt, war mir nicht einmal bewusst, was ich damit bezweckt hatte, so nah an

Jax herangetreten zu sein. In letzter Zeit setzte mein Hirn zunehmend aus, sobald Jax Ingram involviert war. Den besten Beweis stellte mein unbedachtes Geplapper im Krankenhaus dar.

»Küsst du mich jetzt endlich?«, flüsterte er so leise, dass ich mir nicht sicher war, ob er es ausgesprochen hatte oder ich es mir wünschte. Doch es war unwichtig, denn mein Gesicht bewegte sich reflexartig auf seines zu.

Meine Lippen trafen auf seine. Zu meiner Verwunderung waren sie weicher als erwartet, ebenso wärmer. Ein Stöhnen löste sich aus meiner Kehle, als Jax den Kuss erwiderte und mit seiner Zunge zwischen meine Lippen fuhr. Hitze schoss mir durch den Körper, heizte meine Wangen und meinen Nacken auf, während ich mich diesem Moment hingab.

»Na endlich!«, erklang es von der Tür, und wir beide sprangen auseinander.

Genervt drehte ich mich zu Phoebe.

»Du hoffst, dass wir uns küssen, und dann unterbrichst du den ersten Kuss mit einem ›Na endlich‹?«

Sie legte den Kopf schief und entblößte ihre perfekt gemeißelten Zähne dank eines breiten Grinsens.

»Ja, das klingt definitiv nach mir. Aber ich brauche den Bad Boy eurer jungen Romanze in dem Meeting. Sorry, Goldjunge!«, antwortete sie und klang in dem Moment nicht ansatzweise schuldbewusst.

»Sie hat recht, sie bestehen auf meine Anwesenheit«, sagte Jax. Ich erwartete, dass er sich umdrehte und mich stehen ließ – doch er überraschte mich. Eilig trat er wieder zu mir und drückte einen kurzen Kuss auf meinen Mund. Dabei strich er mir mit dem Daumen über die Wange. »Das setzen wir fort, nachdem wir es jetzt endlich auf die Reihe bekommen haben.«

Er zwinkerte mir zu, drehte sich um und schlenderte gelassen zu Phoebe. Sie gab ihm ein High Five, als sei der Kuss zwischen uns eine Art Trophäe.

»Ein High Five, wirklich?«, rief ich ihnen hinterher.

»Das ist unsere Art der Begrüßung«, flötete Phoebe.

»Klar, und ich bin ein Útlagi.«

»Dafür bist du eindeutig zu klein.« Sie grinste, dann schnappte sie sich Jax, um mit ihm aus dem Raum zu schlendern.

KAPITEL 21

JAX

Achtundzwanzig Tage bis zum Blutmond

Ich lief zwar neben Phoebe her, doch meine Gedanken hingen weiterhin an Harlows Lippen. Ich spürte sie fortwährend auf meinen kitzeln. Vorsichtig tastete ich mit einem Finger den Mund entlang.

Hatten wir uns tatsächlich geküsst? Oder war es nur Wunschdenken? Und wie ging es jetzt weiter? Konnte es das überhaupt, wenn er die nächste Hexenkönigin würde?

»Zur Urmutter, ich hör dein Hirn ja bis hier rattern.« Phoebe boxte mir spielerisch gegen die Schulter. »Hast dir die baldige Königin geschnappt. Gut gemacht!«

»Es war nur ein Kuss«, antwortete ich. »Von wegen geschnappt. Das bedeutet gar nichts.«

»Jax, wenn ihr jetzt wieder wochenlang naiv umeinander herumschleicht, vermöbele ich dich eigenhändig – und dann hetze ich dir Declan auf den Hals. Und danach alle Reaper, die Wetten verloren haben, weil sie dachten, ihr würdet früher zusammenkommen.« Sie sah mich voller Freundschaft an, ihre Augen strahlten vor Wärme und das Lächeln auf ihren Lippen wirkte liebevoll. »Ihr seid total ineinander verliebt. Jeder sieht es, und endlich handelt ihr so. Mach jetzt keinen Rückzieher aus falschem Stolz oder so einem Mist.«

»Und wenn er das Ganze gar nicht will?«

»Er hat im Krankenhaus gesagt, er liebt dich!«

»Aber da war er high.«

»Ich geb's auf.« Phoebe warf die Arme in die Luft. »Wie ignorant kann man sein?«

»Aber was ist –«

»Es reicht, Jax. Verschwendet nicht mehr Zeit. Es besteht die Chance, dass Harlow stirbt, verdammt. Wie lange wollt ihr noch warten?«

Ich schluckte schwer, mein Atem ging flach.

»Ich will dir was zeigen, komm.«

Wir betraten Declans Büro. Jeder Gegenstand stand nahtlos an seinem Platz, Schnickschnack oder persönliche Elemente suchte ich vergebens. Alles in diesem Raum erfüllte einen nüchternen, professionellen Zweck. Einzig ein Foto in einem edlen Holzrahmen wirkte merkwürdig deplatziert. Es zeigte Declan in seinen jüngeren Jahren gemeinsam mit einer Hexe in einer innigen Umarmung. Beide grinsten über das ganze Gesicht, so ehrlich, wie ich es bei Declan bisher nicht gesehen hatte.

»Das ist Penelope«, flüsterte Phoebe, die neben mich trat. »Das *war* Penelope. Sie ist im Kampf gestorben – und Declan gibt sich die Schuld.«

»Waren die beiden Partner?«

»Ein Duo im Orden und ein Liebespaar im Privatleben.« Sie senkte betreten ihren Blick.

»Wie lange ist es her?«

»Drei Jahre, und Declan ist seitdem nicht mehr er selbst. Nur noch Arbeit, Regeln und unterdrückte Wut.«

»Das erklärt, wieso er manchmal so gehetzt wirkt.«

»Warum ich dir das zeige: Niemand weiß, wie lange dir mit deinen Lieben bleibt. Wertschätze diese Zeit und genieße sie, anstatt alles infrage zu stellen.«

»Was macht ihr in meinem Büro?«, knurrte Declan hinter uns. Sowohl Phoebe als auch ich wirbelten herum, hoben erschrocken die Schultern und zogen den Kopf ein. Declan folgte unserem Blick, polterte zu dem Bild und kippte es mit der Vorderseite nach unten. »In den Besprechungsraum, jetzt!«

Eine Viertelstunde später kam die letzte Person zur Versammlung an – Lune Dubois, die Oberste Hexe der Dubois-Blutlinie. Sie erschien in einem fuchsiafarbenen Businessanzug und voller teurem Schmuck aus Diamanten, die Haare zu einem Knoten am Kopf hochgesteckt. Irgendetwas an ihr kam mir merkwürdig vertraut vor, doch der Gedanke war mir entglitten, bevor ich ihn zu Ende denken konnte.

Sie setzte sich zu Harlows Großmutter, María Reyes, der Erbin der Reyes-Blutlinie, und Soo-Ah Yoon, der Obersten Hexe aus Seoul. Nachdem sie kurz Höflichkeiten ausgetauscht hatten, sahen sie zu Declan, der an einem Projektor stand.

»Da die Familie Rinaldi es nicht für nötig erachtet teilzunehmen und Gunnar unterwegs ist, sind wir vollständig. Durch Jax sind die Ingrams aber repräsentiert, was bis auf die Rinaldis alle Gründerfamilien Sydneys vereint, plus unsere Gäste aus Vera Cruz, New Orleans und Seoul.«

María Reyes schnaubte abfällig und warf ihre schwarzen Locken von einer Seite zur anderen. »Ich sehe, Eduardo ist immer noch ein ...«

»Arschloch«, beende Miss McQueen den Satz. Albertine warf ihrer Partnerin einen mahnenden Blick zu, während Soo-Ah schmunzelte und Lune seufzend nickte.

»Ich hätte es anders ausgedrückt, aber das ist ein äußerst passendes Wort«, bestätigte María.

»Nun, so unterhaltsam eure Abneigung gegen die Oberste Hexe der Rinaldis ist, wir haben etwas zu besprechen«, sagte Declan.

Alle Anwesenden verstummten und sahen erwartungsvoll zu dem Gargoyle. Ihre Blicke verrieten, dass sie wussten, um was es ging und ich – mal wieder – der Einzige war, der im Ungewissen nach Antworten stocherte.

»Um die Truppen in den Wald zu führen und somit Harlow einen Weg zum Schloss zu bahnen, müssen wir sicherstellen, dass der Wald die Hexenherzen nicht hört und sie ebenso nicht herausgerissen werden können.« Declans Aufmerksamkeit fokussierte sich auf mich. »Und da kommst du ins Spiel.«

»Wieso ich?« Ich verengte die Augen.

»Wir wechseln die Herzen aus«, antwortete María. »Natürlich unter fachlicher Aufsicht der Reyes-Hexen.«

»Wir wechseln Herzen aus?«, wiederholte ich ungläubig.

»Die Reyes-Hexen haben einen Belcanto entwickelt, der es uns ermöglicht, die echten Herzen der Hexen zu entnehmen und sicher im Tresorraum der Oper aufzubewahren. Anstelle der Herzen werden allen Teilnehmenden des Feldzugs magische Versionen eingesetzt.« Declan klickte auf seinem Notebook herum und eine Grafik erschien auf der Leinwand, die eine Art Anleitung für besagte Objekte darstellte. »Jax, es wird deine Aufgabe sein, diese Herzen magisch zu verändern und somit etwas Neues zu erschaffen, was der Wald nicht hört. Nach deiner Mutter bist du die talentierteste Hexe im Erschaffen – sie hat dich verdammt gut ausgebildet.« Anerkennend nickte er mir zu.

»Sobald sie auf die Schattenseite wechselt, steht ein ernstes Gespräch an«, grummelte ich. »Erst das Kampftraining und dann die Arbeit im Laden. Alles als Vorbereitung für meine Zeit hier. Aber ein Wort über eine Parallelwelt? *Ups, habe da ein Detail vergessen.*«

»Jung müsste man noch mal sein«, sagte María und seufzte melancholisch. »Mein Sohn ist genauso ungeduldig und will immer alles sofort wissen. Als ob ein paar *kleine* Geheimnisse das Leben nicht würzen ... Wo bleibt da sonst die Spannung?«

Ich sah die Oberste der Reyes entgeistert an. Neben mir feixte Declan.

»Eine zweite Welt, in der ein rachsüchtiger Wald und alle Obersten Hexen der Blutlinien leben – ach, und eine massenmordende Königin, das nennst du *ein kleines Geheimnis*?« Declans Mundwinkel zuckten bei der Frage.

»Aber das Resultat ist doch ein gutes, oder?«, fragte María. »Du hast mir letztens gesagt, dass du nie einen so begnadeten Reaper in der Ausbildung hattest, und hätte seine Mutter ihn nicht trainiert, wäre er niemals so gut.«

Abrupt drehte sich Declan zu mir. »Lass dir das nicht zu Kopf steigen, Knirps. Das sage ich über alle.«

»Mhm, über ausnahmslos alle, weil Declan dafür bekannt ist, Komplimente zu verteilen und ein Sonnenschein zu sein«, äffte Phoebe ihn nach und rollte mit den Augen. »Ihm scheint die Sonne förmlich aus dem verkniffenen Arsch.«

»Zurück zum Thema.« Declan räusperte sich, nachdem er seiner Schwester einen finsteren Blick zugeworfen hatte. »Die Materialien für die Herzen haben wir beisammen, damit Jax ab morgen anfangen kann, sie zu erschaffen?«

»Die Pflanzen aus der Flores-Zucht aus Madrid sind gestern eingetroffen«, bestätigte Granny McQueen.

»Das Tierblut habe ich mitgebracht – von unseren stärksten Tigern, freiwillig gespendet, versteht sich«, fügte Soo-Ah hinzu.

»Und wir haben die Herzen der verstorbenen Hexen, richtig?«, fragte Albertine an María gewandt.

»Habe sie alle frisch gehalten und im Lager aufgepäppelt. Selbst die, die du von den Friedhöfen geerntet hast.« Die Reyes-Hexe nickte zustimmend.

»Moment ... echte Herzen? Von echten Hexen?«, fragte ich ungläubig.

»Natürlich, was sonst? Gibt es die auch in unecht?«, fragte María, während sie und Albertine mich verwundert ansahen, als wäre nichts dabei.

»Habt ihr Leichen dafür geschändet?« Mein Mund stand offen.

»Ist ja nicht so, dass die Toten ihre Herzen bräuchten«, flüsterte Phoebe. Declan warf seiner Schwester erneut einen mahnenden Blick zu.

»Nicht hilfreich«, zischte ich.

»Es braucht all diese Zutaten, damit es funktioniert«, sagte die Herrin der Oper. »Ich verstehe deine Zweifel durchaus, aber in unserer Situation haben wir nicht den Luxus, ausschließlich moralisch korrekt zu verfahren.«

»Herzen sind nur eine Ansammlung von Gewebe und Muskeln, ich sehe da nichts Unmoralisches.« María zuckte mit den Schultern.

»Das denkt Casiopaia sicher ebenfalls, wenn sie Herzen rausreißt«, murmelte Phoebe.

»Okay«, ergriff Declan das Wort und unterbrach schleunigst diese Diskussion. Selbst sichtlich verwirrt, wie wir hier angelangt waren. »Dann ist das geklärt. Ab morgen wird Jax nach seinem Training an den Herzen arbeiten.«

»Ich bekomme dafür nicht einmal frei?«

»Reich eine Beschwerde ein, vielleicht interessiert es ja jemand anderen.«

»Was für ein Sonnenschein«, wiederholte ich Phoebes Worte über Declan.

Dieser rollte mit den Augen und nickte mir zu. »Du und Phoebe könnt gehen. Der Rest der Besprechung ist nur für die Obersten der Familien und mich gedacht.«

Und so einfach wurden wir hinauskomplimentiert.

Im Anwesen nickte ich Teagan zu und fand Harlow am Pool, vertieft in ein Buch, nur mit einer verboten knappen Badeshorts bekleidet. Mein Mund verwandelte sich in einen der Wasserfälle, die man im Norden Australiens fand. Blinzelnd starrte ich ihn an, unfähig, meine Blicke von ihm zu lösen. Die Sonne tanzte über seine Haut und ließ sein Haar aussehen, als stünde es in Flammen. Ebenso in Flammen stand offensichtlich meine Libido, nachdem sie sich drei Jahre nach Harlow verzehrt hatte.

Er senkte die große Sonnenbrille ein Stück und grinste mich an. »Willst du da nur herumstehen und sabbern oder erzählst du mir, wie das Treffen lief? Alternativ ginge auch ein … Kuss.«

Erst küssen, dann noch mal sabbern und zu guter Letzt vom Treffen berichten, das klang in diesem Augenblick durchaus nach einer sinnvollen Reihenfolge. Vielleicht war es an der Zeit, meine Prioritäten zu sortieren.

Ich schlenderte gelassen zu ihm hinüber und stolperte dabei nur zweimal über meine Füße, was Harlow so ehrlich zum Lachen brachte, dass ich in dem Moment beschloss, ihn öfter dazu zu bringen. Wenn er so entspannt und fröhlich war, ließ das mein Herz vor Freude auf und ab hüpfen.

Bei der Liege angekommen, gab ich Harlow einen vorsichtigen Kuss. Wie schon vorhin, explodierte ein Schwarm von Schmetterlingen in meinem Bauch, als ich seine weichen Lippen spürte. Nur widerwillig löste ich den Kuss und setzte mich neben ihn.

»Ich soll Herzen erschaffen, die allen eingesetzt werden, damit wir sicher durch den Wald kommen«, erklärte ich ihm.

»So was in der Art sagte Teagan mir schon. Ich darf sie dann kurz vor der Mission zum Schlagen bringen und sie erwecken.«

»Abgefahren, wenn man überlegt, dass wir vor zwei Monaten noch naive Schüler in einer Welt waren, die völlig normal wirkt – im Vergleich zu«, ich deutete um uns herum, »all dem hier.«

»Es fühlt sich wie ein anderes Leben an.«

»Tut es, ja.« Ich betrachtete Harlow. »Wie geht es dir mit dem Fluch?«

»Frag nicht. Granny hat recht, ich werde ab morgen dieses Meditationsding probieren.« Er seufzte leise. »Ehrlich gesagt, habe ich Angst.«

»Wovor genau?«

»Das Echo des Fluchs ist angeblich nur eine schwache Version, und selbst mit der habe ich mich kaum unter Kontrolle. Wie soll es werden, wenn ich zur Hexenkönigin werde? Wer sagt, dass ich nicht schlimmer regiere als Casiopaia?«

»Dann tritt Teagan dir in den Hintern«, antwortete ich im Versuch, seine Stimmung aufzulockern. Hinter mir erklang ein zustimmendes Grunzen von seiner Leibwächterin. »Und ich glaube nicht, dass du schlimmer wirst. Im Gegenteil, hier auf der Schattenseite habe ich eines gelernt: Harlow McQueen ist alles andere als ein Eisprinz.«

»Hatte mich gerade an den Namen gewöhnt.« Er biss sich auf die Unterlippe. »Willst du etwa sagen, du magst mich?«

»Ich ...«, setzte ich an, doch wusste den Satz nicht zu beenden. Dann erinnerte ich mich an Phoebes Standpauke und das Bild von Declan und Penelope. »Nein, ich mag dich nicht.«

Harlow senkte gekränkt den Blick, und hinter mir knurrte Teagan gefährlich.

»Ich bin verliebt in dich, über mögen sind wir schon weit hinaus.« Vorsichtig nahm ich Harlows Gesicht zwischen meine Hände und fuhr mit dem Daumen sanft über seine Wange. »Wir haben es lange genug ignoriert, oder?«

Sein Adamsapfel hüpfte beim Schlucken und er nickte. Ich bewegte meinen Kopf auf seinen zu, spürte seine Magie über mich streicheln und steckte alle Überzeugung, die ich besaß, in diesen einen Kuss. Es war erstaunlich leicht, sich nun voll und ganz dem Körperkontakt hinzugeben, nachdem wir diese Barriere endlich überwunden hatten. Menschlich angenähert hatten wir uns immerhin schon seit Wochen, uns intensiv kennengelernt – füreinander geschwärmt, sogar über Jahre –, und nun konnten wir es endlich ausleben.

Nach einer Weile löste ich mich von ihm, sah ihm tief in die Augen und sagte: »Du, Harlow Jammison Cassidy McQueen, wirst eine verdammt gute Hexenkönigin, und wir stehen alle an deiner Seite.«

Kapitel 22

Harlow

Siebenundzwanzig Tage bis zum Blutmond

Ich kam langsam aus meiner Meditation wieder in der Wirklichkeit an. Fassungslos starrte ich zu Boden, der zwei Meter unter mir lag. Weil. Ich. Verdammt. Noch. Mal. Flog.
»Was zur Urmutter?« Meine Worte hallten von den Wänden wider.
»Ganz ruhig, Schätzchen«, rief Granny. In ihrem Ton klangen Angst und Freude zu gleichen Teilen mit.
Sie stimmte eine Melodie an, sang sie wie eine Arie und ihre goldene Magie durchströmte den Raum. Partikel wirbelten umher, umspielten mich, der Duft nach Ozon und Hyazinthen wehte mir in die Nase, und dann legte sich ihre Magie über die Wände. Verfestigte sich zu einer schimmernden Masse und schirmte uns von der Außenwelt ab.
»Okay, nun hört und sieht uns niemand.«
»Dachte ich mir schon!«, rief ich ihr zu, weiterhin damit beschäftigt zu verstehen, was hier passierte.
»Egal was du tust, denk nicht an deine Flügel, sonst ...«
Aber natürlich lenkte genau das meine Aufmerksamkeit auf meine Flügel, die aus purem Licht bestanden – und offenbar nur eine Illusion waren. In einem Moment schlugen sie behäbig und hielten mich in der Luft, doch dann verstand ich, dass sie nur magische Illusionen waren und ich keine Ahnung hatte, wie sie sich bewegten. Das nahmen sie zum Anlass, sich aufzulösen. Goldene Partikel meiner Magie rauschten davon, wo zuvor die Flügel aus Licht erstrahlten.

Was folgte, war ein Sturz in Richtung Boden – samt Bruchlandung auf meinem Hintern.

Grummelnd rieb ich mir den unteren Rücken, der vom Aufprall schmerzte. Mit den Fingern massierte ich in Kreisen die geschundenen Muskeln.

»Zur Urmutter, das ist kein Traum, oder?«, flüsterte ich.

»Kein Traum«, stimmte meine Großmutter zu und verzog ihr Gesicht. »Deine Landung sah schmerzhaft aus.«

»Würde das nicht zwingend Landung nennen«, brummte ich.

»Deswegen sagte ich: Denk nicht an die Flügel.«

Ich schnaubte und sah sie fassungslos an.

»Wann hat es das letzte Mal in der Geschichte der Menschheit funktioniert, jemandem zu sagen, er solle nicht an etwas denken, und dann tat er es auch nicht?«

Sie legte den Kopf schief. Ihre Lippen vibrierten und verrieten, dass sie ein Lachen unterdrückte. Ich verengte die Augen, als könnte ich sie mit meinem Blick durchbohren.

»Entschuldige, Schätzchen«, presste Granny hervor. Das unterdrückte Lachen war deutlich zu hören. »Wenn man es so ausdrückt, dann hätte ich lieber nichts gesagt.«

Ich schnaubte erneut, dieses Mal lauter. »Willst du mir das erklären? Was war das für ein Canto, der mir Flügel verpasst hat? Habe ich das beim Meditieren unterbewusst gesungen? Als ich wieder zu mir kam, schwebte ich mit Flügeln aus Licht zwei Meter über dem Boden.«

Meine Großmutter biss sich auf die Unterlippe und hob die Brauen. Zur Urmutter, die Herrin der Oper, über dreihundert Jahre alt, kaute verdammt noch mal auf der Unterlippe herum wie eine Teenagerin. Manchmal fragte ich mich, wer von uns beiden die erwachsene Person war.

»Das war kein Canto im klassischen Sinn«, setzte sie an. Sie holte tief Luft und atmete gleichmäßig aus. »Ich würde ja sagen ›Setz dich‹, aber du sitzt ja schon.«

»Sehr witzig.«

»Ich könnte es dir erklären und dich Bücher wälzen lassen«, sagte sie.

»Bitte nicht.« Ich stöhnte genervt auf. Nicht schon wieder eine Woche in der Bibliothek, während alle anderen trainierten oder wahlweise Herzen erschufen.

»Oder wir reisen einfach zu der Entstehung der Hexen«, fügte Großmutter hinzu. Auf ihren Lippen lag ein geheimnisvolles Lächeln. In diesem Moment erinnerte sie mich ungemein an Angelina.
»Ich verstehe nicht ganz ... Wohin reisen?«
»Nach Salem.« Sie zwinkerte. »Ins Jahr 1692.«
»Was zur Urmutter?!«
»Genau zu der, mein Liebling, genau zu der.«

Fünf Minuten später betraten wir einen Raum unterhalb der Oper. Mehrere gut gesicherte Stahltüren und von Wachen geschützte Korridore hatten uns hierhergebracht. Eisern hatte meine Großmutter geschwiegen – egal wie viele Fragen ich ihr im Sekundentakt an den Kopf gedonnert hatte.

Der kreisrunde Raum war in ein bläuliches Zwielicht getaucht, das von einer Art in den Boden eingelassenen Becken ausging. Die Flüssigkeit im Inneren blubberte gemächlich. Das Licht waberte träge durch den Raum und Dampfschwaden stiegen aus dem *Wasser*. Schwerfällig schwebten sie umher und vergingen langsam in den Weiten der hohen Kammer.

»Was ist das?«, flüsterte ich ehrfürchtig.

»Das, mein Lieber, ist unser aller Vergangenheit.«

»Ein Jacuzzi?« Ich zog eine Augenbraue in die Höhe und musterte meine Großmutter.

Sie schüttelte mit einem leisen Lachen den Kopf und setzte sich in Bewegung. Mit einem Nicken bedeutete sie mir, ihr zu folgen.

»In dem Becken lagern wir alle Erinnerungen der Familie McQueen. Von der ersten bis zur letzten Hexe, die gelebt hat«, erklärte sie andächtig. »Na ja, oder teils noch lebt, so wie ich.« Sie zwinkerte mir zu.

»Wow!« Mehr fiel mir dazu nicht ein. All das Wissen unserer Blutlinie war an diesem Ort gebündelt. Die Geschichte meiner Vorfahren, gut wie schrecklich. Ein Becken voll mit all den Geheimnissen, Errungenschaften und Verwirrungen von Hunderten von Jahren.

Bevor ich etwas hervorbrachte, stieg meine Großmutter samt Kleidung in die Flüssigkeit.

»Starr nicht so und komm zu mir«, sagte sie.

In diesem Augenblick war ich definitiv froh, dass wir uns nicht auszogen, so sehr ich Granny mittlerweile auch mochte. Selbst wenn es mir befremdlich erschien, bekleidet in ein Becken voll ... Wasser ... Erinnerungen ... Flüssigkeit – was auch immer es war – zu steigen. Zögerlich streckte ich einen Fuß in das Bassin. Dann den zweiten. Langsam glitt ich in die wässrige Masse. Entgegen meiner Erwartung war sie nicht feucht, sondern ... warm, geschmeidig und weich zugleich. Sie kitzelte, und dennoch spürte ich sie kaum.

»Was genau ist das?«, fragte ich.

»Erinnerungen in ihrer reinsten Form. Magisch konserviert für die Ewigkeit.« Meine Großmutter lag auf dem Rücken und trieb an der Oberfläche. Ganz so, als würde sie in einem Pool entspannen.

Ich tat es ihr gleich. Obwohl die Flüssigkeit keinen wirklichen Widerstand darstellte, trug sie mich mit Leichtigkeit.

»Bereit, mein Liebling?«, fragte Granny und drehte ihren Kopf zu mir. Sie fuhr mit ihrer Hand über meine Wange. Liebevoll sah sie mich an, und in meinem Hals bildete sich ein Kloß. Die Angestellten der Oper, die Reaper und selbst der Orden fürchteten sie und stammelten vor Respekt, doch zu mir war diese beeindruckende Frau so unfassbar sanft, dass es mir den Atem verschlug.

»Ehrlich gesagt, nein.«

»Gut«, antwortete sie. »Diese Ehrfurcht solltest du haben. Was du sehen wirst, kennen nur sehr wenige. Und das hat seine Gründe, die du bald verstehen wirst.«

»Okay«, flüsterte ich. »Und ich bin bereit dafür?«

»Bist du. Der Gesang, den du vorhin gesungen hast, war ein Zeichen.«

»Was war das für ein Lied?«

»Schließ die Augen und folge mir nach Salem ins Jahr 1692 und du wirst verstehen.«

Rückblickend betrachtet konnte ich nicht benennen, ob ein winziger Moment oder eine Ewigkeit vergangen war. Die Flüssigkeit zog mich unter ihre Oberfläche, drang in meinen Körper ein und raubte mir jegliches Gefühl für Zeit und Raum. Ebenso die Panik, die ich hätte verspüren müssen – immerhin konnte ich unter Wasser nicht überleben. Als ich die Augen öffnete, standen Granny und ich am Rand eines Waldes im Schatten der Bäume. Vor mir lag ein Städtchen. Die Häuser waren aus dunklem Holz erbaut, gesäumt von altmodischen Öllaternen und vielerlei Holzkisten. An einem Weg, der ins Stadtinnere führte, direkt zu einem Marktplatz, stand ein Holzschild. In schwarzen Buchstaben prangte dort das Wort *Salem*, eingebrannt für die Ewigkeit.

Ich drehte mich zu meiner Granny, wollte ihr Hunderte von Fragen stellen, doch sie schüttelte den Kopf und legte sich einen Finger an ihre Lippen. Kurz danach führte sie den Finger an ihre Augen, deutete dann auf die Stadt und gab mir zu verstehen, dass ich erst einmal alles in mich aufnehmen solle.

Wir näherten uns dem Marktplatz, die Sonne ging in diesem Moment hinter den hohen Baumwipfeln unter und tauchte mehrere Ansammlungen von Holz in der Stadtmitte in ein rötliches Licht. Ich verengte die Augen und erstarrte.

»Sind das …?«, flüsterte ich.

»Scheiterhaufen«, sagte Granny rau.

»Zum Töten von Hexen?«

Traurig schüttelte sie den Kopf. »Nein, von Menschen, die laut der Kirche Hexen sind. Nur gab es bis 1692 keine Hexen auf der Erde. Und dennoch wurden bis zu dem Zeitpunkt schon über vierzigtausend Unschuldige in Europa wegen Hexerei hingerichtet.«

»Wir sind aber in einer Kolonie der Neuen Welt, die mal zu Amerika wird?«

»Ja, in Salem, wo alles seinen Anfang nahm. Wir Erben, der Wald und der Fluch von uns McQueens.«

Türen wurden geöffnet und die ersten Leute verließen ihre Häuser. Nach einer Weile hatte sich der Platz gefüllt und mehrere Personen zerrten sieben Frauen und vier Männer in Ketten hinter sich her.

Mein Magen verkrampfte, während beißende Flüssigkeit meine Kehle hinaufwanderte. Mit Grauen beobachtete ich, wie diese Menschen an die Scheiterhaufen gekettet wurden, während sie schrien, bettelten und weinten. Wut schnürte mir die Luft zum Atmen ab. Mein Puls beschleunigte sich, das Blut rauschte in meinen Ohren.

Ein älterer Mann in einem schwarzen Anzug mit einem Kreuz um den Hals trat vor die Scheiterhaufen.

»Hiermit verurteile ich, Reverend MacCuinn, euch elf zum Tode durch das Feuer. Ihr wurdet als Hexen entlarvt und steht im Bunde mit dem Teufel selbst.«

Die Gefangenen wimmerten und beteuerten ihre Unschuld, während die Zuschauer Beleidigungen riefen und die angeblichen Hexen verhöhnten.

»Vater, bitte«, bettelte ein junges Mädchen von etwa dreizehn Jahren. Es wurde von einem anderen Geistlichen zurückgehalten.

Der Reverend warf ihr einen abfälligen Blick zu. »Sei froh, dass ich bezeuge, dass du keine Hexe bist. Willst du wegen des Sympathisierens mit dem Teufel ebenso hingerichtet werden, Constance?«

Ich drehte mich zu meiner Granny. »Constance *MacCuinn*, wie *McQueen*?«

Granny nickte und eine Träne glitzerte in ihrem Augenwinkel. Vorsichtig griff ich nach ihrer Hand, und sie drückte leicht zu.

Elf Männer traten an die Scheiterhaufen und entzündeten sie. Was dann geschah, vermochte ich nicht mit anzusehen und wandte meinen Blick ab. Dennoch spürte ich die Hitze auf meiner Haut und würde die Schreie nie wieder vergessen.

Eine urtümliche Wut schwappte über mich. Etwas regte sich im Wald. Purer Hass und Wut schlug mir entgegen.

»In diesem Moment ist der Wald von Salem erwacht«, flüsterte Granny. »Und mit ihm die Seelen aller Unschuldigen, die je als Hexen verbrannt wurden.«

»Über vierzigtausend Seelen?«

»Mehr sogar, aber ja. Deswegen ist seine Wut so alles einnehmend.«

Der Boden unter meinen Füßen erzitterte und Klageschreie hallten aus dem Dickicht der Bäume. Der Wald wirkte wie ein lauerndes Ungeheuer, das sich auf die Stadt Salem zu stürzen drohte. Die Einwohner zuckten zusammen, sahen verängstigt von den Scheiterhaufen zu den Bäumen.

Diesen Moment der Ablenkung nutzte Grannys junges Ich. Es riss sich los, rannte zum Feuer und warf sich davor auf die Knie. Ihre Stimme erinnerte an den Schrei einer Banshee.

»O heilige Mutter, hilf uns! Ich gebe dir meinen Leib, meine Seele, aber rette diese unschuldigen Menschen und vor allem meine beste Freundin Albertine.«

Mit diesen Worten warf sich Constance MacCuinn selbst in die Flammen und verbrannte. Ich wollte zu ihr rennen, sie aus dem Feuer zerren, doch es hätte nichts gebracht. All das war schon geschehen, und mein Magen krampfte sich zusammen. Schwer atmend sah ich weg, jedoch nicht zu meiner Großmutter, da ich nicht genau wusste, wie ich sie ansehen sollte, nachdem ich gerade erst gesehen hatte, wie sie sich opferte.

Die Menge raunte, ihr Vater brüllte, nur das Feuer verstummte. Es erlosch, und an seiner Stelle erstrahlte eine gut drei Meter große Frau mit weißen Flügeln. Auf ihrer Haut verliefen dünne goldene Linien, die verschiedene Punkte miteinander verbanden.

»Mein mutiges Kind«, dröhnte die Stimme der Frau so laut, dass sich alle Einwohner die Ohren zuhielten und schreiend zu Boden sanken. Für mich jedoch klang sie wie ein Orchester des Friedens und der Ausgeglichenheit. Nie zuvor hatte ich eine solch reine Liebe gespürt. »Ich werde dir deinen Wunsch erfüllen.«

»Wer oder was ist das?«, flüsterte ich.

»Freya, die Oberste Walküre – unsere Urmutter.«

Freya drehte sich zu den Scheiterhaufen und betrachtete die Leichen voller Trauer und Reue. Eine Träne löste sich aus ihren Augen und sie fing sie in ihren Händen auf. Einen Moment lang geschah nichts, die Zeit stand still, doch dann explodierte die Träne in einem Feuerwerk aus purem Licht.

Alle Einwohner Salems fielen in Ohnmacht, während Freya die Träne aussendete. Sie schwebte über den Toten, erleuchtete die Körper, und einen Wimpernschlag später lösten sich zwölf Lichtkugeln aus den Verstorbenen. Die Träne zersplitterte in etliche Funken, die zum größten Teil mit den Kugeln verschmolzen. Nur ein paar verflüchtigten sich in der Weite des Platzes.

»Zieht in alle Welt und lebt!«, rief Freya. »Nutzt mein Geschenk. Auf dass ihr nie wieder im Namen der Kirche unter der Tyrannei von Männern leiden müsst, die euch zu unterwerfen versuchen.«

Die Lichtkugeln summten für einen Moment und schossen daraufhin in alle Himmelsrichtungen davon. Nur eine Kugel blieb zurück, jene, die sich aus Constance erhoben hatte.

Freya sah sie liebevoll an. »Es tut mir leid, mein Kind, aber das Geschenk erfordert einen Preis – eine Bürde. Ich binde das Wohl aller Hexen an deine Blutlinie, auf dass ihr sie mit Würde und Mut führen mögt. Erlischt deine Blutlinie, sterben alle Hexen mit euch.« Langsam verwob sich ein Zauber über der Lichtkugel, der diese Bürde trug.

»Das ist unmöglich!«, stieß ich viel zu laut hervor.

Freya drehte sich plötzlich um, sah mir direkt in die Augen und lächelte. »Harlow McQueen, du bist es.« Sie zwinkerte mir zu. »Wir werden uns bald treffen.«

Der Wald von Salem schien auf diesen Moment gewartet zu haben. Er schickte all seinen Hass, seine Wut und den Durst nach Rache aus. Hunderte von Krähen schossen auf den Zauber über der Lichtkugel zu und umschwärmten ihn. Instinktiv sang ich eine Melodie, und ein großer Schwall goldener Funken flog aus meinem Mund zu den Vögeln. Die Krähen und die Funken versanken zeitgleich in der Lichtkugel, die die Bürde der McQueens beinhaltete. Aus Gold und Schwarz wurde ... Rot.

»Ein Fluch«, raunte ich, und mir wurde in diesem Moment die Tragweite meines Eingreifens bewusst. »Ich bin schuld, dass es den Fluch der Krone gibt? Er war nie als solcher gedacht, oder?«

»So ist es«, antwortete Freya. »In diesem Moment sind Flüche allgemein entstanden. Sie bestehen aus der Magie der Walküren und aus der des Waldes. Du, Harlow McQueen, bist der Erschaffer des Fluchs der Krone. Sie ist deine Schöpfung und dein Geburtsrecht – bald schon wird sie zu dir zurückkehren.«

»Aber ... wie ist das möglich? Das ist ... dreihundert Jahre her«, stammelte ich.

»Zeit und Raum spielen für Wesen wie den Wald und uns Walküren keine Rolle. Für uns existiert alles gleichzeitig. Deine Frage ist die von Huhn und Ei. War der Fluch zuerst da oder du?« Sie sah liebevoll zu mir. »Lass es mich dir so erklären: Es gibt unendlich viele parallel verlaufende Realitäten. In der Welt der Sterblichen nennen es berühmte Philosophen seit der Antike die Mehrwelten- oder Multiversen-Theorie. In einer dieser vielen Realitäten hat der dortige Harlow den Fluch erschaffen, nur sind der Wald und die Magie der Walküren kombiniert so mächtig, dass dieser Fluch in jede andere Realität geblutet ist – so auch in deine.« Freyas Güte strahlte aus jeder Faser ihres Seins. »Ein Harlow hat den Fluch erschaffen, alle Harlows in allen Realitäten müssen dessen Konsequenzen tragen. Ich weiß, das ist schwer zu begreifen, aber dies ist der simpelste Weg, es zu erklären.«

»Das heißt, ich war es gar nicht, der den Fluch erschaffen hat, und doch war ich es?« Ich runzelte die Stirn.

»Nicht du, der du hier bist. Aber du, der du dort warst. Nur einer von euch ist schuld, die Krone hingegen müssen alle tragen oder beim Versuch, eure Mütter zu töten, sterben.«

Nun hatte ich eine Antwort, die auch logisch war, nur erschien es mir schier unmöglich, es wirklich in der Gänze zu begreifen.

Ich sank zu Boden. All das Leid, alle Toten, jede Gräueltat meiner Mutter waren allein meine Schuld. Vielleicht nicht die des Harlows, der ich jetzt war, aber dennoch einer Version von mir. Gäbe es mich nicht, gäbe es ebenso auch keinen Fluch. Ich zitterte, schrie, weinte, tobte, bekam nichts mehr um mich herum mit. Schatten und Licht stießen aus mir empor, während Irrsinn an meinem Verstand zerrte und versuchte, ihn in seine warmen Arme zu locken.

Da spürte ich eine Hand an meiner Stirn. »Wie schon Hunderte Male und doch niemals zuvor, nehme ich dir die Erinnerung an die Schuld. Alles soll sein, wie es ist. Ein unendlicher Kreis, eine ewige Wiederholung. Du wirst dich daran erinnern, dass der Fluch dein Spross ist, sobald er mit dir vereint ist. Bis dahin gehe den vorherbestimmten Weg. Wir sehen uns bald wieder, mein Kind.«

Ich erwachte schnaufend im Becken unterhalb der Oper. Erinnerungen an Salem, die Walküre, meine Granny, wie sie sich opferte, schossen durch meinen Kopf – doch so schnell und wirr, dass ich keine einzige greifen konnte. Wie feiner Nebel glitten sie mir durch die Finger und ließen sich nicht fassen.

Granny half mir aus dem Becken und lächelte mich milde an.

»Was waren das für leuchtende Kugeln?«, fragte ich.

»Die Seelen der ersten Hexen – meine und die der anderen elf Unschuldigen, die zu den Obersten Hexen wurden. Wir haben uns über die Welt verteilt und wieder menschliche Form angenommen. In zwölf Ländern, auf dass uns weder die Häscher der Kirche noch der Wald je fänden.«

»Hat ja nicht sonderlich gut funktioniert«, sagte ich.

»Für einige Jahre hat es das sehr wohl. Doch der Wald fand uns, weshalb vier von uns mit ihren neuen Familien auf der Flotte der First Fleet aus England ans andere Ende der Welt reisten. Dort erbauten wir Sydney als sicheren Hafen für eine neue Hexengesellschaft.«

»Die Gründerfamilien«, hauchte ich.

»So ist es. Aber der Wald fand uns nach einiger Zeit auch hier, so wie er alle anderen Erben von Salem in der Welt fand. Deswegen erschufen wir alten zwölf die Schattenseite und verbannten ihn dorthin.«

»Und die kleinen Funken, die zerstoben sind? Was waren das für welche?«

»Echos der Magie – sie pflanzten sich in geeignete Menschen in aller Welt und ließen sie ebenso zu baldigen Hexen werden. Jedoch nicht diese Frauen selbst, sondern erst deren Kinder. Ihre Kraft ist deutlich schwächer als die von uns Erben, weil es nur ein Echo war.«

»Deswegen gibt es so viele Coven, die nicht den zwölf Familien angehören? Hatte schon etwas Angst, dass es auf Inzest hinauslief.«

Meine Granny lachte und schlug mir spielerisch gegen die Schulter. »Unzählige Coven, ja. Aber ein jeder ohne die Blutgaben oder Affinität für ein Element. Sie können Cantos singen, sind Teil unserer Gesellschaft, nur werden sie nie die Macht einer der Blutlinien der Erben erreichen.«

»Wieso konnte mich die Walküre sehen, obwohl es eine Erinnerung war?«

»Weil du etwas Besonderes bist. Ein Geschenk der Urmutter.«

»Lass mich raten, du erklärst es mir nicht genauer und ich erfahre es, sobald die Zeit reif ist?« Ich brummte genervt.

»Tut mir leid, ich *kann* darüber nicht reden, selbst wenn ich wollte.«

»Große Überraschung, ein weiteres Geheimnis.« Mühevoll unterdrückte ich ein Augenrollen.

»Du solltest ins Anwesen zurückkehren und dich ausruhen. Wir trainieren die Meditation morgen weiter und suchen dir dein Outfit für den Sommersonnenwendeball übernächste Woche heraus.«

»Muss das sein? Kann ich nicht fernbleiben wie du?«
»Harlow Jammison Cassidey McQueen –«
Shit, mein voller Name. Das war definitiv ein Nein.
»Seit alle McQueens nach Casiopaias Krönung auf die Lichtseite geflüchtet sind, war keiner mehr von uns beim Ball. Du gehst da hin und zeigst, dass wir zurück sind und uns nicht geschlagen geben. Außerdem musst du alle Register ziehen, die dir Angelina beigebracht hat. Es ist ein politischer Auftritt, und wir brauchen Verbündete.«
Mit einem Seufzen nickte ich, gab ihr einen Kuss auf die Wange und machte mich auf den Heimweg.

Zurück im Anwesen, brummte mir der Schädel. Ich wandelte wie in Trance in die Küche. Dort schnappte ich mir ein Bier aus dem Kühlschrank, öffnete es mit meinen Zähnen und leerte die Flasche in einem Zug. Lachend fuhr ich mir durch mein Haar und schüttelte den Kopf.
Walküren.
Wir Hexen waren erschaffen worden durch die Träne von einer verdammten Walküre. Eigentlich hätte mich nach Wochen auf der Schattenseite nichts mehr wundern sollen, und dennoch ... Walküren! Weiß, extrem hell und mit Flügeln.
»O Shit!« Jax stand im Türrahmen und musterte mich belustigt. »Kein ›Hallo, Schatz, ich habe dich vermisst‹, sondern direkt zum Kühlschrank und ein Bier? Und seit wann öffnest du Flaschen mit den Zähnen?«
Ich sah ihn verwundert an. Seit wann ich Flaschen mit den Zähnen öffnete? Vermutlich seit ich wusste, wer uns erschaffen hatte und ich allgemein gerade nicht wusste, was ich tat.
»Walküren«, murmelte ich.
Jax löste sich aus dem Türrahmen und schlenderte grinsend zu mir. Nur bekleidet mit einer grauen Jogginghose und sonst nichts, biss er sich auf die Unterlippe und sah mir eindringlich in die Augen.
»Wann ist der Schnösel zu einem einsilbigen Neandertaler geworden, und wieso macht mich das auf eine verstörende Art scharf?«

Ich gab ein schnaubendes Lachen von mir, gefolgt von einem Seufzen. »Sexy Times gut, aber wir reden. Jax setzen«, sagte ich in Anlehnung an meine beste Imitation eines Neandertalers.

»Auf deinen Schoß?« Jax kam vor mir zum Stehen und wackelte mit seinen Brauen. Dann biss er mir leicht in die Unterlippe – und ich wünschte, wir wären in einem Porno und nicht auf der Schattenseite und die Kinder von ... ja, immer noch Walküren.

Widerwillig drückte ich ihn von mir. »Stuhl«, antwortete ich und zeigte auf besagtes Objekt am Küchentresen.

»Jax brav. Jax sitzen.« Er setzte sich und zwinkerte mir zu. »Jax Belohnung?«

Erneut seufzte ich. Es kostete mich einiges an Willen, dem Drang zu widerstehen, ihn mir über die Schulter zu werfen und ihm zu zeigen, wie Neandertaler-Harlow ihn aufs Bett warf. Aber dafür musste später Zeit sein, jetzt hieß es, ihm von dem Erfahrenen zu berichten.

»Die Erben von Salem wurden von einer Walküre erschaffen«, platzte ich mit der Wahrheit raus. »Das Hexenblut besitzt Spuren ihrer Tränen, um genauer zu sein. Daher kommt unsere Magie.«

Jax blinzelte mehrfach. »Verarschst du mich? Oder sind wir von Neandertaler-Rollenspiel zu Walküren-Sexy-Time gewechselt?«

Er kratzte sich verwirrt am Hinterkopf, während ich zum Kühlschrank schritt, zwei Bier herausnahm und mich neben ihn setzte.

»Hier, das wirst du brauchen.« Und dann erzählte ich ihm in allen Details von meiner Reise in die Vergangenheit.

Nicht ein Wort hatte Jax von sich gegeben, während ich berichtete. Mal ein kurzes Nicken, mehrfach geweitete Augen, ein erstauntes Brummen – Worte hingegen keine.

Er atmete tief ein und ließ die Luft langsam durch die Nase entweichen, dann sagte er: »Wow.«

»Ganz deiner Meinung.«

»Walküre?«, fragte er.

»Walküre.«

»Mit Flügeln?«

»Ja, und blendendem Licht.«
»Wow.«
Ich lachte und schüttelte den Kopf.
»Wer weiß davon?« Jax griff nach meiner Hand und strich sanft über den Handrücken.
»Angeblich nur die Erstgeborene und ein paar wenige Eingeweihte.«
»Also sind wir übernächste Woche nicht nur auf dem nervigen Sommerwendenball und werden offiziell in die feine Gesellschaft eingeführt, sondern wir tun gleichzeitig so, als wüssten wir nicht, dass die Erstgeborenen vor dreihundert Jahren einer echten Walküre begegnet sind?«
»Klingt korrekt, ja.«
»Shit.« Jax lachte und gab mir einen langen Kuss. »Bekomme ich davor, also zum Beispiel jetzt, noch mal Neandertaler-Harlow als Ablenkung?«
Mit einem Schwung stand ich auf, packte ihn an der Hüfte und warf ihn mir über die Schulter. Lachend schlug er mir auf den Po, während ich ihn in mein Zimmer brachte.
Als die Tür hinter uns zufiel, hörte ich Teagan stöhnen. »Die Urmutter steh uns bei, wenn die das neue Königspaar werden.«

Kapitel 23

Jax

Dreizehn Tage bis zum Blutmond

Genervt brummte ich vor mich hin, während die magische Schneiderin die letzten Anpassungen an meinem verdammten Smoking tätigte.

Phoebe saß amüsiert und mit übergeschlagenen Beinen auf meiner Kommode. Sie trug ein wallendes Kleid in unterschiedlichen Grautönen mit einer engen Korsage, komplett besetzt mit silbernen und hämatitfarbenen Strasssteinen. Es wirkte elegant und leicht an ihr, perfekt geschneidert und nahtlos an sie angepasst. Ihre Lippen hatte sie schwarz geschminkt und die Augenlider in einem tiefen Dunkelrot. Der Farbton fand sich ebenso in allen Accessoires wie der wuchtigen Kette, der Kreolen und den zwei dolchartigen Nadeln in ihren hochgesteckten Haaren wieder.

Kurzum: Phoebe sah umwerfend und gefährlich zugleich aus. Das perfekte Abbild einer Reaperin mit großer Klappe, die ich voller Stolz meine Partnerin nannte, und die durch die Tatsache, dass Eliss plötzlich von der Bildfläche verschwunden war, zu meiner besten Freundin geworden war.

Alle Gargoyles trugen auf dem Ball Grau, ebenso wie alle Dämonen Schwarz. Bei uns Hexen gestaltete es sich etwas anders. Auch wir würden in Schwarz erscheinen – alle Männer im gleichen Anzug und die Frauen im gleichen Kleid. Während des Sommersonnenwende-Walzers enthüllten sich dann jedoch die Designs und Farben unserer Blutlinien.

Dieser Belcanto, der auf den Walzer reagieren würde und meinen schwarzen Smoking in einen mitternachtsblauen Festanzug der Ingrams verwandeln würde, stickte die Schneiderin soeben in die Nähte. Und das, obwohl ich nicht tanzen wollte. Dennoch hatte Gunnar darauf bestanden, dass sich wenigstens mein Smoking nach dem Walzer wandeln würde, damit ich Farbe zur Familie bekannte.

Widerwillig musste ich zugeben, dass das extra für mich angefertigte Design, das ich bisher nur als Entwurf auf Papier gesehen hatte, großartig war. Mein Smoking würde zu einem Zweiteiler aus einem dunklen, schimmernden Blau werden, dessen Revers aus lebendigen schwarzen Schatten bestehen würde. Plus eine Krawatte und ein Einstecktuch aus sich bewegenden Schattengespinsten. Die Ingrams besaßen Stil, das musste ich ihnen lassen.

»Macht der Goldjunge weiterhin einen auf Harlow McFly?«, fragte Phoebe grinsend.

»Manchmal schwebt er mit leuchtenden Augen im Schneidersitz direkt unter der Decke«, erwiderte ich. »Überhaupt nicht unheimlich.«

»Binde eine Schnur an sein Handgelenk und geh mit ihm spazieren wie mit einem Luftballon.«

Ich grunzte. »Richtig, weil ich scharf drauf bin, dass er mir einen seiner Flüche an den Kopf schmeißt. Mit Ausschlag oder einem zweiten Hintern zum Sommersonnenwendeball zu gehen steht nicht auf meiner Bucketlist.«

»Auch wieder wahr.« Sie nickte nachdenklich. »Seit seinem Krankenhausaufenthalt nimmt er die Sache sehr ernst, oder?«

»Das ist eine Untertreibung. Er trainiert beinahe bis zur Bewusstlosigkeit, meditiert stundenlang und trifft sich mit den Obersten Hexen der Blutlinien, um Allianzen zu formen. Politisches Gehabe eben. Auf dem Ball will er dann einige dieser Bündnisse festigen.«

»Hörte ich schon. Die einzigen, die sich noch nicht geäußert haben, sind die Rinaldis. Was mich nicht wundert.« Phoebe grunzte abfällig. »Ihr oberstes Familienmitglied ist ein widerlicher, egoistischer Kerl. Und zudem sehr abfällig zu uns Gargoyles und Dämonen.« Sie ballte eine Faust und sah zur Decke. »Wow, das wurde nun aber schnell bedrückend. Zurück zu dem schönen Thema: Was dein Geliebter wohl trägt?« Als ich aufstöhnte, streckte Phoebe mir die Zunge raus.

»Den gleichen Smoking wie alle«, gab ich gleichgültig zurück, denn niemals würde ich zugeben, dass ich mich schon den ganzen Tag fragte, was Harlow tragen würde.

»Ich meine nach der Enthüllung, Bumsbirne!«

Die Schneiderin sah pikiert auf und schnalzte mahnend mit der Zunge. Das brachte mich zum Lachen. Ich liebte Phoebe für ihre ehrliche, teils unangebrachte Art. Hier auf dem Ingram-Anwesen, in einer Welt voller Hexenpolitik war das durchaus erfrischend.

»Fertig, Sir. Sobald der Belcanto Ihrer Familie ertönt, verwandelt sich Ihr Smoking von allein.«

»Vielen Dank.« Ich lächelte der Schneiderin unbeholfen zu. Für einen Moment musterte sie mich, dann lächelte auch sie, drehte sich um und eilte aus dem Raum.

Phoebe sprang von der Kommode, was die mehrlagigen Stoffe im unteren Teil des Kleides in Wallung versetzte. Sie nahm die schwarze, mit Federn und Spitze besetzte Maske von meinem Bett, kam zu mir herüber und sah mich fragend an. »Bereit?«

»Nein.«

»Dachte ich mir«, antwortete sie schmunzelnd. »Beug mal deinen Kopf etwas vor.« Ich tat, wie mir geheißen. Geschickt streifte sie mir die Maske über und rückte sie auf meiner Nase zurecht.

Ich seufzte. »Wozu der ganze Zirkus?«

»Traditionen, junger Ingram, Traditionen«, imitierte sie eine ältere Stimme, die verdächtig wie eine Persiflage auf die Herrin der Oper klang.

»Nach dem Walzer weiß doch eh jede Person, wer die anderen sind. Vermutlich schon davor, so eine komische Maske verbirgt kaum etwas.«

»Die erste Stunde ist nun einmal anonym, Jax. Es symbolisiert, dass ihr Hexen alle gleich seid – egal aus welcher Blutlinie ihr stammt.«

Ich lachte abfällig. »Aber ihr Gargoyles und Dämonen seid von Anfang an erkennbar und tragt keine Masken.«

»Weil wir unter euch stehen und das nie vergessen sollen.«

»Findest du das fair?«

»Jax, weder die Lichtwelt noch die Schattenseite ist fair.« Phoebe strich mir über das Revers. »Mir reicht es, wenn Hexen wie Harlow und du mich ebenbürtig behandeln. Das ist besser als nichts.«

»Das ist doch scheiße!«

»Warum, glaubst du, haben Harlow und du in den letzten Wochen so viel Sympathien im *Reapers Den* und bei den Dämonen gewonnen?«

Verwundert sah ich sie an. »Haben wir das?«

Lachend schüttelte meine Partnerin den Kopf. »Ach, mein liebes, liebes, naives Kind ...«

»Du bist gerade mal paar Jahre älter!«

»Die Gargoyles und die Dämonen haben einen Narren an Harlows offenen, toleranten Art gefressen, ebenso an dir. Für viele seid ihr das nächste Königspaar, auf das sie ihre Hoffnung für eine bessere Zukunft setzen.«

»Macht den ganzen Druck jetzt wirklich besser«, sagte ich ironisch.

»Ha, das ist noch nichts. Du hast ja keine Ahnung, was dich gleich erwartet.«

Phoebe behielt recht.

Wir stiegen kurze Zeit später aus der Limousine aus, Phoebe hakte sich bei mir unter und eine Wand aus Blitzlichtgewitter traf mich voll ins Gesicht. Fernsehkameras, Fotografen, Reporter – Dutzende davon, und alle riefen sie nach mir.

»Shit«, flüsterte ich, doch Phoebe lachte lediglich.

»Lächeln und winken«, antwortete sie mit einem breiten Lächeln für die Kameras.

Alle möglichen Fragen prasselten auf mich ein.

»Jax, was werden wir heute sehen? Welchen Anzug tragen Sie?«

»Jax, steigen Sie in den Ingram-Coven ein?«

»Jax, wie läuft Ihre Reaper-Ausbildung?«

»Jax, ein Statement für den *Guardian*, wieso Sie nicht mit einer Hexe, sondern mit einer ... von denen ... zum Ball erschienen?«

Ich verkrampfte mich, musste an mich halten, dem Typ nicht ins Gesicht zu schlagen.

»Weiterlächeln und nicht stehen bleiben«, drängte Phoebe und ignorierte den diskriminierenden Kerl.

»Wieso tragen wir die Masken, wenn die wissen, wer ich bin?«, presste ich zwischen gebleckten Zähnen hervor.

»Tradition. Eine unsinnige, aber sie gehört halt dazu.«

Wir kämpften uns zum Eingang der Festhalle durch. Kurz vor der Tür verstummten alle Schreie. Eine weiße Limousine kam an der Straße zum Stehen.

»Immerhin kommt er nicht in einer Kutsche«, flüsterte ich Phoebe zu.

»Sehr zur Enttäuschung von Constance McQueen vermutlich.« Sie lachte.

Ausnahmslos alle Blicke weilten auf der Limousine, die leise vor sich hin schnurrte. Der Fahrer stieg aus, eilte um das Auto herum und öffnete die Tür.

Albertine LeBlanc verließ die Limousine und richtete ihr elegantes schwarzes Kleid. Es glitt geschmeidig wie Öl an ihrem Körper hinab und lief ebenso den Boden entlang. Auf ihrem Kopf thronte eine aufwendig geflochtene Frisur mit Perlen, Federn und von einem Haarband durchzogen.

Lächelnd betrachtete sie die offene Tür der Limousine. Wachsam verließ Teagan das Auto, gefolgt von Harlow in einem schwarzen Smoking. Sein rotes, nach hinten gegeltes Haar glänzte in dem Blitzlichtgewitter, das sofort einsetzte. Auf der goldenen Maske über seinem Gesicht, die mit frischen Blumen versehen war, funkelten die Kamerablitze wie kleine Sterne. Harlow sah zu mir herüber und zwinkerte. Dann reichte er Albertine seinen Arm und sie betraten den roten Teppich.

Dachte ich, dass mich schon viele Fragen ereilt hatten, explodierten die Reporter in purer Euphorie, als sich Harlow ihnen näherte.

»Harlow, was wird Ihre erste Amtshandlung als Königin sein?«

»Welches Outfit tragen Sie unter der Illusion?«

»Harlow, war Ihre Rückkehr von langer Hand geplant?«

»Stimmt es, dass Sie und der Ingram-Erbe ein Liebespaar sind?«

»Weiß Angelina von allem?«

»Ist es wahr, dass der Fluch Sie rasend vor Wut macht und Sie die Reaper im Training verfluchen?«

»Hast du unter dem Einfluss des Fluchs schon getötet?«

»Harlow, wer sagt uns, dass du nicht schlimmer wirst als deine verdorbene Mutter?«

Bei den letzten Fragen zuckte Harlow zusammen, als hätte jemand ihm einen heißen Dolch in den Rücken gerammt. Seine Hände zitterten, und Albertine murmelte ihm etwas zu, was ich nicht verstand – doch Harlows Augen schienen plötzlich leer, als wäre er in Gedanken ewig weit weg.

Mit nur fünf Schritten war ich bei ihm, zog Harlow an mich und flüsterte ihm ins Ohr: »Wehe, du glaubst diesen Arschlöchern!« Er sah mich aus geweiteten Augen an, und ehe er etwas erwidern konnte, gab ich ihm einen liebevollen Kuss. Blitzlichtgewitter blendete mich beinah, so euphorisch waren die Reporter.

Langsam kehrte Leben in Harlows Augen zurück, er blinzelte und eine einzelne Träne lief seine Wange hinab. In diesem Moment veränderte sich sein ganzes Verhalten. Sein Kiefer wirkte angespannt, während er künstlich zu lächeln versuchte, den Augen fehlte jegliche echte Freude, und ich konnte förmlich sehen, wie er einen Teil seiner Seele abschirmte.

»Kommt, wir gehen rein«, sagte Phoebe, die neben uns erschien und uns ins Innere geleitete.

Fünfzehn Minuten später wirkte Harlow wieder gefasst. Mehr noch, er hatte seine Maske übergestreift, die er an der *St. Andrew* täglich getragen hatte. Verschwunden war der Junge, den ich auf der Schattenseite kennen- und lieben gelernt hatte – ersetzt durch den Eisprinzen in der Version 2.0, Sonderedition Schattenseite.

Der ganze Prunk im Ballsaal hätte mich an jedem anderen Tag in ehrfürchtiges Erstaunen versetzt, nicht aber in diesem Moment. Weder die acht großen Kronleuchter noch die Bäume aus Glas mit Diamanten besetzt, die den Weg zur Tanzfläche säumten, oder die edel bestückten Tische lenkten mich davon ab, dass Harlow nicht er selbst war.

»Es geht mir gut«, flüsterte er eindringlich, als er meinen Blick bemerkte.

»Erzähl keinen Scheiß!«

»Jax, nicht jetzt. Achte auf deinen Ton. Wir repräsentieren hier nicht nur unsere Familien, sondern suchen Verbündete für den Kampf gegen Casiopaia. Entweder du spielst das politische Spiel mit oder wir sehen uns im Anwesen wieder. Deine Wahl.« Seine Stimme klang freundlich, durchdrungen von reiner Diplomatie und Berechnung. Der Sohn der Präsidentin gab sich die Ehre und verfiel in seine antrainierten Muster. Ein winziger Funke meines Harlows blitzte in seinen Pupillen auf, verblasste jedoch, als ich mit meiner Antwort haderte.

Er drehte sich wortlos um, stolzierte davon und ließ Phoebe und mich zurück.

Geschockt stand ich da und sah ihm mit offenem Mund hinterher. Passierte das gerade wirklich? Und was bedeutete es für uns beide?

»Du weißt, ich bin immer auf deiner Seite«, sagte Phoebe.

»Aber?«, brummte ich.

»Er hat recht. Das hier ist größer als ihr beide oder die Ehre eurer Familien. Wir brauchen Verbündete, um Casiopaia zu besiegen. Heute sind alle Blutlinien hier, ein Fauxpas würde Brücken für immer zerstören.«

»Aber Harlow ist nicht er selbst.«

»Und das aus gutem Grund. Er ist das, was die Familien in ihm sehen wollen: stark, gefasst, höflich und über alles erhaben. Das Abbild einer echten Königin.« Sie klopfte mir auf die Schulter. »Zeit, dass du an seiner Seite den Partner gibst. Er braucht dich, selbst wenn er es nicht so gesagt hat.«

Mit einem sachten Schubs von Phoebe lief ich meinem Freund hinterher. Als ich bei ihm ankam, nahm ich seine Hand und schenkte ihm ein Lächeln. Sosehr ich ihn am liebsten von dieser Veranstaltung und all den negativen Einflüssen wegzerren wollte, hatten Phoebe und er recht: Die Blutlinien gierten danach, eine Hexenkönigin zu sehen – und diese Person stand in diesem Augenblick an meiner Seite und schenkte mir einen liebevollen, dankbaren Blick.

Kapitel 24

Harlow

Dreizehn Tage bis zum Blutmond

Mein Blick klebte auf den Dutzenden tanzenden Paaren, die auf dem Parkett den jährlichen Sommersonnenwende-Walzer aufführten. Der Tanz funktionierte auch auf der Schattenseite exakt so, wie wir ihn an der *St. Andrew* gelernt hatten.

Mittlerweile waren alle Namen der Blutlinien einzeln aufgerufen worden, es fehlte nur meiner. Ich atmete tief durch. Der Plan war es, kurz in die Mitte der Fläche zu gehen, ein bisschen zu winken, mein Outfit zu enthüllen und mich wieder unter das politische Treiben zu mischen. Albertine hatte zwar angeboten, mit mir zu tanzen, doch hatte sie schon mit ihrem Sohn die Enthüllung vollzogen und bis gerade angeregt mit Lune Dubois geplaudert.

Albertines Blick fand meinen, die stille Frage nach dem Tanz war darin klar zu lesen. Ich lächelte ihr zu, schüttelte aber den Kopf. Sie hatte heute ohnehin schon viel für mich getan.

Auf dem Parkett stehen und winken musste ausreichen.

»Und jetzt bitte ich alle McQueens auf die Fläche zum Sommersonnenwende-Walzer und der Enthüllung«, erklang eine Frauenstimme.

In dem Bruchteil einer Sekunde spürte ich die Blicke aller Anwesenden so heiß wie Flammen auf mir.

»Ach, was soll's!«, sagte Jax neben mir, und als ich zu ihm sah, verschluckte ich mich. Er streckte die Hand zu mir aus und lächelte liebevoll.

»Darf ich bitten?«

»Ich ... Du ... Was?«

Er zwinkerte und biss sich auf die Unterlippe. »Lass uns den Snobs zeigen, wer ihre nächste Hexenkönigin wird und dass sie an dein Licht niemals heranreichen.«

Sprachlos legte ich meine Hand in seine, genau in dem Moment, als die Moderatorin sagte: »Und *jetzt* beendet in alter Tradition, zum ersten Mal seit vielen Jahren, der Erbe aus der McQueen-Blutlinie den Sommersonnenwende-Walzer.«

Hektisch kämpfte sich Teagan am anderen Ende des Ballsaals durch die Menge der Zuschauenden, vermutlich um der Moderatorin mitzuteilen, dass ich meiner Leibwächterin gesagt hatte, nicht tanzen zu wollen. Teagans und mein Blick trafen sich, sie sah auf Jax' und meine Hände und hob die Brauen. Abrupt blieb sie stehen, verschränkte grinsend die Arme vor der Brust und gab mir mit den Augen zu verstehen, dass ich es den Anwesenden zeigen solle.

Unter tosendem Beifall betrat ich mit Jax das Parkett. Kameras schwenkten auf uns und filmten jeden Schritt, weshalb ich mich wie ein Tier im Zoo fühlte.

In der Mitte angekommen, flüsterte ich: »Bereit?«

»Mit dir immer«, antworte Jax und schenkte mir ein strahlendes, ehrliches Lächeln.

Die mir vertraute Musik setzte ein. Jax und ich reichten uns die Hände im Stil eines Menuetts und tanzten den traditionsreichen Abschluss der Enthüllung.

»Dann bieten wir ihnen mal etwas für ihr Geld«, sagte ich. Jax setzte zu einer Frage an, doch ich kam ihm mit meinem Gesang zuvor. Unsere Füße lösten sich vom Boden und wir stiegen drei Meter in die Höhe.

»O Shit, der Harlowdini-Schwebetrick«, sagte Jax.

»Der was?«, fragte ich grinsend.

»So nenne ich ... ähm, so nennt Phoebe das. Manchmal auch Harlow McFly.«

»Phoebe, ja? Nicht du?«

»Ich? Niemals.«

Er lachte, und ich erwiderte es aus vollem Herzen.

Wir drehten ein paar Runden über den staunenden Gesichtern der Hexen, da hörte ich das Mikrofon leise knacken. Direkt darauf war mir klar, dass die Sprecherin die Enthüllung verkünden würde und ich Jax warnen sollte.

»Nicht erschrecken. Granny ist darauf bedacht, ein Statement zu setzen.«

Jax öffnete den Mund, doch mein Canto erklang bereits, und an den geweiteten Augen meines Freundes erkannte ich, dass meine Großmutter ihren Kopf durchgesetzt hatte bei dem Design meines Outfits.

Wenigstens Jax war zeitlos elegant gekleidet. Ein schlichter mitternachtsblauer Smoking, dessen Revers aus lebendigen Schatten bestand. Diese gingen von ihm aus wie zäher Rauch und badeten ihn in seinem Element: der Dunkelheit.

Ich hingegen – ganz andere Geschichte. Ich sah aus wie eine Diskokugel auf LSD, getunkt in Glitzer, mit einer Glühbirne im Hintern.

»Dein irisierend weißer Smoking strahlt wie die Sonne selbst«, sagte Jax.

»Mhm.«

»Sind da goldene Ornamente draufgestickt?«

»Aus echtem Gold, ja.«

»Deine Schultern ... brennen?!«

»Ist mir bewusst«, murmelte ich grinsend.

»Und du hast vier verschlungene Ringe aus purem Licht um den Kopf, als wärst du der Saturn.«

»Das ist Grannys alte Sonnenkrone. Ich dachte, wir hätten uns drauf geeinigt, die wegzulassen«, antwortete ich mit einem Seufzen. »Aber sie hat darauf bestanden, ich zitiere: ›Es wird Zeit, dass die Pissnelken der Elite verstehen, dass du ihre neue Königin wirst und sie dich zu respektieren haben‹.«

»Das ... sollte kein Problem sein. Immerhin siehst du aus wie ein Sonnengott aus einer Hollywoodproduktion, der gleich die Welt in Flammen steckt.«

»Unauffällig wegschleichen ist jetzt raus, richtig?« Ich lächelte Jax an, in dessen Augen sich meine Sonnenkrone reflektierte.

»Du bist wunderschön, weißt du das?«

»Es ist die Krone?«, fragte ich, unsicher, wie ich auf ein Kompliment von ihm antworten sollte. Das war immer noch absolutes Neuland für uns beide. Die Berührungen, Küsse, selbst unser Sex stellten kein Problem dar. Das alles waren Taten und keine Worte. Die Zuneigung ausgesprochen zu hören jedoch fühlte sich immer noch ungewohnt an. Etwas, was ich so kaum kannte und an das sich mein Verstand erst einmal gewöhnen musste.

»Die auch«, sagte er zwinkernd und nahm mein Kinn in seine Hand. »Meinte aber deine Augen und die Seele, die ich darin sehe.«

Weitere Worte benötigte es nicht, denn er küsste mich, bevor ich welche fand.

Nach dem Tanz drehten wir eine kleine Runde, schüttelten Hände, und ich sehnte mich danach, zum Anwesen zurückzukehren und diesen ganzen Mist hinter mir zu lassen.

Ein hochgewachsener Mann mit schwarzen Haaren, gebräunter Haut und stechend silbernen Augen stellte sich uns in den Weg. Das Lächeln auf seinen Lippen wirkte unecht. »Harlow McQueen, welche Ehre! Ich bin Eduardo Rinaldi.« Er reichte mir die Hand, die ich schüttelte. »Wie ich hörte, suchen Sie Verbündete?«

»So ist es.« Ich erwiderte sein gespieltes Lächeln und zeigte meine Zähne. »Da Sie aus einer der Gründerfamilien stammen, kann ich vermutlich ohne langwierige Erklärungen auf die Unterstützung Ihrer Blutlinie zählen?«

»Natürlich.«

Erfreut, wie einfach sich das gestaltete, nickte ich ihm zu.

»Wenn Sie unsere Tochter heiraten und sie zu einer McQueen macht«, fügte er mit raubtierhaftem Ausdruck hinzu.

Ich blinzelte mehrfach. »Ist das ein Scherz?«

»Mitnichten!«

»Ich werde Ihre Tochter nicht heiraten«, sagte ich mit Nachdruck, aber dennoch freundlich.

Im Grunde verstand ich, dass Eduardo Rinaldi seine Macht durch eine solche Hexenhochzeit auszubauen versuchte. Es gehörte zu unserer Gesellschaft, Bündnisse einzugehen, und eine Vermählung kam definitiv der mächtigsten Stärkung des eigenen Rufs gleich. Dennoch stand es für mich außer Frage, seine Tochter zu heiraten, aus verschiedenen Gründen.

»Wollen Sie uns Ihre Unterstützung verwehren, wenn ich verneine?«, fragte ich.

»So leid es mir täte, aber ja.« Eduardo zeigte ein strahlendes Lächeln, das so faul war wie die Äpfel im Wald von Salem. »Ihr Unterfangen ist gefährlich. Ich kann nicht riskieren, dass meine Blutlinie geschwächt oder gar getötet wird, ohne dass sich der Ausblick eines Sieges lohnt. Das verstehen Sie sicherlich?«

Verstand ich nicht. Kein bisschen.

Ich bemühte mich um ein Lächeln, auch wenn ich dem Schmierlappen gern eins übergebraten hätte.

»Gehe niemals einen politischen Deal ein, zu dem du genötigt wirst«, erinnerte ich mich an Angelinas Worte. *»Ansonsten wirst du immer die unterlegene Partei in diesem Abkommen sein.«*

»Offenbar lohnt sich der Frieden für Sie nicht?«, fragte ich, statt ihm ins Gesicht zu boxen. »Ebenso wenig wie das Verhindern weiterer Hexenmorde oder den Kampf gegen Casiopaia?«

»Ihre Mutter hat schon länger niemanden auf der Schattenseite angegriffen oder entführt«, sagte Eduardo. Wie eine Hyäne verhöhnte er mich mit seinem Blick. »Sie bedient sich der Hexen aus der Lichtwelt. Für meine Familie wird sich nicht viel ändern, sollte Casiopaia nicht mehr regieren. Ich sehe also keinerlei Anreiz, Sie bei Ihrem irrwitzigen Unterfangen zu unterstützen.«

Sollte ich an die Macht kommen, würde ich dafür sorgen, dass sich für Eduardo alles veränderte. Eine solche Person würde unter meiner Krone nicht weiter die Rinaldis anführen.

»Verstehe ich das richtig? Sie hegen keinerlei Interesse an dem Wohl der Hexengemeinschaft und an meiner Gunst, sobald ich demnächst entscheide, wie unsere Gesellschaft aussieht?«

Das Lächeln auf Eduardos Lippen flackerte nicht einmal, so sehr hatte er sich unter Kontrolle. »Dann sollten Sie nicht sterben bei Ihrem kleinen Feldzug. Wäre doch schade, wo Sie so jung sind.«

Neben mir bebte Jax, schwieg jedoch mir zuliebe. Er überließ mir die Kontrolle des Gesprächs, vertraute darauf, dass ich wusste, was ich tat.

»Ich frage ein letztes Mal: Werden die Rinaldis uns unterstützen?«

»Mein Angebot steht: Heiraten Sie meine Tochter und die Rinaldis folgen Ihnen in die Schlacht.«

Für einen langen Moment starrten wir uns weiterhin mit einem Lächeln an. Eduardos Augen flammten silbern auf, meine in Gold. Das erste Mal zuckte etwas Unsicherheit in seinem arroganten Verhalten auf.

Ich nahm Jax' Hand in meine und platzierte einen Kuss auf deren Rücken. »Die einzige Verbindung, die ich mal eingehen werde, ist die zwischen McQueen und Ingram.«

Hinter Eduardo löste sich so schnell ein Schatten, dass ich einen Schritt zurückwich, als ein junger Mann neben Eduardo bebend zum Stehen kam. Sein Blick durchbohrte mich abfällig. »Vater, gib dich nicht mit *solchen* ab! Er wird es bereuen, *seinen unnatürlichen Trieben* zu folgen wie ein *tollwütiges Tier*, anstatt eine respektable Ehe einzugehen.«

Sprachlos rang ich nach Worten und versuchte zu sortieren, was der junge Mann, der Eduardo wie aus dem Gesicht geschnitten war, gesagt hatte.

Mit solchen? Unnatürliche Triebe? Tollwütiges Tier? In welchem Jahrhundert war der Typ hängen geblieben?

»Mein Sohn Gianno hat recht, Harlow. Diese Entscheidung werden Sie bedauern«, sagte Eduardo. Sein Grinsen war zu einem raubtierhaften Fletschen der Zähne mutiert.

»Drohst du mir?«, presste ich hervor, nun nicht mehr darauf bedacht, Eduardo zu siezen, und wandte den Blick zu seinem Sohn. »Und von dir erwarte ich auf der Stelle eine Entschuldigung für deine inakzeptablen Beschimpfungen!«

Meine Augen erstrahlten heller, und ich badete die beiden Männer in goldenem Sonnenlicht. Bevor ich etwas hinzufügen konnte, spuckte mir Gianno ins Gesicht und brüllte: »Halt's Maul, du widerlicher Frevel der Natur!«

Vor Erstaunen nahmen meine Augen wieder ihre normale Farbe an. Hexen um uns herum atmeten scharf ein, Kameras schwenkten zu uns, Blitze erhellten den Raum und Gunnar erschien an Jax' Seite, um ihn an der Schulter zurückzuhalten.

Langsam führte ich meine Hand an die Stirn, wischte den Speichel mit meinem Einstecktuch weg und faltete es daraufhin bedächtig. Zeitgleich wurde Gianno von Jax beschimpft und Teagan versuchte an mir vorbei auf den Erben der Rinaldis loszugehen.

Ich streckte meinen Arm aus, hielt meine Leibwächterin auf und schenkte ihr ein knappes Nicken. Teagan verstand direkt. Ein gefährliches Grinsen erschien auf ihren Lippen.

Als ich mich zurück zu den Rinaldis drehte, wusste ich, dass meine Augen nicht golden leuchteten, sondern in Kupfer.

KAPITEL 25

JAX

Dreizehn Tage bis zum Blutmond

In einem Moment brüllte ich wüste Beschimpfungen in Giannos Richtung, im anderen verklang die Wut, als wäre sie nie da gewesen. Ich sah zu Teagan, die knapp mit den Schultern zuckte. War ja klar, dass sie mit den abebbenden Emotionen zu tun hatte. Ihr Gesicht leuchtete in einem merkwürdigen Kupferton.

Ich folgte dem Schein und blickte in Harlows Augen. Das Gold seiner Magie mischte sich mit dem tiefen Rot der Flüche. Sein Kehlkopf vibrierte, während er sich bedächtig zu den Rinaldis drehte. Nur um dann einen subharmonischen Gesang zu entlassen, der einem wütenden Schrei einer Banshee glich. Die Töne kämpften miteinander, schief und verzerrt. Wie ein Insektenschwarm flogen rote Funken aus Harlows Mund, als er die Melodie beendete. Seine Augen strahlten für einen weiteren Moment in diesem bedrohlichen Kupferton, dann nahmen sie das übliche Grün an, während sich der Fluch in Giannos Stirn einbrannte.

»Womit hast du ihn verflucht?«, flüsterte ich Harlow zu.

Gleichzeitig bellte Gianno: »Was hast du Schwu–«

Seine Worte wurden durch seinen lauten Schmerzensschrei unterbrochen. Harlow kratzte sich gelassen am rechten Oberarm und hob eine Augenbraue, während einige Gäste fassungslos zu uns starten und Fotografen Fotos von der Szene schossen.

»Oh, verstehe«, raunte ich.

»Unser guter Rinaldi-Erbe erleidet von nun an immer höllische Schmerzen, wenn er etwas Diskriminierendes von sich gibt.« Zuckersüß grinste Harlow in Richtung Gianno und dessen Vater.

»Was kostet dich der Fluch?«, fragte ich.
»Ein kleiner Ausschlag am Oberarm, der immer juckt, wenn ihn der Fluch quält. Ist es definitiv wert.«
»Das wird du —« Erneut schrie Gianno aus vollem Hals vor Schmerzen.
»Das könnte ich Stunden beobachten«, flötete Harlow und drehte sich zu Eduardo. »Ich hoffe, dein Sohn spricht nicht für eure gesamte Blutlinie?« Harlow formulierte es zwar als Frage, aber seine Augen, die erneut erstrahlten, verdeutlichten seine Drohung.
»Ich habe es dir gesagt, Eduardo, er ist wie seine verkommene Mutter«, zischte Isabella Rinaldi, während sie zu ihrem Sohn eilte.
»Mitnichten, meine Beste.« Harlows Worte trieften vor Hohn. »Dann würde ich gerade sein schlagendes Herz in meiner Hand halten. Aber du hast recht, ich bin ein McQueen, *meine Mutter* ist unser aller Königin und ich der Erbe des Fluchs.« Er sah ihr tief in die Augen, und ihr Gesicht erstrahlte im Glanze seiner Magie. Dann erhob Harlow die Stimme, für alle im Saal hörbar: »Und dieses Erbe stellt mich laut des alten Hexengesetzes aus Salem über jede hier anwesende Hexe! Ich hätte nie gedacht, es zu sagen, aber wer nicht an meiner Seite kämpft, ist offiziell mein Gegner. Morgen beginnt der Bau meines Palastes im Darling Harbour, was ich laut meiner Großmutter förmlich ankündigen sollte. Da aber der Umgang der Rinaldis jeglicher mir bekannten höflichen Form spöttisch ins Gesicht lacht, kann ich es auch einfach so verkünden. Sollte ich in der Schlacht siegreich sein, werde ich die neue Hexenkönigin. Ihr habt die Wahl, ob ihr Verbündete oder Feinde seid.«
Gemurmel und Geflüster huschten durch den Raum, während Harlows Worte eisig und schwer in der Luft hingen.
Isabellas Kehlkopf vibrierte kaum merklich, und vereinzelte silberne Funken formten sich an ihrem Mund. Bevor ich wusste, was ich tat, griff ich nach dem Metallstück in meiner Tasche und *Verderbnis* erschien in meiner Hand. Ich hämmerte den Stab der Sense auf den Boden und das Echo erinnerte an einen Donnerschlag, während die Klinge freudig summte. Ich stimmte einen Canto an und mein Schatten formte sich zu einem Wolf, der die Rinaldis bedrohlich anknurrte.
»Jax, nicht!«, hörte ich Gunnar, ignorierte ihn jedoch.
»Wir sollten uns beruhigen. Natürlich wissen alle, dass wir Ihnen dienen, Harlow McQueen«, gab Eduardo lachend von sich. Nichts

daran wirkte ehrlich. Sein aufgesetztes Lächeln voller weißer Zähne erinnerte mehr an eine Wachsfigur als an ein echtes Lebewesen. »Mein Sohn ist ein Hitzkopf. Könnten Sie seinen Fluch bitte lösen?«

»Kann ich leider nicht«, antwortete Harlow und spielte den Bedauernden. »Ich bin kein Fluchbrecher. Dein Sohn wird so lange verflucht bleiben, bis sich die Bedingung erfüllt.«

»Und die wäre?«

»Eigentlich recht simpel.« Harlow schien es zu genießen, die Familien Rinaldi in ihre Schranken zu weisen und dabei höflich zu bleiben. »Sobald er gelernt hat, toleranter zu sein und niemanden mehr zu diskriminieren, endet der Fluch von selbst.«

»Also ein ewiger Fluch«, nuschelte ich vor mich hin.

»Ein simpler Lernprozess, so wie bei dem Tier hier«, setzte Harlow fort, ignorierte meinen Kommentar und tätschelte den Kopf des Schattenwolfes. »Jeder Hund kann lernen, stubenrein zu werden und nicht in die Ecke zu pinkeln. Da sollte es für Gianno doch ebenso möglich sein, sich weiterzuentwickeln, ohne dass wir meine Großmutter bemühen müssen, den Fluch zu brechen, oder?« Jedes von Harlows Worten klang schmerzhaft freundlich und so übertrieben unschuldig, dass mir verwundert der Mund offen stand.

Harlow hatte es geschafft, den Rinaldi-Erben mit einem Hund zu vergleichen, und zusätzlich gesagt, dass seine Großmutter den Fluch nicht lösen würde – und das alles mit einem freundlichen Lächeln auf den Lippen.

Ohne Frage, das war beeindruckend, und ich verliebte mich in diesem Moment etwas mehr in ihn. Außerdem wollte ich ihn sofort in die Garderobe zerren und unanständige Sachen mit ihm anstellen.

»Nun, dann sei es so«, verkündete Eduardo. Sein Unmut war kaum aus seiner Stimme herauszuhören, doch seine Augen verrieten diesen deutlich.

Mit einem abfälligen Grunzen packte Isabella ihren Sohn, drehte sich um und stürzte mit ihm davon. Ihr Mann sah ihnen kurz hinterher, atmete tief durch und richtete penibel seinen Anzug. »Wir sind etwas schlecht miteinander gestartet.« Er zupfte seine Fliege gerade und zeigte die übertrieben weißen Zähne. »Ich nehme an, Sie können reiten?«

An der Antwort interessiert beäugte ich Harlow, der langsam nickte. »Selbstverständlich.«

Ich schloss die Augen und grinste. Natürlich konnte Harlow reiten – wieso auch nicht? Vermutlich besaß er in der Lichtwelt sogar eigene Pferde. Warum wunderte mich noch irgendetwas, wenn es um ihn ging?
Er schenkte mir einen flüchtigen Seitenblick und unmittelbar darauf hörte ich: »*Was? Hör auf, so selbstgefällig zu grinsen! Ist nicht so, dass ich es freiwillig gelernt hätte.*«

»Ich möchte Sie einladen, morgen an der alljährlichen Jagd zur Sommersonnenwende teilzunehmen«, durchbrach Eduardo unsere stille Kommunikation. »Es ist eine alte Rinaldi-Tradition, zu der wir ausschließlich exklusive Gäste von höchstem Stand und Ansehen einladen. Und wie Sie gerade für alle Anwesenden gezeigt haben, besitzen Sie nach Ihrer Mutter den höchsten Rang in der Hexenwelt.«

So ein Schleimscheißer! Also ob Harlow töricht genug wäre, dieses Angebot anzunehmen, um fröhlich mit einem Haufen Rinaldis Zeit zu verbringen. Nur damit sie einen Reitunfall fingieren und dadurch zufällig ihren größten Widersacher loswerden könnten.

»Wie großzügig, danke. Ich nehme gern an.«

Meine Kinnlade hing bis zum Boden, während ich Harlow am Arm griff.

»Jax«, setzte Harlow an. Dafür, dass er es schaffte, ein einzelnes Wort derart wohlwollend, geradezu belehrend zu sagen, wollte ich ihn unmittelbar danach boxen. »Es wäre sehr unhöflich, diese Einladung abzulehnen.« Harlows Blick sagte: »Lass und später darüber reden«.

Eduardo, die Ratte, nickte eifrig. »Ja, sehr unhöflich. Ganz unpassend für einen so noblen McQueen.«

Igitt, widerlich! Ich hasste diesen Typ und hoffte inständig, dass er an seinen Worten erstickte.

»Dann komme ich mit«, sagte ich mit trotzig verschränkten Armen vor der Brust.

Unmut spielte für eine Sekunde über Eduardos Gesicht, dann grinste er und breitete die Arme aus. »Natürlich, welch eine Freude. Ihr Onkel lehnt seit Jahren die Einladung ab.«

Sein Verhalten war keine große Überraschung, denn mit Sicherheit war ihm bewusst, was für ein Arschloch den Rinaldis vorstand.

»Ich sende noch heute Abend einen Boten mit allen Details zum Ingram-Anwesen. Jetzt sollten wir aber den Ball genießen.« Übertrieben höflich verbeugte sich Eduardo und schenkte uns erneut ein unehrliches Lächeln, als er sich aufrichtete. »Genießen Sie den Abend, und eine frohe Sommersonnenwende.«

Mit diesen Worten huschte die Ratte davon und ich starrte Harlow grimmig an.

»Wir klären das später, Jax. Glaub mir, gerade willst du nicht mit mir diskutieren.«

Jegliche aufgesetzte Freundlichkeit war aus Harlows Gesicht gewichen. Purer Zorn und Hass tanzten in seinen Augen einen düsteren Walzer. Schwerfällig atmete er mehrfach ein und aus, schloss die Lider, und nachdem er sie wieder öffnete, saß erneut das diplomatische Lächeln auf seinen Lippen. So unehrlich und falsch, wie ich es drei Jahre lang an der *St. Andrew* aus der Ferne betrachtet hatte.

»Dann wollen wir mal Kontakte knüpfen, nicht wahr? Außerdem muss ich wieder etwas gut Wetter machen, da ich gerade allen gedroht habe, dass sie meine Feinde sind, wenn sie uns nicht unterstützen. Das war durchaus unbedacht. Ich hätte lieber ehrliche Unterstützung als eine aus Angst.« Er reichte mir einen Arm. Widerwillig hakte ich mich unter und folgte ihm missmutig. »Willkommen in der Welt der McQueens. Nicht mehr so leicht und beneidenswert, wenn man selbst ein Teil dieses Lebens ist und es nicht nur verurteilen kann, oder? Und jetzt lächele, wie ich es tue, und friss die Wut in dich hinein«, flüsterte er mir so leise zu, dass nur ich ihn hörte, während er übertrieben freundlich anderen Gästen zunickte. Ich sah genervt gen Boden – und stockte. Einige halbmondförmige kleine Wunden befanden sich in Harlows Handinnenfläche, fünf davon frisch. Eine von ihnen blutete leicht, während sich die anderen vier feuerrot von seiner blassen Haut abhoben. Gut ein weiteres Dutzend verblasste Narben in derselben Form säumten sie.

Langsam schloss er seine Hand zu einer Faust, weshalb ich ertappt aufsah. Noch immer thronte dieses strahlende falsche Lächeln auf seinen Lippen, diese perfekte Maske auf seinem Gesicht.

»*Ich habe Emotionen. Hatte sie schon immer, ich zeige sie nur selten, wenn ich in der Elite unterwegs bin*«, hörte ich ihn in meinem Kopf traurig sagen.

»*Die waren nicht alle frisch?*«, fragte ich.

»Manche sind über zehn Jahre alt. Es passiert manchmal, wenn ich unbewusst meine Faust vor Wut zu sehr balle – ich mache es nicht absichtlich. Dennoch sind es Narben, die mich daran erinnern zu lächeln. Können wir das Thema bitte lassen?«

»Natürlich. Es tut mir leid.«

»Mir auch.«

Was genau ihm leidtat, erörterte er nicht. Vermutlich alles. Seine Vergangenheit, seine Gegenwart und seine Zukunft als Hexenkönigin. Wie hatte ich je glauben können, dass ihm alles egal gewesen war in der Lichtwelt? Dass sein Leben einfach gewesen war? Dass er alles gehabt hatte, was man sich nur wünschte?

»Guten Abend, Madame Lachance, ich habe schon so viel von Großmutter über sie gehört«, begrüßte Harlow die Oberste Hexe der Blutlinie aus Monaco freundlich – so als hätte unser Gespräch über seine mentalen und physischen Wunden nicht existiert. Als hätte er keine Narben, verursacht durch Jahre der Einsamkeit. Dieser junge Mann neben mir war ohne Frage für die Politik und das Glatteis der High Society geboren. Ich hoffte nur inständig, dass ihn das nicht irgendwann gänzlich zerbrechen ließ.

Für mich war der Abend so was von gelaufen – und das, obwohl wir noch gut drei Stunden vor uns hatten. Auch wenn es mir schwerfiel, versuchte ich in der Zeit zu lächeln und mich an Gesprächen zu beteiligen, die ich allesamt kaum registrierte. Ein Familienoberhaupt nach dem nächsten wickelte er um seinen Finger, plauderte und scherzte mit ihnen, und abgesehen von den Rinaldis fraß ihm eine jede alte Blutlinie aus der Hand.

Ich hingegen konnte nur wenig beisteuern und blieb Harlow zuliebe an seiner Seite, damit er verstand, dass er sein erneutes Rampenlicht in der politischen Hexenwelt nicht allein zu bewältigen hatte. Dieses Mal hatte er jemanden an seiner Seite, der ihm Halt gab. Ich hoffte nur, dass er es realisierte.

Schweigend stiegen wir in die Limousine ein. Harlow, Phoebe, Teagan, mein Onkel und ich hatten hinten Platz genommen, während Declan vorn beim Fahrer saß.

Harlows Anspannung war greifbar. Wie ein Gewitter hing sie schwer und schwül über der Atmosphäre und drohte, jeden Moment auf uns niederzuprasseln. Mit dem Bein wippte er nervös auf und ab, während er seine zitternden Finger knetete. Seine Iriden loderten vor Zorn. Er konnte das goldene Sonnenfeuer kaum im Zaum halten und kleine Flammen stoben aus seinen Augen.

Ebenso wie ich musterte Teagan ihren Schützling und warf mir einen flüchtigen Blick sowie ein erzwungenes Lächeln zu. Mein Onkel räusperte sich. Alle Köpfe drehten sich zu ihm, und ich griff vorsichtig nach Harlows Hand. Im ersten Moment verkrampften sich seine Finger, sein Blick suchte meinen und wurde dann milder. Er entspannte die Finger und verschränkte sie behutsam mit meinen. Ein ehrliches, wenn auch schwaches Lächeln legte sich auf seine Lippen.

»Was gedenkst du in Bezug auf die Rinaldis zu tun?«, fragte Gunnar. Seine Stimme war freundlich, aber geschäftsmäßig.

Harlows Lächeln verflog. Er lachte finster, drehte seinen Kopf zum Fenster und starrte eine gefühlte Ewigkeit hinaus. Gerade als ich besorgt etwas in die Stille sagen wollte, ergriff er das Wort. Jedes davon gefährlich leise.

»Sie sind bereit, Leben zu opfern. Anstatt uns freiwillig zu helfen, erpressen sie mich. Die Familie Rinaldi hat keine Würde.« Für eine Sekunde schloss er die Lider und öffnete sie erneut. Das Gold strahlte hell und eindringlich aus seinen Augen. »Hätten sie Anstand, würden sie uns ohne Bedingung helfen, so wie die Dubois' und einige andere. Meine Entscheidung steht: Ich werde Eduardos Tochter *nicht* heiraten!« Dabei drückte er meine Hand, wie um mir ein stummes Versprechen zu geben.

»Aber –«, setzte mein Onkel an, wurde jedoch sofort von Harlow unterbrochen.

»Gunnar, du meinst es gut und bist nur um deine Leute, zur Urmutter, um alle Hexen in Sydney besorgt, das verstehe ich. Aber hör mir genauestens zu, denn ich werde mich nicht wiederholen ...«

Die Luft war zum Zerreißen gespannt. Geräusche von draußen drangen nur gedämpft ins Innere, und der Motor klang nach einem unheiligen Omen, während Harlow meinem Onkel direkt in die Augen starrte.

»Solltest du versuchen, mich dazu zu überreden oder zu zwingen, die Rinaldi-Tochter zu heiraten, dann ist der wackelige Frieden zwischen den Ingrams und den McQueens erneut in Gefahr.«

»Drohst du mir?« Keine Emotion spielte über Gunnars Züge.

»Oh, das siehst du falsch. Ich drohe nicht, sondern verspreche es dir und deiner ganzen Blutlinie.« Harlow sah zu mir. »Fast der ganzen Blutlinie.«

»Bist du fertig?«, fragte Gunnar tonlos.

»Bin ich.«

»Gut, dann kann ich nun vielleicht ausreden.« Die Mundwinkel meines Onkels zuckten. »Erstens wollte ich nicht vorschlagen, dass du ihr Angebot annimmst. Zweitens wollte ich dir davon abraten, morgen zu der Jagd zu gehen. Drittens hoffe ich, dass du irgendwann Jax heiratest. Und viertens bist du ganz deine *Mutter* ... Angelina. Sie ist genauso impulsiv und hat voller Leidenschaft zu ihren Überzeugungen gestanden.« Gunnar lächelte, wodurch seine Gesichtszüge weicher wurden. Behutsam streckte er eine Hand aus und legte sie auf Harlows Knie. »Unsere Familien hatten genug Streit. Wir halten jetzt zusammen und ich unterstütze dich in deinen Entscheidungen. Das bin ich Angelina schuldig.«

»Danke, Gunnar.« Harlow nickte meinem Onkel zu. »Und entschuldige, dass ich so –«

»Entschuldige dich niemals für Emotionen, mein Junge.« Gunnar wandte seinen Blick zu mir. »Oder deine Gefühle.«

Betretene Stille legte sich über uns. Alle Anwesenden schienen die Luft anzuhalten.

»Na dann, das war doch ein überaus unangenehmes Gespräch«, durchbrach Teagan den Moment und stupste meinen Onkel an. »Du hast es sogar geschafft, eine Hexenhochzeit zwischen Jax und Harlow zu thematisieren, die drei Jahre gebraucht haben, um sich zu küssen. Respekt, Gunnar! Möchtest du mit deinem Neffen noch das Gespräch über Bienchen und Blümchen führen?«

Mein Onkel, der Anführer der Ingrams und Mitglied des Hexenrats, lief feuerrot an und stöhnte auf. Dann vergrub er sein Gesicht in den Händen.

»Zur Urmutter. Jax, müssen wir darüber reden? Hast du ... noch nicht?«, fragte er gedämpft.

»Ich kenne sowohl Bienchen als auch Blümchen!«

Neben mir lachte Harlow in seine Hand und versuchte es vor uns zu verstecken. Teàgan zwinkerte ihm liebevoll zu und er erwiderte es.

»Gut, gut.« Mein Onkel sah erleichtert auf und drehte sich zu Harlow. »Lass mich raten, ich kann dich nicht davon abbringen, morgen zur Jagd zu gehen?«

»Stimmt! Ich möchte wenigstens aktiv versuchen, die Rinaldis umzustimmen.«

»Dachte ich mir. Ich sagte es bereits, du bist ganz wie Angelina«, raunte er. »Dann stelle ich dir gleich jemanden vor, der ohnehin wegen des Balls angereist ist – und keine Widerrede, er wird dich begleiten.«

Eine Viertelstunde später saßen wir im Wohnzimmer des Anwesens. Teagan war zu Bett gegangen, dafür hatte sich aber Declan zu uns gesellt und übernahm ihren Job.

Die Tür öffnete sich und ein Mann kam herein, vermutlich Mitte zwanzig, mit schwarzem, mittellangem Haar und ebenso dunklen Augen. Seine braune Haut glänzte im Licht des Kronleuchters.

Mein Onkel erhob sich lächelnd und eilte zu ihm, ehe er den neuen Gast umarmte.

»Soo-Ri, schön, dich endlich wiederzusehen. Wie lange ist es her?«

Der junge Mann strahlte, doch sein Blick huschte wachsam durch den Raum. Dann blieb er an Declan hängen und etwas Undefinierbares spielte über seine Züge.

»Vier Jahre, seit ich Sydney nach meiner Ausbildung verlassen habe und anfing, für die Seoul-Division des Ordens zu arbeiten.«

Gunnar drehte sich zu uns. »Das ist Soo-Ri, Ausbilder der Reaper der Seoul-Division. Und wie alle aus der alten Yoon-Blutlinie ist er ein Animalist.«

Ich stutzte einen Moment. Bisher hatte ich nur davon gehört, aber keine Hexe getroffen, die mit Tieren kommunizieren konnte und sie im Kampf an ihre Seite rief.

»Ja, ich bin ein Tierflüsterer«, scherzte Soo-Ri, der offensichtlich meinen Blick wahrgenommen hatte. Meine Wangen erhitzten sich.

»Ich denke, du bist nicht hier, um über deine Blutgabe als Erbe von Salem zu reden, Soo«, presste Declan hervor, die Augen zu Schlitzen verengt.

»Dec.« Der Animalist nickte dem Gargoyle mit einem gefährlichen Lächeln zu. »Immer noch sauer, dass ich besser bin als du?«

Ich zog scharf die Luft ein bei diesen überaus mutigen Worten. Declans Muskeln spannten sich an und er erhob sich langsam. Dann pirschte er förmlich auf Soo-Ri zu und baute sich vor ihm auf.

»Besser? Im Angeben vielleicht.«

»Und im Aufreißen, was dein Aussehen betrifft, im Trinken, in der Magie und im Bett – jedenfalls sagen das die Leute.«

Stille. Komplette, alles einnehmende Stille.

Popcorn wäre cool, dachte ich.

Dann lachten die beiden Männer los und umarmten sich herzlich.

»Ihr könnt später über alte Zeiten reden«, sagte Gunnar freundlich, aber mit Nachdruck. »Harlow, Soo-Ri wird dich morgen begleiten. Durch seine Gabe wird er die meisten Gefahren des Waldes und der nahen Natur vorhersehen können.«

»Falls die Rinaldis dich in einen Hinterhalt locken, in dem die Kinder des Waldes auf dich warten, werden mich die Tiere warnen«, sagte Soo-Ri ernst. »Bin ich allein oder kommt Reina Flores ebenso?«

»Wer?«, fragte ich.

»Die Erbin der Flores-Blutlinie aus Spanien«, erklärte Soo-Ri. »Die Flores-Blutgabe ist die Verbindung zu den Pflanzen und der Natur, so wie wir Yoon mit den Tieren verbunden sind.«

»Reina ist noch in Madrid, teilte mir ihre Mutter auf dem Ball mit. Sie kann euch leider nicht begleiten.«

»Verstehe. Es sollte auch so alles sicher sein.« Soo-Ri nickte selbstsicher. »Selbst die Rinaldis können nicht so töricht sein, die nächste Hexenkönigin anzugreifen und durch ihren Verrat eine Fehde auszulösen.«

»Sehr gut«, sagte mein Onkel. »Jax, Harlow, ihr solltet euch hinlegen.«

Das war kein Vorschlag, sondern ein Befehl. Jedoch einer, der mir gelegen kam. Meine Füße schmerzten von den engen Schuhen, und Harlows müdes Nicken bestätigte mir, dass auch er müde war. Nicht einmal Kraft für Widerworte gegen eine zweite Leibwache hatte er übrig – und das hieß bei ihm schon einiges.

Kapitel 26

Harlow

Dreizehn Tage bis zum Blutmond

Die ersten Sonnenstrahlen brachen durch die großen Buntglasfenster in den Flur des Ingram-Anwesens, während ich schlaftrunken meine Schuhe anzog. Fünf Uhr morgens war eine unwürdige Zeit, das Bett zu verlassen, um mit einem Haufen Arschlöchern auf eine Jagd zu gehen und altehrwürdige, völlig überholte Traditionen zu zelebrieren. Die Hexenwelt brauchte dringend einen Umschwung.

»*Entscheide dich, was du willst!*«, flüsterte eine Stimme in meinem Unterbewusstsein. »*Du willst Umschwung, sträubst dich aber, dein Schicksal als Hexenkönigin zu akzeptieren, obwohl du dann etwas ändern kannst! Worten müssen Taten folgen, sonst sind sie nur heiße Luft.*«

Genervt schnaufte ich und richtete mich auf. Selbst mein dämliches Unterbewusstsein verstand nicht, dass logische Diskussionen mit mir erst nach meinem ersten Kaffee zu führen waren.

Eine Hand mit einer Tasse kam von hinten in mein Blickfeld. Dampfschwaden lösten sich aus der braunen Flüssigkeit und der Geruch von geröstetem Kaffee umspielte meine Nase. Schwer und aromatisch legte er sich auf meine Zunge und ließ mir das Wasser im Mund zusammenlaufen.

»Kaffee!« Meine Stimme war ein Mix aus Flehen und Freudenschrei.

»Ich weiß nicht, ob ich dich bemitleiden, küssen oder auslachen soll«, antwortete Jax und umarmte mich von hinten. Ich spürte seine Wärme selbst durch meine Kleidung. Für einen Moment vergaß ich die Müdigkeit sowie das Koffein und hatte definitiv andere Pläne, als auf die Jagd zu gehen. Doch mein Verlangen nach dem Getränk siegte und ich griff nach der Tasse. Jax' tiefes Lachen kitzelte an meinem Hals, er drückte seinen Körper gegen meinen Rücken.

»Kaffee«, flüsterte ich heiser und nahm einen Schluck.

Jax küsste mich hinter dem rechten Ohr, woraufhin ich sehnsüchtig seufzte.

»Wieso befürchte ich, dass das Stöhnen nicht mir galt, sondern dem Kaffee?«

»Nicht reden, kraulen. Danke«, brummte ich und trank weiter.

Erneut lachte Jax, streichelte und massierte meinen Nacken. Was sich schnell als überaus dumme Idee herausstellte, denn sowohl seine als auch meine Atmung beschleunigten sich.

»Haben wir noch fünf Minuten?«, flüsterte er mir ins Ohr, während ich überlegte, wie ich schnellstmöglich meine Kleidung loswürde.

»Alles, was nicht länger als zehn Minuten dauert und Sex involviert, ist es nicht wert, durchgeführt zu werden«, hörte ich hinter mir und sprang auf. Leider schlug ich Jax dabei meine Schulter gegen das Kinn und er heulte laut auf, gefolgt von unverständlichem Gefluche. Etwas Kaffee landete auf dem Marmorboden zu unseren Füßen.

Hochrot drehte ich mich zu der Stimme um und erkannte Soo-Ri. Mühevoll schien er sich das Lachen zu verkneifen. Er stand etwa zehn Meter entfernt im Türrahmen seines Zimmers, links von der großen Eingangshalle, in der ich mich befand.

»Wie konntest du das von dahinten hören?«, fragte ich.

»Ich bin Animalist, sagte ich doch. Wir Yoon können nicht nur mit Tieren reden, wir binden auch deren Sinne an uns. Meine stammen von einem Wolf, einem Adler, einer Fledermaus und noch ein paar anderen Wesen.«

»Okay«, erwiderte ich verwirrt, dennoch fasziniert. Behutsam nahm ich einen weiteren Schluck Kaffee.

»Um deine Frage zu beantworten, ich habe Jax nur vage gehört, aber ich rieche eure Lust.«

Vor Schreck verschluckte ich mich an meinem Kaffee und hustete. Jax' fassungsloser Gesichtsausdruck spiegelte meinen perfekt wider.

»So süß ihr zwei auch seid«, sagte Soo-Ri, »aber wir sollten los.«

»Ich finde es immer noch nicht gut, dass ich nicht mitkommen darf.« Jax verschränkte die Arme vor der Brust.

»Soo-Ri und ich passen auf Harlow auf«, sagte Teagan und kam die Treppe herab. »In dem unwahrscheinlichen Fall, dass die Rinaldis Harlow angreifen, sind wir beide bestens dafür ausgebildet. Wärst du dabei, müssten wir uns nur um eine zweite Person sorgen.«

Jax rümpfte lediglich die Nase.

»Teagan hat recht«, erwiderte Soo-Ri. »Du darfst auch nicht vergessen, dass du als Ingram der dritten Generation ebenso ein hohes Potenzial für Angriffe, Entführungen und Erpressungen bist. Deine Zeit als jemand Unbekanntes in den Schatten ist vorbei.«

Erstaunt sah Jax den Animalisten an.

»Habe deine Akte gelesen«, sagte dieser.

»Ich habe eine Akte?«

Teagan lachte laut. »Alle Personen von öffentlichem Interesse haben ein Sicherheits- und Risikoranking. Das von Harlow und dir geht quasi durch die Decke.« Sie verzog das Gesicht. »Und seitdem ihr eine Beziehung führt, haben sie sich erhöht, da ihr erpressbar seid. Aus Beschützersicht seid ihr ein absoluter Albtraum.«

»Na danke, ich mag dich auch«, gab ich ironisch zurück.

»Können wir?«, fragte Teagan und verließ das Anwesen durch die Flügeltüren.

Jax zog mich an sich, gab mir einen Kuss und fuhr mir mit dem Daumen über die Wange. »Sei vorsichtig!«

»Immer, ich habe doch nun Engelsflügel, was soll da schiefgehen?«

»Walküren.« Lachend gab er mir einen weiteren Kuss und schob mich zögerlich zum Ausgang. »Ernsthaft, sei vorsichtig. Wenn Teagan sagt, du sollst flüchten, dann tust du das, ja? Keine Heldentaten.«

Ich nickte, auch wenn ich vor den Rinaldis nicht klein beigeben würde, und trottete zum Ausgang. Kurz vor der Tür hielt mich Soo-Ri am Arm fest.

»Du beherrschst Fluch-Cantos, vermute ich?«

»Ein paar, ja. Meine Großmutter unterrichtet mich.«

»Der Canto *Fluch der Stimmen* ist dir bekannt?« Soo-Ri musterte mich.

»Ist er, ja.«

»Verfluch mich damit, so können wir unbemerkt miteinander reden.«

Vehement schüttelte ich den Kopf. »Du weißt, dass ich damit auch alle deine Erinnerungen und Emotionen sehen und spüren kann?«

»Das ist mir bewusst. Aber einen gewöhnlichen Kommunikations-Canto müssten wir durchgängig aufrechterhalten, und das würden die Rinaldis bemerken. Einen Fluch hingegen erkennen nur die Fluchbrecher und Leute wie Jax. Mach schon!«

Jemand näherte sich mir von hinten und ich spürte eine Hand auf meiner Schulter. Die Wärme und Vertrautheit ließ mich aufatmen. Jax. »Es ist okay. Deine Granny kann den Fluch später brechen.«

»Aber es ist falsch. Flüche sind ...«

»Nützlich«, sagte Jax sanft. »Wir sind in der Lichtwelt mit dem Verbot groß geworden. Und ja, viele Flüche gehören verboten, aber es gibt auch nützliche. Und Soo-Ri hat zugestimmt, verflucht zu werden.«

Mit einem Kloß im Hals nickte ich, dennoch passte mir der Gedanke nicht. Ich räusperte mich, lockerte meine Stimmbänder und atmete tief ein. Zaghaft stimmte ich die passenden Töne an, ließ sie dann präzise durch meine Kehle gleiten und verwob sie mit meiner Magie. Goldene Partikel bildeten sich an Soo-Ris Stirn, malten das Muster des Fluchs: ein geöffneter, verzerrter Mund, drei klauenartige Wunden und ein gezackter Kreis drum herum. Meine goldenen Partikel vermischten sich mit dem Rot des Fluches und bildeten meine kupferfarbene Fluchsignatur. Während meine normalen Cantos nach Ozon, Meeresluft und Hibiskus rochen, offenbarte sich der Gestank des Fluches mit einer Mischung aus Algen, verfaulten Eiern und verwelkten Blüten.

»Sehr gut, wir sollten los«, sagte Soo-Ri und geleitete mich zur Tür hinaus.

Eine Hand an meinen Arm stoppte mich. Ich drehte mich und Jax stand direkt vor mir.

»Sei vorsichtig!« Er küsste mich und umarmte mich fest. »Ich vertraue den Rinaldis nicht.«

»So wenig, wie ich es tue«, erwiderte ich. »Aber es ist einen Versuch wert. Vielleicht helfen sie uns ja doch und fordern etwas anderes statt der Hochzeit.«

Jax verzog skeptisch das Gesicht.

»Ich muss das probieren«, flüsterte ich. »Es ist das Richtige.«

»Und du machst dir Sorgen, keine gute Königin zu werden?« Sanft streichelte er meine Wange. »Bis nachher!«

An einem Waldstück, das an den Wald von Salem grenzte, trafen Teagan, Soo-Ri und ich auf die Jagdgesellschaft. Nur vereinzelte Gäste anderer Blutlinien saßen auf ihren prächtigen Pferden, den Großteil jedoch bildeten die in Silber gekleideten Rinaldis.

Auch Soo-Ri und ich saßen auf die bereitgestellten Pferde auf.

»Soo-Ri, welche freudige Überraschung«, begrüßte uns Eduardo Rinaldi. Wieder lächelte er übertrieben, seine Augen funkelten mich jedoch für einen winzigen Moment mordlustig an, und unmittelbar danach fragte ich mich, ob die Teilnahme an der Jagd vielleicht doch unüberlegt gewesen war.

»Harlow, der gestrige Abend tut uns allen ungemein leid. Das war alles nur ein Missverständnis.« Eduardo grinste mich dabei an.

»Wenn das so ist, finden wir sicherlich einen Weg, wie ihr euch an der Mission beteiligen könnt.« Ich erwiderte das Grinsen ebenso unehrlich.

»Natürlich, natürlich«, stimmte Eduardo mir eilig zu. »Nach der Jagd besiegeln wir es.«

Das war zu leicht. Würde er wieder versuchen, mir seine Tochter anzudrehen? Oder würde er seinen schwulenfeindlichen Sohn dazu zwingen, mich zu heiraten? Auf beides würde ich mich nicht einlassen.

»Was jagen wir? Truthähne?«

Eduardo entblößte die Zähne zu einer gefährlichen Grimasse. »Mitnichten. Unsere Jagdhunde haben ein Kind des Waldes isoliert und treiben es momentan in diesem geschützten Teil des Waldes vor sich her. Wir werden gleich die Beute schießen wie bei einer klassischen Fuchsjagd im alten England.«

Er redete weiter, doch ich vernahm ihn kaum. Das Grün des Waldes verschwamm mit dem Rot des Himmels, vermischte sich zu einem farblosen Brei. Unwohlsein breitete sich in meinem Magen aus. Mir war bewusst, dass wir in der Schlacht gegen die Kinder des Waldes antreten würden, aber seit meinem Besuch im botanischen Garten wusste ich eben auch, dass sie zu Hexen zurückverwandelt werden konnten. Und heute würden wir eines der Kinder jagen, das uns keinen Grund zum Angreifen gab, außer die widerliche Freude am Töten und der Jagd selbst.

»*Durchatmen, Harlow! Er will dich aus der Fassung bringen*«, sagte Soo-Ri über unsere mentale Verbindung.

»*Aber die Kinder des Waldes sind immer noch Hexen. Sie können gerettet werden!*«

»*Ich weiß. Allerdings gibt es Blutlinien, die das anders sehen. Die Jagd auf Kinder des Waldes ist für die Rinaldis und auch für die englische Blutlinie eine alte Tradition. Die McQueens und Ingrams haben sich am Anfang auch beteiligt, bevor sie wussten, dass man die Kinder retten kann.*«

»*Das ist ekelhaft! Wir gehen!*«, beschloss ich.

»*Lass mich das regeln. Ich spreche mit den Tieren, dass sie das Kind des Waldes vorwarnen, wo wir uns aufhalten. Und sobald wir dicht genug an den Jagdhunden sind, versuche ich sie zu überzeugen, einer falschen Fährte zu folgen.*«

»*Bist du dir sicher, dass es klappt?*«

»*Ganz sicher. Tiere hören auf uns Yoon, glaub mir.*«

»Gentlemen?«, fragte Eduardo und betrachtete uns aus zusammengekniffenen Augen. Für einen Moment wich sein Lächeln, doch einen Wimpernschlag später legte es sich wieder auf seine Lippen.

»Entschuldigung«, presste ich hervor, bemüht, freundlich zu klingen. »Ich bin eine Weile nicht mehr geritten und genieße das Gefühl, wieder auf einem Pferd zu sitzen.«

Langsam nickte Eduardo zwar, doch er glaubte mir kein Wort. Sein Gesicht verriet ihn – das leichte Zucken seiner Lider, die angespannten Mundwinkel und die Röte, die sich auf seine Stirn legte. »Verstehe. Wollen wir?« Er deutete zu den anderen Teilnehmenden – unter anderem Gianno und seine Mutter, die mir flüchtig winkten, als hätte es den Vorfall auf dem Ball nie gegeben.

»Nach dir, Eduardo«, sagte Soo-Ri fröhlich.

»*Was zur Urmutter ist mit denen? Gestern hat Gianno mir noch ins Gesicht gespuckt und seine Mutter mich beschimpft*«, fragte ich fassungslos. »*Und jetzt tun sie so, als sei nichts passiert?*«

»*Irgendwas stimmt hier nicht. Willst du weiterhin nicht abbrechen?*«

»*Nein, wenn du das Kind rettest, ist alles gut. Mit den Rinaldis werde ich fertig.*«

»*Nimm dich in Acht und lass dich nicht von mir oder Teagan trennen, verstanden?*«

»*Okay.*«

Soo-Ri, Teagan und ich ritten Eduardo hinterher, und nach einigen Minuten der Einführung in die Jagd begann diese. Das Rinaldi-Trio führte die Spitze an, hinein in den Wald, der deutlich heller und freundlicher anmutete als sein finsterer Nachbar aus Salem.

Nach wenigen Minuten hallte das erste Gebell eines Hundes zwischen den Bäumen umher. Ein zweites folgte, dann ein drittes, und schon bald schallte es von allen Seiten. Angestrengt versuchte ich das Gekläffe zu orten, nur verlor ich es wieder und wieder, weil es aus zu vielen Richtungen kam.

Selbst die Rinaldis an der Spitze der Gruppe verlangsamten das Tempo, sichtlich irritiert über ihre Jagdhunde – alle außer Eduardo. Gianno deutete nach links, dichter an die Grenze zum Wald von Salem, während seine Mutter nach rechts deutete. Eduardo schüttelte den Kopf, wies mit dem Kinn weiter geradeaus und stieß seinem Pferd in die Flanken, worauf es in den Galopp wechselte. Alle Gäste der Jagdgesellschaft folgten seinem Beispiel.

Während ich ebenso mithielt, warf ich einen fragenden Blick zu Teagan und Soo-Ri. Meine Leibwächterin zuckte nur flüchtig mit den Schultern.

»*Die Hunde sind verwirrt und streiten. Keiner von ihnen findet eine Spur von dem angeblich isolierten Kind des Waldes*«, informierte mich Soo-Ri.

»*Wie ist das möglich? Hat Eduardo sich geirrt?*«

»*Das gefällt mir nicht, Harlow. Er sieht nicht aus, als würde ihn das allzu sehr verwundern.*«

Ich schielte zu Eduardo. Er saß majestätisch auf seinem Pferd und deutete freudig in Richtung einer Lichtung. Soo-Ri hatte recht. Der Oberste der Rinaldis wirkte nicht irritiert, das Gegenteil war der Fall. Er wirkte motiviert, obwohl das Gebell der Hunde zunehmend fanatischer und verwirrter erklang. Eduardo Rinaldi war nichts davon. Da vorn ritt ein Mann mit einer Mission. Nur welche, war mir schleierhaft.

Bäume flogen an uns vorbei, Büsche mischten sich mit Stämmen zu verschiedensten Grüntönen. Der Geruch von frisch aufgewühlter

Erde und Pferd stieg mir in die Nase. Eine weitere Note lag schwach darunter, nur konnte ich sie nicht greifen. War das Fingerhut?

»*Kannst du Magie riechen?*«, fragte ich Soo-Ri.

»*Nein, wieso?*«

»*Ich rieche Fingerhut, und der wächst hier nicht. Gibt es eine Blutlinie, deren Magie danach riecht?*«

»*Rinaldi.*«

Also wirkte jemand von ihnen Magie. Nur wer von ihnen sang, und vor allem, was sang die Person? Wieso sah ich keine Partikel, die umherschwebten wie bei jedem anderen Canto auch?

Wir durchbrachen den Wald, hinaus auf eine große Lichtung. Etwa hundert Meter vor uns saßen schweigend zwei Hunde. Erst als sie uns erblickten, kläfften die Hunde zur Begrüßung. Vor ihnen lag etwas Rundes, in der Größe eines Menschen in der Fötushaltung.

Eduardo hob die Hand, die Gruppe stoppte unverzüglich.

War es wirklich ein Wesen, das dort lag? Oder war das ein Baumstamm vor den Hunden? Ein mit Moos bewachsener Stein?

Der Duft nach Fingerhut verdeutlichte sich, woraufhin ich mich umsah. Doch keiner der Rinaldis wirkte gerade Magie.

»*Die Hunde sind verwirrt. Sie sagen, das Kind verhalte sich komisch.*«

Also war es wirklich ein Kind des Waldes und kein Baumstamm. Reflexartig sprang ich aus dem Sattel und rannte zu den Hunden.

»Da ist jemand aber erpicht darauf, der Beute den Rest zu geben!«, jubelte Eduardo. Sein Jagdgefolge stimmte in sein Gelächter ein.

»Harlow, bleib stehen, verdammt!«, rief Teagan.

Doch meine Füße trugen mich über die von der australischen Sonne ausgetrocknete Wiese. Nur noch dreißig Meter trennten mich von dem geschundenen Wesen.

Seit ich im Sanatorium gesehen hatte, dass wir die Kinder des Waldes retten konnten, weigerte sich alles in mir, sie als Feinde zu betrachten. Oli war nun auch eines von ihnen. Vielleicht sogar das Wesen direkt vor mir.

Zwanzig Meter.

Keines von ihnen bekämpfte uns freiwillig, sie waren dem Wald hörig, der sie als Geiseln hielt und gegen uns nutzte.

Zehn Meter.

Nur über meine Leiche würde ich die Rinaldis eines dieser Wesen töten lassen, solange es uns nicht von sich aus attackierte und ein Kampf unnötig war.
Fünf.
»*Harlow, nicht! Das ist eine* —«
Der Rest des Satzes ging in einem Knall unter.
Feuer fraß sich an meinem Körper empor, Flammen leckten über meine Kleidung und meine Haut, sie ließen nichts zurück als Verbrennungen. Eine ewige Sekunde später spürte ich, wie die Druckwelle der Explosion meinen Körper in seine Einzelteile zerriss.
Irritiert, wieso ich das alles fühlte, aber keine Schmerzen verspürte, obwohl ich gerade starb, blickte ich auf meinen zersprengten Körper hinab. Meine Seele schwebte strahlend als Kugel über meiner Leiche, nur um dann von einem noch helleren Licht durchfahren zu werden. Unerträglicher Schmerz wallte in mir auf, zog mich zurück in meinen Körper, ehe eine weitere Explosion über die Lichtung hallte.
Alles einnehmende Helligkeit flutete die Umgebung. Die Jagdgesellschaft schrie auf und alle hielten sich die Augen zu.
Licht legte sich um mich, linderte meinen Schmerz und fügte meinen Körper zusammen. Frieden und Liebe erfüllten mich, und ich sah Teagan in Dämonenform, die Gianno Rinaldis Hals umschlang – und ihm dann mit ihren Flügeln den Arm abtrennte.
Soo-Ri sang eine tiefe Melodie, grüne Funken stoben aus seinem Mund, wodurch eine Vielzahl an Tieren aus dem Wald strömte.
Die Jagdhunde bauten sich als schützender Kreis um mich auf und knurrten bösartig, während die Rinaldis von Schlangen, Känguru-Männchen und einer Schar Vögeln umzingelt wurden.
Ich glaubte sogar, einen Tiger zu sehen, doch schon fielen meine Augen zu und alles versank in Frieden und Dunkelheit.

KAPITEL 27

JAX

Zwölf Tage bis zum Blutmond

Wut.
Die einzige Emotion, die ich verspürte, war Wut. Tosend, laut und von innen verzehrend.

Auf Harlow, auf die Situation, in der wir uns befanden, auf die Hexenwelt und vor allem auf mich selbst. Ich hätte bei ihm sein sollen, statt hier im Anwesen zu warten. Hätte mich gegen Teagan, Soo-Ri und meinen Onkel durchsetzen und mit auf die Jagd gehen müssen.

Erneut hatte ich Harlow fast verloren. Egal wie viel ich trainierte, die Feinde lauerten überall. In den Schatten sowie direkt vor unseren Augen.

Wer stand wirklich auf unserer Seite? Wer heuchelte seine Loyalität nur vor und wollte uns tot sehen?

Wer lauerte neben der Hexenkönigin, dem Wald von Salem und den Útlagi zusätzlich in den Schatten und stand gegen uns?

So viele Fragen, und ich fand keine Antworten darauf.

Und laut Gunnar und Miss McQueen sahen selbst die Preas, die angeblich alles wussten, nur ein helles Licht, wenn sie Harlow und seine Zukunft zu sehen versuchten.

Genervt fuhr ich mir durchs Haar und trat nach einem Stein auf dem Boden am Strand des Anwesens, der in das offene Meer flog und dort geräuschlos in den brausenden Wellen abtauchte.

»Du weißt, dass es nicht deine Schuld ist, oder?«, hörte ich Teagan hinter mir fragen.

Ich sah stur aufs Wasser, um ihrem Blick zu entgehen.

»Lässt sich leicht sagen«, flüsterte ich. »Du warst bei ihm und hast ihn nach Hause gebracht, während ich hier nutzlos rumsaß.« Da meine Hände unkontrolliert zitterten, ballte ich sie zu Fäusten. Doch das Zittern breitete sich bis in meine Fußspitzen aus.

Sie legte eine Hand auf meine Schulter und ich schloss die Augen, kämpfte die Tränen zurück.

»Es war ein perfider, perfekt ausgeheckter Plan, Jax.«

Teagans Atem strich wie eine Berührung über die Haut an meinem Hals, und ich lehnte mich an sie. Sie drückte meine Schulter, gab mir zu verstehen, dass ich nicht allein war, und tatsächlich wiegte mich das ein wenig in der Sicherheit, nach der ich mich sehnte.

»Ihr Plan war so gut, dass wir ihnen nicht einmal etwas nachweisen können.« Teagans Stimme brach für einen Moment. »Uns allen ist bewusst, was die Rinaldis gestern getan haben, und doch soll den Útlagi die Schuld in die Schuhe geschoben werden. Angeblich habe man Beweise gegen sie. Du hättest nichts machen können. Glaub mir, ich war dort.« »Wie viele Feinde haben wir denn noch?«, fragte ich so leise, dass meine Worte mit dem Geräusch der Wellen verschmolzen.

»Mehr, als uns lieb ist.«

»Harlow wird wieder der Alte ... oder?«

»Sobald der Schutz um ihn nachlässt, ja. Die Reyes-Heilerinnen sagen, jeder Test zeigt, dass Harlow sogar stärker ist als vor dem Attentat.«

»Und wieso wacht er nicht auf?«

»Ich weiß es nicht.« Sie seufzte. »Aber wenn Harlow eins ist, dann zäh – na ja, und stur. Er kommt zurück. Da bin ich mir sicher.«

Obwohl mir nicht danach zumute war, schlich sich ein Lächeln auf meine Lippen. »Oh, das ist er.«

»Kann ich dich allein lassen? Ich muss noch etwas erledigen.«

»Klar, ich wollte nach Downtown und weiter an den Herzen basteln. Hier zu sitzen macht mich nur hibbelig.«

Nach einer kurzen Verabschiedung begaben wir uns an die Arbeit, in der Hoffnung, dass sie uns ein wenig ablenkte.

Tat sie nicht.

Ich saß von oben bis unten bekleckert mit Blut, Ästen und Blüten an dem Tisch im Labor in Downtown, an dem ich die Herzen erschuf. Genervt schnaubte ich.

»So ein Mist!«

Ich wischte mir übers Gesicht. Das letzte Scheißding war mir wortwörtlich um die Ohren geflogen, als meine Gedanken zu Harlow gedriftet waren. Langsam stand ich auf, um nach draußen zu gehen, da mich das Labor einengte. Frische Luft würde mir guttun.

Ich verließ das Gebäude und überquerte die Straße von Downtown nach China Town. Wanderte an kleinen Läden vorbei, an der riesigen Markthalle, vorbei an Restaurants, die ihren betörenden Geruch verströmten, und sah unzählige Wesen, die ihrem Abend nachgingen. Niemand von ihnen war sich darüber bewusst, dass unsere einzige Hoffnung, die Hexenkönigin zu besiegen, gerade im Koma lag.

Eine Weile später fand ich mich am Darling Harbour, direkt neben China Town wieder. Gedankenverloren war ich durch die Straßen vom Central Business District getigert, hin zum künstlich angelegten Innenstadthafen.

Anders als der Naturhafen, an dem die Oper thronte und der einen Hauch von der Gründerzeit versprühte, glänzte Darling Harbour wie ein Diamant im Scheinwerferlicht. Teure Geschäfte, ein IMAX, Luxushotels, exklusive Bars und ausgefallene Clubs fanden hier ihr Zuhause.

Doch ein anderes Gebäude, das vor Kurzem erst errichtet worden war, zog meinen Blick an. Aus Glas, weißem Marmor und Gold erbaut, stand ein Konstrukt im Wasser, das eine Mischung aus Schloss, Stadion und eine Neuauflage der Oper darstellte – Harlows zukünftiger Palast als Hexenkönigin. Bewusst mitten in Sydney erbaut, als Gegenentwurf zum Schloss der amtierenden Hexenkönigin. Eine Erinnerung daran, dass Harlow nicht mit dem Wald paktieren würde, sondern für die Hexen da war – direkt unter ihnen.

Darüber schwebte eine riesige magische Illusion seines Gesichts, das Tattoo prangte an seiner Stirn und er grinste auf alle Besucher des Hafens hinab. Eine Werbetafel für seinen erhofften Sieg, wie schon auf dem Ball angekündigt. Für einen kurzen Moment schaffte es meine Faszination, dass in einer Welt, in der Magie nicht geheim gehalten wurde, ein ganzer Palast innerhalb von zwei Tagen errichtet werden konnte, mich abzulenken. Nur leider erinnerte mich genau dieser Palast wieder an Harlow.

Mit einer Wut, den Wellen gleich, die während eines Monsuns auf den Sand des Strandes schlugen, traf mich eine Erkenntnis: Vielleicht würde Harlow nie wieder aus dem Koma erwachen. Vielleicht würde ich ihn verlieren, nachdem wir so wenig Zeit miteinander gehabt hatten. Ich wollte ihn an meiner Seite.

Nein, ich wollte ihn nicht an meiner Seite, ich *brauchte* ihn. Sein Lachen, die sanften Berührungen, die zufällig wirkten und doch gezielt waren. Ihn, ich brauchte ihn.

Plötzlich schien die Luft stickig, mein Atem ging stoßweise, mein Herz zog sich zusammen. Die Musik aus den Clubs wirkte zu laut, lachende Einwohner liefen an mir vorbei auf dem Weg zu den Partys, genossen den schönen Sommerabend, während mir die Tränen in die Augen traten.

Eine Vielzahl von Leuten umgab mich, Freude wallte von allen Seiten zu mir – und doch stand ich hier und fühlte mich so unfassbar einsam.

Ich versuchte die Tränen wegzuatmen, mir selbst Mut zuzusprechen, dass alles gut werden würde, nur war ich mir dessen nicht sicher. Hoch oben über dem neuen Palast lächelte Harlow zu mir herab, bat mich still darum, an ihn zu glauben. Weiter zu hoffen und darauf zu vertrauen, dass er mich nie allein ließe.

Im Sichtfeld rechts von mir flimmerte etwas. Unruhe brandete auf der Promenade am Wasser auf, bevor ich verstand, was der Grund war. Einwohner flüchteten sich in Bars, Häuser und Restaurants, brüllten Warnungen und zogen einander gegenseitig in Sicherheit. Ganz so, wie ich in einem von Declans Monologen gelernt hatte, wie sich Einwohner bei der Sichtung von Útlagi verhalten sollten. Nicht nähern, die Reaper verständigen, in Deckung abwarten.

Ich wandte den Blick zu den Bäumen, die vor der Brücke des Darling Harbours standen. Im Schatten der Nacht, durch die Baumkronen vor dem Licht der Neonreklame geschützt, bewegten sich zwei Hexen in unnatürlichen Zuckungen. Sie erinnerten mich an Marionetten, deren Seile sich verknotet hatten und der Puppenspieler verzweifelt versuchte, sie zu entwirren.

Útlagi.

Ihre Knochen brachen, Flügel stießen aus ihren Rücken hervor und der Geruch von verbranntem Fleisch wehte zu mir herüber. Vier glühende Augen starrten mich hasserfüllt an, bevor beide Wesen ihre flammenden Schwerter zückten.

»Du einfältiges Kind«, knurrte eines der zwei. »So kurz vor dem Blutmond wagst du dich allein raus? Fernab von eurem Anwesen und dem Schutz von Onkel Gunnar?«

»Und ohne den rothaarigen Verräter? So töricht, töricht, töricht«, säuselte der andere Útlagi.

Sie näherten sich mir langsam. Jedoch nicht, weil sie ängstlich wirkten. Nein, im Gegenteil. Es war Arroganz, denn die beiden schienen sich sicher, dass sie mir überlegen waren.

Ich griff zu dem Metallstück und ließ meine Magie in *Verderbnis* fahren. Unmittelbar danach reagierte meine Waffe, begrüßte mich voller Blutlust und formte sich in meiner Hand zu der vertrauten Sense. Sie vibrierte freudig, euphorisch darüber, endlich nicht nur zu trainieren, sondern wieder zu töten. *Verderbnis* verdrängte meine vorherige Trauer und ersetzte das Gefühl durch ihre eigene Wut und die Lust auf den Kampf.

»Die Sonne der McQueens ist erloschen, der Erbe liegt im Sterben. Es ist Zeit, den Mond von Ingram zu töten«, erklang die kratzige Stimme eines der Útlagi. Es klang wie ein verzerrter Singsang, unwirklich und verdorben.

»Wollt ihr nur reden oder legen wir los?«, fragte ich herausfordernd. *Verderbnis* in meiner Hand gab mir die Sicherheit, dass es für diesen Kampf nur einen Ausgang gab – und es war nicht mein Blut, das sich mit dem Wasser des Hafens mischen würde.

Phoebes Worte, dass ich nach unserem ganzen Unterricht bereit sein würde, zwei dieser Kreaturen gleichzeitig zu besiegen, schossen mir durch den Kopf. Ich würde es gleich erfahren – oder sterben.

Beide Útlagi breiteten die Flügel aus, als ich meinen ersten Canto anstimmte. Erstaunt darüber, wie akkurat mein Training gewesen war und wie berechenbar meine Gegner agierten.

Der kleinere der beiden schoss geradeaus auf mich zu, während der andere sich in die Luft erhob, um mich vermutlich von oben zu attackieren. Mit einer Drehung meiner Hand ließ ich *Verderbnis* in der Luft rotieren, führte etwas meiner Magie zu und entließ meinen Canto. Direkt verschmolz ich mit dem Schatten einer Parkbank, während meine Sense an Rotationsgeschwindigkeit aufnahm. Nur einen Augenblick später tobte an meiner vorherigen Position ein Wirbelwind aus Dunkelheit um die Waffe und zog beide Angreifer unnachgiebig ins Auge des Sturms.

Ich hingegen tauchte hinter ihnen auf und entließ ein müdes Lachen. »Das ist fast zu einfach.«

Schnell stimmte ich einen weiteren Canto an, ließ ihn entweichen und die Schatten eines Baumes, eines Hauses und einer Werbesäule formten drei Doppelgänger von mir. Ein jeder bestand aus wabernder Dunkelheit und sah zu den Angreifern. Auch meine Sense hatte sich verdreifacht und der Sturm tobte weiter um die Útlagi. Mit einem Wink der Hand bedeute ich *Verderbnis*, zu mir zu kommen. Die Sensen reagierten sofort, und alle vier flogen zu mir und meinen Doppelgängern. Jedes meiner Abbilder imitierte meine Bewegungen exakt – die Útlagi waren nicht mehr in der Überzahl.

Sichtlich verwirrt starrten sie zwischen den vier Jax' hin und her. Bevor sie reagieren konnten, brummte ich einen tiefen Canto, der meinen eigenen und die Schatten der Abbilder verlängerte. Unsere Schatten rasten durch die Útlagi zur anderen Seite, ohne die Verbindung zu uns zu unterbrechen. Als sie angekommen waren, stoppte ich den Canto und unsere Körper wurden wie durch ein Gummiband dorthin gezogen. Mit gezückten Sensen flogen wir förmlich durch die Útlagi zur gegenüberliegenden Seite, unsere Waffen schnitten tiefe Wunden in die Angreifer.

Einer der zwei ging zu Boden, während der andere taumelte. Jedoch nur für einen Wimpernschlag, dann löste sich der Kopf von seinem Hals und rollte platschend in das Wasser des Hafens.

»*Kämpfe in der echten Welt sind schnell und gnadenlos. Lange, theatralische Schlagabtäusche siehst du nur in Filmen*«, hörte ich Declan in meinem Kopf eine seiner Lektionen wiederholen. Er hatte recht, dieser Kampf endete jetzt.

Ich atmete tief ein, sang einen Canto staccato und stürmte nach vorn zu dem hockenden Útlagi. Dort angekommen, holte ich mit der Waffe aus, entließ den Zauber und die drei Abbilder verschmolzen in einer Explosion meiner Magie mit mir und meiner Sense. *Verderbnis* erhitzte sich unmittelbar darauf, und wie durch Butter schnitt sie durch den Körper der Kreatur, um sie in zwei Hälften zu teilen. Beide Hälften sackten zur Seite und ein Fluss aus dunklem Blut bahnte sich den Weg ins Hafenbecken.

Ich sah zu meiner Hand, die wie Feuer brannte. Verdammt, den Explosions-Canto sollte ich noch verfeinern, sodass er mich nicht selbst verbrannte. Mit gequältem Gesicht entließ ich *Verderbnis* aus ihrem Dienst und befestigte das Metallstück an meinem Gürtel.

»Beeindruckend«, erklang eine tiefe, warme Stimme hinter mir. »Aber eigentlich nicht anders von einem Reaper zu erwarten.«

Ich schnellte herum, bereit, einen weiteren Canto zu singen und erneut mit den Schatten zu verschmelzen. Vor mir stand ein Mann in meinem Alter, sein braunes Haar zerzaust und ein schiefes Grinsen im Gesicht.

»Wer bist du?« Ich musterte ihn argwöhnisch. Wieso grinste er so selbstgefällig?

»Guzman Reyes, auch ein Erbe von Salem. Endlich treffen wir uns.«

»Immer noch eine unvernünftige Idee«, erklang eine Frauenstimme, doch ich sah niemanden. »Uns Erben von Salem wurde befohlen, dass wir uns Harlow und Jax nicht vor der kommenden Schlacht nähern.«

Verwirrt sah ich mich um, versuchte die Lage abzuschätzen. War ich in Gefahr? Er sagte, er sei wie ich ein Erbe der alten Blutlinien. Aber das konnte ebenso eine Lüge sein.

»Nun zeigt euch schon, ich will nur seine Hände heilen«, stöhnte Guzman und näherte sich mir behutsam. »Darf ich?« Er deutete zu meinen Verbrennungen.

Ich nickte knapp, behielt ihn aber argwöhnisch im Auge. Während er seine Magie wirkte und grüne Partikel um meine Hände spielten, erschienen mehrere andere Hexen aus dem Nichts. Sie standen in einer Gruppe gut zwanzig Meter von uns entfernt. Ein Tarn-Canto, der mich deutlich stärker beeindruckt hätte, wenn ich in dem Moment nicht so verwirrt gewesen wäre.

Als ich wieder zu meinen Händen sah, waren alle Wunden verschwunden. Guzman grinste mich an und gab mir einen Zwei-Finger-Salut, bevor er zu seinen Freunden eilte.

»Moment, warte mal«, rief ich ihm hinterher.

»Wir sehen uns bei der Schlacht, Jax.« Er zwinkerte mir zu, bevor sich die silbernen Partikel einer jungen Hexe um die Gruppe legten und sie alle verschwanden.

Ich starrte auf den leeren Platz, wo gerade noch die anderen Erben von Salem gestanden hatten. Die Zeit verging gedehnt, Hexen verließen ihre Deckung, ich hörte wieder Geräusche des Nachtlebens, und die ganze Sache mit den Útlagi fühlte sich fern an.

Mehrere Hexen kamen zu mir und klopften mir auf die Schulter, ich hörte die Flügelschläge von Gargoyles – vermutlich andere Reaper, die alarmiert wurden – und das Leben ging weiter, als wäre nichts geschehen.

Doch die Realität war brutal. In diesem Hier und Jetzt lag Harlow im Koma, und ich wusste nicht, ob ich ihn je wiedersehen würde. All die Emotionen, die durch *Verderbnis'* Wut verdrängt worden waren, kamen mit doppelter Intensität zurück und trafen mich mitten ins Herz.

Meine Augen wurden heiß, Tränen bildeten sich in ihnen und ich kämpfe damit, meinen Atem zu beruhigen. Er ging stockend und presste sich an einem Kloß im Hals vorbei. Ich hörte mein eigenes Schluchzen, sah den neuen Palast vor meinen Augen verschwimmen.

Benommen stand ich da, nahm nicht mehr wahr, was um mich herum passierte. Es konnten Minuten, Stunden oder Tage vergangen sein, da tauchte jemand vor mir auf.

»Jax«, sagte Teagan behutsam und holte mich in die Wirklichkeit zurück. Die Leichen der Útlagi waren verschwunden, ebenso die Reaper, die sie vermutlich beseitigt hatten. Es musste mehr als eine Stunde vergangen sein. »Ich hab dich gesucht und mir Sorgen gemacht.«

»Alles gut, ich …«

»Nein«, antwortete sie ehrlich. »Ist es nicht, aber bald.«

Müde lächelte ich ihr zu. Sie streckte mir eine Hand entgegen und ich seufzte leise. Sorge und Liebe standen ihr ins Gesicht geschrieben. Aber ebenso etwas, von dem ich gerade nicht genug bekommen konnte: Hoffnung.

»Komm schon, wir besuchen unseren Jungen auf der Heilstation und heißen ihn willkommen, sobald er aufwacht«, sagte sie liebevoll und umarmte mich. Erneut kamen mir die Tränen, und wir standen umgeben von den Neonlichtern einfach nur da. Umschlungen in einer Umarmung.

Musik spielte.

Menschen feierten.

Und wir hofften.

Kapitel 28

Harlow

Zwölf Tage bis zum Blutmond

Hell.
Unendlich hell.
Gleißendes Licht blendete mich und explodierte hinter meiner Stirn. Mein Kopf dröhnte, während mein Körper sich leicht wie eine Feder anfühlte. Beinah so, als würde ich in Zeit und Raum schweben.
Was war geschehen?
Langsam kehrten einzelne Erinnerungsfetzen zu mir zurück. Die Jagd. Die Familie Rinaldi. Das Kind des Waldes.
Eine Falle.
War ich gestorben und das hier das berühmte helle Licht, auf das man nach seinem Ableben zuging?
»Öffne die Augen, Kind der Ersten«, sagte eine dröhnende Frauenstimme.
Wie konnte mich das Licht blenden, wenn meine Lider geschlossen waren?
Sosehr ich versuchte, meine Augen zu öffnen, mehr als ein kurzes Blinzeln gelang mir nicht. Zu hell, zu schmerzhaft blendete mich der weiße Schein.
»Nun gib ihm etwas Zeit, sich an den Glanz der Walküren zu gewöhnen, Hrist«, antwortete eine andere Stimme gütig und liebevoll.
»Oh, Herrin Freya. Entschuldigt.«
Freya?!
»Was zur Urmutter?!«, stieß ich gepresst hervor.

»Hüte deine Zunge, Gefallener!«, drohte mir die Walküre, deren Namen offensichtlich Hrist war.

Die andere Person hingegen lachte – hell und glasklar. Wärme flutete meinen Körper, schenkte mir Geborgenheit und jegliche Sorge verflüchtigte sich.

»Was für ein treffsicherer Ausruf, mein Kind«, sagte Freya. »Ich bin in der Tat die Urmutter der Hexen.«

Ich verschluckte mich, hustete wie von Sinnen und riss die Lider auf. Großer Fehler. Das Licht schlug mir ins Gesicht, als hätte eine Abrissbirne ihr Ziel getroffen. Zum Glück schmerzte es nur für einen Moment, dann gewöhnten sich meine Augen an die Helligkeit.

Zwei riesige Frauen, locker drei oder vier Meter groß, mit imposanten weißen Flügeln standen vor mir. Muster wie Sternbilder durchzogen leuchtend ihre Haut.

Während Hrist eine goldene Kampfmontur samt einem mit Edelsteinen besetzten Helm und einem riesigen Speer aus Licht trug, war Freya – wie bei meiner Reise in die Vergangenheit – in wallenden weißen Stoff gekleidet. Eine goldene Sonnenkrone schwebte einem Heiligenschein ähnlich über ihrem Kopf. Hrist starrte mich mürrisch an. Die Urmutter hingegen lächelte gütig zu mir herab.

Ich fühlte mich mickrig. Zum einen wegen des Größenunterschieds und zum anderen wegen des Machtgefälles. Ohne Frage nannten beide Frauen vor mir eine Macht und Stärke ihr Eigen, die mit nichts vergleichbar waren, was ich je erlebt hatte. Selbst meine Großmutter besaß nicht einmal einen Bruchteil dieser Magie in sich.

»Bin ich gestorben?«

»Rede nicht ungefragt!«, donnerte Hrist.

Freya warf Hrist einen tadelnden Blick zu, die demütig den Kopf senkte, und wandte sich wieder an mich. »Nicht gestorben, nein, aber lebendig bist du auch nicht. Du hast vermutlich viele Fragen.«

Das war die Untertreibung des Jahrhunderts. Eigentlich hatten die letzten Monate immerzu neue Fragen aufgeworfen. Antworten hingegen ließen auf sich warten.

Ich schnaubte, woraufhin Hrist gefährlich knurrte, als sei mein Verhalten respektlos. Das kümmerte mich jedoch nicht. Mein Leben lang war ich ein braves Hündchen gewesen, hatte meine Rolle gespielt, und wohin hatte es mich gebracht? In den Tod – oder den Nicht-Tod. Was auch immer das hier war.

»Ich verstehe nicht«, gab ich so diplomatisch wie möglich von mir, versuchte dabei, nicht wie ein schmollendes Kind zu klingen. Allerdings scheiterte ich auf ganzer Linie, wie mir Freyas verräterisch zuckende Mundwinkel verrieten.

»Wir haben nur wenig Zeit«, sagte Freya sanft. »Maximal ein halbes Jahr, bevor du aufwachst, und du hast viel zu lernen, um deine Mission erfolgreich zu bestehen.«

»Nicht lange?« Meinte sie das ernst? »Ich erwache erst in sechs Monaten? Meine Großmutter, Jax und die anderen müssen so lange bangen, ob ich überlebe?«

Hrist schnaubte genervt und bedachte mich mit einem herablassenden Blick, da ich offenbar wieder ungefragt gesprochen hatte. »Die Zeit hier verläuft anders als auf der Erde. Ein halbes Jahr entspricht zehn Tagen in deiner Welt.«

»Und sechs Monate sind in der Tat nichts, wenn man bedenkt, dass wir Walküren ewig leben«, fügte Freya hinzu.

Ich schüttelte den Kopf. Das konnte doch alles nicht wahr sein.

»Für mich sind sechs Monate viel«, gab ich brummend von mir. »Und wo ist *hier* überhaupt? Bin ich im Himmel? Im Totenreich? In einem erneuten Paralleluniversum?«

»Du bist in Vallhö, Sterblicher. Weißt du denn gar nichts?« Hrists Stimme triefte vor Hohn. Vermutlich würde sie mich zeitnah wie eine Fliege zerquetschen.

»Dieser Ort hat viele Namen«, lenkte Freya ein, während sie Hrist mit zusammengekniffenen Augen maßregelte. »Vallhö, Valhöll, Reich der Walküren, Valhalla, die Lichtebene. All das trifft zu – du bist in unserer Heimat.«

»Aber ich bin nicht tot?«

»Stimmt, du lebst jedoch auch nicht.«

»Ach, das schon wieder.« Ich grummelte leise. »Verstehe immer noch nicht, was das bedeutet. Scheint euch egal zu sein.«

»Dein Ton –«, donnerte Hrist.

»Sein Ton ist verständlich«, unterbrach Freya sie. »Du bist zwischen Leben und Tod, ansonsten könntest du nicht hier verweilen. In sechs

Monaten – oder zehn Tagen auf der Erde – schicken wir dich zurück. Hoffentlich mit dem nötigen Wissen und den Fähigkeiten, in denen wir deinen Geist unterrichten werden.«

»In was?« Ich atmete tief durch.

»In der Magie von uns Walküren. Damit du Casiopaia besiegen kannst.«

»Wieso unterrichtet ihr mich, anstatt selbst auf der Erde zu erscheinen und alles zu regeln? Wozu der Stress mit meinem Training? Vor dreihundert Jahren warst du doch schon einmal dort.«

»Weil es deine Aufgabe ist, junger McQueen.« Freya schenkte mir ein Lächeln. Dann verzog sie die Mundwinkel. »Und weil keine Walküre je wieder die Erde betreten wird.«

»Warum?«

»Sobald eine *echte* Walküre erneut die Erde betritt, verlieren alle Hexen ihre Magie, weil sich in dem Moment mein Geschenk der Hexenkraft verflüchtigen und zu mir zurückkehren würde ...«

»Wäre vermutlich das Beste«, gab ich leise zu.

»... und sie alle würden sterben.«

»Oh«, fügte ich kleinlaut hinzu.

Dieses Wort entlockte sogar Hrist eine Art von Lachen, das zwar mehr an eine Mischung aus Schnauben und Schluckauf erinnerte, trotzdem verbuchte ich es als Erfolg.

»Okay, keine Walküren auf der Erde. Verstehe. Dennoch habt ihr eingegriffen, oder sehe ich das falsch? Habt ihr die Bombe entschärft?«

Freya nickte. »Du bist der Einzige, der Casiopaia von ihrem Irrweg abzubringen vermag.«

»Du meinst umbringen?«

Erneut nickte sie und sagte traurig: »Es gibt leider keinen anderen Weg. Es schmerzt mich ungemein, eines meiner Kinder töten zu lassen, aber der Verstand deiner Mutter ist vergiftet.«

»Sie ist nicht meine Mutter«, sagte ich.

»Die Hexenkönigin ist durch den Wald vergiftet, von der Krone, von den Útlagi ... von so vielen Sachen, die nicht dafür stehen, wofür ihr Hexen es solltet. Sie ist von ihrem Weg abgekommen und hat somit unsere Unterstützung verloren. Du wirst das Ganze geraderücken.«

»Und zur nächsten Hexenkönigin aufsteigen«, fügte ich mürrisch hinzu. »Nur hat mich niemand gefragt, ob ich dieses Amt überhaupt innehalten möchte. Oder ob ich bereit bin zu morden. Und wer sagt, dass meine Gedanken nicht ebenso vergiftet werden?«, fragte ich eine Spur zu patzig.

Stille legte sich über uns.

Vermutlich müsste ich in der Tat mehr Respekt an den Tag legen, doch mein Wille, mich Autoritäten zu beugen, hatte sein Limit erreicht. Ich wollte endlich selbst bestimmen, was aus mir wurde, und würde kein Zirkusäffchen mehr sein.

»Wir haben wenig Zeit, richtig?«, fragte ich und holte tief Luft. Denn obwohl ich mir nicht sicher war, ob ich wirklich morden konnte, wollte ich Casiopaia aufhalten. Und dafür brauchte ich tatsächlich jede Hilfe, die ich bekam. Erst in diesem Moment realisierte ich gänzlich, dass Freya und ich das gleiche Ziel verfolgten. »Dann sollte ich endlich mit dem Training beginnen, statt zu diskutieren und mich zu beschweren.«

Hrist zog eine Braue in die Höhe und legte den Kopf schief. Sie musterte mich amüsiert – eine Premiere, seitdem ich aufgewacht war. So etwas wie Anerkennung huschte über ihre makellosen Gesichtszüge und endete in einem schmalen Lächeln auf ihren vollen Lippen.

Ich hätte mir denken können, dass Entschlossenheit und Bereitschaft zu trainieren einer Kämpferin wie ihr imponieren würde. Nur war ich zu sehr damit beschäftigt gewesen, zu schmollen, mich zu bemitleiden und mich aufzulehnen.

Ich sah ihr tief in die Augen und verschränkte die Arme vor der Brust. Nicht nur die Hexenwelt erwartete, dass ich Casiopaia stürzte – ich realisierte, dass dies auch mein Ziel war. Es sogar ehrlich wollte. Und dafür war ich bereit, mein Bestes zu geben.

Die ersten paar Stunden des Trainings waren wie im Flug vergangen und zudem die reinste Katastrophe gewesen. Hrist hatte vor Frust über meine Unfähigkeit, *Hymnen* zu singen, wie die Walküren ihre Art der Magie nannten, unzählige Speere zerbrochen. Zum Glück konnte sie sich jedes Mal einen neuen aus ihrem leuchtenden Arsch ziehen, mit dem sie mich dann erstach, sobald ich mich versang oder sie nervte. Denn zur Überraschung von wirklich niemandem konnte ich ja nicht sterben. Wenigstens ebenso keine Schmerzen empfinden, weil Hrist es zu sehr genoss, mich aufzuspießen und hochzuheben, um mir dann von Angesicht zu Angesicht zu erläutern, was ich alles falsch gemacht hatte.

Im Laufe der Stunden hatte sich ihre Laune zunehmend gebessert, sodass ich es mittlerweile fast freundlich nennen konnte.

»Erst die tiefe Note, dann ein Oktavensprung, sechs hohe Töne und den letzten genau fünfeinhalb Sekunden halten!«

Meine Beine baumelten in der Luft, der Speer steckte in meinem Bauch und Hrist atmete mir ins Gesicht. Alles wie in den letzten Stunden zuvor – oder waren es Tage? Hier in Vallhö schien die Zeit anders zu verlaufen, denn ich hatte jegliches Gefühl dafür verloren. Wie oft hatte ich die Hymnen schon gesungen? Fünfzigmal? Hundert? Tausend? Ich konnte es beim besten Willen nicht benennen.

»Hab ich genau so gemacht«, antwortete ich grinsend. Nur hatte ich es natürlich nicht so gesungen und vergessen mitzuzählen – und das wiederum wusste Hrist ganz genau.

»Und wieso bist du dann explodiert?« Sie legte den Kopf schief und musterte mich.

»Aus Freude über dein Antlitz?«

Hrist schloss die Augen für einen Moment und schüttelte lachend den Kopf. Sie setzte mich am Boden ab und zog den Speer aus mir. »Ich werde es vermissen, dich aufzuspießen, Winzling.« Sie boxte mir gegen die Schulter, vermutlich freundlich gemeint, jedoch kam es bei ihrer Stärke einem Schleudertrauma gleich.

»Wer hätte gedacht, dass wir uns verstehen würden?«, fragte ich grinsend.

»Ich.«

»Wie bitte? Vorhin, als ich hier angekommen bin, hast du mich noch bösartig angefunkelt.«

»Sterbliche«, seufzte sie. »*Vorhin* ist vier Monate her.«

Ich blinzelte sie an und rang mit den Worten. Hatte sie vier ... Monate ... gesagt? »Meinst du ... Stunden?«

»Nein, Monate.« Sie schenkte mir ein schiefes Grinsen. »Über Vallhö liegt die *Aura der Erhabenheit*, ein äußerst mächtiger Zauber, stärker als alles aus der Welt der Sterblichen. Die Aura entspannt dein Gemüt, beruhigt den Geist, und du merkst gar nicht, wie die Zeit vergeht. Dass wir hier keinen Tag-Nacht-Zyklus besitzen, tut sein Übriges, da ihr Menschen genau das zum Abschätzen von Zeit als Hauptwerkzeug nutzt.«

»Aber ... Monate«, presste ich hervor, weiterhin fassungslos über diese Enthüllung. Ich hatte zwar mein Zeitgefühl verloren, aber ... Monate?

»In eurer Welt sagt man doch so schön, dass Zeit relativ ist. Ihr habt recht, Zeit ist ein relatives Konstrukt. Hier in Vallhö nimmst du sie anders wahr, allein schon, weil du weder Durst und Hunger noch Erschöpfung verspürst. Dein altes Zeitempfinden ist an irdische Gesetze der Physik und der Gezeiten gebunden. All das gilt hier nicht, demnach empfindest du die Zeit hier anders.«

Das war durchaus logisch, nur tat sich mein Gehirn weiterhin schwer damit, es zu akzeptieren. Mein Leben lang hatte ich Zeit empfunden, wie es auf der Erde üblich war, und konnte nicht greifen, wieso es hier anders verlief.

»Wir sollten weitertrainieren, unsere Zeit ist bald rum, dann müssen wir dich zurück in deinen Körper schicken.«

Weiterhin erstaunt nickte ich und begab mich zu meiner Trainingsposition.

»Konzentrier dich und denk dran: Erst die tiefe Note, dann ein Oktavensprung, sechs hohe Töne und den letzten genau fünfeinhalb Sekunden halten.«

Ich atmete durch, ließ die beruhigende Luft von Vallhö meine Lunge durchfluten und sang die erste tiefe Note, vollführte den Oktavensprung, traf fünf hohe Töne, verkackte den sechsten und explodierte – mal wieder. Mein Körper löste sich in purem Licht auf, als wäre ich eine Supernova, während mein Geist darüber schwebte. Unmittelbar danach setzte mich das Licht wieder zusammen und ich stand mit gesenktem Kopf und hängenden Schultern vor Hrist. »Verdammt! Ich atme falsch.«

»Sehr gut, nun sind wir einen großen Schritt weiter. Du erkennst deine eigenen Fehler.«

»Warte mal!« Plötzlich begriff ich etwas, was mir schon früher hätte auffallen müssen. »Wie schätze ich fünfeinhalb Sekunden ab, wenn ich in Vallhö kein Gespür für die Zeit habe?«

Hrists Augen strahlten vor Freude, oder war es sogar ein wenig Stolz? »Das ist die *richtige* Frage!«

»Gibt es darauf eine *richtige* Antwort?«

»Du musst die Hymne, die du singen willst, spüren.«

»So, wie ich die Zeit hier völlig falsch spüre?«, fragte ich mit einem schmalen Lächeln, das mir ein lautes Lachen einbrachte.

»Das ist unsere nächste Lektion, zu der wir jetzt kommen.«

»Aber ich beherrsche die Hymne doch noch gar nicht?!«

»Es gibt nicht *die eine Hymne*, alle sind miteinander verbunden. Du warst die ganze Zeit zum Scheitern verurteilt, bis du die richtige Frage stellst.«

»Das war alles eine Art Test?«

»Sieh es eher als Übung zum Lockern deines Geistes, damit er sich von den irdischen Normen löst.«

»Okay. Erklärst du mir dennoch, was du mit ›alle sind miteinander verbunden‹ meinst?«

»Es ist im Grunde simpel –«

»Selbst für Sterbliche?«, unterbrach ich sie und zog eine Braue in die Höhe.

»Ja.« Sie zögerte jedoch. »Denke ich zumindest, du bist der erste Sterbliche, der hier verweilt und Walkürengesänge lernt.«

»Okay, erklär es mir, und ich sag dir, ob es simpel ist.«

»Jede Hymne startet mit dem tiefen Ton, dem Oktavensprung und den sechs hohen Tönen. Das Prinzip beherrschst du in neun von zehn Fällen. Der letzte Ton entscheidet dann, welche Hymne es wird. Es gibt Hunderte richtige Möglichkeiten und Milliarden falsche.«

»Was erklärt, wieso ich so oft geplatzt bin.«

»Ganz genau.« Hrist zwinkerte mir zu. »Und hier kommt das Fühlen ins Spiel. Du singst den Ton, denkst an die Hymne, die du wirken willst, und hältst den Ton so lange, bis du spürst, dass dir die richtige Hymne antwortet. Dann entlässt du den Ton und der Zauber geschieht.«

»Klingt im Grunde wirklich simpel.« Bevor Hrist etwas Triumphierendes zu sagen vermochte, fügte ich hinzu: »Wenn ich denn wüsste, wie ich eine Hymne spüre und welche es alles gibt.«

»Und wieder die richtige Frage. Nun läuft es bei dir.«

Ich lachte schnaubend. Das war auch eine Art, es auszudrücken.

Hrist nahm etwas von einem nahe stehenden Tisch und überreichte es mir. Ein Horn. »Hier, nimm das und lerne.«

»Ich bin weiterhin ein Sterblicher und brauche mehr Erklärungen als ›Hier, nimm das‹.« Ich grinste vor mich hin, die Aura der Erhabenheit veränderte zunehmend mein Gemüt. Jetzt, wo ich wusste, dass es sie gab, spürte ich sie förmlich. Mir fiel es leichter, ehrlich zu lächeln, ich zweifelte weniger an mir und konnte trotz des Willens, mich zu verbessern, echte Freude an dem Prozess empfinden, statt genervt zu sein.

»Setz dich und halte das Horn an dein Ohr.« Sie deutete zum Boden. »In ihm sind alle Hymnen gespeichert, und du kannst sie dir anhören.«

Wissbegierig setzte ich mich direkt, statt zu diskutieren. Ich wollte es lernen, mein Verstand verlangte förmlich danach. Also hielt ich mir das Horn ans Ohr und hörte ganze Chöre singen. Es klang himmlisch, erhaben und alles einnehmend.

Nach einer Weile sah ich auf und blinzelte. Die meisten Hymnen hatte ich zu erkennen gelernt und wunderte mich, wieso das so schnell vonstattengegangen war.

Hrist lehnte an einer Wand und schmunzelte. »Willkommen zurück, Winzling. Wie viele Hymnen hast du im letzten Monat gelernt?«

Ich seufzte, da ich die Zeit schon wieder völlig falsch eingeschätzt hatte. »Alle, bis auf die sehr langen und die, die am Ende noch mal einen Oktavensprung haben.«

»Oh!« Hrist musterte mich beeindruckt. »Das ... ist mehr, als ich erwartet habe – und mehr, als du in deinem sterblichen Leben brauchen wirst. Du bist wahrlich eine Halbwalküre.«

Ich richtete mich auf und weitete die Augen. »Entschuldigung, ich bin bitte was?«

»Verdammt!« Zu meinem großen Erstaunen geschah etwas, was ich nicht für möglich hielt. Hrist errötete und seufzte dramatisch. »Wenn Freya es dir auf dem Weg in deinen Körper offenbart, tu einfach so, als wäre das eine neue Information.«

»Warte, du hast dich verplappert? Die große Hrist, die mich hier ständig belehrt, hat einen Fehler begangen?«

»Willst du eine Antwort auf dein Halbwalküren-Dasein oder klugscheißen?«

»Geht beides?« Ohne die Aura der Erhabenheit wäre ich vermutlich wütend ausgerastet, doch jetzt, in diesem Moment war mir zum Scherzen zumute. Fast als wäre ich im Rausch, betrunken vor Freude und Zufriedenheit. Die Aura war besser als jeder Trip – und nach meinem Krankenhausaufenthalt und der dortigen zu hohen Dosis an Stimmungsaufhellern wusste ich definitiv, wovon ich sprach.

»Nein, Winzling.« Obwohl Hrist ernst zu bleiben versuchte, zuckten ihre Mundwinkel. »Du weißt, dass Casiopaia deine biologische Mutter ist, richtig?«

Ich nickte und sah die Walküre gebannt an.

»Nun, du besitzt keinen Vater.«

»Sondern?« Ich kratzte mich am Hinterkopf, gleichzeitig verwirrt über die Enthüllung und ebenso darüber, wie entspannt ich weiterhin reagierte.

»Freyas Geist hat deiner Mutter das Kind in ihrem Körper ermöglicht.«

»Warte, ich bin Jesus?«

»Nein, du Vogel!« Hrist rollte mit den Augen. »Aber die Art der Empfängnis ist die gleiche wie der Glaube in der Bibel zu Jesus. Freyas Geist ist in Casiopaia gefahren und hat dich erschaffen. Dadurch bist du halb Hexe, halb Walküre – und das einzige Wesen auf Erden, das so viel Walkürenblut in seinem Körper trägt. Alle anderen Hexen besitzen nur einen Bruchteil dessen und würden beim Singen einer Hymne während des ersten Tons zerplatzen. Außer sie sängen sie mir dir gemeinsam.«

»Und sollte ich ... ähm ... Jax heiraten ... Also eine Hexenhochzeit ... Verdammt, du weißt schon ... Wird sein Blut dann ebenso wie meins?«

»Und wieder eine richtige Frage.« Hrist strich sich zufrieden übers Kinn. »Die Antwort ist Ja, er wird ebenso zur Halbwalküre, da eine Hexenhochzeit sein Blut zu deinesgleichen verwandeln wird. Das war von Anfang an Freyas Plan – eine erstarkte Ahnenlinie von mächtigen Hexen, die es mit dem Wald aufzunehmen vermag.«

»Deswegen die dreizehnte Blutlinie«, flüsterte ich.

»So ist es. Ihr beide werdet die mächtigste Blutlinie gründen und euer starkes Blut weitervererben – na ja, falls du nicht stirbst beim Versuch, deine Mutter zu töten. Gemeinsam mit euren Nachfahren werdet ihr den Wald vernichten können. Und bis ihr Nachfahren habt, wenigstens eindämmen.«

»Es ist beschlossene Sache, dass wir heiraten?« Erwartete ich, dass es sich komisch anfühlte, so irrte ich mich, denn es fühlte sich richtig an.

»Sieh es so, ihr Hexen heiratet selten aus Liebe, sondern aus Vernunft. Jax und du hingegen liebt euch. Das ist ein Bonus obendrauf. Eure Ehe wird mehr sein als nur das Erschaffen einer neuen Blutlinie. Sie wird echt sein.«

In meinem Herzen spürte ich, dass Hrist recht hatte – so ausgesprochen hegte ich keinen Zweifel, dass dies meine Zukunft war. Sollte ich überleben. Und immer noch so denken, wenn die Aura der Erhabenheit nicht mehr auf mich wirkte. Aber hier und jetzt fühlte es sich richtig an.

»Und damit das passiert, musst du die letzte Hymne lernen. Jene, wegen der du hier bist.«

»Die, die meine Mutter töten wird«, raunte ich.

»So ist es. Diese Hymne entreißt Casiopaia das uralte Geschenk von Freya, und sie wird wieder zu einem Menschen und stirbt, da ihr Körper älter ist, als Normalsterbliche je werden.«

»Dann los, ich befürchte nämlich, es ist schon wieder mehr Zeit vergangen, als mir lieb ist.«

Hrist nickte, holte eine goldene Schatulle vom Tisch und überreichte sie mir. »Öffne sie und du hörst die Hymne.«

Ich fuhr mit der Hand über das erstaunlich warme Metall und spürte die Macht, die im Inneren schlummerte. Langsam atmete ich durch und setzte zum Öffnen an.

Während der Deckel sich behäbig nach oben bewegte, hörte ich Hrist sagen: »Das wird leider schmerzhaft, Winzling. Es tut mir leid.«

Und dann explodierte alles in ohrenbetäubendem Geschrei. Tausende Stimmen brüllten mich an, sangen verzerrte Lieder und mein Kopf drohte zu zerbersten. Ich sackte zu Boden und hielt mir die Ohren zu. Warm lief etwas meine Hände hinunter. Es roch metallisch. Blut. Der Druck unter meiner Schädeldecke nahm zu, wurde stärker und stärker. Mehr warmes Blut lief an meinen Händen hinab, und mit einem unermesslichen Schmerz verstummte plötzlich alles. Mein Trommelfell war geplatzt.

Ich spürte Hrists Hand an meinem Kopf und sah, wie sie mit der anderen die Schatulle schloss. Unmittelbar darauf hörte ich wieder und

der Schmerz verebbte. Ich japste nach Luft, mein Körper war schweißnass, und ich hielt mich nur mit größter Mühe davon ab zu erbrechen.
»Noch mal«, sagte Hrist sanft. »So leid es mir tut. Versuch die Hymne herauszuhören, sortiere die Stimmen und erkenne die Wahrheit.«
Bevor ich fragen konnte, was sie meinte, öffnete sie die Schatulle und alles verging im Lärm.

Wieder und wieder hatten wir es versucht. Mittlerweile wusste ich nicht einmal mehr, ob hundert- oder tausendmal. Ob Stunden, Tage oder Wochen vergangen waren.

Mein Blick ruhte auf dem verhassten goldenen Ding, das den Höllenlärm beinhaltete. Nicht einmal die Aura der Erhabenheit vermochte meine Verachtung, die Wut und die panische Angst gänzlich zu verdrängen.

»Und noch mal«, sagte Hrist. Beinahe hätte ich sie angefleht, dass wir es aufgeben. Ich stand kurz davor, in den schieren Wahnsinn abzudriften, ohne Hoffnung auf Erlösung.

Doch als sie die Schatulle dieses Mal öffnete, passierte etwas, mit dem ich nie gerechnet hätte. Mein Körper erhob sich vom Boden, ich schwebte, Flügel aus purem Sonnenlicht, blendet hell, erschienen an meinem Rücken und Zufriedenheit durchspülte jede meiner Zellen. Die Stimmen sangen zu mir, so süß und so wunderschön, dass mir die Tränen kamen. Nichts in der mir bekannten Welt erklang so rein, so perfekt, so makellos wie der Gesang von Freya und die Hymne, die Casiopaia töten würde.

Ich sah an mir hinab und meine Haut leuchtete. Kleine Punkte und Linien erstrahlten auf ihr und zeichneten Sternbilder auf sie. Erstaunt und fasziniert sah ich sie an, mein ganzer Körper war bedeckt von den Mustern.

Hrist schloss die Schatulle, und sofort vermisste ich die Perfektion, die meine Ohren geliebkost hatte. »Willkommen zu deinem neuen Ich. Deine Walkürenform ist erwacht und hat dir ermöglicht, den Gesang zu hören. Du bist jetzt wahrlich einer von uns.« Hrist sah mich stolz an und lächelte zufrieden.

»Jedenfalls zur Hälfte«, zerstörte ich unbedacht den schönen Moment.

»Jedenfalls zur Hälfte«, stimmte sie mir lachend zu. »Es wird Zeit, dass ich dir den Plan offenbare, wie du siegreich aus der Schlacht hervorgehen wirst. Dein letzter Tag in Vallhö hat begonnen. Aber sei dir gewiss, hältst du dich an den Plan, wirst du die nächste Hexenkönigin.«

»Ich bin bereit.« Und das erste Mal glaubte ich es wenigstens ein bisschen.

Kapitel 29

Harlow

Drei Tage bis zum Blutmond

Ich öffnete die Augen, und im ersten Augenblick wirkte alles unfassbar dunkel. Nach dem Licht, der Wärme und der Gelassenheit von Vallhö fühlte sich dieser Ort trist und finster an.

Wo war ich?

Meine Augen gewöhnten sich langsam an die Dunkelheit, und ich sah mehrere kleine Lichtpunkte an einer Maschine neben mir. Durch das Fenster drang ein Hauch von Pink. Neonreklame. Ich war zurück in Sydney, auf der Erde, in meiner Welt.

Mühsam versuchte ich aufzustehen, doch dieser Körper wirkte, als wären alle Muskeln eingeschlafen. »Scheiße, wacht auf!«, befahl ich meinen Armen und Beinen.

Plötzlich ging eine Lampe an und strahlte mir direkt ins Gesicht. Für einen Moment dachte ich, die Walküren hatten mich zurückgeholt – so hell wirkte es. Gerade als sich meine Augen daran gewöhnten, wurde ich von einem Berg harter Muskeln fast erschlagen und bekam Dutzende Küsse auf mein Gesicht gedrückt. Jax, er hatte offenbar neben meinem Bett geschlafen.

»Zur Urmutter, du bist wach. Ich ... Shit! Ich liebe dich!« Weitere Küsse folgten, und er hielt mich so fest, dass Hrist neidisch geworden wäre. Dennoch lächelte ich und atmete den Duft seiner Magie ein. Das hier war zu Hause, Jax war zu Hause, ich war zurück. »Teagan, er ist wach!«

Die Tür flog auf, und sofort erdrückte mich eine weitere Person – zu meiner großen Überraschung küsste auch sie mich. Zwar nur einmal auf die Stirn, aber dennoch hatten wir diese Grenze bisher nur selten überschritten. Tränen der Freude bildeten sich in meinen Augen, und ich drückte sie zurück.

Teagan löste sich von mir und schlug dann leicht gegen meinen Kopf.

»Aua! Was sollte das jetzt?« Ich sah sie verwirrt an. »Der Kuss hat mir besser gefallen!«

Jax lachte an meine Brust gepresst, offenbar nicht gewillt, mich loszulassen. War mir nur recht.

Teagan hingegen schmunzelte und versuchte dabei böse zu schauen. »Mach das nie wieder! Verstanden? Wir dachten, dass wir dich nie wiedersehen.«

»Wie viel Tage sind vergangen? Sechs?«, fragte ich, um sicherzugehen.

Jax und Teagan sahen mich verwundert an. »Woher weißt du das?«, stellte er dann die Frage.

»Können wir zuerst …«

Meine Großmutter, Phoebe und Declan stürmten ins Zimmer, als hätten sie meine Gedanken gelesen, und erneut wurde ich Empfänger von Umarmungen und Küssen. Also nicht von Declan – wobei es sicher interessant gewesen wäre, was Jax ihm dann angetan hätte. Bei dem Gedanken kicherte ich. Ganz offensichtlich wirkte die Aura aus Vallhö nach.

»O nein, ist er wieder auf Medikamenten?«, fragten alle Anwesenden unisono.

»Nein, nur … Puh, setzt euch.«

Sie suchten sich alle einen Platz und sahen mich erwartungsvoll an. Jax hielt mich weiterhin umklammert und meine Großmutter legte ihre Hand auf meine.

»Kannst du den Raum abhörsicher machen?«, fragte ich an Granny gewandt, die als Antwort den Canto sang und mir danach zunickte.

»Also«, setzte ich an und erzählte ihnen von meinen sechs Monaten in Vallhö. Ihre Gesichter durchliefen unzählige Emotionen, während ich redete. Von Unglaube über Staunen bis hin zu Freude war alles dabei.

»Dann war es Zeit zurückzukehren, und ich bin hier aufgewacht«, beendete ich die Erklärungen.

»Wir sollten deinen Plan morgen in Ruhe besprechen, heute lassen wir dir und Jax erst einmal Zeit, mein Liebling.« Meine Großmutter strich mir eine Strähne aus dem Gesicht.

»Ich bring euch aufs Ingram-Anwesen«, sagte Declan. »Seid ihr bereit?«

Gleich.

Gleich war ich bereit.

Eine Sache musste ich noch beichten.

»Ach so, ich bin übrigens eine Halbwalküre. Überraschung!« Ich wedelte wie ein Zirkusclown mit den Fingern. »So, jetzt können wir fahren.«

Alle Besucher starrten mich mit öffnen Mündern und geweiteten Augen an. Niemand schien Worte zu finden. Einen Moment später japste meine Granny nach Luft.

Jax stammelte vor sich hin.

Teagan musterte mich, als wäre ich besoffen.

Phoebe grinste breit.

Declan stöhnte und sagte, dass er kündigen würde.

Und ich? Ich war zu Hause, bei den Menschen, die mich liebten.

Wenn ich gewusst hätte, dass mir sterben und wiederauferstehen den besten Sex meines Lebens einbringen würde, hätte ich das schon deutlich eher gemacht.

Zufrieden lag ich im Bett, die Augen weiterhin geschlossen, und summte leise vor mich hin. Nachdem ich gestern erwacht war, hatten Jax und ich eine gemütliche Nacht im Anwesen der Ingrams verbracht.

Erst hatten wir gelacht, dann geweint, dann hatten wir Sex, nur um dann erneut gemeinsam zu lachen, weil das Leben trotz drohender Schlacht in diesem Moment perfekt wirkte. Nach dem Aufstehen hatten wir ein weiteres Mal miteinander geschlafen, und jetzt kuschelte ich mich gerade an ihn, weshalb ich glücklich und zufrieden hier lag und seinen Geruch einatmete.

»Du strahlst«, flüsterte Jax ehrfürchtig.

»Danke, könnte daran liegen, dass wir gerade ...«

»Ähm, nein. Ich meine das wörtlich. Du *strahlst*. Dein Körper sieht aus wie eine verdammte Sternkarte.«

Ich öffnete die Augen und zur Urmutter, er hatte recht. Dünne goldene Linien und strahlend helle Punkte überzogen meine nackte Haut. Überall auf meinen Körper fand sich dieses Muster, das an Sternbilder erinnerte, Freyas und Hrists Haut gleich, die das gleiche Muster zierte. Offenbar zeigte sich ein Teil meiner Walkürengestalt auch auf der Erde, sobald ich ehrlich glücklich und zufrieden war, ohne dass ich eine der Hymnen dafür brauchte.

Vorsichtig schielte ich zu Jax und verzog unschuldig den Mund. Kurz überlegte ich zu pfeifen, um den Eindruck der Unschuld zu verstärken. Mein Aufenthalt in Vallhö hatte einiges verändert, ebenfalls einen großen Teil meiner Ernsthaftigkeit durch Verspieltheit ersetzt.

»Guck mich nicht so an, Harlow!«, sagte Jax, richtete sich auf und warf mir einen Kein-Bullshit-Blick zu. »Wieso leuchtest du wie eine Glühbirne?«

»Ich mochte den Sternbildervergleich lieber«, brummte ich.

»Harlow!« Jax zog beide Brauen in die Höhe.

»Du erinnerst dich, dass ich eine Halbwalküre bin?«

»Als ob ich das jemals wieder vergessen könnte.« Er lachte leise.

»So sehen sie ... wir ... aus. Das ist meine Walkürenform. Na ja, jedenfalls ein Teil davon. Wenn ich die Hymne singe, die sie gänzlich enthüllt, habe ich noch Flügel aus Licht am Rücken.«

»Verstehe.« Er räusperte sich. »Ist es komisch, dass es mich heiß macht, wie wunderschön du in der Form aussiehst?«

»Ist gespeichert. Immer wenn du sauer auf mich wirst, wechsel ich in diese Form, damit du mich nur voller Staunen ansiehst und vergisst, dass wir streiten.«

»Ach, sei ruhig.« Er fuhr gedankenverloren mit seinen Fingern über die goldenen Linien auf meiner Brust. Er zeichnete sie nach bis zu meinem Bauchnabel, kehrte wieder um und verfolgte sie bis zum Hals. Es kitzelte, erfüllte mich aber mit Wärme.

»Wir sollten heiraten, nachdem du Casiopaia besiegt hast«, sagte er. Mein Körper verkrampfte sich.

»Bitte was?«

»Entspann dich!« Er hob seinen Kopf von meiner Brust und küsste erst mein Kinn, dann meine Unterlippe, um mir daraufhin einen langen Kuss zu geben. »Wir beide sind keine Menschen und wissen, dass Hexenhochzeiten aus Vernunft eingegangen werden und nicht aus Liebe.«

Er hatte recht. Und doch stach der Zusatz »und nicht aus Liebe« wie ein Messer in meiner Brust und ließ mich zittern. Liebte er mich nicht? War ich nur eine Ablenkung für ihn? Hatte ich meine Gefühle, die ich für Liebe hielt und auch in Jax' Verhalten gelesen hatte, nur falsch gedeutet?

»Hey«, hauchte er sanft, vermutlich weil er mein Zittern bemerkte. »Harlow Jammison Cassidy McQueen, ich liebe dich.« Er küsste meine Nase. »Und das vermutlich schon viel länger, als ich es mir eingestehen will.«

Ich lachte leise. »Ja, ich liebe dich auch – ebenso länger, als ich mir eingestehen will.«

»Gerade deswegen sollten wir heiraten«, fügte Jax hinzu. »Wir beide wissen doch ohnehin, welcher Name als dreizehnter auf der Ahnentafel stehen wird. Hast du heute Nacht nicht davon geträumt?«

Mehrfach blinzelte ich. Doch, das hatte ich. Nur hatte ich es als Wunschdenken abgetan. Als einen Nachhall meiner Zeit bei den Walküren. Aber wenn Jax denselben Traum gehabt hatte, war es dann mehr? Ein Omen? Eine Vision?

»Vallhö«, flüsterte ich. »Kurz bevor ich erwacht bin, bat mich Freya im Fall einer Hochzeit, dass wir unseren Namen in Ingram-McQueen von Vallhö ändern, um allen Hexen zu verdeutlichen, dass die Walküren über uns wachen.«

»Das ergibt Sinn, ebenso wie eine Hochzeit«, stimmte Jax zu. »Es ist zum einen die vernünftigste Entscheidung. Wir sind über den *Foedus Fidei* verbunden, unsere Magie giert nacheinander und ... na komm ... wir sind ein gutes Team.«

Ich schmunzelte und stimmte mit einem »Mhm« zu.

»Und zum anderen haben wir etwas, was die meisten Hexenehen nicht haben: Gefühle füreinander. Liebe. Mein Vorschlag ist mehr als vernünftig. Er ist das, was ich für unsere Zukunft sehe. Es fühlt sich richtig an. Unsere Magie bestätigt das. Sie weiß, dass wir zusammengehören. Mir ist egal, ob wir jung sind und es übereilt ist. Ich habe keine Zweifel an uns. Wieso also warten, wenn es zudem unsere Magie stärkt und somit deine Position als Hexenkönigin?« Jax atmete einmal tief ein und sagte beim Ausatmen: »Und falls es mit der Liebe doch nicht klappt, sind wir immerhin das berühmteste Power Couple der Hexenwelt.« Er knuffte mich in die Seite, woraufhin ich ehrlich lachte.

»Das war ein äußerst lahmer Antrag«, sagte ich. »Ich hatte ja mindestens mit Tauben oder einem Kniefall gerechnet.«

Jax strahlte über das ganze Gesicht. »Ist das ein Ja?«

»Ja!«

Wir besiegelten mein Wort mit einem Kuss und kuschelten uns aneinander.

Am nächsten Tag trafen wir uns in dem Lager der Herzen, die in meiner Abwesenheit angefertigt worden waren. Vor Jax, Declan, Granny und mir standen Dutzende Regale, in deren Fächern Hunderte magische Herzen lagen, aus Edelsteinen, Ästen und Pflanzen erschaffen. Sie glitzerten im Licht der Deckenbeleuchtung. Ein jedes Herz glich einem Kunstwerk. Jax hatte sein Handwerk mit absoluter Perfektion ausgeführt.

Declan und Granny hatten mich in die Herzkammer geführt, nachdem ich ausführlich von Vallhö, meinem Halbwalküren-Dasein und von Hrists Plan berichtet hatte. Dieser umfasste, dass ich die Hexenkönigin durch eine Demonstration meiner Walkürenmacht hervorlocken würde, der sie nicht widerstehen könnte, um dadurch ihren zeitsensiblen Plan ins Wanken zu bringen.

Die magischen Herzen zum Schlagen zu bringen stellte den letzten Schritt dar, bevor wir morgen zum Blutmond in den Wald aufbrechen würden.

»Sie sehen umwerfend aus«, sagte ich.

»Danke«, antwortete Jax und seine Wangen färbten sich rot.

»Wie viele sind es?«

»Mehrere Hundert«, gab mir Declan die Antwort. »Und wenn wir angeblich morgen Abend in die Schlacht ziehen, weiß ich nicht, ob du genug Zeit hast, sie alle zu erwecken, Harlow.« Er drehte sich zu meiner Großmutter. »Soll ich eine Liste erstellen, wen wir dringend brauchen und auf wen wir zähneknirschend verzichten können?«

»Das wäre –«, setzte Granny an.

»Nicht nötig«, beendete ich ihren Satz.

Alle Anwesenden blickten verwirrt zu mir. Teagan sah mich sogar mitleidig an, so als hätte ich meinen Verstand in Vallhö gelassen.

»Ähm ... Das könnte nun komisch werden«, sagte ich unsicher. »Aber ... ich muss euch sagen, dass ich mich ... verändert habe.«

»Ist mir schon aufgefallen«, murmelte Teagan. »Happy Harlow 2.0.«

Ich grinste. »Das auch, aber das meinte ich nicht. Erschreckt euch bitte nicht.«

Ich stimmte eine Hymne an, stellte mir im Geiste vor, mein Hexenblut von dem der Walküren zu trennen, und sang den letzten Ton. Unmittelbar darauf veränderte sich mein Körper und Lichtflügel erschienen an meinem Rücken. Goldene Linien erstrahlten auf meiner Haut, verbanden die leuchtenden Punkte miteinander, und die Gelassenheit der Walküren durchspülte jeder meiner Zellen.

»O Shit«, entfuhr es Declan und Phoebe gleichzeitig.

»Beeindruckend«, sagte meine Großmutter.

»Er sieht aus wie eine Lichterkette«, sagte Teagan.

»Ja, stellt euch das mal direkt nach dem Aufwachen vor.« Jax rollte mit den Augen, lächelte mich aber verschwörerisch an.

»Okay, das ist ein cooler Trick«, ergriff Declan das Wort. »Nur ändert der Sternbild-Harlow nichts an dem Problem, dass du zu viele Herzen in zu kurzer Zeit zum Schlagen bringen musst.«

Ohne große Erklärung holte ich Luft, formte die nötigen Töne und verstärkte meine Blutgabe des Erweckens mit der Macht der Walküren, bevor ich sie erklingen ließ. Laut, hell und glasklar. Meine Melodie schwebte durch den Raum, vervielfachte sich zu einem Chorgesang.

Meine Großmutter zog scharf die Luft ein und legte sich ihre Hände über den Mund. Sie verstand direkt, was ich tat, und ihre Augen glühten voller Bewunderung und Liebe.

Lichtstrahlen stoben wellenartig von meinem Körper aus. Sie legten sich über die Regale, über alle Herzen und erhellten den gesamten Raum. Wärme, Zufriedenheit und Einklang, die hoffentlich auch die anderen erreichten, lagen in diesem Licht. Liebe und Hoffnung durchfluteten mich in einer derartigen Wucht, die mir Tränen in die Augen trieb.

Rechts von mir hörte ich das erste Schlagen eines der Herzen. Ein zweites folgte, dann ein drittes. Nach nur wenigen Augenblicken schlugen Hunderte Herzen so laut, dass der Raum wie der Motor eines Rennwagens zu schnurren schien. Das Geräusch wurde immer lauter und lauter, sodass es nach wenigen Augenblicke den ganzen Raum einnahm.

Die Münder der anderen bewegten sich, doch ich verstand kein Wort. Zu laut schlugen die Herzen und kündigten die kommende Schlacht an.

Declan deutete auf die Tür, und wir folgten ihm auf den Gang. Ich wechselte zurück in meine normale Hexenform, da ich nicht vorhatte, direkt wieder eine Hymne zu singen. Nachdem die schwere Sicherheitstür ins Schloss gefallen war, umgab uns Stille. In meinen Ohren rauschte es so laut, als hätte ich Stunden in einer Disco verbracht, und mein Gehör musste sich wieder an die Ruhe gewöhnen.

»Was zur Urmutter war das?«, fragte Declan.

»Jedenfalls kein Belcanto«, antwortete Phoebe.

»War ja klar. Ich sitze ewig an den Herzen, um sie zu erschaffen, und Harlow McQueen trällert ein Liedchen und alle fangen an zu schlagen. Herzlichen Dank auch.« Vor wenigen Wochen hätte Jax' Aussage vermutlich giftig geklungen, jetzt grinste er und ergriff meine Hand.

»Die Walküren nennen ihre magischen Gesänge *Hymnen*. Ich habe eine davon mit meiner Blutgabe gemischt, um damit alle Herzen zeitgleich zu erwecken.«

»Kannst du die Hexenkönigin damit töten?«, fragte Declan schlicht. Keine Emotionen schwangen in der Frage mit. In diesem Moment war Declan kein Freund, sondern der Ausbilder der Reaper und Teil der Leitung dieses Einsatzes. Neutrale Professionalität durch und durch.

»Wenn wir uns an den Plan halten, den ich erklärt habe ... Ja.« Ich nickte. »Die Hymne, die Hrist mich gelehrt hat, entreißt Casiopaia den Fluch und brennt ihn auf meine Stirn ein. Sie stirbt an Altersschwäche und ich werde zur neuen Hexenkönigin.« Ein langes Seufzen entfuhr meiner Kehle.

»Du hast Zweifel.«

»Declan, das ist kompliziert.« Schwerfällig atmete ich durch und sah ihn an. »Ich zweifle nicht an dem Plan, denn ich glaube wirklich, dass er funktioniert.« Dennoch krochen andere Zweifel hervor und stießen ihre Klauen in mich. »Ich habe Angst, ob ich bereit bin, zur Hexenkönigin zu werden. Ob ich bereit bin, jemanden dafür wissentlich zu töten.«

»Und das ist gut so«, antwortete Declan.

Seine Worte erstaunten mich so sehr, dass ich einen Schritt zurückwich. »Wie bitte?«

»Dieses Zögern, die Zweifel, der Unwille zu töten – all das sind Eigenschaften, die wir bei der neuen Hexenkönigin brauchen.« Er kam zu mir und legte seine rechte Hand auf meine Schulter. »Würde es dir leichtfallen zu morden und sich alles in dir nach der Macht der Krone sehnen, dann wärst du wie Casiopaia. So aber«, er atmete ein und tief wieder aus, »besteht Hoffnung. Außerdem hast du Jax, der dich liebt, deine Großmutter, die dich anbetet, und meine Schwester, die dich mächtig cool findet und kurz davor ist, einen Harlow-Fanclub zu gründen. Wusstest du, dass sie sogar einen Ship-name für euch hat? *Jaxlow*.« Er lachte.

Phoebe schnappte nach Luft und ihr Hals färbte sich rot. Offensichtlich war dieser Name etwas, was Declan nicht hätte verraten sollen. Jax grunzte amüsiert und formte mit den Lippen ein stilles *Jaxlow* zu seiner Partnerin, die es mit einem Mittelfinger quittierte.

Declan schenkte mir ein Lächeln. »Und in mir hast einen angehenden Freund und treuen Untergebenen, der hofft, dass du zu der Hexenkönigin wirst, die ich jetzt schon in dir sehe.«

All das beruhigte mich, baute meine Zweifel Stein für Stein ab. Er hatte recht, ich besaß etwas, was Casiopaia fehlte: Liebe, eine Familie, Angelina als meine wahre Mutter, Freunde. Sie würden mich erden und mein Anker sein, wenn ich sie bräuchte.

Also nickte ich ihm zu und atmete tief durch. »Na, dann los. Wir sollten die Herzen verteilen. Morgen Abend um acht betreten wir den Wald von Salem.«

»Ach, eins noch«, sagte Jax. Bei seinem Lächeln voller Liebe und Vorfreude ahnte ich direkt, was kommen würde, konnte ihm aber nicht rechtzeitig den Mund zuhalten. Natürlich war es in unserer Welt kein großes Ding – aber irgendwie war es das dann doch. Jedenfalls für mich. »Wir heiraten nach dem Sieg.«

Stille.

»O nein, jetzt bin ich aber überrascht«, sagte Teagan, lächelte mich aber liebevoll an.

Phoebe sprang freudig in die Luft und streckte die rechte, zur Faust geballte Hand gen Decke. Die linke hielt sie Declan mit geöffneter Handfläche hin. »Zahltag, Loser! Hundertfünfzig Dollar bitte!«

»Hättet ihr nicht drei Monate warten können, dann hätte ich die Wette gewonnen«, grummelte Declan.

»Hat die Tafel zu euch gesprochen??«, fragte Granny an Jax und mich gerichtet.

»Ingram-McQueen von Vallhö«, antwortete ich.

»Ingram-McQueen von Vallhö wird eure und somit die dreizehnte Blutlinie sein – mit dem stärksten Hexenblut aller«, bestätigte sie mir.

»Glaub ja nicht, dass du dann mein Boss wirst, du Knirps«, knurrte Declan Jax an.

»Warte mal. Bin ich dann wirklich sein Boss?« Mit einem breiten Grinsen sah Jax zu Phoebe.

»Nein!«, entfuhr es Declan.

»Ja, als Königspaar untersteht euch dann die gesamte Hexenwelt. Auch der *Reapers Den*«, antwortete Phoebe schmunzelnd. »Na ja, besser gesagt: vor allem der *Reapers Den*. Da wir seit jeher die persönliche Armee der Krone sind – ausgenommen unter Casiopaias Schreckensherrschaft.«

»Ich kündige übrigens nach der Schlacht«, sagte Declan und polterte schweren Schrittes davon.

KAPITEL 30

HARLOW

Blutmond

Der nächste Tag verging in einer Art Trance für uns alle. Ich erinnerte mich kaum, was ich tat. Schlenderte die langen Gänge des Anwesens entlang, kuschelte mit Jax, aber primär schonte ich meine Stimmbänder. So auch die anderen. Kaum jemand redete, und die kommende Schlacht hing wie ein grauer Schleier über uns.

Meine Großmutter verteilte derweil zusammen mit Declan und seinen Reapern die Herzen und übernahm sonstige Erledigungen. Jax war freigestellt worden, damit auch er seine Stimmbänder schonen konnte. Sie würden unsere wichtigsten Waffen gegen den Wald und Casiopaia sein – und somit über Sieg oder Niederlage entscheiden.

Um halb acht trafen Jax, Teagan und ich an der goldenen Lichtbrücke auf Declan. Mehrere Hundert Hexen hatten hier ihre Lager aufgeschlagen, tuschelten leise oder starrten gedankenverloren auf den schwarzen Wald vor uns.

»Hey, da seid ihr ja«, begrüßte uns Declan. Vielleicht wollte er gelassen klingen, doch das leichte Zittern in seiner Stimme war nicht zu überhören.

»Sind das alle?« Ich deutete auf die wartenden Hexen. Natürlich waren ein paar Hundert von ihnen nicht wenig, aber ich hatte mit deutlich mehr gerechnet, wenn man bedachte, dass ausnahmslos jede der zwölf Blutlinien zugesagt hatte zu helfen.

Declan richtete seinen Blick auf die Anwesenden. »Nicht einmal im Ansatz. Das sind nur die vier Familien aus Sydney. Die meisten anderen Blutlinien betreten den Wald von ihrer Stadt aus. Wir treffen uns bei einem Sukkubus-Clan, den Teagan überreden konnte, dass dessen Siedlung als Stützpunkt dient, aus dem aus wir ins Herz des Waldes gelangen.«

Ich sah zu meiner Leibwächterin. Sie war ungewöhnlich angespannt. Normalerweise war ihr Stress nicht anzumerken, doch heute konnte sie die Maske der Professionalität nicht überstreifen und tigerte umher.

»Der Clan wird aber nicht an unserer Seite kämpfen«, sagte Teagan. »Fast alle Clans haben klargemacht, dass sie weiterhin neutral bleiben. Manch anderer, höriger Clan wird im Ernstfall sogar zum Wald halten, falls er sie unter Druck setzt.«

»Damit war zu rechnen«, erwiderte Declan. »Immerhin seid ihr aus dem Boden des Waldes erwachsen. Nur wenige von euch können sich gänzlich von ihm lösen.«

»Hat mich Jahre gekostet«, sagte Teagan. »Auch heute spüre ich ihn manchmal noch, und damit das Verlangen, wieder ein Teil von ihm zu sein. Er ist wie eine starke Droge – ich bleibe mein Leben lang abhängig.«

»Kann er dich zwingen?«, flüsterte ich. Mein Hals fühlte sich plötzlich staubtrocken an.

Teagan wuschelte mir durchs Haar. »Niemand kann mich zwingen, nicht an deiner Seite zu kämpfen, Kleiner.« Nach einem kurzen Zögern küsste sie meine Stirn. »Du bist für mich Familie, Harlow. Eher sterbe ich, als dass ich dich verrate!«

»Kein Sterben heute, okay?«, presste ich hilflos hervor.

»Sorry, dass ich diese Blase zum Platzen bringe«, sagte Declan, und er wirkte tatsächlich so, als würde es ihm leidtun. »Aber heute werden viele sterben. Hexen wie auch Kinder des Waldes. Und ultimativ Casiopaia oder du. Es bringt nichts, sich falsche Hoffnungen zu machen.«

Phoebe trat zu uns und sagte: »Mein Bruder ist ein Motivationskünstler sondergleichen.« Dann sah sie zu Jax. »Hey, Bad Boy. Bereit?«

»Nein«, antwortete mein Freund.

»Ich auch nicht.« Phoebe legte einen Arm um seine Schultern und zog Jax dichter an sich. »Aber wir bringen euch da heil heraus. Immerhin musst du mich zu deiner Trauzeugin machen.«

»Wenn wir überleben, dann denke ich darüber nach, ob Declan und du meine Trauzeugen werdet.«

»Hey, was habe ich damit zu tun?«, brummte Declan, doch seine Mundwinkel zuckten. Es war unverkennbar, dass er Jax in sein Herz geschlossen hatte.

»Nenn es Rache. Du hast mich ja auch nicht gefragt, ob ich Reaper werden will.« Schmunzelnd zuckte Jax mit den Schultern.

»Ich hasse euch beide.« Declan schüttelte den Kopf und drehte sich zu mir. »Du hältst dich im Hintergrund, verstanden?«

»Wieso? Nein, kommt gar nicht infrage!«

»Das ist ein Befehl. Deine Aufgabe ist es, Casiopaia zu stellen. Wir anderen sorgen dafür, dass du zum Schloss gelangst. Das ist *nicht* verhandelbar!«

»Mon ami, er hat recht«, erklang eine vertraute Stimme hinter mir, woraufhin ich herumwirbelte. Albertine LeBlanc kam in Begleitung zu uns herüber. »So hart es klingt, du musst überleben und Casiopaia stellen. Wirst du durch ein Kind des Waldes verletzt oder deine Stimmbänder überreizt, sind alle Opfer umsonst gewesen.«

Nachdem sie sowohl Jax als auch mir drei Küsschen links und rechts gegeben und Declan freundlich zugenickt hatte, deutete sie zu den beiden Personen neben sich.

»Das ist Baptiste LeBlanc, mein Sohn und Erbe unserer Blutlinie. Der vielversprechendste Nekromant, den die Hexenwelt kennt.«

Der junge Mann, voller aufwendiger Tattoos, die auf seiner schwarzen Haut blau, weiß und rot strahlten, reichte mir die Hand. Mit der anderen rieb er sich über die kurz geschorenen schwarzen Haare.

»Maman übertreibt gern«, sagte er mit deutlich erkennbarem franko-kanadischen Akzent.

»Ne dis pas de bêtises«, raunte seine Mutter.

»Oui, maman. Keinen Unsinn reden, verstanden.« Er grinste und zeigte seine perfekten weißen Zähne.

Albertine gab ein lang gezogenes Seufzen von sich, drehte sich dann aber zu einer weiteren Person. Sie war groß gewachsen, hatte weiße Haut mit einer leichten Sommerbräune und einen stylischen Iro in Neonpink.

»Darf ich vorstellen? Adri Rinaldi, sier ist die nächste Person der Erbreihenfolge der Rinaldis. Zusammen mit sierem Bruder, den du auf dem Ball *getroffen* hast, Harlow.«

Adri lachte laut. »Mit einem Fluch *getroffen*, wohl eher.« Sier streckte mir die Hand entgegen, die ich schüttelte. »Danke dafür. Ich muss wohl nicht erwähnen, wie er darüber denkt, dass ich nicht-binär bin?«

»Kann ich mir vorstellen.« Ich konnte mir das Grinsen kaum verkneifen. »Hat er oft Schmerzen, wenn ihn der Fluch für seine diskriminierenden Worte bestraft?« Natürlich kannte ich die Antwort, da mein Arm in diesen Momenten juckte, dennoch interessierte mich siere Meinung dazu.

»Nicht oft genug«, antwortete sier und zwinkerte mir zu. »Ich habe die Rinaldis, die nicht den Überzeugungen meines Vaters folgen, mitgebracht. Es ist uns eine Ehre, dich zu unterstützen!«

»Nur als kleiner Denkansatz«, flötete Albertine. »Die Hexenkönigin ernennt die neuen Oberhäupter der Blutlinien. Also ... Ich meine ... Falls wir eine neue Hexenkönigin bekommen, könnte diese Adri benennen.« Albertine schaute dabei so unschuldig, dass ich lachte.

»Nur als Denkansatz, ja?«, fragte ich.

»Oui, bien sûr.«

Lune Dubois kam zu uns herüber. »Albertine, beeinfluss die Kinder doch nicht.« Sie nickte freundlich in die Runde.

»Würde mir nie einfallen, meine Beste«, antwortete die Oberste Hexe der LeBlancs.

»Natürlich. Sicher nicht.« Lune sah die andere Erbin von Salem mit erhobenen Brauen an. »Aber ich stimme dir zu. Adri wäre die richtige Person für das Amt.«

»Auch wenn es mir eine Ehre wäre, steht uns erst eine Schlacht bevor«, antwortete Adri verlegen.

»Du bist so pflichtbewusst, mein Kind«, sagte Lune respektvoll. »Ganz anders als dein Vater. Es ist wahrlich Zeit, in den Reihen des Hexenrats für frischen Wind zu sorgen.« Lune wandte sich an mich. »Die Dubois' sind ebenfalls hier und folgen deinem Wort, Erbe der McQueens.«

Bevor ich antworten konnte, stimmte sie eine Melodie an, und alles um uns verlangsamte sich, bis die Zeit stoppte. Außer Lune und mir bewegte sich niemand, eingefroren in Zeit und Raum. Kein Blatt bewegte sich, alle Anwesenden standen still und jegliche Geräusche waren verstummt. »Das hält nur wenige Augenblicke und kostet mich ungeheure Kraft«, sagte sie ernst, während ich verwundert die Augen weitete. »Die Preas sagen, dass eine hohe Wahrscheinlichkeit besteht, dass wir die Schlacht gewinnen, wenn wir uns genauestens an deinen Plan halten. Achte darauf, dass du alles durchziehst, wie du es dir ausgelegt hast – lass dich nicht ablenken und sag niemandem, wie wichtig diese Einhaltung ist. Nicht einmal Jax. Sie würden sich die ganze Zeit fragen, ob sie richtig oder falsch handeln – und schon geriete alles aus den Fugen. Hör auf dein Herz und vertraue auf dein Gefühl, es wird dich leiten.«

Lune blinzelte, sang einen weiteren Canto und die Zeit nahm wieder ihren Lauf. Schwer atmend stand sie vor mir, Schweißperlen hatten sich auf ihrer Stirn gebildet. Ein Beweis dafür, wie anstrengend es war, die Zeit auch nur für wenige Sekunden anzuhalten.

»Meine Beste, geht es dir gut?«, fragte Albertine besorgt, doch huschte ihr Blick zwischen Lune und mir hin und her. Ein wissendes Lächeln legte sich auf ihre Lippen und sie lenkte direkt ein. »Macht deine Allergie dir zu schaffen? Du solltest zu einer Reyes-Hexe gehen, um dich untersuchen zu lassen.«

Lune nickte knapp. »Entschuldigt mich.«

Damit eilte sie davon und entging den Fragen, die mir auf der Zunge lagen. Ich atmete tief durch und nahm mir zu Herzen, was Lune gesagt hatte. Es war an der Zeit, an mich und den Plan zu glauben. Ich würde heute die Hexenkönigin töten und ihre Schreckensherrschaft beenden.

Obwohl ich wusste, dass es durchaus arrogant anmutete, jetzt schon an den Sieg zu glauben, war ich mir sicher, dass ich in wenigen Stunden den Fluch der Krone auf meiner Stirn tragen würde. Und es bescherte mir eine Heidenangst.

Freya und Hrist hatten über Jahrzehnte hinweg sicherzustellen versucht, dass ich die neue Hexenkönigin werden würde. Die einzige Frage, die mich umtrieb, war: Wer starb und wer überlebte, damit ich eine verfluchte Krone tragen würde?

KAPITEL 31

JAX

Blutmond

Die schwüle Luft des Waldes lag wie eine schwere Decke auf meiner Haut. Schweiß triefte mir aus allen Poren, mein Shirt klebte an meinem Rücken. Der Geruch von Äpfeln, nassem Tierfell und Asche drängte sich immer wieder in meine Nase und trieb mir die Magensäure den Hals empor. Bald würden sich meine Synapsen an den Gestank gewöhnen, aber in diesem Moment war er zu präsent, als dass ich ihn ignorieren konnte.

Unser Trupp, der von Sydney aus den Wald betreten hatte, waren erst seit wenigen Minuten unterwegs, und wir schlugen uns zum Dorf des Sukkubus-Clans durch. Das Buschwerk hier war ungewöhnlich dicht, und somit gestaltete sich das Vorankommen schwieriger als bei meinem ersten unfreiwilligen Besuch.

Der Wald selbst lag unheimlich still da. Weder gaben Tiere Laute von sich noch bewegte der Wind die Blätter. Der Wald schien im Tiefschlaf. Natürlich war das ein Trugschluss, denn er schlief nicht, sondern lauerte und wartete auf seine Chance, uns anzugreifen. So gern ich uns als Jagende sehen wollte, waren wir doch nur die Beute.

Wir durchbrachen eine Hecke, und vor uns tauchte ein kleines Dorf auf. Zehn Holzhäuser zählte ich, einen schmalen Platz in der Mitte mit einem Brunnen, neben dem ein Lagerfeuer brannte. Sukkuben waren nicht in Sicht. Obwohl die Spuren von Leben in Form eines knisternden Lagerfeuers und Fußspuren mehr als deutlich zu sehen waren, wirkte es wie ein Geisterdorf. Die Wände der Holzhäuser knackten laut im leichten Wind, der den Wald durchfuhr, und durchbrachen die unheimliche Stille des Waldes. Ein Windspiel ertönte und klang wie ein Kriegsruf. Der Wind nahm zu, kühlte die erhitzte Luft allerdings nicht ab.

»Wo sind sie?«, fragte Harlow.

»In ihren Häusern«, erwiderte Teagan. »Sie werden sich nicht einmischen. Wir dürfen uns hier nur treffen und müssen dann direkt weiter.«

Wenige Minuten später trafen unterschiedliche Gruppen von Hexen ein. Eine Blutlinie war gekleidet in gelbe Umhänge, Schleier verhüllten ihre Gesichter zur Hälfte, Sand spielte durch ihre Hände, sie formten Konstrukte aus Glas und schirmten unsere Geräusche so nach außen ab.

»Die Blutlinie Nassar aus der Sahara«, sagte Phoebe, die meinem Blick folgte. »Sie formen Sand nach ihrem Willen und befehligen ihn. Ihre Blutgabe besteht aus Halluzinationen und Trugbildern.«

Phoebe deutete auf eine weitere Familie. Eine schlanke, hochgewachsene Frau mit weißer Haut ließ ein Deck Spielkarten um sich kreisen, während sie mit zwei Würfeln in der Hand spielte. »Lachance aus Monaco, sie sind bewandert in Telekinese und Telepathie. Ihre Blutgabe beinhaltet das Beeinflussen von Glück zu ihren Gunsten.«

Am anderen Ende des Dorfes hockten vier Hexen und fuhren mit ihren Händen über den Boden. An den Stellen, wo sie ihn berührten, erwuchsen Blumen und zerstoben zu einem Tanz aus Blütenblättern. Ich spürte deutlich die Aufregung aller Hexen, die offenbar Zuflucht in ihrer Magie suchten und sich auf die kommende Schlacht einstimmten.

»Die Familie Flores aus Madrid. Kannst es dir vermutlich denken, sie kontrollieren Pflanzen«, erklärte Phoebe.

»Ich habe mich in der Lichtwelt nie mit den Blutlinien beschäftigt«, sagte ich kleinlaut.

»Echt jetzt? Und ich dachte, du wärst ein Erben-von-Salem-Groupie, so sehr, wie du die Elite liebst.« Phoebe verdrehte die Augen.

»Klappe«, antwortete ich lächelnd, da es guttat, dass meine Partnerin mich ablenkte.

Declan und Teagan eilten durch die Gegend, um zu überprüfen, ob wir vollständig waren. Leises Getuschel wehte zu mir herüber, doch nur wenige schienen an echten Unterhaltungen interessiert – zu sehr darauf konzentriert, sich auf ihre Magie einzustimmen. Harlow stand mit Albertine und Baptiste etwas abseits. Ich näherte mich ihnen und umarmte meinen Freund von hinten. Er schreckte zusammen und sein Ellenbogen verfehlte nur knapp mein Gesicht.

»Was zur ... Oh, du bist es«, entfuhr es ihm, und er schlug sich eine Hand vor den Mund. »Glaubst du, eine Schlacht ist ein guter Zeitpunkt, sich anzuschleichen?«

»Tut mir leid.« Ich drückte meine Lippen auf die weiche Haut in seinem Nacken – direkt entspannte sich Harlow und lehnte den Kopf an meine Schulter.

»Wir sind vollständig.« Declan trat neben uns. »Zum Schloss ist es nicht mehr weit.«

»Alle Dörfer der Dämonen haben einen direkten Weg zum Herzen des Waldes. Stellt es euch wie eine magische Abkürzung vor. Der Weg ist magisch verkürzt«, ergänzte Teagan. »Deswegen habe ich den Clan ja gebeten, dass wir uns hier versammeln können.«

»Die Reaper gehen vor, gefolgt von den kampferprobten Blutlinien«, erklärte Declan. Er drehte sich zu Harlow und mir. »Und zum Schluss kommt ihr. Das ist keine Bitte!«

»Ich bin ein Reaper!« Energisch löste ich die Umarmung mit Harlow.

»Und bald der Ehemann der neuen Hexenkönigin. Seitdem du deine Hochzeitspläne so laut verkündet hast, bist du im Sicherheitslevel ins Unendliche geschossen.«

»Ich werde kämpfen!«

»Nein, wirst du nicht.« Declan verschränkte die Arme vor der Brust. »Du bist ein Reaper. Ich leite die Reaper und befehle dir, bei Harlow zu bleiben. Sieh es als Schutzauftrag. Oder willst du, dass ein Kind des Waldes ihn hinterrücks tötet?«

So ein Arsch. Er spielte mit unfairen Mitteln. Natürlich würde ich Harlow nicht aus den Augen lassen, aber dennoch wollte ich in der Schlacht helfen.

»Wie gut, dass ich vorn mitlaufe, so kann Jax kämpfen und mich beschützen«, sagte Harlow.

»Auf gar keinen Fall!«, warf Declan ein.

»Ich mag dich wirklich«, antwortete mein Freund ruhig. »Aber zwing mich nicht, das Arschloch zu mimen und euch daran zu erinnern, dass alle hier, und gerade du als Reaper, mir unterstehen.«

Der Gargoyle sah Hilfe suchend zu Teagan.

»Lass sie«, knurrte seine Leibwächterin. »Verbietest du es ihnen, machen sie es erst recht, und dann wird es chaotisch.« Sie drehte sich zu uns. »Ihr lauft hinter den Reapern und kampferprobten Hexen wie Baptiste, verstanden?«

Harlow nickte zufrieden.

»Danke«, antwortete ich und schenkte Teagan ein knappes Lächeln.

»Ich kündige morgen.« Declan rollte mit den Augen.

»Ich bleibe bei den beiden, Bruderherz«, versicherte ihm Phoebe und legte einen Arm um meine Schultern.

»Wie auch immer, dann los!«

Er drehte sich in Richtung des Waldes und pfiff leise. Auf Kommando wurde es gänzlich still und alle folgten ihm in das bläuliche Dickicht.

Nach einem kurzen Marsch erspähte ich das Schloss gut eine halbe Kilometer vor uns. Wie ein dunkles Omen durchbrach es die Baumwipfel und thronte über uns. Nur stand zwischen uns und dem Ziel eine Armee von Kindern des Waldes und der Útlagi. Hunderte, vielleicht Tausende. Wir stoppten abrupt. Niemand bewegte sich, weder auf unserer Seite noch auf der der Widersacher. Für einen winzigen Augenblick, der sich ewig anfühlte, passierte nichts. Erwartete ich einen Monolog oder etwas Derartiges, wurde ich eines Besseren belehrt. Keine Ankündigung, kein Heldenlob – nichts dergleichen folgte. Die Útlagi zückten ihre Waffen, die Kinder des Waldes brüllten und Hexen sangen, während die ersten Cantos auf Waffen prallten und der Krieg um mich herum entbrannte wie ein Monsun, der Sydney unverhofft in seine Fänge nahm.

Der modrige Geruch des Waldes und verdorrter Äpfel mischte sich mit verbrannter Erde, dem Duft von unzähligen Cantos und verschmortem Fleisch. Übelkeit fraß sich in meinen Magen, drohte meine Kehle hinaufzusteigen. So gewaltig und vor allem plötzlich suchte mich das Gewirr an Gerüchen heim.

Ich schluckte es hinunter, versuchte ruhig zu atmen, doch mein Puls raste. Hämmerte in meinen Ohren wie ein unheimliches Metronom.

Das war der Tag, auf den wir wochenlang hingearbeitet hatten. Und dennoch fühlte es sich unecht an. Und über allem thronte die Angst, dass Harlow und ich dem Ganzen nicht gewachsen waren. Ich sogar weniger als er – immerhin war Harlow eine Halbwalküre. Während ich ... Ja.

Was war ich?

Eine gewöhnliche Straßenhexe. Jemand, der sich in eine der mächtigsten und bald einflussreichsten Hexen der Welt verliebt hatte und den diese besagte Person rein zufällig ebenso liebte.

Ein Gemisch aus Grinsen und Panik schob sich auf mein Gesicht. Dann schüttelte ich langsam den Kopf. Um mich herum entbrannte ein Krieg. Nein ... *der* Krieg.

Und ich zweifelte an was?

An mir?

An meiner Beziehung?

»Hey«, hörte ich eine Stimme sanft sagen und spürte Harlows Hand an meiner Wange. »Hör auf! Du bist gut genug! Verstanden?« Bevor ich antworten konnte, küsste er mich. »Und jetzt zück *Verderbnis* und zeig ihnen, was du kannst!« Mit diesen Worten und einem Zwinkern drehte sich Harlow um und ging mit Teagan zum anderen Ende des Trupps.

Ich schüttelte meine Zweifel ab, griff nach dem Metallstück an meinem Gürtel und rief meine Waffe zu mir. Wie immer gehorchte *Verderbnis* sofort. In Vorfreude summte sie in meiner Hand und beruhigte meine Nerven.

Ich stimmte eine kurze Melodie an, entließ sie über meine Lippen und wurde eins mit den Schatten. Rasend schnell wechselte ich meine Position hinter einen Útlagi, der eine Hexe zu Boden geworfen hatte und mit seinem flammenden Schwert über ihr thronte. Gerade als er es auf sie hinabfahren ließ, schnitt ich mit *Verderbnis* durch seinen Arm. Mit einem Brüllen fuhr er zu mir herum, nur damit ich ihm mit meiner Sense den Kopf abschlug.

»Danke«, sagte die Hexe am Boden und erhob sich. Nachdem sie wieder stand, drehte sie sich zu einer Gruppe, die mit Kindern des Waldes kämpften, und sang ein Canto. Schwarze Partikel flogen hinüber, und unmittelbar darauf erhoben sich zwei Leichen vom Boden, reanimiert durch den Canto der LeBlanc-Hexe, und stürzten sich auf die Kinder des Waldes.

Ich staunte nur kurz, wandte mich wieder ab und versuchte zu erkennen, welcher Weg der schnellste zum Schloss sein würde. In gerader Linie vor mir kämpften Hunderte Wesen und blockierten genau diesen Weg, den ich gesucht hatte.

»Bist du dir sicher, dass wir das Schloss noch nicht stürmen sollen?«, fragte ich Harlow über unser Band.

Ein Pfeil schoss unmittelbar danach an meinem Kopf vorbei und ich wirbelte herum. Ein Kind des Waldes hockte gut zwanzig Meter von mir entfernt, hinter einem Útlagi, der mich in diesem Moment mit seinem Blick fixierte. Ein Feuerzauber flog an mir vorbei, verbrannte beinahe meine Wange und schlug unmittelbar vor dem Útlagi ein.

»*Ganz sicher. Wir schlagen nur eine Schneise zum Schloss. Halt dich an den Plan und vertrau mir. Es ist bald so weit*«, kam Harlows Antwort. Das reichte mir, denn natürlich vertraute ich ihm.

Ich summte eine Melodie und entfesselte einen Canto. Die Schatten der nahen Bäume streckten sich aus, umschlangen das Kind des Waldes sowie den Útlagi und zwangen sie zu Boden. Beide schlugen wild um sich, versuchten sich von den Schattenfesseln zu befreien, doch es gelang ihnen nicht. Immer wieder strömten Schatten aus den Bäumen zu ihnen und hielten sie am Boden. Durch einen weiteren Canto verschmolz ich erneut mit der Dunkelheit und tauchte hinter dem Kind des Waldes auf, um meine Sense durch seinen Hals zu schlagen. Gleichzeitig ging der Útlagi in einer Säule aus Feuer auf. An meiner vorherigen Position standen Zwillinge, und rote Partikel verließen ihren Mund. Der Útlagi starb unter monströsen Schmerzensschreien, nur um wenig später als Asche im Wind davonzuwehen.

»*Wo bist du?*«, fragte ich Harlow.

»*Mit Declan, Phoebe und Teagan am Weg zum Camp. Ein paar Dämonen greifen an. Brauchst du mich?*«

»*Nein, alles gut. Sag Bescheid, wenn es so weit ist, und ich komme zu dir.*«

»*Ich finde dich dann. Liebe dich!*«

»*Ich dich auch.*«

Als ich die Verbindung beendete, landeten zwei Útlagi hinter den Zwillingen, und die Monster holten mit ihren Flammenschwertern aus. Ohne lange zu überlegen, schleuderte ich *Verderbnis*, entließ etwas meiner Magie und gab meiner Waffe mehr Nachdruck. Sie flog in einem Bogen zu den Angreifern und durchtrennte ihre Rümpfe mit einem glatten Schnitt.

Die Zwillinge sahen sich erschrocken um. Danach nickten sie mir dankbar zu und griffen mit ihren Feuercantos weitere Verteidiger der Hexenkönigin an.

Mit einem Summen, das durch die Bäume erklang, kam *Verderbnis* zu mir zurück. Ich streckte meine Hand aus und fing die Waffe auf. An ihr klebte das tiefschwarze Blut der Útlagi, und ich spürte die Zufriedenheit, die *Verderbnis* erfüllte. In diesem Moment fürchtete ich mich vor der Sense und ihrem Wesen, da es nur zu leicht zu vergessen war, dass Tod und Verderben eben die Bestimmung einer Waffe waren. Genau dafür wurden sie erschaffen, es war der Sinn ihres Seins – Kampf, Krieg und Tod, weshalb *Verderbnis* in diesem Moment auch so aufgeregt war, wie ich es bisher noch nicht gespürt hatte. So sehr, dass es mich übermannte. Ich hörte meine Sense singen, spürte ihren Blutdurst und merkte, wie sie meine Gedanken zu verdrängen versuchte.

Ein beißender Schmerz durchstach meine Schulter. Mein Blick landete auf einem Pfeil, der in mir steckte. Gut fünfzehn Meter vor mir stand ein Útlagi mit seinem Bogen, ein fieses Grinsen verzerrte seine Gesichtszüge.

»*Lass mich ihn zerfetzen*«, summte *Verderbnis* in meinem Kopf. »*Und dann baden wir in seinem Blut.*«

»Shit!«, brüllte jemand neben mir.

»Da träumt er und wird fast gekillt«, mischte sich eine weitere Stimme ein.

Bevor ich reagieren konnte, flogen pinke Funken durch die Luft, gefolgt von Steinen, die eine Mauer errichteten. Nur einen Wimpernschlag später erschienen drei Personen vor mir – eine davon war *ich*. Sie alle leuchteten in einem hellen Pink, bevor sie nach rechts aus dem Schutz der Mauer hervorstürmten. Direkt darauf flogen Pfeile und wütende Schreie in ihre Richtungen.

»Das sollte sie kurz ablenken«, sagte eine Frauenstimme. Vereinzelte pinke Partikel umrundeten die junge Frau mit ihren weißblonden Haaren und einer neonpinken Strähne. Ein Deck Karten flog um sie herum.

»Telekinese«, murmelte ich. »Lachance aus Monaco.«

»Hat es ihn schwerer erwischt?« Guzman, der Erbe der Reyes-Blutlinie, erschien in meinem Sichtfeld und sah skeptisch zwischen der jungen Frau und mir hin und her. Er besaß die gleichen Augen wie seine Mutter, der gleiche Hauch eines Grinsens lag auf den Lippen, obwohl er gar nicht lächelte.

Er stimmte eine Melodie an und grüne Partikel tanzten über meinen Körper. »Das wird nun kurz wehtun.«

Seine Worte hatte ich nicht gänzlich registriert, als er den Pfeil aus meiner Schulter mit einem Ruck herauszog.

»Au, verdammt!«

»Sagte doch, es wird wehtun.« Dieses Mal huschte ein echtes Grinsen über seine Lippen, gefolgt von einer weiteren Melodie. Die grünen Partikel legten sich auf meine Wunde, bannten den Schmerz und verschlossen mein offenes Fleisch.

»Reyes«, flüsterte ich, so als hätte ich jetzt erst realisiert, dass er zu der Blutlinie gehörte.

»Der einzig wahre«, antwortete er. »Na ja, nach Mutter halt.«

»Wir können hier nun eine Vorstellungsrunde machen oder aber ... wir kämpfen.« Die junge Frau mit der pinken Strähne wedelte mit einer Hand zum Kriegsgeschehen, während meine Gedanken weiterhin gedämpft wirkten. »Was ist mit ihm?«

»Mental überfordert mit dem Blutrausch seiner Sense«, antwortete der Reyes-Nachkomme.

»Warte, ist das *Verderbnis*?« Die Lachance-Hexe weitete die Augen. Ich nickte langsam.

»Lass mich deine Gedanken heilen.« Ohne zu warten, summte der Reyes eine Melodie und badete mich in einem strahlenden Grün. Seine Magie drang in meinen Kopf und erfüllte mich mit einer Klarheit, die ich so noch nie gespürt hatte. Alle Sorgen, Altlasten und Gedanken sortierten sich wie von selbst aus. Es blieb nur Zufriedenheit und Einklang. »Mutter wird mich töten, wenn sie das erfährt.«

»Was war das?«, fragte ich – mein Verstand war wieder mein eigener, das Summen von *Verderbnis* nur ein Hintergrundrauschen.

»Unfassbar verboten war das«, murmelte der Reyes-Sohn.

»Er hat deine Gedanken ohne deine Zustimmung geheilt und neu sortiert. Dafür kommt er in den Knast«, antwortete die Lachance-Hexe. »Es sei denn, es herrscht Kriegszustand! Was. Es. Übrigens. Tut!« Sie boxte den jungen Typen und rollte mit den Augen.

»Will euren fröhlichen Plausch ja nicht stören, aber wir anderen könnten hier eure Hilfe brauchen«, sagte eine neue Stimme, nur sah ich niemanden.

Ich blickte mich verwirrt um.

»Oh.« Pinke Partikel stoben davon und enthüllten einen jungen Mann, kaum älter als achtzehn. »Ich war ja noch unsichtbar.« Er drehte sich wieder zum Kampfgeschehen, hob mit seiner Magie einen Felsen an und schleuderte ihn auf zwei Útlagi.

»Mein Bruder«, murmelte die andere Lachance-Hexe. »Goldjunge, Wunderkind, Erbe des Throns von Monaco.«

»Wer zur Urmutter seid ihr?«, fragte ich verwirrt.

»Die Zukunft«, antwortete Baptiste LeBlanc und erschien in einer Rauchwolke neben mir. Wenigstens ihn hatte ich schon einmal länger gesehen als diese Truppe.

»Wir sind die -«, setzte der Reyes-Nachkömmling an, wurde aber von einer weiteren jungen Frau unterbrochen, die plötzlich aus dem Boden wuchs wie eine verdammte Blume. Ranken verliefen um ihre Füße und Blütenblätter umspielten ihren Körper.

»Wenn du jetzt sagst, dass wir die *Avengers* der Hexenwelt sind, töte ich dich eigenhändig, Guzman Reyes!«, drohte sie ihm.

»Reina Flores, Spielverderberin – wie immer«, murmelte Guzman.

»Ihr alle seid ...«

»Direkte Nachfahren der alten Blutlinien, ja. Wie ich schon in Darling Harbour sagte«, sagte Guzman.

Auch Baptiste nickte mir zu und mühte sich ein Lächeln aufs Gesicht. »Wir alle werden einmal die neuen Obersten unserer Blutlinie. So wie du und Harlow auch.«

»Nicht, wenn wir länger quatschen, denn dann sind wir einfach nur tot.« Die Flores-Nachfahrin rollte mit den Augen und mehr Blütenblätter wirbelten um sie. Sie summte eine Melodie und die Dornenranken zu ihren Füßen schossen davon. Unmittelbar gefolgt von einem kehligen Schrei eines Útlagi, den sie umschlungen und innerhalb eines Augenblicks erdrückten, bis er zerplatzte.

»Ekelhaaaft«, flötete Guzman, summte aber selbst eine Melodie. Grüne Partikel flogen zu einem weiteren Útlagi, der sich uns näherte. Wie im Zeitraffer sah ich den Angreifer altern. Seine Haut wurde rissiger, sein Gang gebeugter, bis er um viele Jahre gealtert war.

»Nutzt du heute alle verbotenen Reyes-Cantos?«, fragte Reina, und ich hingegen fragte mich vielmehr, ob die beiden gerade miteinander flirteten.

»Zu viele neue Leute«, presste ich hervor.

»Wir machen die Vorstellung das nächste Mal«, antwortete Baptiste und klopfte mir auf die Schulter. »Nach eurer Krönung.« Er zwinkerte mir zu, summte eine tiefe Melodie und der Boden vor ihm tat sich auf. Eine riesige Viper mit einem leuchtenden Totenkopf auf ihrem Rücken erschien.

Baptiste stieg höher in der Tonleiter und summte einen weiteren Canto. Aus dem Riss am Boden kletterten fünf Skelette. Mit einem Fingerzeig bedeutete der LeBlanc-Erbe seinen Geschöpfen anzugreifen. Ohne zu zögern, stürzten sich die beschworenen Wesen auf die Útlagi. Während die Skelette die Angreifer nur ablenkten, biss die gut drei Meter hohe Viper mehrere Angreifer und verteilte ihr Gift.

»Angeber«, murmelte Guzman.

Recht hatte er, und doch realisierte ich, wie mächtig die anderen Nachkommen waren. Nicht ohne Grund stellten sie die nächsten in der Erbreihenfolge ihrer Blutlinien dar. Eine jede von ihnen besaß deutlich mehr Macht als die gewöhnlichen Hexen, mit denen ich Probekämpfe im *Reapers Den* bestritten hatte.

Ein brunftiger Schrei durchbrach den Wald, und nur eine Sekunde später kam Soo-Ri neben uns zum Stehen – auf dem Rücken eines riesigen weißen Hirsches, dessen Fell mit magischen Runen übersät war.

»Okay, ich nehme es zurück. Soo-Ri ist der Angeber, nicht Baptiste!« Guzman Reyes schüttelte den Kopf. »Ihr könnt alle ja ach so coole Angriffszauber, und meine wenigen sind verboten, weil ich ein Heiler bin. Ich beschütze Leben, ich nehme es nicht.« Bei den letzten Worten imitierte er seine Mutter erstaunlich gut.

Mit einem Seufzen drehte er sich zu mir und zwinkerte mir zu. »Dann sorgen wir mal dafür, dass du zur Kampfmaschine wirst. Lachance? Flores? Heldentrio-Canto!«

»Nenn es nicht so«, murmelte die Lachance-Erbin.

»Niemals wird sich der Name durchsetzen«, gab die Flores von sich.

Dennoch summten die drei nur einen Moment später ein gemeinsames Lied. Grüne, pinke und orange Partikel umringten mich, legten sich auf meine Haut, und ich spürte die Magie der drei Nachkommen bis in jede meiner Zellen.

Ich sah zu meinen Armen. Auf meiner Haut pulsierte ein grüner Schleier, der mich wie eine wohlige Decke umschlang.

»Schnellere Heilung. Alle deine Wunden heilen direkt. Lass dich nur nicht köpfen, dann bist du definitiv tot«, sagte Reyes.

Reina Flores deutete zu meinen Füßen, an denen eine Vielzahl an Blumen wuchsen. »Schnelligkeit der Natur. Die Pflanzen ermöglichen dir deutlich agiler zu laufen. Turbo sozusagen.«

Die Lachance-Erbin tippte auf meine pink strahlenden Hände. »Power Booster dank Telekinese. Mit deinen Schlägen kannst du nun Wände zertrümmern.«

»Schwing dich in meinen Schatten, ich bring dich zwischen die Útlagi«, sagte Soo-Ri von seinem verdammten Hirsch aus, der mich neugierig musterte und an mir schnüffelte.

»Ähm, o-kay?«, antwortete ich gedehnt, völlig überfordert, was hier gerade passierte.

Neben mir summte Baptiste eine Melodie und der Boden tat sich auf. Knochige Hände so groß wie Autos rissen eine Schneise bis hin zu dem Útlagi-Camp vor uns und schnitt ihnen den Weg zu uns ab. »Das schränkt sie am Boden ein.«

»Sollten sie fliegen, holen wir sie aus der Luft«, sagten die Geschwister Lachance, und ihre pinke Magie ließ mehrere schwere Gesteinsbrocken wie tödliche Geschosse vor uns schweben.

»Los jetzt. Dafür haben dich Declan und Phoebe ausgebildet«, ermunterte mich Soo-Ri.

Ich sang meinen Schattenwandern-Canto und der Hirsch raste los, gefolgt von mir in seinem Schatten. *Verderbnis* lag bereit in meiner Hand und freute sich auf das erneute Blut. Nur einen Moment später ritt Soo-Ri an den ersten zwei Útlagi vorbei, und ich schwang meine Sense auf Beinhöhe, um sie abzutrennen. Das Gleiche machte ich bei den nächsten vier Útlagi, und der mächtige Hirsch trampelte die sechs verkrüppelten Angreifer gnadenlos zu Tode. Ein Kind des Waldes stieß seine Klauen in meinen Bauch.

Für einen Moment schoss der Schmerz brutal in meine Nervenzellen. Mir wurde schwindelig und heiß, während Soo-Ri meinen

Angreifer mit bloßen Händen, gestärkt durch seinen Bärenstärke-Canto zerriss.

Jäh verebbte der Schmerz in meinem Bauch und grüne Partikel tanzten umher, einen Wimpernschlag später war die Wunde gänzlich verschlossen. Guzmans Canto wirkte fantastisch.

Soo-Ri ritt an weiteren Angreifern vorbei, was der Hirsch und ich dazu nutzten, sie wieder gemeinsam zu töten. Ich konnte nicht sagen, wie viele Wesen wir ermordet hatten, bevor der Hirsch schnaufend zum Stehen kam. Unzählige leblose Körper bedeckten den Boden und Blut klebte an mir sowie an den Nüstern des Hirsches.

Plötzlich schoss ein Pfeil an meinem Gesicht vorbei, flog durch die fünf Útlagi, die Reina und Guzman umrundeten, und traf die Flores-Erbin mitten ins Herz.

Jedenfalls vermutete ich das, denn eine schillernde Blume erblühte zeitgleich und eine weitere Knospe umschloss Reina. Ich hielt den Atem an. Hatte sie den Canto rechtzeitig gewirkt und er beschützte sie – oder war diese Knospe ihre Art, das Leben zu verlassen?

»Nein!«, hallte ein markerschütternder Schrei durch den Wald. Der Wind nahm zu, die Luft erfüllt vom Duft unzähliger Rosen. Mein Blick fiel auf Guzman Reyes, der nicht mehr er selbst zu sein schien. Sein Gesicht ersetzt durch die Fratze eines Totenschädels, das Haar war einer Rosenkrone gewichen und seine Augen strahlten wie zwei grüne Scheinwerfer.

»Canto La Muerte«, flüsterte Soo-Ri neben mir. »Der mächtigste Zauber der Reyes und seit Jahrzehnten strengstens verboten.«

Guzman schwebte über dem Boden, Hunderte von Rosen bildeten eine Art Gewand um ihn, während sich Ranken aus dem Boden an ihm entlangflochten. Er vollführte eine Pirouette, die so anmutig wirkte, als wäre er ein professioneller Balletttänzer. Jede seiner Bewegungen erinnerte an eine wunderschöne Kür, doch war das Ergebnis von so verheerender Tödlichkeit, dass ich nach Luft schnappte.

Die Ranken und Rosen schossen zu den fünf Útlagi, verschlangen sie wie gierige Piranhas, und nur einen Wimpernschlag später zerfielen die Wesen zu Staub. Guzman hatte ihnen jegliches Leben ausgesaugt und bedeutete seinen Pflanzen, diese gestohlene Lebenszeit zur Knospe zu bringen. Sie schmiegten sich an die Blume, die zuvor

Reina gewesen war. Pulsierten, vibrierten und leuchteten. Dann öffnete sich die Knospe und eine japsende Reina Flores starrte fassungslos zu Guzman.

»Ich war tot! Was hast du getan?«, schrie sie ihn an.

»Dich zurückgeholt!« Sein Gesicht war weiterhin das eines Skeletts, seine Stimme hingegen voller Wärme.

»Dafür verätzen sie dir die Stimmbänder, Guzman. Du wirst nie wieder zaubern können! Wie konntest du nur?« Tränen liefen ihre Wangen hinab.

»Mir egal! La Muerte ist ein Teil von uns Reyes, und ich bin es satt, dass wir es verweigern und uns davor ängstigen.« Ohne weiter zu zögern, wedelte er mit seinen Armen in Richtung einer Gruppe Kinder des Waldes und Útlagi. Die Rosen und Dornen schossen auf sie zu, ließen sie altern und das Leben aus ihnen weichen.

Dann senkte Guzman die Hände und die geraubte Energie sackte in die Erde. Rosenbüsche wuchsen empor und ihr Duft durchströmte den Wald. Gleichzeitig verebbte der Canto, Guzman landete auf dem Boden und nahm seine vorherige Form an. Nur dass er um ein paar Jahre gealtert war. Sah er zuvor aus wie gerade einmal zwanzig, könnte er in diesem Augenblick auch dreißig sein.

»Du hast Jahre deines Lebens verloren, du … Ahhhh!«, brüllte Reina. »Deswegen nutzt ihr den Canto nicht. Er ist zu gefährlich und raubt auch dir Lebenszeit!«

»Zehn Jahre sind nichts im Vergleich zum verhinderten Tod meiner besten Freundin, oder?«

»Das klären wir ein andermal!« Wütend drehte sie sich von ihm weg und versank im Boden. Nur um an anderer Stelle zu wachsen und einen Útlagi zu bekämpfen.

»Ein Danke wäre schön gewesen«, murmelte Guzman.

Die Kinder des Waldes erholten sich schneller von ihrem Schock als ich und griffen mich unvorbereitet an. Im letzten Augenblick konnte ich ausweichen, doch schnitt eine der Krallen in meine Wade. Ohne nachzudenken, summte ich einen Canto, sprang in den Schatten eines Baumes und tauchte in gut zehn Meter Abstand erneut auf.

»Verdammt!« Der Heldentrio-Canto war verpufft und die Wunde schmerzte tierisch.

Guzman hörte mich, eilte zu mir und summte einen Canto. Der Schmerz wurde unmittelbar erträglich, bis er gänzlich verblasste. Ein Rudel Kinder des Waldes, gut fünfzehn an der Zahl, näherte sich uns langsam, aber bedrohlich. Sie kauerten in den Schatten der Bäume, pirschten dort entlang. Jedoch schien es, als warteten sie auf den perfekten Moment.

»Meine Kraft ist am Limit. Du musst für uns beide kämpfen«, sagte er leicht benommen. Seine Augen wirkten glasig. In diesem Moment hörte ich die Herrin der Oper in meiner Erinnerung sagen, dass unsere Magie immer mit einem Preis kam. Wir konnten mächtige Dinge bewirken, doch kostete es uns jedes Mal etwas. In Guzmans Fall einen Teil seiner Lebenszeit, bei mir hingegen einen Teil meines Verstandes, da *Verderbnis* einmal mehr das betörende Lied vom Blutdurst sang.

Ich spürte ihn, bevor ich ihn sah. Harlows Magie umspielte mich wie eine Umarmung. »Du hast neue Freunde gefunden? Mitten in einer Schlacht?« Harlows Mundwinkel zuckten leicht in die Höhe. »Drei Jahre an der *St. Andrew* schubst du jeden weg, und hier suchst du dir nun deine Gang?«

»Haha«, antwortete ich und rollte mit den Augen.

»Wer sind sie?« Harlows Stimme wurde weicher, liebevoll, nicht mehr neckend. Sein Blick huschte zu den Kindern des Waldes, die ihn aus der Entfernung fixierten, aber innehielten.

»Die *Avengers* der Hexenwelt«, antwortete ich grinsend.

»Ha!«, rief Guzman hinter mir. »Sag ich doch!«

»Nein!«

»Auf keinen Fall!«

»Unterstütz Guzman doch nicht auch noch!«

»Ich pack's nicht, der zukünftige König ist wie Guzman!«

»Wir sind verloren!«

»Ich kündige!«

Alle Erben murmelten durcheinander, während ich Harlow angrinste. »Sie sind Verbündete, bald ganz sicher Freunde – und mit uns die Zukunft der Hexenwelt.«

»Das reicht mir vorerst zu wissen.« Mein Freund nickte und drehte sich zu den Kindern des Waldes, die sich jetzt etwa fünfzehn Meter vor uns sammelten. »Dann wollen wir mal!«

Kapitel 32

Jax

Blutmond

Teagan eilte zu uns, doch Harlow brauchte offensichtlich keinen Schutz. Rote Funken flogen aus seinem Mund und ein Fluch nahm Gestalt an. Mit geweiteten Augen starrte ich ihn an. Faszination, Ekel und Erstaunen reichten sich die sinnbildliche Hand in meinem Geiste. Umgeben von purem Sonnenlicht stand er da und sang in Perfektion den Fluch *Biss der Gorgonin*. Dutzende rot leuchtende Schlangen erschienen an seinem Kopf, wankten angriffslustig wie im leichten Wind hin und her, während Harlows Augen strahlten wie zwei Sterne. Eine Brown Snake musterte mich flüchtig, bevor sie sich wieder in die groteske Krone aus Reptilien mischte.

Als Harlow die Melodie beendet hatte, zeigte er auf unsere Angreifer, und ohne zu zögern, schossen alle Viecher von seinem Kopf davon. Nur einen Wimpernschlag später sah ich zehn versteinerte Útlagi vor mir, während andere versuchten, die Schlangen abzuwehren. Erfolglos, denn sie bissen erbarmungslos zu. Nur die Kinder des Waldes verschonte Harlow weiterhin.

Memo an mich: Harlow niemals wütend machen. Ich hasse Schlangen.

»Wie die verdammte Medusa«, murmelte ich.

Er hingegen wirkte ungerührt, zwinkerte mir sogar kurz zu, bevor er seinen Blick wieder auf das Geschehen vor uns legte.

»Dann wollen wir einmal zeigen, was ich bei den Walküren gelernt habe«, sagte er mehr zu sich selbst als zu mir.

Er atmete tief ein und eine Denkfalte bildete sich an seiner Stirn, ebenso wie Schweiß. Ein leuchtender Punkt erschien auf seiner Haut, ein weiterer folgte, dann noch einer, und nur einen Wimpernschlag später erstrahlte seine Haut in dem Sternenmuster der Walküren.

Der ganze Wald und alle Anwesenden schienen plötzlich kollektiv scharf einzuatmen, als Harlow von grellem Licht umspült wurde und sich Flügel aus purem Sonnenlicht an seinem Rücken erhoben.

Wie ein Racheengel schwebte er über dem moosbedeckten Waldboden, und seine Stimme dröhnte durch den Wald: »Lasst uns passieren. Ich will keine weiteren Kinder des Waldes töten. Es sind mittlerweile genug Unschuldige auf beiden Seiten gestorben. Dies ist nicht euer Kampf, sondern der zwischen meiner abscheulichen Mutter und mir!«

Seine Worte erklangen drohend, aber ein Hauch von Hoffnung wehte mit. Sie hallten zwischen den Bäumen hindurch, wurden von dem sanften Wind weitergetragen, während das Licht, das von ihm ausging, mir die Tränen in die Augen trieb.

»O Shit«, gab Guzman mit einem fassungslosen Lachen von sich und starrte zwischen Harlow und mir hin und her. »Wusstest du, dass dein Lover ein verdammter Engel ist?«

»Walküre, nicht Engel«, gab ich zurück.

Drei Pfeile gaben Harlow die Antwort. Mit einem seiner Flügel wischte er sie zur Seite, und das letzte bisschen Hoffnung auf das Vermeiden weiterer Tode entwich seinem Gesicht.

Die gegnerische Armee war nicht bereit, aufzugeben und uns passieren zu lassen. Ein Schatten huschte über sein Gesicht. Reue, Trauer und Verständnis mischten sich dort und ließen ihn plötzlich erschöpft wirken.

Erneut flogen Cantos durch den Wald, Schwerter prallten auf Sensen und Schreie durchstießen das Kampfgeschehen. Gut dreißig Hexen schnellten vor Harlow und schirmten uns für einen Moment von der Schlacht ab. Eine Möglichkeit für mich, Harlow daran zu erinnern, wer er war und dass ich an seiner Seite bleiben würde – für immer.

Vorsichtig trat ich zu ihm, nahm seine Hand in meine und führte sie zu meinem Mund. Ich platzierte einen sanften Kuss auf jeden seiner Finger und lächelte ihm hoffnungsvoll zu. Jedenfalls hoffte ich inständig, dass es ihm ein wenig Hoffnung schenkte, denn in diesem Moment sah er verloren und einsam aus. Alles in mir begehrte danach, ihn daran zu erinnern, dass er nicht allein war. Zur Urmutter, Hunderte Hexen der unterschiedlichsten Blutlinien folgten ihm in den Kampf – und das nicht, weil er dem Namen nach ein McQueen war, sondern weil sie etwas in ihm sahen.

Das gute Herz, die Hoffnung auf Erneuerung und eine Zukunft mit einer gütigen Hexenkönigin. Nur musste Harlow selbst langsam anfangen, es zu verstehen. An sich zu glauben. Wieso konnte er das nicht? Sogar die Walküren vertrauten ihm und hatten ihr Wissen mit ihm geteilt.

»Wir glauben an dich«, sagte ich.

Er gab ein humorloses Lachen als Antwort.

»Eine Phrase, die ich schon mein Leben lang höre.« Er senkte den Blick zum Boden und seine Unterlippe zitterte.

»Aber nicht von mir«, flüsterte ich und gab ihm einen Kuss auf die Wange. »Was hält dich zurück?«, fragte ich.

»Ich habe Angst, Jax. Ich höre die Krone flüstern. Ihr süßes Lied singt zu mir.«

»Du weißt, dass die Krone dich diese finsteren Gedanken nur denken lässt, weil Casiopaia sie trägt, oder? Sobald du …«

»*Falls* ich«, korrigierte er mich.

»Nein, nicht falls. Sobald!«, antwortete ich energisch. »Sobald du die Krone trägst und zur Hexenkönigin wirst, geht ihr beide einen neuen Bund ein. Du bestimmst den Weg, niemand sonst!«

»Was ist, wenn ich mich in der Dunkelheit des Fluchs verliere?«

»Dann werde ich dein Leuchtturm sein, der dich nach Hause führt.«

Ein Lächeln legte sich auf Harlows Lippen, und er gab mir einen zarten Kuss.

»Ich bestimme den Weg, niemand sonst. Dann ist es jetzt Zeit, Casiopaia hervorzulocken und den Plan der Walküren in die Tat umzusetzen.«

Harlow breitete seine Flügel aus Licht aus und erhob sich in die Luft. Er stimmte ein paar Töne an, ließ sie in seiner Brust resonieren und formte sie nach seinem Willen. Ich spürte die Macht der Melodie, spürte, dass es keine gewöhnlichen Töne eines Hexen-Belcantos waren, die er sang. Die Melodie klang süßer, lauter und friedlicher. Als sie seine Lippen verließ und sich durch den ganzen Wald verbreitete, verstand ich, was es war. Eine Hymne der Walküren, von denen uns Harlow nach dem Erwachen berichtet hatte.

Goldene Strahlen gingen in Wellen von ihm aus, als die Melodie ihren Höhepunkt erreichte. Der letzte Ton verließ seine Lippen, und goldenes Licht badete alles bis zum Schloss in einer Aura des Friedens. Auch mein Verstand wurde unmittelbar danach besänftigt, der Gedanke an Krieg fühlte sich plötzlich falsch an.

Die Kinder des Waldes und die Útlagi, die gerade noch mit Hexen gekämpft hatten, hielten inne und starrten zu ihm hinauf. Selbst unsere Verbündeten stoppten abrupt. Alle Blicke lagen auf Harlow, und eine friedliche Stille legte sich über uns.

»Na, sieh mal einer an. Die Walküren haben dich unterrichtet und mir seit jeher diese Gefälligkeit verweigert«, erklang Casiopaias Stimme, und der Teil des Waldes vor dem Schloss färbte sich in ein grelles Rot, bekämpfte Harlows goldenes Licht.

»Und dann hat dich der Gesang nicht einmal in deine Einzelteile zerrissen. Das hätte ich wahrlich nicht gedacht.«

In ein strahlend rotes Kleid gehüllt, senkte sich Casiopaia zwischen den Baumwipfeln herab und stoppte schwebend oberhalb der Kinder des Waldes. Ihr Kopf wurde bedeckt von einem Schmuck, der aus großen roten Zacken bestand, so als besäße sie acht strahlende Hörner statt Haaren. Ihr Blick aus den dunkel geschminkten Augen lag auf einem Apfel in ihrer Hand, die schwarzen Lippen geformt zu einem finsteren Grinsen. Schallend und kehlig entließ sie ein Lachen, das durch den Wald schallte. Es sprang zwischen Bäumen umher, verfing sich in den Ästen und verweilte dort für einen schmerzhaft langen Moment. Die Blätter schienen zu antworten und wiegten sich in ihrer Stimme, als wäre sie ein leichter Wind.

»Was schaust du so, *mein Sohn*? Stellt man sich so nicht die böse rote Königin vor? Ich habe mich extra für unseren Kampf zurechtgemacht.« Ihr Spott schien giftiger als jeder Apfel im Wald. Langsam drehte sie die Frucht in der Hand umher, beäugte sie mit einem finsteren Lächeln und deutete dann damit auf Harlow.

Mein Freund schwebte weiterhin über uns, ganz wie seine Mutter es über den Kindern des Waldes tat. Sie erinnerten mich an zwei Racheengel, die jeden Augenblick mit flammenden Schwertern das

Schicksal der Welt richten würden, während wir alle, besänftigt durch Harlows Hymne, zum Zusehen verdammt waren.

»Sind sie nicht faszinierend, die Früchte des Hasses und der Rache, die unsere Vorfahren und die Menschen mit ihrem Verrat gesät haben?« Über den Apfel hinweg fixierte Casiopaia den schweigenden Harlow. Sein Blick ruhte starr auf ihr, er blinzelte nicht mal.

»Unsere liebe Ruby hat einen von ihnen gegessen, bevor –«

»Schweig!«, donnerte Harlow. Im Gegensatz zu Casiopaias Lachen schmiegte seine Stimme sich nicht an die Bäume, wurde förmlich von ihnen abgestoßen und hallte hundertfach durch die Blätter und das Buschwerk. Einem Donnergrollen gleich walzten sich seine Worte tiefer in die Dunkelheit des Waldes und verstummten.

»Spricht man so mit seiner Mutter?«, säuselte Casiopaia. Ihre Stimme klang zuckersüß, doch ihre Augen waren hasserfüllt verengt.

»Du bist nicht meine Mutter«, antwortete Harlow. Ruhig und gelassen, jegliche Emotionen plötzlich verblasst.

»Wer dann? Wen hast du dir als Leitfigur erwählt? Angelina, meine billige Kopie? Oder doch die nutzlose Frau, die einst meine Mutter war, bevor ich ihr den Fluch entriss und sie tötete?«

Zu meinem Erstaunen war es dieses Mal Harlow, der laut und dröhnend lachte. Casiopaias Mundwinkel zuckten überrascht – das abfällige Grinsen lag wie eingefroren auf ihren Lippen.

»Du glaubst wirklich, sie sei tot?«, fragte Harlow. »Dir ist nicht bewusst, dass du versagt hast und deine Mutter überlebt hat und dich überdauern wird? Doch nicht so mächtig in Person, wie der Ruf vermuten lässt.«

»Oh, hört ihn euch an«, wandte Casiopaia ihre Worte an die Kinder des Waldes. »Er denkt wirklich, er kann siegen.« Sie seufzte theatralisch und ironisch. »Natürlich weiß ich, dass die alte Schnepfe noch existiert. Aber ist es ein Leben, wenn man auf ewig in der Oper eingesperrt ist?«

»Ist es denn ein Leben, wenn Hass dein Handeln bestimmt und du eine Geisel der Krone und eine Untergebene des Waldes bist?«

Casiopaia legte den Kopf schief, fuhr sich mit der Zunge über die weißen Zähne. »Du irrst, *mein geliebter Sohn*. Ich bin niemandes Geisel, wir sind Verbündete mit den gleichen Zielen. Das ist es, was ihr alle nicht versteht.«

»Und willst du mich jetzt aufklären? Du kommst ein paar Jahre zu spät dafür.«

Die Hexenkönigin entließ ein amüsiertes Lachen. »Du bist zweifelsohne ein McQueen, so mutig, wie du sprichst. Ich könnte glatt Achtung vor dir haben, müsstest du nicht sterben. Lass uns das hier beenden!« Sie breitete die Arme aus und summte vor sich hin. »Hört meine Stimme und seht mich an.« Rote Funken stoben aus ihrem Mund und über den Waldboden. Dort formten sie Hunderte von Spiegeln. Etwas bewegte sich in ihnen, und dann sah ich plötzlich nichts mehr, weil sich eine Hand vor meine Augen schob.

»Was zur Urmutter?«, entfuhr es mir und ich schlug um ich.

»Hör auf, dich zu wehren, und warte gefälligst!«, zischte Phoebe. »Wenn du hinsiehst, stehst du unter ihrem Bann!«

Als ihre Worte in mein Hirn sickerten, richtete Casiopaia die ihren an all die anwesenden Hexen: »Ich bin eure Königin, verneigt euch vor mir.«

Die Hand vor meinen Augen verschwand, und ebenso hatten sich die Spiegel aufgelöst. Alle Hexen jeglicher Blutlinie knieten auf dem Waldboden und starrten zu der Hexenkönigin hinauf.

»Immer noch sicher, dass du siegst? So ganz ohne Verbündete?« Jedes von Casiopaias Worten erklang mit einem Lachen. »Sie sind wie ahnungslose Marionetten. Schau!« Sie deutete auf eine Hexe der Flores-Blutlinie. »Du! Brich deiner Nachbarin das Genick!«

Die erwählte Hexe erhob sich, legte ihre Hände an den Kopf der knienden Frau und brach ihr mit einem lauten Knacken, wie ihr geheißen, das Genick. Casiopaia, darüber offensichtlich höchst amüsiert, lachte finster und zwinkerte Harlow zu.

»Du!« Sie zeigte auf eine LeBlanc-Hexe. »Schneid dir die Kehle durch!«

Ich bekam kaum mit, wie die auserwählte Person den Befehl ausführte, so schnell ging es vonstatten. Die LeBlanc-Hexe sackte tot zu Boden.

»Ich könnte das ewig machen«, gab Casiopaia seufzend zu.

»Es reicht!« Harlows Körper zitterte, doch seine Stimme erklang fest und selbstbewusst. »Du willst mich, nicht sie.«

»Das stimmt so nicht ganz, *mein Sohn*. Ich will euch alle tot sehen. Die Reihenfolge spielt keine Rolle.«

»*Vertraust du mir, Jax?*«, hörte ich Harlow in meinem Kopf.

»*Bedingungslos*«, antwortete ich, ohne zu zögern.

»*Dann sing meine nächsten Worte als Echo und verknüpf sie mit deiner Magie.*«

»*Okay.*«

Die ersten Töne verließen Harlows Mund, und ich wusste instinktiv, was zu tun war. Sofort stimmte ich in seine Melodie ein. Hinter Harlow erstrahlte eine riesige goldene Sonne. Ein spitzer, erschrockener Schrei verließ Casiopaias Mund.

Je mehr Töne meine Lippen verließen, umso intensiver fühlte ich Harlows Gegenwart, sie zog förmlich an mir, rief mich zu ihm. Die Melodie war glasklar, dennoch schwer und mächtig – ein Walkürengesang, wie ich vermutete. Der Sog wurde stärker, erfasste meinen Körper, und plötzlich hob ich vom Boden ab. Langsam schwebte ich zu Harlow hinauf, der dort meine Hand ergriff und mit einem tiefen Ton seinen Gesang beendete. Die Sonne hinter uns flutete ihr gleißendes Licht über den gesamten Bereich bis zum Schloss, umspielte alle Hexen und badete sie in goldenem Glanz.

Als ich meinen letzten Ton über die Lippen gleiten ließ, zog sich ein dunkler Schatten vor die Sonne und formte mit ihr eine Sonnenfinsternis. Das Gold verfärbte sich zu einem flammenden kupferfarbenen Kranz, der den schwarzen Mond umrandete. Funken stoben von der Eklipse umher, wirbelten um alle Anwesenden und legten sich auf ihre Augen.

»Erhebt euch, ihr müsst ihr nicht dienen«, sagte Harlow so laut, dass es mir in den Ohren schmerzte.

Langsam erhoben sich die Hexen, schüttelten verwundert den Kopf und sahen sich verwirrt um, blinzelten wie aus einem tiefen Schlaf erwacht.

Casiopaias Augen schäumten vor Hass. Wütend deutete sie auf Harlow. »Was war das?« Ihre Stimme überschlug sich schrill.

»Die Hymne der Liebe, gesungen mit dem Menschen, dem mein Herz gehört.« Er lachte humorlos. »Sie kann Fluch und Segen sein, nicht wahr?«

»Unmöglich!«

»Die Hexen hören nicht mehr auf dich, also würde ich schätzen, dass es sehr wohl möglich ist.« Dieses Mal klang in seiner Stimme der

Spott mit, und Casiopaia wurde zur erzürnten Empfängerin. »Alles hat sein Gegenstück, *Mutter!* So auch dein Hass.«

Casiopaia fing sich schneller als erwartet. Sie blickte zwischen uns hin und her, dann entließ sie erneut ihr eiskaltes Lachen.

»Dann töte ich erst ihn und nehme mir dein gebrochenes Herz, um es zu opfern.«

»Schaffst du das, bevor der Blutmond endet?« Mit einem Lächeln deute Harlow zum Himmel. Triumph stand ihm ins Gesicht geschrieben, der Plan der Walküren hatte funktioniert. »Du konntest meiner Walkürenmacht nicht widerstehen. Selbstgefällig und gierig hast du deinen eigenen Plan aus den Augen verloren.«

Casiopaia folgte seinem Blick und atmete erschrocken ein. Sie stimmte eine Vielzahl von Tönen an und öffnete dann den Mund, um sie gleichzeitig in einem wehklagenden Schrei zu entlassen. Einem Heuschreckenschwarm gleich verließen Hunderte grellrote Magiepartikel ihre Lippen und schossen in den Himmel. Einen Wimpernschlag später verschmolz die Hexenkönigin mit ihnen und verschwand.

Interlude 3

Casiopaia eilte durch die langen Gänge des Schlosses. Wut pulsierte durch ihre Adern, so dickflüssig wie Lava an einem Berghang.

Das Treffen war anders verlaufen, als sie es geplant hatte. Anders, als sie erhofft hatte. Sogar anders, als sie es hätte befürchten können.

Doch die Schuld für diesen Fauxpas lag allein bei ihr – bei niemandem sonst. Im Laufe der Jahre schien sie die Macht als selbstverständlich erachtet zu haben, war zu unvorsichtig in ihrem Urteil geworden.

Sie könnte es sogar töricht nennen.

Der Wald von Salem als Verbündeter hatte ihr ein falsches Bild von Sicherheit gegeben. Es stand außer Frage, wie er sich entscheiden würde, wenn er zwischen seinen Zielen und Casiopaias Schutz wählen müsste. Schließlich war sie eine Hexe, deren Königin sogar, und der Wald hasste sie alle. Er hatte sie nur als *Verbündete* akzeptiert, würde sie aber fallen lassen, sollte sie ihren Nutzen erfüllt haben.

Es war keine Freundschaft, die sie verband. Nicht einmal als echte Partner konnte man sie bezeichnen. Sie waren einander nützlich. Nicht mehr, nicht weniger. Beide gierten danach, die Schattenseite mit der Lichtwelt zu vereinen, die Hexen zu unterjochen, und beide sannen auf Rache.

Sollte die Abschirmung fallen, trennten sich ihre Wege. Natürlich wollten sie die Menschen töten, dieses Unterfangen könnten sie gemeinsam beschreiten, doch dann würden sie erneut zu Feinden werden.

Die unheilige Allianz wäre danach nichtig.

Der Wald wollte die Hexen töten, Casiopaia hingegen verlangte es danach, sie zu beherrschen. Das war einer der Gründe gewesen, weshalb sie sich bei dem Treffen gezeigt hatte, in der Hoffnung, die Moral der Hexen zu schwächen, sie vielleicht gänzlich zu unterwerfen und schon vor dem Fall der Abschirmung auf ihre Seite zu ziehen. Wäre der Junge so unterlegen gewesen, dass sie ihn direkt hätte töten können, hätte sie es als Bonus verbucht.

Bis zu dem Moment, in dem er strahlend wie die Sonne selbst über den Hexen schwebte, hatte sie ihn als lästige Fliege erachtet, ihn völlig unterschätzt. Nachdem sie aber erkannt hatte, was er war – änderte das alles.

Casiopaia war schon seit ihrer Jugend, seit sie die Krone das erste Mal flüstern gehört hatte, von Macht fasziniert gewesen. Sie schätzte sie, respektierte sie und gierte nach ihr. Harlows Demonstration seiner Magie – so hell, so rein, so unverbraucht – hatte Casiopaias Neugier geweckt. Jedoch hatte dieser Pestbolzen genau darauf abgezielt. Sie abzulenken, sie hinzuhalten, das war der Plan gewesen. Und er hatte funktioniert. Casiopaia war wie eine Fliege in die Falle getappt, zu fasziniert von der Macht des Jungen, die sie an sich zu reißen versuchte. Geblendet von ihrer Gier und Selbstgefälligkeit.

Doch nichts würde sie aufhalten, das Ritual zu starten, es war vorbereitet, ihre Wölfinnen bereit. Die Abschirmung würde fallen, nichts und niemand konnte das noch verhindern.

Danach würde sie versuchen, sich um den Jungen zu kümmern, aber das brauchte Planung. Er war keine gewöhnliche Hexe. Natürlich war er ein McQueen, immerhin hatte sie ihn zur Welt gebracht und ihn während der Wehen mit unzähligen Beleidigungen bedacht.

Aber erst jetzt, seit dem Aufeinandertreffen, seit der Demonstration seiner Macht verstand sie, wer seine *Erzeugerin* war. Sie war so geblendet gewesen, so blauäugig und naiv, es nicht gesehen zu haben.

Über Jahre hinweg hatte Casiopaia nach einem Mann gesucht, der mit ihr ein Kind zeugen würde, um es dann zu opfern. Nur hatten sich alle potenziellen Männer als nutzlos erwiesen. Zu schwach, zu eitel, zu arrogant, zu verwässertes Hexenblut – keiner von ihnen war geeignet gewesen.

Jede Nacht hatte Casiopaia in ihrem Bett gelegen und das Universum angeschrien, dass sie ein Kind wolle. Hatte versucht, ihre Magie und Wünsche zu manifestieren. Monatelang war nichts geschehen, doch eines Morgens war sie aufgewacht und hatte gewusst, dass sie endlich schwanger war.

Damals hatte es sie nicht wirklich gekümmert, wie es passiert war. Sie hatte vermutet, dass der Wald seine Finger im Spiel gehabt hatte, oder eine kosmische Kraft, aber das Offensichtlichste hatte sie törichterweise übersehen.

Oder hatte sie etwa absichtlich ihre Augen davor verschlossen?

Der Junge, den alle Harlow nannten, war zur Hälfte McQueen-Hexe und zur anderen Hälfte Walküre. Das Blut der Urmutter, so stark in seinem Körper wie bei keiner anderen Hexe – nicht einmal der ersten Generation.

Die Urmutter Freya hatte sie ausgetrickst, ihr ein Kuckucksei untergeschoben, und Casiopaia hatte unwissentlich eine Halbwalküre zur Welt gebracht. Ihrem eigenen Untergang damit einen Anfang gegeben.

Und dennoch empfand Casiopaia in diesem Moment, neben ihrer Wut, Respekt für den Plan der Walküren. Sie hatten gewusst, was kommen würde, und vor einundzwanzig Jahren ihre Gegenwehr in Form eines Kindes in diese Welt gesetzt – und Casiopaia damit schachmatt zu setzen versucht.

Noch war sie es nicht, doch war sich Casiopaia bewusst, dass ihre Chancen schlecht standen. Sie würde höchstwahrscheinlich sterben. Es schmerzte nicht einmal, das zuzugeben, denn sie respektierte Macht.

Der Junge, ihr Sohn, die Halbwalküre, besaß mehr davon, als ihm bewusst war. Er stellte einen Gegner dar, gegen den Casiopaia sich nicht schämen müsste zu verlieren. Aber sie würde dieser erbärmlichen Welt ein Geschenk hinterlassen und die Abschirmung niederreißen. Auf dass der Wald über die Lichtwelt hereinbrach und der Fluch der Krone mit ihm.

Kapitel 33

Harlow

Blutmond

Der Plan hatte funktioniert. Casiopaia hatte nicht widerstehen können, sich meine neue Macht von Nahem anzusehen – genau wie Hrist es prophezeit hatte. Nun hatte ich nur ein weiteres Ziel, bevor der alles entscheidende Moment kommen würde: das Schloss zu erreichen.

»Bereit, euch zum Eingang durchzukämpfen?«, fragte ich die Leute um mich. Entschlossen nickten Jax, Teagan, Declan, Phoebe und die anwesenden Erben von Salem.

Während wir uns in Richtung des Schlosses bewegten, sah ich zum Himmel und überlegte kurz, ob gemeinsam mit Jax zu fliegen nicht einfacher wäre. Doch oben sah die Lage kaum besser aus als am Boden. Gargoyles und Útlagi krachten fliegend zusammen, schlugen mit ihren Flügeln nacheinander, und Hexen am Boden warfen Cantos in die Lüfte, während Pfeile ebenso ihre Ziele suchten. Der Himmel brannte in Feuer und Blut.

Hier unten war es sicherer. Beinah ironisch schlug ein lebloser Gargoyle nur Zentimeter von mir entfernt am Boden auf und zerbarst in Dutzende Splitter. Mehrere davon traf mich an Nase, Stirn und Wange. Blut lief in meinen geöffneten Mund. Die Wunden waren nicht tief, schmerzten kaum, doch war es ohne Frage eine Warnung, dass ich selbst als Halbwalküre nicht unsterblich oder unantastbar war.

Grüne Funken tanzten über mein Gesicht und das Blut verebbte. Guzman salutierte mir zu und schleuderte direkt einen Canto auf ein Kind des Waldes vor uns. Unmittelbar danach traten ein Dutzend Schützen aus dem Schatten der Bäume und legten Pfeile an. In dem Moment, als sie auf uns zusausten, sang ich eine Hymne, die eine Wand aus purem Licht vor uns hochzog. Die Geschosse prallten daran ab, und als ich die Mauer in sich zusammenfallen ließ, stürmten meine drei Reaper-Freunde – Declan, Phoebe und Jax – an mir vorbei. Es dauerte nur wenige Sekunden, und die Reaper hatten die Schützen mit ihren Sensen getötet. Wir anderen eilten zu ihnen und wehrten weitere Angriffe ab. Unermüdlich schien der Wald Nachschub an Kindern zu entsenden, während die Útlagi mittlerweile deutlich in der Unterzahl waren.

Stetig kämpften wir uns vor, die Schneise wurde größer und immer mehr Hexen konzentrierten sich darauf, mir den Weg zum Schloss freizukämpfen. Nur vereinzelt sang ich Lieder, schonte meine Stimmbänder, denn ein Versagen bei der ultimativen Hymne gegen Casiopaia würde mich töten.

Kurz vor dem Ziel schossen mehrere Pfeile an mir vorbei und trafen Baptiste LeBlanc in den Bauch. Mir entwich ein Schrei, und ich sah erschrocken zu, wie er zusammensackte. Guzman eilte zu ihm und brüllte zu der Flores-Erbin: »Reina, beschütz mich, während ich ihn heile.«

Seine beste Freundin wuchs in Form einer schillernden orangen Blume neben ihm aus dem Boden und stimmte einen Canto an. Kleine Büsche wuchsen um die drei herum, streckten sich höher, wurden größer und formten wenig später eine undurchdringliche Hecke um das Trio.

Ich drehte mich wieder zum Schloss, es waren nur noch wenige Meter, die mich davon trennten. Unsere Seite war mittlerweile deutlich in der Überzahl, der Sieg dieser Schlacht unabwendbar und der Weg vor mir lag frei. Dennoch stellte sich keine Freude bei mir ein. Mein Blick schweifte umher.

Überall lagen Tote, Verletzte und Verkrüppelte beider Seiten. Hunderte Wesen hatten innerhalb so kurzer Zeit ihr Leben verloren. Nichts an dieser Schlacht fühlte sich heldenhaft an, wie ich es in so vielen Filmen der Lichtseite vermittelt bekommen hatte.

Schmerzensschreie, Trauer und Hilferufe hallten durch den Wald. Der Geruch von Blut, verbrannter Haut und von Verderben lag in der

Luft. Das hier war kein glorreicher Triumph, es war ein erdrückendes Blutbad. Ein Zeitpunkt in unserer Hexengeschichte, an den sich viele als düstersten Tag erinnern würden. Der Familien ohne Väter und Mütter zurückließ, der Eltern ihre Kinder geraubt hatte und für immer ein dunkles Mahnmal für die Machtgier einer skrupellosen Königin darstellen würde.

All das war die Schuld einer einzigen Person.

Meiner Mutter.

Und dafür hatte sie den Tod verdient!

Am Eingang des Schlosses angekommen, durchfuhr ein Moment der Furcht und Zweifel meine Gedanken. Hinter dem riesigen Tor aus schwarzem Stein wartete mein Schicksal auf mich. Ich wandte mich ab, um einmal durchzuatmen und meinen Mitstreitern zu danken. Vielleicht war es das letzte Mal, dass ich sie alle sah.

»Nein!« Teagan stemmte beide Hände in die Hüften. »Wir verabschieden uns nicht. Das ist kein Lebewohl!«

Hinter ihr hatten sich gut hundert Hexen versammelt und verteidigten den Zugang zum Schloss gegen die Kinder des Waldes – Útlagi sah ich keine mehr.

»Teagan ... Ich -«

Sie zog mich in eine Umarmung und flüsterte: »Ich weiß, dass wir uns wiedersehen, und ich will nichts anderes von dir hören.«

»Okay.« Ich löste mich von ihr und schluckte schwer.

»Ihr da, sichert das Schloss, sodass Harlow direkt zu Casiopaia gelangt«, befahl Declan einigen Reapern und Hexen, die daraufhin an mir vorbei ins Innere stürmten.

Jax trat an meine Seite und nahm meine Hand in seine. »Bereit?«

»Du musst nicht ... Ich mache das -«

»Auf keinen Fall!«, unterbrach er mich. »Ich weiß, dass dieser letzte Kampf einzig und allein deiner ist, aber ich bleibe bei dir.«

»Danke«, hauchte ich.

Falls mein Tod bevorstand, würde ich wenigstens dem Mann in die Augen sehen, dem mein Herz gehörte. So schrecklich es war, so schenkte mir der Gedanke etwas Frieden.

Aus meinem Augenwinkel sah ich, wie sich ein Kind des Waldes uns näherte. Auch Declan bemerkte den Angreifer, zückte seine Waffe und stürmte los. Im letzten Moment erkannte ich, wer es war, und sang eine Hymne, die ihn in einen Schutz des Lichtes hüllte, bevor Declans Sense gegen meinen Zauber krachte.

»Was soll das?«, brüllte der Gargoyle.

»Oli.« Mehr brachte ich nicht hervor. Schnell löste ich den Zauber, der ihn schützte, und bewegte mich zu ihm. Er wankte mir auf halbem Weg entgegen und blieb vor mir stehen. Sein verklärter Blick suchte meinen, und eine stille Träne löste sich aus seinen mit Moos umwachsenen Augen. Einige Äste standen von seinen Armen ab und sein Haar war durch weiße Blumen ersetzt.

Oli öffnete den Mund und nur ein Krächzen erklang. Eine weitere Träne fand ihren Weg über seine rindenartige Haut.

»Hil-fe«, raunte er.

Jax stürzte zu Oli und zog ihn in eine feste Umarmung. Ich drehte mich zu Phoebe und bedeutete ihr, zu uns zu kommen.

»Phoebe, kannst du Oli in Sicherheit bringen, damit er ins Sanatorium kommt?«

Sie nickte mir zu. »Wird gemacht. Ich habe der Obersten Hexe der Reyes schon gesagt, dass wir Oli suchen und ihn zu ihr bringen werden. Sie wird ihn untersuchen und dann in den botanischen Garten begleiten.«

»Danke«, sagten Jax und ich gleichzeitig. Er hielt Oli weiterhin im Arm und übergab ihn an seine Partnerin.

Teagan trat neben Phoebe und lächelte mir zu. »Das Schloss ist im Inneren gesichert, der Weg zu Casiopaia ist somit frei. Ich gehe mit Phoebe und sorge für Olis Sicherheit. Der nächste Kampf ist einzig und allein deiner, dafür brauchst du mich nicht. Wenn ich hierbleibe, werde ich dir nachlaufen. Ist beinahe ein Instinkt.« Sie kam auf mich zu. »Nun geh und werde zur Hexenkönigin, Kleiner. Bis später!« Sie zog mich erneut in eine Umarmung und küsste meine Stirn. Selbst jetzt weigerte sie sich, Lebewohl zu sagen.

Danach drückte sie mich zu Jax und wir stürmten das Schloss.

Wir passierten das riesige Tor aus dunklem Stein ins Innere. Die Wände hier in der Eingangshalle waren glatt poliert und schwarz wie die Nacht selbst, der Boden glänzte rötlich, als würde er aus Blut bestehen, und ein starker Duft von Rosen und Fäulnis hing über dem Raum vor uns. Ein riesiger Kronleuchter aus Glas baumelte von der Decke und tauchte alles in ein kaltes Licht. Nichts an diesem Palast wirkte einleitend oder lebendig. Tod und Verderben hatten sich hier ein Heim bereitet und sich zu Casiopaias verdorbenem Herz gesellt.

Ein Dutzend Hexen und Reaper standen im Raum verteilt und sahen mich an, zu ihren Füßen lagen Leichen von Útlagi und Kindern des Waldes. Sie hatten den Weg zu Casiopaia für uns freigekämpft und würden uns Rückendeckung geben.

Schon hier im Eingangsbereich des Schlosses spürte ich die Präsenz meiner Mutter, ihr Gesang lockte mich wie eine unheilvolle Sirene die Schiffe auf dem offenen Meer. Mein Blick glitt zu der gewaltigen Tür aus schwarzem Gold, die sich über zwei Stockwerke erstreckte und von der jener Duft nach Rosen und Casiopaias Gesang uns verhöhnten. Sofort wusste ich, dass meine Mutter dahinter das Ritual abhielt und versuchte, die Abschirmung zu brechen.

Jetzt gab es kein Zurück mehr, in wenigen Augenblicken entschied sich, wer lebte und wer starb.

Ich deutete zur Tür, und gemeinsam stürzten Jax und ich voran, warfen die Tür auf und jede unserer Bewegungen erstarb. Mit offenem Mund sah ich zu Casiopaia. Sie schwebte in eine rote Lichtkugel gehüllt, umringt von den knienden Hexenbiestern in der Mitte des Raums. Fünf ihrer Kinder lagen reglos am Boden, während ein Lichtstrahl aus dem sechsten durch Casiopaia hindurch in den Fluch gesaugt wurde, den sie auf die Abschirmung richtete.

In diesem Moment sackte das Hexenbiest tot zu Boden und das siebte öffnete schreiend den Mund, bevor das Leben aus ihm wich.

»Da ist Ruby!«, brüllte Jax. »Harlow, entreiß deiner Mutter den Fluch, sonst stirbt sie!«

»Du kommst zu spät, *Sohn*!«, rief Casiopaia höhnisch. »Der Fluch ist gewirkt. Die ersten Risse in der Abschirmung sind schon vorhanden, und sobald das letzte Hexenbiest stirbt, fällt sie gänzlich.«

Ich starrte voller Schreck zu meiner Kindheitsfreundin, Panik umschlang und lähmte mich. Sosehr ich versuchte, mich zum Singen zu zwingen, es gelang mir nicht. Mein Körper bedeutete mir zu flüchten, und mein Hirn sagte, ich sei nicht bereit. Würde mich bei der Hymne versingen und selbst sterben.

»Es tut mir leid.« Ich zitterte am ganzen Körper, wusste, dass ich mich beruhigen musste, denn weiterhin galt es, den Walkürengesang gegen meine Mutter anzuwenden. Die Zeit drängte. Casiopaias Fluch strahlte immer heller, ich spürte zunehmend die Macht, und wenn ich nicht bald reagierte, war alle Hoffnung verloren.

Ich drängte den Horror zur Seite, versuchte meine Gedanken auf den Frieden von Vallhö zu konzentrieren. Ohne klaren Kopf würde mich die Hymne zerreißen und Jax mich verlieren.

»Du kannst mich nicht mehr aufhalten. Deine kleine Finte ist fehlgeschlagen!«, schrie meine leibliche Mutter, nicht in der Lage, etwas auszurichten, sollte ich die Hymne singen. Ihre Macht war auf den Schleier konzentriert, ihre Leibwachen an das Ritual gebunden.

»Nach dem Fall werde ich euch töten!«, keifte meine Mutter, gefangen in ihrem eigenen Fluch, unfähig, etwas zu unternehmen, bis das letzte Hexenbiest starb. Hrist behielt recht, ihr Plan funktionierte.

Jetzt war es so weit – eine McQueen-Hexe würde ihr Ende finden. Ich konzentrierte mich erneut auf die Geborgenheit in Vallhö, um meine Nerven zu beruhigen, denn Panik würde *mich* töten.

Langsam holte ich Luft, atmete tief ein und aus. Ein Fehler würde mich mein Leben kosten. Unternahm ich hingegen nichts, starben wir ebenso. Ich sang die Hymne, die meine Walkürenform enthüllte. Mein Körper leuchtete in dem Licht von Vallhö, und Frieden strömte durch meinen Geist. Wie schon im Training, setzte ich zu der alles entscheidenden Hymne an. Der erste Ton verließ meine Lippen. Zögerlich und ängstlich. Wenn ich nicht gleich Kontrolle über meine Nerven bekam, würde mich die Hymne unweigerlich zerreißen.

Wie aus dem Nichts spürte ich Jax' Hand in meiner, worauf ich meinen Freund ansah. Seine Augen funkelten vor Sympathie und Vertrauen. Ein Lächeln voller Zuneigung lag auf seinen Lippen. Sein Puls schlug mit meinem im Einklang.

»Du kannst das, Harlow. Immerhin bekommst du immer, was du willst«, flüsterte er liebevoll. »Und ich erwarte, dass ich auch endlich bekomme, was ich will. Und das bist du. Also stirb gefälligst nicht!«

Fast hätte ich trotz der Situation gelacht und mich versungen. Aber ich brachte meine Stimme unter Kontrolle. Spürte, wie mein

Herzschlag zu Noten wurde, mein Puls zu einem Metronom. Jede Silbe tanzte über meine Lippen, füllte sich mit Magie und schwebte durch den Raum. Meine Stimme erreichte ungeahnte Tiefen, um direkt in so hohe Frequenzen zu schnellen, die kaum hörbar waren. Immer wieder wechselte ich die Tonlage, sang mehrstimmig. Wie ein Dirigent verwob ich Töne zu Melodien und entließ sie in die Weiten des Raums.

Ich löste meine Hand von Jax', hob vom Boden ab und schwebte in die Höhe. Meine Stimme hallte allen Seiten wider, wurde lauter und einnehmender. Die Wände wackelten, Putz fiel von der Decke, während meine Melodie alles umspielte. Goldenes, gleißendes Licht strahlte von meinem Körper aus, ich löste mich in meine Moleküle auf. Die Grenzen zwischen Körper und der Musik verschwammen. Ich sang mehr als nur eine Hymne, sie und ich, wir waren eins. Und dann entlud sich diese Energie in einem Strahl, der durch den Körper meiner Mutter schoss. Sie erzitterte in der Luft, schrie voller Höllenpein auf und der Strahl entriss ihr den Fluch der Krone, kam zu mir zurück und traf mich an die Stirn.

Gleichzeitig fielen wir zu Boden.

Alle Erinnerungen kehrten zu mir zurück. An Freyas Worte bei meiner Zeitreise und dass sie mir sagte, ich sei schuld am Fluch. Aber auch die Erinnerungen an Lune kehrten zurück, die uns im Zoo gesagt hatte, dass Jax und ich heiraten würden, eine Tochter bekämen.

Ich wartete darauf, die Bösartigkeit des Fluches zu spüren, unter seiner Last zu zerbrechen und innerlich zu zerreißen. Doch das Gegenteil geschah.

Zufrieden summte die Krone an meiner Stirn, freute sich, ein Teil von mir zu sein. Der Fluch gab mir zu verstehen, dass er weiterhin verlangte, genährt zu werden, er mir aber an allen Tagen, außer bei Vollmond, die Kontrolle überließ. Wir waren eins.

Die neue Hexenkönigin war geboren.

Langsam bewegte ich mich zu Casiopaia, die einst die Last der Krone getragen hatte. Sie öffnete die Augen und sah zu mir hinauf.

»Der Fluch wird dich und alle deine Liebsten vergiften«, sagte sie, während ihre Magie sie langsam verließ und ihren Körper altern ließ. Sie lächelte ehrlich und warm. Das war nicht die Casiopaia, deren

Gedanken vergiftet waren. Nicht die Frau, die skrupellos Hexen getötet hatte.

»Wird er nicht, ich habe etwas, was du nicht hattest«, antwortete ich mit fester Stimme. Nur mühsam gelang es mir, die Emotionen zurückzudrängen. Zu meinen Füßen lag eine Frau im Sterben, die meine Mutter hätte sein können, wäre sie nicht der Dunkelheit des Fluches verfallen. Es fühlte sich wie eine Bestrafung für den Mord an ihr an, dass ich gerade jetzt einen Blick auf die alte Casiopaia erhaschte.

»Und was ist das, mein Sohn?«

Die Worte stachen in meiner Brust, zupften an den Gefühlen, die in mir tobten, doch ich ließ sie nicht zu.

Nicht jetzt. Nicht mehr.

Es war zu spät – in so vielerlei Hinsicht.

»Liebe.«

Ein Lächeln legte sich auf Casiopaias Lippen. Strahlend und liebevoll – das Lächeln einer Mutter.

»Ich habe Menschen, die mich lieben«, setzte ich fort. »Und die ich liebe.«

Mein Blick wanderte kurz zu Jax. Unmittelbar darauf spürte ich seine Magie über meinen Körper streicheln. Er stand etwas entfernt von uns, gab mir den Moment, um Abschied zu nehmen von einer Frau, die mir eine Fremde war und die in ihren letzten Augenblicken doch zu ihrem alten Ich zurückgefunden hatte.

»Es tut mir so leid.« Casiopaia sah flüchtig zu Jax, dann mir in die Augen. Ihr Körper alterte zunehmend. »Ich hoffe ehrlich, dass die Liebe dir helfen wird, eine gute Hexenkönigin zu werden – und ein besserer Vater, als ich eine Mutter war, mein Schatz.«

Und mit diesen Worten schloss Casiopaia die Augen und ihr Körper zerfiel zu Staub.

»Die Liebe wird mir helfen, eine bessere Hexenkönigin und ein besserer Vater zu sein, Mutter. Ich hoffe, du findest deinen Frieden.«

Epilog

Jax

Sieben Wochen nach dem Fall der Abschirmung

Ich blickte in den Spiegel und konnte gar nicht glauben, was ich dort sah. Natürlich war das mein Gesicht, die gleichen dunklen Haare – zugegeben in einer untypisch spießigen Frisur, doch alles an dem Kerl vor mir war ich, und dennoch glich nichts mehr dem naiven, trotzigen Typ, der ich vor einem Vierteljahr gewesen war.

Meine komplette Welt hatte sich verändert, mehrfach um die eigene Achse gedreht und stand jetzt kopf.

»Shit.« Ich konnte das Lächeln nicht von den Lippen vertreiben. Anders als noch an der *St. Andrew* wollte ich es auch gar nicht mehr vertreiben. Immerhin hatte ich allen Grund, fröhlich zu sein, selbst wenn ich es nie für möglich gehalten hätte.

»Hoffen wir mal, dass Harlow nicht auch Shit sagt, sobald er dich sieht und direkt flüchtet.« Lachend kam Oli zu mir herüber und klopfte mir auf die Schulter. Aus seinen Haaren erblühte eine zierliche weiße Blume und an seinem Hals schimmerte ein Hauch von Borke. Ansonsten hatte er seine menschliche Form gänzlich zurückerlangt. Ruby war weiterhin im Sanatorium bei den Reyes-Hexen, würde sich aber hoffentlich bald vollständig erholen.

»Bereit, Geschichte zu schreiben, Bruder?« Er zwinkerte mir zu und legte einen Arm um meine Schultern, während er uns im Spiegel betrachtete. Fasziniert hatte ich die Rückwandlung über die letzten Wochen bezeugt und viel Zeit mit ihm verbracht.

»Nein, absolut und gar nicht. So was von nicht bereit!« Ich schüttelte den Kopf.

»Gut, immerhin heiratest du gleich meinen besten Freund und unsere neue Hexenkönigin. Man wird nicht jeden Tag zum nächsten Power Couple, das die Hexenwelt regieren wird. Wäre auch vermessen, wenn dir da nicht der Arsch auf Grundeis ginge.« Oli festigte seinen Griff und umarmte mich herzlich.

»Wow, das war mal eine beschissene Motivationsrede. Ich hätte doch Declan als Trauzeuge nehmen sollen«, antwortete ich lachend.

»Ich bin froh, dass Harlow dich an seiner Seite hat, Mate«, flüsterte Oli mir zu, bevor er sich von mir löste und meine Fliege richtete. »Einen besseren Kerl könnte er gar nicht heiraten.«

»Ach, ist das so? Der Covlo ist plötzlich der beste Kerl?« Ich zog eine Braue in die Höhe.

»Meh, ihr gründet gleich einen eigenen völlig neuen Coven, sobald euer Blut sich im Brunnen vereint hat. Du bist nur noch maximal eine halbe Stunde ein Covlo.« Oli zupfte ein weiteres Mal an meiner Fliege, strich über das Revers meines Smokings und nickte dann. »Fertig. Außerdem bist du mein Bruder, natürlich bist du cool.«

»Ich bin froh, dass wir dich zurückhaben.«

»Bin ich auch«, sagte er leise. »Die Stimme des Waldes in meinem Kopf war nichts, was man in Worte fassen kann. So wütend, zornig, voller Hass.« Er schüttelte sich. »Wie auch immer, heute geht es um euch. Los geht's?«

»Los geht's!« Ich nickte und deutete zur Tür.

»Dann wollen wir mal, bald Mister Ingram-McQueen von Vallhö!«

Mein Magen vollführte einen Salto bei dem Namen, den ich in wenigen Minuten mein Eigen würde, und erneut legte sich ein Lächeln auf meine Lippen. Niemals hätte ich in meiner Zeit an der St. Andrew damit gerechnet, und doch fühlte sich nichts *richtiger* an als genau das.

HARLOW

Kannst du aufhören zu zappeln?«, fragte meine Mutter, konnte aber nicht verhindern, dass ihre Mundwinkel in die Höhe wanderten. »Was hab ich dir über das perfekte Auftreten beigebracht?«

»Immer lächeln und den Kopf erhaben hochhalten.«

»Ganz genau, mein Sohn!« Sie sah mich mit wässrigen Augen an. »Ich bin stolz auf dich, das weißt du, oder?«

»Ich weiß, Mom.«

Angelina schluckte schwer bei dem Wort Mom, und eine Träne löste sich aus ihren Augen. »Ich liebe dich!«

»Ich dich auch. Tut mir leid, wenn ich -«

»Nein. Es gibt nichts, was dir leidtun müsste. Die letzten Jahre waren kompliziert, mein Liebster. Ich bin froh, dass wir in den vergangenen Wochen so viel aufgearbeitet haben.« Sie strich mir über die Wange. »Weißt du, was?«

»Hm?« Ich sah sie fragend an, während sie mein Gesicht zwischen beide Hände nahm.

»Du hast immer gelächelt und den Kopf erhoben gehalten, doch es war jedes Mal eine Lüge. Etwas, was du von klein auf gelernt hast. Etwas, zu dem ich dich erzogen und gezwungen habe.« Sie verzog für einen Moment den Mund, dann atmete sie schwer durch. »Doch hier, in diesem Moment sehe ich dich gefühlt das erste Mal ehrlich lächeln. Nein, nicht nur lächeln. Du strahlst! Spätestens jetzt wüsste ich, dass eure Hexenhochzeit echt sein wird und nicht lediglich ein politischer Akt ist. Er macht dich glücklich, und das ist mehr, als viele von uns Hexen über ihre Ehen sagen können.«

Ich nickte langsam. »Das macht er. Ich ... liebe diesen grummeligen Kerl, auch wenn er mich selbst heute manchmal zur Weißglut treibt.«

In den letzten fünf Wochen war mir genau das zunehmend bewusst geworden. Ich war nicht nur verliebt, sondern Jax war die Liebe meines Lebens. Ich spürte es in dem Canto, der uns verband, in jedem Lächeln, das er mir schenkte, und in all den kleinen Gesten, die wir seit dem Fall der Abschirmung geteilt hatten.

»Darf ich bitten?«, fragte Mom, als die Musik in der Kapelle erklang.

Ich schluckte, versuchte den Kloß aus meinem Hals zu vertreiben und nickte. Langsam reichte ich ihr den Arm und sie hakte sich unter.

»Bereit?«, fragte sie dann mit Liebe in der Stimme.

»Jax zu heiraten?« Ich sah zu ihr. »Ja, so was von. Offiziell zur mächtigsten Person der Welt zu werden und durch den Hexenrat als Abschluss der Hochzeit feierlich zur Hexenkönigin ernannt zu werden?« Erneut schluckte ich. »Nein, das werde ich vermutlich nie sein.«

Und dennoch pochte die magische Tätowierung an meiner Stirn. Die Hexenkrone war anderer Meinung, der Fluch sah mich als würdig an, und ich würde alles tun, um mich als solches zu beweisen.

»Und das, mein Sohn, macht dich zu der besten Hexenkönigin, die sich unsere Welt nur wünschen könnte. Deine Demut, deine Hingabe und die Liebe, mit der du für das kämpfst, was dir wichtig ist.«

Bevor ich antworten konnte, traten wir durch die riesige Tür zur Kapelle. Hunderte von Gästen erhoben sich, Dutzende von Kameras richteten sich auf mich, Applaus brandete auf – ohrenbetäubend und erschlagend. Doch ich sah nur einen Mann – und das Lächeln, das heller strahlte, als meine Walkürenflügel es je vermochten.

Jax Ingram stand am Altar und sah aus wässrigen Augen zu mir, während wir uns ihm näherten. In diesem Moment begriff ich, dass ich mit ihm alle Widrigkeiten bewältigen und er aus mir das beste Oberhaupt der Hexenwelt machen würde. Er würde bei jeder richtigen Entscheidung an meiner Seite sein und bei den falschen nicht zögern, sie mir ehrlich um die Ohren zu hauen.

Wir beide würden die Zukunft der Hexen sein und mit allen Mitteln versuchen, das Chaos zu richten, das der Fall der Abschirmung angerichtet hatte.

Er und ich.

Wir beide.

Zusammen.

Als Jax und Harlow Ingram-McQueen von Vallhö.

Die ersten zwei einer neuen Blutlinie – und sicher nicht die Letzten.

DANKSAGUNG

Ein Buch außerhalb der Normerwartung zu schreiben ist jedes Mal erneut ein beängstigendes Unterfangen. Eines, das ohne die Unterstützung und den Glauben anderer an mich gar nicht möglich wäre. Deswegen danke an Astrid, dass du als Verlegerin keinen Unterschied zwischen Sexualitäten bei Charakteren machst, sondern an die Geschichten als solches glaubst – und somit Harlow und Jax eine Chance gegeben hast.

Danke auch an alle Lesenden und Follower_innen auf Instagram, die mir immer wieder zeigen, dass es wichtig ist, meine Stimme zu nutzen und zu zeigen, dass auch Charaktere, die nicht normativ sind, einen Platz in Büchern verdient haben. Ihr alle gebt mir die Kraft, immer wieder wichtige Themen auf Instagram anzusprechen und Ungerechtigkeiten sowie Diskriminierung nicht einfach hinzunehmen. Euch verdanke ich den Willen, immer wieder aufs Neue meine Stimme zu erheben.

Danke auch an Christian Handel für dein immer offenes Ohr und deine ermutigenden Worte.

Weiterhin ein großes Danke an meine Testleserinnen, die mich bei der Reise nach Sydney begleitet und mir tolles Feedback gegeben haben. Ich bin euch unfassbar dankbar für die tollen Gespräche, euren Support und auch das gemeinsame Lachen. Ohne euch wäre alles deutlich schwerer.

Wie bei jedem Buch, war mir meine Familie eine große Stütze. Damit meine ich meine Eltern und meine beiden *brothers from other mothers*, Hendrik und Stephan – auch bekannt als meine beiden besten Freunde.

Als Mensch mit schweren Depressionen ist es oft schwer, überhaupt das Bett zu verlassen, und ohne meine Familie, die mich bedingungslos unterstützt, wäre an das Schreiben gar nicht zu denken. Danke, dass ihr euch meine ständig schwankenden Launen antut, mit mir lacht, mir zuhört, wenn ich wütend bin, und mir Trost schenkt, wenn die Ungerechtigkeit sowie Hassnachrichten von normativen Menschen mich mal wieder zu erdrücken drohen. Ihr seid mein Fels in der Brandung und euch verdanke ich den Mut, zu mir zu stehen. Ich liebe euch vier von ganzem Herzen!

An dieser Stelle möchte ich meinen Eltern nochmal meinen endlosen Respekt aussprechen, da sie es geschafft haben, mit siebzig Jahren ein modernes Weltbild zu erlernen. Die sich beide intensiv mit Queerness, sensibler Sprache und mit »Was sind Depressionen und wie gehen wir damit um, wenn unser Sohn sie hat?« auseinandergesetzt haben. Zwei Menschen, die mit siebzig sagen: »Zeiten ändern sich und auch wir können und müssen dazulernen!«, anstatt zu sagen, dass alle anderen nur zu empfindlich sind. Diese beiden Menschen lernen ständig dazu, überdenken ihre Weltansichten und gehören zu den offensten Menschen, die ich kenne. Ihnen verdanke ich, dass ich weiß, wie wichtig es ist, die Stimme zu erheben und an eine bessere Welt zu glauben. Ihr beide seid meine Vorbilder! Ich liebe euch!

Christin Thomas
Zwischen Herz und Thron
ISBN: 978-3-95991-623-3, Klappenbroschur, EUR 15,90

Eine berührende, queere Fantasy-Geschichte über einen jungen Prinzen und seine innere Zerrissenheit.

Der siebzehnjährige Etienne ist Thronerbe von Fuchsfels, dem größten Königreich des Nordens. Seit er denken kann, wird er auf Wortgefechte und Feldzüge vorbereitet, aber nicht auf die Schlacht, die er mit sich selbst führt. Der junge Prinz hegt Gefühle für den Bediensteten Noel, die seiner königlichen Pflicht, einen Erben zu zeugen, im Weg stehen. Deshalb fordert sein Vater, dass Etienne der Liebe entsagt.
Aber wie verschließt man sein Herz, wenn man es längst verschenkt hat?

Magali Volkmann
Das schwarze Uhrwerk
ISBN: 978-3-95991-946-3, kartoniert, EUR 14,90

Er ist der Rebellenkönig, eine lebende Legende –
und seine Geschichte in Blut geschrieben.

Verkrüppelt, ungeliebt und einsam: Taiden Belarron verabscheut sein Leben und brennt darauf, sich endlich zu beweisen. Dafür will er den legendären Rebellenführer Kyron schnappen, der mit allen Mitteln gegen die Regentschaft des Schwarzen Uhrwerks aufbegehrt. Doch dann rettet ausgerechnet der ihm das Leben und Taidens Weltbild gerät ins Schwanken. Warum hat Kyron ihm geholfen? Was versteckt sich wirklich hinter der Maske, unter der das Gesicht des Rebellenkönigs verborgen liegt?
Taiden zögert damit, Kyron auszuliefern, während er immer tiefer in seine Welt eintaucht. Doch es bleibt keine Zeit, um seine Gefühle zu sortieren – denn das Uhrwerk droht, jeden zu zermalmen, der sich zwischen seinen Zahnrädern verfängt.

Du brauchst Lesenachschub und möchtest dich überraschen lassen oder wünschst Empfehlungen? Da können wir helfen! Wir stellen für dich ganz individuell gepackte Buchpakete zusammen – unsere

DRACHENPOST

Du wählst, wie groß dein Paket sein soll, wir sorgen für den Rest.

Du sagst uns, welche Bücher du schon hast oder kennst und zu welchem Anlass es sein soll.
Bekommst du es zum Geburtstag #birthday
oder schenkst du es jemandem? #withlove
Belohnst du dich selber damit? #mytime

Je mehr wir wissen, umso passender können wir dein Drachenmond-Care-Paket schnüren. Du wirst nicht nur Bücher und Drachenmondstaubglitzer vorfinden, sondern auch Beigaben, die deine Seele streicheln. Was genau das sein wird, bleibt unser Geheimnis ...

Die Wahrscheinlichkeit ist groß,
dass sich das ein oder andere signierte Exemplar in deiner Box befinden wird. :)

Wir liefern die Box in einer Umverpackung, damit der schöne Karton heil bei dir ankommt und als Geschenk nicht schon verrät, worum es sich handelt.

Lisan bringt das kleinste Drachenpaket zu dir, wobei *klein* bei Drachen ja relativ ist.
Djiwar schleppt dir in seinen Klauen einen seitenstarken Gruß aus der Drachenhöhle bis vor die Tür.
Xorjum hütet dein großes Paket wie seinen persönlichen Schatz und sorgt dafür,
dass es heil bei dir ankommt – und wenn er sich den Weg freibrennt!

Zu bestellen unter www.drachenmond.de